U0839616

Know thyself

国家社会科学基金项目
“西方成长小说流变考”(11BWW047)结项成果

本书出版获中央高校基本科研业务费以及上海外国语大学
学术著作出版资助

商务印书馆（成都）有限责任公司出品

THE BILDUNGSROMAN

A HISTORICAL STUDY

西方成长小说史

孙胜忠 —————— 著

商务印书馆
创于1897 The Commercial Press

图书在版编目(CIP)数据

西方成长小说史/孙胜忠著.—北京:商务印书馆,2020
ISBN 978-7-100-18167-9

Ⅰ.①西… Ⅱ.①孙… Ⅲ.①小说史—研究—西方国家 Ⅳ.①I500.74

中国版本图书馆CIP数据核字(2020)第037495号

XĪFĀNG CHÉNGZHĂNG XIĂOSHUŌSHǏ

西方成长小说史

孙胜忠 著

商务印书馆出版
(北京王府井大街36号 邮政编码100710)
商务印书馆发行
山东临沂新华印刷物流集团有限责任公司印刷
ISBN 978-7-100-18167-9

2020年5月第1版 开本 960×1360 1/16
2020年5月第1次印刷 印张 35¼

定价:79.00元

目　录

绪　论*

导语：简论此项研究的意义、方法和基本假设等。

人是什么？人从哪里来，又要到哪里去？此类“大而无当”，听起来有些玄乎的问题几乎不可能有答案，但人类从诞生之日起，就尝试从不同的角度做出解答。尝试之一就是从人与动物的区别中发现人的特殊性。人与动物不同，已为世人所共知，至于为何不同，则见解各异。其中，意大利神学家和经院哲学家托马斯·阿奎那（St. Thomas Aquinas, c. 1225–1274）的观点颇耐人寻味，他在《神学大全》（*The Summa Theologica*, 1265–1274）中以典型的经院哲学式的思辨方式，阐述了人似植物取直立之势，而不似动物匍匐在地的原因：

因为五官赋予人类不仅是像赋予其他动物那样为了获得生活之必需，而且是为了求知。因此，其他动物仅以食物和性作为获

* 该绪论的部分内容已发表，详见拙作《成长小说：与时俱新的小说样式》（载《中国社会科学报》2012年9月28日）。

取快感的感觉对象，唯有人类从其感觉对象的美中获取为其自身之故的快感。为此，由于五官主要位于脸部，其他动物脸朝地面，仿佛这是为了觅食和谋生；而人的面部是直立的，以便人可以通过感官，主要是通过更加敏感、更能洞悉事物差异的视觉，自由地环顾天上地下他周围的感觉对象，从而从万物中获取明白易懂的知识（intelligible truth）。①

阿奎那的这套经院哲学式的思辨，主要强调的是人的求知欲及其相对于其他动物的先天优势，即人不仅渴望认识周围的世界，而且具备与生俱来的生理优势，可以凭借智力获知关于这个世界的真理——正如“intelligible”一词所暗示的。②这显然是人区别于动物的主要特征之一，但更为重要的是，人除了要了解外部世界还要了解内部世界，即人类自身。

我不禁想起古希腊的一句格言：“认识你自己”（Know thyself）。这句镌刻在古希腊德尔斐（Delphi）的阿波罗神庙上的神谕，成了希腊乃至整个西方世界的至理名言，是古代西方重要的道德原则和主要哲学议题之一，也是苏格拉底（Socrates, c. 469 BC–399 BC）对后人的一句忠告。这句古老的格言意味深长，难以尽言，它除了有告诫人们不要言过其实或人应有自知之明等原初的意义之外，也有认识自我是认识上帝乃至认识万事万物的基础的含义。从现实意义上说，人只有认识自己才会获得自我意识，才会形成理性思维，才能驾驭自身的本能冲动，从而获得道德和精神上的提升。人在成长过程中必须在世界或社会这个迷宫中找寻自己的道路，从而完成“认识你自己”这一人生使命。人要了解社会，但更重要的是要认识

---

① St. Thomas Aquinas, *The Summa Theologica*, trans. by Fathers of the English Dominican Province, Benziger Bros. edition, 1947, Reply to Objection 3, Question 91. 如无特别说明，引用外文文献的，译文均出自笔者本人。现统一说明，不再一一作注。

② “intelligible”不仅表示“明白易懂”，它在哲学上还有“仅能用智力了解”“超感觉”等意思。

自己，在逐渐明白自己是怎样一种人的过程中确认自己在社会中的位置。从这个意义上说，认识世界只是人认识自我的副产品。由此我们不难看出西方神学和哲学对个体特殊性和重要性的高度重视，超验主义如此，存在主义亦然。但它们均没有为个体的人提供具体生活方式方面的指导，仿佛与尼采（Friedrich Wilhelm Nietzsche, 1844–1900）的精神不谋而合，都在宣称："不要跟随我；要跟随你自己。"[①] 这似乎是在"认识你自己"的基础上更进了一步，提出了"走自己的路"的忠告。尽管这些格言或忠告都没有给个体的人提出明确的奋斗目标，但却不约而同地强调了个体的重要性和独特性以及个体不可限量的潜力，这样就为人认识自我带来浪漫的想象，也为实现自我提供了无限的空间。

其实，提出建言和忠告并非全是神学家、哲学家或思想家的专利，文学家常常会通过他们的作品曲折地为读者提供寓意深刻的启示和耐人寻味的"金玉良言"。德国批评家本雅明（Walter Benjamin, 1892–1940）就曾指出，"短篇小说，由具有口头文学传统的童话和寓言延续下来的短小精悍的作品，典型地为我们提供了'忠告'——一种寓意，一些实用的劝告，一个箴言，或一个格言。"这些都是十分实用的生活小贴士。而长篇小说却"野心勃勃"地要为我们提供"人生的意义"。这种"意义"超越了任何"忠告"。长篇小说具有特别宽广的视域，它涵盖的不仅是主人公的人生，而且是与之类似的人的人生。[②] 本雅明这里讨论的是小说乃至文学的功能，主要强调小说"有用"，即小说对读者具有教育启迪功能。实际上，不仅长篇小说能提供超越时空和个体的启示，优秀的短篇小说也能。只不过短篇小说因其篇幅所限，给人带来的往往是"顿悟"，而长篇小说得益于篇

---

① "Do not follow me; follow yourself." 转引自罗德·霍顿、赫伯特·爱德华兹著，房炜、孟昭庆译：《美国文学思想背景》，人民文学出版社 1991 年版，第 544 页。

② 参见 Thomas L. Jeffers, *Apprenticeships: The Bildungsroman from Goethe to Santayana*, New York: Palgrave Macmillan, 2005, p. 1。

幅优势，具有更宽阔的视野和更长久的历史跨度，从而让人能更全面、更逼真、更透彻地体悟人生——以人的成长经历为题材的小说更是如此。

发轫于220多年前的德国成长小说（Bildungsroman）就属于此类。[①] 从最浅显也是最根本的意义上说，成长小说就是一种描摹个人认识自我、追寻自我过程的小说体裁，它聚焦于主人公从青少年到成年的心理和道德成长过程。“成长小说”并不花哨，甚至显得有点过时，但在当今西方文学评论界却十分热门，它早已“走向世界”，在文学研究中占据着令人惊异的突出地位。围绕着成长小说，国内外不仅有大量的学术论文发表，近年来还出版了一批专著。“在阅读大量当代文学作品时，人们都不禁会想起这个体裁。”[②] 巴赫金（M. M. Bakhtin, 1895–1975）在《教育小说及其在现实主义历史中的意义》一文中把长篇小说分为三类，即漫游小说、考验小说和传记小说，但却辟专节重点讨论了第四类小说：成长小说。[③] 由此可见成长小说在巴赫金心目中的重要地位和特殊性。

成长小说的重要性和研究意义，首先是由此类小说的主体——年轻人——的重要性及其对社会具有的象征意义决定的。弗朗哥·莫雷蒂（Franco Moretti）认为“年轻人就是现代性本身的形象”，[④] 而每个时代都有自己的现代性，因为“现代性的核心矛盾”就在于“现代性是一种永恒的过渡状态”。[⑤] 从这个意义上说，年轻人是现代性的符号，是新时代的象征，代表着各自时

---

① 也有人说成长小说的历史更久远。例如，巴赫金就认为这一小说变体至少可追溯到古希腊色诺芬的《居鲁士的教育》。参见巴赫金著，白春仁、晓河译：《教育小说及其在现实主义历史中的意义》，钱中文等编选：《巴赫金全集》（第三卷《小说理论》），河北教育出版社1998年版，第227页。

② Mark Stein, *Black British Literature: Novel of Transformation*, Columbus: The Ohio State University Press, 2004, p. 22.

③ 参见巴赫金著，白春仁、晓河译：《教育小说及其在现实主义历史中的意义》，第213～273页。该书中的“教育小说”即本书所探讨的“成长小说”。

④ Gregory Castle, *Reading the Modernist Bildungsroman,* Gainesville: University Press of Florida, 2006, p. 8.

⑤ Mark Wollaeger and Kevin J. H. Dettmar, “Foreword,” in Jed Esty, *Unseasonable Youth: Modernism, Colonialism and the Fiction of Development*, New York: Oxford University Press, 2012, p. x.

代的新潮流、社会的前进方向。年轻人能够使现代性的本质属性——革命性和不稳定性得以实现，但自身的能动性和易变性又是必须要克服或驾驭的，因为他们还有另外一个目标和任务：社会化。他们必须要进入社会，在个人理想和社会要求之间达到一种平衡。于是，年轻人求新、思变的特征和社会化的必然要求之间就存在着一种张力。对这种张力的再现和阐释需要一种特殊的叙述方式，这可能是成长小说应运而生的原因之一。

成长小说无疑是以年轻人为中心的，作家以这一特殊的主人公群体为描摹对象，讲述他们初涉社会、体验人生、积累经验、追求成功的故事。“主人公追寻其个体自我的有机展示”具有超越国度与时代的普遍意义。[①] 因此，任何小说的读者“终究会碰到一部成长小说——关于年轻人面对成长挑战的小说，因为它是文学史上最流行且最持久的体裁之一”。[②] 歌德（J. W. Goethe, 1749–1832）笔下的威廉·麦斯特，简·奥斯汀（Jane Austen, 1775–1817）的伊丽莎白·贝内特，司汤达（Stendhal, 1783–1842）的于连·索黑尔，巴尔扎克（Honoré de Balzac, 1799–1850）的拉斯蒂涅，查尔斯·狄更斯（Charles Dickens, 1812–1870）的大卫·科波菲尔，夏洛特·勃朗特（Charlotte Brontë, 1816–1855）的简·爱，乔治·艾略特（George Eliot, 1819–1880）的多罗西娅·布鲁克，福楼拜（Gustave Flaubert, 1821–1880）的弗列得里克·毛漏，马克·吐温（Mark Twain, 1835–1910）的哈克贝里·费恩，王尔德（Oscar Wilde, 1854–1900）的道连·格雷，杰洛姆·大卫·塞林格（Jerome David Salinger, 1919–2010）的霍尔顿，等等，只是最著名的例子，类似的还能举出很多。这说明不同国度、不同时期的作家都在创作成长小说，都把那些个性独特又显得躁动不安的年轻人作为

① Martin Swales, *The German Bildungsroman from Wieland to Hesse*, Princeton: Princeton University Press, 1978, p. 153.

② Sarah Graham, “Introduction,” in Sarah Graham (ed.), *A History of the Bildungsroman*, Cambridge: Cambridge University Press, 2019, p. 1.

描摹的对象。但与其说成长小说的创作者关注年轻人的成长，倒不如说他们关注的是现代性这个符号，关注人与社会的和谐以及社会的稳定与发展，因为这些具有时代象征意义的年轻人既对社会满怀希望又往往以失望乃至绝望告终，他们是希望与失望的结合体。

“成长小说无论出现在哪里，它都与资产阶级人文主义、信奉进步和尊重个体有关。”① 且不论成长小说是否具有阶级属性，它所表现出的人文关怀、对进步和变化的信仰以及对个体价值的重视，都是真切的。论者普遍认为，成长小说原本反映的是典型的德国人文主义的批判呼声，它极力反对现代工业社会对“人的完整性和融合性”的侵袭。② 社会已经发展到信息化时代，进入所谓的“后现代”，随着社会分工的进一步细化，人的完整性不仅没有得到应有的保护，异化和分裂状况反而日趋严重。不难理解，在此种情势下，人们更加渴望人的有机统一，成长小说的原初意义不仅没有丧失，反而更加凸显，因为成长小说中的核心概念“自我教育”（Bildung），具有“对人格的‘形塑’（Formung）、对人的‘教育’（Erziehung）以及人的全面有机的‘发展’（Entwicklung）”三重含义，“它既强调个体、内在、精神的修炼，又注重人在社会、公共生活方面的涵养。”③

由于成长小说关注青少年的成长过程，因此，“变化”就显得尤为重要。而成长主体自身的变化又是社会变化的风向标，人们对他们的观念也随着社会的变化而变化；青少年既是我们的过去也是我们的未来；在他们身上我们既寄予了希望也感受到恐惧；对他们的关注既是为我们自己也是为这个世界。成长小说以年轻人为中心，必然折射出作家对他们和社会的情感和态度，反映出社会生活某些最深层的流动，并借此洞悉社会的变化，

---

① Patricia Alden, *Social Mobility in the English Bildungsroman: Gissing, Hardy, Bennett, and Lawrence*, Ann Arbor: UMI Research Press, 1986, p. 1.

② 参见 Martin Swales, *The German Bildungsroman from Wieland to Hesse*, p. 153。

③ 谷裕：《德语修养小说研究》，北京大学出版社 2013 年版，第 1 页。谷裕将“Bildung”译成“修养”，“Bildungsroman”相应地译成“修养小说”。

关怀人的发展，艺术地再现人与社会的关系，给人们带来诸多启示。同时成长小说还是饶有趣味的社会文献，它反映不断变化的道德模式，折射出不同时代父母和社会对年轻人的期待，凸显“无知的罪恶”和年轻人的美德。通过阅读和分析成长小说中那些虚构的人物，我们可以了解到不同时代的社会背景和年轻人的行为规范，窥探成人之于年轻人不断变化的期待。因此，无论是从年轻人的重要性看，还是从成长小说的艺术和社会价值看，成长小说研究都是十分有意义的。

成长小说之所以具有研究价值，还在于它是一种与时俱新的小说样式。个人与社会、理想与现实之间的张力随着社会和历史的演进而变化。成长小说发展至今，其主题和叙事策略等既有变化又有明显的延续。传统的成长小说，尤其是男性成长小说似乎已经走到了尽头，演完了各种可能性，但五彩缤纷的社会图景是取之不尽的资源，传统的文学样式在具有丰富想象力和创新意识的艺术家生花的笔端下总能焕发新的活力，演绎新的故事，再现新的人文景观。成长小说突破经典，走向现代，成了“现代主义内部某种张力和矛盾的标志，它是再现主体性、主体的形成以及主体与现代社会结构之间关系的典型体裁”。[①] 或许男性成长小说利用经典成长小说模式这套“陈旧的设备”已难以挖掘出更多的矿藏，必须通过更新设备才能有新的发展，然而，对女性成长小说来说，它仍然“提供了充满活力的形式”。随着 20 世纪女性自由和独立意识的不断增强，女性的体验已开始接近男性。“隐含在成长小说中的基本假设——连贯自我的发展”，曾遭到现代主义小说家的质疑和批判，但对女性作家来说却是“令人信服的”，难怪成长小说对“书写女性的当代女性”来说成了“最突出的文学形式”。[②] 不仅女性作家以成长小说为媒介来书写女性独特的成长体验，女权主义批评家

---

① Gregory Castle, *Reading the Modernist Bildungsroman,* p. 249.

② Elizabeth Abel, Marianne Hirsch, and Elizabeth Langland, eds., *The Voyage in: Fictions of Female Development*, Hanover: University Press of New England, 1983, p. 13.

也似乎在成长小说中找到了性别与体裁之间的关联，并试图通过重估成长小说这一文学样式发掘长期被忽视的作家和作品。与此同时，他们还以新的批评方法评析已然成为经典的作品。[①] 此外，少数族裔作家以颠覆的姿态借用成长小说这一体裁声张他们关于主体性的观点，书写别样的成长经历。成长小说如此巨大的包容性及其形式的灵活性和鲜明的时代特色，决定了对其研究的理论价值和实践意义。

与成长小说的主体及表达形式密切相关的是成长小说的核心概念之一：自我教育。这个术语从德文词“Bildung”而来，其内涵十分丰富，有“教育”“形成”等多种含义，汉语中几乎找不到与之完全对应的词。[②] 很显然，成长小说讲述的就是个体的教育、形成和发展的过程，而任何脱离社会语境的个体讲述都是不可想象的，因此，成长小说通常是将个体的成长故事镶嵌在特定时代大的人文图景之中。这一讲述个人成长经历的小说样式带有很强的传记色彩，成长小说的重要性正体现在这一色彩上，莫雷蒂认为：“一个年轻人的传记是理解和评价历史最有意义的视点。”[③] 这说明从一个人的成长经历可以窥探社会的发展变化以及人与社会的关系，因为“自我教育与归属”（Bildung and belonging）以及“个体与社会”之间的关系问题不仅是成长小说的焦点之一，也影响到读者对这些问题的看法。

成长小说还是审视社会与历史的一个独特的视角：“关于个人成长的故事可以从非常不同的视角评价历史，这些视角要么强调与社会的融合，要么强调疏离和自我分裂——常常是二者的结合。”[④] 而成长小说主人公性格

---

① Todd Curtis Kontje, *The German Bildungsroman: History of a National Genre*, Drawer: Camden House, Inc., 1993, p. x.

② “自我教育”这个术语的内涵、特质及其演变过程等，详见本书第三章第一节，这里不再赘述。亦可参见谷裕：《德语修养小说研究》，第 3 ～ 17 页。

③ 转引自 David Amigoni, *The English Novel and Prose Narrative*, Edinburgh: Edinburgh University Press Ltd., 2000, pp. 54–55。

④ David Amigoni, *The English Novel and Prose Narrative*, p. 58.

形成与变化的主要观测点就是自我教育。早期的“自我教育”观念强调的是个体精神上和美学上的提升，但这个观念随着历史的演进在发生着变化，这个变化不仅体现在小说的主题上，还反映在小说的艺术表现手法上。“对自我教育的批判是现代主义弥补和修正启蒙运动时期关于美学的-精神的（aesthetico-spiritual）自我教育观念总工程的一部分，该观念在19世纪已经被理性化、官僚化。对早期经典的自我教育的修正是一种极度激进的姿态，一种谋求在自我发展过程中恢复美学教育和个人自由价值的姿态。”[①] 借助对既定模式和传统的修正或颠覆对抗日益僵化、官僚化的社会，不只是现代主义作家的兴趣所在和社会批判策略，更是后现代主义作家惯用的手法。譬如，他们对神话传说的戏仿和变形，采用元小说的形式在文本中进行语言实验并对文本做自我揭示，以及运用拼贴、蒙太奇和黑色幽默等新模式、新话语和新技巧，无不体现出他们对经典和传统的突破和颠覆。而现代主义和后现代主义几乎贯穿了整个20世纪，在此期间作家们做了许多大胆的实验，把各种文学创作手法和技巧发挥到了极致，但他们并非像一些人所认为的那样是对传统的彻底离弃，而是批判中有继承，是“扬弃”。由此看来，他们的观点和行为是能动的、辩证的。成长小说的创作实践就是一个明证。20世纪的成长小说依然在“成长”，在发展：作家们在传统的基础上引进了一些新的技巧，发展出了一些新的思路，并最终形成了自己的现代派。成长小说是20世纪文学的重要组成部分。

本书中所说的经典成长小说与卡斯尔（Gregory Castle）所说的，范围和内涵大致相同，指的是18世纪后期和19世纪由德国和英国等国家的小说家创作的被视为这一类型经典的小说。“经典成长小说”和“经典的自我教育”等术语中的“经典”一词，意味着整个这一时期，不同国度的小说家都对这一小说样式的传统属性及其美学、哲学思想等有所坚

---

① Gregory Castle, *Reading the Modernist Bildungsroman,* p. 1.

守。譬如说，“经典的自我教育”指的是由歌德、洪堡（Karl Wilhelm von Humboldt, 1767–1835）等人文学者所倡导并促成的美学的、精神的自我教育形式，强调主人公的自我培养和内在修养的自足性。与此相对的是社会实用主义的自我教育形式，它强调的是个体的社会流动性及其在社会上取得的成功。从美学的、精神的自我教育形式到社会实用主义的形式有一个演变的过程，而在一定程度上来说，自我教育一直都具有社会实用主义的性质，重要的是经典的自我教育形式使实用主义的社会化服从于更重要的目标：美学的、精神的发展。经典是和现代相对立的，尽管现代主义成长小说也在试图实现经典自我教育的理想。[①]

国内外对20世纪人类物质和精神状况的研究已经有了丰硕的成果，为了说明20世纪的复杂性和矛盾性，现套用《双城记》（*A Tale of Two Cities*, 1859）的开篇语对此做一概述：“这是最好的世纪，这是最坏的世纪；这是智慧的世纪，这是愚蠢的世纪；这是信仰的世纪，这是怀疑的世纪；这是光明的世纪，这是黑暗的世纪。”在这个希望和绝望并存的世纪，人们感到无比困惑和不安，许多问题亟待回答——首先是人的存在价值的问题。人到底是什么？怎样才能获得自我和身份？这些都是现代主义和后现代主义文学必须关注的问题，许多以异化、自我丧失、道德沦丧、变态反常等为主题的小说都是以上述问题为基础的。而关注人的生存和价值历来是成长小说的要旨，对于现代主义小说的发展，成长小说起到了关键性的作用。保罗·希恩（Paul Sheehan）在研究人文主义和现代主义的关系时指出：成长小说“对处理人（人文主义）和小说之间相互影响的关系非常重要”。[②]

---

① 参见 Gregory Castle, *Reading the Modernist Bildungsroman,* pp. 6, 256–257。

② Paul Sheehan, *Modernism, Narrative, and Humanism*, Cambridge: Cambridge University Press, 2002, p. 5. 原文为：(Bildungsroman) “is essential to an emplotment of the transaction between human (humanism) and the novel.” 其中“emplotment”一般译成“情节设置”，由后现代主义者海登·怀特（Hayden White）提出，指的是史学家在采用叙述体著述时会不断整理、剪裁经过挑选的史实，并加以编排处理，以保证他所叙述的故事的完整性，并通过有意无意地制造情节，使故事变得生动诱人。

它始终关注人，因此，从主题来看，成长小说无疑切中了20世纪的时代脉搏，是表现这一时期人类生存困境的绝佳体裁。

在21世纪的今天，社会飞速发展，物质主义、实用主义潜移默化地影响着人们的思维方式和处事原则；受工具理性的无形支配，人们独处、静思和关注自身全面发展的时间越来越少。从这个角度来说，以研究成长小说为契机，重新思考人生，审视人的内在修养也具有一定的现实意义。

文学既不简单地模仿或重复现实，又不逃避现实，它居于一个“自足的领域”，试图“**改造**[①]现实”，而“成长小说就是考察这种改造的体裁”。[②]从主题特征来看，成长小说强调外部世界和生存其中的人的变动不居，变是它的核心理念，也是它表达主题的方式和基础。因此，成长小说都具有鲜明的时代特色，人物的性格特征和人生遭际往往只属于他所处的时代。从这一特点来看，20世纪的成长小说从内容到形式必然有所更新，它在保留大多数核心元素的同时，对传统的叙事结构进行了重构，修复了经19世纪小说家重估了的经典自我教育观念，并将之确立为现代主义成长小说主人公的人生目标。从成长小说固有的批判性和主人公的整个成长过程来看，对传统成长模式的颠覆实际上是在更高层次上对自我教育观的复兴。

综上所述，成长小说的技术创新，以及它与生俱来的人文关怀，都说明它是20世纪乃至21世纪初英美等西方国家主流文学不可分割的一部分；它与时俱进的时代特色决定了研究的时效性；它聚焦于人格塑造和个体修养的全面提升，对充满“喧哗与骚动”的当下社会不无启示意义。所有这一切都佐证了我们今天对这一发轫于18世纪的小说体裁进行研究的必要性。

成长小说是个“舶来品”，对英美社会如是，对中国社会更是如此。然而，正是由于它的“异域性”，我们作为“外国人”必会有不同的解

---

① 此处原文为斜体字，现以加粗字体表示。本书后文凡引用的原文中出现斜体、加粗、下画线或加其他着重号的文字皆以加粗字体表示，不再一一作注。

② Todd Curtis Kontje, *The German Bildungsroman: History of a National Genre*, p. 86.

读，也正因为如此，它给我们带来的启示也必然是新鲜而发人深省的。来自异国他乡的这一文学样式给我们的启发是直接的，它所涉及的主题和问题——“学习和成长过程的闪烁不定，混沌与顿悟、猥琐感的交替，‘知’与‘行’之间、教学区与围墙外大的社会环境之间恼人的关系问题”无不叩击着当代青年尤其是大学学子们的心弦。[①] 更何况这种关于教育和成长的小说发人深省，能够提升读者自我教育的自觉与能力。

目前国内的成长小说研究仍处于起步阶段，鲜有对成长小说的起源和传统的延续做系统研究的，相关概念也只偶有提及，还常常误用。就连国外对于成长小说的构成要素是什么以及哪些小说属于这一创作传统也无定论。最狭义的定义将成长小说局限于歌德时代的德国小说。最宽泛的定义将任何描写主人公成长经历的小说都视为成长小说。比较折中的观点认为，成长小说不分国度，只要类似于德国成长小说原型即可称为成长小说。据笔者了解，这一小说样式正在国内引起越来越多人的兴趣——尤其是研究生，已有一批硕士和博士研究生由此切入来撰写他们的学位论文。有鉴于此，本书尽可能化繁为简，以成长小说的流变为线索，将小说艺术鉴赏、社会文化考察以及哲学思考融为一体，在评述国内外成长小说研究现状的基础上，对成长小说的起源及核心概念做系统梳理，正本清源，从纷繁的论争中剥离出成长小说的核心内涵与本质特征。

本书对西方成长小说的演变历史做全面的梳理和考辨：从其源头——德国经典成长小说的出现，到成长小说在英国的诞生和第一次兴盛，再到英美成长小说在19、20世纪的变化，直至当代英美成长小说对经典成长小说的继承与革新。任何文学样式都生成于特定的历史时空之中，既是时代的产物又受历史的制约。但这未必意味着生成和制约这种文学样式的特定历史环境的消失必然会导致这一文学样式的消亡，更有可能的情况是，

---

① Martin Swales, *The German Bildungsroman from Wieland to Hesse*, p. 147.

经过改造，这一文类的主体架构和言说功能得以保存，并焕发出新时代的光芒。这种现象在文学史上并不鲜见。例如，现实主义文学在19世纪30、40年代就达到了全盛期，然而，直至今天，真正经得起时间淘洗、具有强大生命力的文学作品大多仍坚持现实主义的精神和创作原则，现实主义仍然是文学创作的主流方向。具有浓烈现实主义意味的成长小说当然也不例外。除此之外，以体裁的流变为切入点，从史的角度来研究成长小说主要还基于这样一种认识，即文学艺术的生产和接受受制于主流意识形态和价值取向，文学与社会之间是一种“动态的张力关系”。“我们永远也不能……把文学说成一个一成不变的经典作品系列、一套独特的技巧，或者一个固定不变的形式和类型的结合体。……艺术与文学就不是永恒不变的若干准则，而是要不断接受新的定义的一个开放的领域。”[①] 正因如此，对成长小说体裁做动态的描述，考察这一体裁的界定和再界定的历史，同时剥离历史，提取其具有生命力的成分及新生的合理因子是非常必要的。勾勒成长小说的历史传承并概述和提炼其主要特征，也是本书的主要目的之一。

对成长小说做历史考辨的动因和意义至少有如下几点：首先，这对在国内才刚刚起步的成长小说研究无疑是必要的；其次，这是理解和止息当代成长小说论争的一种有益尝试；最后，这是对当代文学批评转向的一种呼应。人们曾经一度认为文学批评就是要设法阐明业已被确认的文学经典的永恒价值。而发轫于20世纪60、70年代的德国接受理论却认为，文学批评应重在分析影响不同时代读者对某一特定文本、体裁或作者接受的历史与文化因素。这一理论至今仍左右着人们对文学经典和学术标准的判断。而这种批评方法尤其适用于成长小说，因为“从其在18世纪晚期开始起，这个体裁的历史就同德国文学经典形成的过程紧密相连，而这一过程在19世纪促进了民族身份的形成。成长小说逐渐地被认定为典型的德国体裁，

---

① 拉曼·赛尔登等著，刘象愚译：《当代文学理论导读》，北京大学出版社2006年版，第44～45页。

一种最佳表达所谓民族内在和精神特质的体裁”。①

无论是以反本质主义为特征的后现代主义还是方兴未艾的文化研究，无不对文学研究采取开放的态度，强调文学研究与具体社会文化语境的结合。从这个角度来看，本研究至少顺应了当下文学研究方法的大势，在一定程度上也具有理论和实践的示范意义。应该说明的是，文学的发展和演变如同历史一样本来是绵延不断的，但出于叙述和阐释的需要，有必要对之做适当的划分。而这种划分不可避免地带有主观性，本书对西方成长小说史的划分方式只代表笔者的个人理解。好在阐释是文学研究的重要方法——既然在后现代主义者的眼里，历史都可以用文学比喻来进行解释，文学研究者又何苦把阐释的利器弃之不用呢？

为着研究的深度和广度考虑，本书最后试图在一个更高的层次上对成长小说做全景式鸟瞰和本体论思考。在剖析成长小说发展和变化的过程中，本书始终将社会、历史和文化因素纳入考量——这应该是“西方成长小说史”的题中之意：一是因为成长小说与社会和文化的关系极为密切；二是因为只有从历史生成语境的角度考察成长小说的演变，才有可能解释为什么这个传统严格得近乎僵化、具有很强排他性的小说类型能够在当代继续发展并大量生产。

窃以为，任何理论研究，哪怕是对一个文学流派或一种文学样式的讨论，都不该脱离文本而做空洞之谈。理论的终极目的是为实践服务，文学理论终归要为解读具体文学文本提供一种理性的思维方式；同时，只有在阐释文本的实践中才能检验理论，使之更丰富、更完善、更接近“真理”。沃肖（Robert Warshow）说得好，“在一切真正成功的批评的中心，总有一个读书的人，一个看画的人，一个看电影的人……批评者必须承认他就是那个人。”② 在文学理论层出不穷、言必称“主义”的今天，做回“那个人”

---

① Todd Curtis Kontje, *The German Bildungsroman: History of a National Genre*, p. x.

② Thomas L. Jeffers, *Apprenticeships: The Bildungsroman from Goethe to Santayana*, p. 5.

或许于己于人都大有裨益。“称主义”未必难，“做那个人”未必易，因为后者不仅要求“那个人”要有“主义”意识，更要求他潜心细读文本，在理想的状态下能够结合自己的阅读经验和人生体验丰富甚至修正那个“主义”。有鉴于此，本书在讨论每一个阶段或国度的成长小说时，会不时举出一些著名的成长小说以资佐证。此外，本书的姊妹篇《西方成长小说文本解读》还精选了不同历史时期、不同国度的成长小说代表作做深入的文本分析，以期为本作提供更为翔实的文本支撑。

本研究的一个基本假设就是成长小说依然存在，也一如既往地在按照一定的轨迹发展，它所关心的核心问题也没有变。与此相关的另一个假设是，小说主人公的命运各不相同，从总体上看，现当代成长小说和经典成长小说主人公命运可能走向了两个相反的方向。此外，小说的叙事结构，尤其是小说的结局已发生了很大的变化，而这种变化在不同的地域，如英国和美国，又不尽相同。为增强说服力，避免走极端，本研究在拟阐释文本的选择方面既不求全，以免流于浮光掠影、走马观花——这是文学史写作的通病，也不猎奇，回避那些新奇却不能代表成长小说主流的作品，而是选择那些既有特点又有代表性的作品来阐释，以便能窥一斑见全豹，尽可能客观、全面地呈现成长小说的演变轨迹和主要特点。

最后再对研究方法做进一步交代。围绕着文学研究方法，历来存在两种不同甚至对立的观点和立场。从西方文论的源头上看，柏拉图关注文学所传递的“普遍真理”，而亚里士多德在意的则是文学如何运作。自柏拉图和亚里士多德以降，文学研究始终围绕着“形式与内容（matter）、技巧与意义”展开。[①] 一种强调文学作品的外部指涉性，认为文学是关于世界和生活的，如西方马克思主义的研究方法；另一种强调文学作品的自足性和艺术完整性，即文学是关于它自身的，如形式主义和新批评的研究方

① Michael Ryan, *Literary Theory: A Practical Introduction*, Chichester: John Wiley & Sons Ltd., 2017, p. 1.

法。从最根本的意义上说，争论的焦点在于艺术作品究竟是“关于生活”还是“关于它自身”。一般认为，“小说应该再现一个现实的世界，也应该创造一个它自己的艺术整体。”[①] 与此类似的是，成长小说研究也存在着这两种取向，即“主题”研究和“美学”研究这两种看似相互冲突的研究方法。成长小说的主题研究较少涉及小说主题的生成，这种取向在成长小说的早期研究中尤其明显。它强调小说的社会功能，不仅探讨小说主人公如何在成长过程中接受教育，而且认为此类小说对读者也具有重要的教育意义——阅读过程对读者来说也是一个“自我教育”的过程。美学研究突出小说的结构和叙事特色，小说的主题则处于次要地位。这种取向是 20 世纪批评家革新研究方法的结果。21 世纪之初的成长小说研究中已很难说哪一种研究方法是主流，社会学、心理学、后结构主义和女权主义研究并存，呈现出争奇斗艳的局面。在笔者看来，这些研究方法各有所长，但又都不可避免地暴露出各自的局限性。其实，成长小说研究中两个看似矛盾的主要研究视角——主题研究和美学研究——完全可以整合在一起，因为每一个文学文本都有与其内容无法分割的形式。正如约斯特所说的，对成长小说两个多世纪的演变史进行考察，必须研究“内容”，即“主题和情节”，还必须研究“风格”（manner），即“叙事方法”。[②] 小说本身既是意识形态和社会价值观的载体，又是高度自足、具有独特结构形式和美学价值的艺术品，因此，小说既可以再现一个现实的世界，也可以凭借作家的想象力创造一个自足的艺术世界。“文学作品既是指涉性的又是自我建构性的（self-constituting）。”具体到成长小说，它是源于这样一种认识的小说体裁：既认识到“客观现实特定的经验架构”，又认识到“人类想象和反

---

① Martin Swales, *The German Bildungsroman from Wieland to Hesse*, p. 5.

② Francois Jost, “Variations of a Species: The ‘Bildungsroman’,” in Janet Mullane, et al. (eds.), *Nineteenth-Century Literature Criticism* (Vol. 20), Detroit: Gale Research Inc., 1989, p. 102.

省（reflectivity）的创造性潜能”。[①] 基于这种认识，我们的研究将采取主题研究和美学研究相结合的方法——不同的视角、不同的批评方法为着一个共同的目标：辨析成长小说的主题与结构形式以及二者的互动关系，并从时间和空间两个维度考察它在不同时代和国度的演变轨迹。

那么，我们又应该如何看待和处理文学体裁和文学文本之间的关系呢？有论者指出：“普遍性（generality）、体裁的概念是读解文学文本不可缺少的；任何体裁的活力源泉一定是普遍期待与具体实例，理论文献与其在实际作品中可感知、个性化的（即经过修饰的）表现之间的相互联系。”[②] 这一方面说明体裁的概念对于理解文本的重要意义，另一方面也承认我们对体裁的理解与把握离不开具体的文学文本。离开了具体的文本，包括成长小说体裁概念在内的任何文学理论都将无处着落。将文学理论运用于具体文本的分析应该成为文学研究者的一种自觉意识，理论的建构及其验证必须始于文本、归于文本。艾布拉姆斯指出，“任何出色的美学理论都是从事实出发，并以事实告终，因而在方法上都是经验主义的。然而，它的目的……是为了确立某些原则，借以证实、整理和澄清我们对这些审美事实本身所作的阐释和评价。”[③] 就文学研究来说，这里的“事实”指的就是文学文本。因此，研究者应该沿着文本细读的研究思路，走从文本批评实践中总结理论的研究路径。总之，深入理解成长小说体裁并考察其流变，对读解成长小说文本十分重要，反之亦然。基于这种认识，本书在考察成长小说流变时选择了各个时期和国度具有代表性的成长小说文本，既对文本做深度分析，以期获得新的认识，更重要的是，从具体的小说文本中提炼成长小说的概念内涵，为考察其演变轨迹提供令人信服的论据。文学理

---

① Martin Swales, *The German Bildungsroman from Wieland to Hesse*, p. 5.

② Martin Swales, *The German Bildungsroman from Wieland to Hesse*, p. 11.

③ M. H. 艾布拉姆斯著，郦稚牛、张照进、童庆生译：《镜与灯：浪漫主义文论及批评传统》，北京大学出版社 2015 年版，第 3 页。

论的源头和基础是文学文本，考察成长小说这个体裁的演变也必然要回到文本中去，以文本“事实”为依据。

在结束绪论前须要特别说明的是本书的研究对象，即为什么这本名为《西方成长小说史》的著作重点研究的是德国、英国和美国的成长小说。就成长小说自身而言，原因有如下几点。其一，德国是学界公认的成长小说的发源地，舍此，既无法厘清成长小说的核心概念及其独特而丰富的内涵，又无法说明这一小说体裁的来龙去脉。其二，英国成长小说与德国成长小说有清晰的承继路径可寻，英国是成长小说的重要流入地，而且，自从流入英国之后，这一体裁得到了极大的发展，产出量甚至超出了其来源国德国。英国成长小说在 19、20 世纪成为西方成长小说的主力军，因此，不深入研究英国成长小说就无法观察成长小说的主流发展方向。此外，它还是成长小说登陆美国的重要桥梁。其三，虽尚未发现美国成长小说与德国成长小说之间的直接关联，但由于英美两国历史和文化之间特殊的渊源关系，我们不难发现它们在价值观念和成长小说发展方面类似的精神气质，尤其是 19 世纪在对人的成长和自然的观念上所表现出的超验主义的倾向，如英国的卡莱尔与美国的爱默生和霍桑等作家之间相近的超验想象和对精神生活的重视。当然，美国成长小说的兴起与发展有其独特的动因：美国这个相对年轻的国家有一种独特的民族心理，美国人因其国家“年轻”，往往特别关注个体的成长，以此来表达他们对民族发展的关注。美国成长小说佳作频出，尤其是进入 20 世纪以来，成为了西方成长小说不可或缺的组成部分。再说说笔者个人方面的原因：一是本人专业领域和能力所限，纵使有心扩大研究范围也无力为之；二是在我看来，无论怎么用力也不可能穷尽所有西方国家的成长小说，“以偏概全”势所难免。

为方便读者和研究者，本书备有两个附录：《中外文术语对照表》和《索引》。《对照表》内容不限于术语，还涵盖成长小说代表作、代表作家及重要人物；且大部分条目下都有简明扼要的文字介绍。

第一章　成长小说研究述评

导语：梳理18世纪下半叶以来国内外成长小说研究的历史与现状，通过学术史回顾确定本研究的逻辑起点。

一般认为，成长小说起源于18世纪后期的德国，它以歌德的《威廉·麦斯特的学习时代》（*Wilhelm Meisters Lehrjahre*, 1795–1796）为开端。[①] 英国成长小说通常被认为是德国成长小说在英国的延伸，英国作家卡莱尔（Thomas Carlyle, 1795–1881）于1824年翻译出版了歌德的《学习时代》，并在1833至1834年间发表了其自传体小说《旧衣新裁》（*Sartor Resartus: The Life and Opinions of Herr Teufelsdröckh*，又译《拼凑的裁缝》），该书被普遍认为是英国的第一部德国式成长小说。此后，一批英国小说家受其启发创作类似的小说。成长小说经由英国传到美国之后，反映成长问题成了美国文学的一个重要特色和传统。20世纪，成长小说深受英美诸国，尤其是美国女性作家和少数族裔作家的青睐，并产出了一批成长小说佳作。

① 为简洁和节省篇幅起见，以下将《威廉·麦斯特的学习时代》简称为《学习时代》，但直接引语除外，引文保留原文的指称方式。

很自然，对成长小说的研究也是率先在德国展开的。不过，有意思的是，对成长小说的研究要早于《学习时代》的问世，甚至先于“成长小说”这个术语的出现。[①] 布兰肯伯格（Friedrich von Blanckenburg, 1744–1796）在分析克里斯多夫·马丁·维兰德（Christoph Martin Wieland, 1733–1813）的小说《阿迦通的故事》（*Geschichte des Agathon*, 1766–1767）时注意到这部小说的与众不同之处，即小说重点描写的是主人公的心理变化，并敏锐地捕捉到一个信息：德国开启了一个新的小说传统——后来所谓的成长小说。作为文人，布兰肯伯格的学术声誉主要建立在他的专著《论小说》（*Versuch über den Roman*, 1774）上，这部著作标志着德国小说史上有了一种持续稳定的模式：“成长小说将成为唯一获得德国文学世俗经文般经典地位的小说形式。”[②]

成长小说在德国的经典地位和德国作为这一小说形式的发源地的地位，在英语国家也得到了确认，因为说英语的评论家在论述成长小说时多半保留着“Bildungsroman”这个德语术语的原文，而且常常既不大写也不用斜体，以“承认在理论和实践中这个体裁都兴起于说德语的国家”。[③] 不仅如此，德国19世纪的绝大部分小说理论似乎就是对成长小说——更具体一点说，就是对歌德的《学习时代》的持续不断的评价。这在斯韦尔斯（Martin Swales）看来“并非偶然”，因为“或许《威廉·麦斯特》就是成长小说的原型”。[④] 任何对成长小说的研究都绕不开《学习时代》，而对这部小说接受情况的反映最初主要见诸歌德、席勒（Friedrich von Schiller, 1759–1805）、洪堡和克里斯蒂安·戈特弗里德·科尔纳（Christian Gottfried Körner, 1756–1831）等人之间来往的书信，尤其是歌德与席勒之

---

① 为了保持论述话题的相对集中，相关讨论详见本书第二章第一节《“成长小说”概念的形成及术语的来源》，这里暂不展开讨论。

② Todd Curtis Kontje, *The German Bildungsroman: History of a National Genre*, pp. 8–9.

③ Todd Curtis Kontje, *The German Bildungsroman: History of a National Genre*, p. ix.

④ Martin Swales, *The German Bildungsroman from Wieland to Hesse*, p. 28.

间的书信。歌德和席勒之间的书信尽显谦谦君子的风范，因为在席勒看来，《学习时代》表达的主要思想不够清晰，但他又称自己的这一批评为“不择之言”（whim），而歌德则坦然承认自己小说的这一“缺陷”，并称他小说中的这种转弯抹角的现象源于他深层的性格特点：出于“某种现实的痉挛”——一种不自觉的习惯行为。[①] 上述诸位以及施莱格尔（Friedrich Schlegel, 1772–1829）和诺瓦利斯（Novalis, 原名格奥尔克 · 菲力普 · 弗里德利希 · 弗赖赫尔 · 冯 · 哈登贝格，Georg Philipp Friedrich Freiherr von Hardenberg, 1772–1801）的评论在成长小说研究史上特别重要，尽管他们当时并没有使用“成长小说”这一术语，他们对歌德小说各具特色的评价为后来对这个小说体裁的研究做了大量的铺垫工作。[②]

席勒与歌德在关于《学习时代》的书信（从 1794 年 12 月到 1796 年夏天）中所表达的观点，此后在 19 世纪围绕小说的论争中得到进一步的阐释，这有助于我们加深对小说，尤其是成长小说的理解。这里最突出的贡献是格奥尔格 · 威廉 · 弗里德利希 · 黑格尔（Georg Wilhelm Friedrich Hegel, 1770–1831）在《美学》（*Vorlesungen über die Ästhetik*, 1835）中所表达的观点，他认为现代小说中的核心冲突是“诗意心灵与抵抗性的平凡环境之间”的冲突。根据斯韦尔斯的考察，以小说中的这一“诗意”与“平凡”之间的对峙为话题的讨论可以说贯穿了整个 19 世纪德国的小说理论。对小说做如此理论探讨的有弗里德利希 · 施莱尔马赫（Friedrich Schleiermacher, 1819–1832）、卡尔 · 伊默尔曼（Karl Immermann, 1826）、亚瑟 · 叔本华（Arthur Schopenhauer, 1851）、卡尔 · 古茨科（Karl Gutzkow, 1855）、弗里德利希 · 特奥里多尔 · 费肖尔（Friedrich Theodor Vischer, 1857）、奥托 · 路德维希（Otto Ludwig, 1860）、弗里德利希 · 斯皮尔哈根（Friedrich Spielhagen, 1874）、古斯塔夫 · 弗莱塔克（Gustav Freytag,

---

① Martin Swales, *The German Bildungsroman from Wieland to Hesse*, p. 25.

② 参见 Todd Curtis Kontje, *The German Bildungsroman: History of a National Genre*, p. 9。

1886）等。[①] 而 19 世纪这些对德国小说理论的探讨在很大程度上就是对成长小说的研究。

在英美国家，成长小说研究始于 20 世纪上半叶，当时，学者们的研究主要集中在概念的界定、德国成长小说对英美等国成长小说的影响上，成果散见于各种期刊与论著中，没有形成体系。具有开创意义的成长小说研究成果要数 1930 年苏珊 · 豪（Susanne Howe）发表的《威廉 · 麦斯特与他的英国亲属们——生活的学徒》（*Wilhelm Meister and His English Kinsmen: Apprentices to Life*）。该书不仅追溯了成长小说在德国产生的背景，介绍了成长小说主人公成长的模式以及此类小说在英国的传播情况，还探讨了 19 世纪和当时的英国小说中的成长主题。苏珊 · 豪这部具有原创性的著作囊括了卡莱尔、布尔沃－利顿（Edward Bulwer-Lytton, 1803–1873）、迪斯雷利（Benjamin Disraeli, 1804–1881）和梅雷迪思等作家，基本确立了英国成长小说在现实主义文学中的地位，使之成为一个可以辨认的小说体裁。遗憾的是，这部具有里程碑意义的学术著作在当时并没有引起一股成长小说的研究热潮。第二次世界大战后关于德国成长小说的重要研究主要来自英美国家，这些批评者从德国之外的视角探讨了“德国历史、自我教育的观念和成长小说之间的联系”。例如，帕斯卡尔（Roy Pascal）在 1956 年出版的《德国小说》（*The German Novel*）中以三分之一的篇幅分析了四部著名的成长小说：《学习时代》、凯勒（Gottfried Keller, 1819–1890）的《绿衣亨利》（*Der grüne Heinrich*, 1854–1855; 1879–1880）、施蒂夫特（Adalbert Stifter, 1805–1868）的《晚年的爱情》（*Der Nachsommer*, 1857）和托马斯 · 曼（Thomas Mann, 1875–1955）的《魔山》（*Der Zauberberg*, 1924）。帕斯卡尔认为，在这种小说中，“现代德国社会最深层的精神问题能够得到可感知的体现”，并指出它是一个人物性格形

① 参见 Martin Swales, *The German Bildungsroman from Wieland to Hesse*, p. 22。以上论者姓名后的时间，皆为其发表相关论著的时间。

成的故事，主人公发展到“他不再以自我为中心，而是以社会为中心，于是，开始形成他真正的自我”。[①]

苏珊·豪的研究虽然在当时没有引起足够的重视，但却为后来的英国成长小说研究铺平了道路。20 世纪 70 年代之后，成长小说的研究专著陆续出版，如巴克利（Jerome Hamilton Buckley）于 1974 年出版的《青春岁月：从狄更斯到戈尔丁的成长小说》（*Season of Youth: The Bildungsroman from Dickens to Golding*）。该书是迄今为止唯一的一本比较全面地专论英国成长小说的著作，作者主要以狄更斯、梅雷迪思、乔治·艾略特、巴特勒、沃尔特·佩特（Walter Pater, 1839–1894）、哈代、韦尔斯（H. G. Wells, 1866–1946）、劳伦斯、乔伊斯、毛姆、戈尔丁（William Golding, 1911–1993）等十余位英国作家及其作品为例，集中探讨了成长小说在英国的发展。巴克利认为成长小说是关于成长的小说体裁，年轻的男性主人公所经历的成长过程通常包括如下一些“主要成分”，并言之凿凿地指出，忽视上述“主要成分”超过两三个就不符合成长小说的标准：“幼年期、代际冲突、地方风尚、较大的社交场所、自我教育、异化、爱情的考验、对职业的寻找和工作哲学”。[②] 尽管巴克利把《学习时代》称为成长小说的原型，书名和文中的大部分都采用了“成长小说”这个术语的德文原文“Bildungsroman”，但他显然没有对这个小说体裁的德国源头和《学习时代》给以足够的重视和尊重，因为书中没有论及这个小说体裁的起源、英国成长小说与德国成长小说之间的关系，尤其是没有探讨英国成长小说与德国自我教育理念之间的联系。他甚至认为将“成长小说”这个术语的德文表述运用于英国文学研究会“别扭”，因此，他不时用英语近义词语

---

① Todd Curtis Kontje, *The German Bildungsroman: History of a National Genre*, p. 69.

② Jerome Hamilton Buckley, *Season of Youth: The Bildungsroman from Dickens to Golding*, Cambridge: Harvard University Press, 1974, p. 18.

来代替。[1] 由此看来，巴克利的研究的理论根基并不牢靠，忽视了成长小说的一些核心概念，得出的部分结论也略显草率。

大概是受到20世纪60年代所谓“第二波女权主义运动”的影响，70年代成长小说在女权主义批评中仿佛突然间热络了起来，不过女权主义批评家们关注的是一种“新的或者至少是经过改进的体裁——女性成长小说，关于女性主人公成长的小说”。[2] 女性成长小说的兴起被认为是当代女权主义运动在文学中的反映，例如，1972年，埃伦·摩根（Ellen Morgan）就认为这种体裁是“受新女权主义影响最显著的文学形式”，因为“正如新女权主义所认为的，妇女是处于变化过程中的人，努力摆脱被熏陶、被压迫的心理状态”。[3]

20世纪80至90年代，成长小说研究逐渐深化，学者们除了继续对成长小说的概念进行梳理和对德国成长小说——尤其是歌德的成长小说进行研究以外，还开始对女性成长小说和黑人成长小说等成长小说分支进行深入剖析。1983年埃布尔（Elizabeth Abel）等人编辑出版了一部论文集——《心航：女性成长小说》（*The Voyage in: Fictions of Female Development*），对19世纪中叶到20世纪中叶英国、美国和德国的女性成长小说做了较全面的考察。编者在序言中指出，在成长小说研究中，学者们一直忽视了性别的问题，而她们这部书“将性别与体裁融为一体，并辨别出成长小说中具有鲜明女性特色的版本”，认为男性成长小说强调的是“个体成就和社会融合”。但她们同时承认鲜有成长小说能真正实现这种乐观的期待：个体价值的实现及其与社会的融合。而女主人公的情况更为糟糕，她们必须要不断地斗争

---

① Jerome Hamilton Buckley, *Season of Youth: The Bildungsroman from Dickens to Golding*, 1974, p. vii.

② Laura Sue Fuderer, *The Female Bildungsroman in English: An Annotated Bibliography of Criticism*, New York: The Modern Language Association of America, 1990, p. 1.

③ Laura Sue Fuderer, *The Female Bildungsroman in English: An Annotated Bibliography of Criticism*, p. 2.

以表达一切热望。[①] 该书可谓是20世纪80年代女性成长小说乃至女性文学研究中具有标杆意义的学术著作，至今鲜有出其右者。但即便是这样一部著作，编者在提出她们的研究思路时也坦言她们的研究仍囿于传统成长小说的基本假设和一般特征。她们相信“连贯的自我”，尽管未必是“自主的自我”；相信“发展的可能性”，尽管“变化可能会受挫，可能会出现在不同的阶段，速度也不一样，可能会隐藏在故事中”；坚持“发展的时间跨度”，尽管它“有可能只存在于回忆中”；强调“社会环境”，尽管把它看作是“对立面”。[②] 编者既指出了她们对经典成长小说传统的认可和继承，也表明了她们拓宽成长小说研究视野的愿望。从她们的研究成果可以看出，她们以其宽广的学术视野不仅对女性成长小说提出了独到的见解，而且敏锐地察觉到成长小说在现当代语境下的变化和发展。

1985年，巴巴拉·怀特（Barbara A. White）在《成长中的女性：美国小说中的青春期少女》（*Growing up Female: Adolescent Girlhood in American Fiction*）中指出，成长小说的另一个变体成了女权主义批评家的新宠，即一种远远超出了通常界定范围的成长小说——把“年龄大得多的女性主人公”包括在内。这种新成长小说聚焦于二十八九岁或三十出头的妇女的觉醒所引发的危机。由于这类小说不仅强调少女成长过程中令人窒息的环境，还突出了婚姻和身为人母的女性的困境，因此这些女主人公多为年龄更大的女性。这些女性有“更个性化”和更大的“精神目标”，“不论这些年长的主人公成功的原因是什么”，她们走向获得“真正女性自我”的情节都“使现代女性主义成长小说成了女性小说中最受欢迎的形式”。[③]

---

① 参见 Elizabeth Abel, Marianne Hirsch, and Elizabeth Langland, eds., *The Voyage in: Fictions of Female Development*, pp. 5, 7。

② Elizabeth Abel, Marianne Hirsch, and Elizabeth Langland, eds., *The Voyage in: Fictions of Female Development*, p. 14.

③ Barbara A. White, *Growing up Female: Adolescent Girlhood in American Fiction*, Westport: Greenwood Press, 1985, pp. 194–195.

1987 年莫雷蒂出版的《世界之路——欧洲文化中的成长小说》（*The Way of the World: The Bildungsroman in European Culture*）将叙事理论与社会历史批评结合起来研究成长小说，认为这种小说体裁既揭示也修正了社会化的过程，把每个社会成员置于特定的社会语境下考察，以揭示其所反映的特定的文化。通过比较研究，作者提出了成长小说是现代性的象征形式的观点。这种架构有利于细读歌德、勃朗特（Charlotte Brontë, 1816–1855）、狄更斯和奥斯汀等人的小说。但直至 20 世纪 90 年代初，评论家们对成长小说的确切所指仍然莫衷一是，因此，戈尔曼（Susan Ashely Gohlman）在《从头再来：当代成长小说主人公的任务》（*Starting Over: The Task of the Protagonist in the Contemporary Bildungsroman*, 1990）一书的第一章花了较大篇幅试图全面探讨“成长小说”这一术语的由来。然后选取了四部成长小说，分四章分析了其主人公成长过程的相似性。1991 年哈丁（James Hardin）编辑出版了《思与行——论成长小说》（*Reflection and Action: Essays on the Bildungsroman*）。该书的题目概括了“成长小说的两极”——“思”与“行”之间的关系：主人公必须要行动，同时主人公与读者都必须要就“思想和心灵的成长”进行思考。事实上，正是主人公的“热情”“他天真的精神、他的干劲和魄力具有吸引力并维持着读者对他的兴趣”。[①] 这是一部论文集，其特点是收集了多位本领域权威专家的成果，主体是从德语译出的论文，还有少数论文是专为该论文集撰写的。该书从理论到创作实践对成长小说做了多方面的论述，论文大致分为两类，其一是介绍成长小说的历史，探讨使用“成长小说”这一术语遇到的问题；其二是对最有代表性的成长小说——主要是德国成长小说文本进行分析。

对“成长小说”这个术语乃至这个体裁提出质疑的还有雷德菲尔德（Marc Redfield, 1958– ）。他在《虚幻的形式——美学意识形态与成长小

① James Hardin, “Introduction,” in James Hardin (ed.), *Reflection and Action: Essays on the Bildungsroman*, Columbia: University of South Carolina Press, 1991, p. xiii.

说》（*Phantom Formations: Aesthetic Ideology and the Bildungsroman*, 1996）的前言中开宗明义地指出：成长小说“这个体裁并非严格存在，在一定意义上说，可以证明它不存在：你可以带着‘自我教育’（它本身就不是一个简单的术语）的经典定义，走进最通常被称为成长小说的小说中去，（结果）难度不同地表明，这些小说对于它们声称要为之服务的自我教育的过程要么超出了范围，要么没有达到预期，或提出质疑。甚至《威廉·麦斯特的学习时代》都可能（且已经）被排除在它所示范的这个体裁范围之外”。他认为“成长小说”是批评带来的“文学意识形态构建”的典范，其中心论点是“成长小说的概念使美学的希望和陷阱更加明朗化，美学反过来又示范了我们所称的意识形态”。[①] 在他看来，成长小说就是一个幽灵，或幻影，意即实际不存在的东西。

20 世纪后半叶至今，西方文论界有一个整体性的转向，即由所谓的“内部研究”向“外部研究”的转化。外部研究十分关注文本以外的各种要素对文学创作的影响并挖掘文本所反映的社会、历史和文化等意识形态意义。体现在成长小说研究方面的就是学者们展开了对少数族裔成长小说和女性成长小说的研究。这些论者对豪和巴克利等的观点进行了重大修正。历史上将自我教育仅仅局限于男性的观念在 20 世纪 80 年代受到挑战，质疑男性独享自我教育成为女性成长小说研究的一个中心话题。例如，苏珊·弗雷曼（Susan Fraiman）专门研究英国女性成长小说的《不相称的女人——英国女作家与成长小说》（*Unbecoming Women: British Women Writers and the Novel of Development*, 1993）首先对以男性为主人公的经典成长小说模式提出质疑，然后对简·奥斯汀、夏洛特·勃朗特和乔治·艾略特等几位在乔治和维多利亚时代创作的女作家及其作品进行了研究。弗雷曼不仅对成长小说的定义提出挑战，而且对美国学术界在经典界定中

① Marc Redfield, *Phantom Formations: Aesthetic Ideology and the Bildungsroman*, Ithaca: Cornell University Press, 1996, pp. vii–viii.

存在的偏见提出了女性主义批判和元批评式的阐述。在弗雷曼看来，苏珊·豪的著作巩固了歌德成长小说的原型地位，创造了一个批评的神话：这种批评紧紧围绕男性自决的故事展开讨论，男性自决与封建主义和资本主义制度对职业和劳动的决定形成了对照。但19世纪英国女性成长小说创作者却通过她们的创作实践揭露了“选择、流动性和内在性——男性成长的神圣主题”都只不过是虚构的，而弗雷曼等女性主义学者则利用小说中维多利亚妇女被从男性成长故事中边缘化这一现象，揭露经典成长小说中存在的意识形态的张力，尤其是质疑其在“内在欲望与社会习俗之间”达成模式化妥协的能力。①

莱塞（Geta J. LeSeur）的《十岁是黑暗的年龄——黑人成长小说》（*Ten Is the Age of Darkness: The Black Bildungsroman*, 1995）是对黑人成长小说进行专门研究的论著。冯品佳（Pin-chia Feng）的《托尼·莫里森与汤婷婷的女性成长小说——一种后现代解读》（*Female Bildungsroman by Toni Morrison and Maxine Hong Kingston: A Postmodern Reading*, 1997）从后现代的视角对美国少数族裔女作家——黑人女作家和华裔女作家创作的女性成长小说做了对比研究。还有的对某一作家作品中的女性成长主题做专门研究，如卡多尼（Agnes Toloczko Cardoni）的《女性的道德成长——蒂莉·奥尔森小说中的少女人物》（*Women's Ethical Coming-of-age: Adolescent Female Characters in the Prose Fiction of Tillie Olsen*, 1998）。上述研究的特点是关注以特定群体——如少数族裔和女性等为描摹对象的成长小说，并将小说主人公的成长置于特定的社会和文化语境中考察，以揭示小说所反映的社会问题及相关主题。

20世纪中后期，由于受到各种新潮文艺理论的冲击，对成长小说这种文类的研究似乎日渐式微，但到了世纪末，尤其是进入新千年以来，成长小说研究成果迭出，族裔文学和女性文学仍受关注。例如，斯坦（Mark

① Jed Esty, *Unseasonable Youth: Modernism, Colonialism and the Fiction of Development*, New York: Oxford University Press, 2012, p. 49.

Stein）的《英国黑人文学——变化的小说》（*Black British Literature: Novels of Transformation*, 2004）把英国黑人文学同成长小说体裁联系起来，考察多元文学宝库中文学变化的潜质；艾丽西亚·奥塔诺（Alicia Otano）的《说过去——亚裔美国成长小说中的儿童视角》（*Speaking the Past: Child Perspective in the Asian American Bildungsroman*, 2004）探讨了少数族裔文学作品中作为叙事策略的儿童叙事视角，该书将亚裔美国文学研究置于美国儿童文学的语境下，透过儿童和成人的双重视角挖掘少数族裔文学的多重意义，并考察叙事视角的细微差异及个人和族裔的定位问题。而贾珀托克（Martin Japtok）的《成长中的少数族裔——美国非洲裔和犹太裔小说中的民族性和成长小说》（*Growing up Ethnic: Nationalism and the Bildungsroman in African American and Jewish American Fiction*, 2005）则从成长小说的角度对比研究了美国黑人小说和犹太小说。

世纪初出版的成长小说论著表现出了综合研究的趋势，但主要还是以德国成长小说为参照系，集中研究英语成长小说，对英美成长小说缺乏系统的对比研究。杰弗斯（Thomas L. Jeffers）的《学习时代——从歌德到桑塔亚那的成长小说》（*Apprenticeship: The Bildungsroman from Goethe to Santayana*, 2005）显然是为以英语为母语的读者所写，因此，他在第一章首先探讨了歌德的经典成长小说《学习时代》，并在第二章回顾了“自我教育”观念的起源及其在英语文化中的吸收与同化，为下文研究英美成长小说搭建了文化平台。这部著作以歌德的小说为参照重点研究了狄更斯的《大卫·科波菲尔》（*David Copperfield*, 1850）、詹姆斯（Henry James, 1843–1916）的《梅齐知道什么》（*What Maisie Knew*, 1897）、福斯特（E. M. Forster, 1879–1970）的《最长的旅程》（*The Longest Journey*, 1907）、劳伦斯（D. H. Lawrence, 1885–1930）的《儿子与情人》（*Sons and Lovers*, 1913）以及桑塔亚那（George Santayana, 1863–1952）的《最后的清教徒》（*The Last Puritan*, 1935）等。这是笔者到目前为止发现的有关英美成长小说研究的第一部综合性专著，它的研究起点是学界公认的成长小说范本——歌德的《学习时代》和经典的自我教育观念，特点是以成长小说的经典范式为依据着重解读五位英美小说家创作的六部成长小说文本。但这部著作没有涉及少数族裔成长小说，对女性成长小说的关注也明显不够，这点作者已有认识并为自己做了辩护。此外，该书既没有辨析英美成长小说之间的差异，也没有对英美成长小说文本进行比较研究。

卡斯尔于2006年出版的《现代主义成长小说解读》（*Reading the Modernist Bildungsroman*）集中研究了20世纪前后约30年由王尔德、乔伊斯（James Joyce, 1882–1941）、哈代（Thomas Hardy, 1840–1928）、劳伦斯和吴尔夫（Virginia Woolf, 1882–1941）等英国现代派作家创作的成长小说。作者在详细分析哈代的《无名的裘德》（*Jude the Obscure*, 1895）、劳伦斯的《儿子与情人》、王尔德的《道连 · 格雷的画像》（*The Picture of Dorian Gray*, 1890）、乔伊斯的《一个青年艺术家的肖像》（*A Portrait of the Artist as a Young Man*, 1916）和《尤利西斯》（*Ulysses*, 1922）以及吴尔夫的《达洛维夫人》（*Mrs. Dalloway*, 1925）的基础上，运用阿多诺（Theodor Adorno）在《否定的辩证法》（*Negative Dialectics*, 1973）中阐述的观点分析认为，经典成长小说的叙事模式似乎在现代主义小说中业已失势，但他通过对英国与爱尔兰成长小说的历史语境的研究发现，经典的自我教育观在现代依然充满活力，其活力在于它能够以一种自觉的批评形式再现现代复杂而矛盾的自我发展模式，进而对成长小说进行重构。《现代主义成长小说解读》对上述几部现代成长小说经典文本做了深入的探讨，用辩证的眼光颇有说服力地阐明了成长小说创作与研究中存在的对于传统与发展问题的困惑。但这部著作广度不够：从国别上看，它名为《现代主义成长小说解读》，但实际上只研究了英国和爱尔兰作家的小说，美国成长小说没有涉猎；从时间跨度上看，它只涵盖了约30年之间创作的成长小说。

近十多年来的成长小说研究还呈现出向政治和意识形态领域渗透的趋势。除了上文提到的在20世纪末出版的《虚幻的形式——美学意识形态与成长小说》之外，约瑟夫 · 斯劳特（Joseph R. Slaughter）于2007年出版的专著《人权联合公司——世界小说、叙述形式与国际法》（*Human Rights, Inc.: The World Novel, Narrative Form, and International Law*）从历史、意识形态和叙述形式等几个方面探讨了小说与人权之间的相互依存关系，认为20世纪世界文学的兴起与国际人权法是相互关联的，成长小说为“人的个性自由和全面发展”提供了概念词汇、人文社会图景和深层叙事语法，发挥了法律无法实现的社会文化功能，某种意义上推动了人权法的实施。[①]所谓“联合公司”指的是，尽管人权和自我教育的理念当下依然活跃，但“它们在多民族资本主义全球化的时代已经被商业化、市场化——组成公司了”。[②]从《学习时代》出发，斯劳特集中探讨了当代后殖民语境下的成长小说，显示了他开阔的学术视野，以及发挥文学的社会和教化功能的努力。这种研究方法或许会给身处“物质至上”“文学无用”的浮躁社会氛围中的我国外国文学研究者带来启示和鼓舞。改革开放以来，我们的文学研究似乎离政治和意识形态越来越远了，这是不是从一个极端走向了另一个极端呢？从社会、文化乃至政治的角度对意识形态意味浓郁的成长小说展开研究，或许是对整个文学研究的一种补充，也可以说是对最近30多年来我国文学研究领域中政治和意识形态批评相对缺位的一种补充。当然，这里有两点值得我们注意：一是不能把文学研究政治化；二是坚持中国视角和中国观念，剔除西方学者根深蒂固的意识形态偏见。

除了上述直接将成长小说与政治和意识形态挂钩的研究以外，近年来的成长小说研究依然同女性和殖民话语相关，该领域的研究保持着“向外转”的趋势，即继续对小说进行所谓的外部研究。2009年在英美同时出版的由埃伦·马克威廉姆斯（Ellen McWilliams）撰写的《玛格丽特·阿特伍

① 参见 Joseph R. Slaughter, *Human Rights, Inc.: The World Novel, Narrative Form, and International Law*, New York: Fordham University Press, 2007, pp. 3–4。

② Joseph R. Slaughter, *Human Rights, Inc.: The World Novel, Narrative Form, and International Law*, 2007, p. 34.

德与女性成长小说》（*Margaret Atwood and the Female Bildungsroman*）将阿特伍德的小说置于复杂的成长小说历史语境中，探讨这个具有鲜明德国特色的小说体裁如何摆脱其男性传统从而呈现出新的面貌，并以阿特伍德的作品为例探讨成长小说是如何折射出女性主义和加拿大民族主义光芒的。此外，杰德·埃斯蒂（Jed Esty）近年来一直致力于现代主义和后殖民研究，成果包括2004年出版的《萎缩的岛屿——现代主义与英国的民族文化》（*A Shrinking Island: Modernism and National Culture in England*）以及2005年与人合作编辑出版的《后殖民研究及其他》（*Postcolonial Studies and Beyond*）等。

埃斯蒂的《不合时宜的青年——现代主义、殖民主义与成长小说》（*Unseasonable Youth: Modernism, Colonialism and the Fiction of Development*, 2012）主要讨论"帝国时期主体形成的小说"。正如编者在该书前言中指出的，作者埃斯蒂似乎在书中提出的是这样的问题：19世纪成长小说中的"国家构建（nation-building）和自我建设（self-making）"是"互为寓言"的，当支撑当时成长小说的这种寓言似乎不再足以再现日益全球化背景下的生活时，小说的形式出了什么问题？在埃斯蒂看来，青年的成长与国家的命运密切相关，描述个体从天真到成熟的成长小说，往往都假设一种成熟的理想，而这种理想又与国家命运的观念密切相关。长大成人就是要完成从天真青年到成熟公民或完全融入社会这一过程。但随着全球化的到来，这个看似稳定的国家形式受到不再那么确定的参照系的挑战，过去看似必然的进步——"从青年到成年、从个体到公民"——正逐渐丧失其必然性。成长小说开始关注一种"病症"（pathology），将"不能或不愿长大的成长受阻的个体"说成是"冻结的青年"（frozen youth），这标志着原先人们所认知的"国家"已过时。于是，人们不禁想起彼得·潘（Peter Pan）——不肯长大的小孩，还会想起王尔德笔下的道连·格雷、康拉德的吉姆、吴尔夫的雷切尔·温瑞丝和乔伊斯的斯蒂芬·迪达勒斯等膨胀的青春期。[①] 值得一提的是，在研究方法上，埃斯蒂的这部新作具有形式主义和历史研究相结合的特点，而埃斯蒂所说的那种“病症”切中了成长小说发展的一个重要趋势——现代主义转向，即全球化对国家的稳定性构成严峻挑战，表现在成长小说中就是主人公不能或不愿长大，形成了一种反成长小说。这点值得我们进一步研究。

综上所述，国外成长小说研究专家大致可分为两类。一类主要是在德国传统的框架内研究，他们把成长小说看成是德国历史上特有的一种文学现象。例如，马蒂尼（Fritz Martini）在《成长小说——术语与理论》（“Bildungsroman – Term and Theory”）一文中就认为成长小说不是作为一种“美学形式”出现的，而是作为一种“历史形式”出现的，它源于在“特定和有限的历史条件”下对“世界和自我的理解”，因此，成长小说只是一种历史现象，而不是一种文学体裁。[②] 这部分专家倾向于把从维兰德和歌德一直到托马斯·曼和赫尔曼·黑塞（Hermann Hesse, 1877–1962）等创作的一系列小说文本视为正典，并神圣化，坚持认为成长小说是在德国特定的政治和文化气候中发展起来的，在批评话语中它的历史同德国变化着的历史命运保持着密切的联系。[③] 莫雷蒂和雷德菲尔德专注于19世纪的德国和法国成长小说。莫雷蒂甚至在20世纪初的英国成长小说中就看到了这一小说形式的衰亡。迈尔斯（David Miles）持类似的观点，他在对成长小说做历史梳理中发现了“这一体裁绝对终结”

---

① Mark Wollaeger and Kevin J. H. Dettmar, “Foreword,” in Jed Esty, *Unseasonable Youth: Modernism, Colonialism and the Fiction of Development*, p. ix.

② Fritz Martini, “Bildungsroman – Term and Theory,” in James Hardin (ed.), *Reflection and Action: Essays on the Bildungsroman*, Columbia: University of South Carolina Press, 1991. p. 24.

③ 参见 Todd Curtis Kontje, *The German Bildungsroman: History of a National Genre*, p. 111。

的迹象。[①]

另一类专家则持完全相反的立场，他们对成长小说死亡论不以为然。其基本观点是，一个作家们依然在其总体框架内不断创作的小说体裁不可能已经死亡；相反，它正以前所未有的强劲势头向前发展，呈现出多元化和不断变化的特征，小说中的主体意识更强，同社会的联系更加密切。而对既有体裁的超越与突破恰恰说明成长小说依然鲜活，生命力旺盛。茨维坦·托多洛夫（Tzvetan Todorov, 1939–2017）在他的《话语中的类型》（*Genres in Discourse*, 1990）一书中说："一部作品'背违'它的体裁并不意味着这个体裁不存在"，因为"越界（transgression）以规则的存在为前提——正是那个被违背的规则。……规则恰恰是因为越界才显现出来——产生了"。[②] 新世纪的专家也持类似的观点。例如，卡斯尔就认为"正是身份，标准的、和谐的社会化等传统形式的打破给成长小说带来新的目的和意义"。[③] 如此看来，现代成长小说通过对经典小说固有模式的改造和批判给这个小说体裁注入了新的活力。第二类专家竭力淡化成长小说的民族属性，强调这个体裁同普通的现代性之间的密切关系。例如，在 20 世纪 30 年代，巴赫金认为成长小说不同于之前的小说形式的两个特征是：其一，"它描摹的是发展（becoming）过程中的人物"；其二，"透过发展中的主人公我们可以瞥见历史的变化"。[④] 这样，成长小说由一个民族体裁逐渐成为国际体裁，批评家们的批评视野也随之拓宽。他们在反驳成长小说唯德国论的同时，对成长小说的不同变体也做了精细的区分。赫希（Marianne Hirsch）在《作为类型的成长小说：远大前程与幻灭之间》（"The Novel of

---

① Feng Pin-chia, *The Female Bildungsroman by Toni Morrison and Maxine Hong Kingston: A Postmodern Reading*, New York: Peter Lang Publishing, Inc., 1998, p. 10.

② Tzvetan Todorov, *Genres in Discourse*, trans. by Catherine Poter, Cambridge: Cambridge University Press, 1990, p.14.

③ Gregory Castle, *Reading the Modernist Bildungsroman,* p. 5.

④ Todd Curtis Kontje, *The German Bildungsroman: History of a National Genre*, p. 111.

Formation as Genre: Between Great Expectations and Lost Illusions," 1979）一文中对比研究了德国成长小说与英法成长小说，提出了欧洲成长小说的概念，把更乐观、政治上保守的德国成长小说与英国和法国的"幻灭小说"（novel of disillusion）区分开来。①

在某种意义上，成长小说研究的历史就是这一小说体裁的概念不断延伸和超越的历史，研究者不断扩大成长小说概念的内涵与外延，推动成长小说在一个又一个突破和超越中向前发展："先是超越德国原型，然后是超越历史的限界，现在是超越男性自我教育的概念和作为情节发展形式的线性的、前景化的叙事结构。"② 随着第二波女权运动在 20 世纪 60 年代兴起，女性成长小说数量猛增，女性批评亦随之高涨。现代女性成长小说成了"女性小说中最流行的形式"，③ 也成了成长小说批评领域的新宠。其流行还应归因于成长小说自身的特点："成长小说强调压抑的环境因素，强调对个性变化和成熟必不可少的幻灭过程，强调个人选择所创造的变化的可能性，使它成为对现代女性具有吸引力的体裁，这些女性一心要表达女性觉醒、意识提高并宣告自我界定的新身份。"④

总体上说，19 世纪的批评家把成长小说中的核心概念——自我教育——看作是"一个有机的过程"，强调个体的成熟和融入社会。反对成长小说中这种强调个体和谐成长和得到社会肯定的批评倾向始于浪漫主义批评家，到战后成了文学批评的主流。这类批评家强调个体成长的艰难。此时的成长小说中出现了尖锐的社会批评，揭示了个体遭受遏制和自我专注可能带来的灾难性政治后果。这类批评多半把成长小说看作德国的民族

---

① Patricia Alden, *Social Mobility in the English Bildungsroman: Gissing, Hardy, Bennett, and Lawrence*, p. 133.

② Elizabeth Abel, Marianne Hirsch, and Elizabeth Langland, eds., *The Voyage in: Fictions of Female Development*, pp. 13–14.

③ Barbara A. White, *Growing up Female: Adolescent Girlhood in American Fiction*, p. 195.

④ Feng Pin-chia, *The Female Bildungsroman by Toni Morrison and Maxine Hong Kingston: A Postmodern Reading*, p. 9.

体裁，但与此同时，成长小说研究呈现出国际化的倾向，“成长小说”这个德国术语被广泛地运用于其他民族文学的研究中。[①]

就在拙作发排前做最后改定的过程中，西方成长小说研究又有了新的进展，先后有两本有关成长小说历史研究的专著出版，它们分别是《成长小说史：从古代开端到浪漫主义》（*A History of the Bildungsroman: From Ancient Beginnings to Romanticism*, 2018）和《成长小说史》（*A History of the Bildungsroman*, 2019）。前者是一个大项目的一部分，作者计划从古代文学开始溯源，然后覆盖维多利亚时代、现代主义和后现代主义成长小说发展的全过程。作者学术志向远大，此项研究如果能够完成也确有重要的学术价值，因为至今尚无这等规模的成长小说史问世。但目前只写到浪漫主义时期，即成长小说真正成型之前，主要探讨了成长小说的起源，而且从目前的情况来看，该作者只准备专门研究英国成长小说。如作者所言，出版这部书的目的是循着巴赫金的足迹，“说明成长小说有一个发展历史”。[②] 而拙作重点梳理了上述新著尚未研究的歌德的《学习时代》以来成长小说在德国、英国和美国的发展历程，还辟专章对成长小说的缘起和概念形成做了较深入的探讨。相比之下，笔者的研究已经走在了前面。第二部新著——《成长小说史》在空间的覆盖面上要比第一部宽广得多，但笔者发现这是一本编著，编者声称这是成长小说体裁“迄今时间和空间跨度最大”的“第一次综合研究”，前后跨越200余年，涵盖了德国、法国、英国、俄罗斯、美国以及苏联的成长小说。[③] 这部著作确如编者所言，涵盖之广前所未有，囊括了西方主要国家的成长小说，不仅如此，它还探讨了成长小说这种传统上主要关注年轻白人男子的小说体裁是如何被用来描写弱势

① 参见 Todd Curtis Kontje, *The German Bildungsroman: History of a National Genre*, p. 110。

② Petru Golban, *A History of the Bildungsroman: From Ancient Beginnings to Romanticism*, Newcastle upon Tyne: Cambridge Scholars Publishing, 2018, p. xi.

③ Sarah Graham, “Introduction,” p. 1.

和性少数群体成长经历的。例如，它对 20 世纪女性成长小说，后殖民成长小说，同性恋、双性恋、跨性别和“酷儿”（LGBTQ）成长小说等做了专章论述。但这本编著的缺陷是明显的，各章节虽然多由这个领域的一流专家撰写，但前后呼应不够，因此这本书内在的逻辑性不强，与其说它是一部成长小说史，不如说它是一本有关成长小说的论文集。其中有较为深入的专题研究，但成长小说发展的线索不明显，更缺乏对各个阶段代表性作品的深入分析。但它表明编者有对成长小说做综合和对比研究的意向，而这正弥补了当前成长小说研究中的不足。

上述两部新著的出版表明，西方学者已意识到，从历史流变的角度对成长小说做全面的综合和对比研究非常必要。这正是笔者在这部书中努力的方向。

调研显示，国外近年来对成长小说的研究主要是围绕着性别、种族乃至政治等社会、历史和文化因素所展开的外部研究，虽然也有走向综合研究的趋势，但还没有在真正意义上对欧美成长小说进行比较系统的综合对比研究。已有的带有对欧美成长小说做整体考察性质的研究也多集中在 20 世纪 40 年代之前的成长小说文本上，鲜少涉及此后出版的成长小说文本。因此，该领域的研究范围有待扩大，系统的深度研究有待加强，内容亟待更新，以便整体上把握成长小说的发展历史及其最新的发展态势。

在国内，对西方尤其是英美的成长小说的研究只是近年来的事情，研究论文数量较少，而且多半是对具体作品的解读。进入 21 世纪，国内已有少量关于美国成长小说的专著出版。2008 年安徽人民出版社出版了笔者经过修改的英文版博士论文《美国成长小说艺术与文化表达研究》（*A Study of Artistic and Cultural Expression of American Bildungsroman*）。该书对经典成长小说与美国成长小说做了比较，并在解读《哈克贝里 · 费恩历险记》（*Adventures of Huckleberry Finn*, 1883）、福克纳（William Faulkner, 1897–1962）的《熊》（“The Bear,” 1942）和塞林格（J. D. Salinger, 1919–2010）的《麦田里的守望者》（*The Catcher in the Rye*, 1951）的基础上对美国成长小说的演变及其文化表达做了探讨。该书虽然在文本研究上向前推进了10年左右，但由于选题所限，不可能对关系十分密切的欧美成长小说在历史传承上做系统的梳理，也没有对二者之间的异同做深入的对比研究。而这正是本书着力解决的问题之一。

纵览20世纪后半叶的美国成长小说，我们发现它们既有对欧洲传统小说模式的继承，又有从形式到内容等方面的革新和超越，但反映“天真的失落”是此类小说近来最明显的特征。传统小说中那种天真受到经验腐蚀的象征在新近问世的成长小说中被颠覆了，这些极端的例子或许预示着美国成长小说发展的新动向——走向反成长小说。这一新动向也是本书的研究内容之一。

总而言之，国内外学者对西方成长小说及其相关的诸多问题都做过探讨，却流于零碎，缺乏整体性的观照。进入21世纪以来，成长小说研究已呈多元发展态势，很难说哪一种声音占主导地位，社会、心理、后结构主义和女权主义等批评方法并用，也符合当前文学批评的整体发展趋势。实际上，以德国、英国和美国为代表的西方成长小说存在着复杂的内在关联，唯有通观，才能真正把握这一小说样式的来龙去脉，进而领会成长小说的社会文化价值和意义。鉴于此，本研究拟在辨析成长小说基本概念和核心要素的基础上，细致梳理成长小说的发展脉络，并在更高层面上对成长小说做本体论思考。

第二章 “成长小说”考辨 *

导语：考辨“成长小说”，追溯“成长小说”概念的形成和这一术语的来源；爬梳文献和史上有关成长小说的概念之争；考察其“前身”——自传和忏悔小说等及其“近邻”——发展和教育小说等，正本清源，提炼出成长小说的核心内涵与本质特征。

如果必须用一句话来概括成长小说的话，那么，或许可以说，成长小说是讲述年轻人努力了解世界本质、探索人生意义、学习生活艺术的一种小说。但正如威廉·布莱克所言，“要概括就是要当白痴。”① 这种概括只是一般性介绍，算不上是定义，更不是严格意义上的学理阐释，因为它太过宽泛，太过模糊。

然而，学界对成长小说的界定在很大程度上仍停留在这个层面。对于

---

* 本章的前言、第一和第二节的主要内容已发表，详见拙作《成长小说的缘起及其概念之争》（载《山东外语教学》2014 年第 1 期，第 73 ～ 79 页）。

① Kenneth Millard, *Contemporary American Fiction: An Introduction to American Fiction Since 1970*, Beijing: Foreign Language Teaching and Research Press, 2006, p. 4.

什么是成长小说，国内似乎并无明确、一致的看法；国外虽然讨论了很多，这一术语也被频频使用，但至今也没有取得一致的意见，正如戈尔曼所言："是什么构成了一部成长小说，或者哪些小说属于这个传统，在这方面实际上意见并不统一。"① 成长小说这一概念看似简单，但调研显示，它是"出了名地难以界定"。② 有的认为它是"可改变的、暂时性的"，有的认为它是"变化多端的"。③ 没有严格的定义，有的只是尝试性的描述，而且对于文学评论界和史学界而言，这一术语的内涵和外延也不尽相同。像许多文学研究中的其他核心话语一样，"成长小说"这个术语有被滥用的倾向，简化和泛化的趋势正在凸显。

在当代批评语境中，成长小说这个术语在其范围和功能诸方面也存在纷争。争论主要围绕着这样一个基本问题：成长小说是否必须受到作为主人公成长基础的一套绝对的社会和道德价值观的影响？④ 问得再具体一点：成长小说作为一种文学样式能不能突破其经典作品尤其是歌德的《学习时代》的情节发展模式？争论的核心在于主人公最后要不要融入社会，被社会所接纳，成为社会有机的一分子。

持保守态度的人认为"社会化"（socialization）是对成长小说主人公的必然要求，主人公只有最终在社会和个人之间建立一种和谐关系才算完成了他的"学徒期"，真正长大成人，这样的小说才是成长小说。巴赫金基本持这种态度，他在论述循环型成长小说时就指出，这类成长小说"勾

---

① Susan Ashley Gohlman, *Starting Over: The Task of the Protagonist in the Contemporary Bildungsroman*, New York: Garland Publishing, 1990, p. 228.

② Marc Redfield, "The Bildungsroman," in David Scott Kastan (ed.), *The Oxford Encyclopedia of British Literature* (vol. 1), Shanghai: Shanghai Foreign Language Education Press, 2009, p. 191.

③ Randolph P. Shaffner, *The Apprenticeship Novel: A Study of the «Bildungsroman» as a Regulative Type in Western Literature with a Focus on Three Classic Representatives by Goethe, Maugham, and Mann*, New York: Peter Lang Publishing Inc., 1984, p. x.

④ 参见 Susan Ashley Gohlman, *Starting Over: The Task of the Protagonist in the Contemporary Bildungsroman*, p. 11。

勒出某种典型的重复出现的人的成长道路，从青年时的理想和幻想转变到成熟时的清醒和实用主义”。其特点是“把世界和生活描写成每个人都要取得的经验，都要通过的学校，并且从中达到同一种结果：人变得清醒起来，但又具有不同程度的听天由命思想”。[①] 他认为这是最纯粹的一种成长小说，18 世纪下半叶的经典成长小说，包括维兰德和歌德的作品都可以归到此类。而持开放态度的评论家则认为，成长小说关注的是主人公的成长过程，而不是他们的归宿和小说的最终结局。如果刻板地将主人公和社会达成完美的和谐作为判定标准的话，那么几乎没有一本小说是标准的成长小说。就连歌德的《学习时代》也很难说是成长小说，因为它表现的是主人公对被社会接受的强烈渴求而不是主人公自己身心的完美统一。

但大多数成长小说的研究权威都认为，成长小说是一种小说体裁（genre），“在这类体裁的小说中，主人公通过**直接**经验获得关于自我和世界的知识，与通过**间接**的方式，如正规教育，获取知识相对。”[②] 也就是说，大多数评论家认为这是一种关于人（主要是年轻人）对自我和社会认知的小说体裁，而认知的方式是直接体悟，强调直接感受，在亲身体验中获取知识，受到教育，因此，“Bildungsroman”有时也被译成“教育小说”。[③] 而主人公认知的过程也是变化的过程，正因为如此，有人认为成长小说的“关键主题恰恰是变化——身体的、心理的、道德的（变化）。主人公不再是‘**现成的**’、经过命运或社会地位的所有改变依然固定不变的。他是巴赫金所称谓的‘**成长着的人物**形象’（image of *man in the process of*

---

① 巴赫金著，白春仁、晓河译：《教育小说及其在现实主义历史中的意义》，第 231 页。

② Susan Ashley Gohlman, *Starting Over: The Task of the Protagonist in the Contemporary Bildungsroman*, p. ix.

③ 将“Bildungsroman”译成“教育小说”似有不妥，容易产生误解，因为在德语中“教育小说”有专门术语——“Erziehungsroman”，它在英语中对应的是“novel of education”或“education novel”。

becoming)”。[1] 从这里我们可以看出，主人公有无变化可以作为判断一部小说是不是成长小说的标准之一，它有助于我们把成长小说同考验小说和传记小说等区分开来。成长小说中的主人公是“成长着的人”，而非定型的人，小说中要有他的成长过程，具体来说，要有人物性格的变化和发展，并且这些变化和发展的过程要成为小说的情节。

给成长小说下一个严格而又明晰的定义是一个诱人的想法，因为这样似乎就可以结束纷争，既可以让评论界准确地运用这一术语，又可以让作家在创作此类小说时“心中有数”，不至于偏离方向。这个想法虽然令人向往，但却十分大胆且难免事与愿违。“众所周知，给文学体裁下定义可能是条通往地狱之路。”[2] 如此看来，此举不仅困难而且还有点可怕。像许多其他文学术语一样，“成长小说”是一个内涵十分丰富的概念，既有历史原因，又有当下对这个小说传统的承继和革新的现实原因。给其下定义难免挂一漏万，容易产生歧义和误解，勉强为之并不可取。但是，这不等于说成长小说就没有它自身的内在规定性。实际上，成长小说是一个非常独特和影响深远的小说样式，至少在巴赫金看来，对现实主义小说，部分地对历史小说来说，产生于18世纪下半叶的德国成长小说“有着特殊的重要意义”。[3] 通过考察这一概念在评论界、史学界的使用情况，更重要的是通过细读此类小说文本，来对这一概念进行描述和分析，从而挖掘其内涵、提炼其本质属性，是一项十分有意义、可行又可取的工作。

回到上文提到的那个基本问题：成长小说是否必须受到一套绝对的社会和道德价值观的影响？对这个问题的回答无非有两种：是或否。如果回答是肯定的，那么，成长小说确实像某些评论家所说的那样已经是一个过

---

① Thomas L. Jeffers, *Apprenticeships: The Bildungsroman from Goethe to Santayana*, p. 2.

② A. Robert Lee, ed., *The Modern American Novella*, London: Vision Press, 1989, p. 7.

③ 译者晓河将此译成“德国教育小说”。详见巴赫金著，白春仁、晓河译：《教育小说及其在现实主义历史中的意义》，第227页。

时的小说体裁，已不合时宜，几无研究的必要；如果答案是否定的，那么它就仍然有存在的必要，也值得我们去深入探究。既然成长小说在现当代还大量存在，还在不断地问世，评论界仍在不断地运用这一术语开展研究，那么，姑且让我们先假设它不必受一套不变的社会和道德价值观的束缚。这一“假设”并非毫无依据，因为文学史实告诉我们：“文学体裁的‘特征’是一定时期的作家、理论家依据一定时期、一定地域的作品概括出来的，只能是一种历史性、地方性的知识，并不具有普遍、永恒的有效性。”① 这里强调的是文学体裁变动不居的特征，但同时我们又不否认在特定的时代、特定的地域文学体裁的相对稳定性。

以此为前提，首先，我们来追溯一下“成长小说”概念的形成和这一术语的来源，以便正本清源；其次，简要梳理历史上关于成长小说概念及内涵的论争，把握争论的焦点，确定问题所在，以确立研究的逻辑起点；再次，对比分析成长小说的“前身”与“近邻”——传记体（自传体）小说、历险小说、流浪汉小说、发展小说、教育小说和艺术家成长小说等，澄清相关概念，探讨它们与成长小说之间的姻联和差异；最后，在上述研究的基础上提炼成长小说的本质特征，为辨别成长小说提供参照。在爬梳和甄别过程中，我们主要以巴赫金对长篇小说的分类原则为依据，即以主人公人物形象的构建原则为主要判断标准。当然，这势必会涉及其他要素，因为一切要素都是彼此互为制约的，构建主人公的某种原则总与某种情节类型、对世界的某种见解、长篇小说的某种布局结构相联系。②

一、“成长小说”概念的形成及术语的来源

为克服学界对“成长小说”这个术语的滥用和泛化，我们有必要正本

---

① 陶东风、王南主编：《文学理论基本问题》，北京大学出版社 2012 年版，第 8 页。

② 参见巴赫金著，白春仁、晓河译：《教育小说及其在现实主义历史中的意义》，第 215 页。

清源，将成长小说置于生成它的历史语境之中，从源头上对它的内涵与外延做深度梳理。

直到19世纪70年代，“成长小说”这个术语才开始流行，但作为一种小说体裁，它通常被追溯到歌德的《学习时代》。成长小说的出现有着特殊的历史和文化背景，作为一种新的小说体裁，它是对德国特定的政治和社会氛围的回应。首先，它同18世纪后期人道主义理想有关。受启蒙运动的理想主义传统影响，人们相信人是可以完善的，历史总是会进步的，基于这种信念，人们相信个体完全可能会取得成功并能同社会完美结合。这样，成长小说“为被排除在德国政治权力以外的平民个体提供了一种想象的补偿”。其次，成长小说被认为是“培养没有强烈自治意识臣民的一种方式，这些人可以成为现代化过程中的德意志联邦官僚政治的公职人员”。[①] 它让充满热情的青年同腐败的社会以及各种有瑕疵的人接触，以便让他们的理想主义同腐败的社会现实达成某种妥协，进而获得“幸福的”人生。由此可以看出，德国成长小说的浪漫色彩多于批判意识，主人公在同社会的交往中收获的是“经验”，而不是独特的自我，不是由天真的青少年走向具有独立意识的成人，而是成为顺应社会的人。因此，成长小说从一开始就具有一种教化功能，其主人公最初处于不成熟的状态，自然也就有一种依赖心理，而最终也没有发展出稳健和独立的个性，依然习惯于依赖社会权威。这样的小说有利于培养温顺的公民。

虽然歌德的《学习时代》常被视为成长小说的源头，但成长小说概念的形成和提出却要早于该小说的问世，而“成长小说”这个术语的产生又晚于该小说的出版。尽管19世纪早期学者们才开始使用“成长小说”这一术语，但18世纪晚期这一小说体裁实际上已经问世，并呈现出后来一直保持着的一些鲜明特色，如小说注重主人公心理和精神生活的描写

---

① Frank Palmeri, *Satire, History, Novel: Narrative Forms, 1665–1815*, Newark: University of Delaware Press, 2003, p. 168.

等。后来评论家对《学习时代》所做的评论只不过是新的名称之下的旧话语而已。[①]

据考证，“成长小说”这个概念的形成要先于歌德小说的问世，它最早是由布兰肯伯格于1774年在其小说理论著作《论小说》（*Versuch über den Roman*）中讨论“自我教育”时提出的。实际新创这个术语的人据称是摩根斯坦（Karl von Morgenstern）教授，他在1819年和1820年分别做了题为《论成长小说的本质》（“Über das Wesen des Bildungsromans”）和《论成长小说的历史》（“Zur Geschichte des Bildungsromans”）的讲座。他对这个体裁的小说做了如下的描述：“它可以恰如其分地拥有‘成长小说’这个名称，首先且主要是由于它的题材，因为它描写主人公从一开始到接近结束阶段的自我教育；其次是因为通过这种描写，它比其他任何类型的小说都更能促进读者的自我教育。”[②] 由此我们不难看出，成长小说的核心要素之一是“自我教育”，且对其认定主要依据主题。

使用“成长小说”这个术语的第一人直到1961年才被马蒂尼（Fritz Martini）发现。马蒂尼认为，早在1803年，摩根斯坦就策划了“成长小说”的研究，他当时新创这个术语为的是要于1810年在多尔帕特大学（University of Dorpat）开设一门课程——“论系列哲学小说的精神与关系”（“Über den Geist und Zusammenhang einer Reihe philosophischer Romane”）。[③] 但也存在争议。根据博赫特（H. H. Borcherdt）的考察，这一术语是由著名哲学家和文学史家威廉·狄尔泰（Wilhelm Dilthey, 1833–1911）在1870年首创的，他也是第一个简明地勾勒出成长小说定义和历史

① 参见 Todd Curtis Kontje, *The German Bildungsroman: History of a National Genre*, p. xi。

② Todd Curtis Kontje, *The German Bildungsroman: History of a National Genre*, p. 16.

③ 参见 Randolph P. Shaffner, *The Apprenticeship Novel: A Study of the «Bildungsroman» as a Regulative Type in Western Literature with a Focus on Three Classic Representatives by Goethe, Maugham, and Mann*, p. 3；也可参见 Fritz Martini, “Der Bildungsroman,” DVLG, 35 (1961), 44ff。

的人。但马蒂尼认为此说有误，这个术语的首创者应该是摩根斯坦，他分别在 1817、1819 和 1820 年使用过这个术语。然而，摩根斯坦使用这个术语是用来指称任何可以当作手册来规范人们德行的虚构作品，他甚至有意识地把歌德的《学习时代》和维兰德的《阿迦通的故事》等作品都排除在外，而这些作品此后一直被列在成长小说的名下。他之所以这样做是因为他认为这些作品启发和教寓意义还不够。①

据此推断，摩根斯坦很可能是首创“成长小说”一词的人，他还总结了这类小说的某些内涵，而狄尔泰是第一个试图给成长小说下定义的人，因此，在讨论成长小说的起源时人们往往会首先想到狄尔泰。他在 1906 年详尽阐述了这个德国小说体裁，并提出了后来被广为引用的这个体裁的定义，更重要的是，他把“成长小说”同歌德的小说《学习时代》紧紧联系在了一起。② 从此，狄尔泰不仅确立了自己在成长小说研究方面的权威地位，也将《学习时代》推上了成长小说原型的位置。

二、史上“成长小说”的概念之争

成长小说渊源复杂，因此，论者多半止于描述，而有意无意地回避对其下定义——在这个方面，狄尔泰可能是“第一个吃螃蟹的人”，他曾试图界定这类小说。在其《体验与诗》（*Das Erlebnis und die Dichtung*, 1906）一书中，从与传记体小说的对比出发，他对成长小说做了如下分析和勾勒，认为成长小说——

---

① 参见 Susan Ashley Gohlman, *Starting Over: The Task of the Protagonist in the Contemporary Bildungsroman*, p. 12。

② 参见 Susan Fraiman, *Unbecoming Women: British Women Writers and the Novel of Development*, New York: Columbia University Press, 1993, p. 3；也可参见 Fritz Martini, “Bildungsroman – Term and Theory,” pp. 1–2。

> 自觉地、富于艺术地表现一个生命过程中的普遍人性。它到处都同莱布尼茨所创立的新的发展心理学有联系，也同符合自然地跟随灵魂的内部进程进行教育的思想有联系，这种教育思想源自卢梭的《爱弥儿》并传遍整个德意志，还同人道理想有联系，莱辛和海尔德曾以这种人道理想鼓舞了他们那个时代。一种合乎规则的发展在个体的生活中被直观到，这种发展的每一个阶段都有一种实际价值，同时又是一个更高的阶段的基础。生活的矛盾与冲突表现为个体走向成熟与和谐之路上的必要的中间站。“尘世之子的最高幸福”是作为人的存在的统一和固定形式的“人格”。个人发展的这种乐观主义，也曾照亮莱辛的艰辛的道路，歌德的《威廉·迈斯特》比任何其他小说更开朗、更有生活信心地把它说了出来，在这部小说以及浪漫主义者的小说之上，有一层永不消逝的生命之乐的光辉。[1]

狄尔泰明白无误地指出，成长小说与传记体小说的最大不同是前者再现的是“普遍人性”，即通过个体管窥人类整体的存在意义，以展示“永不消逝的生命之乐的光辉”，并道出它与心理学、教育思想和人道理想的渊源关系及其乐观情调，更重要的是勾勒出个体向上走向成熟的阶段性发展路径。这里所谓的“成熟与和谐”实际上指的就是个人通过熏陶和磨炼最后接受社会为其分配的社会角色，由天真走向经验。但值得注意的是，此处的“成熟”更多指的是精神层面上的，所以有人对成长小说做过单线条的描述，把它定义为“循着一个人从开始到成熟的精神发展而推进的小说”。[2]

---

① 威廉·狄尔泰著，胡其鼎译：《体验与诗：莱辛·歌德·诺瓦利斯·荷尔德林》，生活·读书·新知三联书店 2003 年版，第 324 ～ 325 页。

② Susan Ashley Gohlman, *Starting Over: The Task of the Protagonist in the Contemporary Bildungsroman*, p. 14.

必须指出的是，上述定义主要是就成长小说的题材而言的，但这一在德国文学史上已获得经典地位的定义也有其局限性。例如，被狄尔泰视为德国成长小说典范的《学习时代》是否就描述了那种“成熟与和谐”——狄尔泰眼中成长小说的必然目标？此处似乎大有商榷的余地。[①]

此外，狄尔泰的定义虽指出了人生的不同发展阶段，但却没有突出人的变化，尤其是他还推崇歌德称之为人的最高幸福的“统一和固定”的人格，仿佛是说性格不变的人才是幸福的。这与巴赫金的观点似乎恰恰相反，巴赫金认为成长小说是塑造“成长着的人物形象”的小说类型：“这里主人公的形象，不是静态的统一体，而是动态的统一体。主人公本身、他的性格，在这一小说的公式中成了变数。主人公本身的变化具有了**情节意义**……。这一小说类型从最普遍涵义上说，可称为**人的成长**小说。”巴赫金承认小说要展示人从童年开始到青年、成年，最后步入老年的过程，但他同时强调小说要揭示人物性格及观点的“内在变化”。[②]这一“内在变化”很明显指的是精神上的变化，可见在强调精神方面，巴赫金与狄尔泰及后来者多有相似之处。

成长小说强调主人公精神上的成熟与和谐，这种精神特质与成长小说的核心概念“自我教育”及这类小说的缘起所蕴含的宗教元素有关。弗里德利希（Werner P. Friederich）的《德国文学史纲》（*Outline-History of German Literature*, 1961）认为：“《帕尔齐法尔》是一个关于寻找上帝的人——一个基督徒的故事，在他的天路历程中，没有任何障碍能够改变他的方向或阻止他。因此，《帕尔齐法尔》可以被视为最早的成长小说或学徒小说（apprenticeship novel）。”[③]《帕尔齐法尔》（*Parzival*, 1200–1210）原

---

① 参见 Martin Swales, *The German Bildungsroman from Wieland to Hesse*, p. 3。

② 详见巴赫金著，白春仁、晓河译：《教育小说及其在现实主义历史中的意义》，第 215 页。

③ Susan Ashley Gohlman, *Starting Over: The Task of the Protagonist in the Contemporary Bildungsroman*, p. 14.

本是一部骑士史诗，它将亚瑟王的故事和圣杯传奇二者融为一体，因此具有浓郁的宗教意味。弗里德利希将成长小说追溯到《帕尔齐法尔》，这说明成长小说从一开始就带有宗教的色彩，主人公对上帝的执着追求势不可挡，这实际上从一个侧面反映了成长小说主人公原初的精神追求。尽管随着历史的变迁，成长小说逐渐被世俗化，但精神追求的特质始终没有变，这可能是我们判断一部小说是否属于成长小说的重要依据。出于对主人公心理、精神和情感发展的强调，有论者更把成长小说定义为是一部“描写个体从一开始到获得明确的生命形态的心理发展的小说”。[①]应该指出的是，成长小说重视精神追求，但又不囿于精神追求，它还强调与世界的碰撞，主人公在世俗奋斗和神性追求之间找到一种平衡。人在其“复杂性”和“丰富性”中有机地展示其完整性，可以说，“对完整的人的关注”激活了成长小说这样一种小说样式。[②]从歌德的《学习时代》开始，主人公追求的目标就是自我发展，挖掘其个性内在的潜能，实现身体、智力、情感、道德和精神诸方面全面和谐的发展。

随着社会的演进和成长小说自身的发展，批评家们越来越关注成长小说中的现实成分，并注意到原先对成长小说界定的局限性。博赫特就是这样一位批评家，他曾对狄尔泰关于成长小说的描述发表过不同的见解。狄尔泰认为诸如《学习时代》这类成长小说都描写那个时代这样的青年：“他在幸福的晨曦中踏入生活，寻找相近的灵魂，遇到友谊与爱情，又陷入同世上冷酷的现实的斗争中，在多种多样的生活经验之下渐趋成熟，找到自身，明确他在世上的任务。”[③]与上文所引狄尔泰的成长小说定义相比，他在这里对个体发展的描述更加具体清晰，重点突出了成长小说主人公的如

① Randolph P. Shaffner, *The Apprenticeship Novel: A Study of the «Bildungsroman» as a Regulative Type in Western Literature with a Focus on Three Classic Representatives by Goethe, Maugham, and Mann*, p. 12.

② Martin Swales, *The German Bildungsroman from Wieland to Hesse*, p. 14.

③ 威廉·狄尔泰著，胡其鼎译：《体验与诗：莱辛·歌德·诺瓦利斯·荷尔德林》，第 323 页。

下几个特点或成长阶段：在步入社会时充满着希望；寻找同道、积极参与社会实践；最终发现自我，明确了自己的社会角色。可以想见，主人公最后会融入社会，对未来满怀信心，一定会成为对社会有用之人。但博赫特指出了其中的不足，认为狄尔泰的定义到20世纪已经变得过于狭窄，因为它是以18世纪追求完美人性的理想为基础的。[①] 这里我们已经可以明显地感觉到批评家们要在传统的基础上与时俱进地突破旧有模式的努力。

不仅如此，成长小说研究还在朝着超越国界的方向推进。豪是较早对德国成长小说在英国的传承进行研究的学者，她在《威廉·麦斯特与他的英国亲属们——生活的学徒》（*Wilhelm Meister and His English Kinsmen: Apprentices to Life*, 1930）一书中把成长小说称为“全面发展或自我修养小说”，主人公几乎是自觉地通过亲身体验“整合自己的才能，进行自我教育”。[②] 从豪对主人公全面发展和自我教育的推崇来看，她的界定基本上属于德国传统，如她的书名所显示的，她的主人公同威廉是有“姻亲”关系的。

与豪突出主人公的个人修养相比，杰罗姆·巴克利关注的重点是小说的情节。他在《青春岁月——从狄更斯到戈尔丁的成长小说》中有一个著名的成长小说定义，勾勒出了成长小说的情节发展模式：

> 一个有些敏感的孩子在乡村或一个乡下小镇上成长，在那里他发现自由的想象受到社会和理智的束缚。他的家人，尤其是他的父亲，顽固地反对他富有创造性的直觉和奇想……于是，有时是在很小的时候，他就离开了家庭这个压抑的环境（还有相应的

---

① 参见 Susan Ashley Gohlman, *Starting Over: The Task of the Protagonist in the Contemporary Bildungsroman*, p. 12。

② Susanne Howe, *Wilhelm Meister and His English Kinsmen: Apprentices to Life*, New York: Columbia University Press, 1930, p. 6.

> 天真），独自在城里闯荡……在那里，他真正的“教育”开始了，不仅是为职业做准备，而且——通常更重要的——是他对都市生活的直接体验。后者至少包括两场恋爱或性的遭遇，一个粗俗沉沦（debasing），一个激越飞扬（exalting），并要求主人公在这个和其他方面重估其价值观。到他做出决定……那种他能够堂皇地决定融入现代社会的时候，他已经超越青春期，进入了成年。①

巴克利的定义显然比前人对成长小说的界定要全面、深刻得多，但这个定义已带有明显英国成长小说的特征，少了些许浪漫的理想色彩，多了几分现实的成分。他突出的是家庭和社会环境对主人公的压抑和束缚以及主人公对生活的直接体验，环境制约因素成了主人公探索人生的推动力，而生活体验才是他接受到的真正教育和价值观重估的依据，价值观的确立成了他成熟的标志。这个定义表明了小说的主题特征，如主人公从乡村走向都市、“粗俗沉沦”的情爱与“激越飞扬”的爱情的对峙等。但其局限性也很明显，例如，并不是所有的成长小说主人公都是由乡村走向都市。这一定义的最大的特色在于它凸显了主人公世界观的变化与小说的情节模式，并且将二者融合在一起，使主人公的性格等变化具有了情节意义。同多数批评家相似，豪与巴克利都强调主人公通过直接经验获得对自我和世界的认识。值得一提的是，巴克利主要还是按照巴赫金所说的主人公人物形象的构建原则来界定成长小说的，这个定义中“重估价值观”的主人公实际上就是巴赫金突出强调的“成长着的人”，即主人公在成长过程中其性格和世界观发生了变化，这是成长小说的核心标志之一。

经由狄尔泰到巴赫金，再到英国的豪和巴克利等的研究，成长小说的主要特质已基本被锁定。在此后的研究中，主要在两个方面有所突破：一是范围进一步扩大，除了题材的拓展以外，在国别上还将视野由英国投射

---

① Jerome Hamilton Buckley, *Season of Youth: The Bildungsroman from Dickens to Golding*, pp. 17–18.

到美国，某种美国小说也被奉为成长小说代表作；二是在继续关注主人公精神生活的同时，现实的、物质的生活也得到了重视。

霍尔曼（C. Hugh Holman）等编写的《文学指南》（*A Handbook to Literature*, 1992）第六版认为"'成长小说'和'学徒小说'实际上是同义语，二者皆源于歌德的《威廉·麦斯特的学习时代》，但'成长小说'现在更流行"。在"学徒小说"条目下编者是这样描述的："一部描写敏感的主人公青年时期和青壮年时期的小说。他正试图了解世界的本质，发现其意义和模式，并获得人生哲学和'生活艺术'。"按照编者的说法，这里对"学徒小说"的界定也就是对"成长小说"的定义。但显然，这也是根据主题和主人公的构建原则来定义成长小说的。英语小说中著名的范例有查尔斯·狄更斯的《远大前程》（*Great Expectations*, 1860–1861）、塞缪尔·巴特勒（Samuel Butler, 1835–1902）的《众生之路》（*The Way of All Flesh*, 1903）、詹姆斯·乔伊斯的《一个青年艺术家的肖像》、威廉·萨默赛特·毛姆（William Somerset Maugham, 1874–1965）的《人性的枷锁》（*Of Human Bondage*, 1915）和托马斯·沃尔夫（Thomas Wolfe, 1900–1938）的《天使，望故乡》（*Look Homeward, Angel*, 1929）等。[①] 这个定义虽然仍坚持成长小说的德国传统，但已经很明确地把它推广到英国和美国等英语国家的同类小说，因此，采用的是较宽泛的概念。

对于"成长小说"这个难以界定的术语，学者们通常给出一些描述性的特征。例如，奥尔登（Patricia Alden）认为，成长小说一般具有如下特点：聚焦于一个特定社交圈中个体的成长；具有部分自传体特征；描写这个个体从儿童到其个性得到展示这段时间的历史，即学徒史，而不是人生史。这类小说概念的核心是个体在成长过程中获得的自我和"作为一种教育的

---

① 参见 C. Hugh Holman and William Harmon, eds., *A Handbook to Literature* (6th ed.), New York: Macmillan Publishing Company, 1992, pp. 35, 53。

社会经历”，这种教育塑造自我，有时也扭曲自我。[①]

从上述定义和描述中，我们可以看出，英美学者在研究成长小说时突出了生活的一面，有的在研究中直接用“生活小说”（life novel）来指称这个小说类型。[②] 可见，成长小说是一种描写青年人通过生活学习了解生活的小说，主人公在成长过程中经历一系列危机和失败，由最初摆脱家庭和社会机构的束缚到回归社会的怀抱，最终完成其人格塑造。在这个过程中，社会中的罪恶、人生的艰险得到充分暴露，人和社会的复杂关系也得到细致而微的考察。

德国文学批评家倾向于严格地界定成长小说；而英美文学批评界倾向于采用相对宽泛的概念，用“成长小说”这个术语泛指集中反映主人公心理上的成长和在社会上发展的小说，因为他们认为像巴克利那样的定义一经提出就会让人感到有某种不足或缺陷。例如，被巴克利等称为是成长小说原型的《学习时代》也不完全符合这个定义的标准：主人公威廉在小说开始时并不是个孩子，他也没有从乡下逃到都市。英美评论家界定的成长小说，主人公多半是男性，来自中产阶级家庭，在有机统一的故事叙述中，他们前后一致的个性得到展示，最后肯定的态度调和了开始时的忧郁情绪——至少是“听之任之”，达到所谓的“成熟”，即主人公接受社会规范。这里同样存在问题，例如，在被视为英国成长小说经典的《远大前程》中，主人公匹普最后虽然跻身中产阶级，但他没有结婚，过着边缘人的生活，并没有真正融入主流社会。但“即便是那些把‘成熟’或‘社会融合’表现为心理和意识形态妄想的小说也可能会作为对这个体裁的反讽或悲剧性的颠覆被纳入其中”。这样做便于解决界定这类小说时存在的一些问题：“因为成熟包含着对失败的明智接受，偏离规范则可以被理解为在自我认

① Patricia Alden, *Social Mobility in the English Bildungsroman: Gissing, Hardy, Bennett, and Lawrence*, p. 1.

② Randolph P. Shaffner, *The Apprenticeship Novel: A Study of the «Bildungsroman» as a Regulative Type in Western Literature with a Focus on Three Classic Representatives by Goethe, Maugham, and Mann*, p. 3.

知方面的才能。”[①] 这种对成长小说宽泛的界定不仅使成长小说大大扩容，而且确实解决了研究中存在的一些困惑。

成长小说这个概念还在持续膨胀和上升，它不断地突破传统成长小说的关键性要素，诸如男性主人公、异性之间的情与爱、社会融合、都市冒险和以白人为主要角色等，于是，19 世纪大量以女性为主要人物的小说、同性恋小说、主人公最后选择与社会决裂的小说、像《哈克贝里 · 费恩历险记》这样在山河之间冒险而不是在都市冒险的小说以及族裔小说等均被纳入成长小说的范畴。它涵括之广甚至超出了小说这一体裁的范畴，例如，华兹华斯（William Wordsworth, 1770–1850）那篇带有传记色彩的诗歌《序曲》（*The Prelude*, 1850）都被称为成长小说。这个令人困惑的德语词似乎变得越来越时髦，在英语世界它已经“作为青年或学徒小说的一个便利的同义语在最宽泛的意义上”被文学史家、批评家、书评作者和新闻工作者所广泛使用。[②] 但这种泛成长小说的概念一如狭义地视成长小说为德国乃至歌德专利的做法，同样是不妥当的。

戈尔曼在成长小说研究中“发现”，试图给成长小说下定义的评论家大致可分为两类：一类人认为成长小说必须受到清晰界定的价值观的影响，其主人公必须与此价值观达成妥协并最终把它看作是自己的价值观；另一类则认为，成长小说没有也不可能受到任何预设的品格和行为标准的影响，因为从自己的亲身体验中构建那些准则，并以此作为生活的指导，是主人公们自己的任务，实际上也是他们存在的理由或主要目的（raison d'être）。在此研究的基础上，她得出这样的结论：坚持后一种定义的评论家比前者更接近由歌德提出并以他的《学习时代》为范例的 18 世纪关于自我教育的理想，而前者是从大量创作于 19 世纪的德国成长小说中推导出自我教

① Marc Redfield, “The Bildungsroman,” p. 191.

② Marc Redfield, “The Bildungsroman,” p. 192.

育定义的。[①] 暂且不论戈尔曼的“发现”和结论同德国作家的创作实践是否吻合，笔者的考察结果是，后一种定义更符合20世纪，尤其是20世纪中后期的美国成长小说的实际。在这些小说中，主人公们同现行的价值观抗衡，努力构建自己判断是非的准则，并以此为据评判自己和周围的一切，有时会表现得近乎“顽固”。

在当代，对于何谓成长小说依然没有定论。有的认为衡量一部小说是不是成长小说关键要看“它是否以某种方式肯定自我和客观世界之间那种有意义的、和谐的相互作用”。[②] 有的则认为真正的成长小说必然要坚守自我教育的观念。[③] 这是经典成长小说的核心内涵。现当代成长小说虽然在某些方面（如小说的结局）并不完全符合经典成长小说的范式，但在重视个人自由和美学或精神教育方面与其前辈相比有过之而无不及。笔者认为，对成长小说的判断不必过分拘泥于题材与结构的程式，否则就会使这个小说体裁缺乏灵活性，在发展中失去活力乃至衰落，因为刻板和单调的创作手法已不足以再现纷繁复杂的当下社会以及当下社会中日渐复杂的人物心理。

以上论争多半围绕成长小说的题材展开，核心是小说主人公的构建原则。一个值得注意的动向是，自20世纪70年代以来，成长小说研究有向美学研究转移的倾向。具体而言，一批学者侧重研究成长小说的结构和叙事特征，将成长小说看作是一种“高度自省的小说”，认为在小说中，“自我教育、个人成长的问题是在叙述者散漫的自我理解中，而不是在主人公经历的事件中，演示出来的”，“自我教育——寻求有机的成长和个体的自我实现——基本上是一个认识论的概念”，“在具体的叙事（即美学）过程

① 参见 Susan Ashley Gohlman, *Starting Over: The Task of the Protagonist in the Contemporary Bildungsroman*, pp. ix–x。

② Susan Ashley Gohlman, *Starting Over: The Task of the Protagonist in the Contemporary Bildungsroman*, p. 135.

③ Gregory Castle, *Reading the Modernist Bildungsroman*, p. 27.

中得到考察”。[①]

综上所述，判断一部小说是不是成长小说要从实践和精神两个方面来看：从实践层面看，成长小说描述的主人公是通过直接的生活经验，而不是正规的学校教育，获得对自我和社会的认知；从精神层面看，成长小说以主人公的自我教育为中心，强调的是其在成长过程中精神境界和美学修养的提升，而不是以成败论英雄、以获得社会地位或被社会接纳为标准。如果主人公在自我教育过程中认识到自己的弱点和缺陷，获得对局限性的觉醒，就算他在个人生活或社会生活中失败，那也可被视为自我教育的一种收获，因为他获得了精神上的成长。一句话，主人公在成长过程中受外部环境的刺激形成了独特的内在自我。

“成长小说”是个难以把握的概念，要想进一步理解和掌握其内涵和外延，就得正本清源，厘清它与“前身”和“近邻”的关系，尤其是要厘清“自我教育”的概念内涵。

三、成长小说与其“前身”及“近邻”*

没有任何一种文学体裁是可以完全界定的，但每一种体裁一定有其主导原则和特征。同其他文学体裁一样，成长小说也并非来自真空，它必然会与其相邻的文学体裁有交叉和重合的部分，也就是说它们之间既有明显的区别又有这样或那样的相似之处。这既是成长小说的特点，也是它难以界定的原因。有比较才会有鉴别，通过同相邻或相近甚至可以称之为其前身的小说样式进行比较，我们不但可以看出它们之间的共性，更重要的是还能甄别成长小说的独特个性。

---

① Martin Swales, *The German Bildungsroman from Wieland to Hesse*, p. 4.

* 本节主要内容已发表，详见拙作《成长小说体裁考辨》（载《英美文学研究论丛》2014 年春第 20 辑，第 370 ~ 387 页）。

考察成长小说这个体裁的“史前”情况，不难发现它是由虔敬派教徒的精神自传和巴洛克风格的历险小说（adventure novel）融合而成的。二者在发展过程中各自向相反的方向转化：精神自传向外转，转向描述“多样化的、世俗的遭遇”，而历险故事则逐渐对心理和主人公的内心生活产生兴趣。早期成长小说的另一个支流源于英国的教育作家（pedagogical writer），他们在 18 世纪早期和中期创作了英国教育小说，如丹尼尔·笛福（Daniel Defoe, 1660–1731）的《鲁滨逊漂流记》（*Robinson Crusoe*, 1719），在此基础上才形成了后来具有鲜明德国特色的成长小说。[①]《鲁滨逊漂流记》实际上带有一种历险小说或漫游小说的典型特征，即这类小说侧重反映主人公经历中空间上的位移。巴赫金在谈到漫游小说时就指出，“主人公是在空间里运动的一个点，它既缺乏本质特征的描述，本身又不在小说家艺术关注的中心。他在空间里的运动——漫游以及部分的惊险传奇（主要指考验型小说而言），使得艺术家能够展现并描绘世界上丰富多彩的空间和静态的社会（国家、城市、文化、民族、不同的社会集团以及他们独特的生活环境）。”[②] 由此看来，无论是历险小说还是漫游小说，关注的都是空间上的位移，但世界和主人公的性格都是静止不变的。这类小说忽视了人的成长和发展，主人公地位虽有变化，但他的性格和秉性却与小说开始时无异。

从静止与运动的视角看，历险小说与成长小说的关键区分涉及一对古老而备受争议的哲学概念——“存在与发展”（being and becoming），这里的“becoming”兼有“生成”“成长”“发展”“变化”等多重含义。柏拉图将“存在”置于“理式”（ideal form）世界中，而将“发展”“生成”置于物质世界中。自黑格尔以降，“发展”在哲学中占据着越来越重要的地位，许多哲学家认为世界的基本原理是发展而不是存在。黑格尔则把“发展”

---

① Frank Palmeri, *Satire, History, Novel: Narrative Forms, 1665–1815*, pp. 167–168.

② 巴赫金著，白春仁、晓河译：《教育小说及其在现实主义历史中的意义》，第 215 页。

看成是存在与虚无（being and nothing）之间辩证的相互作用与影响。[①] 以“存在”与“发展”之间的概念差异来观照历险小说与成长小说，可以使它们之间的区分更加明晰：历险小说将生活作为一种存在来描写，而成长小说则将生活描绘成发展；历险小说中的生活是由一系列互不关联的瞬间构成的，而成长小说则视生活为“一根链条上互相紧密联系的一系列链节”；一个隐含着“偶然”，另一个则暗示着“秩序”，即有规律可循的意思。[②]

这种观念上的差异导致历险小说与成长小说迥然有别的人物刻画方式。历险小说没有人物性格变化的概念，主人公的性格始终如一，其冒险行为被认为没有目的，是为冒险而冒险。例如，在《哈克贝里·费恩历险记》第 35 章中，汤姆为救吉姆所设计的那套烦琐、花哨而没有实际价值的营救方案纯粹是为冒险而冒险。这章明显带有历险小说的特征，也遭到了评家的诟病。好在汤姆并不是小说的中心人物，这反而衬托了主人公哈克贝里鲜明的人物形象。形成鲜明对照的是，成长小说充斥着“发展的思想”（idea of becoming），并以此为基本前提，“按照主人公的成长”“分阶段”描写，展示主人公不同的人生阶段，直至其人生归宿达到了作者的创作意图。与历险者不同的是，学徒，即成长小说中的主人公，从社会经历中获益。在“历险小说中，事件考验主人公并催其老”，而在成长小说中，事件是主人公成长的标记，促其性格形成并使之明晰——“主人公直面其环境。”[③]

与历险小说密切相关的小说体裁是流浪汉小说（picaresque novel），二者界限模糊，其区分常被忽视，因为后者是前者的一个组成部分，或者说

---

① Chris Rohmann, *A World of Ideas: A Dictionary of Important Theories, Concepts, Beliefs, and Thinkers*, New York: The Ballantine Publishing Group, 1999, p. 42.

② Randolph P. Shaffner, *The Apprenticeship Novel: A Study of the «Bildungsroman» as a Regulative Type in Western Literature with a Focus on Three Classic Representatives by Goethe, Maugham, and Mann*, p. 7.

③ Randolph P. Shaffner, *The Apprenticeship Novel: A Study of the «Bildungsroman» as a Regulative Type in Western Literature with a Focus on Three Classic Representatives by Goethe, Maugham, and Mann*, p. 8.

是“前者的一个亚类”。[1] 但在约斯特看来，流浪汉小说的主人公压根儿就没有发展，他是“一个心理上懒惰的主人公，可以说是静态的。在流浪汉小说中，事件对人物的精神没有真正的影响”，因此，它同成长小说恰恰相反。[2] 这类小说借主人公的冒险和流浪经历展示了一个丰富多彩的外部世界——特定时期的社会形态和风土人情，时间的变化及其对主人公心理的影响不具备特别重要的意义。因此，流浪汉小说中的主人公往往处于次要的地位，是一个客观的观察者，其主观感受不受重视，事件对其心灵和性格没有实质性的影响。这让我们从反面认识到成长小说的一个重要特征：主人公内在的、心理的发展。可以说，精神变化和成长是成长小说主人公的一个重要特征。约斯特还将福斯特关于“扁形和圆形人物”（flat and round characters）这一著名的人物区分延伸，将小说分为“扁形小说”（flat novel）和“圆形小说”（round novel）。他认为流浪汉小说属于扁形小说，而成长小说则应被归为圆形小说。其原因就在于流浪汉小说的主人公是静态人物，“不经历任何变化”，而且他与小说中的其他人物“基无关系”，或是只有“暂时的或偶然的关系”；而成长小说“有一个中心人物，且仅有一个”，他处于“情节的中心，位于由他的对手形成的圈子的中心”，并且在情节发展过程中“一定会经历一个深刻的演变”。[3]

在历险小说和流浪汉小说中，巴洛克式主人公的“人生是没有连续性的”，在不可调和的、非此即彼的“世界！上帝！”之间他必须自行做出抉择。[4] 这里所说的“没有连续性”指的是“缺少内在的连续性”（lack of

---

① Randolph P. Shaffner, *The Apprenticeship Novel: A Study of the «Bildungsroman» as a Regulative Type in Western Literature with a Focus on Three Classic Representatives by Goethe, Maugham, and Mann*, p. 8.

② Susan Ashley Gohlman, *Starting Over: The Task of the Protagonist in the Contemporary Bildungsroman*, p. 15.

③ Francois Jost, “Variations of a Species: The ‘Bildungsroman’,” p. 102.

④ 参见 Susan Ashley Gohlman, *Starting Over: The Task of the Protagonist in the Contemporary Bildungsroman*, p. 14。

inner continuity），主要是精神层面上的，指主人公精神生活的差异和对立之间没有本质的联系。[①] 主人公对事件只有感性的认识，而事件之间缺乏联系，只是静态的交替而已。事件和人物之间没有产生应有的相互影响和作用。场景在变换，甚至主人公的社会地位也发生了变化，但就是没有人的成长——精神上的成长。在这一点上，用于区分历险小说与成长小说的依据也可以用来区别流浪汉小说与成长小说，即“存在”是流浪汉的特征，而“发展”则是学徒的特征。[②] 尽管历险小说和流浪汉小说与成长小说有很大的不同，但二者在故事情节的安排和材料的组织方面对成长小说的影响是不可否认的，其惊险情节、批判意识及主人公的心理感受对后来的成长小说不无借鉴意义，从历史的传承上来说，它们是成长小说的“前辈”。

斯塔尔对成长小说的起源做过深入的探讨，指出：“我们必须把德国成长小说的起源看作是两条河流交汇在一起的产物。形塑（formation）的思想，还有（在一开始）发展模式的观念均来自宗教忏悔著作。——故事中的事件、素材则来自历险小说。”[③] 这两个源头决定了成长小说主人公必须具备精神反省和在外部世界历险的秉性和能力。但与流浪汉小说和忏悔小说形成鲜明对照的是，“成长小说基于对进步和自我连贯性的信仰。”[④]

冯特（Max Wundt）在讨论成长小说的起源时不仅提及历险小说，而且把感伤小说（sentimental novel）也看作是成长小说的源头之一：“如果历险小说承担不了重担，比如说，外部经历的重担，那么它就采用感伤

---

① Francois Jost, *Introduction to Comparative Literature*, Indianapolis: The Bobbs-Merrill Company, Inc., 1974, p. 137.

② Randolph P. Shaffner, *The Apprenticeship Novel: A Study of the «Bildungsroman» as a Regulative Type in Western Literature with a Focus on Three Classic Representatives by Goethe, Maugham, and Mann*, p. 9.

③ Susan Ashley Gohlman, *Starting Over: The Task of the Protagonist in the Contemporary Bildungsroman*, p. 16.

④ Marianne Hirsch, “The Novel of Formation as Genre: Between *Great Expectations* and *Lost Illusions*,” *Genre*, 1979, 12, p. 299.

小说的形式，在感伤小说中主人公的内心生活成了兴趣的中心。当尝试在感伤小说的纯主观性和历险小说的相对客观的经历呈现之间做出调和时，就产生了成长小说。”[①] 这样看来，成长小说与感伤小说之间的共同点是主观性和主人公内心生活的呈现，那么，二者之间的区别又是什么呢？沙夫纳对此做过较细致的区分：感伤小说以“自我启示”为中心，而成长小说则聚焦于“自我发展”，即约斯特所描述的“发展方式和原因”。“启示的瞬间”，类似于乔伊斯的“顿悟”，在人的成长过程中当然能刺激人的意识，并改变其态度，但这些启示瞬间只代表修养提升过程中的成果，而成长小说更关注过程，而不是过程的成果。从发展的角度来说，成长小说主要包含着“对演变、渐进发展的描述”，对其主人公的评判依据的是其“意图”——利用事件促其朝着某种崇高的“完美理想”前进的意图，而不是其“行为”。因此，成长小说不关注自我启示的内容，而关注其方式和原因。[②]

据此看来，精神自传、忏悔录、感伤小说、历险小说乃至流浪汉小说都是成长小说的源头，至少它们为成长小说的形成提供了养分，为成长小说的创作提供了两个维度：主人公的内部心理和外部经历。在这几类作品中我们可提炼出两个因子：一是人与自身的矛盾——人的精神和心灵的波动；二是人与社会的冲突——人同外部世界的搏击。其实，二者相辅相成，人的心理斗争不仅是社会生活在其内心的反映，也对人的行为和生活起作用；而人的社会经历不仅构成人的内心反映的内容，也必然对其心灵产生影响。这二者构成了成长小说相互关联的两个重要方面，因为成长小说从它的源头——《学习时代》——开始就“强调心理力量和社会力量的相互

---

① Susan Ashley Gohlman, *Starting Over: The Task of the Protagonist in the Contemporary Bildungsroman*, pp. 16–17.

② Randolph P. Shaffner, *The Apprenticeship Novel: A Study of the «Bildungsroman» as a Regulative Type in Western Literature with a Focus on Three Classic Representatives by Goethe, Maugham, and Mann*, p. 9.

作用和相互影响”。[①] 小说表现人的性格和心理在社会中的反映，人同社会的关系突出表现在个人的独特潜质同社会约束之间的冲突中。

从文学史上来看，在歌德的《学习时代》出版之前大约 30 年期间，自传和忏悔小说是最流行的文学样式。源于对忏悔性作品主观性的反拨，一种新的文学样式——文化小说（Kulturroman）很快问世，这类小说试图呈现理想的世界和理想的人物，浸染着强烈的道德价值观和文化理想。最终，“心理小说和文化小说的融合催生了真正的成长小说，在成长小说中个人生活的展示上升到对总体文化价值观的描写。”[②] 这种“上升”是基于成长小说中人物形象的典型性与代表性而言的，但其传记特征并没有变。成长小说“通常是自传体的”，[③] 自传和成长小说有着许多相似之处：“首先，每部成长小说实际上或多或少都是隐藏着的自传，其中的情节都投射在说教或哲学的背景之上。自传和成长小说都分析某些人生态度，强调对事件的各种不同反应。二者的主人公都在他们努力掌控并试图在宽广的范围内判断的现实世界中活动。”[④] 例如，卡莱尔的《旧衣新裁》就是一部自传色彩浓郁的成长小说，作者将自己 35 年的人生经历和所思所感巧妙地融入小说中。在梅雷迪思的《理查 · 弗维莱尔的苦难》中，奥斯丁 · 弗维莱尔爵士的妻子与一位诗人私奔，把儿子理查留给丈夫抚养。而作者梅雷迪思的妻子玛丽于 1856 年同画家亨利 · 威利斯私通，次年怀了威利斯的孩子并与之私奔，儿子亚瑟丢给梅雷迪思抚养。小说的自传色彩明显。《天使，望故乡》所讲述的故事也大致与作者沃尔夫前 20 年的生涯一致。劳伦斯的《儿子与情人》更是公认的自传体小说。成长小说中这种含自传成分的

---

① Elizabeth Abel, Marianne Hirsch, and Elizabeth Langland, eds. *The Voyage in: Fictions of Female Development*, p. 4.

② Susan Ashley Gohlman, *Starting Over: The Task of the Protagonist in the Contemporary Bildungsroman*, p. 17.

③ C. Hugh Holman, and William Harmon, eds., *A Handbook to Literature* (6th ed.), p. 53.

④ Francois Jost, *Introduction to Comparative Literature*, p. 137.

例子不胜枚举，“因为自传正是学徒小说的血与肉”，[①] 沃尔夫在其典型的美国成长小说《天使，望故乡》的《致读者》中甚至不无夸张地声称“小说中所有严肃的作品都是自传性的”。[②] 无独有偶，卡莱尔在他的《自传》一文中也说，即便在最高级的艺术作品中，人们感兴趣的往往也是其中“某种强烈的”自传成分，这同样适用于“整个所谓的文学”。[③]

约斯特还从另一个方面指出了成长小说和自传之间的相似性，他认为二者都“把死亡排除在可能性之外，而且二者都是开放性的结尾”。[④] 这种把死亡的可能性排除在外的观点是值得商榷的。死亡结局对于自传当然是不可能的，作者不可能既活着还能写到自己是如何死的，但成长小说就不同了。据笔者考察，成长小说的结局存在着两种可能性。正如传统的或者说经典的成长小说所显示的，主人公经过一系列的事件后，获得了对自我和社会的认知，同社会达成妥协，最后融入社会。在这类小说中，死亡结局很少见。但在一些现当代成长小说中，固定的价值观不再为作家所接受，在一个客观现实和存在本身的意义都会受到质疑的社会中，主人公的自我价值往往难以实现，他们甚至对自我存在的意义都产生怀疑。在极端情况下，当主人公觉得自我根本无法与社会达成妥协，而又不愿放弃自己的理想和价值观时，那么，选择死亡是完全可能的。正如戈尔曼在《从头再来：当代成长小说主人公的任务》的结论中所说的：无论是小说中还是现实生活中，“总会有人反叛，有人不反叛。那些反叛的人，总是选择分

---

① Susanne Howe, *Wilhelm Meister and His English Kinsmen: Apprentices to Life*, p. 12. “学徒小说”（apprentice novel）是“成长小说”（Bildungsroman）的英文译法之一。

② Thomas Wolfe, *Look Homeward, Angel*, New York: Charles Scribner's Sons, 1929, p. xv.

③ Kerry McSweeney and Peter Sabor, “Introduction,” in Thomas Carlyle, *Sartor Resartus*, Oxford: Oxford University Press, 2008, p. xii.

④ Susan Ashley Gohlman, *Starting Over: The Task of the Protagonist in the Contemporary Bildungsroman*, p. 16.

裂，还可能是死亡。”[①] 巴克利也认为，只要所做的选择是建立在真正理解的基础之上，那么，“主人公的死亡就必须被视为他所做的选择中一种可能的结果。”[②] 选择死亡不仅是对自我和社会及二者关系的一种认知，而且是一种行为表达方式，并且很难说这就是一种消极的表达方式。因此，笔者认为约斯特排除死亡可能性的判断是以传统成长小说情节发展模式为依据的。

我们在看到成长小说与自传体小说的渊源关系和相似性的同时，也应该认识到二者的明显差异。成长小说诞生的背景是启蒙运动，它是从 18 世纪后期开始从传记体小说中分化出来的。当时人们结合忏悔传统，对教育和自我教育等进行重新认识，把自我的形成纳入那场轰轰烈烈的运动中。因此，人们很容易将成长小说和传记、自传混为一谈，尤其是当小说以第一人称来展开叙述时，因为从表面上看，它们都是描写和再现人物成长经历的。但传记体小说只能被看作是成长小说的“前身”，二者之间既有相似之处，又有很大的区别。自传是虔敬派忏悔热潮的产物，人们在细述人生过去的事件，即“罪恶”中，赋予这种记述本身以宗教意义。这一宗教意义被启蒙运动时期哲学中的道德说教所冲淡，在此影响下日渐世俗化。原先宗教意义上的忏悔逐渐演变成道德上的反思，即主人公认识到自己人生道路上所犯的错误或罪过，因而感到痛心并决心悔改。

自传重视记述内容的准确，以明确或隐含的告诫形式表明人们应该选择的人生之路，因此，它逐渐具有了示范的功能。成长小说是虚构的作品，而自传是非虚构的，不过，纯粹的自传小说实际上并不存在，正如巴赫金所说的，“存在的只是传记体（自传体）构建小说主人公的原则，以及构

---

① Susan Ashley Gohlman, *Starting Over: The Task of the Protagonist in the Contemporary Bildungsroman*, p. 254.

② Susan Ashley Gohlman, *Starting Over: The Task of the Protagonist in the Contemporary Bildungsroman*, p. 251.

建小说中某些其他因素的原则。”[1] 但成长小说与自传体小说二者在功能上具有互补性和相似性：以虚构或非虚构的形式记述个体的成长，描述个体如何把自己的理想和观点融入日益工业化、物化和异化的资本主义社会。这种相似性尤其表现在作家以虚构的形式撰写带有传记特征的小说时。正如巴克利所观察的：

> 典型的成长小说和小说家自己的传记之间的相似性是明显而重要的。狄更斯、乔治·艾略特、巴特勒、哈代、H. G. 威尔斯、劳伦斯都从受到限制的乡村生活环境中迁移到更刺激、更混乱，实际上通常是令其幻灭的国际化程度更高的社会，伦敦大世界。乔伊斯从都柏林和家乡流放，开始是短暂的，后来是永久的，这成了他生涯中的重要事实。所有这些人都尝到了某种程度的异化感。所有的人都在某个阶段被迫应付严酷的物质经济困难。对所有这些人来说，成长小说很显然是熟悉而可用的途径，借此可以稳妥地以虚构迁移的形式探索同自己十分相似的精神成长。[2]

但成长小说和传记之间的区别也是明显的。巴赫金认为传记小说的一个本质特征就是它“有一种传记时间”，而“传记时间是相当真实的，它的一切时点均属于人生过程的整体，把这一过程描述成一个限定的、不可重复的、不可逆转的过程”；主人公“既具有正面的特征，又具有负面的特征……不过这些特征具有牢固的、定型的性质，它们从一开始便是这样，在小说的整个过程中，人依然故我（一成不变）”；因此，“主人公形象在纯传记小说中没有真正地生成与发展。”[3] 传记体小说与成长小说的重要区

① 巴赫金著，白春仁、晓河译：《教育小说及其在现实主义历史中的意义》，第 224 页。

② Jerome H. Buckley, “Autobiography in the English Bildungsroman,” in Morton W. Bloomfield (ed.), *The Interpretation of Narrative: Theory and Practice*, Cambridge: Harvard University Press, 1970, p. 96.

③ 巴赫金著，白春仁、晓河译：《教育小说及其在现实主义历史中的意义》，第 225 ~ 226 页。

别在于前者没有强调自我教育的观念。狄尔泰持类似的观点，他认为传记体小说讲述主人公从小到大的故事，“这样地去洞察一个生命过程的内部，势必导致依照其典型的形式突出这个生命过程中的有意义的时刻”；成长小说与它们不同是因为它自觉且艺术地描写这样的生命过程中的“普遍人性”。[①] 在他看来，成长小说有一种自传体小说所不具备的普遍性，因为它“有意识地在艺术上循着一个有代表性的年轻人发展的每一步展开，每一个经历都有它自己独特的价值，同时又作为下一个经历的跳板。这个人就成了典型，那些经历就成了象征。在自传中，作者和主人公持完全相同的观点；在成长小说中，作者创造了一种可以作象征阐释的典型（ideal）”。[②] 所谓“普遍人性”和“普遍性”指的是成长小说作家以自我教育为中心，按照成长小说的情节模式来再现一个具有广泛代表性的人生探索之旅。这也就是沃尔夫所说的：“为了在小说中塑造一个人物形象，小说家可能要找遍半座城镇的人才行。”[③] 读者在成长小说中见证了成长主体如何超越其独特的个性从而获得普遍性，小说总体上呈现的是主人公不断向个性迈进的过程，而这个个性终究是人类共同的存在形式。简言之，成长小说与自传之间的区别就是共性与个性的差异。

总的来说，成长小说刻画的是“**成长着的人物**形象”，凸显的是“**人的成长**这个重要的因素”，[④] 亦即成长小说以人的内在变化和发展为主要特征；而传记体小说中的主人公可能有地位的变化和命运的转机，但人的精神世界，其性格特征和世界观没有发生实质性的变化。这种情况产生的主要原因在于，在自传中创作主体与主人公是同一个人，因此传主的性格特征和世界观大致确定了主人公的性格特征和世界观。亦如巴赫金所言，传

---

① 威廉·狄尔泰著，胡其鼎译：《体验与诗：莱辛·歌德·诺瓦利斯·荷尔德林》，第 324 页。

② Susan Ashley Gohlman, *Starting Over: The Task of the Protagonist in the Contemporary Bildungsroman*, p. 16.

③ Thomas Wolfe, *Look Homeward, Angel*, p. xv.

④ 详见巴赫金著，白春仁、晓河译：《教育小说及其在现实主义历史中的意义》，第 227、229 页。

记体小说“描写了主人公的生活道路，但主人公形象在纯传记小说中没有真正的生成与发展过程；是主人公的生活，他的命运在变化、在建构、在形成。而主人公本人从本质上说，依然故我”。换言之，传记体小说中的主人公虽有正面和负面两方面的特征，但“这些特征具有牢固的、定型的性质”；传记体小说中也有较为复杂的情节和事件，但这些“事件所构成的不是人的成长，而是人的命运”。①

但成长小说和传记体作品之间的界限在20世纪中后期的西方文学中有逐渐模糊的趋势，以自述的形式讲述的“真实故事”越来越受到人们的质疑，而小说却越发倚重自传的成分和技巧，将主体的真实性感受融入叙事中。作者在小说中寻觅自己同社会斗争和妥协的感受和发展轨迹，自传的素材被嵌在明显是虚构的作品中，这样，其作品就从传统的自传中分化出来，抛弃了原有的道德说教的语气，“这些作者既不谦卑地讲述他们误入歧途的经历以做反面的例子，也不自以为是地把自己标榜为典范。”② 如此，成长小说既借用了传记体小说中的某些元素，又与之做了明显的区分。

最后，让我们来澄清成长小说与同其关系最为密切的三个“近邻”——发展小说（Entwicklungsroman、novel of development 或 development novel）、教育小说（Erziehungsroman、novel of education 或 education novel）和艺术家成长小说（Künstlerroman、artist novel 或 novel of artistic development）之间的联系与差异。它们都是关注个人成长的小说体裁。

约斯特对成长小说与发展小说和教育小说做了非常简洁的区分，后两个术语有时被看作是成长小说的同义语。但前者“对成长的关注超出了成长小说，而后者又少了”。教育小说“要求其情节设置要适应有意识的形

① 详见巴赫金著，白春仁、晓河译：《教育小说及其在现实主义历史中的意义》，第225～226页。

② Sandra Frieden, “Shadowing/Surfacing/Shedding: Contemporary German Writers in Search of a Female Bildungsroman,” in Elizabeth Abel, Marianne Hirsch, and Elizabeth Langland (eds.), *The Voyage in: Fictions of Female Development*, p. 305.

塑过程”。[①] 换言之，发展小说是一个普适性的成长故事，而不重视自我教育（self-cultivation），它片面地表现出对心理的兴趣而忽视了“自觉的、和谐的自我形塑（self-formation）”。教育小说侧重于学校的培训和训练以及正式的教育，而不强调根据个体的内在潜力所获得的有机发展。在一篇文章中，约斯特还指出：“教育小说暗示受教育的人如果不是受外界的约束，然后人为地设置一个在思想上要达到的目标，就是心悦诚服地受一个良师（mentor）、一所学校、一种力量的影响。”[②] 这是明确和狭义的教育，关涉要获得的一套价值观和要吸取的一系列教训。教育小说关注狭义上教育的结果通常使之变成“学校教育小说”（pedagogical novel）。[③] 与教育小说不同，成长小说中的主人公不是像学习一门课程那样按部就班地发展，而是“追求一个他自己可能只是模糊地规划好的目标，一个他全身心投入的目标；尽管他仍处于他所在的自然环境中，处于他的职业和社会氛围中，但他为达到这一目标所做的努力塑造并完善了自己”。[④] 相比之下，成长小说的教育概念是散漫而笼统的，主人公在这个广泛的教育过程中变化和成长。他所获得的不是具体的教育，而是一种普遍性的文化汇聚而成的价值观。

成长小说与教育小说之间的区别实际上就是“文化”或“自然发展”与“教育”或“人为的学术发展”之间的区别，也是受“偶然的情景和事件影响”的“文化产品”与“受人的道德意志影响”的“教育产品”之间的区别。如果成长小说与教育小说二者都是呈现主人公“从童年到成熟”

---

① Francois Jost, *Introduction to Comparative Literature*, p. 137.

② Susan Ashley Gohlman, *Starting Over: The Task of the Protagonist in the Contemporary Bildungsroman*, p. 15. 另见 Randolph P. Shaffner, *The Apprenticeship Novel: A Study of the «Bildungsroman» as a Regulative Type in Western Literature with a Focus on Three Classic Representatives by Goethe, Maugham, and Mann*, pp. 12–13。

③ Gregory Castle, *Reading the Modernist Bildungsroman*, p. 255.

④ Francois Jost, *Introduction to Comparative Literature*, p. 137.

的发展过程的话，那么，在教育小说中，“一个或更多的教师直接引导成熟中的年轻人。但在成长小说中，一如在发展小说中那样，整个世界及其多重影响充当了代理领路人（surrogate guide）。”换个角度说，将世界视为环境（包括人类教育者）的思想是这个扩大了范围的影响的特征，这一大范围的影响将成长小说同教育小说区分开来。与教育同样有关的还有，成长小说中的主人公是“把生活作为一个整体来学习的”，而这个教育是主人公的自我教育，主人公“在世界可提供的所有影响的背景下”自我教育和发展是辨别成长小说的另一个依据。①

与教育小说相比，发展小说更难与成长小说截然区分，因为发展小说中的“发展”与成长小说中的“成长”类似，具有内在的、有机生成的特点，是一个持续的心理变化和演进过程。然而，在豪看来，发展小说尽管范围更广，但它并不预设如下前提，即“主人公或多或少是有意识地试图通过经验来整合自己的才能，培养自己”，而这恰恰是成长小说的本质特征。②所以，沙夫纳说，发展小说的主人公是“无意识地发展”，而成长小说的主人公是“在充分意识到自己成长的情况下成熟”；前者没有自觉的心理目标，而后者是先有目标再有变化发展的过程。换言之，当“发展”（Entwicklung）承载着独特的目标时，它就变成了“自我教育”，发展小说也就成了成长小说。③由此可见，主人公有无清晰的发展目标是区分成长小说与发展小说的关键。斯韦尔斯认为发展小说涵盖“任何一部有一个中心人物，其经历和变化的自我占据了故事结构首要位置的小说”。因此，从成长的角度来看，发展小说比成长小说要宽泛得多，但它所包含的情感

---

① Randolph P. Shaffner, *The Apprenticeship Novel: A Study of the «Bildungsroman» as a Regulative Type in Western Literature with a Focus on Three Classic Representatives by Goethe, Maugham, and Mann*, p. 10.

② Susanne Howe, *Wilhelm Meister and His English Kinsmen: Apprentices to Life*, p. 6.

③ Randolph P. Shaffner, *The Apprenticeship Novel: A Study of the «Bildungsroman» as a Regulative Type in Western Literature with a Focus on Three Classic Representatives by Goethe, Maugham, and Mann*, pp. 11–12.

和心智方面的因素远远少于成长小说；从内涵上看，“发展小说”只是笼统地表示某种虚构的结构，而“成长小说”是一个能引起“文化和哲学反响的体裁术语”。[①]

发展小说与成长小说的区别还在于，前者中的主人公是对自然或外部世界给自己提供的知识简单、被动地接受，而后者强调自然和个人、外部世界和内心世界的相互影响，强调主人公心理、精神和情感的和谐发展，直至完整人格的形成。发展小说关注个体发展，但不强调自我发现和个性的形成，总之，它不重视自我教育。自我教育基于这样一种信念，即人能够改变自己的命运，洪堡和席勒基本持这种观念。席勒甚至坚信自由心智会在个体的外在形式上打下深深的烙印：“在这个意义上我们可以说心灵决定身体。”但他认为自我教育的目标是在“道德要求与身体需求”之间达到一种平衡。[②]

与成长小说关系密切的另一个小说体裁是艺术家成长小说。在这类小说中，小说家们往往以年轻的自我为描摹对象，因此，也可以将它视为自传或更确切地说是传记的一个分支。在艺术家成长小说中，作家通常专注于自我：“作者分析他自己敏感的自我、他对超越其思想范围的天然世界的态度及对其疏离的情况。”[③] 而这些小说家多以男性为主，他们创作的此类小说仅美国就有舍伍德·安德森（Sherwood Anderson, 1876–1941）的《小城畸人》（*Winesburg, Ohio*, 1919）、弗朗西斯·斯科特·基·菲茨杰拉德（Francis Scott Key Fitzgerald, 1896–1940）的《人间天堂》（*This Side of Paradise*, 1920）和托马斯·沃尔夫的《天使，望故乡》等。

顾名思义，艺术家成长小说是描写一个青年如何发展成为一名艺术

---

① Martin Swales, *The German Bildungsroman from Wieland to Hesse*, p. 14.

② Todd Curtis Kontje, *The German Bildungsroman: History of a National Genre*, p. 4.

③ Randolph P. Shaffner, *The Apprenticeship Novel: A Study of the «Bildungsroman» as a Regulative Type in Western Literature with a Focus on Three Classic Representatives by Goethe, Maugham, and Mann*, p. 13.

家的小说，又称“艺术发展小说”。它再现主人公极力排斥社会为其提供的平庸生活，而像斯蒂芬·迪达勒斯（Stephen Dedalus）那样去追求艺术人生。[①] 为实现自己对美学理想的追求，他奋力与“一个不可调和的物质社会”抗争。为此，他必须做出自己的抉择，要么“退隐到一个沉思的、虚拟的、未被污染的象牙塔式生存状态中”，要么“卷入他那个时代世界范围内的社会斗争”，但不管是哪种选择，总体上来说，他都认为自己“不屑与现实达成妥协”，因此，“美学的”发展在他个人的成长或“修养”中还是占主导地位的。[②] 实际上，这是主人公由于对现实生活不满而向自己内心世界退隐的一种方式。艺术世界既是一个思想激烈碰撞的场所，又是一个人可以逃避现实世界中的庸俗和烦忧的避难所。在那里，人的思想观念得以自由表达和检验，而不至于承受现实世界中犯险可能带来的灾难性的后果。因此，这是主人公实现美学追求和精神提升的美好家园，是他逃避现实世界中工具理性和政治斗争侵蚀的理想途径，也是实现自我教育难得的场域。例如，在席勒所构想的乌托邦式的美学王国里，通过艺术实现自我教育使政治革命成为多余。[③] 从这个意义上说，艺术家成长小说或可被视为成长小说的一种，但它更加侧重描写主人公的美学追求和精神成长。

艺术家成长小说中主人公的艺术追求可被视为一种隐喻，主人公的创造力源于他丰富的内心世界，对艺术的追求是向精神世界的退隐。成长小说主人公多半是潜在的艺术家，或像艺术家一样，是情感丰富而敏感的人，当他们对外部世界不满时就会设法寻求精神上的慰藉。豪的精辟论述——“生活－艺术”观——更是拉近了成长小说与艺术家成长小说之间的距离，

---

① Eric Bulson, *The Cambridge Introduction to James Joyce*, Cambridge: Cambridge University Press, 2006, p. 49.

② Randolph P. Shaffner, *The Apprenticeship Novel: A Study of the «Bildungsroman» as a Regulative Type in Western Literature with a Focus on Three Classic Representatives by Goethe, Maugham, and Mann*, p. 13.

③ 参见 Todd Curtis Kontje, *The German Bildungsroman: History of a National Genre*, p. 5。

几乎是在它们之间画了等号："生活是一门可以学会的艺术。"[①] 歌德小说中的主人公威廉·麦斯特这个名字即暗含着通过学习生活的艺术而由学徒变成师傅的意思，因为"麦斯特"（Meister）的德文原意就是"师傅"——通过分阶段的学习，主人公终于成为生活的艺术家。我们可以说，艺术家成长小说的主人公是幸运的，艺术给他们提供了解决外部世界和内心世界之间矛盾的途径，他们有可以追求的目标和可以归隐的精神家园，还可同时获得一份职业。斯蒂芬·迪达勒斯在小说结束时满怀信心地踏上了艺术和精神的探险征程。但并非所有成长小说中的主人公都有这样的条件和归宿。当他们不能在外部世界和内心世界之间找到一个平衡点的时候，悲剧就有可能发生。女性成长小说中的一部分主人公就是这种情况。她们对精神世界的追求酷似那些成长中的艺术家，但她们深陷于自己的内心世界却没有获得那些艺术家们的创造力，往往由于过分迷恋想象中的世界不能自拔而走向死亡。凯特·萧邦（Kate Chopin, 1850–1904）的代表作《觉醒》（*The Awakening*, 1899）便是一个典型的例子，主人公"艾德娜婚后的觉醒使她获得了某种精神上的成长，但同时也使她不愿或不能面对现实，顽固地退隐到自己想象中的精神世界，从而走上不归路"。[②]

尽管艺术家成长小说与成长小说非常接近，常有相互越界或重合的情况，但二者也存在着区别。区别恰恰在于对豪所谓的"生活即艺术，学徒即艺术家"这种类比的颠覆。沙夫纳等人对此做过精到的论述，在他们看来，艺术家成长小说中的"艺术家"可能会为"美学修养"（aesthetic culture）而努力，而成长小说中的"学徒"必须全面培养其"才能和能力"，而不是单方面地发展。他一开始可能争取的是"有机的、道德的和美学的发展"，但随着时间的推移，他会逐渐认识到理想与生活之间的矛

① Susanne Howe, *Wilhelm Meister and His English Kinsmen: Apprentices to Life*, p. 4.

② 孙胜忠：《分裂的人格与虚妄的梦——论觉醒型女性成长小说〈觉醒〉》，《外国文学》2011 年第 2 期，第 89 页。

盾，于是，他也学会认真地面对现实，并努力达成“与现实的妥协”。寻求妥协是他与艺术家之间的本质区别之所在：尽管美学上的发展似乎是二者共同追求的目标，但对学徒来说，艺术仅仅是他展示其个性的一个途径，而不是目的——“他的目标不是艺术”，“而是人”，即他渴望把自己捏塑成具有完整人格的人。艺术是达至“整体目标”的“部分途径”，而不是“美学的、自足的目标”，这种观点足以将成长小说与艺术家成长小说区分开来。[①] 但这里有两点须要进一步说明：其一，将寻求与社会达成妥协视为成长小说本质特征的观点仍然囿于德国经典成长小说的模式；其二，所谓“整体目标”实际上是指成长小说主人公所追求的多维的、全面的人格和个性的理想，是与艺术家单向的、为艺术而艺术的目标追求相对而言的。

一个应该引起我们注意的现象是，在实际使用时，尤其是在一些宽泛的介绍性著述中，“成长小说”常与“发展小说”“教育小说”“艺术家成长小说”混用。例如，布尔森（Eric Bulson）在他的《剑桥詹姆斯·乔伊斯导读》（*The Cambridge Introduction to James Joyce*, 2006）一书中就把成长小说看成是教育小说的同义词，他用教育小说来解释成长小说，并认为乔伊斯的《一个青年艺术家的肖像》既是成长小说也是艺术家成长小说。[②] 但如上所述，在严格意义上来说它们之间是有区别的，应仔细加以辨别。

“成长小说与新的发展心理学密切相关，带有一种心理的内在发展与自然教育相适应的观念”，它“还与人类的理想相关”。[③] 这样看来，成长小说既强调个人内在的意识，又包含着人类所共有的精神内核，既捕捉个体心理又展示人类的共性，是普遍性与特殊性的结合。总之，精神追求或

---

① Randolph P. Shaffner, *The Apprenticeship Novel: A Study of the «Bildungsroman» as a Regulative Type in Western Literature with a Focus on Three Classic Representatives by Goethe, Maugham, and Mann*, p. 14.

② 参见 Eric Bulson, *The Cambridge Introduction to James Joyce*, p. 49。

③ Richard A. Barney, *Plots of Enlightenment: Education and the Novel in Eighteenth-century England*, Stanford: Stanford University Press, 1999, p. 27.

自我教育是成长小说的重要特征，强调主人公美学意义上的、内在的、精神上的成长是它的主旋律，这也是认定成长小说的关键。

通过追溯“成长小说”概念的形成及其术语的产生，爬梳史上对成长小说概念及其内涵的论争，并考辨成长小说与其“前身”和“近邻”之间的关系，我们或可对成长小说做如下总结：

一、成长小说糅合了心理小说和传记体小说等“前身”及“近邻”的特点，塑造的是一个“成长着的人”，其性格、心理及世界观在成长（亦即小说的情节发展）过程中有明显的变化。

二、“自我教育”是成长小说的核心概念，主人公在与社会的交往过程中追求独特的自我和个体全面和谐的发展。

三、成长小说突出人的精神和美学追求，聚焦于主人公的内心生活，但也关注精神追求与世俗追求的结合，呈现心理力量与社会力量之间的相互作用。此类小说肯定社会化，即成长主体最后融入社会，至少个体要同社会达成某种妥协。

四、成长小说彰显主人公“思”与“行”之间的矛盾与冲突，多对社会持批判态度。当成长主体的思想与行动、情感与理智及理想与现实之间发生严重背离时，他就会与社会决裂，或退隐到自己的“小世界”。

五、成长小说再现丰富多彩的世界和社会生活图景，但“认识自我”是小说的主旨。成长主体在成长过程中通过直接经验了解社会、认识自我，从而得到自我认知方面的提升。主人公对社会和自身局限性的认识在成长小说中也被视为一种收获。

上述几点是成长小说的显著特征，虽不能视为这一小说样式的规范标准，但可作为判断成长小说的参照依据。

当然，成长小说历经220余年的发展，分国别又有不同的变体，实难尽言。为此，在下一章我们将深入探讨“自我教育”这一关键概念，并考辨成长小说的几个构成要件。在整个研究过程中始终秉持成长小说“变动不居”这一基本认识，在承认它的历史性的前提下努力概括其体裁特征，以便进一步澄清对成长小说的一些模糊认识，力图最大限度地接近对这个体裁的“真理性”认识。

第三章　成长小说的核心概念及诸要素考

导语：从词源、宗教内涵、古典人文学者的论述以及成长小说产生的历史背景等方面来考察、辨析“自我教育”，并探讨成长小说中的主人公特点、社会化和职业问题、教育在成长小说中的特殊含义与实现途径、良师的影响和女性在男性主人公成长过程中的作用等成长小说的构成要件，为下面几章重点考察这一小说体裁流变提供“公约数”，并作为过渡，简论文学体裁变动不居的特征，为下文做铺垫。

伊格尔顿认为“根本不存在什么文学的‘本质’”。由此人们推断，“‘文学’意义的实现在很大程度上取决于读者的阅读、评价和特定历史时期的社会需求。”[①] 基于这种文学本质的消解理论，我们可以说成长小说也没有什么固定不变的本质特征，它随着社会历史语境的变迁、读者审美情趣的变化而变化。这为我们历史地考察成长小说提供了理论依据，使我们认识到比“什么是成长小说？”更有意义的问题是：是什么让不同时代的人把

① 陶东风、王南主编：《文学理论基本问题》，第52页。

某些作品界定为成长小说？

从另一个方面看，虽然说成长小说还没有一个公认的一成不变的定义，但在不同的社会文化语境中，在不同的历史时期，我们依然可以窥见在人们关于成长小说的言说中一些基本的延续性因素。这种延续性又为我们研究成长小说找到了一个支点，或者说研究信心，借助这个“支点”，我们似乎可以撬动成长小说这个庞杂而貌似边界不清的“巨无霸”型的文学体裁。在不同的关于成长小说的言说中，我们似乎可以找到某些具有代表性和普遍性的观点，即关于成长小说的一些共识。这种共识集中体现在成长小说的自我教育理念、情节结构、主人公的性格特征及其发展等方面。

在上一章，我们追溯了“成长小说”概念的形成及其术语的来源，并通过辨析成长小说自身的概念之争以及对比它与其“前身”和“近邻”之间的异同，对成长小说的核心内涵与本质特征已有了基本的把握。为更加深入地理解成长小说，并为下面几章阐述成长小说的流变搭建言说的平台，本章拟对成长小说核心概念及几个构成要件进行详细考察和分析。

众所周知，小说必备的三要素为人物、情节和环境。小说以人物塑造为中心，通过故事情节展示人物性格，通过环境尤其是社会环境的描写，来揭示包含人物的身份、地位和成长的历史背景等在内复杂的社会关系。由此我们可以看出，人物塑造在小说研究中处于突出的地位。在此，笔者不打算按照上述三要素来机械地逐一分析，而是要根据成长小说的特点，围绕主人公的成长来探讨此类小说具有个性化的主要构成要素。在讨论之前，我们有必要首先辨析哪些是成长小说的核心要素。

按照巴赫金的分析，对成长小说的研究通常有两个极端的路径：有的“遵循纯结构原则（即把整个情节集中在主人公的教育过程上）”；有的“只要求小说中有主人公发展、成长的因素”。前者极大地限制了成长小说的范围，而后者又大幅度拓宽了这一小说的外延。通过考察，他认为实际情况要复杂得多，有的成长小说“具有明显的传记和自传的性质”，有的“组织作品的基础是培养人的教育思想”，有的“严格按时间顺序来描写主要人物的教育发展过程”，等等，而对上述几种情况他又承认有完全相反的例子。[①] 这种复杂的情况既给成长小说研究带来挑战，同时也给研究者留下了进一步探究的空间。巴赫金所考察的情况尽管复杂，但我们可以清楚地看出，他始终突出的是主人公，无论是他列举的两种“极端”的研究路径，还是他在考察中提取的三种成长小说创作特色，都聚焦于主人公的人物塑造和成长过程的再现。

此后的研究虽然有所拓展和发挥，但基本上没有跳出巴赫金的研究范围。例如，戈尔曼在讨论成长小说时指出，成长小说最常见的构成要素有如下几个：“一个年轻的主人公（通常是男性），范围广阔的经历以及这些经历在后来的人生中所产生的一种终极实用价值的意义。”[②] 她认为任何包含上述要素的小说基本上都可以被称为成长小说。戈尔曼的论述主要涉及的是主人公的成长，强调的是主人公的社会阅历及其后效，没有涉及小说的体裁特征。由于她的论述过于笼统，因而对小说的主题和社会对主人公如何施加影响及影响的结果如何都语焉不详。但她特别指出主人公是年轻人，同时由于她研究的是女性成长小说，因此，她强调了以往成长小说主人公以男性为主的性别特征。可见，戈尔曼对成长小说的界定持宽泛的态度，概括起来，她认为成长小说是由三个要素决定的：主人公、经历和经历产生的影响。卡斯尔也不主张对成长小说过分限制，他认为，成长小说是个非常富有弹性的概念，其成规（convention）极少，而且相对简单，限制超出一定范围就等于彻底抛弃了它。但他同时也指出了辨识成长小说的几个基本成分或常识：“传记体的故事、社会化（socialization）问题、

---

① 详见巴赫金著，白春仁、晓河译：《教育小说及其在现实主义历史中的意义》，第 228 页。

② Susan Ashley Gohlman, *Starting Over: The Task of the Protagonist in the Contemporary Bildungsroman*, p. 4.

良师的影响、‘起作用的’妇女、职业的问题”。[①] 从卡斯尔列出的几大要素来看，除了小说体裁的传记特征以外，社会化和职业与主人公的社会阅历及所受教育紧密相连，起到烘托主题的作用，且与社会经历所产生的后效和小说的结局有关，而良师和妇女（指在主人公为男性的成长主题小说中的女性）是对成长小说主人公的成长产生直接影响的角色。这些都值得深入讨论。

由于在第二章第三节《成长小说与其“前身”及“近邻”》中已经讨论了成长小说的传记特征，这里将集中探讨成长小说中的主人公特点、社会化和职业问题、教育在成长小说中的特殊含义与实现途径、良师的影响和女性在男性主人公成长过程中的作用等成长小说的构成要件。又鉴于上述论者在成长小说概念上的分歧，我们在讨论成长小说诸要素之前，有必要对成长小说的核心概念——自我教育——做较深入的探讨。

一、成长小说中的“自我教育”*

国内外学者对来自德国文学中的“成长小说”这个概念的确切所指和价值取向似乎还没有形成共识，[②] 因此，在理解和运用这个概念时还存在不小的偏差，甚至出现滥用的倾向。“成长小说”基本上是围绕着“自我教

---

① Gregory Castle, *Reading the Modernist Bildungsroman,* p. 4.

* 本节内容已发表，这里有改动。详见拙作《论成长小说中的“Bildung”》（《外国语》2010 年第 4 期，第 81 ～ 87 页）。

② 国内学界甚至连“Bildungsroman”这个术语的中文翻译都不一致，有译成“教育小说”的，如董问樵，还有译成“修养小说”的，如谷裕，近来多采用“成长小说”。这个来自德语的术语在英文中也有多种不同的译法，就笔者所见，至少有下列几种：novel of formation、novel of initiation、apprenticeship novel、novel of apprenticeship、novel of education、novel of development、pedagogic novel、pedagogical novel、education novel、novel of education。“英语使用几种不同的标签旨在捕捉这个德语术语的多重含义。”详见 Gunilla Theander Kester, *Writing the Subject: Bildung and the African American Text*, New York: Peter Lang Publishing, Inc., 1995, p. 8。

育”[①]这个核心概念来界定的，有人甚至认为“德国的小说理论就是从挪用自我教育的概念开始的”。[②]它在歌德、席勒、洪堡的著作中占据着中心地位。同时，自我教育又是一个与主人公密切相关，几乎是不可分割的概念，它是甄别成长小说的关键。在成长小说中，“自我教育的观念不仅仅是被提倡，而是**体现**在生活中，在被描写的经历中。”[③]这个概念同具体的时间和地点密切关联，它通常被认为是18世纪后20年德国少数几个知识分子的产物，他们主要有歌德、赫德（Johann Gottfried von Herder, 1744–1803）、维兰德、席勒和洪堡等。而“自我教育”这个术语历来被称为“因自我培养而产生的整体文化身份”。[④]但它又是一个难以捉摸的概念，正如威特（W. Witte）所警告的：“任何对‘成长小说’这个体裁笼统的结论都可能会被德语中‘自我教育’这个词变化多样的意思弄糊涂。”[⑤]这既说明了“自我教育”概念在成长小说研究中的重要性，也表明它是诡异和难以把握的。正因为如此，我们才有必要对之做深入的辨析。为此，本节拟从词源、宗教内涵、古典人文学者的论述以及成长小说产生的历史背景

---

① 有人把“Bildung”译成汉语的“教化”或“教养”。在英语中它通常被翻译成“self-development”“self-formation”或“self-cultivation”等。此外，英语中的“coming of age”和“rites of passage”在实际使用过程中也逐渐成了“Bildung”的对应词。但不同的术语都会引起与民族和意识形态相关联的不同的联想，甚至不同的叙事结构：“coming of age”隐含着社会实用主义的意味；在字面上看起来更妥帖的英语单词，如“self-development”“self-formation”和“self-cultivation”，却没有抓住重点，没有强调美学教育和精神化的内在修养，没有强调人的心智、道德、精神和艺术官能的和谐，也没有突出自我和社会、个人欲望和社会责任之间的辩证和谐统一。（参见 Gregory Castle, *Reading the Modernist Bildungsroman*, p. 7。）由于“Bildung”主要强调主体的内在修养，美学的、精神的教育，它往往会使人联想到德国启蒙思想家所界定的“内在修养”（inner culture）的概念，因此，在本书中，笔者用“自我教育”来表达这个概念。但由于这个词的多义性，我们根据引文的语境在相应的部分会做适当的变通，如译成“教育”或“形塑”等，但在不同译法处都会注明原文“Bildung”，以避免混淆。

② Todd Curtis Kontje, *The German Bildungsroman: History of a National Genre*, p. 1.

③ Martin Swales, *The German Bildungsroman from Wieland to Hesse*, p. 157.

④ Richard A. Barney, *Plots of Enlightenment: Education and the Novel in Eighteenth-century England*, p. 26.

⑤ Mark Stein, *Black British Literature: Novel of Transformation*, p. 24.

等方面来考察、辨析“自我教育”，试图从源头上厘清这个概念，为甄别成长小说提供参考。

（一）从词源上看“自我教育”及其宗教内涵

要深入理解德国成长小说传统、主人公性格特征、小说的精神内涵和情节设置等，从词源上来考察“自我教育”是十分有益的，它不仅能使我们了解这类小说的历史渊源，从源头上准确地领会这种小说体裁的本质特征和深刻内涵，也可能会为我们判断一部小说是不是成长小说提供依据。德语中的“Bildung”原先是一个宗教术语，它既指“外形”或“外表”（*Gestalt*，拉丁语 *forma*），也指“形塑的过程”或行为（*Gestaltung*，*formatio*）。[①]“Bildung”还可以指一个复杂的建筑或实在物，它由“Bild”（图画或肖像）派生而来。[②]这一建筑物的比喻不仅使人产生一系列美学的联想，还指向心灵的构建和人的内在修养，如《学习时代》第六卷《一位淑女的自白》中显示的，自我教育的目的重在精神方面。

首先我们要追问为什么“Bildung”会被用在“成长小说”这个特殊的术语里。伯杰（Berta Berger）为我们提供了关于“Bild”这个词的历史信息。她说原先“Bild”被那些经院哲学家、教堂里的神父和虔信派教徒们用来指上帝形象的恢复。人是按照上帝的形象（Vorbild, God’s image）创造的，但由于人的堕落，这一形象被扭曲了；为了赎罪，人不得不通过自我检讨和反省来重塑自己的形象。这部分地说明了宗教忏悔文学和成长小说之间的渊源关系。[③]正如伯杰、斯塔尔（E. L. Stahl）和约斯特（Francois Jost）所说明的，在 18 世纪欧洲启蒙运动时期，“自我教育”这种宗教观

---

① Todd Curtis Kontje, *The German Bildungsroman: History of a National Genre*, p. 1；也可参见 Marc Redfield, “The Bildungsroman,” p. 192。

② Gregory Castle, *Reading the Modernist Bildungsroman*, p.35.

③ 参见 Susan Ashley Gohlman, *Starting Over: The Task of the Protagonist in the Contemporary Bildungsroman*, New York: Garland Publishing, 1990, p. 17。

念逐渐被世俗化了，到18世纪后期，它专指完美的人这一人文主义的理想。伯杰说得明白："此时，上帝不再是原型（archetype）或模型了，而是人在同其周围环境的接触中把他个人的所有才能汇集形成的一个整体。"[①]也就是说，到了启蒙运动的后期，成长概念中的宗教色彩已经淡化，代之而起的是人的主观能动性的发挥，同时强调人同社会的接触，在社会交往中不断地发现自我，完善自我，使自己的各个方面形成一个有机的整体。一句话，个人要在社会交往中受到教育，在与社会的交互作用中成长。

由此可见，"自我教育"经历了一个从宗教术语向世俗的人文主义概念演变的过程。最初，这个词有着浓郁的宗教色彩，与神秘体验相关联，只是后来才被世俗化的，于是，"这个原先的宗教术语现在成了世俗的人文主义概念。"[②]例如，赫德一开始时认为教育（cultivation）的理想是个人身上的上帝形象："于禽兽您给予的是本能，于人之灵您注入的是您的形象、宗教和人性。"[③]上帝把他的形象注入堕落的个体，使畸形的罪人获得救赎而改变，恢复到上帝的形象。中世纪的神秘主义者和18世纪的虔信派教徒把"Bildung"看作是"上帝对消极的基督徒的积极改造"。由于原罪，人堕落而不再同上帝融为一体。他们变得畸形了，因此，信仰者必须准备接受上帝的恩典。[④]后来，赫德强调遗传的作用，认为"遗传的力量是地球上一切生命形式之母"。每个个体都是独特的，带有与生俱来的基因，因此，一切生命都会努力成长为它们注定要成为的形态，同时包括文化在内的外在力量会影响特定个体的成长。[⑤]在宗教的意义上来说，人

---

① Susan Ashley Gohlman, *Starting Over: The Task of the Protagonist in the Contemporary Bildungsroman*, p. 17.

② Todd Curtis Kontje, *The German Bildungsroman: History of a National Genre*, p. 1.

③ "To the beasts Thou gavest instinct, in the soul of man Thou didst implant Thine image, religion, and humanity." Gregory Castle, *Reading the Modernist Bildungsroman*, p. 34.

④ Todd Curtis Kontje, *The German Bildungsroman: History of a National Genre*, p. 1.

⑤ Todd Curtis Kontje, *The German Bildungsroman: History of a National Genre*, p. 2.

的改变都是被动的，而当这个概念被世俗化后，它转而强调人的思想和内心世界的价值，个人的修养代替了救赎。同时，自我教育是在特定的文化影响下的内在基因潜质的发展。赫德有着强烈的环境决定论的意识，他认为人的发展是特定时间和地点的必然产物。自我教育由神性向世俗的变化在 18 世纪表现得最明显，个体不再是被动地接受先在的形象，而是在同周围环境的相互作用中逐渐开发他们内在的潜质。“自然生成的有机形象代替了神明介入的模型。向同上帝完美结合的转化变成了个人独特自我的发展。”① 约斯特在《比较文学引论》中也把“自我教育”同《圣经》中的“创世记”神话联系起来：“圣经说到按照上帝的形象创造人。”他认为，到了 18 世纪，“Bildung”就成了“肖像”（*Bild*、*imago* 或 portrait）的同义语。在此基础上，他进一步指出了“自我教育”在教育学和文学方面的含义。在这个词的教育学意义上来说，“自我教育”是“这样的过程，借此一个人成为同他的导师一模一样的人（replica），并被视为他的一个样板”。在文学的语境中，“自我教育”是被世俗化的一个隐喻，出现在早期基督教会关于教父的著作中：“教父们用陶工捏制成形的陶土的形象来解释天恩的行为。这个艺术品（das *Bildnis*）就是艺术家（der *Bilder*，即后来的 der *Bildner*）的创造物和财产。”②

（二）歌德眼中的“自我教育”及其在《学习时代》中的体现

歌德的《学习时代》被普遍认为是成长小说的范本，他所描述的“自我教育”表明个体的成长不可避免地要受到固定的行为规则的主观限制。但他强调自由对人类发展的必要性，把个人教育看作是最有道德意义的持续性工程：“去从事个人的道德教育是一个人可做的最淳朴、最可取的事

① Todd Curtis Kontje, *The German Bildungsroman: History of a National Genre*, p. 2.

② Francois Jost, *Introduction to Comparative Literature*, Indianapolis: The Bobbs-Merrill Company, Inc., 1974, pp. 135–136.

情。”[①] 歌德在《学习时代》中借用一个乡村教士对威廉说的话指出：“人类教育者的义务不是防止迷误，而是指导迷误者，甚而让他喝干满杯的迷误之酒，这就是教师的智慧。对迷误只是浅尝辄止的人，就长久留恋它，而且还庆幸这是一种稀有的幸福；但是完全喝干了它的人，如果不是丧心病狂，就必然认识什么是迷误了。”[②] 这种教育提供的是何等的自由！这是真正的自我教育，让迷误者饮干迷误之酒，让其迷途知返，从而达到受教育的目的，最终获得成长。

至于在《学习时代》中展现的有关自我教育的模式，歌德本人并没有明确地予以界定，最接近于定义的论述体现在他对“Gestalt”和“Bildung”这两个概念的对比中：“德语中用**形态**（Gestalt，相当于英语中的 form）这个词来表示一个实在物存在的总体（complex of existence of an actual being）。这个措辞排除了任何可变的情况，它假定一个同质的事物是确定的、完整的，而且其特性是固定不变的。但当我们把所有的形态，尤其是那些有机的形态，一同考虑时，我们再也找不到阻止变化、缺乏活性、有遏制感的地方，而是一切都处于不断变化的状态。正因为如此，我们的语言中有**形塑**（Bildung，相当于英语中的 formation）这个词，它很适合满足对这样一个词的需要，即这个词不仅指已经被创造的事物，而且指在被生成过程中的事物。”[③] 戈尔曼对此做了进一步阐释，她指出：“与**形态**大不相同，**形塑**显示有机体处于不断运动或变动中这样一种状态。但它又不是简单的、不可改变的运动；这个过程是无限交互的，即当有机体变化时，它反过来又产生运动，而这种运动又进一步改变有机体，如此反复以至无穷。”这里包含着深刻的辩证法的思想。当这一运动规律运用于人的

---

① Todd Curtis Kontje, *The German Bildungsroman: History of a National Genre*, p. 4.

② 歌德著，董问樵译：《威廉·麦斯特》，上海译文出版社 1999 年版，第 474 页。

③ 转引自 Susan Ashley Gohlman, *Starting Over: The Task of the Protagonist in the Contemporary Bildungsroman*, p. 21。

成长时，它的运行机制可以做如下描述："自然塑造人，人改变自己，而且这种改变还是自然的。"正是这种在人的内心和外部环境之间交互的、创造性的互动把"形塑"（Bildung）过程同"发展"（Entwicklung）区别开来，因为"发展"仅仅意味着自然对人的单向影响。这样，"形塑"就是一个个体积极地影响他所吸收的东西，而"发展"只不过是被动的接受者对知识的吸收。①在魏玛古典主义者眼里，"Bildung 指有机生长，根据先天遗传要素由种子成长为果实。"②凡此种种都说明"Bildung"指的是一个有机的变化过程。歌德进一步阐释了自我教育这种发生在个人和其环境之间无休止的相互改变的过程：当个人发生变化时，他就会对外部世界的变化产生影响，而外部世界的变化反过来又会进一步改变他自己的人生（being）。③这种交互发展和变化的思想意味着个人和他所处的环境都处于相互改造的过程中，一方改造另一方，直到个体达到他能体验到与其环境有一种和谐感的程度。换言之，交互过程意思是当主人公在同社会接触中被逐渐改造的时候，他们反过来也根据自己形成的自我形象构成和改造世界。歌德把个体，而不是社会置于成长过程（Bildungsprozess）的中心，而自我教育强调的恰恰就是这一过程。

歌德有关自我与世界交互作用的观点同谢林（Friedrich Wilhelm Joseph von Schelling, 1775–1854）的思想——世界灵魂向自我意识的演变——有相似之处：具有自我意识的人的自我直接了解自己，而不是通过任何逻辑推理的过程。也就是说，成长过程不是严格横向的作用与反作用的过程，而应该被看作是一个无限的螺旋上升式的运动。简而言之，这就是歌德关于人生和成长的哲学。他假定没有动力和终极目标。作为大自然无穷的能

① Susan Ashley Gohlman, *Starting Over: The Task of the Protagonist in the Contemporary Bildungsroman*, p. 21.

② Todd Curtis Kontje, *The German Bildungsroman: History of a National Genre*, p. 3.

③ 参见 Susan Ashley Gohlman, *Starting Over: The Task of the Protagonist in the Contemporary Bildungsroman*, p. 169。

量的一部分，个体的精力不受抑制地持续着，直至它遭遇到企图遏制它的阻力——社会。①

自我教育除了具有自由和交互作用的特征以外，它的另一个特点就是强调精神层面的提高。这在歌德的小说中得到了进一步发挥和更详尽的阐述。在《学习时代》中，歌德通过温和而又权威的塔楼会社，渗入与社会结合的理想和目标。塔楼会社的理想与自我教育的理想实际上是相通的。在该小说第六卷《一位淑女的自白》中，“淑女”的叔叔清楚地表达了这点：

> 在我们眼前的大千世界，好比是建筑师面前的一座巨大采石场，建筑师所以配享这个称号，就在于他能用这些偶然遇到的天然物质，以最经济、最合适、最牢固的方式，造出一个由他思想中产生出来的原型。我们身外的一切无非是元素，不错，我甚至还可以说，我们身上的一切也是；然而在我们内心深处却蕴藏着创造的力量，它能够创造出应当如是的东西，而且不许我们休息和停止，非要我们把身体的或身上的东西，用这种或那种方式表现出来不可。……我们尽量去认识芸芸众生，努力使他们的活动一致。②

同“Bildung”的含义之一相吻合，歌德在此也引入了建筑物的比喻，一如“自白”旨在精神境界的提高，自我教育的重点也在精神层面。因此，在最近的研究中，研究者倾向于把成长小说视为一种高度的反省小说（self-reflective novel），认为在这类小说中，关乎个人成长的自我教育是在叙述

---

① 参见 Susan Ashley Gohlman, *Starting Over: The Task of the Protagonist in the Contemporary Bildungsroman*, p. 22。

② 歌德著，董问樵译：《威廉·麦斯特》，第 392 页。

者散漫的自我理解中，而不是在主人公经历的事件中演示出来的："自我教育——追求有机的成长和个人的自我实现——基本上是一个认识论的概念，它是在特定的叙事（即美学）过程这一领域内探索。"[①] 这里实际上指的是精神的探索和精神境界的提高。

（三）洪堡对"自我教育"的思考及其矛盾性

与歌德相似，洪堡也把自我教育看作是人类的基本目标，并强调自由在其中所起的关键作用："我们人生的真正目的是把我们多样的才能培养成一个平衡的整体。"[②] 他承认人的遗传基因是个人发展的基础，但他认为被动的成熟对人并不十分有益，人要发展必须采取积极主动的行为："大自然提供了'种子'，但应该通过人积极地投身于周围的世界才能充分开发他们的潜力。因此，自由就成了个体自我教育首要的基本前提。"[③] 在洪堡看来，人的真正目的就是获得他的创造力所能达到的最高形式的自我教育，而创造力在自由的氛围下发挥得最好。[④] 洪堡在强调自我教育的精神方面比歌德走得更远，在他看来，为了保证内在修养的主导地位、自主性与和谐，自我教育必须排除对外部力量的考虑。不是在同国家或社会和谐中显示自我教育的成就，恰恰相反，与社会保持一定的距离，处于不偏不倚的位置，从而获得自我的意志自由，才显示出自足的特征。洪堡不关心"我们学习什么或我们如何改良外部世界"，而仅仅关心"我们内在自我的改进"。所有这些都表明，自我教育观念从一开始就不仅强调精神价值，而且主张同外部世界划清界限，这为现代成长小说主人公游离于社会之外埋下了伏笔——从一定意义上来说，洪堡预见到了现代主义对"作为旁观者

---

① Martin Swales, *The German Bildungsroman from Wieland to Hesse*, p. 4.

② Todd Curtis Kontje, *The German Bildungsroman: History of a National Genre*, p. 4.

③ Todd Curtis Kontje, *The German Bildungsroman: History of a National Genre*, p. 4.

④ 参见 Gregory Castle, *Reading the Modernist Bildungsroman*, p. 41。

的主体”的强调。[①] 由此看来，现当代成长小说中的主人公多数最后选择逃遁、反叛等与社会决裂的姿态不是背离了成长小说的范式，而是对经典自我教育观念的忠实继承，或者说修复。

反对个人成长必须同社会和谐结合使洪堡与歌德以及同时代其他思想家有很大的不同。洪堡不是一个文学艺术家，他的著作主要是对希腊语言和文化的研究以及对政治学的思考，也许正因为如此，他的这些思想没能完全或者说及时地在当时的成长小说里显现出来，但他却为现代成长小说再现超然的主体及其所受的独特的自我教育提供了理论依据。

不过，洪堡的思想也有矛盾之处，有时过于理想化，这些他本人似乎也有所认识。他认为真正了不起的人是那些在智力和道德意义上真正受过教育的人，这种人“仅仅通过（自身的）这些素质施加超越其他一切的影响，就是因为这种人现在或者说一直就生活在人中间”。这样看来，自我教育的过程虽然不是给予和接受的过程，也不是同社会体制和人际关系的脱离。只不过他突出了个体，把那些受过教育的人看作是拥有了那些没有受过教育的人所没有的社会资本。而那些已经受过教育的人有责任去教育那些没有途径和机会去自我教育的人。这样，在一定意义上说，那些有教养的人就成了角色样板：“道德的第一法则是教育你自己；第二是通过你的榜样去影响别人。”[②] 洪堡思想的矛盾之处在于，他首先强调不受外界影响，进行自我教育，个人寻找社会和文化价值，以获得“自足”，但这样的人“修成正果”后却要去影响别人，那么，那些受教育者又如何去收获自己的“自足”呢？也许是受到希腊人性完美理想的影响，洪堡概念中的先行获得自我教育的人可能都是些“精神贵族”，他们一开始也是被社会边缘化的人，或自我放逐的人，因为只有这些人才能够获得意志自由，形成真正的自我。倘若如此，洪堡就再次预见到了现代成长小说中的自我教育的情状。这些

---

① Gregory Castle, *Reading the Modernist Bildungsroman,* p. 39.

② Gregory Castle, *Reading the Modernist Bildungsroman*, p. 40.

小说中的主人公大多排斥社会的影响，自我找寻人生的价值和意义，他们也多半是边缘人，甚至是像安德森笔下的“畸人”。在强调自由和创造力对自我教育所起的重要作用方面，他和歌德的观点是一致的。但洪堡眼中的自由是绝对的自由，免于国家在道德、精神或文化发展中的干预，个体只有享有这种绝对的自由才能凭自己的能量获得充分发展。这是他过于理想化的一面。他另一个复杂又似乎有些矛盾的观点就是既强调理性的重要性，又重视自然在个人发展中的作用。理性是政治、社会组织、政治制度，甚至是自我教育的基础，但他所说的理性不仅要给人的发展提供绝对的自由，而且要保证外在的自然不受任何改变。“自然是不受理性的压制或征服的”，而且“自然是复杂的自我教育过程的一部分”，是它的“萌芽时刻”。无论个体从外部接受了什么，那都只能算是“种子”，只有个体自己的动能（active energy）才能催生种子。[①]

从洪堡复杂的思考中我们至少可以得出如下三点启示：一、自我教育的关键是精神层面的满足和提高；二、自由的环境是个人创造力得以充分发挥的重要条件；三、自然不受理性的制约，是自我教育的重要组成部分。这些观点不仅有助于我们理解自我教育观念的精神实质，为我们解读经典成长小说开启了一条路径，更为我们把握现代成长小说的发展脉络，尤其是把它理解为对经典自我教育观念中精神追求的修复和回归提供了理论依据，因为自我实现的自由、享有多样化自我的自由是现代成长小说的重要主题特征。

成长小说的理论与实践在很大程度上取决于自我教育观，它的要义决定了成长小说的根本特征，它不可避免的局限性既制约了成长小说的发展又成为成长小说变革的动因。由于受自我教育中“稳定、有机成长”观念的影响，魏玛时期的古典主义者都反对法国革命的暴力。例如，歌德说：

---

① Gregory Castle, *Reading the Modernist Bildungsroman*, p. 42.

“在最近，法国已经成了路德教原来的样子；它遏制了平静的自我教育。”[1] 洪堡谴责政治革命，斥之为“不人道”（unnatural），辩解说君主政体为大众利益提供了最好的服务，它以最小的政权干预使个体得到自由的发展。席勒从美学教育的角度说明人可以通过艺术来进行自我教育，因此政治革命是不必要的：“在理想的艺术作品中，形式和内容处于完美的和谐状态；对这种作品的沉思可以调和互相冲突的冲动，并因此完成个体的自我教育，有助于建立美学王国中的理想社会。”[2]

从上述讨论中我们不难发现经典自我教育观的局限性和自相矛盾的一面。它一方面明确地表达了对个体和社会进步的乐观态度，另一方面又暗示自我教育是一种社会约束形式，它要求个体服从社会。洪堡的观点明白无疑地反对社会革命，为统治阶级张目。他所标榜的君主政体下的个体自由发展如果不是有意识地麻痹青年人的斗争意识，就是一种不切实际的幻想。席勒的道德理想是个体摆脱身体和思想上的理性束缚，达到身体欲望和道德束缚的和谐共存，但在他高扬的个人自由的表象下，我们可以清楚地看出他的美学教育计划不过是限制个人自由，为上层建筑服务的工具，目的在于规范乃至遏制个人欲望，使之不至于超越社会的种种限制。这些经典的自我教育观对成长小说产生了深刻的影响，反映在小说中就是个人受制于社会、服务于社会的主题。这在歌德的《威廉·麦斯特的学习时代》中就已经十分明显，在他的后期作品中已经走向了极端。在他的《威廉·麦斯特的漫游年代》（*Wilhelm Meisters Wanderjahre*, 1821–1829）中，个体全面发展的理念已完全让位于单一的职业追求，以适应社会的需要。但从另一个方面看，正是经典自我教育观及其在经典成长小说创作实践中的局限性和矛盾为现当代成长小说的变革提供了契机，甚至可以说是预留了发展的空间。

---

① 转引自 Todd Curtis Kontje, *The German Bildungsroman: History of a National Genre*, p. 5。

② 转引自 Todd Curtis Kontje, *The German Bildungsroman: History of a National Genre*, p. 5。

（四）“自我教育”与成长小说产生的历史文化语境及其当下景观

如上所述，社会和文化环境对自我教育具有特别重要的意义。在18世纪后几十年，几位德国著名作家鉴于当时文化氛围的变化着手重新界定“自我教育”，开启了这一术语由宗教向世俗人文主义转变的进程，而这一转变与当时德国大量小说的出版有关。众所周知，当时小说是一种不能登大雅之堂的文学样式，于是，部分评论家尝试赋予少数这类现代体裁的文学样式以美学的“尊严”。他们首选的就是维兰德的《阿迦通的故事》及歌德的《学习时代》，因为这两部小说似乎描写的是主人公的自我教育。①

自我教育的社会环境大致包括职业和娱乐、人际关系（婚姻、父母、友谊）、社会责任和义务等。只有在一个友善、宽松和自由的环境中，人才能充分展示自己的才华，爆发出自己的潜能，同时社会还要辅之以适当的教育氛围。马蒂尼认为“美学的、道德的、理性和科学的教育之和谐”是自我教育的标志。② 受启蒙运动时期理性主义的影响，经典成长小说中的自我教育确实包含着理性的和科学的教育成分，因此，马蒂尼对此的强调是有道理的。道德教育应该属于美学教育的一个组成部分，它们互有交叉和重叠，这样看来，自我教育的核心还是美学教育，对自我进行和谐、自然的培养。这种教育的一个重要方面是自由。“个人在周围世界和历史中汲取精华的时候，就会像艺术家谋求创作一部杰作一样去谋求‘形成’他独特的个性。”③ 同艺术家的类比揭示了自我教育中自由和美的内涵。

成长小说起源于美学和哲学探索热情高涨和创造力勃发的18世纪后期的德国，它的出现不仅仅是作为表达自我教育观念的标志性的小说，而且也是作为美学的一个类型（genre）。甚至有人说要是没有后期浪漫主义美学史和美学的形式化（formalization），成长小说这个概念就不会存

---

① 参见 Todd Curtis Kontje, *The German Bildungsroman: History of a National Genre*, p. 1。

② Fritz Martini, “Bildungsroman – Term and Theory,” p. 5.

③ Gregory Castle, *Reading the Modernist Bildungsroman,* p. 31.

在。所以，有人把成长小说翻译成英语的“novel of formation”，如埃布尔（Elizabeth Abel）等。从历史的角度看，成长小说以自我教育为主题，一开始就同德国的民族身份相联系，后来又同法国和英国，欧洲的其他地方以及美国的民族身份相关联。[①] 但几乎无人否认成长小说的源头是在德国，托马斯·曼（Thomas Man）明确指出，成长小说是“典型的德国”小说，“具有正统的民族特征”，而且“带有很强的自传性”，但他又把它和“发展小说”（novel of development）相提并论。[②]

成长小说是在德国18世纪后期人文主义理想（Humanitätsideal）盛行这一特定的历史环境下诞生的，是在理想美学和理性精神开启下发展起来的小说类型，它关注可以“有机地展示其复杂性和丰富性的完整的人（whole man）”，因此，自我教育就成了“一个完整的成长过程，一个发散的发展过程（diffused Werden / becoming），包含着某种比获得数量有限的教训更加难以捉摸的东西”。[③] 这个概念的核心就是完整个人的自我实现，虽然像歌德、席勒等人文主义者所迫切关注和感受到的是社会日益专业化给人的发展带来的限制，但成长小说这种写作范式的目的还是要引导个体的人进入社会化的规范。自我教育观念的变化折射出18世纪后几十年整个西方世界思想的转变。基督徒相信“再度降临”（基督重临，Second Coming）将标志着历史的终结，这一信仰此时已让位于在一个没有终点的历史演变过程中为人类的进步而努力。[④]

在探讨了“自我教育”观念的起源及其内涵后，我们有必要来考察一下它同英美文学和文化之间的关系，以及德国人、英国人和美国人对“自我教育”的不同理解。如前所述，自我教育的概念是18世纪后期魏玛古

---

① Gregory Castle, *Reading the Modernist Bildungsroman*, pp. 7, 257.

② James Hardin, “Introduction,” p. xv.

③ Martin Swales, *The German Bildungsroman from Wieland to Hesse*, p. 14.

④ Todd Curtis Kontje, *The German Bildungsroman: History of a National Genre*, p. 2.

典主义者构想出来的，在 19 世纪被英国作家卡莱尔、阿诺德（Matthew Arnold, 1822–1888）、佩特、哲学家米尔（J. S. Mill, 1806–1873）和美国作家爱默生（Ralph Waldo Emerson, 1803–1882）、梭罗（Henry David Thoreau, 1817–1862）及其他超验主义者所采纳。与此同时及此后直至 20 世纪，在小说创作中自我教育的观念被狄更斯、萨克雷（William Makepeace Thackeray, 1811–1863）、艾略特、梅雷迪思（George Meredith, 1828–1909）、詹姆斯、福斯特、劳伦斯、乔伊斯、德莱塞（Theodore Dreiser, 1871–1945）、吴尔夫、桑塔亚娜、菲茨杰拉德（F. Scott Fitzgerald, 1896–1940）、贝娄（Saul Bellow, 1915–2005）和德拉布尔（Margaret Drabble, 1939– ）等一批英美作家用来刻画人物性格、勾勒主人公成长和变化的轨迹以及揭示小说的主题。

但由于英美不同的文化传统——英国的实用主义，美国对个体差异的尊崇及其理想中追求精神价值和追求实利的矛盾性，英美成长小说不仅保留了德国经典成长小说自我教育观念的核心价值——个体修养的提升，而且能够在更大的范围内探讨个体成长与各种社会问题。与经典自我教育观念有所不同的是，英美文学中的自我教育不再那么专注于精神的提升，而是试图在个人与社会、内心世界和外部世界、宗教与政治之间达到某种平衡。杰弗斯（Thomas L. Jeffers）在分析德国人、英国人和美国人对于维护自我教育观念方面的差异时指出：“德国人倾向于专注个体的修养，而忽视对民族文化的责任。英国人试图关注双方，成效显著：作为‘我’的个体发展不仅依靠丰富的个体内在生活，而且仰仗同他人——家庭成员、朋友、熟人和陌生人——的关系，这些人构成并分享个体生存的社会环境。美国人的调子……大致定在德国人和英国人之间。19 世纪的美国人可能非常有公民责任心，但物质条件……有利于一种德国式的个体自我的深度。”[①] 其实，杰弗斯的观点大有商榷的余地。18 世纪 70、80 年代的狂飙

---

① Thomas L. Jeffers, *Apprenticeships: the Bildungsroman from Goethe to Santayana*, p. 35.

突进运动对德国成长小说有着深远的影响，狂飙突进运动的作家主张通过抒发个人在社会中的主观感受来揭露社会，表达他们在社会中的体验、经历和感受。这可被视为是一种反抗，但当时的教育家们都十分重视对青少年的教育，教育的目的就是要把他们培养成为“自律的公民和在开明统治者管理下的开明社会中的有用成员”。[①] 这一目的可以解释为什么德国经典成长小说的主人公经过自我教育之后多半最后回归社会，成为社会有益的一员，因此，虽然德国成长小说重视个人修养，但并没有忽视个人对社会的责任，也没有“忽视对民族文化的责任”。恰恰相反，这正说明德国成长小说植根于民族文化，自我教育的观念也是德国人重视教育的一个证明。英国人重视人的精神世界，但由于受实用主义观念的驱使，他们更关注个人同社会的关系，在小说中具体表现为以婚姻、职业和社会地位来衡量个人自我教育的成果。杰弗斯对美国人的自我教育观语焉不详，只说它处于德国人与英国人之间。实际上，美国人从清教时期开始就十分重视个人的价值，强调个体的独特性，因此，美国成长小说中主人公的自我教育往往走向极端，由于过分追求精神境界的提升和个人独特的价值实现而选择游离于社会之外。由此看来，美国人并非像杰弗斯所说的那样“非常有公民责任心”。

归根结底，自我教育观的嬗变和它在成长小说中不同的演绎原因在于价值观有别和人们对成长或成熟的衡量标准不同，而不是有无责任心的问题。德国经典的自我教育观重在人的精神境界的提高，因此，它把主人公成长为一个有机的、完整的个体作为人成熟的标志，而英国的成长小说看重的是物质层面的成功。在这一点上杰弗斯的观点仍有待商榷，因为他认为英美小说家比他们的德国同行“更负责任地”领悟到：“自我只有当他与他人的需求——婚姻、职业和社会经济现实的迫切需要——达成妥协时才

---

① Francois Jost, “Variations of a Species: The ‘Bildungsroman’,” p. 101.

会逐渐形成。”在英美国家，自我教育观无论是在理论上还是在实践中都得到“更充分的发展”，这是由于那里有更宽容的政治环境。[①] 很显然，这是以实用主义的观点在衡量主人公的成功与否。须要指出的是，美国情况并非如此。如前所述，由于极端的个人主义和独特的精神追求，美国成长小说中的主人公往往宁愿选择逃避社会甚至自杀也不愿与社会要求达成妥协。在精神追求上，美国成长小说比德国成长小说走得更远。

综上所述，自我教育观念并非一成不变，而是经历了一个历史演变过程，并且在不同的国度和文化语境下都带有这样或那样独特的内涵。那么问题是，在新形势下，在新的文化语境中，教育的理想是什么？或者说，成长的目标是什么？人们总是先有理想然后才有行动，先有目标而后才会动身踏上人生的旅程。如果说早期的教育或形塑过程的理想是宗教性质的，那么，“自我教育”这个原本宗教意味浓郁的概念被世俗化以后，它的理想又是什么？世俗化的理想是如何逐渐取代宗教理想的？谁，或者说什么，将充当这个新理想的“上帝形象”？上帝形象虽然是人们想象的产物，但由于复杂的历史和文化原因，它至少在西方已经深入人心，具备了某些可以被逼真地描绘因而可以被模仿的特征。而这一几乎可以触摸、可以模仿的理想形象在世俗化的过程中逐渐丧失了它的权威性，逐渐变得模糊、碎片化了。根据格哈特（Melitta Gerhard）的考察，早在 18 世纪 70、80 年代，作家们就遭遇了今天作家们所经受的困惑——“在一个变得毫无意义的世界中身份的丧失”。她指出：当时的世界“给人留下的不再是一个确切有效的秩序，相反，只是一个用信仰的线条再也无法把它串联起来的具体现实”。[②] 现实的无序和上帝形象的消解似乎使作家们处于一种无所归依、前所未有的困境。然而，“正是具体的上帝形象的丧失才迫使作

---

① Thomas L. Jeffers, *Apprenticeships: the Bildungsroman from Goethe to Santayana*, p. 39.

② 转引自 Susan Ashley Gohlman, *Starting Over: The Task of the Protagonist in the Contemporary Bildungsroman*, p. 19。

家们和思想家们依靠自己在他们那已经一去不复返的稳定的过去碎片中创造新的东西。”[①] 据此，我们可以尝试着回答这个没有答案的问题：成长小说中没有一成不变的理想，主人公没有固定的模仿对象或上帝形象，因为“秩序井然的宇宙”已不复存在，它已离我们远去，变得虚无缥缈，神秘莫测，成了作家以及批评家们只能偶尔带着怀旧的情绪回顾一下的幻景。但有一点可以肯定的是，从“保守”的经典成长小说到“激进”的美国成长小说，自我教育这一概念虽然历经变迁，然而基本上反映的是个体内在的、精神上的有机变化。总体上来说，自我教育指的是自我发展的过程，在这个过程中，自我受外界环境的刺激，开发自己内在的潜质而后形成和谐的内在自我。英国的实用主义自我教育观或许有这样或那样的作用，但从根本上来说，自我教育是超越中产阶级的那种“职业化”的，尽管它也结合了实用主义（歌德也让威廉学会了一门实用的手艺），而不是完全忽视它。自我教育的内涵理应是“前进的、渐进的、非暴力和非工具性的自我调适的过程”。[②] 这一内涵或许为我们判断一部小说是不是成长小说提供了参考依据。

二、成长小说中的主人公

（一）主人公年龄考

成长小说的主人公，即此类小说描摹的对象，使人们首先想起的是年轻人或青年人，一个天真的年轻人 / 青年人即将或已经步入社会，接受社会的洗礼，吸取生活中的经验和教训，进而成熟。

那么，什么年龄段的人才能被称为“年轻人”呢？《现代汉语词典》

---

① Susan Ashley Gohlman, *Starting Over: The Task of the Protagonist in the Contemporary Bildungsroman*, p. 18.

② Marc Redfield, “The Bildungsroman,” p. 192.

把“年轻”一词解释为“年纪不大（多指十几岁至二十几岁）”；把“青年”界定为“指人十五六岁到30岁左右的阶段”。[①]《牛津英语大词典》对“年轻的”（young）一词的定义更含糊，称其指“人生或成长的早期；还没老；年岁不太高”。而该词典对“youth”的相关释义为：1）“青年时代，特别是在幼年和成年之间的时期”；2）“年轻人，特别是在少年期和成熟年龄段之间的男青年”。[②]

从以上的考察中可以看出，要给成长小说中的主人公年龄做一个精确界定是十分困难的，但大多数主人公的年龄大致同汉语中“年轻”和“青年”两个词叠加起来所指的年龄段相吻合，即指十几岁至30岁左右。科伊尔（William Coyle）在他的《美国文学中的年轻人：成长主题》（*The Young Man in American Literature: The Initiation Theme*, 1969）一书的前言中指出，“年轻”（young）这个词表示的是“十几岁”（teens, 13至19岁）和“二十几岁”——“相对自由的少年时代和承担责任和义务的成年之间的过渡时期”。这个年龄段的主人公从“无知”走向“知”，“至少是在通向成熟的道路上迈出了尝试性的一步”。[③]大多数成长小说的主人公显然是符合这种年龄界定的，即他们是十几岁至二十几岁，至多是30岁左右的男女青年。这种情况尤其表现在女性成长小说中。由于受到新女权主义的影响，女权主义批评家们大大拓宽了传统成长小说界定的范围，把女主人公为二十八九岁或30岁出头的小说也包括在内。为了突出婚姻和母亲的困境，主人公可以是中年妇女，甚至是年龄更大的女性。[④]例如，凯特·萧

① 中国社会科学院语言研究所词典编辑室编：《现代汉语词典》，商务印书馆1990年版，第831、929页。

② William R. Trumble, Angus Stevenson, *Shorter Oxford English Dictionary*, Oxford: Oxford University Press, 2002, pp. 3702–3703.

③ William Coyle, *The Young Man in American Literature: the Initiation Theme*, New York: The Odyssey Press, 1969, p. vii.

④ 参见 Barbara A. White, *Growing up Female: Adolescent Girlhood in American Fiction*, pp. 194–195。

邦的代表作《觉醒》中的女主人公艾德娜·庞特里耶在故事开始时就已经28岁，已结婚几年并且是两个孩子的母亲。多丽丝·莱辛（Doris Lessing, 1919–2013）的《四门城》（*The Four-Gated City*, 1969）中的主人公玛莎·赫斯真正的"学徒期"按照一般成长小说的标准来衡量就显得不同寻常了，因为她的"成长"开始于1950年从出生地非洲回到伦敦，当时她已经30岁了。①

由此看来，十几岁至二十几岁是成长小说主人公的主要年龄段，但实际情况未必尽然，因为它没有涵盖所有成长小说主人公的情况。如果只有年轻人才有资格成为成长小说主人公的话，那么一些有代表性的成长小说就被排除在外了，而且这与人的心理成长实际也不相符——有的人到四五十岁才开始"学徒期"，在心理上才真正开始"长大"。生理年龄并非全部，"是文化决定了孩童是如何体验儿童期的。""儿童期（childhood）未必等同于从出生到青春期这个时间段。它可长可短，抑或不确定；从文化上来说，它可能在7岁、13岁或21岁结束（甚至更迟，比如在美国社会中，35岁或40岁的人也常被称为'孩子'（kid）。"② 因此，成长小说主人公的年龄从心理或文化上来界定，从"启蒙"（initiation）的角度来判断可能比较合理，关键是看主人公是否经历了重大的认知和性格的变化，这样就把那些生理年龄在三十几岁甚至四五十岁但心理年龄仍处于发蒙期的人，那些我们称之为"中老年幼稚者"的人包括进来。正如威瑟姆所指出的："实际上，人们通常说，在非生理的意义上，有些人从来就没有跨越青少年期。"③ 人们只有在人生历程中获得关于世界的新知识，或发生了持久

① 参见 Susan Ashley Gohlman, *Starting Over: The Task of the Protagonist in the Contemporary Bildungsroman*, p. 72。

② Anne Scott MacLeod, ed., *American Childhood: Essays on Children's Literature of the Nineteenth and Twentieth Century*, Athens & London: The University of Georgia Press, 1994, p. viii.

③ W. Tasker Witham, *The Adolescent in the American Novel: 1920–1960*, New York: Frederick Ungar Publishing Co., Inc., 1964, p. 3.

的性格变化，这种知识和变化才会把他们引向成人世界。

例如，海明威（Ernest Hemingway, 1899–1961）的著名短篇小说《弗朗西斯·麦康伯短促的幸福生活》（“The Short Happy Life of Francis Macomber,” 1936）就是关于中年人发生重大的认知和性格变化的故事。主人公麦康伯在故事发生时已35岁，结婚也已11年，但这个成年主人公“到了中年还会是孩儿脸”，连他自己也承认：“有许多事情我不懂得。”[①] 他和妻子玛格丽特（故事中常昵称为“玛戈”）总体上被认为是“一对比较幸福的夫妻”，属于那种“经常谣传要散伙，但是从来没有实现的那一类夫妻”，因为他们是郎“财”女貌：“玛戈长得太漂亮了，麦康伯舍不得同她离婚；麦康伯太有钱了，玛戈也不愿离开他。”[②] 但他们之间的问题客观存在，玛格丽特是个控制欲极强的女人，而且根据小说推断她与多名男人有染，在这次旅行中，因不满麦康伯在狮子面前表现出的胆怯又与以陪伴富人打猎为生的罗伯特·威尔逊睡到了一起。在威尔逊和麦康伯的眼里她都是“一条骚母狗”。而麦康伯似乎终身都在寻找和捍卫自己的身份：“勇敢面对野兽；勇敢面对自己的妻子”。[③] 终于，麦康伯鼓起了勇气，克服恐惧感，得到一次救赎的机会，同威尔逊一道勇敢地射击野牛，并获得成功。“靠一次偶然的、奇怪的打猎，一次没有机会事前担心的、手忙脚乱的突然行动，麦康伯终于长大成人了。”变化终于在他身上发生，他“现在变成一个天不怕、地不怕的人啦。……比丧失童真变化更大”。[④] 只不过，麦康伯身上的变化以及“长大成人”的时间来得晚了些，而且他获得自信和勇气的结果却是他被妻子“意外”射杀了。麦康伯实现的从青少年到成年的人生跨越说明，年龄并不是判断一个人是否长大成人或成熟的唯一标准：“事实是，他们有

① 海明威著，陈良廷等译：《海明威短篇小说全集》（上册），上海译文出版社1995年版，第10页。

② 海明威著，陈良廷等译：《海明威短篇小说全集》（上册），第27～28页。

③ Ben Stoltzfus, “Sartre, Nada, and Hemingway’s African Stories,” *Comparative Literature Studies*, 2005, 42, 3: p. 206.

④ 海明威著，陈良廷等译：《海明威短篇小说全集》（上册），第40～41页。

些人在很长的时间里一直是孩子，……有时候，他们一辈子都是。年纪到了 50 岁，他们仍然是孩子气的人。”[①]

无独有偶，在舍伍德·安德森的小说《小城畸人》中有一篇题为《寂寞》的故事，主人公伊诺克·罗宾逊也“始终是个孩子，……他从来没有长大成人，势所必然，他不能够了解别人，也不能够使别人了解他。他的童心使他触犯各种事情，触犯许多现实问题，诸如金钱，性欲，舆论之类”。[②] 这些主人公代表着一个类型——一群长不大的孩子。虽然也有学者主张限制成长小说主人公的“年龄”，但这个“年龄”也不是生理年龄，而是心理年龄。例如，约斯特就认为，尽管人的一生都应该听从“认识你自己”的忠告，但“经典成长小说为主人公的成长设置了一个时间限制”，那些真正的成长小说范本没有让主人公超出“他智力成熟的年龄或超出他已经获得了一种充分社会责任感的阶段。它们既不是大器晚成者（late bloomer）的小说也不是早期自杀者的小说”。[③] 这实际上是以主人公是否已经心理成熟以及是否已成为一个对社会负责任的人为标准，给小说主人公设置了一个年龄的上限。

此外，成长小说对主人公身份和自我的特殊关注也使作家摆脱了主人公年龄的羁绊，由此我们联想到一些特殊的成长小说创作群体，譬如女性作家和少数族裔作家。由于受到过去几十年女权主义和民权运动的影响，女性作家已经把当代成长小说扩大到包括年长的主人公。更有甚者，“由于这样的一些作家有着社会主义 / 女权主义倾向，她们的作品围绕着发生在任何年龄段的妇女身上的事情展开主题，在父权文化中这些妇女们的角色是预定的。”[④] 而在诸如女权主义和民权运动的推动下，妇女们发现了自

---

① 海明威著，陈良廷等译：《海明威短篇小说全集》（上册），第 40 页。

② 舍伍德·安德森著，黄岩译：《小城畸人》，上海译文出版社 1983 年版，第 126 页。

③ Francois Jost, “Variations of a Species: The ‘Bildungsroman’,” p. 105.

④ Geta J. LeSeur, *Ten Is the Age of Darkness: The Black Bildungsroman*, Columbia: University of Missouri Press, 1995, p. 195.

我，认识到自我实现和构建完整人格的可能性。此种情形与年龄并无必然的关联，对自我的认知和关注个体与社会的关系上升到突出的地位，而这正是成长小说的本质特征，更何况女性成长小说中的主人公多半在婚后才真正觉醒，才开始踏上她们为争取独特的自我而斗争的旅程，因此这类小说主人公的年龄普遍较大。

少数族裔成长小说的情况与此类似。例如，黑人作家们在作品中着力强调的是每个人物的种族、文化、历史和性别以及阶级身份，他们作品中主人公的成长体验主要是对这些问题的认知。由于这些问题都比较复杂，不是所有少年儿童都能够理解的，因此，黑人作家的成长小说中有不少人物年龄都已过了青少年时期。但主体还是那些“早熟的”的主人公，因为“这些‘新’小说表明年龄与经历是两个不同的事物。通常情况下，成长小说的主人公太年轻而不能对传统的价值观和大的社会观念提出质疑，但黑人作家却设法让这些人物做到了这点，因为他们同作者一样都出生于他们自己的历史中”。①

因此，对成长小说主人公年龄的界定不应该只看生理状况，也不局限于社会、经济和政治现实，而应该主要从人物的心理和主人公所代表的民族神话的角度来考虑。这一点似乎在本涅特等编辑的《新关键词》一书对“年轻人”（youth）的诠释中得到了印证：“年轻人”的词典释义是青少年和成熟期之间这一人生阶段，但“年轻人是一个社会学而不是生物学的范畴。涉及人成长的身体变化有其描述性的术语——‘青春期’（puberty）；自从20世纪早期以来与此相关的心理变化被描述为‘青年期’（adolescence）；而按照实际年龄，‘青少年’（teenager）是一个更清晰的标签，涵盖13至19岁的人（美国在20世纪40年代首次使用这个概念）。‘年

① Geta J. LeSeur, *Ten Is the Age of Darkness: The Black Bildungsroman*, p. 196.

轻人'比上述任何一个概念都更灵活。其意义对社会变化和政治论争更敏感"。[1] 由此可见,"年轻人"这个概念是随着时代变化而变化的,莫雷蒂也持类似的观点,他以《哈姆雷特》为例指出,从文本看,哈姆雷特当时30岁,按照文艺复兴时期的标准"远非年轻","但我们的文化,在选择哈姆雷特作为它第一个象征性的人物时,已经'忘了'他的年龄,更确切地说已不得不改变它,把这个丹麦王子描述成一个年轻人。"他进而引用曼海姆(Karl Mannheim)的观点指出:在稳定的社会,即在传统或"身份社会"中,"年轻"只是一个"生物学区分的问题",年轻仅仅意味着"还不是一个成年人"。这样的年轻人"忠实地"重复着前辈们的足迹,不懂得"圆满实现",这是一个"看不见的"和"无意义的"年轻人。但当"身份社会"开始"崩溃",世界发生飞速变化时,"'老的'年轻人那种平淡无趣和平安无事的社会化变得越来越不可能。"于是,"年轻人"这个概念自身也成了问题,因为年轻人不再是循规蹈矩地走向可预见的父辈们的职业,融入社会,而是开始了"一场不确定的探索"。事实上,威廉当年就没有从事父亲的职业,而是选择漫游和冒险。[2] 这些为我们在更大的范围内看待成长小说主人公的年龄提供了依据。

总之,从上述考察中我们可以看出,成长小说以十几岁至二十几岁的主人公为主体,但也存在以30至50岁的"中老年幼稚者"为描摹对象的成长小说。不论属于哪一种年龄段,成长小说的主人公应该是处于这样一个时期:在人生的这个阶段,他试图将自己与他身处的文化区别开来,并且通过培养自己独立的人格,他能够深切地感受到他与别人之间的关系。但这种个性化意识可能导致两种结果,成功者在形成深沉的自我意识的同

---

① Tony Bennett, Lawrence Grossberg and Meaghan Morris, eds. *New Keywords: A Revised Vocabulary of Culture and Society*, Malden: Blackwell Publishing Ltd., 2005, p. 380.

② Franco Moretti, *The Way of the World: The Bildungsroman in European Culture*, London: Verso, 1987, pp. 3–4.

时还能够与身边的人和谐相处，有一种温暖的归属感；对失败者来说，这个时期是个体与社会剧烈冲突的困难时期，尽管冲突也会让人认识到自己与环境之间的差异，并形成自己独特的人格。

（二）主人公的性格特征及其成长和发展路径

博尔顿（Marjorie Boulton）在讨论小说中的人物塑造时指出，“塑造得最成功的人物应具备一种浑圆度、复杂性和复合性；他们应有发展变化，应给人这样一个印象：他们的确曾经历过一段真实的往事，并正向一个真实的未来前进。”[①] 人物的发展变化恰是成长小说的一个典型特征，甚至可以说是判定成长小说的标志之一。

从人物性格来说，成长小说中的主人公通常都是有某种特殊潜质的人，他“必须一开始就表现出可以成为师傅的潜力或能力”。然后，他必须具体体现这种“潜在的可能性”，表现为“如果不是天才，那么，至少是个特殊的个体”。成长小说只是假定在其主人公身上存在着这种“普遍的潜力”，更重要的是，他“还表明了抱负”。[②] 譬如，《麦田里的守望者》中的霍尔顿虽然自己还是个青少年，但却立志要当“守望者”，即要守望儿童，避免他们坠下悬崖，意即帮助他们守住童真，以防他们堕入腐败的成人世界。《小城畸人》中的乔治虽然只是一名小镇记者，却念念不忘要到都市去当一个大作家。《简·爱》中的同名女主人公虽然只是一个地位低下的家庭女教师，却只愿做男主人名正言顺的妻子。再如，理查德·梅森（Richard Mason, 1978– ）的《寻欢作乐者的历史》（*History of a Pleasure Seeker*，2011）中的主人公，24 岁的皮特，从小就具有音乐与绘画的才能，

---

① 玛乔莉·博尔顿著，林必果译：《英美小说剖析》，重庆出版社 1988 年版，第 111 ～ 112 页。

② Randolph P. Shaffner, *The Apprenticeship Novel: A Study of the «Bildungsroman» as a Regulative Type in Western Literature with a Focus on Three Classic Representatives by Goethe, Maugham, and Mann*, pp. 16–17.

而且具有极大的诱惑力，虽出身平凡但却立志要通过自己的努力跻身上流社会。

但性格或个性又是个“难以捉摸的关键词”，“其语义内容恰恰在18世纪和19世纪之间的几十年中发生了变化，因为它确定在两个纠结在一起的意义上”：其一，“个性是一个鲜明的特征。它指的是使一个个体独一无二和与众不同的东西。但这一特性……从来不适用于一个单一的行动或单一的特征。现代的个体感到没有哪一个职业，无论是工作还是家庭生活，诸如此类，会让人‘充分表达’其个性。”[①] 由此看来，个性本身也随着社会的发展而变得越发难以展示，现代化过程实际上在消解个性和人的自主性，现代成长小说主人公在施展他们的特殊潜能时要么十分困难，要么就要付出巨大的代价。也就是说，仅仅在职场，即在工作中，现代人的个性是很难达到其目标的，因为“工作在其本质上已经变得太支离破碎了，对‘活着的意义’（living meaning）也太‘客观’，太无动于衷了。那些献身于一个现代职业的人必须放弃他们自己的个性”。[②] 正如《学习时代》中威廉给维尔纳的回信中所说的：“一个市民可以做出贡献，至多是培养他的思想；随便他怎么做，然而他的人格失去了。”[③] 威廉的愿望是全面培养自己，而对于作为市民的他来说只有通过艺术才能做到这点。

总体上来说，成长小说是“青少年时期，或成年早期——男孩刚成为男人的几年，或成人身上的孩子气失去其影响力这一时期的小说”。[④] 它塑造的主人公，其性格处于形成期，读者可以了解到他的品性是如何形成的。例如，《小城畸人》中的乔治就被描述成为一个青年，而不是一个孩子。

① Franco Moretti, *The Way of the World: The Bildungsroman in European Culture*, pp. 39–40.

② Franco Moretti, *The Way of the World: The Bildungsroman in European Culture*, p. 41.

③ 歌德著，董问樵译：《威廉 · 麦斯特》，第 283 页。

④ Francois Jost, *Introduction to Comparative Literature*, p. 138.

他是一个“充满‘青年人惆怅’的‘正在成长的小伙子’”。[①] 就连被称为成长小说原型的《学习时代》开始时主人公威廉也不是个孩子。这些人物往往都是出类拔萃、不同寻常的，因为他们懂得如何从生活中汲取教益。他们试图通过自己的选择和努力达到幸福的彼岸，成长过程对他们来说是一次精神净化的过程。在安德森看来，“青春（youth）和朝气（youthfulness）是积极的品质；未必表示时间意义上的年龄，这些术语暗示着各种各样的天真和一种理解的感受力。”[②]

从主人公的成长与发展路径来说，成长小说集中反映个体在特定的社会环境中的成长与发展，因此，它部分地带有传记的性质，描写个体从青年时期到他或她在某个时间点获得发展或个性得到展示这段时间的历史，但它是“成长故事”而不是“人生历史”（life history），[③] 即它反映的是一个人的一段成长史，而不是全部的历史。成长小说虽然有自传或传记体小说的特点，二者都描写主人公的生活道路，但它们却有着本质的区别，传记小说中主人公的命运在变化，但其形象和性格并没有本质性的变化，[④] 而成长小说刻意描写的恰恰是主人公品性和性格的构建和变化过程。

从主人公的成长与社会的关系来说，成长小说中的成长故事具有鲜明的时代性，小说中的人物是随着现实的变化而变化的。换言之，成长小说主人公通常是一个体现时代精神和社会价值观的代表性人物。[⑤] 因此，时代不同，主人公的精神气质和成长历程也会发生变化。例如，歌德时期成

---

① Robert Dunne, *A New Book of the Grotesques: Contemporary Approaches to Sherwood Anderson's Early Fiction*, Kent and London: The Kent State University Press, 2005, p. 66.

② Robert Dunne, *A New Book of the Grotesques: Contemporary Approaches to Sherwood Anderson's Early Fiction*, p. 66.

③ Patricia Alden, *Social Mobility in the English Bildungsroman: Gissing, Hardy, Bennett, and Lawrence*, p. 1.

④ 详见巴赫金著，白春仁、晓河译：《教育小说及其在现实主义历史中的意义》，第 225 页。

⑤ 参见 Susan Ashley Gohlman, *Starting Over: The Task of the Protagonist in the Contemporary Bildungsroman*, p. 144。

长小说所呈现的是主人公“在社会中自我的形成；在调整过程中主人公逐渐开始思考世界面貌（world-form）的形象”。[①] 在这一时期的经典成长小说中，主人公的成功在于他自愿克服他年轻气盛的反叛，接受他在社会上的位置。而在现代成长小说中，主人公的反叛多半只能是精神层面的，理想化的，其他一切实质性反叛的道路都被阻断，因为高度体制化的社会不容许任何有效的反叛。实际上，青年人所特有的叛逆性和他们的反叛行为在一定意义上说对他们的成长是有益的，可以使他们在同社会的碰撞中变得不再那么幼稚，不再那么易受伤害，最终得以重新进入社会。而反叛途径的完全阻断往往使他们处于绝望的境地，最终于社会和个人均有害。

主人公在经典成长小说与现代成长小说之间的这种区别与成长小说的形成与发展史密切相关。根据匈牙利著名哲学家和文学批评家格奥尔格·卢卡奇（Georg Lukács, 1885–1971）的观察，小说是由史诗演变而来的，而成长小说又是小说的一种变体：古典史诗假定世界是有意义的，生活在其中的作家未被疏离，与社会不存在分歧。当作家与世界之间的这种和谐遭到侵蚀的时候，小说就取代了史诗，旧的叙事形式中充满活力的英雄就被基本上在追寻失却的生活意义的主人公所代替。这样，小说就分成了对立的两类，一类属于“抽象的理想主义”型，主人公在其中是积极的，能“直面世界”；另一类属于“幻灭与反思”型，主人公离群索居，不与人交往，因为他坚信任何坚持自己权利或意见的企图都会导致“失败和蒙羞”。而在这两类之间还存在着一种“中间类型”，即成长小说，其主题是“受虔诚的理想驱使的有问题的个体与具体社会现实之间的调和”。[②] 卢卡奇的分析对我们理解成长小说的主题及主人公都很有启发，但在对待成长小说的问题上他基本上属于“保守派”，即他坚持成长小说独特的德国

---

① Susan Ashley Gohlman, *Starting Over: The Task of the Protagonist in the Contemporary Bildungsroman*, p. 13.

② James Hardin, “Introduction,” pp. xv–xvi.

民族属性，这从他强调成长小说中个体与社会之间的调和中可见一斑，很显然，他心目中的成长小说只是经典的德国成长小说。不过，他关于两类小说的划分却很有见地，只要略做修正就是经典成长小说与现代成长小说的主题及主人公的典型特征：积极投入生活、能够直面人生和世界的青年是经典成长小说中常见的主人公形象，其主题反映的恰恰是个体与社会达成妥协，主人公往往比较现实，不是“抽象的理想主义”者，因为经过社会历练后他最终会回归社会；空有“抽象的理想主义”，离群索居，对自己的努力和社会产生幻灭感是现代成长小说中主人公的常见特征。例如，《麦田里的守望者》中的霍尔顿始终抱有当“守望者”这种不切实际的理想，他周围的人和事在他看来都是“假模假式”的，他甚至幻想到西部的一个加油站做个“又聋又哑”的人。

应该指出的是，成长小说主人公的时代性特征并不等于说这些人物就一定是时代的英雄，或者说他们必然要代表时代的主流文化。情况往往相反，他们多半逆时代主流文化而动，或留恋过去，或具有超前意识，这在现代主义成长小说中表现得尤为突出。其主人公常常以反英雄的形象出现，因为他们几乎都不能同社会完美地结合，个人的欲望不能同整个社会的要求相吻合。这样的人物通常与其所处的时代格格不入，而这或许就是作家的创作意图所在。主人公身上那种看似虚幻的、矛盾的气质，如对业已属于往昔的理想的顽固坚守，恰恰说明他们有资格代表其时代，因为作家们意在揭示当下的人们气质中固有的弱点和矛盾，甚至是人类所固有的性格弱点。人们从儿时起就被灌输了一些过去的理想，这些理想作为一种集体意识保留在人们的记忆中。那些传统上最能被接受的美好理想往往成了他们长大后的行动指南或价值评判标准。例如，威廉·福克纳的《熊》中的主人公艾萨克·麦卡斯林（又称艾克），他在做出放弃祖传遗产的决定时就是以《圣经》为依据的。然而，正如卡斯·麦卡斯林所指出的那样，艾克没有正视现实和责任，而是在逃避。这实际上是主人公初期常有的性格特征——抱持不合时宜的幻想和对未来莫名的担忧。

成长小说主人公的任务就是创造自我，他们要从内外两个方面积极地塑造自己，从而在自己和世界之间达到颇具个性化的和谐与平衡。[①] 但其性格特征之一是一开始他们往往不是向前、向外张望，深入外部的经验世界，而是内倾，走进过去，进入一个他们当下必须体验的世界。他们似乎认为，要想前进必须先回眸过去，选择一个前进的起点。成长小说主人公成长的第一阶段通常是积极寻求一种行动准则并以此作为评判自己与他人行为的标准。

主人公要创造自我以达到某种平衡及其内倾的性格特征引出了另一个独特的概念，即“内在形式”（inner form）。这是个既难翻译又难界定的术语，在笔者看来，主要指人物的精神面貌和心理状况。具体来说，它大致可以被描述为“歌德式的平衡和均衡的优点”，也就是希腊文化中的中庸理想。通过对比，内在形式的特点或可更清晰地显现出来：成长小说总体上有别于发展小说。发展小说是在十分宽泛的层面上呈现主人公的人生经历，而成长小说则“在文化和主人公个人的环境中具体挖掘其内在形式。它也是在与世界论争中对圆满实现的展示”。这可能是它有别于巴洛克式小说的地方，后者把所有人的活动的安排都置于神性的世界秩序中，这也表现在个体人生体验中重神的特性上。[②] 由此看来，内在形式一方面强调主人公精神世界和心理层面的修炼，另一方面，它不可避免地涉及主人公与外部世界的纠葛，否则所谓的平衡就无从谈起。换言之，平衡指的是主人公在同外部世界反复冲撞的过程中不断地调适自己的内心世界，以期达到一个平衡点，从而获得一种心灵平静感。这在传统的成长小说中表现得尤为突出。在这类成长小说中，主人公会经历一系列事件的考验，但

---

① 参见 Susan Ashley Gohlman, *Starting Over: The Task of the Protagonist in the Contemporary Bildungsroman*, p. 13。

② 参见 Susan Ashley Gohlman, *Starting Over: The Task of the Protagonist in the Contemporary Bildungsroman*, p. 13。

他没有“受到他应该掌控的事件的致命一击”，同时，“他也没有浪费他自我教育的成果”，最重要的是，读者应该能够看到“一些积极的成果”。这与经典成长小说家大致对人及人生持积极和乐观的态度有关，例如，歌德就认为，“尽管人有可能是坏的，但总的来说人是好的。”类似的观点也体现在小说创作理念中，据约斯特分析，“每个个体都有一个自我；然而，成长小说中的每个主人公必须获得或争取一个更好的自我，这是他追求的目标。”[①] 因此，在经典成长小说中，主人公总体上是成功的，不仅完善了自我，得到了心灵的抚慰，还被社会接纳。

但从成长小说的演变过程来看，这种心灵平静感越来越难以获得，至于所谓“积极的成果”，如果有的话，也多半是精神上的，即对自我的坚守。对主人公来说，重要的不是他是否真正发现了人生的秘密，或真正了解了自己——实际上这是他难以企及的梦想，他经过艰难曲折的过程所收获的成果无非是认识到或接受了在个体和世界之间一直就存在着张力这一事实。现代主义成长小说凸显的就是这种张力，其主人公往往处于两个世界的夹缝中：在一个世界里，他感到被边缘化，感到这里充满着万花筒般多变的矛盾与冲突；在另一个世界里，他决意居于自我教育的中心地位。他以自我否定、自我放逐的方式试图逃离一个世界，而在另一个世界他以想象的形式去体验纷乱的社会现实，试图找到真正的自我。《麦田里的守望者》中的霍尔顿和《无名的裘德》中的裘德都是这样的例子。作家就是从那“另一个世界”的想象视角来讲述主人公悲惨的自我发展故事的。

说到底，成长小说着力表现的是主人公人生道路的选择，而不同的选择不仅关系到人物个体的命运，而且反映出不同的社会语境以及成长小说自身的变化。莱昂内尔·特里林（Lionel Trilling, 1905–1975）在《诚与真》（*Sincerity and Authenticity*, 1972）一书中认为，丹尼斯·狄德罗（Denis

---

① 转引自 Francois Jost, “Variations of a Species: The ‘Bildungsroman’,” p. 106。

Diderot）的《拉摩的侄儿》（*Rameau's Nephew*, 1762）是第一部重要的虚构作品，因为书中显示人最关心的是他在社会中的地位以及他必须如何“表现”才能获得并保持这个地位。他进而指出《拉摩的侄儿》“再明确不过地提出了社会以之为基础并显示人的气节沦丧的伪善原则”。戈尔曼对此做了进一步阐释与发挥，她认为“角色扮演成了生存之必然，因而欺骗就成为一种被接受的行为方式。拒绝这种必然性的人只有两种选择：……他可以选择分裂，……也可以创造一个自我形象，这一形象可以使他获得自尊并在社会中游刃有余”。[①] 但与其说这是可供人选择的两条出路，毋宁说这是人的生存困境：要同社会和谐相处就得自我贬低，甚至是自甘堕落。当然，也可以做完全相反的选择，选择对抗趋同的社会要求，成为社会的叛逆分子，忠于“自我”。但这实际上是选择了分裂，其结果是可悲的失败而不是胜利，就像《麦田里的守望者》中的霍尔顿那样。这两条“出路”成了经典成长小说和现代成长小说之间的分水岭，前者似乎是经典成长小说主人公的典型成长路径，而后者往往成为现代成长小说主人公的无奈选择。

但是，即便是歌德式“自我教育”的理想也并非像许多评论家所说的那样就等同于圆满。“圆满不是获得的东西，而是要瞥一眼，并永久地保留在主人公想象中的东西。在任何情况下，主人公都对社会的哪一部分最适合他的气质和训练做出现实的抉择。”[②] 主人公的社会和政治取向不重要，不论他是孤独、反叛、只讲实用，还是可爱，都不重要。真正重要的是主人公将命运掌握在自己手里并利用它来做他必须做的事情。“既然成长小说是开放的结局，只要主人公所做的选择建立在真正理解他是谁和他必须怎样才能最终达到自我实现的基础之上，主人公的死亡就必须被视为他所

① Susan Ashley Gohlman, *Starting Over: The Task of the Protagonist in the Contemporary Bildungsroman*, p. 213.

② Susan Ashley Gohlman, *Starting Over: The Task of the Protagonist in the Contemporary Bildungsroman*, p. 238.

做的选择的一种可能的结果。”[①] 在这里死亡被视为主人公达到自己目的的一种选择或手段，因此，死亡就未必表示主人公成长的失败，还可以表示他对腐败、堕落和抑制自我的成人世界的断然拒绝。主人公以死来表明对社会化的拒斥，对抑制个性的社会权威的抗争。由此可以看出，纯粹的精神追求是把双刃剑，它所收获的自我教育既能给人带来巨大的回报，又隐藏着某种危险——轻者可能会使自己与世隔绝，重者可能会导致死亡。小说似乎在向人们暗示，这是极度的精神追求、迷恋自我和渴望自由的必然代价。

一言以蔽之，成长小说中的主人公多半具有鲜明的个性及独特的价值追求，而不同的个性和价值追求决定了他们不同的人生道路选择和成长路径。

三、社会化与职业

从上文对主人公，尤其是其成长路径的分析看，成长小说中的张力之一在于主人公的自主与社会化之间的矛盾，而社会化与职业密切相关。但成长小说中的社会化似乎并非发生在职场之内，至少在经典成长小说中如此。这从《学习时代》中威廉与维尔纳——威廉的朋友，也可以被视为他的另一个自我——之间关于商业与艺术的那场争论中可见一斑。就在威廉准备离开家庭寻找自己人生意义之际，维尔纳极力向他的这位朋友渲染商业的益处：

> 你先去访问一些大商业城市，一些港口，你一定会被吸引过去。要是你看见，多少人在忙碌，要是你看见，这么些东西从哪

① Susan Ashley Gohlman, *Starting Over: The Task of the Protagonist in the Contemporary Bildungsroman*, pp. 250–251.

儿运来，又运到哪儿去，那么，你一定也会乐意看见这些东西经过你的手而流通。你看到最微小的商品和整个商业的联系，这样你就不会把任何商品看作微小的了，因为一切东西都在增加流通，而你的生命也从中吸取养料。[①]

这段话被看成是对新兴资产阶级原则的一种“划时代的阐述”，但莫雷蒂却从中读出了别样的意义：“市场机制不是因为它的经济效益，而是作为最适合发现将最不相干的人类活动连接起来的‘联系’的体制而得到赞扬；将意义甚至赋予那些最微不足道和无关紧要的事物。”[②] 也就是说，从事商业活动并不是为了经济利益，而是为了从中发现事物之间的联系。这种发现的过程也就是自我教育的过程，是人认识世界的一个重要方面，因为人可以“从中吸取养料”。

一种职业，譬如从事商业活动，可以帮助人们发现事物之间的联系，从而认识世界。而对于准备踏入社会的年轻人来说，这种认识还不够，他还必须确定人生的意义。人生是否有意义，一个人是否幸福，还要看他与他人，与社会的关系如何，这就涉及社会化的问题，涉及一个人如何给自己定位，如何处理个体与社会的关系。对此，维尔纳又有一番高论：

你瞧一眼世界各大洲天然的和人工的产物吧，仔细看看它们怎样交替地成了生活的必需品！这是多么舒适的、富于远见的心计啊！看出一切眼前寻求得最多的东西可不久就变得缺乏而难以得到了，看出怎样轻易而迅速地满足每个人的要求，把货物谨慎地储藏起来，以便随时享受这巨大流通的利益！我认为这就是给

---

① 歌德著，董问樵译：《威廉 · 麦斯特》，第 44 页。

② Franco Moretti, *The Way of the World: The Bildungsroman in European Culture*, pp. 24–25.

每个有头脑的人以巨大欢乐的事情。[1]

这就是说通过从事商业活动满足人的需求，同时实现自己的价值，从而在个体与社会之间建立一种联系，确立个体在社会中的地位。商业或事业的成功不仅会给自己带来幸福，还会给他人以满足："如果你目睹伴随勇敢的事业而来的幸福如何给人们以满足，那将是多么壮观啊！……不光是亲戚、朋友和参与者，每个陌生的观光人都被吸引住了……。利益不光是表现在数字上；幸福是活生生的人的女神，为了确实感受她的恩惠，人就必须活着，而且要看到那些做出真正不懈努力和真正尽情享受的人。"[2] 维尔纳不仅认为商业会给自己和他人带来幸福和满足，并由此确立个体与他人之间的关系，而且还把作为商业标志的"复式簿记"的价值推向了极致："复式簿记给予商人以何等利益啊！它是人类精神最美好的发明之一。"对此，威廉不以为然："原谅我，……你从形式着手，仿佛这就是事物本身；可是你们通常除了那套加减乘除外，却忘记了生活本来的结论。"[3] 显然，威廉并没有接受维尔纳给他设计的人生道路，尽管后者关于商业活动对于人认识世界和确立人的社会地位及与他人之间关系的作用的观点并非全无道理。

在威廉的父亲去世之后，维尔纳建议他运用自己"经营管理和农田改良方面"的知识来改良一片购买的大庄园，这让威廉"大为扫兴"。他丝毫不为这种"市民生活的幸福理想"所动，"深信自己只有在舞台才能完成所希望得到的教育"。[4] 他认为维尔纳为他指明的生活方式"其目的无非是无限制地占有，轻松愉快地享受"，并坦言"对此丝毫也不感兴趣"。[5]

---

① 歌德著，董问樵译：《威廉 · 麦斯特》，第 43 ～ 44 页。直接引用原则上一袭原作，仅就个别讹误予以更正。特此说明，不再一一作注。

② 歌德著，董问樵译：《威廉 · 麦斯特》，第 45 页。

③ 歌德著，董问樵译：《威廉 · 麦斯特》，第 43 页。

④ 歌德著，董问樵译：《威廉 · 麦斯特》，第 280 ～ 281 页。

⑤ 歌德著，董问樵译：《威廉 · 麦斯特》，第 282 页。引用时略有改动。

他从小的愿望就是全面培养自己：除了性格的和谐训练和体格锻炼外——

> 我想成为社交人物，想在更大的圈子里讨人喜欢和发挥作用……。此外，我还有对文艺以及与它有关的东西的爱好，我需要培养我的思想和兴趣，使我逐渐地也能得到不可缺少的享受，只把善的东西真正当作善，把美的东西真正当作美。……这一切东西我只有在舞台上才能找到，只有在我唯一喜爱的生活环境中才能如愿以偿地得到培养。……必须努力使得精神和肉体的步调一致……。如果我还有其他事情可做的话，那就是有足够机械式的折磨人的工作，我借此可以天天磨炼我的耐力。①

由此可见，威廉心目中的那种生产商品的工作只是为了磨炼自己的意志，亦即工作仅仅是手段而已：一方面，工作可以使他结识更多的人，扩大社交圈；另一方面，工作也可以锻造人的性格。而真正能让他获得自我教育，令其达到身心合一境界的是艺术，因此，他希望通过艺术来全面培养自己，于是他决定献身舞台。

在威廉看来，自我教育和社会化的过程应该发生在职场之外，因为在职场中对经济利益的追求是永无止境的。在这一点上，维尔纳也持类似的观点："制度和清醒增加人对储蓄和经营的乐趣。……对一个能干的老板来说，没有什么比他天天计算幸福增长的数目更惬意的事了。"② 维尔纳的这句话实际上道出了问题的症结，即"资本主义的理性不可能产生自我教育"。因为对一个人来说在空间上必须要建立一个"家园"，在时间上也必须在一个特殊的时刻有个终止，因此，自我教育也必须在某个点被视为结束，就如同青春必须进入成熟期一样。在经典成长小说中，这个终点就是

① 歌德著，董问樵译：《威廉 · 麦斯特》，第 284 页。

② 歌德著，董问樵译：《威廉 · 麦斯特》，第 43 页。

个体融入社会，实现社会化，从而完成自我教育。当这一刻到来时，主人公的人生探索之旅完成，小说也就此结束。主人公这种自我教育的实现和与社会的融合实际上是“对束缚的愉快接受”。[①]

在成长小说中，社会化的实现往往被视为主人公“成熟”的标志之一。换言之，成熟充当着一种隐喻，意指主人公顺应社会标准，融入社会。经典成长小说中的这种成熟就意味着明智地接受“失败”，因为顺应社会在一定意义上来说是自我的丧失，这与主人公追求自我的初衷是相背离的。因此，成长小说常被认为是一种在美学和政治上保守的小说体裁。但这种衡量标准并不能适应所有成长小说：美国成长小说主人公通常就选择背离社会而不是融入；即便《远大前程》这样的英国成长小说也是如此。其主人公匹普虽然最后加入了中产阶级的行列，但他依然处于未婚状态，过着边缘人的生活。但如果从明智地接受失败这点来看，这可以被理解为“实现了自我认知”。[②]

但与资本主义社会生产商品不同，《学习时代》中的职业是以“和谐”为特征的，因为这里的“职业并非遵循严格的经济逻辑，必然漠视个体劳动者的主观愿望。成长小说中的职业不是强行割裂‘异化的’物化和无法被表达的内在性，而是在外部与内部、心灵‘最好和最私密的’部分与生活的‘公共’方面之间创造一种连续性”。这样，在“成长”和“社会化”之间就产生了一致性。[③] 如果说商品是“只在市场交换中才有价值的物品”——在交换中它们永远离开了其生产者，那么，威廉心目中的职业生产的是“‘回归’其创作者的物品”。[④] 它促使产品与生产者和谐结合，引起后者对家园和心灵深处美的向往：“叙述每种善行能打动我们，观察每

① Franco Moretti, *The Way of the World: The Bildungsroman in European Culture*, p. 26.

② 参见 Marc Redfield, “The Bildungsroman,” p. 191。

③ Franco Moretti, *The Way of the World: The Bildungsroman in European Culture*, p. 30.

④ Franco Moretti, *The Way of the World: The Bildungsroman in European Culture*, p. 29.

种和谐的对象也能打动我们；这时我们感觉到，我们不是在完全陌生的地方，我们渴望接近故乡，我们迫不及待地朝那儿追求最好的内心深处的东西。”[①] 因此，在《学习时代》中，职业是必不可少的：“它是社会凝聚力无与伦比的手段，生产的不是商品而是‘和谐的对象’，是‘联系’。它给个体提供了家园。它加强了人与自然、人与他人、人与自身之间的联系。”[②] 由此看来，经典成长小说中的职业似乎具有某种积极的意义，它首先还是要塑造完整而幸福的人，而这样的人是经过社会历练后步入社会的人，即完成了社会化的人。

显然，这种生产“联系”的职业在资本主义社会是无法想象的，因为资本主义社会是以商品生产为特征的，它客观上造成了生产者与其产品的分离。

> 因此，只有在前资本主义的世界里，个体及其与社会关系的最终稳定——作为故事最后阶段的“成熟”——才是完全可能的。只有在“封闭社会形式”的世界里……“幸福”才可能是最高的价值：规定边界价值的理想而不是把它们视为难以忍受的局限性。只有远离大都市，正如在《威廉·麦斯特》和《傲慢与偏见》的结尾部分那样，青春的不安无常才可能得以平息：只有在那里“旅程”才显示出有一个清晰而难以逾越的终点。[③]

必须指出的是，经典成长小说中那种和谐幸福的人的观念具有强烈的理想色彩，随着商品化以及社会分工的日益精细化，这种美学追求无论对小说主人公还是小说自身而言只能是一种理想。在后来的成长小说中，分

---

① 歌德著，董问樵译：《威廉·麦斯特》，第 407 页。

② Franco Moretti, *The Way of the World: The Bildungsroman in European Culture*, p. 29.

③ Franco Moretti, *The Way of the World: The Bildungsroman in European Culture*, p. 27.

裂的个体以及与社会化背道而驰的主人公形象越来越常见。

四、成长小说中“教育”的特殊含义和实现途径

成长小说中的教育指的是自我教育，即狄尔泰所说的“与心理的内在发展相适应的自然教育”，① 而不是正规的学校教育。相反，正规的学校教育往往还会阻碍个体自我教育的获得。例如，王尔德虽然自己在牛津大学很成功，但他却认为正规教育可能对自我修养的获得是个障碍。他在以苏格拉底式对话写出的《谎言的衰朽》（“The Decay of Lying,” 1889, 1891）一文中，借用维维安（Vivian）之口说：“我怕我们正在开始接受过多的教育；至少每一个无能力学习的人已经开始教人——这确实是我们对教育的热情所致。” ② 真正值得了解的东西不是通过学校之类的途径教会的，学校只给人以有用的知识或信息，而这种教育对人的美感的培养没有作用。因此，学校或其他正式教育不是成长小说自我教育概念中的美学的、精神的教育。

不可否认的是，有的成长小说就将故事场景设置在学校，但这里的学校给主人公提供的只是其获得个体体验的场所，它可以被看作是社会的缩影。例如，在《麦田里的守望者》中，故事一开始就发生在学校，但这里除了提到主人公霍尔顿的学业失败以外，并没有交代他是如何学习书本知识，也没有涉及他如何通过学校的教育获得关于人生的知识。相反，小说刻意描写的是他通过与其周围的同学、老师等的交往及他的观察而得到的对以学校为代表的社会的看法。换言之，霍尔顿在学校获得的对社会和人生的观点不是通过学校教育或课堂学习得来的，而是通过他与周围的人的

---

① Gregory Castle, *Reading the Modernist Bildungsroman*, p. 146.

② 王尔德著，杨恒达译：《谎言的衰朽》，赵澧、徐京安主编：《唯美主义》，中国人民大学出版社1988年版，第106～107页。.

接触和他自己的观察和思考得出的：这是一个“虚假、腐败”的学校。成长小说注重的是个体形成的这种批判的、自觉的精神。

按照约斯特的观点，成长小说中那个“拿捏陶土的陶工”就是社会（the world）：

> 我们在成长小说中发现的造型原理不是来自教义，也不是在学校传授的或书本中讲解的。……自我教育的动因（agent of Bildung）是社会。因此，社会中的人就显得是这种小说完美的主人公……然而，最好的社会知识并非使任何人都能自然地成为一部成长小说的理想主人公。评判的标准在别的地方：主人公必须得益于社会的教训。在历险小说中，事件考验、惩罚或奖赏主人公；在成长小说中，它们使之突出、使之成熟或明确地塑造他，并最终使他的性格清晰地显示出来。歌德的自我教育原则必须要根据主人公同其所处的环境的交锋来观察；因此，这个体裁可以界定为是对自我和社会之间相互作用的再现，同自我教育的过程有着特殊的关系。①

换言之，捏塑人的是社会，人在与社会的交往过程中成长。人与社会之间是相互作用的关系，但成长小说强调的是人的成长变化。成长小说“把世界视为经验、视为学校”：“人是在一个时代的范围内成长、发展、变化的。实有的且又稳固的世界，要求人在一定程度上适应这个世界、认识和服从生活规律。成长着的是人，而不是世界本身。”② 巴赫金在这里所说的虽然只是成长小说对世界的一种看法，但已足以说明成长小说中教育的独特含义，即人要通过同社会的接触来了解这个世界，从而了解自己，最终实现

---

① Francois Jost, *Introduction to Comparative Literature*, p. 136.

② 巴赫金著，白春仁、晓河译：《教育小说及其在现实主义历史中的意义》，第 232 页。

自我价值。

成长小说的教育观否定了学校教育，代之以世界或社会，主张人与社会的交往。这种社会交往实际上指的就是人的“社会经历”，即作为一种教育形式的社会经历促使个体获得自我。[①]一句著名的格言说道：“经历在于我们体验我们宁愿不去体验的东西。”这意味着经历是令人不快的，如痛苦和童真的丧失等，但“经历”这个消极色彩浓重的词在18世纪下半叶其意义发生了根本变化：“它意味着成长，自我的发展，甚至是对自我所进行的一种‘试验’。”既然是试验，那么它就是“暂时的”，如此一来，“假使个体赋予它一种拓展和巩固其个性的意义，那么一次事件就成了经历。”[②]这就赋予了经历积极的意义，也正是经典成长小说中“经历”这个概念所演示的内涵，它被视为“性格形成期与社会的遭遇、对新事物的吸收、对发展中性格的不断重构。在《威廉·麦斯特》中这些经历是走向成熟道路上的众多里程碑”。[③]也就是说，社会交往过程就是主人公性格的形成过程，每次经历都是性格形成的一个阶段性标志，是个体成熟的一个隐喻。这一次次经历构成了主人公接受教育的内容，仿佛是一门门课程，这也就是人们在讨论经典成长小说时所谓的美学教育，但这种教育不是在课堂里施行的，是学习者的一种“习得”，是主人公在与社会接触过程中逐渐获得的。

由于一次事件或经历尚不能揭示存在的全部意义，因此，成长小说主人公所接受的教育往往还包含某种磨炼。主人公必须要克服的磨炼在于“接受对他存在的终极意义（ultimate meaning）的延宕。这是18世纪新的教育理想，它以渐进式成长的概念（image），一次几步，代替对早熟的崇拜。要使之发生……一个人必须首先要学会控制想象，想象是可能阻断我

---

① Patricia Alden, *Social Mobility in the English Bildungsroman: Gissing, Hardy, Bennett, and Lawrence*, p. 1.

② Franco Moretti, *The Way of the World: The Bildungsroman in European Culture*, p. 46.

③ Franco Moretti, *The Way of the World: The Bildungsroman in European Culture*, p. 93.

们通往‘成熟’之路的两个错误的根源。首先，漂浮不定（restlessness）……使人过于盲目游荡，太脱离他的环境，因而有碍他提取环境中所包含的所有潜在意义。但更甚于漂浮不定的是过度专注（intensity）：它迫使他在周围的环境中看到过多的意义，并过于快速、彻底地将他自己束缚起来”。[①]换言之，“漂浮不定”和“过度专注”都是不成熟的表现，都不是“成人”的行为方式。这在短篇成长小说中是常见的现象。在短篇小说中，由于篇幅所限，作者往往通过个别事件来表现主人公性格的变化，将人物经历的一两件事作为其产生所谓“顿悟”的动因，从而使主人公显得过于焦躁或紧张。例如，在霍桑的《小伙子古德曼·布朗》中，布朗就是因为一次林中的经历就彻底改变了世界观，产生了厌世和悲观绝望的情绪，终身愤世嫉俗。因此，短篇小说中的主人公往往显得早熟，其成长过程短促，给人以突兀的感觉。

在长篇小说中，情况往往相反，磨炼似乎是主人公成熟的必由之路，而磨炼意味着要经过一系列事件的考验，促成主人公的世界观定格或彻底改变的并非具体的哪一件事情。磨炼，或者称之为考验，也许是一个人成长道路上的障碍，但要进入成年，它又是必须要越过的。在成长小说中，磨炼不失为一种机遇，它“不是一个保持‘原封不动’、须要越过的障碍，而是某种必须被整合起来的东西，因为唯有把‘经历’串联起来，人格才能被塑造”。[②]因此，磨炼，或一系列的事件，就成了主人公成长的必修课，在磨炼中接受教育，在社会上摸爬滚打，这或许才是成长小说中教育的本意。

从成长小说中自我教育所固有的内涵来看，自我教育还包含着一个“双向的过程”，即“内在的发展（inner developing; Anbildung）与外在的培养（outer enveloping; Ausbildung）”：“一方面，自我教育这个词描述个体

① Franco Moretti, *The Way of the World: The Bildungsroman in European Culture*, p. 46.

② Franco Moretti, *The Way of the World: The Bildungsroman in European Culture*, p. 48.

的力量和才能如何显现，个体的发展；另一方面，自我教育也形容个体所在的社会如何善用个体显现出的力量和才能，社会对个体的‘培养’。”[①]从这个内涵也可看出自我教育的实现途径，一方面个体要竭尽全力自我发展，另一方面社会要承担起培养个体的责任，二者缺一不可。其中，社会因素往往是我们研判成长小说发展轨迹和特殊群体成长小说特征的重要依据。例如，在有利于个体全面发展的社会环境下，主人公往往能获得健全的人格，反之则走向人格分裂；在种族歧视或性别歧视严重的社会中，由于社会无视或忽视了自己的责任，在种族或性别压迫的境况下，少数族裔成员或女性就难以实现自我。再者，一些成长小说中的主人公之所以最后没有完成自己的人格塑造，关键也在于他们没有注意到个体和社会的结合，这些主人公往往都过分地沉溺于自我的小世界而忽视了社会和他人的存在。

此外，从成长的内涵也可看出成长小说中教育的特殊含义。成长小说中的“成长”或“学习”（apprenticeship）基于两种观念：其一，“生活是一门可以学会的艺术”；其二，一个年轻人在经历生活的不同阶段之后，最终将成为“师傅”，从而在“生活的艺术”方面有可能成为内行。以此观念为前提，成长小说的主人公学习的就不是某个“特定的艺术”“手艺”或“技术层面上的职业”，而是“生活”。[②]成长小说自然会涉及艺术、手艺或职业，但这些本身不是成长小说中“教育”的内容，也不是这种教育的目的或成果，它们充其量是达到目的或取得成果的途径。虽然小说中的主人公也会学习艺术，例如，威廉开始学习的就是戏剧艺术，但像参加其他社会活动一样，学习艺术也只是手段，目的是学习生活，通过参加包括艺术活动在内的一切社会活动，了解社会和自身，最终达到掌握生活这门

---

① Gunilla Theander Kester, *Writing the Subject: Bildung and the African American Text*, New York: Peter Lang, 1995, p. 8.

② Randolph P. Shaffner, *The Apprenticeship Novel: A Study of the «Bildungsroman» as a Regulative Type in Western Literature with a Focus on Three Classic Representatives by Goethe, Maugham, and Mann*, p. 16.

艺术的目的。同样，真正的自我教育也不发生在职场之内，正如莫雷蒂所言，“最经典的成长小说……明显将形塑 – 社会化（formation-socialization）的过程置于职场之外。”[1] 主人公可能会学习艺术，也可能会涉足职场，但他们所收获的自我教育却会超越这些，虽然他们可能身在职场但性格的形成和发展以及社会化的实现却在职场之外。

鉴于成长小说中教育的这种特殊含义，即它指的是自我教育，经典成长小说严格来说并不是一个人从小到大完整的成长故事。后者常常与教育小说或发展小说相似或相同，大大扩展了成长小说的概念，结果一些描写婴儿期、幼年时期和青春期早期的小说都被列入成长小说的名下，这在国内外成长小说研究中屡见不鲜。但正如我们在第二章第三节讨论成长小说与其“近邻”的关系时分析的，虽然成长小说与教育小说和发展小说有联系，甚至有重叠，但实际上它们之间存在着明显的区别，这种区别是文学研究者不该忽视的。之所以会将三者混同，原因就在于研究者没有或不愿仔细辨析成长小说中教育的特殊含义。在约斯特看来，那些描写婴幼儿成长的小说充其量只能被称为“前成长小说”（pre-Bildungsromane），因为这类小说中的主人公“还没有为自我教育做好准备”，只是做好了接受“教育”（Erziehung）的准备。这种将成长小说概念扩大化的现象似乎出现在德国成长小说向英国延伸的过程中，19 世纪下半叶的英国这种现象尤其明显。这种情况的出现与两国小说家在观念、创作目的和社会背景方面的不同有关。德国小说家一般假定，他们的小说主人公天然享有从“他们有责任心且慈爱的父母”那里得到的一切福利和好处，因此，德国小说家涉及的是“继续教育”（Selbstbildung）的主题。换言之，在德国成长小说中，作家们假定家庭已为孩子们做好了前期教育，他们所关注的是主人公在家庭教育基础上的后期教育，即自我教育。而英国情况则不同，尤其是维多利亚

① Franco Moretti, *The Way of the World: The Bildungsroman in European Culture*, p. 25.

时代。英国作家往往试图揭示的是“现行教育制度的不足”，他们的许多小说尽管也被称为成长小说，但也可以被解读为是一种“对不关心国家未来的政治制度的批判”。这里无所谓“继续教育”，有的只是“初始教育”，因此，英国19世纪下半叶的许多小说是围绕着“弃儿或贫困儿童的人生”展开的，这些孩子的抗争与命运构成了小说的情节。[①]由此看来，英国社会在自我教育的“外在的培养”方面出了问题，致使英国这一时期严格意义上的成长小说，即德国式的经典成长小说，并不多见。成长小说描述的应该是主人公在家庭教育和学校启蒙教育的基础上，在社会上接受的“继续教育”。

总之，成长小说中的教育有别于学校教育，它特指主人公在与社会的交往过程中向生活学习，了解自己与社会，提升自己的修养，重塑自我，以达到掌握生活艺术这一目的的教育。它是一种与人的内在发展相适应的自我教育。从这个意义上说，成长小说也可以被称为“自我教育小说”。

五、“良师”和女性在男性主人公成长过程中的作用

博尔顿认为，“人物之间的相互影响，乃是第一流小说的最重要方面之一。”不仅如此，这种相互影响还要“导致他们发展变化”。[②]这种相互影响及其带来的发展变化在成长小说中表现得尤为明显。

尽管成长小说中的教育可以被称为自我教育，但在成长小说中，主人公的成长往往都得益于良师或精神导师的指引或帮助。这样的人在主人公陷入成长的迷雾时能够帮助他拨正人生之舟的航向；在他精神极度困苦时能够滋润他几近干涸的心田；在他人生处于黑夜时分能够照亮他灰暗的心灵。一句话，这样的人就是主人公的人生指路人。对于人生的指路人，荷

---

① Francois Jost, “Variations of a Species: The ‘Bildungsroman’,” p. 104.

② 玛乔莉·博尔顿著，林必果译：《英美小说剖析》，第118页。

尔德林（Friedrich Hölderlin, 1770–1843）有言："相同者相交游，是欢悦的，而伟大的人辅助幼小者成长，是神圣的。"他甚至把这样的人生导师称为"慈祥的神"，给人指明道路："山鹰将稚子赶出巢穴，要为它们指出飞往太阳的路！"[①]

在其代表作《许佩里翁或希腊的隐士》（*Hyperion oder der Eremit in Griechenland*, 1797–1799）中，许佩里翁儿时的导师亚当斯就是这样的人。在小说中，亚当斯后来虽久已远离了许佩里翁，但在他的心目中，亚当斯仍然是这样的："你对于我是永远的现在，带着与你相亲合的一切，我心中忧郁的人神！圣者和斗士，谁为你的安详和强大所包围，谁面对你的爱和智慧，他不是逃脱，就是变得和你一样！你身边没有平庸和懦弱之辈。"人在幼时感到无助，寻寻觅觅而又找不到目标时，就会像"没有支架的葡萄藤那样长大，枝叶芜杂地在土地上蔓延"。此时，如不能得到及时的引导人就有可能毁灭。亚当斯和许佩里翁正是在此时彼此发现了对方，并且彼此都在内心深处得到了回响，于是，"我变成我所见到的，而我所见到的是神圣。"就这样，幸运的许佩里翁的少年时代"充满了爱和甜蜜事业的欢乐"：在亚当斯的引领下，许佩里翁时而走进"普卢塔克撰写的英雄世界中"，时而走进"希腊众神的神奇世界"，时而亚当斯又调理和缓和他"青春的冲动"，并带领他游走山岳，观看星辰。[②]就这样，许佩里翁的身心逐渐和谐发展，似乎已经愉快地找到了自我，并有一种"万物皆备于我"的豪迈。[③]但亚当斯适时地告诫他，人生是会有孤独和困厄的，之后，他们就此告别，许佩里翁深情地称亚当斯为"父亲"，并得到了他的真诚祝福。其实，亚当斯就是他的精神之父，对他的成长起到了关键性的作用，许佩

① 荷尔德林著，戴晖译：《许佩里翁或希腊的隐士》，戴晖编选：《荷尔德林文集》，商务印书馆 1999 年版，第 11 ～ 12 页。

② 荷尔德林著，戴晖译：《许佩里翁或希腊的隐士》，第 12 ～ 13 页。

③ 荷尔德林著，戴晖译：《许佩里翁或希腊的隐士》，第 15 页。

里翁最后归隐的实际上就是亚当斯在他少年时代为他营造的精神世界。

对成长者来说，人生道路上的良师没有年龄上的严格限制，既可以是耄耋老者也可以是黄口小儿。如果说之于许佩里翁，亚当斯是长者的话，那么，塞林格的《麦田里的守望者》中主人公霍尔顿的妹妹菲苾无疑就属于黄口小儿。菲苾是个典型的天才儿童，她虽然比霍尔顿年龄小，但往往能看清问题的实质。她的那句“你不喜欢正在发生的一切”一语道破了霍尔顿的性格弱点。霍尔顿对此也深有体会：“她有时候说起话来很像个混账教师，而她还只是个很小的孩子哩。”[①] 她的这种少年老成的气质使她受到霍尔顿的尊重，甚至成了他心理上的一种依赖。在人生的关节点，他总是要去见他的妹妹。例如，在他被学校开除之后，苦闷中他在旅馆召妓，在酒吧酗酒，又用冷水冲头醒酒，甚至还以为自己会死。他冒险回家与妹妹诀别，并向她诉说了自己的苦恼与当一名“麦田里的守望者”的理想。当他决定到西部去做一个又聋又哑的人时，他再次想到要去见他的妹妹。是菲苾坚持要陪同他一道去西部，才促使他放弃了离家出走的打算。因此，菲苾可以被视为霍尔顿的导师，这在小说中有据可考。在小说的结尾，霍尔顿把他那顶象征着他“守望者”身份的猎人帽送给了菲苾，这表明菲苾才是真正的守望者，守望着他这个即将跌落人生悬崖的人。

在成长小说中，精神导师是主人公心灵的栖息地，是他情感的寄托，也是他的神话缔造者。“神话是对一个人存在的肯定；如果神话‘死亡’了，以神话来界定其存在的人也就不存在了。”[②] 这里的“神话”实际上指的是主人公在其“导师”的引领下建构的对现实神秘的幻象。因此，对主人公来说，打破现有的神话和业已存在的价值体系是件异常痛苦的事情，因为否定原有的虚幻的现实也是对其自身的否定。他必须在其他地方重新寻找

---

① J. D. 塞林格著，施咸荣译：《麦田里的守望者》，译林出版社 1998 年版，第 155 页。

② Susan Ashley Gohlman, *Starting Over: The Task of the Protagonist in the Contemporary Bildungsroman*, p. 144.

另一种同样可以接受的有意义的“现实”和价值体系以证明他的存在。宗教和哲学是两个可能的领域，但在成长小说中，主人公往往对自然有一种近乎神秘和宗教般的情感，因此他以追寻自然代替对宗教的虔诚，另一方面，他以具有哲人气质的人的情感代替他自己的情感，这可能就是成长小说主人公一般都有一个精神导师的原因。

值得注意的是，成长小说中的“良师”或精神导师对主人公的影响并非都是积极的，实际上他们既可能是“正义”的，也可能是“邪恶”的。那种具有哲人气质、看起来很邪乎的“导师”对年轻的主人公尤其具有吸引力。例如，《道连·格雷的画像》中那个鼓吹享乐主义的亨利·沃登勋爵在常人看来是地地道道“邪恶”的，但他对格雷的影响却是巨大的。格雷第一次见到亨利就听到他一番令其感到震撼的“高论”：

> 那种野蛮自残式的过分克己……使生活大为减色。我们因为自我克制而遭到了惩罚。……摆脱诱惑的唯一办法是向诱惑投降。倘若抵制，灵魂就会得病，病因便是渴望自己所不允的东西，……。你，格雷先生，拿你自己来说吧，你的青年时代像玫瑰一样红，少年时代像玫瑰一样白，你曾产生过让自己害怕的激情，有过令你胆战心惊的念头，做过白日梦和夜间梦，只要一想起这些梦来，你会满脸愧色——①

听到这番“拨动了某根秘密的心弦”的话，格雷感觉到“内心正接受着一种全新的影响，而这种影响似乎来自于他自己”。② 也就是说亨利的话道出了格雷内心隐秘的欲望，一语中的，揭开了他生活的秘密。于是，在与亨利相识不久的一天夜晚，格雷就有了一次“生活中最浪漫的经

① 王尔德著，黄源深译:《道连·格雷的画像》，人民文学出版社 2004 年版，第 16 页。

② 王尔德著，黄源深译:《道连·格雷的画像》，第 16 页。

历”——花钱进了一个小剧院的私人包厢，在好奇与情欲的驱使下迷上了一个不满 17 岁的女演员西比尔 · 文，并很快与之订婚。格雷也坦承了亨利对他的影响：“你激起了我狂热的欲望，想了解生活的一切方面。自从见到你后，一连几天，我的血管里似乎一直搏动着某种东西。……带着疯也似的好奇心，……空气中像是夹杂着一丝毒气，诱使我产生了一种寻求刺激的热情……”。[①] 这种激起人的欲望，连空气中都仿佛有毒气的影响显然是邪恶的。

成长小说中这种“邪恶”的导师有共同之处：他们往往都显得“睿智”、老于世故，在扮演人生指导者这一角色时都精于算计，似乎可以一眼洞穿年轻主人公的内心。亨利在尚未与格雷谋面，只是听到画家霍尔华德对格雷的介绍时就敏锐地断定他一定是个“可造之才”。当他听格雷说这是他“生活中最浪漫的经历”时，立刻纠正说这是他“生活中的初次浪漫经历”，他“会永远沉溺于爱情”，许多“美妙的事儿”在等着他。因为亨利知道，格雷的欲望之旅刚刚起步：“这仅仅是开始呢。”[②] 就像《小伙子古德曼 · 布朗》中那位被普遍认为是撒旦化身的中年男子一样，虽然布朗在旅途中一直犹豫不决，但中年男子断定这位年轻人只是半推半就而已，在欲望的驱使下他一定会随着他走向森林深处——罪恶的渊薮。

其实，与其说这类“导师”工于心计，倒不如说是年轻的主人公内心的欲望使然。在《小伙子古德曼 · 布朗》中，布朗与那个黑衣中年男子之间的争论以及在最后关头他父母幻象的出现——一个催他前行，一个劝阻他跨出邪恶的最后一步，这些实际上是主人公内心的两个自我在争斗，而诸如此类的斗争的结果往往是邪恶的一方占了上风。究其原因，还是主人公自身恶的本质在作祟，而“导师”的吸引力也在于其恶性。在《道连 · 格雷的画像》中，格雷明显感到亨利可怕，但又不可抑制地喜欢他：“哈利，

---

① 王尔德著，黄源深译：《道连 · 格雷的画像》，第 41 页。

② 王尔德著，黄源深译：《道连 · 格雷的画像》，第 42 页。

你太可怕了。我不明白为什么这么喜欢你。”亨利却十分明白个中缘由：“道连，你会永远喜欢我。在你眼里，我代表着你没有胆量涉足的罪孽。”[①]很显然，亨利对格雷的吸引力主要在于他身上邪恶的本质，换言之，在亨利的身上，格雷找到了另一个自我。

“邪恶”的导师往往总是催人早熟，令人过早地认识到生活的秘密。亨利就认为格雷是他了不起的“创造物”，“他使他早熟”——“春天就已开始了收获”。“普通人等待着生活把秘密暴露给他们，而对少数人，对上帝的选民来说，生活的面纱还没有拉开，内心的秘密就尽收眼底了。”[②]霍桑的布朗也是在黑衣男子的引导下过早地认识到人的邪恶本质。这种对人性和人生秘密的认识将年轻人引向了不归路，因此，这种认识有着深刻的悲剧色彩。

成长小说对“良师”不仅没有年龄的要求，没有正邪的限制，也没有巾帼须眉的偏好。

毋庸讳言，在成长小说中，以男性为主要描摹对象的小说一直居于主流地位，但是，即便在这样的成长小说中，男性主人公的成长一般也离不开家庭和女性的扶持。实际上，成长小说在突出家庭价值的同时也是在对男性的再确认。早在 1857 年，费肖尔（Friedrich Theodor Vischer）就指出，这个体裁的典型作品讲述的是年轻人通过奋斗最终成为男子汉的故事。而在这个过程中爱情起着重要的作用，因为同女性角色的遭遇推动了男性的成长：“在这个教育中，爱情是个重要的因素，因为在女人的身上我们象征性地看到了纯粹人类的理想。同时，这个爱情是失去诗意的英雄史诗世界观的代用品。”亦即，女人在“现代性沙漠”中发挥着“诗意绿洲”的作用。[③]

---

① 王尔德著，黄源深译：《道连 · 格雷的画像》，第 67 页。

② 王尔德著，黄源深译：《道连 · 格雷的画像》，第 49 页。

③ Todd Curtis Kontje, *The German Bildungsroman: History of a National Genre*, p. 27.

要谈女性的作用，我们首先要看看性别在经典的自我教育理论中的作用。实际上，成长小说在德国兴起之时，即 18 世纪后期，欧洲首次出现了男女之间存在着根本生物学差异的观念。恰逢此时，欧洲发表了一系列关于如何养育不同性别孩子的教育论文，法国哲学家和启蒙思想家让 · 雅克 · 卢梭（Jean Jacques Rousseau, 1712–1778）的小说体教育著作《爱弥儿》（*Emile*, 1762）在德国引起了关于这一话题的广泛讨论。其中，洪堡的观点颇有代表性，他认为“女人天生是被动的，男人是主动的；男人理性，女人富有想象力”。同时，他把男人与自由相联系，而把女人等同于自然。[①]在今天看来，洪堡的观点显然有性别歧视的意味，但他将女性视为自然的观点似乎又与当今的生态女性主义价值观不谋而合，因为后者认为女性与自然更加接近。

与他同时代的席勒持类似的文化偏见，因为席勒在他的美学理论中“将美和优雅赋予女性，而将尊严和崇高留给了男性”。但洪堡与席勒均无意贬低女性，相反，他们“为两性之间这种看似天然的对称而欣喜”，“二者构想了一种能将相反的事物合而为一的人类理想。”然而，不可否认的是，他们对两性差异的系统阐述，不管是有意还是无意，都在客观上真切地排除了女性成长的可能性，因为在他们看来，“人的自由对个人成长是绝对必要的”，而把女性等同于自然实际上就是拒绝给予女性参与自我教育过程的任何机会。[②]从洪堡和席勒的论述中，我们不难理解经典成长小说中男女主人公所扮演的不同角色和所起的不同作用，因为如前所述男女差异观的出现恰逢经典成长小说的诞生。在上述观念的支配下，经典成长小说中的主人公基本上都是以男性，但女性又是必不可少的，因为没有女性就没有那种“对称”美，那种“合而为一的人类理想”也就不可能实现。但此类性别观下的女性必然处于从属的地位，只能是男性成长道路上的配

① 参见 Todd Curtis Kontje, *The German Bildungsroman: History of a National Genre*, pp. 6–7。

② Todd Curtis Kontje, *The German Bildungsroman: History of a National Genre*, p. 7.

角，至多对他们的发展起到辅助的作用，女性很难有自己的成长。这种“男性与女性”“理性与感性”的性别二元论恰恰是生态女性主义批判的对象，也正是经典成长小说后来遭到诟病的地方之一。

在成长小说的传统中，婚姻对男子来说似乎总是一个积极的动因，是他们自我教育成功的永恒象征。经典成长小说往往是幸福的结局，而它“通常以婚姻为这种幸福封缄”。[①] 在现代成长小说中，婚姻依然是个重要的因素，但它通常是以突出的问题出现在小说中。例如，在《无名的裘德》中，婚姻对裘德来说是个潜在的稳定因素，但他却在婚姻中怎么也无法找到这种感觉，好像婚姻的这种积极力量对他是关闭的。他与粗俗、讲究实际而又工于心计的妻子阿拉贝娜的婚姻毫无感情基础，遑论幸福；而与他心心相印的淑——一个聪颖、美丽、真诚、乐观、思想开放的女子——却因传统习俗之故终究无法同他走到一起。在《儿子与情人》中，保罗拒绝同米丽亚姆结婚，但他却同时认为婚姻能够起到传统意义上的那种作用：既能满足肉体上的需要，又能生儿育女。正如他对米丽亚姆所说的那样，如果他结婚，他会娶一个他能接吻和拥抱的人，能成为他孩子母亲的人。很显然，保罗在这里不是拒绝婚姻本身，而是拒绝同米丽亚姆那样不能达到他要求的女人结婚。

无论是在经典成长小说中还是在现代成长小说中，女性在主人公成长中的作用都不可忽视。对洪堡和歌德来说，自我教育的最后完成是通过和女性发展亲密关系实现的。但经典成长小说与现代成长小说不同，在前者——如歌德的《学习时代》中，女性能够甚至必须将男性主人公从腐朽的社会中解救出来，给他们提供稳定的平台让他们修炼自己的内在修养。在《学习时代》的一开始，威廉就断定命运通过玛丽安妮（他的第一个情人）向他伸出了援助之手，把他从早就想摆脱的令人窒息的中产阶级的生

① Franco Moretti, *The Way of the World: The Bildungsroman in European Culture*, p. 24.

活方式中解脱出来。而真正推动他实现自我教育的还是那位“淑女”，即小说第六卷《一位淑女的自白》中的主角。第六卷是整部小说的转折点，是一个嵌在男性成长小说内部的女性成长故事，对小说的结构起到了关键性的作用。“淑女”对威廉成长所起的作用是多方面的，由于她的出现，威廉逐渐结束了在剧院的那种纯粹流浪冒险式的外在生活，转向对自我教育至关重要的自我反省式的内心生活。通过“淑女”，威廉获得了一种平衡——外在生活和内心生活的平衡，但“这种平衡设置是以‘淑女’为代价的”。①

这种女性以牺牲自己的人生为代价为男性成长获得机会的例子不仅存在于经典成长小说中，现当代成长小说也不乏其例。男女之间的这种不平等关系无疑主要体现在爱情和婚姻方面。婚姻在经典成长小说中被看作是男主人公取得自我教育成功的实质性的标志。在现代成长小说中，婚姻的价值有了变化。就拿与经典成长小说比较接近的一部现代主义成长小说《儿子与情人》来说吧。在劳伦斯的笔下，保罗的成长基本上符合传统英国成长小说的主人公成长模式，而且小说明显强调美学教育和婚姻。保罗似乎一直在热切地寻找一个他可以借以实现自我的女人，他先后在米丽亚姆——精神的象征——和克拉拉——肉体的象征——那里寻找慰藉，但都以失败告终，最后离开她们走向不确定的未来。当然，他在同两位女性的交往中也有所得，精神上和肉体上都有，但最大的收获可能还是对理想婚姻——灵肉结合的婚姻——的认识。米丽亚姆在保罗走向成人的初期给他提供了精神和心理上的极大帮助，也为他逐渐摆脱母亲精神和情感束缚提供了出口。她对自然、对花草的迷恋几乎达到了虔敬的程度，这种内在的、精神的品性以及对精神生活的重视和对一切外在事物的蔑视曾经让保罗十分着迷，但她似乎把男女之事看作是罪孽，只愿意与他发展精神上的亲密关系。当她在无奈之下把自己像祭品一样献给保罗时，保罗痛苦得连死的

① 参见 Marianne Hirsch, “Spiritual Bildung: The Beautiful Soul as Paradigm,” in Elizabeth Abel, Marianne Hirsch, and Elizabeth Langland (eds.), *The Voyage in: Fictions of Female Development*, pp. 28–29。

心都有了。而已婚女子克拉拉的丰腴、性感和强烈的肉欲使保罗成了“真正”的男人，唤起了他的自然本能，这对保罗来说显然是必要的，但除此之外似乎什么都没有，毕竟她与保罗的精神追求相去甚远。同《无名的裘德》一样，《儿子与情人》中也设置了一对对立的女情人：一个令人费解、毫无性感，另一个充满活力、性感浓烈。[①]

这两个个性形同水火的女人令保罗纠结，因为她们都有让他着魔的一面，但他同时又觉得她们身上都还缺少点什么。实际上，保罗追求的不是传统意义上的个体与社会的关系——与家乡建立和谐的关系，而是在追求美学和精神意义上的自我发展。但无论怎么说，这两个女性在保罗的成长过程中都起着十分重要的作用，米丽亚姆为保罗提供了他追求艺术进步所需要的情感和智力上的刺激，甚至还充当他艺术道路上的精神引路人。而克拉拉在保罗性意识自我教育方面发挥了重要的作用，在那场“激情之火的洗礼”中充当了催化剂，但结果不是二人的关系更密切，而是都感到对方不可理解，不是自己所寻找的。保罗在这场洗礼中的收获是他认识到自己必须超越激情。然而，这些远不是自我教育成功的标志。尽管如此，我们还是可以从中看出女性在男性成长小说中的工具性作用，因为她们给男性主人公提供了自由，确保其个性和道德的成长。现代成长小说中婚姻存在的问题从反面说明了美满婚姻的必要性，它有时甚至象征着“自我教育核心中各种文化价值的获得与和谐整合”。[②]

也许正是为了满足成长小说传统中那种对工具性女性的需要，像《无名的裘德》和《儿子与情人》之类的现代成长小说才塑造了诸如淑、阿拉贝娜、米丽亚姆和克拉拉这样的女性角色。但女性只不过是个合作者，在经典成长小说中她们有时近似于精神导师，而在现代成长小说中她们只起到了配合的作用，为男性主人公做出米丽亚姆式的自我牺牲，仅此而已，

---

① 参见 Gregory Castle, *Reading the Modernist Bildungsroman*, p. 110。

② Gregory Castle, *Reading the Modernist Bildungsroman*, p. 93.

因为这类小说似乎表明“不是她们创造了男性的自我教育，而是她们营造了一个男人可以发现他们内在价值的空间”。[①] 可敬亦可悲的是，女性往往高看了男性，尤其是常对她们心仪的男子“高看一眼”，以此发掘他们的潜能，帮助他们实现理想。正如弗吉尼亚·吴尔夫在她的《一间自己的房间》（*A Room of One's Own*, 1929）里所说的：“千百年来，女性就像一面赏心悦目的魔镜，将镜中男性的影像加倍放大。没有这种魔力，世界恐怕仍然遍布沼泽和丛林。”[②] 当然，在将男人向社会上层推进的同时，女人实际上也在利用他们实现自己的抱负，因此，有人认为女人应该为男人的疏离负责，为男主人公的异化感而受到谴责。[③] 但在通常情况下，婚姻对女人来说只意味着屈服，而不是自我实现。诸如《儿子与情人》此类的现代成长小说在充分利用传统成长小说的结构形式的同时，也批判了其经典主题——自我教育使命的完成和社会化。在结构上也不是照搬传统模式，而是有所突破，采用了未完成或不确定的结局——主人公并没有收获幸福的婚姻，未来尚不可知。但主人公对美学的、精神的价值追求不但没有放弃，反而更执着，因此，现代成长小说以否定的姿态弘扬了经典成长小说的核心价值观。

通过对比我们可以看出经典成长小说与现代成长小说在婚恋观上的巨大差异。在歌德的《学习时代》中，奥蕾莉是这样对威廉谈自己的婚姻的：“他成了我的丈夫，我不知道是怎么来的；我们共同生活，我真不知道是为什么。……我们生活得不错，这是我丈夫的功劳。我再也不考虑世界和民族了。我同世界不搭界，也失去了对民族的理解。”[④] 这说明女人的婚姻任由别人操控，婚姻生活的成功要归因于丈夫，女人结婚以后就不再考虑任

---

① Gregory Castle, *Reading the Modernist Bildungsroman*, p. 91.

② 弗吉尼亚·吴尔夫著，贾辉丰译：《一间自己的房间》，商务印书馆 2012 年版，第 73 页。

③ 参见 Gregory Castle, *Reading the Modernist Bildungsroman*, p. 117。

④ 歌德著，董问樵译：《威廉·麦斯特》，第 254 页。

何外在的东西，心中只有家庭，甚至不惜抛弃自己的生命，因为“一个懂得自尊的女人的价值”就在于：“世界上没有什么比一个献身给自己心爱的男子的女人更崇高的了！我们是冷静的，自豪的，高尚的，纯洁的，聪明的，不枉我们值得叫作女人；然而一旦我们恋爱上了，一旦我们希望得到对方的爱，我们就把所有的优点呈献在你们脚下。哦，我是怎样有意识地抛弃了我的整个生命的！”[①]那么，这种视向丈夫奉献一切为自己全部生命价值的人生定位有没有回报呢？有。但回报也在于丈夫得到提升，而不是作为奉献者的妻子的发展。妻子所能胜任的“最高位置”就是“管理家庭”，而一个有条不紊的家庭能够使丈夫获得独立性：

> 要是一个女人掌握了内部的统治，这样她才使得她心爱的丈夫从而成为主人；她留心获取一切知识，她利用这些知识妥善安排活动。这样她就不依赖任何人，而赋予她的丈夫以真正的独立性，即对家务的、内部的独立性；……这样他就可以把心情转向伟大的对象上，要是运气好，转移到国家上，他就像妻子在家里那样应付裕如。[②]

由此可见，在经典成长小说中，妻子是伴侣，是家庭的管理者，是丈夫获得自我教育的重要保证。

但是，这种视妻子为木偶和女管家的观念，尤其是女性在婚姻生活中的积极意义，在现代成长小说中被颠覆了。王尔德在其《道连·格雷的画像》中借用亨利勋爵的话指出，婚姻作为主人公成功标志的合法性存在着严重的不足，妇女不再是男性追求自我教育过程中的精神伴侣，婚姻成了恼人的社会习俗：“男人结婚是因为疲惫，女人结婚是因为好奇，结果双方

---

① 歌德著，董问樵译：《威廉·麦斯特》，第272页。

② 歌德著，董问樵译：《威廉·麦斯特》，第436页。

都大失所望。”更要命的是女人好像只是个花瓶，只是用来装点门面的：“单纯的女人很有用，要是你想捞个名声，让人知道你很体面，你只要带她们去吃晚饭就行了。”好像她们并无真才实学：“没有一个女人是天才。女性是善于装饰的，她们从来没有话要说，却可以说得非常动人。女人代表物质对思想的胜利，正如男人代表思想对道德的胜利。”① 在《学习时代》中，婚姻能使丈夫获得独立性，与歌德不同，王尔德却通过亨利指出了婚姻的一个致命缺陷，它使丈夫失去了重要的独立性：“婚姻的真正弊病在于使人无私。但无私的人是没有色彩的，缺乏个性。”尽管如此，婚姻“毕竟是一种经历”，而“每一种经历都是有价值的”。②这种婚姻观实际上是矛盾的，一方面，婚姻造成个体缺乏个性，这与追求自我这一自我教育观念的题中之意背道而驰，因此，婚姻可能会阻碍个体的发展，对自我教育起反作用，因为“女人激起我们成就大事业的欲望，却阻止我们去付诸实现”。③ 这是现代成长小说在婚姻观上对其前辈的反动。但从另一个角度来说，作为人生经历的婚姻不可能不对人起作用，尽管这种作用在亨利们看来可能是消极的。

由此可见，在成长小说中，女性在男性主人公的成长过程中也可能会扮演“良师”的角色，但她们的作用总体上来看是工具性的。这种工具性体现在正反两个方面，要么促进男性主人公的进步，要么加快他的失败。考察一下歌德《学习时代》中的玛丽安妮、特蕾色和娜苔莉以及狄更斯《远大前程》中的埃斯黛拉和郝维辛小姐，就可以看出女性在决定青年男子的前途和命运方面的工具性形象：

在这个传统的世界里，女性是权力和功名的欲望渠道；她们

① 王尔德著，黄源深译：《道连 · 格雷的画像》，第 40 页。

② 王尔德著，黄源深译：《道连 · 格雷的画像》，第 63 页。

③ 王尔德著，黄源深译：《道连 · 格雷的画像》，第 67 页。

是在社会上取得成功的奖赏或一直萦绕在未取得成功的青年男子脑海中的记忆。妇女标志着一次旅程的目的（telos）；她们使艰难困苦以及在某种情况下的欺诈合法化。在婚姻这个受欢迎的社会理想中，她们提供了一种象征性的圆满，一种完整性和辩证和谐的实现，歌德《威廉·麦斯特》中赞美的那种“稳定现实生活之乐”的成就。[①]

但在现代成长小说中，男性主人公对歌德小说中的婚姻模式不感兴趣，他们发现婚姻根本不能提供获得自我教育的途径，自我和作为他者的女性无法达成和谐。

或许正是基于上述认识，从20世纪70年代开始，评论家开始探讨成长小说中的性别问题，认为并非每个人都有自我教育的机会。例如，在论文集《作为女主人公和作者的妇女》（*Die Frau als Heldin und Autrin*, 1979）中，作者开始怀疑男性成长小说中女性人物的作用，甚至认为“自我教育仅仅是对男人的；作为自然和情人的化身，女人保持静态，其意义主要体现在她充当了男人发展的一个重要舞台”。[②] 在这些批评家看来，在父权社会体系中，自我教育帮助男人实现了自我身份的建构，使他们有机会表达自己，实现自己的价值，而女人只能相夫教子。

在讨论成长小说中女性的作用时，最后我们不得不提及一个不可忽视的角色——身为女性的母亲。随着社会的发展，父亲走出家庭，在社会上供职，从而失去了在子女教育中原有的核心地位，取而代之，母亲在子女社会化的初始阶段通常扮演着中心角色。例如，在《学习时代》中，威廉的母亲在他儿时就将木偶戏作为圣诞礼物送给他，威廉从此爱上了戏剧，这是他社会化的第一个阶段。而他后来在塔楼会社所受的教育可以被视为

① Gregory Castle, *Reading the Modernist Bildungsroman*, p. 180.

② Todd Curtis Kontje, *The German Bildungsroman: History of a National Genre*, p. 103.

他社会化的第二阶段，是他从家庭的私人领域走向公共领域的过渡。在《儿子与情人》中，保罗的母亲不仅是恋母情结的源头，而且她对保罗后来的恋爱和成长——无论成败——都负有不可推卸的责任。英国当代作家理查德·梅森的《寻欢作乐者的历史》中的母亲尼娜对主人公皮特的人生之路产生了极其重要的影响。出生于法国的尼娜从皮特很小的时候就培养他欣赏古典音乐、品尝美酒佳肴等，从而开启了皮特的人生探索之旅。于是，他一开始就摆出要与上流社会争取同等地位的姿态，对享乐有一种本能的鉴赏力，而且也具备追求快乐的天赋。在他只有15岁的时候，尼娜就教他如何像绅士一样取悦女人，因此，他后来居然能与其女主人私通，且在绝境中能得到一个歌手的垂青，凡此种种与他母亲的早期教育都不无关系。上述诸例已足以说明作为女性的母亲在男性主人公的成长过程中发挥着重要的作用。

上文对成长小说诸要素的分析为我们重点考察这一小说体裁流变提供了“公约数”，但成长小说的发展更多体现的是它的“变数”。那么，我们应该如何看待文学体裁以及成长小说这一特定体裁的流变呢？作为向具体考察西方成长小说流变的过渡，这里简要阐述文学体裁的特征，为下文做个铺垫和准备。

六、文学体裁与成长小说的流变

文学体裁（genre）是变动不居的。关于文学体裁的这种可变性特征，最尖锐而极端的论述可能来自托多洛夫（Tzvetan Todorov）。他指出体裁（或称种类）的概念借自自然科学，但他坚持认为这一术语用于生物和用于人的思维产品含义有着质的区别。对于前者而言，一个新的例证的出现未必改变这个种类的定义，因为，这个新例子的特征多半还可以从这个种类的范式中推断出来。例如，一只新老虎的诞生并不会改变这个种类——“虎”的定义。但艺术品就不同了，“每一部作品都会修正这类作品的总量，每个新例子都会改变这个种类的定义。”[①] 由此似乎可以推断：艺术种类因其变动不居而难以界定。

托多洛夫对体裁这个术语的考辨很有启发性，他对文艺种类可变性的阐述生动而富有启发，但他显然过分夸大了天然的生物和人为的艺术品之间的差异。既然体裁这个术语是从自然科学借用来的，那么，它在被用于自然科学和艺术领域时必然会有着本质的联系或相似性，否则，一开始这个术语被运用于文学等艺术领域就是不恰当的。诚然，一只老虎的诞生不会改变“虎”的定义，但这只新生的虎与“虎”的种概念必定或多或少有所区别，具有它个性化的特征，否则，就没有物种的变异与演化。同理，一部新的文学作品的诞生也不会从根本上改变它所属的种类或体裁的定义，但一部真正的艺术品必然带有自己的鲜明个性，这是它的价值所在。尽管如此，它的变化和个性还不足以使它跳出它的种类范围，也就是说，它并非不可界定。我们知道，文学体裁的特征是从一个个具体的文本中抽象和概括出来的，不存在没有具体文本的文学体裁。我们通过阅读具体的文本加深对这个体裁的理解，同时一个个鲜活的文本又丰富了这个体裁的内涵。从另一个方面来说，文学体裁的本质特征对我们的阅读具有指导作用，在阅读具体的文学文本时我们会自觉或不自觉地对它的属性有个基本判断，即判断它属于哪类作品或体裁。对体裁的初步研判会使我们产生一种“阅读期待”，引导我们将具体的文本置于特定的语境中去解读。这种体裁和文本之间的关系实际上就是普遍性与特殊性之间的关系，二者不可割裂。因此，我们在研究文学的体裁时既要考虑它的相对稳定性，更要关注它的变化和发展，即它随着大量各具特色的具体文本的产出而发生潜移默化的变化。

由此看来，文学体裁变动不居的特点可以从文学作品“生产”和“再

① 参见 Martin Swales, *The German Bildungsroman from Wieland to Hesse*, pp. 9–10。

生产”两个环节来考察。首先，“体裁事实上并不是静态的，批评家认为他们正在阅读的是什么取决于他们什么时候读。”[①] 读者在特定的社会和文化氛围中、在特定的历史时期阅读文学作品必然会把当时的特定语境带入他们对作品的解读中。这是从文学作品“再生产”这个环节来看的，它说明体裁本身并非固定不变，而是由读者或批评者为达到某种阐释目的而构想或概括出来的。其次，从“生产”的角度来说，作家的创作意图中也包含着对体裁的生产和运作，而这一生产过程也必然受到特定社会语境或文学类型的影响和制约。由此观之，研究体裁或文类就不能用静止的观点来看问题，而应该从运动和变化的视角来进行考察。

成长小说这个特定的小说体裁当然也不例外。因此，我们在对其进行研究时，有必要从历史变迁和文学发展的角度对其流变进行追踪考察，既从文本内部细察它的变化，又从文本外部探究产生诸多变化的可能原因。有论者在论及成长小说历史时颇有见地地指出了构建成长小说历史的三个要素：“对旧文学不断变化的接受，新文学的生产，以及将新文学置于发展中的文学传统语境中的努力。”[②] 这三个要素共同作用，推动着成长小说历史的发展：首先，对业已存在的成长小说文本进行新的阐释；其次，新的成长小说文本不断问世；最后，将新的成长小说文本置于不断丰富的成长小说传统中考察。如果我们承认这三点是成长小说历史的内容和促进因素，那么，我们研究成长小说的演变也必须将它们纳入考察的视野。

托多洛夫认为“体裁是总体诗学和基于事件的文学史之间的交会点”。[③] 意思是说，体裁既是抽象的也是具体的，就作品的主题和形式等所概括出来的属性来说，它是抽象的，而相对文本创作和作品所反映的历史语境来说，它又是具体的，因此，体裁是文本抽象的特征与特定历史语境

① Susan Fraiman, *Unbecoming Women: British Women Writers and the Novel of Development*, p. 1.

② Todd Curtis Kontje, *The German Bildungsroman: History of a National Genre*, p. 13.

③ Tzvetan Todorov, *Genres in Discourse*, pp. 19–20.

之间的对话。体裁的这一特质要求我们在研究成长小说时既要关注其抽象的特征也要以发展的眼光考察其变化过程，尤其要关注特定文本在这个过程中的贡献度。因此，我们在下文考察成长小说的流变过程中力求做到有“唱”有“说”。所谓“唱”就是要结合具体文本分析，在必要时摘取部分精彩片段以为佐证，不空发议论；所谓“说”就是要在细读文本的基础上有所提炼与概括，由点到线再到面，既不囿于一隅，孤立地看问题，也不简单地罗列文学现象，“开中药铺”。

对成长小说的演变过程进行勾勒和概括性的描述是有必要的，因为能使我们对成长小说自身的发展过程及人们对它的认识过程有一个比较清晰的线索。但这样做也存在一定的风险，因为一方面变动不居是成长小说的特点，任何主观的划分都有可能使它走样；另一方面，“成长小说”本身就是一个“神秘的术语”（mystifying term），[①] 定义尚不统一，更不用说明确的分期定性了。可话又说回来，成长小说与社会、历史和文化密切相关，既然后者都有它们自己的发展规律，我们有理由认为成长小说在社会和文化诸因素的影响下也有它自身的发展规律。因此，我们不妨追溯一下成长小说是如何在不同的社会和文化条件下从一个关注精神成长和自我教育的小说类型转变成再现社会实用主义的小说体裁，并进一步追问当代成长小说到底是向经典成长小说精神追求的回归，还是已经完全脱离了经典成长小说的范式；抑或像少数对此持极端观点者——如评论家杰弗里·萨蒙斯（Jeffrey Sammons）和马丁·斯韦尔斯等——所断言的那样，成长小说只是德国特有的文学现象；甚至像有人——如萨门斯和弗朗哥·莫雷蒂等——声称的那样，它已不复存在，定格在了 20 世纪初。

从本质上来说，成长小说都具有鲜明的时代特色，每个时期的成长小说都会打上深深的时代烙印，因为它基于这样一种观念：“外部世界没有

① Susan Fraiman, *Unbecoming Women: British Women Writers and the Novel of Development*, p. 1.

任何事物是恒定不变的。”适合威廉·麦斯特的特定的成长过程对哈克贝里·费恩，或者是霍尔顿，或在任何其他时代或国度成长的个体来说都不可能完全适合。“成长小说的主人公总是具有代表性的；他绝不是普适性的。”[①] 这里的代表性应该指的是主人公所代表的特定时期或特定地域的人，甚至是特定的群体，但他未必能代表所有时代的所有人，尽管成长小说的一些核心概念，如自我教育，具有相对的普适性。

再拿成长小说的另一个重要概念——“发展”来说吧。“发展是一个相对的概念，具有包括阶级、历史和性别在内的几个相互关联的要素的特征。”在埃布尔等人看来，关于发展的理论往往强调某些特征而忽视另一些特征，但小说提供了复杂的形式以满足再现这种影响个体成长的相互关系的需要。“把这种相互关系转化成连贯一致的故事的愿望催生了一种特色鲜明的体裁：成长小说。”[②]“发展”的相对性和包容性及其内部要素的关联性还同历史的演进密不可分。这个概念与不同的历史时期有着不同的联系，它是作为“一种主导思想”而出现的，它与启蒙运动时期“相信人的完美”有关，与把童年时期视为有创造性的成人阶段的前奏这种浪漫主义观点有关，与 19 世纪普遍迷恋“历史性”（historicity）也有关。[③] 这从一个侧面说明成长小说不仅具备代表性而且也有相对性和局限性。

成长小说的这种“代表性”与“局限性”的矛盾以及变与不变的特点为我们考察它的流变提供了依据和抓手。实际上，成长小说研究早已由德国延伸到欧美诸国，近年来还在中国的外国文学研究界引起了小小的波澜，就目前来看，还有着不俗的发展势头。

综上所述，我们在研究西方成长小说的流变时，除了要考察成长小说

---

① Susan Ashley Gohlman, *Starting Over: The Task of the Protagonist in the Contemporary Bildungsroman*, p. 20.

② Elizabeth Abel, Marianne Hirsch, and Elizabeth Langland, eds., *The Voyage in: Fictions of Female Development*, p. 4.

③ Susan Fraiman, *Unbecoming Women: British Women Writers and the Novel of Development*, p. ix.

生成和发展的社会、历史和文化语境之外，受巴赫金长篇小说研究方法的启发，我们将重点关注成长小说塑造主人公的基本原则，即主人公人物形象的构建原则。总之，下文重点从内外两个维度——小说文本的自身变化和造成这种变化的环境因素——来考察成长小说的演变轨迹。

第四章　成长小说的缘起

——德国经典成长小说及其发展

导语：本章从德国源头开始考察成长小说的“前世今生”。首先回顾被公认为是此类小说先驱的三部作品，然后分析歌德创作的被视为成长小说原型的《威廉·麦斯特的学习时代》的问世及其在文学界引起的反响，以及与歌德同时代的作家以他们自己的创作实践对此做出的回应；接着分别论述1815～1848年德国具有政治与社会批判特征的成长小说，19世纪下半叶德国成长小说从公共领域退场，以及20世纪德国成长小说对经典成长小说的继承与戏仿，等。

学界已基本达成了一个共识，即无论是在理论上还是在创作实践中，成长小说这个小说体裁都兴起于德语国家。一般认为，成长小说的源头在德国，它是在18世纪最后三分之一的时间里兴起的“通常是自传体的”而且“主要关心主人公精神和心理发展的”一种小说样式。[①] 而为德国挣来这项殊荣的是歌德，因为他的《学习时代》被普遍认为是成长小说的“原型”（在英语、法语和德语中分别被称为“the archetype”“le

① James Hardin, “Introduction,” p. ix.

prototype”“den Urtyp”）。当然，这种“源头”和“原型”地位也不是无可争辩的，成长小说这种小说样式有着复杂而源远流长的历史背景和发展过程，只不过在德国，经歌德之手，它最终得以基本成形并拥有了自己的经典样板。正如苏珊·豪所指出的：“成长小说无论从何种意义上来说，都不是德国的一项发明，而是德国对18世纪在欧洲流行并浸淫在德国氛围中的思想的一种重构，并逐渐发展成一种与德国旨趣特别相投的小说形式。它也不是在德国由歌德原创的一种形式……而是因为歌德，自我教育这一理念得以特别全面地发展。”①

罗伊·帕斯卡尔（Roy Pascal）曾令人信服地总结过德国成长小说的几个显著特色：“它与现实不确定的关系，它在处理个人发展方面灵活性不足，它难以克服的叙事散漫的倾向。”②这些特点，或者说小说自身的问题，似乎说明了阅读和研究德国成长小说的难度，尤其是对于身处异域的中国读者和学者。但只要我们从源头上抓住它围绕自我教育和个人成长展开且具有高度自我反思性质的小说特征，并从小说的叙事结构入手来探讨，就不难发现此类小说的主旨和艺术特色。

诚如斯韦尔斯所说，成长小说这个体裁诞生于特殊的历史环境中，具体而言，它是由18世纪后期德国人文主义理想的历史氛围所造就的。当时，人们对“完整的人”——在一切复杂性和丰富性中有机展示出的人——的关切催生了这一小说形式。③这是一种特别的资产阶级人文主义关切——关注个体如何实现完整的自我。其背景恰如歌德、席勒和洪堡等人文主义者所深切意识到的那样，当时社会的专业化给人的成长和发展带来越来越严重的威胁，专业化使个体发展的空间越来越小，它限制了人的全面发展，给人带来成长的痛苦。例如，悲天悯人、忧国忧民乃至怀揣整个人类命运

---

① Susanne Howe, *Wilhelm Meister and His English Kinsmen: Apprentices to Life*, p. 24.

② Martin Swales, *The German Bildungsroman from Wieland to Hesse*, p. ix.

③ Martin Swales, *The German Bildungsroman from Wieland to Hesse*, p. ix.

的席勒在其《审美教育书简》（*Über die ästhetische Erziehung des Menschen in einer Reihe von Briefen*, 1794）中入木三分地指出了现代社会的时弊：

> 在我们现代人这里，情况是完全不同的啊！在我们这里，虽然族类的形象也是分别投射在个体身上再加以扩大——但是，是投射在碎片之上，而不是投射在千变万化的混合体上，因此，为了搜集族类的整体性，人们就不得不一个个体接一个个体地进行询问。在我们这里，人们几乎都力图断言，甚至在经验中各种精神力量也是分裂地表现出来的，就像心理学家在想象中把它们区分开来那样，而且，我们看到，不仅单个的个体，就连人们的整个阶级，都仅仅发展他们天赋的一部分，而其余的部分，就像畸形的植物一样，几乎连一点微弱的痕迹也没有暗示出来。[①]

在这个异化的社会中，人的整体性遭到严重损害，只有把这个人的记忆力，那个人的知解力，另一个人的机械技能，等等，串联起来，才能勾画出族类本性的大致图景。不仅如此，由于社会分工和科学的划分，一切都处于分裂状态，人沦落为整体的一个个碎片，杂乱而不和谐，僵死而缺乏活力：

> 现在，国家与教会，法律与习俗都分裂开来了；享受与劳动，手段与目的，努力与报酬都分离了。人永远被束缚在整体的一个孤零零的小碎片上，人自己也就把自己培养成了碎片；由于耳朵里听到的永远只是他发动起来的齿轮的单调乏味的嘈杂声，他就永远不能发展他本质的和谐；他不是把人性印压在他的自然本性上，而是仅仅把人性变成了他的职业和他的知识的一种印迹。然而，甚至连把个体联系到整体上去的那个微末的断片部分，也并

① 席勒著，张玉能译：《审美教育书简》，译林出版社 2009 年版，第 13 页。

不取决于人性所自定产生的形式（因为人们怎么会相信一个那样人为的和怕见阳光的钟表机构会有形式的自由呢？），而是由一个把人的洞察力束缚得死死的公式无情地严格规定的。死的字母代替了活的知性，而且训练有素的记忆力比天才和感受更为可靠地在进行指导。[①]

席勒在此深刻揭示了现代社会人的异化情况，认为“培养个别的能力就必须牺牲这些能力的完整性，这肯定是错误的”，并为此开出了药方：“通过一种更高的艺术来恢复被艺术破坏了的我们自然本性中的这种完整性。”并指出：“只有各种精神力量的协调一致才能够造就幸福而完美的人。”[②]

须要指出的是，这种对人的整体性的关切并非仅仅局限于少数美学家和人文主义者，而是形成了18世纪中后期乃至19世纪更广泛的社会氛围。这种社会、历史和文化语境及对现代人的反思在成长小说中得到了形象的反映。“一如任何小说，成长小说关注其主人公的**历史**。这一历史是在社会实际的有限领域内演示出来的，它也涉入主人公的内心、他的人的潜能这个无限的领域。……实际上，成长小说将会在经历（历史）与精神（观念）的交会点上产生其特有意义，从一种受艺术操控而通常又没有化解的张力中演化出来的意义。”[③] 成长小说中存在的这一张力可以细分为两对矛盾：一是现实与心灵的对峙；二是客观现实的有限性与主观世界的无限性之间的矛盾。小说中的这些矛盾或张力无不是当时社会现实的反映，如前所述，以社会分工和专业化为特点的刻板、僵死的社会现实严重损害了本来应该千变万化、充满活力的人的精神世界；严格的分工和专业化大大缩小了个体的发展空间，而丰富复杂的人却隐藏着无限的发展潜能，其心灵

---

① 席勒著，张玉能译：《审美教育书简》，第14～15页。

② 席勒著，张玉能译：《审美教育书简》，第18～19页。

③ Martin Swales, *The German Bildungsroman from Wieland to Hesse*, p. 17.

本身就是一个如诗如画、无边无垠的浪漫世界。启蒙运动的发展凸显了人在社会中的地位，因此，个体的发展受到人们的关注。

从某种意义上说，成长小说是文学与社会相互作用的一个鲜活的例子。在莫雷蒂看来，“成长小说的兴起是对 18 世纪末期欧洲令人困惑的历史变化的回应。在这一时期，由于个体不再能够指望成熟地走进他们父辈的那个稳定的世界，因而青春（youth）获得了新的意义。”他进而指出：“新的成长小说中发展变化的主人公不仅仅反映了那个时代的不确定性，他们还有助于理解那些塑造了他们、他们对其也有回应的事件。”①

可以这么说，德国特殊的社会文化语境造就了成长小说，而成长小说的应运而生又回应了人们对人的生存处境的关切，生动再现了当时客观和主观两个世界的境况，且不乏浪漫情调。说它浪漫是因为在客观世界和主观世界这个天平的两端，成长小说偏向于主观世界，甚至有时为了突出主观世界，即人的心灵，它不惜运用一些老套的创作手法，如巧合等，以挖掘主人公丰富多彩的内心世界，弥补单调乏味的现实世界的不足：

> 成长小说是尊重机巧情节这个老朽技巧的一种小说，方法是表明降临在主人公及其相遇的人头上的奇遇是有意义的——只要它们拨动了他回应的心弦，因为这些奇遇是他潜能的一部分。如果情况属实，那么由此可以推断，性格和经历是可以重现的，因为它们一直就存在于主人公的个性当中。由于成长小说关注个体的成长（Werden），它就能够……通过将特定社会环境乏味的真实性与主人公内在的潜能联系起来从而弥补它。它是一种既尊重现实性又尊重可能性的小说形式；事实上，它有时候冒着仅在主人公内心证实和赞许的范围内尊重现实性的风险。一定是这个原因——“诗性”与“乏味”的调和，成长小说成了 18 世纪后期和

① Todd Curtis Kontje, *The German Bildungsroman: History of a National Genre*, p. 83.

19世纪——事实上，甚至进入20世纪以后——德国的一个如此重要的小说创作样式。[①]

启蒙运动开启民智，鼓励人们重视个体的自由发展，而个体发展的关键是既要保持个人鲜明的个性又要设法与社会达成妥协，从而融入社会，成为其有机的一分子。凡此种种为成长小说的诞生提供了必要的思想和文化土壤。

一、威廉·麦斯特的"前辈"们

总体而论，一种文学现象的出现或一个文学体裁的产生都不是一蹴而就的，一般都要经历一个漫长的酝酿和演变的过程。成长小说也不例外。在第二章第三节，我们探讨了成长小说的"前身"及其"近邻"，本章在论述歌德的《学习时代》之前，我们有必要论及三部被公认为是歌德所创原型的先驱，以便从创作实践上追溯成长小说的由来。成长小说的先驱之一是沃尔夫拉姆·冯·埃申巴赫（Wolfram von Eschenbach, 1170?–1220?）的长篇叙事史诗《帕尔齐法尔》（*Parzival*, 1210），它是德国骑士文学的巅峰之作。故事讲述的是主人公帕尔齐法尔从童年到成年的成长历程：孩童时期的帕尔齐法尔天真单纯，但显示出某种高贵的气质，他在林中过着童话般与世隔绝的生活；帕尔齐法尔在林中偶遇的四位骑士激起了他身上与生俱来的骑士秉性，于是，他走出树林，踏上了骑士的征程。在经历了爱情、见义勇为和冒险等一系列骑士必经的考验之后，他逐步具备了怀疑精神和叛逆的性格，走向成熟；最后，他凭借自己的个人修养及他人的帮助，克服重重困难，终于达到至善的境地，获得了女王康德维拉莫的爱情，成为圣杯国王。

---

① Martin Swales, *The German Bildungsroman from Wieland to Hesse*, pp. 23–24.

《帕尔齐法尔》可能是德国成长小说的最早雏形，初现了成长小说的一些特性。譬如，它叙述的是主人公从童年到成年不同时期的成长过程；主人公的性格经历了从“天真”到“经验”的发展和变化过程；它演绎了完美的人的概念——只有完美的人才能成为圣杯国王和圣杯的保卫者；它突出了主人公个人修养的修炼：帕尔齐法尔虽然犯过错误，但由于他怀有“回归自己和回归上帝”的远大目标，所以他能真诚忏悔，个人修养和精神气质不断升华，直至思想情操达到“尽善尽美”的境界；[①] 它集圣杯传奇、骑士故事等于一身，兼具宗教色彩和精神追求等特点。由于包含上述诸要素和特质，文学史家常常将《帕尔齐法尔》视为成长小说。

但《帕尔齐法尔》显然不是成长小说，这不仅在于它在体裁上属于一部骑士史诗，更重要的是它的主人公的成长路径和精神气质与真正的成长小说之间差异较大。首先，《帕尔齐法尔》中的教育理想往往令人联想到教育小说（Erziehungsroman），因为主人公最终回归优雅，他是“在一个按照优雅秩序而不是按照人类经验秩序构建的世界中”成长的。[②] 也就是说，它对主人公成长的描述遵循的是一套骑士准则或骑士精神，还没有像真正的成长小说那样，让主人公在社会实践中自然地接受全面的教育，从而成为具有完整人格的独特个体，其“自我教育”的特征不明显。而且主人公成长的目标是先在的，即作者是按照社会和宗教所确认的秩序预设了主人公的前进方向和归宿。其次，《帕尔齐法尔》虽然勾勒了一个中心人物从童年到成年的发展过程，但“它缺乏构成后来文本特征的自我反思”，因为帕尔齐法尔的内在发展只是透过他对外部事件反应的变化才显现出来。[③] 不仅主人公的性格和内在精神气质与外在表现雷同，而且其性格特

---

① 安书祉：《德国文学史》（第一卷），译林出版社 2006 年版，第 123 页。

② Randolph P. Shaffner, *The Apprenticeship Novel: A Study of the «Bildungsroman» as a Regulative Type in Western Literature with a Focus on Three Classic Representatives by Goethe, Maugham, and Mann*, p. 30.

③ Todd Curtis Kontje, *The German Bildungsroman: History of a National Genre*, p. 39.

征主要是通过外在行动表现出来的，这与成长小说重视主人公的性格变化和精神世界描写不同。

尽管如此，这部记述欧洲流行的有关圣杯传说的史诗对后世成长小说的影响不可小觑。因为根据圣杯的传说，只有心地纯洁的人才能接近圣杯这个宝物，所以追求圣杯的人必先锻造自己的心智，荡涤自己的灵魂。如此，寻找圣杯的过程就成了人的精神追求和个人修养提升的过程。而后来的成长小说就是描述主人公从单纯无知到心智成熟，追求自我和精神完美的成长过程的小说。由此可见，《帕尔齐法尔》已带有明显的成长小说的色彩。而以寻找圣杯为隐喻的精神追求成为后来成长小说的明显特征之一，即便是20世纪由托马斯·曼创作的德国成长小说《魔山》中的主人公卡斯托普也具有追寻圣杯的骑士特征。总之，虽然《帕尔齐法尔》描述的是一个中心人物从童年到成熟的成长过程，但它缺乏后来成长小说中常见的那种主人公自我反思的特质，而且小说主人公的成长仿佛是按照社会和宗教秩序预设的程序进行的，主人公内在的精神变化没有得到应有的关注。

如果说《帕尔齐法尔》对成长小说的诞生产生了影响的话，那么，它还只是在主题和人物刻画等方面的影响，因为它毕竟只是叙事史诗，德国长篇小说直到17世纪的“30年战争”（1618—1648）之后才真正得到了发展，并成为人们喜闻乐见的一种文学样式。德国的长篇小说深受西班牙骑士冒险小说和英国田园牧歌小说的影响，尤其受到源于16世纪西班牙的流浪汉小说的影响。17世纪德国长篇小说中最有文学价值的也是流浪汉小说，其代表作是由汉斯·雅克布·克里斯托菲尔·冯·格里美豪森（Hans Jakob Christoffel von Grimmelshausen, 1621?–1676?）创作的《西木卜里切斯木斯历险记》（*Der abenteuerliche Simplicissimus Teutsch*, 1669，又译《痴儿历险记》）。但这部小说从内容和主题上来看又超出了流浪汉小说的范畴，更为重要的是，与《帕尔齐法尔》重在描写外部世界及其主人公对外部事件的反应形成对照的是，格里美豪森的小说已发生了明显的转向，即他主张突出超验的宗教秩序，注重心理分析，转向描写主人公的精神生活。这一标志性的“向内转”为百余年后歌德成长小说的问世打下了良好的基础，因此，《西木卜里切斯木斯历险记》可以被视为德国成长小说的重要先驱之一。

《西木卜里切斯木斯历险记》被认为是德国17世纪最伟大的小说，它模仿西班牙流浪汉小说的风格，以第一人称叙事手法讲述了主人公从童年到成年在动荡的“30年战争”中的种种经历和遭遇，详细描述了主人公的所见、所闻和所感，以及他在经历中所获取的教训。小说既是具有巴洛克风格的流浪汉小说，又带有自传的性质，还与后来的《鲁滨逊漂流记》有几分神似，因此，它又被称为第一部德语历险小说。

小说以作者在“30年战争”中的亲身经历为素材，讲述了主人公在战争中的历险和遭遇，因此它有浓郁的自传色彩，尤其是小说的前半部。如果说小说叙述主人公的冒险经历仍囿于流浪汉小说传统的话，那么，其中一个引人注目之处在于它同时也关注主人公性格的变化和精神境界的提升。

这部小说被部分文学史家称为德国文学史上的第一部成长小说，但经过仔细推敲，我们既可从中观察到后来成长小说的诸多特点，也不难发现它与后来者的一些明显差异。从人物形象及其成长经历来看，主人公西木卜里切斯木斯正如他的名字所暗示的那样，一开始是个单纯无知的少年，过着与世隔绝的生活，但“30年战争”改变了他的人生轨迹，开启了他的人生探索之旅。他先是被迫躲进森林，接受一位“隐士”的启蒙教育，后来当兵打仗，四处闯荡，到过巴黎，目睹了那里上流社会的腐败堕落和虚伪欺诈，他自己也因为演技和相貌出众而受到贵妇们的热捧。其间，他虽然也有过忏悔之意，但战争没有给他留下太多思考的时间，而是推着他继续前行，于是，他又去往莫斯科，并浪迹于朝鲜和日本等东方国家，直至“30年战争”结束他才得以回到家乡，从此决心过隐居的生活。西木卜里切斯木斯的人生经历符合成长小说主人公通过社会实践了解社会和自己的特征，小说也反映了他由无知到成熟的变化过程。

从人物性格变化和精神发展来看，《西木卜里切斯木斯历险记》表现出了与典型流浪汉小说的差异，而更加接近成长小说。流浪汉小说中的主人公往往也像西木卜里切斯木斯一样游历广泛，遭遇惊险刺激，但所有这些经历对主人公的性格和心灵没有实质性的改变。西木卜里切斯木斯却不同，他的成长过程也是他的性格和心理不断变化和发展的过程，他原先天真无邪，只是一个懵懂少年，但战争曾一度使他变得贪婪而野蛮。在经过战争和一系列其他遭遇之后，他幡然醒悟，似乎看透了这个世界，由一个残暴的士兵最终成长为一个决心皈依宗教的隐士。

从另一个角度看，正是小说的这一结局体现了它与后来以《学习时代》为代表的成长小说的不同，因为西木卜里切斯木斯的“学习时代”是从森林开启的，但他最终又回归了森林，即他的人生又回到了原点。他虽然有精神境界上的提升，但这种提升是消极的，因为他最终抱持的是悲观厌世的人生态度。从这一点来看，这部小说倒与霍桑的《小伙子古德曼·布朗》有异曲同工之妙：布朗在经历了具有高度象征意义的森林之旅后也从此悲观厌世，终身是个愤世嫉俗者。而德国经典成长小说的典型特征则是主人公在经历了一系列人生变故后不仅在精神上得到了提升，而且还找到了人生意义之所在，并能积极地投入社会生活，成为掌握生活艺术的“师傅”。《西木卜里切斯木斯历险记》中充斥的悲观厌世的情绪以及主人公最后的遁世行为与德国经典成长小说截然不同。

尽管如此，从这部小说多种风格的糅合中，从主人公经历的心理和性格变化中，读者已经能够体察到成长小说的风貌，因为成长小说的独特之处恰恰体现在它集多种小说体裁的风格于一身而凸显自己的个性。可以说，《西木卜里切斯木斯历险记》是“一部同成长小说糅合起来的流浪汉小说”，或者至少可以说，它糅合了“发展小说（novel of development），因为其主人公确实从经历中吸取了经验教训”。[1] 综合上述分析，或许我们把《西

---

① Randolph P. Shaffner, *The Apprenticeship Novel: A Study of the «Bildungsroman» as a Regulative Type in Western Literature with a Focus on Three Classic Representatives by Goethe, Maugham, and Mann*, p. 30.

木卜里切斯木斯历险记》定位为成长小说的先驱比较合适。

如果说格里美豪森的《西木卜里切斯木斯历险记》标志着德国小说创作由外向内转的开始的话，那么，18 世纪德国虔信派传记作者们则进一步发展了格里美豪森“对个体心理初生的兴趣”，而在小说创作中反映这种“新兴趣”的则是克里斯多夫·马丁·维兰德，因为在维兰德创作的《阿迦通的故事》中“我们第一次遇到了一个通过逐渐积累生活经验而成熟的人”，[①] 小说描写了主人公心灵渐进发展和成熟的过程。因此，《阿迦通的故事》可能是最接近德国经典成长小说的先驱。

《阿迦通的故事》是借古喻今的一个典型，因为故事虽然发生在公元前 4 世纪的希腊，但作者所要讽喻的却是他自己生活在其中的德国的现实问题：阿迦通的发展路径——“从狂热的宗教信徒到柏拉图哲学的信奉者，从柏拉图的追随者到为公众操劳的政治家，最后成为与生活和现实能协调的淡泊的智者”——“体现了 18 世纪德国青年的积极追求”。[②] 其中，能在理想与现实之间达成妥协已被视为主人公成熟的一个标志，这是此后德国经典成长小说的一个明显特征。

《阿迦通的故事》已呈现出经典成长小说主人公清晰的发展模式并触及这类小说的一些核心理念。首先，阿迦通的成长道路是由空洞不明的理想到具体积极的人生之路。私生子阿迦通幼年在特尔菲神托所接受宗教熏陶而成为一名狂热的宗教信徒，后来到雅典接受教育成了柏拉图学术的信奉者，这是他性格中空洞理想的一面。此后，他命运多舛，先是被逐出希腊，被迫离开祖国，后来又被卖身为奴。但他始终没有放弃理想，总试图将自己的理想付诸实践。在遭遇爱情失败潜逃到锡拉库斯后，他竟然企图改造那里的君主，以便造福于整个城邦国家。在那里，他果真受到重用，肩负起管理政府的重任。然而，虽然他一心为民的管理得到了人民的信任，

---

① Todd Curtis Kontje, *The German Bildungsroman: History of a National Genre*, p. 39.

② 余匡复：《德国文学史》，上海外语教育出版社 1991 年版，第 120 页。

但却遭到贵族的反对和仇恨，并招致陷害而被捕入狱。后来，在塔伦特共和国的帮助下获释并来到该国定居，终身在那里从事公共事务。这是阿迦通注重实际的一面。从他的成长过程中我们可以看出，他善于向生活学习，是严酷的生活现实教育了他，使他由一个不切实际的狂热分子和一个充满幻想的理想主义者变成了一个虽有自己的个性却也能适应社会的人。他能够在理想和现实之间达成妥协，并设法将自己的理想运用于社会实践，从而造福社会。

其次，阿迦通实现了情感与理智的平衡，这有他的爱情为证。阿迦通原本是个柏拉图式爱情的信奉者，不屑于感官和物质的东西，对他的精神恋人一往情深，因此，在神托所他抵御住了充满肉体欲望的女祭师菲蒂娅的追求。但他的这种柏拉图式的精神爱情观在被卖为奴后受到了严峻的考验。他的主子、诡辩哲学家希比阿斯是个享乐主义者，信奉享受与损人利己为人之天性，只求得到感官上的满足。他一心想把阿迦通培养成自己的接班人，在使尽雄辩手段仍无法改变阿迦通的情况下，他利用希腊最美丽而有教养的女人——一个曾经的妓女——达娜埃来色诱阿迦通。受希比阿斯之托，达娜埃本来是想以自己的美貌来引诱阿迦通，以验证他是否真的只接受精神之爱而拒绝肉体之爱，却不料一见面就爱上了这个美男子。在她的诱惑下，阿迦通最终放弃了柏拉图之爱。

阿迦通与达娜埃之间的关系不完全是出于感官的吸引，是真正的爱情。正因如此，阿迦通在得知达娜埃妓女身份后才无比失望地出走锡拉库斯。其实，作家是把达娜埃作为一个心灵和肉体和谐的女人来描写的。达娜埃虽然有不堪的过往，但她心灵美，并具有真情实感，这从阿迦通出走后她虽感到非常痛苦但依然爱着他可以得到印证。值得注意的是，达娜埃对阿迦通真诚的爱以及她健康的人格唤起了阿迦通的尘世之爱，帮助他恢复了天然的人性。最后，在那个具有乌托邦色彩的塔伦特共和国，阿迦通不仅遇到了他的精神恋人而且也见到了达娜埃。不过，阿迦通与他的精神恋人被证明是兄妹关系，这或许暗示着精神之恋本来就是不正常的。但已经从良而彻底清白了的达娜埃与阿迦通也没有终成眷属，因为她只愿意做阿迦通的知己而不愿与之结婚，这是否也说明理想的爱情终难实现呢？或许我们可以说，《阿迦通的故事》表达了维兰德的一种理想的爱情观，即理想的爱情应该在精神与肉体之间保持一种平衡。但从小说的结局来看，作者对此仍持怀疑态度。

在启蒙运动鼎盛期创作的《阿迦通的故事》虽然仍有流浪汉小说中常见的那种冒险离奇的情节，但作者通过讲述阿迦通的爱情、战争和政治等遭遇，浓墨重彩描写的还是主人公从儿童到成年的心理变化和成长。故事的背景虽然是古希腊，但从主人公所经历的生活磨难和心理感受中读者不难发现启蒙运动时期德国青年的思想情绪。心理描写至少是《阿迦通的故事》成功的部分原因，也是人们把这部小说同成长小说联系起来的重要因素。例如，布兰肯伯格认为，“古代史诗描写的是公共事件，而现代小说聚焦于内心生活。”“通过严格按照因果律（law of causality）来描写阿迦通的内心成长，维兰德将他的小说连成一体。”布兰肯伯格正是在分析维兰德小说聚焦于一个中心人物的心理成长这一特点的基础上，“辨别出后来被称之为成长小说的一个德国小说传统的开始”。①

维兰德是启蒙运动时期的著名小说家，他在《阿迦通的故事》中已明确表达了“完整的人”或者说“和谐的人”的理想，认为人应该达到理智与情感的和谐结合，即“追求情感和理性、肉欲和理智的平衡”。②他对两性关系的大胆描写，尤其是他所表达的肉体与精神相结合的爱情观在后来劳伦斯的著名成长小说《儿子与情人》中都得到了具体体现。小说带有自传的色彩，描写了主人公阿迦通从耽于不切实际的理想到直面现实生活，立志为公共事业献身的过程。《阿迦通的故事》所设置的背景与德国当时的现实相距甚远，因而对社会的影响不及歌德的《学习时代》，但在小说

---

① Todd Curtis Kontje, *The German Bildungsroman: History of a National Genre*, p. 8.

② 余匡复：《德国文学史》，第 121 页。

形式和主题表达上已与成长小说十分吻合，因此，也有人认为《阿迦通的故事》是德国的第一部成长小说，是这类小说的原初形式，还有人认为它更适合被看作是“第一部德国发展小说（novel of development）”。[①] 但实际情况是，它对歌德的小说创作产生了重大影响，巴赫金甚至认为这类小说“直接孕育了歌德的小说”，[②] 为这个小说体裁后来的兴盛奠定了坚实的基础。但《阿迦通的故事》并没有像《学习时代》那样产生持久的、国际性的影响，也没有被普遍认为是成长小说的原型。约 30 年后，创作原型成长小说这一历史任务落在了歌德的肩上。

二、威廉 · 麦斯特的诞生及其重精神追求的“兄弟”们

18 世纪德国小说创作转向描写主人公内心世界的发展趋势在歌德的《学习时代》中达到了顶点，小说“描写了一条精神发展的连续路径”，威廉在与周围环境的碰撞中激发出自己的内在潜质，直至他逐渐走向“统一、完整，以及与自身的和谐”。[③] 于是，德国古典时期文学所崇尚的“完整的人”的理想在歌德的这部小说中终于实现，这样的人“既重理性也重感性，既是道德楷模又是生活艺术家，既有独立个性又是造福大众的公民”。[④] 因此，一个独具特色的德国文学形象——威廉 · 麦斯特——诞生了，随着威廉的诞生，歌德为德国乃至世界文学树立了成长小说的标杆。从此，学界在讨论成长小说这一体裁时，无论是赞成还是反对，多以歌德的《学习时代》为参照。

青年时期的歌德是德国狂飙突进运动的主将，极力主张个性的张扬和

---

① Randolph P. Shaffner, *The Apprenticeship Novel: A Study of the «Bildungsroman» as a Regulative Type in Western Literature with a Focus on Three Classic Representatives by Goethe, Maugham, and Mann*, p. 30.

② 巴赫金著，白春仁、晓河译：《教育小说及其在现实主义历史中的意义》，第 233 页。

③ Todd Curtis Kontje, *The German Bildungsroman: History of a National Genre*, p. 39.

④ 范大灿：《德国文学史》（第二卷），译林出版社 2006 年版，第 189 页。

情感的奔放，但他在创作《学习时代》时已进入了古典时期的创作阶段。他在文学生涯中的这一华丽转身及其艺术成就集中体现在他的这部成长小说代表作上。

《学习时代》以18世纪80年代的德国社会生活为背景，在这一点上它比《阿迦通的故事》更贴近生活，这也是它成功和影响更大的原因之一。主人公威廉·麦斯特是个富商的儿子，对市民阶层的平庸生活和商人的唯利是图极端厌恶。他满怀远大理想，热爱戏剧艺术，希望通过戏剧艺术和美学教育来改造社会。然而，理想与现实不可避免地会发生冲突，于是，他在困顿迷茫中四处漂泊，历经挫折，但却获得了对人生和社会的认知，最后被塔楼会社接纳。威廉·麦斯特的人生经历恰恰体现了塔楼会社的思想，即人必须通过亲身经历才能总结出具有普遍意义的“真理”，然后再把这些“真理”应用到现实生活中去。这些“真理”往往以格言的形式呈现出来，如“艺术长存，人生短促，判断艰难，机会稍纵即逝。行动容易，思想困难；按照意图而行动是不方便的。万事开头愉快，门槛是期待的地方”。①

小说基本反映的是主人公如何调整自我融入社会的历程，在本能和自我追求与社会要求之间的冲突中，主人公最终选择了妥协，掌握了所谓的“生活艺术”，从而实现了外部世界所要求的社会化的目标。总之，歌德小说的一大特征就是年轻的主人公必须自由地调和内在欲求与外在要求之间的矛盾。这为经典成长小说中的主人公形象定下了基调：主人公“‘想在这个世界上找到他的位置，他自己的位置，并探索一种对他合理的人生……’，他的指南针指向个人幸福，那种容许他实现它的情节将遵循**有机融合**的模式——与冲突情节截然相反。”② 从创作主体的角度来看，这种化“冲突”于“融合”的情节模式不免令人生疑，明显带有理想主义的色彩，

① 歌德著，董问樵译：《威廉·麦斯特》，第475页。

② Franco Moretti, *The Way of the World: The Bildungsroman in European Culture*, p. 35.

但从主人公的角度来说，他又是一个现实主义者——

> 因为现实主义者适宜于由自然的必然性规定……。自然中的一切个体都只是为了某种别的个体而存在的……。正是现象的这种相互关系使每一种现象彼此通过别的现象的存在而得以存在，而且现象的连续性和必然性是与它们作用的依赖性分不开的。在自然中没有什么是自由的，但是在自然中也没有什么是任意的。①

从这个意义上来说，经典成长小说中的主人公最后融入社会就有其必然性，这是由他现实主义者的特质和“自然的必然性规定”所决定的。

尽管如此，歌德所描写的成长过程基本上是乐观的，但以现在的眼光来看，其主人公往往又是被动的，缺乏创造性和主动精神，实际上是接受了被给予的一切。虽然这种评价未必公允，但主人公最后主体意识的缺失是个不争的事实。在威廉的成长过程中我们可以明显地看到他离自己青春的梦想越来越远，而受理性的驱使走向歌德或社会眼中的理想目标——“完美的人”。从叙事技巧来看，歌德的《学习时代》的叙事语气是个无所不知的管理者的语气，这样，主人公就像是个被动的、木偶式的人物，他在无所不知的叙事者的引导下最终走向“幸福”的结局，小说最终对威廉的个人生活，尤其是精神生活层面的关注不及对社会整体利益的重视。与此相比，在多数19世纪的德国小说中，歌德式成长过程中的基本乐观情调不见了，取而代之的是“自我教育”与“那个时期被动接受传统的价值观”相关联；在当代成长小说中，自我教育的两个矛盾的观念交织在一起，即先被动接受社会价值观，后反叛，最终再积极地重建真正的自我。②

---

① 席勒著，张玉能译：《审美教育书简》，第226页。

② Susan Ashley Gohlman, *Starting Over: The Task of the Protagonist in the Contemporary Bildungsroman*, pp. 228–229.

换个角度来看，歌德笔下的主人公看似是内省式的人物，因为他好像经常进行自我分析，评价自己所经历的事情，然后在某一时刻明确自己新的人生方向。实际上，他的这一新方向往往是别人给他指引的，他通常以为实现自我而奋斗的姿态登场，而最后选择丧失自我以服务于社会。歌德的成长小说刻意要表现的是主人公能动的心理变化和发展，而且主人公似乎能够驾驭这种变化和发展，能够在和谐和辩证的发展过程中解决所有冲突，最终达到其他传记体小说和大多数18世纪小说所无法企及的个人和社会之间的和谐与统一。当威廉·麦斯特认识到自己的命运并准备接受这一切时，他说："我不认识王国的价值，……但是我知道，我得到了我不配得到的一种幸福，我不愿用它同世界上的任何东西交换。"[①]小说以此结束显然说明这是个喜剧性的结局，因为主人公不仅与社会达成了妥协，而且认为他自己是幸福的，获得的是无价之宝。在这个经典的成长小说中，当主人公清楚地明白了他的使命，那么他的学徒期就结束了。在那个作为社会缩影的塔楼会社，威廉对自己的人生经历有了深刻的理解，承认并非常乐意地接受了塔楼会社——理想社会和命运的象征——对他的安排。实际上，塔楼会社最终战胜了自我决定的理想，但主人公满足于这种他者的胜利。他的身心就是在这种状况下达到了"和谐"，小说也借此表达了对个人成长的乐观态度。但这种"和谐"和"乐观"正是为后人所诟病的地方，从一定意义上说，这也为成长小说自身的发展留下了空间。公允地说，在歌德的成长小说中，主人公经历了社会化的过程，但又无须，事实上也没有完全放弃自己的个人主义理想。最终在个人和社会之间找到了一个平衡点，达成妥协，圆满完成了自我教育的任务。

弗里德利希·施莱格尔称赞《学习时代》是"纯粹、崇高的诗歌"，原因在于歌德的"反讽"艺术在小说中的运用，小说"通过反讽式的超然

---

① 歌德著，董问樵译：《威廉·麦斯特》，第579页。

视角化解了乏味真实性的凝重与严肃”，这样，这种“内省”式的小说就将各种散漫的成分融进流畅的叙事当中。但在后来的评论中，施莱格尔在证明《学习时代》的诗意本质的同时，也承认小说带有说教的目的。究其原因，他认为这主要源自包含“情感”与“理智”的“自我教育”这一概念，在他看来，自我教育是“情感与理智之间的调节器”。由此看来，施莱格尔所欣赏的是小说中的“转弯抹角”与“说教”，以及小说的“反讽”及其“对文化和道德的高度关切”。[①] 耐人寻味的是，施莱格尔的评述本身也是中庸的，甚至也可以说是“转弯抹角”的，但或许正是这种折中的姿态使他的评价切中了歌德小说的魔力所在，调和了此前和此后对《学习时代》的各种解读，具有较大的包容性和代表性。

《学习时代》的发表虽然在普通读者中没有引起太多关注，但却立即在文学界引起轰动。它在获得赞美的同时也受到了批评家和作家们的质疑，质疑主要集中在小说的内容和主题上：一是从保守的角度出发，认为小说包含了一些不符合传统道德规范的内容；二是认为小说太注重现实，不够超脱。质疑者们不仅在理论上对《学习时代》提出批评，而且在创作实践中对这一小说类型进行改造。

第一个以创作实践对此做出回应的是荷尔德林。他主要是诗人，他所创作的唯一一部小说是《许佩里翁或希腊的隐士》，也是德国成长小说的代表作。虽然他从 1792 年就开始创作这部小说，并曾在 1794 年发表过若干片段，但最后的定稿是几经修改后的结果，其间曾受到多方面因素的影响，因此，我们从他最后的定稿来看这部小说与其他成长小说，尤其是与歌德的小说之间的关系比较合理。故事讲述的是一位 18 世纪的希腊青年诗人许佩里翁的成长历程。“Hyperion”这个主人公的名字在希腊文中的意思就是“超越者”，即“小说的主人公将超越现实世界进入真正的理想世

① 参见 Martin Swales, *The German Bildungsroman from Wieland to Hesse*, p. 27。

界”。[1] 由此可见，小说先声夺人，标题和主人公的名字就表明了超越现实的立场。许佩里翁对美丽而古老的文化的消逝痛惜不已，极力追求爱情、艺术、自然和精神的统一美，而为无法实现这种统一备受折磨。

《许佩里翁或希腊的隐士》由两个部分组成，共四卷，主要采用许佩里翁给其德国挚友北腊民写信的方式展开（其中穿插着 15 封他与女友笛奥玛之间的通信）。许佩里翁年长的朋友、他的精神之父亚当斯给他提供了重要的“启蒙教育”，但在亚当斯离开后，许佩里翁感到自己生活的世界太狭小，于是，他接受父母的建议离开家乡蒂那，到士麦加去学习大海的知识与战争的艺术及那里的语言和风土人情。就这样，他狂喜地迈出了青春的第一步。他在欣赏那里自然风光的同时，也见闻了一些“不可救药”的地方，感觉到那里“体面的人”已“瓦解到动物王国的林林总总多样性中”，表现出对“精神之美和青春之心”的无知与麻木，[2] 这是他人生学习的第一课。失望和身心疲惫之下，他萌发了周游世界或投入战争或寻找亚当斯的想法。就在这时孤独的许佩里翁结识了在异乡漂泊的阿邦达，从此两个惺惺相惜的同龄人结下了神圣的友谊，他们在至乐的友谊中曾相约要“在同一天做新郎”，并发誓一道拯救祖国。可他们在如何拯救国家方面却存在着矛盾，许佩里翁信仰“爱与精神所赋予的”，而国家“只是缠绕着生命核心的阴冷的外壳”，“人想把国家变成天堂时，总是把它变成了地狱。”[3] 只有“天赐的雨露”和“欣喜的感悟”才会“再度带来民族的春天”。[4] 阿邦达却因此称他为“空想家”。在发现阿邦达与一群“宁可冒险，不愿思索”且“信赖幸运”的人为伍时，[5] 许佩里翁感到无法容忍，并对阿邦达产生了怀疑，有种被欺骗的感觉，于是陷入对他的依恋和排斥的矛盾

---

① 任卫东、刘惠儒、范大灿：《德国文学史》（第三卷），译林出版社 2007 年版，第 182 页。

② 荷尔德林著，戴晖译：《许佩里翁或希腊的隐士》，第 20 ～ 21 页。

③ 荷尔德林著，戴晖译：《许佩里翁或希腊的隐士》，第 29 页。

④ 荷尔德林著，戴晖译：《许佩里翁或希腊的隐士》，第 29 ～ 30 页。

⑤ 荷尔德林著，戴晖译：《许佩里翁或希腊的隐士》，第 32 页。

中。在互不相让的状态下他们分手，这是许佩里翁人生的又一次教训。

失望中，许佩里翁离开了士麦加，回到蒂那，漠然地生活在那里。经过一段时间的平静生活后，他心中又涌起了对“爱与伟大事业”的渴望，于是思念起亚当斯和阿邦达，并三次写信给阿邦达，但没有收到回音。他此时所悟察到的是“我们为虚无而生，热爱虚无，相信虚无，为虚无而劳碌终身，以逐渐化入虚无”，甚至认为生活的最终和精神的顶峰就是“虚无”。[①] 小说就这样在许佩里翁困厄和悲凉的情绪中结束了第一部的第一卷。在这一阶段，最重要的是许佩里翁接受了亚当斯的精神指导；其次是他人生中的两次教训：一是对现实生活中麻木与无知的“体面人”的失望，二是他因与阿邦达的世界观不同且后者结交不良朋友而对阿邦达的人品及友谊产生了怀疑。

第二卷开始，许佩里翁住在阿雅克斯岛山丘上一间用木枝搭建的小屋里。在这里他一边欣赏美景一边读古代壮丽的海战，开始思考自己的人生，逐渐振作起精神。正是在这个他称为“至乐之乡”的地方，他寻觅到了“一即万有”，亦即“美”，遇到了被他视为“天国的生灵”的笛奥玛。[②] 在他看来，“至美亦即至圣”，而这一切尽在其女友笛奥玛那里。[③] 更难能可贵的是，如此高贵的姑娘竟然能做“让心灵快慰的饭菜”，因为她有“欢乐而高尚的信仰”，在她的心中有一个美好的世界－家园，在这里人人和谐相处：“我最爱把世界想象为一种家园生活，每一个人，无须想起，就适应别人，人生活着，相互取悦，共同欢乐，因为这正是真心流露。”[④] 经过笛奥玛的启发，许佩里翁的思想境界也得到了提升，一个原以为“万物皆备于我”[⑤] 的狂妄少年逐渐对人生有了比较成熟的认识：“让人以后才知道身

---

① 荷尔德林著，戴晖译：《许佩里翁或希腊的隐士》，第 42 ～ 43 页。

② 荷尔德林著，戴晖译：《许佩里翁或希腊的隐士》，第 47 ～ 50 页。

③ 荷尔德林著，戴晖译：《许佩里翁或希腊的隐士》，第 53 页。

④ 荷尔德林著，戴晖译：《许佩里翁或希腊的隐士》，第 54 页。

⑤ 荷尔德林著，戴晖译：《许佩里翁或希腊的隐士》，第 15 页。

外有人，身外有物，因为只有这样他才成为人。一旦他是人，这个人就是一位神。如果他是神，那么他是美的。”这道出的正是笛奥玛的“心曲”。[①]至此，他们可以说是心心相印，许佩里翁对笛奥玛的爱也达到了忘我的境地，或者说完全陷入了“小我”的天地：“世界的沉船与我何干？除了我的至乐之岛，我什么也不知道。”[②]

可相爱又岂在朝朝暮暮？笛奥玛是个深明大义的女子，她似乎明白这个道理，并在了解到许佩里翁的过去与志向后对他分析道：“你寻找的是一个更美好的时代，更美好的世界”，而这个时代和世界得益于亚当斯的指引，并在阿邦达那里再次显现，却因许佩里翁对阿邦达的怀疑而消失。[③]于是，她告诫他不要因为爱情而放弃了自己的理想，劝他离开自己，继续完成他的事业：“你是为更伟大的事业而生。……可是你真的认为，现在你到达终点了吗？你要将自己锁在爱的天空，而让世界在脚下干涸和冷却吗？世界需要你。”[④]她建议他去意大利、德国和法国游学，成为“民族的导师”和“伟大的人”，届时她将是“这美好男子的一部分”。[⑤]小说在许佩里翁接受她的建议中结束了第一部。在第二卷，许佩里翁除了通过观察大自然和读书自己悟出“一即万有”的道理之外，他得到的最大收获就是爱情对其人生的指引。这也证明了在成长小说中女性对男性主人公成长所起的重要作用，如果说亚当斯是许佩里翁的精神之父的话，那么笛奥玛就是他生命中的第二位导师。

在小说的第二部开头，许佩里翁接到了阿邦达邀请他参加解放希腊战争的信，这令他进一步认识到自己“太贪图逸乐，太超然，太懒散”和“只想纸上谈兵”的局限。但笛奥玛在读阿邦达的信时的“失色”令许佩里翁

---

① 荷尔德林著，戴晖译：《许佩里翁或希腊的隐士》，第 75 页。

② 荷尔德林著，戴晖译：《许佩里翁或希腊的隐士》，第 83 页。

③ 荷尔德林著，戴晖译：《许佩里翁或希腊的隐士》，第 63 页。

④ 荷尔德林著，戴晖译：《许佩里翁或希腊的隐士》，第 83 ~ 84 页。

⑤ 荷尔德林著，戴晖译：《许佩里翁或希腊的隐士》，第 84 页。

非常伤心——“穿透了”心。[①] 这一小小的细节也为后来阿邦达与笛奥玛之间的精神之恋埋下了伏笔。于是，许佩里翁与笛奥玛在是否参战上发生了激烈的争执：笛奥玛认为参战是“武夫”行为，是走“极端”；而许佩里翁此时却希望通过战争解放希腊从而实现自我。深知听从灵魂召唤的许佩里翁无论这次是否去参战都会“导致毁灭”，笛奥玛还是决定让他去，自己来承担一切后果。

离开了笛奥玛的许佩里翁学会了坚强，进一步认识到“整体为了人人，人人为了整体”[②] 的道理，沉浸在战斗的欢乐中。而笛奥玛却相反，从她写给许佩里翁的信中可以看出，她在朝思暮想中日益憔悴，不再愉快地看世界，甚至对所有的生命都失去了兴趣。[③] 在战争中许佩里翁目睹了战友们烧杀抢掠的暴行，而他自己就是“这匪帮的头目”，[④] 并在一次制止这类暴行的行动中受伤。他开始为离开笛奥玛而愧疚，并因自己参与了盗匪的行动而建议她离开自己。第二部第一卷除了许佩里翁写给挚友北腊民的信之外，还包含了 13 封许佩里翁写给笛奥玛的信和两封笛奥玛的回信，主要讲述的是许佩里翁的行程和战斗经历以及对笛奥玛的思念。从成长的角度来看，许佩里翁在这一时期的收获就是通过亲身经历认识到了战争的本质，那些声称为自由而战的希腊人其实也是暴徒，他们滥杀无辜，抢劫财物，无恶不作。这直接导致了他随后投奔俄国军队，也为他最终遁世的行为做了铺垫。

在第二部第二卷中，许佩里翁告知笛奥玛他因参战被父亲抛弃，断绝了父子关系，以及他在对希腊军队极度失望后参加俄国人的军队并受重伤的情况。这时他收到女友同意与之分离的信，于是他对自己参战以及首先

---

① 荷尔德林著，戴晖译：《许佩里翁或希腊的隐士》，第 89 页。

② 荷尔德林著，戴晖译：《许佩里翁或希腊的隐士》，第 106 页。

③ 参见荷尔德林著，戴晖译：《许佩里翁或希腊的隐士》，第 109 页。

④ 荷尔德林著，戴晖译：《许佩里翁或希腊的隐士》，第 110 页。

提出分手的行为感到后悔，因而急于与之见面，决心从此生活在宁静的幸福中。就在他焦急地等待着笛奥玛的回信时，许佩里翁得知，阿邦达竟然在他讲述他们之间的经历以及他与笛奥玛的来往信件中不知不觉地爱上了笛奥玛。现在阿邦达提出要与他分别，因为阿邦达害怕自己对笛奥玛的爱最终会伤害到许佩里翁和笛奥玛。他曾经为了与许佩里翁的友谊背叛了自己对“复仇同盟”的誓约，现在他担心自己也会为了爱情而背叛他们的友谊：“为了朋友我背叛义务，为了爱情我就会背叛友谊。”[①] 阿邦达走后，许佩里翁终于收到了笛奥玛的来信，却不料收到的竟是一封诀别信，并随后得知她已经平静地离开了人世。愧疚和绝望中的许佩里翁前往德国，结果他发现那里的情况更加糟糕：“我不能想象哪个民族比德国人更支离破碎。……在这个民族中，没有什么神圣不被亵渎、不被贬低为鄙陋的权宜之计。”[②] 这令其难以忍受，只能在自然中找寻美、和平、统一与永恒：“心灵！世界之美！……万有生于情趣，万有止于和平。……脉络分路而行又回到心脏，统一，永恒，灼灼的生命是一切。”于是，小说在“有待下回”中结束。[③]

故事并非在此结束，而是又回到了小说的开头，因为小说采取的是回忆和倒叙的形式。从小说的情节来看，最后许佩里翁回到了希腊。他应北腊民的要求讲述他的故事，从而唤起了他儿时在希腊的记忆：这“促使我回到希腊”，以便“更亲近我的青春的游戏”。[④] 许佩里翁历经心灵的磨难回到希腊后满是惆怅：“我曾斗志昂扬地走上战场，浴血奋战，却没有使世界增添半点丰饶”，于是，“我丧尽了荣誉，孤独地回来，在我的祖国流浪。”他感到他“在大地上的事务已了”，唯独对“至乐的自然”情有独钟，忘

① 荷尔德林著，戴晖译：《许佩里翁或希腊的隐士》，第 130 ～ 131 页。

② 荷尔德林著，戴晖译：《许佩里翁或希腊的隐士》，第 144 ～ 145 页。

③ 荷尔德林著，戴晖译：《许佩里翁或希腊的隐士》，第 150 页。

④ 荷尔德林著，戴晖译：《许佩里翁或希腊的隐士》，第 9 页。

情于其中，誓言与之融合，及至“与万有合一”：“与万有合一，这是神性的生命，这是人的天穹。”“与生命万有合一，在至乐的忘己中回归自然宇宙，这是思想和欢乐的巅峰，它是神圣的峰顶，永恒的安息地。”[①] 许佩里翁最终遁入荒野。

这部小说的主题之一就是友谊：“爱生育世界，友谊将再生世界。”[②] 小说中有许佩里翁与亚当斯之间的友谊，更有他与阿邦达的友谊。小说最后一卷主要围绕着许佩里翁与阿邦达之间的友谊以及他们与其共同爱恋的美丽姑娘笛奥玛之间的爱情展开，但两个男人之间没有俗世的妒忌和争斗，有的却是心灵相依及与自然万物的通达。阿邦达为了成全许佩里翁与笛奥玛的百年之好，毅然选择了离开，可见他把友谊看得高于爱情。为了这份友谊，阿邦达先是背叛了自己的盟约，后又放弃了爱情，这一切足以证明许佩里翁在他心目中的位置。实际上，纵观他们之间的关系并细察二者之间的言谈举止，我们甚至可以看出他们之间有明显的同性恋倾向。

许佩里翁对希腊文明的热爱、对万物统一之美的追求、对功利与理性的鄙夷等无疑将使他的人生在世俗的眼光中不免显得悲凉，但我们或许无须为此感伤，因为小说开篇就已开宗明义：“不在显赫之处强求，而于隐微处锲而不舍，这就是神圣。”[③] 由此可见，许佩里翁以不断回望的姿态矢志不渝地追求着他那无法实现的人生理想，这与威廉最终融入上流社会明显不同。

当然，荷尔德林的这部代表作也可以被解读为法国革命后一度兴奋的德国青年随后表现出的失落情绪，以及作者本人对祖国的失望，这在小说的最后一卷主人公由希腊前往德国的所见所闻及其抒发的感受中得到了明显的表达。但这部小说远不止如此，作者更多的是通过描述一个诗人成长

---

① 荷尔德林著，戴晖译：《许佩里翁或希腊的隐士》，第 8 页。

② 荷尔德林著，戴晖译：《许佩里翁或希腊的隐士》，第 60 页。

③ 荷尔德林著，戴晖译：《许佩里翁或希腊的隐士》，第 6 页。

的历史来对个体、世界以及二者之间的关系等做形而上的思考。例如，他围绕着“至乐的统一”而阐发的“如果我们应该努力争取它，我们必须失去它”；再如，他通过“一即万有”的理念来说明人与自然之间呈现的矛盾：“仿佛世界是**一切**而我们为**无**”，或“仿佛我们是**一切**而世界为**无**。”[①] 这些哲理性的思辨也绝非是作者故作高深态，空发议论，而是与主人公的成长经历互为表里、相互印证的。就在许佩里翁与女友笛奥玛享受美好的两人世界的时候，他却在女友的劝说下为了做民众的教育者而放弃了个体的幸福，这或许印证了作者得到必须先失去的思想——一个人“为了赢得一切而丧失了一切”，[②] 而前述“一切”与“无”之间的矛盾恰恰是对许佩里翁思想与处境的高度概括和提炼。事实上，对于这种把沉思与读者可能感兴趣的故事结合起来的办法，作者在小说的前言中已做了交代。他要表达的似乎就是要在人与自然“永恒的斗争”中达到“无尽的完整”，追求在此在的世界里只可“无限接近”而难以企及的“万物为一”。[③]

成熟之后的许佩里翁是反科学的，“因为它败坏了我的一切”；他又是反理性的，因为理性使他“孤立于美的世界，被这般抛出自然的花园，我曾在那里生长、盛开，而今枯萎在正午的烈日下”；他喜欢梦想而不是沉思，因为“当人梦想时，他是神，当人沉思时，他是乞丐”；他又留恋“童年的宁静”，因为孩子也是“丰富”的，“孩子就是一个神性的生灵。”[④] 所有这一切已足以表明主人公及其创作者对精神世界的追求及对童年的留恋。

荷尔德林塑造的许佩里翁及其对美和精神的不懈追求颠覆了歌德笔下的威廉回归俗世的诉求。

紧跟荷尔德林之后视艺术为人生的精神追求者是德国浪漫主义文学的

① 荷尔德林著，戴晖译：《〈许佩里翁或希腊的隐士〉（倒数第二稿）序》，荷尔德林著，戴晖译：《许佩里翁或希腊的隐士》，第 4 页。

② 荷尔德林著，戴晖译：《许佩里翁或希腊的隐士》，第 60 页。

③ 荷尔德林著，戴晖译：《〈许佩里翁或希腊的隐士〉（倒数第二稿）序》，第 4 页。

④ 荷尔德林著，戴晖译：《许佩里翁或希腊的隐士》，第 9 ~ 10 页。

先驱之一——路德维希·蒂克（Ludwig Tieck, 1773–1853）。就在歌德的小说出版两年之后，作为回应，蒂克出版了《弗兰茨·斯特恩巴尔德的漫游》（*Franz Sternbalds Wanderungen*, 1798）。小说叙述了一个15世纪的青年画家斯特恩巴尔德为了提高自己的画艺告别老师丢勒，从纽伦堡出发，漫游尼德兰和意大利之后又回到纽伦堡的经历。一路上，他目睹了阴森可怖的自然景观，接触到心灵孤寂的各色人物，这一切都激发了他内心的艺术灵感，使他心中的艺术使命日益明晰。

同为成长小说，《弗兰茨·斯特恩巴尔德的漫游》与《学习时代》有类似之处。从根本意义上说，斯特恩巴尔德和威廉的人生目标是相同的，即他们都在借助考察自然和社会认识自我，以达到寻找和实现自我的目的；他们为达到目标所走的道路也类似，都试图通过艺术来实现自己的人生理想，只不过前者学习绘画的目的是恢复被摧毁的艺术世界，而后者学习戏剧是为了建立民族剧院；从成长的轨迹来看，二者都经历了由单纯到成熟的过程。

但二者存在着明显的不同，斯特恩巴尔德始终追求的是艺术的日臻完善，其漫游的归宿是走向艺术世界，而威廉学习戏剧和创建剧院只是他阶段性的人生目标，他的最终目标是走向社会。从小说中可以看出，威廉通过游历社会得到的是自身内在的发展，他最后离开剧院转而投入贵族的怀抱，进入作为社会缩影的塔楼会社实际上是回归了社会。从这个意义上来说，斯特恩巴尔德的成熟只体现在他的艺术造诣上，但他的目标始终如一，性格几无变化，而威廉的目标和性格却发生了明显的变化。两部小说最大的差异就在于通过人物刻画和对他们成长经历的描写演绎了不同的“成熟”观：在《弗兰茨·斯特恩巴尔德的漫游》中，成熟意味着绘画艺术的日臻完善及至圆满，主人公从纽伦堡出发最后又回到纽伦堡，终点亦即起点，或许这正是小说情节安排的寓意所在；而在《学习时代》中，成熟是说主人公通过接触并了解社会，最终达至适应并融入社会。一句话，斯特恩巴尔德追求的是艺术人生，亦即人生就是艺术，是在这个特定意义上的为艺术而艺术；而威廉寻觅的是人生艺术，即学会生活这门艺术。二者宗旨显然不同，前者的终极目的就是艺术，而后者为的却是生活。由此可见，《弗兰茨·斯特恩巴尔德的漫游》突出的是主人公非功利性的精神追求，小说的创作主体——蒂克这个早期的浪漫主义者的精神指向也是向内的，即由外在的现实世界走向内在的精神世界或艺术世界。

而在同时代的浪漫主义者当中以成长小说表达诗意人生和精神追求的最典型的代表当属诺瓦利斯。这位信奉“诗不反映人生，诗创造人生，诗便是一切”[①] 的作家比蒂克在《弗兰茨·斯特恩巴尔德的漫游》中所表达的“艺术人生”显然更进了一步。他在批评歌德小说肯定世俗、敌视诗意的同时，以自己的创作实践对此做了更彻底的反拨。在他看来，歌德的威廉·麦斯特太俗气，太实际，于是他创作了身后才得以面世的《亨利希·冯·奥弗特丁根》（*Heinrich von Ofterdingen*, 1802），从内容和思想倾向上来对歌德的小说发出挑战。作为诗人的诺瓦利斯所塑造的亨利希果然不同凡响。这个中世纪传说中的青年诗人从小性格忧郁，为此，他的母亲带着他去旅游以便驱散他的忧郁情绪，从而使他的视野大开，他了解了商业、历史以及各种社会问题，并与他拜为老师的诗人的女儿玛蒂尔德结婚。但不久他的妻子溺水而亡，令他悲痛不已。在他的成长过程中，他对自己梦中所见的“蓝花”始终难以忘怀，这“成了他的神秘追求和憧憬的象征，也成了现实的本质的象征”。[②] 带着对这朵神秘蓝花的梦想，他踏上了人生的旅程，一路上他加深了对自然和历史的认识，并在爱情中进一步激发了自己的诗才。在他眼里自然和心灵不分彼此，个人的命运与世界的命运相互关联，因此，个人的命运也同那神秘的蓝花一样虚无缥缈。与《学习时代》不同，主人公最后回到了内心，其理想拒绝向现实妥协，这显然是对威廉鄙俗生活趋向的反拨。

---

① 余匡复：《德国文学史》，第 255 页。

② 余匡复：《德国文学史》，第 256 页。

这部小说虽然在形式上与歌德的《学习时代》类似，但创作目的和内容却正好相反。威廉放弃自己的艺术追求走进现实世界从而结束了他的“学习时代”，这表明他的人生目标是外在的，是走向生活，而亨利希则听从内心的召唤，排除外在一切世俗功利的影响，他追求的是永远无法企及的蓝花所代表的虚无缥缈的理想和难以忘怀的过去，因此，他的人生目标是超然物外的、内在的，或者说是内倾的。在歌德看来，人要经过社会的磨炼，调适自我，以适应社会，但诺瓦利斯认为这是对自我的背叛，与内心的召唤背道而驰。人根本无须做出这种牺牲，因为不仅人的心灵与自然相通，而且个体与社会也浑然一体。这种人与自然及社会的相通和契合显然带有神秘性和不确定性，但这恰恰反映了诺瓦利斯的哲学思想。深受德国哲学家约翰·戈特利布·费希特（Johann Gottlieb Fichte，1762–1814）“绝对自我”哲学思想影响的诺瓦利斯却能跳出他的思想体系：“在费希特那里，自我就是存在；诺瓦利斯则认为，存在与不存在之间有更高的不可言说的境界，这就是生活，或者说上帝。”而诺瓦利斯所谓的生活“与费希特的自我不同，它不是传统哲学意义上的最后论证或永恒的最高原则，而是处在变化之中，所以是不确定的”。[①] 但这种不确定性并不意味着没有目标的指向性，只不过这种目标不是人为事先设定的，而是自然天成的。这就决定了威廉与亨利希的不同：前者接受指引，有意识地改变自己，以达到适应社会的目的；而后者随心所欲，自然天成。

在亨利希成长的过程中，爱情也起到了举足轻重的作用。如果说小说中的蓝花尚显得虚无缥缈的话，那么玛蒂尔德就是他这一梦幻的具象，因为玛蒂尔德激起了他诗人的灵感，使他看到了世界的整体性，也发现了自我。由此可见，爱情是亨利希由梦幻接近自己理想的过渡，这与作者的哲学观不无联系。诺瓦利斯在荷兰哲学家弗朗索瓦·赫姆斯特惠（François

---

① 参见任卫东、刘惠儒、范大灿：《德国文学史》（第三卷），第 99 ～ 100 页。

Hemsterhuis, 1721–1790）提出的“道德世界”和“道德器官”及由此衍生出的“爱”的概念基础上，“把爱上升为调和有限与无限的中介”。[①] 因此，小说似乎要表达的是爱情，或者具体来说是作为诗的化身的玛蒂尔德，将自然与人类社会融为一体，也将主人公带入诗的境界。就这样，诺瓦利斯浪漫而诗意地处理了有限与无限之间的关系。

从上述分析中我们可以看出，初期的这些德国成长小说符合浪漫主义文学的总体特征，即对远古的向往：在时间上，表现为对古希腊罗马文明的崇敬；在空间上，主人公多半选择旅行来体验人生。而这种浪漫情怀的面纱实际上包裹的是对动荡不安时局的逃避。但在发展道路的选择上，荷尔德林、蒂克和诺瓦利斯的主人公，与威廉走的是完全相反的成长路径。前者要么是诗人，要么是艺术家，他们的身上都有各自创作主体的影子。摒弃世俗、走向自然和内心世界，在业已逝去的辉煌文明和空寂的想象世界中找寻心灵的栖息地，是他们的共同点。而威廉虽然起初也唾弃商业文明以及市民阶层的生活和职业模式，希望通过戏剧艺术重塑自我，甚至立志要为戏剧事业献身，并付诸实践，但终究未能免俗：威廉后来改变了初衷——或者说社会改变了他青春的幻想，决定走市民职业和市民婚姻之路，也就是说，威廉最终还是被社会招安了。因此，与威廉相比，其他几位青年主人公抱着令世界回归正途的希望，更为坚定地坚守着自己的梦想，可以说，他们是威廉的兄弟，但他们是更富有浪漫色彩和锲而不舍精神的追梦人。尽管如此，描写主人公成长发展过程的《学习时代》终究影响深远，无论是赞成还是反对歌德的观点，此后的成长小说均未能摆脱这种描写个人成长发展的总体模式，所不同的只在对“成熟”这一概念的理解——融入社会还是背离社会。

实际上，经典成长小说，或者说，诞生之初的德国成长小说的特点与

① 任卫东、刘惠儒、范大灿：《德国文学史》（第三卷），第 101 页。

当时的社会与历史文化氛围密切相关。在整个18世纪，德国社会的一大特点就是“政治与文化脱节”。具体而言，就是文化建设和文化活动与现实政治分离，二者既不互相关联也不互相约束，形成了一种奇特的社会、政治与人文景观。包括艺术家在内的人文学者“不关心政治，不涉足现实政治，他们常常超越现实和实践，直接进入抽象和理论的王国”。与此类似，文学“关心的不是当时直接面临的实际的社会政治问题，而是关心人以及与人有关的普遍问题”。① 从这个角度来看，我们就不难理解为什么歌德笔下的威廉以追求个体“和谐”发展为志业，最后选择“融入”社会，而其“兄弟们”更是倾向于远离社会，进入自己的想象世界。但在紧随其后的19世纪上半叶，成长小说的创作风格和人物塑造，尤其是主题特征整体发生逆转，转而直接关切政治。

三、政治与社会批判的工具——1815～1848年的德国成长小说

自柏拉图以降，评论家们关于文学的功能问题就一直争论不休，但总体上来说，相信文学能够反映社会现实并对社会具有反作用的不在少数。德国的成长小说从歌德的《学习时代》起就注重讲述关于个人修养提高的故事，将小说创作与社会变革直接挂钩的不多见。但在从欧洲封建复辟到资产阶级革命前夜这一特殊的历史时期，德国的评论家与作家们一方面重新思考文学的功能，另一方面鼓励新的文学形式的产生以达到变革社会的目的。极端者甚至声称歌德的小说阻碍了革命的到来：“在这样的小说被禁止之前，德国是不会有革命的。” ②

关于文学功能的这种激进观点与当时的历史语境密切相关。就在上文论及的那些早期浪漫主义者怀着复杂的心情，既继承又根据他们自己的艺

① 范大灿：《前言》，范大灿：《德国文学史》（第二卷），第3页。

② Todd Curtis Kontje, *The German Bildungsroman: History of a National Genre*, p. 20.

术宗旨重构歌德小说创作模式之时，欧洲的局势发生了新的变化。保守的统治集团与以青年为代表的激进自由派之间形成了严重对峙的局面，德国的政治生态以1815年拿破仑兵败为标志急剧右倾化，这反过来对德国的小说创作产生了显著的影响。

对整个欧洲来说，19世纪最初的十余年，基本上是在欧洲主要国家与法国拿破仑帝国之间的征战中度过的。1815年拿破仑兵败滑铁卢开启了欧洲新旧秩序交替的时代，即由维也纳会议后恢复的封建旧秩序向欧洲资产阶级革命的过渡时期。战后保守的普鲁士政府试图恢复旧秩序，但与此同时，新的自由思想来势迅猛，并在1848年欧洲短暂的“三月革命”中达到高潮。政府极力压制异议，从1819年的“卡尔斯巴德敕令”（Carlsbad Decrees）开始到1835年官方禁止激进德国青年人的出版物，再到混乱无序的法兰克福国民议会迅速崩溃，其间，大学学术自由及出版言论自由受到严格控制。在这一时期，小说的生产与人们对小说的理解也在发生着变化。在法国占领时期和解放战争时期，小说的出版有所下降，但战后图书市场迅速得到恢复，并达到了18世纪最后几十年那种“爆炸性的速度”，不仅如此，原先被认为“在美学上马马虎虎，在道德上危险的”小说在19世纪中叶被认为是“现代性的代表性体裁”。[①]就文学史而言，一般认为德国的浪漫主义主流由18世纪的最后10年延伸至19世纪30年代，其尾声及至40年代后半叶。由此可见，德国经典成长小说正是在这一时期发展起来的，浪漫主义者在拿破仑帝国的铁蹄之下开始对德意志民族的民族意识进行反思，并积极探索德意志独特的文化与文学。

正是在这一个时期，尤其是1815年至1848年间，德国成长小说经历了重要的变化，变化的特征之一就是小说在继续描写主人公的内心感受与精神成长的同时明显增强了社会批判意识。人们在肯定歌德小说艺术价值的同时，也对之颇有微词。一方面，新生代认为歌德的小说纯然聚焦于个人

---

① Todd Curtis Kontje, *The German Bildungsroman: History of a National Genre*, pp. 13–14.

的发展，带有独特的德国理想化特色，但这种“精神上的胜利”似乎导致德国人别无选择地退隐到想象中的世界，从而掩盖了“政治疾病”；另一方面，他们在把歌德及其作品贬斥为“历史的过去”的同时，也试图重新界定文学的当下意义，希望以一种能激发人斗志的当代艺术形式抵消歌德消极“有害的影响”。选择之一就是创作能够反映当代现实和政治变化的小说。①

约瑟夫·弗赖赫尔·冯·艾辛多夫（Joseph Freiherr von Eichendorff, 1788–1857）的《预感与现实》（*Ahnung und Gegenwart*, 1815）是这一时期具有标志意义的成长小说，因为它被认为是“脱离早期浪漫主义成长小说的证据”。②《预感与现实》虽明显受惠于歌德的《学习时代》，却也不乏清新的创意。小说共分为三卷。第一卷仍没有摆脱浪漫主义小说的窠臼，所多的无非是英俊的贵族和美酒佳人之类。主人公弗里德利希伯爵告别他大学的朋友，前往他的出生地奥地利，一路上充满着冒险和巧遇。值得一提的是，他邂逅了美丽姑娘罗莎，并在遇袭受伤时结识了莱昂廷伯爵，这个放荡而变化无常的伯爵后来被证明就是弗里德利希心仪的姑娘罗莎的兄弟。继而弗里德利希和莱昂廷结伴漫无目的地旅行。但小说从第二卷开始笔锋转向针砭当时的各种社会弊端，田园牧歌式的图景迅速转化为社交文化。当弗里德利希在一次舞会上再次遇到罗莎的时候，对她的轻浮感到极为失望，都市的社交生活对他而言显得肤浅而毫无意义。小说第三卷转而描写战争和国家的战败，这也是弗里德利希新生活的开始。他拒斥颓废的社会，加入了山区的爱国军队并在反抗拿破仑的战争中脱颖而出，成了英勇的士兵。在军事失败后，他独自在山中漫游。一系列的变故促使弗里德利希决心彻底背弃社会，进了一家修道院，成为一名修道士。

这是一部风格特异的小说，“历史打断了田园生活：《预感与现实》证

---

① Todd Curtis Kontje, *The German Bildungsroman: History of a National Genre*, pp. 19–20.

② Todd Curtis Kontje, *The German Bildungsroman: History of a National Genre*, p. 14.

明了一种泛德意志的民族主义（pan-German nationalism）以及与早期浪漫主义小说和《学习时代》二者的精神都大异其趣的一种严格的天主教道德主义。”[①] 小说的三个部分沿着自然—都市文明—修道院的线索展开，清晰地勾勒出了主人公由懵懂无知走向清醒，最后遁入空门的成长路径。可见，《预感与现实》虽然以歌德的《学习时代》为范本，但其主人公最后没有投入社会的怀抱；小说的背景也不同，不再是蒂克和诺瓦利斯小说中的中世纪，而是当时的社会现实。因此，小说具有现实的质感，尤其表现在它对时弊辛辣的讽刺和批判上。

引人注目的是小说中弗里德利希的归宿。他的成长最终导致幻灭，以其告别尘世、将修道院作为灵魂的栖息地而告终。这种从浪漫无知到成熟老到而终于虚无的成长之路，与后来的部分美国成长小说十分相似。在美国成长小说中，弗里德利希这类人物屡见不鲜：霍桑的《小伙子古德曼·布朗》中的布朗觉醒后一直过着郁郁寡欢、精神上与世隔绝的生活；福克纳的《熊》中的艾萨克·麦卡斯林在洞悉大自然和家族史后毅然走进封闭的自我精神世界。

如果说《预感与现实》中的主人公弗里德利希最后从现实中退隐不免让期盼社会变革的读者感到些许失望的话，那么，霍夫曼（Ernst Theodor Amadeus Hoffmann, 1776–1822）的《雄猫穆尔的生活观》（*Lebens-Ansichten des Katers Murr*, 1819–1821）至少可以让人们从它对社会现实的肆意嘲讽中获得某种快感。

德国最有影响的浪漫派作家霍夫曼一生命运多舛但多才多艺，他以夸张怪诞的手法描写了异化的人际关系，对社会和政治进行揭露和讽刺。他在创作的高峰期发表的《雄猫穆尔的生活观》以两个艺术家的不同人生经历为线索，不仅揭示了艺术家与社会之间的矛盾与冲突，更是极尽嘲讽之

---

① Todd Curtis Kontje, *The German Bildungsroman: History of a National Genre*, p. 15.

能事，批判了当时德国的社会黑暗势力和贵族阶层的风尚习俗。小说将雄猫穆尔的自传和观感与乐队指挥约翰内斯·克莱斯勒的传记并置，使市侩的雄猫穆尔的成熟过程与克莱斯勒备受摧残的经历形成鲜明的对照。这部成长小说名义上的主人公是只温顺的猫，它一心想把自己培养成一名作家，于是随时记录下它在庸俗社会中的所见所闻。它的自传实际上戏仿的是知识庸人（Bildungsphilister）的虚荣，这种"新人类"把修养看作是社会地位的象征，因此，雄猫穆尔也被认为是"有教养"的市侩典型。与无耻而欢乐的市侩之徒穆尔形成对照的，是具有真才实学但不通世务的悲怆艺术家克莱斯勒，小说借此揭露了市民社会的粗俗、市侩和上流社会的荒淫、腐败。在自由主义者霍夫曼看来，成长小说已经成了批判"保守政治和攀高结贵行为"的工具。[①] 上文的分析表明，他的《雄猫穆尔的生活观》显然发挥了这一功能。

《预感与现实》和《雄猫穆尔的生活观》这两部小说，尽管都旨在批判当时的社会和政治，但并没有完全达到激进德国青年们预期的目的，因为前者的主人公最后由英勇的战士转变成了修道士，而后者夸张怪诞的表现手法显然难以为人民大众所接受，而只能迎合受教育阶层的阅读趣味。因此，它们所发挥的社会批判功能必然有限。

此后几十年欧洲其他国家的小说，尤其是 19 世纪 20 年代的英国小说，沃尔特·斯科特（Walter Scott, 1771–1832）的历史小说以及 30、40 年代法国的巴尔扎克、乔治·桑（George Sand, 1804–1876）和欧仁·苏（Eugène Sue, 1804–1857）等的社会小说，对德国作家产生了特别重大的影响。这些倾向于历史与社会的小说对德国成长小说产生了进一步的反拨作用。由于历史小说"聚焦于一个特定时期广阔的全貌而不是单个主人公的发展，这类小说与德国成长小说的传统直接相对"。[②] 可以想见，德国成长小说作

① Todd Curtis Kontje, *The German Bildungsroman: History of a National Genre*, p. 15.

② Todd Curtis Kontje, *The German Bildungsroman: History of a National Genre*, p. 18.

家不可能完全无视这种普遍存在的外在影响，而且他们目睹的战争、革命及人民遭受的痛苦，使他们再也不可能完全退隐到家庭的私人空间，尤其是个体的精神世界中去了。“然而，整个这一时期，德国的作家和批评家们对他们自己的民族传统仍然保持着清醒的认识，争论集中在本土文学生产与国外影响之间的关系上。《学习时代》在这些争论中起着突出的作用，因为无论它是被接受还是遭到排斥，它作为典型的德国小说的地位使得它不可能被忽视。”①

受欧洲其他国家的社会小说和历史小说的影响，这一时期，德国出现了一种被称为“时代小说”的成长小说，因为这些小说在前20年作家们揭露和讽刺社会阴暗面这一创作经验的基础上，进一步拓宽了对社会现实批判的视野。具有这种批判时代特征的德国成长小说，典型的是卡尔·雷柏莱希特·伊默尔曼（Karl Leberecht Immermann, 1796–1840）创作的《后裔》（*Die Epigonen*, 1836）。这部小说的背景是1830年法国“七月革命”前后，反映的正是封建复辟向资本主义过渡这一交替时期德国的社会、历史和人文景观，但从文本中我们不难发现作家此时的立场并非坚定而明晰，相反，他给人以混乱和无所适从的感觉。小说描写的是拿破仑时代之后一位德国市民之子赫尔曼的人生经历。赫尔曼原本是一个贵族与一个平民女子的私生子，因对生活感到厌倦而四处流浪，不意巧遇他的伯父，一个富有的工厂主。经过一系列的感情纠葛和变故之后，赫尔曼既成了一个贵族家庭的后裔，也成了一个新兴资产阶级的继承人。但他面对席卷而来的资本主义工业化浪潮感到无所适从，最终放弃了工厂和庄园，躲到一个小岛上过起了世外桃源般的生活。

通过赫尔曼人生经历的描述，小说反映了旧贵族与新兴资产阶级之间的矛盾和冲突。从小说主人公对贵族和资产阶级的态度来看，作者既批判

① Todd Curtis Kontje, *The German Bildungsroman: History of a National Genre*, p. 15.

了前者的腐朽堕落也对后者唯利是图表示不屑："一方面，他清楚地意识到，以贵族为代表的封建主义已经没落，成为一堆废墟；另一方面，他又看到了以伯父的工厂为代表的新兴资本主义对人的危害。"从小说聚焦于个人的成长这点来看，《后裔》明显受到了歌德《学习时代》的启发和影响：主人公逃避生活的环境开始漫游，在漫游中接触到各个阶层的人，从而认识到这个社会——没落的封建主义和上升的资本主义并存——的虚伪，并重新认识自我，确立人生的目标。这一小说情节以及类似的人物塑造等都表明，它是一部典型的成长小说。[①] 但小说同时也为王政复辟时期的德国描绘了一幅全景图——激进政治、贵族的命运与工业资本主义的兴起等一切尽在书中。因此，当时有人称赞伊默尔曼"已经把歌德的成长小说升级为对整个时代的描写"。[②] 这一评价一方面依据的是小说反映的大背景——解放战争和法国"七月革命"，另一方面评价本身也反映了当时文学批评界整体的政治化倾向。

这种倾向尤其表现在"三月革命"前出现的一个作家群体——"青年德意志"（Das Junge Deutschland）派身上，在他们看来，文学是用来为民族和国家服务的，是时代精神的反映，必须承担起唤醒民众的重任，理应成为一种思想革命和斗争的工具。这个作家群体本身也是矛盾的，因为他们一方面继承了歌德和早期浪漫派文学的语言以及狂飙突进运动的批判精神，另一方面，他们又高举反歌德、反浪漫主义的旗帜。总体上来说，青年德意志派显得比较稚嫩，他们挑战传统和道德的冲劲有余，而文学修养和艺术表达尚欠火候，因此，随着德国"三月革命"的失败，无论是文学创作还是文学批评都倾向于回归文学本位。

---

① 参见任卫东、刘惠儒、范大灿：《德国文学史》（第三卷），第 264 页。

② Todd Curtis Kontje, *The German Bildungsroman: History of a National Genre*, p. 20.

四、从公共领域退场——19 世纪下半叶的德国成长小说

1848 年“三月革命”的失败给德国的自由主义带来了沉重的打击，于是，“现实政治”（Realpolitik）成了此后相当一段时间的政治流行语。在此背景下，文学界热衷于社会和政治批判的思潮逐渐消退，批评家们从报纸和杂志之类的公共场域退回到自己的学术圈。成长小说的创作和评论也不例外，作家和评论家们重拾“旧爱”，再次关注起个人修养的提高，恢复了对“自我教育”理念的兴趣。这时，关于乏味的现实与个体诗意心灵之间冲突的话题被重新唤起。在日益庸俗乏味的现实世界，小说家的任务就是要“拯救诗意的碎片”，而要达到这一目的，最佳途径就是“远离公共领域从而专注于家庭、个人和内心这样的私人领域”，如此，小说的主题自然多半反映的就是“这种内心生活与僵硬的外部世界之间的冲突”。[①] 这种对主人公内在发展的强调看似是一种回归，但从前面的分析可以看出，德国成长小说从来就没有间断过对个人精神追求的关注，即便在激进的“三月革命”前 30 余年的德国成长小说中，也不乏主人公最终逃避现实、营造精神家园的例子。例如，艾辛多夫的弗里德利希由一名战士最后成了修道士，伊默尔曼小说的主人公向往田园生活，等等。

另一方面，19 世纪下半叶，随着社会分工和学科专业的精细化，加之实用主义的影响，自我教育观有庸俗化的倾向，“逐渐背离了全面发展的初衷，几乎等同于大学教育”。人们把自我教育当成“个体提升社会地位、获得社会认同的手段”。[②] 这进一步将人们的视野由国家和民族大业转向私人领域。从公共领域退场的一个明显症候就是人们开始关注“爱情和家庭的作用”，把家庭看作是“抵制日益技术化世界的一个缓冲区”，这成了 19

---

① Todd Curtis Kontje, *The German Bildungsroman: History of a National Genre*, p. 25.

② 谷裕：《德语修养小说研究》，第 16 页。

世纪后期德国小说的一个典型特征。[1] 这类成长小说的代表作是奥地利小说家阿达贝特 · 施蒂夫特创作的《晚年的爱情》。

施蒂夫特反对激进的青年德意志派，倾向于描绘一个世外桃源般的诗化世界，表达了一种对梦幻般世界的渴望与追求。他的《晚年的爱情》被认为是与歌德的《学习时代》一脉相承的成长小说，它将"比德迈尔"（Biedermeier）[2] 文学思想的某些方面与德国的人道主义因素杂糅在一起，记述了一个理想主义青年从童年到成年的人生历程。与此前和此后众多成长小说主人公遭遇稍显不同的是，这部小说的主人公亨利希 · 德兰多夫受到了爱子心切的父母的呵护。成长小说中的主人公一般很小就会受到父母，尤其是父亲的压制，但亨利希的遭遇不尽如此。尽管他的富商父亲对他的早期家庭教育做了极其细致的规划和安排，亨利希也能毫无异议地接受这种严格的管教，但到了他要独自闯荡的时候，他的父亲却容许他选择自己的人生之路，由此可见他的父亲是开明而富有远见的。幸运的是，他的母亲也是一个稳重贤淑的妇女典范。沐浴在父母慈爱的河流中，凭借着殷实的家境，亨利希完全可以过衣食无忧的生活，但他决心学习自然科学，并最终选择地质学作为自己的专业。与威廉为了戏剧事业游历四方类似，亨利希为了收集地质标本穿行于山林之间，由此引发了后来的一系列遭遇。在考察阿尔卑斯山脉和丘陵的地质和动植物的过程中，一次他为了避雨来到童话般的罗森豪斯田庄（Rosenhaus）。在这里他遇到了田庄神秘的主人弗赖赫尔 · 冯 · 李沙赫男爵，这位长者成了亨利希的良师益友。罗森豪斯是李沙赫的精神家园，是他精心构筑的艺术和园艺世界。这位精神导师对亨利希的人生观产生了极大的影响，他人生道路的选择和日常起居以及罗

① Todd Curtis Kontje, *The German Bildungsroman: History of a National Genre*, p. 26.

② 又译"毕德麦耶尔"或"比德迈耶"，指 1815～1848 年德国的一种文化艺术流派，往往被认为具有脱离政治和庸俗化的倾向。它是拿破仑战争后欧洲失望情绪的一种反映，其文学本质特征就是所谓"伤感大地上的快乐"。

森豪斯秩序井然的生活方式拓宽了亨利希的视野，加深了他对自己生活方式的理解，改变了他的人生之旅。他最终选择男爵的女友玛蒂尔德之女娜塔莉亚为妻与此不无关系。男爵与玛蒂尔德早年相恋却因后者当时太年轻未能走到一起，20 年后重逢时，玛蒂尔德已经守寡，而男爵也已丧妻，二人虽未结婚但却怀着“晚年的爱情”。

从上述情节分析来看，《晚年的爱情》有如下主题特征：首先，小说表明了家庭对个体成长的重要性。没有开明的父亲和贤淑的母亲，亨利希就不可能有自由的人生道路选择和健全的人格，也不可能发掘自己在自然科学和艺术方面的双重潜能。同时，亨利希与娜塔莉亚最终的美满婚姻也表达了作者对家庭和爱情的重视和良好愿望。其次，精神导师对青年的成长至关重要。小说中神秘的李沙赫男爵是亨利希的人生引路人，是他将后者从日益堕落的世界引向他的理想王国，使他“完全沉浸在传统的价值观和文化中”，从而成为“更加完整而心满意足的人”，由此小说也反映了“人文主义理想”。[①] 再次，小说凸显了“自我教育”的典型特征及其在人的成长过程中的重要性。亨利希的自我教育是“一个渐进的、间接的过程”。他所收获的生活艺术并非来自直接的冲突或戏剧性的事件，也并非主要依靠李沙赫的“隐性教育”，而是由于亨利希逐渐融入了罗森豪斯以及“它所代表的社会和道德秩序”。这里的一切令其明白，“正如罗森豪斯的美来自它与自然环境的融合，李沙赫的道德力量来自于他同外部世界的和谐关系。”[②] 因此，小说似乎暗含着一种对以德国“三月革命”为代表的暴力斗争和由此引发的社会动荡的反思和批判。总之，小说家施蒂夫特以平和而极其详尽的笔触描绘了一个年轻人如何通过自我教育收获丰富而完美的人生，小说反映了“三月革命”后德国成长小说回归私人领域、追求诗意人生的总体趋势。

---

① Adalbert Stifter, *Indian Summer*, trans. Wendell Frye, New York: Peter Lang, 1985, p. 5.

② James J. Sheehan, *German History, 1770–1866*, Oxford: Oxford University Press, 1989, p. 830.

在这一时期，类似主题的成长小说代表作还有瑞士德语作家高特弗利特·凯勒的《绿衣亨利》。这部自传色彩浓郁的成长小说从构思创作到第二版出版前后花费了作者近40年的时间，几乎反映了包括作者的世界观、人生经历和思想变化等各个方面的情况。

小说中的主人公亨利·雷的绰号“绿衣亨利”来自于他所穿衣服的颜色，这件衣服是他的母亲用他已故父亲的外衣残片缝制而成的。亨利与作者本人童年和青年时期的经历颇为相似，例如，二者都幼年丧父，早年都遭到学校开除，后来为谋生而学画但最终发现自己没有这方面的才能（甚至连两人学艺所走的路径都相同，都是从苏黎世到慕尼黑，后来学艺无成又从慕尼黑回到苏黎世），等等。但《绿衣亨利》毕竟是小说而不是自传，尤其是经过大幅修改的小说第二版，它一方面继承了歌德《学习时代》的传统，另一方面也对后来的英美成长小说产生了影响。

从继承的方面来看，小说描写了一个人从童年到青年再到成熟，经过生活历练了解人生意义的历程。小说中的人道主义思想、对生命意义的追寻以及写实但又不乏诗意的创作手法等，无不体现了对经典成长小说的传承。《绿衣亨利》中掺杂了许多作者自己童年和青年时期的人生经历，带有成长小说中常见的自传成分，致使论者常常将主人公亨利的成长经历与作家的人生道路做对比研究，甚至将二者等同起来。小说中的一些细节体现的也是歌德自我教育的思想。例如，亨利的母亲从不因为他所犯的错误（如小时候从家里偷钱乃至后来因闹事被学校开除等）而责罚他，相反，她总是鼓励他自己认识到错误从而自我改正。这与歌德小说中反映的教育思想十分贴近。歌德在《学习时代》中借用一个乡村教士对威廉说的话指出：“人类教育者的义务不是防止迷误，而是指导迷误者，甚而让他喝干满杯的迷误之酒，这就是教师的智慧。对迷误只是浅尝辄止的人，就长久留恋它，而且还庆幸这是一种稀有的幸福；但是完全喝干了它的人，如果不是丧心病狂，就必然认识什么是迷误了。”[1]

这种从错误中习得智慧最终踏上正确人生之旅的观点，后来被认为是成长小说尤其是德国经典成长小说的重要特征之一。例如，约斯特认为，经典成长小说主人公为幸福人生做准备的过程不应该是“一段艰难岁月”，而应该是令人愉快的，不仅最后到达的“港湾”令人愉快，整个旅程都应该是这样的。但这并不是说威廉成功地规避了所有的“狂风暴雨”，而是说他“逃避了所有致命的危险”。他必须面对各种“突变”，但他能够安全通过各种漩涡和暗礁；他有幻想或者说错误的观念，也会犯错误。这样，整个航程代表的是“一个完整的人生经历”，主人公所遭遇的不是“严峻的考验”而是“挑战”。歌德相信这种考验对成长的有益之处：“从青涩到成熟”就是“从缺乏经验到有经验”；智慧源于荒唐；真理出自谬误。只有谬误能够治愈谬误。这就是歌德所开的“自我疗法的药方”，也是小说所暗示的。[2] 这就是说，人的成长并不是靠别人告知你具体该怎么做，而是要靠自己在实践中摸索，甚至要“摔跟头”，然后才有可能找到适合自己天性的职业和人生之路。

与经典成长小说一样，《绿衣亨利》主人公的成长过程也是一个处理理想与现实之间矛盾的过程，是他逐渐清醒、面对现实的过程，最终，亨利放弃了当艺术家的理想，决心投身公共事业。这与《学习时代》中的威廉最终放弃戏剧、投身社会的经历极其相似。

此外，《绿衣亨利》中也有一位成长小说中常见的人生引路人。例如，亨利在从慕尼黑返回瑞士的途中偶遇的迪德利希伯爵就对他的人生观产生了极大的影响。这位好心的伯爵不仅在他穷困潦倒的时候收留了他，而且启发他，使他放弃了原来的宗教信仰，成为一名无神论者。这对他走向现实生活，决心造福于他人的人生选择发挥了至关重要的作用。

---

① 歌德著，董问樵译：《威廉 · 麦斯特》，第 474 页。

② Francois Jost, “Variations of a Species: The ‘Bildungsroman’,” pp. 101–102.

从对后世的影响来看，《绿衣亨利》突出了女性对男性主人公成长的重要作用，这从后来的成长小说，尤其是英国成长小说的理论和创作实践中不难找到佐证。就理论而言，巴克利后来在那个关于成长小说的著名定义中就指出，主人公至少要经历“粗俗沉沦”型与“激越飞扬”型两场性或爱才能重估其价值观，最后进入成年。我们发现这种定义与《绿衣亨利》中的人物安排十分切近，亨利正是经历了被他远房堂姐尤蒂特的肉体吸引和对小学教师的女儿安娜的精神之恋而成熟的。我们无法考证巴克利在对成长小说做上述界定时是否考虑了《绿衣亨利》，但他的理论阐释与凯勒的这部小说情节设置和人物描写非常吻合却是显而易见的。就创作实践而论，凯勒在《绿衣亨利》中将两位女性对照描写，以表现男主人公性格的两个方面或不同追求之间的冲突。安娜纯洁、美丽、柔弱，而尤蒂特丰腴、成熟、果敢，二者各有千秋，对亨利都极具吸引力，令他始终处于难以取舍的矛盾之中，但她们对亨利的成熟都起到了积极的作用。这与劳伦斯的《儿子与情人》中的情形十分相似。《儿子与情人》中的主人公保罗也有两位形成鲜明对照的女性——作为精神象征的米丽亚姆和作为肉体象征的克拉拉。从一定意义上来说，是她们帮助保罗认识到理想的爱情是精神和肉体的结合，从而最终摆脱了对母亲不正常的依恋，走向成熟。亨利对因病去世的安娜始终难以忘怀，致使他决定离开尤蒂特，后者最后黯然移民美国；与此类似，保罗虽然为米利亚姆的精神气质所倾倒，但无法与之实现肉体上的结合，就如同亨利宁愿给安娜写信而不愿与之接近一样；保罗最后劝说已婚的克拉拉回到丈夫的身边而不愿同她结婚。从这里，我们不难发现《绿衣亨利》对《儿子与情人》的影响，抑或是分属于 19 世纪末和 20 世纪初的两位著名作家精神上的契合。

但就小说的结局来说，《绿衣亨利》无论是第一版还是第二版都与《学习时代》同中有异：主人公虽像威廉那样最后投身于公共生活，但个人生活并不幸福。在第一版中，久居海外的亨利返乡后得知，他寡居的母亲已在他外出期间死于困顿，他的自尊心被击得粉碎，在自责中郁郁寡欢而死；

在第二版中，他虽然活了下来，并在政府部门谋了一个职位，但他始终孑然一身，终究是个边缘人。不过，修改版的意义不可小视，因为这种改动，尤其是结尾的改变，使《绿衣亨利》更符合成长小说的情节与结构。在第二版中，小说虽然没有以美满婚姻为主人公的成长画上句号，但亨利最终放弃了艺术追求，进而担任公职，决心为公共事业服务，这至少已符合经典成长小说主人公必须要做一个对社会有用之人的要求。

《绿衣亨利》中没有耸动的事件，连1848年那场轰轰烈烈的革命都没有涉及，记述的多为平凡的事情，但却能写得诗意盎然，这可能就是评论界把凯勒的创作归入"诗意现实主义"的原因。小说既"没有对上升时期的资本主义加以歌颂"，"也没有对资本主义作尖锐的批判"，而这点恰恰反映了这一时期成长小说创作脱离政治、从公共领域退场的倾向。①

在这一时期，以《晚年的爱情》和《绿衣亨利》为代表的成长小说回归私人领域或从公共领域退场的一个重要表征，就是主人公一开始都选择了走艺术之路——亨利希在研究地质学之后受到艺术家的吸引，开发了自己的科学与艺术潜质，而亨利以学画为谋生手段，这些都与歌德的《学习时代》有某种精神上的契合，因为威廉虽然醉心于戏剧艺术，但他最终拒绝成为职业演员。按照歌德的观点，成长小说的主人公必须要成为对社会有用的人，而艺术家通常是"局外人"，因而令人怀疑纯粹的艺术家是否有资格充当成长小说的主人公。好在上述几位人物都没有以艺术为终身职业或人生的唯一追求，他们要么以艺术为途径达到认识自我、发现自己真正潜质的目的，要么通过艺术创作活动达到表达自我的目的。总之，在这三部小说中，艺术都不是目的而仅仅是手段，是实现自我教育的途径，而自我教育为主人公适应生活做好了准备，有效避免了他们的最终落败。②回到我们的话题上，《晚年的爱情》和《绿衣亨利》中主人公的艺术追求

① 余匡复:《德国文学史》，第394～395页。

② 参见 Francois Jost, "Variations of a Species: The 'Bildungsroman'," pp. 103–104。

倾向表达了他们回避公共生活、营造个人小世界的意愿，这也是这一时期德国成长小说从公共领域退场的明证。

德国成长小说发展到19世纪80年代，于1880年凯勒出版完《绿衣亨利》第二版的时候达到了高潮，此后，德国成长小说的代表性减弱，逐渐为英国和法国的成长小说所取代。这种位移甚至在当时的德国学界就已经被敏锐的学者捕捉到了。早在1887年，狄尔泰就在他的《诗人的想象力》（*Die Einbildungskraft des Dichters*）中断言，成长小说的时代已经过去。他虽然声称小说已经成了“现代史诗”的主要形式，并期盼伟大的德国小说家的到来，但他并没有要求将有一位继承《学习时代》传统的“新的歌德”，因为在他看来，时代已经发生了变化，过去的诗人不能像感动他们同时代的人那样再来感动我们。与此同时，狄尔泰将目光转向了英国和法国的小说家以寻找灵感：“现在德国所需要的是一位德国的狄更斯、福楼拜或左拉，他们将书写柏林的伟大小说。”[①] 尽管狄尔泰的这种观点并未被所有评论家采纳，但他的判断基本正确，因为自此以后，的确鲜有像《学习时代》那样被人们普遍接受的德国成长小说出现了。

1871年，统一的德意志帝国宣告成立，可为什么此后德国的成长小说反而不及以前繁荣呢？原因或许有三。其一，在分裂、内斗和屡遭外族入侵的统一前的德国，人们只能关注个体的成长，并渴望被社会所接纳。这是歌德成长小说的主题特色，也是它因主张牺牲个体追求、服务社会而遭到诟病的地方。而统一后的德国努力建构一个民族文化身份以便为政治统一服务，因而忽视了对个体欲望的关注。其二，统一后的德国经济和科学技术迅猛发展，与此同时，欧洲各国的科学、哲学、政治、社会和文学思潮纷至沓来，严重冲击着德国的文学传统，成长小说当然也不能幸免。其三，19世纪末期，自然主义文学得到文学界的普遍关注，这一文学创作和

① Todd Curtis Kontje, *The German Bildungsroman: History of a National Genre*, p. 30.

研究的转向极大地影响了德国成长小说的发展。此前成长小说中的主人公勇敢地步入社会，经过社会历练认识到自己的不足，最后放弃欲望和自我追求，积极参加社会活动。与这些“健康的人”相比，19 世纪后期的德国小说创作受外来的自然主义和象征主义等文学大潮的冲击，更加对遗传、本能等达尔文式的关切感兴趣。因此，1870 ～ 1890 年前后的德国小说越来越接近欧洲的自然主义小说，带有“精神病理学”的特征，描写的多为不正常的人物形象，与传统的成长小说旨趣相去甚远。这类小说甚至被称为“病态成长小说”。①

与西方主流文学大潮相契合，19、20 世纪之交也是德国文学由传统文学向现代主义文学过渡的时期。19 世纪 90 年代自然主义文学在德国式微之后，一时间，印象主义、表现主义、尼采哲学和弗洛伊德精神分析学等各种流派和思潮几乎同时登场，一定程度上妨碍了德国成长小说的正常发展。但成长小说并没有因此退场，正如赫尔曼 · 安德斯 · 克吕格尔（Herman Anders Krüger）在 1906 年所辩称的：“自歌德以来，我们拥有了……一种带有显著民族特色的小说……德国成长小说，这真正是上个世纪诗人和思想家的小说，而且它大概将继续存在下去。”与他同时代的卡尔 · 里霍恩（Karl Rchorn）在同一年也提倡按照《学习时代》传统创作的“健康的德国小说”，以此作为克服“颓废的法国自然主义腐化影响”的良方。② 由此看来，德国成长小说可能很难再现歌德时代的风光，但它依然在路上，有望继续发展下去。

五、对经典成长小说的继承与戏仿——20 世纪的德国成长小说

在 20 世纪的德国，成长小说继续演绎着自己的故事。其间，成长小说

① Todd Curtis Kontje, *The German Bildungsroman: History of a National Genre*, pp. 30–31.

② Todd Curtis Kontje, *The German Bildungsroman: History of a National Genre*, p. 32.

的产量并不高，但含金量不可谓不足，其中，三位诺贝尔文学奖获得者均先后涉足成长小说的创作：托马斯·曼于1924年出版了《魔山》；赫尔曼·黑塞于1930年出版了《纳尔齐斯和戈尔德蒙德》（*Narcissus and Goldmund*, 1930），并在1943年发表了《玻璃球游戏》（*Das Glasperlenspiel*）；君特·格拉斯（Günter Grass, 1927–2015）于1959年出版了《铁皮鼓》（*Die Blechtrommel*）。一个引人注目的现象是，这个时期德国的成长小说表现出要超越国界的明显企图，例如，《魔山》中的那个高山疗养院已然是第一次世界大战前欧洲社会的缩影；黑塞更是要跳出民族狭隘的圈子，因为他抱持着对普遍的"人"的渴望与信仰，早在一战正酣之时他就明言："我很愿意是爱国者，但首先是'人'，倘若两者不能兼得，那么我永远选择'人'。"这里的"人"显然是不分民族的普遍意义上的人，而这种思想的结晶就是他的长篇巨著《玻璃球游戏》。"玻璃球游戏"的宗旨就是要"综合世界上一切知识"。[①] 小说还涉及大量的中国文化，这种超越民族的书写体现了世界主义的某些特征。此外，他的《纳尔齐斯和戈尔德蒙德》的背景是中世纪的德国，而其中重点探讨的情感与理智之间的博弈显然不受地域和时间的限制。因此，我们从《魔山》《纳尔齐斯和戈尔德蒙德》以及《玻璃球游戏》中可以看出，德国20世纪的成长小说试图超越国界和时代的限制，对人的和谐发展做更深、更广的探索。

我们首先来看看托马斯·曼的思想变化以及他如何在《魔山》中展示主人公在一个浓缩的欧洲小社会，也是一个奇特的"教育区"中成长的。

托马斯·曼是个思想比较复杂的小说家，他的世界观经历了几次大的转变过程。原先他是个远离政治的作家，这可以从他发表于1918年的著名短文《一个不问政治者的看法》（"Betrachtungen eines Unpolitischen"）中找到佐证。在此他阐述了德国的自我教育观与歌德厌恶政治之间的基本关

① 张佩芬：《译后记》，赫尔曼·黑塞著，张佩芬译：《玻璃球游戏》，上海译文出版社2001年版，第558页。

联，表达了自己反激进、反暴力革命的立场。但几年之后的1922年，尽管他依然强调歌德《学习时代》中对个体主观发展的关注，但他已经从《威廉·麦斯特的漫游年代》中看到了“向客观、社会关切转变”的迹象。这样，一个“不问政治者”便把歌德称为一位“日益公众的、民主的甚至政治小说的作家”，并进而辩称“浪漫主义对疾病和死亡的迷恋实际上表达了对生命和人性的兴趣”，建议这种“洞见可以构成一部成长小说的基础”，因为“死亡是对生命的一种表达”。[①] 这一切有意或无意地为他随后发表的著名成长小说《魔山》大造了舆论，做好了铺垫。

托马斯·曼的《魔山》被公认为是20世纪最有影响的德国文学作品之一，可谓是20世纪德国文学的一座丰碑，作者于1929年获得诺贝尔文学奖显然得益于此。这部发表于魏玛共和国（1918～1933年）时期的小说实际上是在《威尼斯之死》（*Der Tod in Venedig*, 1912）的基础上拓展而来的。在这部小说创作期间，托马斯·曼经历了自然主义文学的洗礼以及第一次世界大战的冲击，尤其是1918年德意志帝国的崩溃给他带来的极大震动。他逐渐由一个不问政治的资产阶级知识分子转变为坚定的共和派、魏玛共和国的拥护者。他的这些思想变化都不同程度地反映在他的小说《魔山》中，同时，这部成长小说也受到当时批判现实主义文学的深刻影响。与此前作家们刻意或被迫从公共领域退场而创作的成长小说不同，这部小说虽以超脱的姿态示人，而实际上视野更加宽广，反映的现实甚至超越了德国的国界，因为小说中既有德国人，也有俄国人、荷兰人、意大利人和奥地利人等，体现了第一次世界大战前欧洲各国的哲学与政治思潮。

故事从1907年讲起，主人公汉斯·卡斯托普时年23岁，他在瑞士一个高山肺病疗养院探望其表兄的时候，不想自己也被检查出肺病。于是，他在此度过了七个年头，一直到第一次世界大战爆发他才重新回到了平地。

---

① Todd Curtis Kontje, *The German Bildungsroman: History of a National Genre*, pp. 35–36.

在这座充满魔力的高山上，通过与来自各国的贵族和大资产阶级——战前欧洲社会的缩影——的交往，汉斯接触到欧洲的各种社会思潮，由一个略带稚气而天真的大学毕业生，成长为一位勤于思考并决心投身现实生活的青年。但小说并没有像《学习时代》那样有个美满的结局，主人公汉斯虽然决定离开与世隔绝的魔山回到平地，但他最后却消失在硝烟弥漫的战场上。

《魔山》既是德国成长小说的典范之作，也是对这种体裁小说经典模式的戏仿。

从继承的方面来说，这部现代经典成长小说有以下几个传统成长小说的典型特征：

其一，小说基于曼自己的亲身经历，带有明显的自传特征。1912 年 5、6 月期间，曼前往位于瑞士达沃斯的弗里德利希·耶森医生的著名的瓦尔特疗养院（Waldsanatorium），看望因患肺病在那里接受治疗的他的妻子。在这家国际性的医疗机构，曼结识了给他妻子治病的医生团队。这段经历后来成为小说《魔山》第一章开篇《抵达》的基础。

其二，小说描写的是主人公内心的变化和性格的发展，汉斯经历了一个从幼稚到成熟的过程。这确立了它作为现代经典成长小说当之无愧的地位："对年轻的卡斯托普来说，那与世隔绝的'山庄'国际疗养院及其所在的达沃斯地区，不啻是一个对他进行强化训练的'教育特区'。"[①] 像其他成长小说一样，《魔山》中的主人公汉斯一开始便离开家庭去接受社会的洗礼。只不过他前往的是一个与世隔绝的疗养院，一个面积虽然不大但却包罗万象的浓缩的小社会，在那里，他直面人生，接受了一场特殊的教育。

小说的这种场景和情节设置既体现了它对传统成长小说的继承，也彰显了它的独特个性。《魔山》是把这家位于高山上的疗养院作为当时欧洲

① 杨武能：《代译序——〈魔山〉：一个阶级的没落》，托马斯·曼著，杨武能译：《魔山》，四川文艺出版社 2010 年版。原书中的译序没有标注页码，这里实际引自译序的第 4 页。

资本主义社会的一个缩影来描写的，汉斯在此得以接触到来自世界各地的各色人等，其中包括意大利世俗人文主义者和具有人道主义思想的作家塞特姆布里尼，年轻貌美、充满诱惑的俄国女人克拉芙迪娅，讲究实际、主张现世享受和主宰自己生死的荷兰富翁、大农场主佩佩尔科恩，以及具有早期法西斯主义思想的耶稣会教士纳夫塔教授，等。其中，塞特姆布里尼和纳夫塔对汉斯的影响最大，实际上，他一直处于前者人道主义理想和后者强权和暴力主张的撕扯之中难以取舍。从他们身上汉斯了解到历史与文化、艺术与政治以及爱情和人性的弊端，这个浓缩的小社会为汉斯打开了一幅战前欧洲文明及其局限的全景图，为他的成长提供了一个便捷的平台。曼也借此检视了社会的各种问题，包括人类文明所暴露出来的变态的破坏性、人对于生与死、健康与疾病、性与道德的态度等。小说显示了作家的博学和抱负以及他微妙而含混的笔触——集丝丝入扣的现实主义与深沉厚重的象征主义于一体，正如他自己所说的，这是一曲“将多重主题交织在一起的交响乐”。①

其三，《魔山》突出了“顿悟”在主人公成熟过程中的重要意义。在一次滑雪遭遇暴风雪时，神情恍惚的汉斯突然产生了幻觉，眼前出现了一幅令其心旷神怡的美好图景：健康幸福的青年生活在令人快乐的大自然中。这一切令他“感动”而“入迷”，因为“作为他们人格基础的精神和感官……在他们身上是紧密联系、和谐一致的”。于是，他突然领悟到：“为了善和爱的缘故，人不应让死主宰和支配自己的思想。”② 可以说，这是汉斯在经历了一系列变故和思想碰撞后对人生产生的顿悟。这一顿悟彻底改变了汉斯的思想，此前，受高山“魔力”的吸引，他竟然认为疾病能净化人的心灵，使人高尚，而这次雪中的幻景令他感受到了人类健康而美好的未来，认识到人不应该生活在病态和痛苦的状态中。最后，主人公汉斯形成了“探寻

---

① http://en.wikipedia.org/wiki/The_Magic_Mountain.

② 托马斯 · 曼著，杨武能译：《魔山》，第 394、352 页。

骑士”的性格特征，成为一个寻找圣杯的“纯粹的傻瓜”，在他的身上体现了帕尔齐法尔的传统。[①]

从戏仿或革新的角度来说，《魔山》已带有现代主义文学的某些特征，采用了梦幻、象征、内心独白和精神分析等现代主义文学的表现手法。例如，小说对疾病主观体验的描写令读者自然联想到当时已崭露头角的弗洛伊德心理分析学所谓的人类心理的非理性力量。如果说高山疗养院是一个社会，那它显然是个病态的社会，汉斯在这里学到的不是如何改变自己以适应社会，进而融入其中，他甚至一度认为人要获得更高层次的理智与健康必须深切体验疾病与死亡。最具反讽意味的是小说的结局，经典成长小说中的主人公最终都具备了自己独特的世界观，对自己有更高层次的理解和认知，成为社会成熟的一员，而《魔山》中的汉斯最后却成了当时无数默默无闻的应征士兵中的一员，走向一战的战场。不仅如此，从小说的情节和作者当时的思想认识来看，汉斯在这场战争中很可能加入的是非正义的一方，说明他并没有认识到第一次世界大战的帝国主义战争本质。小说虽然没有明说汉斯最后死于战争，但从小说中众多死于严重疾病和两个死于自杀的人物的命运来看，汉斯奔赴战场就意味着他很可能也会死在那里。这个结局显然与经典成长小说的美满结局不同。

但我们不能因此否定主人公的成长，也不能完全用价值观来衡量主人公是否成熟，因为从个体的成长和认知来看，汉斯毕竟做出了自己的选择，并认为奔赴战场是他的“责任”。如前所述，小说呈现了一战前的各种社会思潮，其人物既有人文主义者和民族主义者，也有反民主的军国主义者，作者似乎意在客观展示，让读者从他们的争斗中做出自己的价值判断。正是这种立场不够鲜明的写实态度使作者遭到部分学者的诟病。但细读文本，我们不难发现，曼在小说中既运用了现实主义的创作手法，又不拘泥于

---

① http://en.wikipedia.org/wiki/The_Magic_Mountain.

此。用意可能是，小说既要反映时代风貌又要向人物的精神和思想深处渗透。果如是，那么，这正是曼对成长小说创作的特殊贡献，而且，典型的德国成长小说或者说成长小说的主流也并非是社会批判小说，更何况《魔山》这部现代成长小说体现的是作者在新的历史语境下对经典成长小说的戏仿。

《魔山》的创新之处既表现在它以戏仿的方式再现没落的资本主义世界，也表现在它以细致入微的心理描写展示主人公的性格和心理如何在“思”与“行”的搏击中发生质的变化，最终承担起自己的社会责任。其实，汉斯的成长和变化过程也在一定程度上反映了作者的思想演变轨迹。例如，哈丁就把《魔山》在情节安排尤其是在结局上的变化，看成是作家自己接受“教育”和“政治上成熟”的一种表现。他认为小说“追踪了曼自己的自我教育”，因为小说从1912年开始创作到最终完成前后经历了十多年的时间，其间，小说家的“政治保守主义”立场因第一次世界大战前后发生的事件而改变。在这个意义上来说，这部小说是“成长小说的一种复杂的现代形式”。但这个可能是“按照《威廉·麦斯特》传统创作的最后一部小说”，也可以被视为“一部经典意义上的成长小说”，因为它在强调“思”与“行”的关系方面与《学习时代》明显相似——小说强调主人公不仅须要思考，而且还必须采取行动。在《魔山》中，主人公卡斯托普前六年在山庄的大部分时间都沉溺于“被动的”阅读与思考中，而在小说的结尾，他走出“象牙塔”，回归“平地”，投入战争，很可能还要以身赴死。在托马斯·曼看来，这是“他的职责”，卡斯托普似乎是要为社会尽责，因此，曼描写的是一个“十分清楚自己阶级义务”的青年，一个“愿意冒着生命危险捍卫自己认同的价值观”的青年，而不是一个“被疏离的社会成员”。①

由此看来，《魔山》这部20世纪的现代经典成长小说尽管有戏仿的成

① James Hardin, “Introduction,” pp. xxi–xxii.

分，但仍然带有典型的歌德式成长小说的特征，因为在处理个人与社会之间的关系方面，小说仍倾向于社会一极。卡斯托普这个甘于为社会献身的青年与美国成长小说中常见的那种被异化的、沉溺于自我的主人公明显不同。这与曼本人的观点相吻合，他在 1916 年的一篇报刊文章中，出于他狭隘的民族主义立场及对德国参与第一次世界大战的兴奋，声称“社会批判小说不是德国特有的体裁”，“典型德国的、真正民族的”小说是成长小说。他把这一体裁的小说作为对“个人被排斥在政治权利之外”的一种补偿而与 18 世纪后期的人道观念相提并论。很显然，在他眼里，成长小说与“德国不关心政治的个人主义浪漫传统”密切相关，并把 19 世纪晚期德国小说的发展看作是“一个逐渐远离这一民族体裁，走向接受一些高度非德国倾向的过程”，这造成了成长小说的衰落。曼的结论是“现代成长小说只能作为对过去传统的一种戏仿，作为一个骗子的自传来书写”。[①] 他后来果真身体力行，创作了《骗子菲利克斯 · 克鲁尔的自白》（*Die Bekenntnisse des Hochstaplers Felix Krull*, 1954）。

《魔山》从一定意义上来说是一部关于理解和认知的小说。一方面，主人公汉斯在位于瑞士阿尔卑斯山上那座疗养院的经历有助于他透过这个小世界认识欧洲这个大的病态社会，并对人生做形而上的思考；另一方面，小说人物之间的对话、辩论以及梦幻和独白等也会启发读者对于生与死、健康与疾病等做哲学思考，从而加深读者对自身及人的内在精神的理解。因此，无论从主人公还是从读者的角度来看，《魔山》都是一部关于自我认知的小说。但具有讽刺意味的是，汉斯并没有像威廉之类的经典成长小说主人公那样融入社会，成为社会有用的一员，而是消失在战火中——或者说，这也是一种“融入”——融入虚无之中。换一种角度来看，汉斯的问题在小说中并没有得到解决，高山的经历确实令他收获了对自身和社会

① Todd Curtis Kontje, *The German Bildungsroman: History of a National Genre*, p. 35.

的认知，但他的命运依然悬而未决——小说连他的生死都没有明确交代。从小说中的种种迹象来推断，他很可能会死于战火，果真如此，作家曼的这种处理方法显然是对德国前辈成长小说家小说结局的颠覆；如果他能够在战争中幸免于难，那么，他将何去何从？是对他的这一战争行为做反思从而继续他的人生探索之旅，还是融入他所认同的社会？总之，《魔山》已具备开放式结尾的小说特征，对于主人公的命运，作家或许有意采取放任的态度，任由读者去想象。但汉斯无论是生还是死，都是对德国经典成长小说的革新或戏仿，而这种小说结局模式恰恰是后来英美成长小说中常见的。

如果说《魔山》中汉斯那奇特而具有高度象征意义的成长环境还只是在空间上对成长小说的一种戏仿的话，那么，赫尔曼·黑塞的《纳尔齐斯和戈尔德蒙德》和他的《玻璃球游戏》就是超越时空的成长小说。

《纳尔齐斯和戈尔德蒙德》的故事背景被设置在遥远的中世纪德国。首先须要说明的是，小说的题目及故事中虽然有两个人物，即作为理性化身的禁欲主义者纳尔齐斯和作为情欲象征的感官享乐主义者戈尔德蒙德，但实际上前者只是后者的一个衬托，或者说是他的另一个自我，因此，小说的主角应该是戈尔德蒙德。故事主要讲述的是年轻人戈尔德蒙德在离开马利亚布隆修道院——一所天主教修道院学校后，是如何漫无目的地四处游荡以找寻所谓“人生意义”的，或者更确切地说，这是一个主人公找寻自己人生意义的故事。

小说始终将这两个年龄相差无几的人物对照描写：纳尔齐斯卓有才华，是个思想型的青年；而戈尔德蒙德也天资聪颖，酷爱艺术，但是个感官享乐主义者。彼此性格的巨大差异不但没有使他们产生疏离感，反而使他们惺惺相惜，很快成为莫逆之交。戈尔德蒙德虽然身在修道院，且不断地被纳尔齐斯灌输禁欲主义思想，但他却无法抑制自己感官享乐的欲念，决定随心所欲，活出真正的自我。在一次收集植物的途中，他邂逅了一位美丽的吉卜赛女郎，抵挡不住她的情欲引诱。这次事件使他顿悟：他原来从未打算做一名僧侣。于是，在纳尔齐斯的帮助下，他离开修道院，开始了自己的流浪生涯。在将近两年的流浪生活中，他发现自己对女人非常有吸引力，经历了一系列风流韵事，也遭遇过因勾引雇主的女儿被驱逐出门以及因口角过失杀人等事件。随后又是一次顿悟般的自我认知经历改变了他人生的轨迹：一天，他在教堂看到了一个雕刻得非常美丽的圣母玛利亚的雕像。这一幕唤醒了他自身本来就具有的艺术天赋，这是他对自己的又一次发现。于是，他找到那位雕刻大师，拜师学艺数年，并创作出备受夸赞的雕像。但后来当他的师父要吸纳他为行会成员，做雕刻师的时候，他却谢绝了，因为他宁愿享受流浪路上的自由。当黑死病肆虐的时候，戈尔德蒙德目睹并以画作记录下他所见到的人生种种悲惨和丑陋。后来，他再次因情事险被处死，最终与已是修道院院长的老朋友纳尔齐斯重聚，两人共同回顾了他们各自走过的不同人生之路——艺术家的探险旅程和思想家的心路历程形成鲜明对照。

戈尔德蒙德的两次顿悟使他认识到自身感性或情感的一面——自己的情欲和艺术潜质，但他缺少的是纳尔齐斯所代表的理性和思想，他最终得以与纳尔齐斯重聚并怀着对后者的深情厚谊“幸福地”离开人世，这或许表明他已经成熟，至少表达了作者希望人的情感与理智达到和谐统一，希望人成为“完整之人”的美好愿望。戈尔德蒙德是个不断变化的探索者，他的人生经历极其丰富，既有对感官世界里那种令人癫狂之快乐的可怕追求，又凭借自身的艺术天赋捕捉并充分表达了自己的所见、所闻和所感，小说无疑再现了一个流浪者试图发现自我的艰难历程。作者将故事背景拉回到遥远的14世纪，但读者在小说中却几乎寻觅不到那个特定时代的踪迹，而小说试图诠释的情感与理智之间的冲突不仅过去存在，现在亦然，将来恐怕也无法消除。这一切似乎表明，作者旨在揭示一个超越时代的主题——情感与理智之间的博弈，这一主题就如同小说中那个极具象征意味的圣母像一样，是永恒的。

从小说所涉及的追寻自我和情感与理智之间的冲突这些主题来看，《纳尔齐斯和戈尔德蒙德》继承了以《学习时代》为代表的德国经典成长小说的核心要素。但小说以主人公的死亡为结局，而且他的死是因为他试图再次探访一个不伦情人染病而死，这是对经典成长小说情节模式和结局的偏离，因为后者很少涉及主人公的死亡，多以其融入社会为结局。在经典成长小说中，即便主人公死亡，他也是为一个他心目中的崇高事业而死，就像《魔山》中的主人公很可能是死于战火一样。此外，小说所处理的情感与理智这对矛盾的双方分属两个人物，作者试图使这两个形同水火的人相辅相成，达到所谓的和谐统一，而经典成长小说中的这种和谐指的是主人公自身的身心和谐。从这点来看，《纳尔齐斯和戈尔德蒙德》又是一部对经典成长小说的戏仿之作。

与《纳尔齐斯和戈尔德蒙德》相比，黑塞的《玻璃球游戏》看似更加超脱，但却是一部发人深省、具有重要启示意义的现代成长小说经典之作。

《玻璃球游戏》是一部充满幻想和象征的乌托邦小说，故事发生在2200年前后的一个叫卡斯塔里的乌有之乡。小说以寓言和讽喻等艺术手法，既鞭挞了法西斯统治和没落的资本主义社会，也表达了对美好的未来社会和人的和谐发展的向往。小说的主人公是玻璃球游戏大师路第·约瑟夫·克乃西特（Ludi Josef Knecht）。故事中的“玻璃球游戏”没有任何功利的目的，可以说就是为玩而玩，但玩它的人“必须具备广博的学问和极高的修养”，且“清心寡欲，修身养性，具有内在的心灵和谐”，作者视之为“人的内心和谐与人间的一切文学艺术和科学的和谐统一的最高象征”，因为它“集科学与艺术、思想与感情于一体”。[①] 由此可见，《玻璃球游戏》虽然背景奇特，但表达的主题仍然是歌德以来德国成长小说中常见的对身心和谐的完整的人的向往。

主人公克乃西特因其音乐天赋12岁便进入了“精神王国”卡斯塔里，

① 余匡复:《德国文学史》，第618～619页。

又因成绩突出毕业后进入了培养“高明玻璃球游戏者的圣地”[①]——华尔采尔学校，并最终成为玻璃球游戏大师。其间，有两个人对他的成长影响巨大：一位是比他年龄稍长的旁听生普林尼奥·特西格诺利，另一位是历史学家和神父约可布斯。在与特西格诺利关于卡斯特里的玻璃球游戏与社会活动哪个更有价值的争辩中，克乃西特显然受益匪浅。特西格诺利认为“玻璃球游戏是一种倒退回副刊文字时代去的玩意儿，是一种不负责任的字母游戏，……卡斯塔里人所过的生活犹如靠人喂养的笼中鸟儿”，因此，他主张“正视现实生活”“参与生存竞争”。[②]对于这个卡斯塔里人中的另类——“一个来自世俗世界的外人”——的话，克乃西特虽然感到吃惊甚至恐怖，但他的话又极具吸引力，在其内心产生了共鸣。由此可见，克乃西特在心底里是认同的，这显然为他后来做出辞去玻璃球游戏大师的官职，投身外部世界生活的决定打下了基础。从神父约可布斯那里——

> 他不仅获得了认识和研究历史的方式方法上的概括知识，并进行了具体实践，而且还远远超出纯知识领域，克乃西特体验到历史本身就是一种现实，一种活生生的生命，而附属于此或曰与此一致的是：让个人或纯私人的生活与历史的变化和升华同步。这是克乃西特从任何单纯历史学家身上所学不到的。[③]

约可布斯令克乃西特懂得了“历史的世界和现实的世界的本质”：“人或世界的存在以及世界的秩序都是一种历史性的现象，即一切事物、现象和秩序都在变化之中，都不是一种永恒的存在。”[④]这种对历史与现实之间关系悟察的结果就是：玻璃球游戏以及脱离生活实际的卡斯塔里生活也是一种

① 赫尔曼·黑塞著，张佩芬译：《玻璃球游戏》，第 76 页。

② 赫尔曼·黑塞著，张佩芬译：《玻璃球游戏》，第 87 页。

③ 赫尔曼·黑塞著，张佩芬译：《玻璃球游戏》，第 182 页。

④ 余匡复：《德国文学史》，第 620 页。

历史现象，因此，必然也是历史性的、暂时的。这才是引导他最后回归社会的决定性因素。

总之，在特西格诺利和约可布斯这两位“人生导师”的引导下，加之克乃西特自己的亲身经历，他最终得到三点悟识：

> （1）理想都有历史的阶段性和相对性，不存在永恒的具体的追求目标，即使是一个理想的存在，也必然具有历史性。（2）远离现实生活的个人精神享受（如玻璃珠游戏）虽与平庸的现实生活相比是高尚的，但这种享受只是个人的，因为它不给现实带来任何变化，因此，玻璃珠游戏不应成为人生的最高追求。（3）为了改变现实生活和现实社会，必须投身其中，哪怕做一点点能改变现实的具体工作也是有价值的。①

克乃西特所收获的这三份精神食粮不仅是他自己自我教育的成果，而且也可能会对读者的自我教育产生积极的影响，因为上述三点至今对于正在成长的年轻人来说也不无启示意义。这正是成长小说的特点之一，它不仅描写主人公的成长，也旨在促进读者的成长。

纵观《玻璃球游戏》，我们可以看出克乃西特一生都在探索人生的意义，他在对思与行的思考中虽然没有完全否定像玻璃球游戏这样的精神追求，但最终还是选择了投身社会，要为社会尽一份自己的职责，哪怕是做一个像他的名字“克乃西特”（Knecht）所暗示的“雇工”或“奴仆”也在所不惜。一些黑塞的研究者认为，主人公的这个名字是作者对歌德的主人公“麦斯特”（Meister，意为“师傅”“大师”之类）的“戏弄性的效仿”，克乃西特成了“玻璃球游戏大师”，但他最终却甘愿做社会的公仆。② 这或

① 余匡复：《德国文学史》，第 621 页。

② Martin Swales, *The German Bildungsroman from Wieland to Hesse*, p. 139.

许恰恰表明了作者及其主人公的价值取向，克乃西特由乌托邦式的理想王国回归现实生活，为社会发挥作用，这显然具有积极的教育意义。不过，小说的结尾显得有些苍白无力，克乃西特认为拯救理性王国的途径是教育下一代，所以他选择了家庭教师这一职业，但刚一投身其中，他就在一次与他的学生游泳时淹死在阿尔卑斯山的一个高山湖泊中。这一结局不免显得有些悲凉，仿佛听众正在听一首高昂的歌曲，可歌者刚要发声抒情，却突然失声，不免令人沮丧。

《玻璃球游戏》的创作表明，德国成长小说到20世纪中期仍在继续向前发展。小说仍在描绘人的成长，探讨理想与现实、情感与理智、思与行、个体追求与社会职责等之间的矛盾与冲突，并努力寻求二者之间的平衡及人的心灵的和谐发展。但再现这些成长小说传统母题所采用的叙事手法和情节模式却发生了明显的变化。黑塞的《玻璃球游戏》突破了传统的小说叙事范式，别具一格地糅合了传说、传记、政治评论乃至诗歌等各种形式来描写主人公的成长历程；在情节设置和背景安排上它突破了现实主义的藩篱，借助象征和幻想等表现手法，构筑了一个乌有之乡。这种创作方法在第二次世界大战后的英美成长小说中得到了呼应，如，英国的安东尼·伯吉斯（Anthony Burgess, 1917–1993）的《发条橙》（*A Clockwork Orange*, 1962）和多丽丝·莱辛的《四门城》等都是具有幻想色彩的成长小说。

20世纪德国的成长小说除了《魔山》《纳尔齐斯和戈尔德蒙德》和《玻璃球游戏》之外，还有罗伯特·穆齐尔（Robert Musil, 1880–1942）的《没有个性的人》（*Der Mann ohne Eigenschaften*, 1930–1943）和君特·格拉斯的《铁皮鼓》等小说在一定程度上继承了成长小说的创作传统，如小说的结构，但它们已不是典型的成长小说了。从这个意义上来说，《魔山》和《玻璃球游戏》可以被称为是成长小说在20世纪德国的最后两座丰碑，它们体现了对经典成长小说的继承与戏仿。

六、德国成长小说回眸

从这一章的考察与分析中我们可以看出，所谓德国成长小说也并非铁板一块，而是变化多样的。因此，我们必须辩证地从变化中看待这一小说类型，否则就会导致对这一独特小说体裁机械或片面的认识。但多样性并不能否定小说之间的共性。从共性的角度来看，以《学习时代》为代表的德国成长小说的大传统有下列几个可以明辨的要素：小说中有主人公迟早会接受的价值观念；主人公要经历从混沌到清醒的认识过程，最终达到某种确定的人生目标；认识世界是成熟和发现自我的先决条件；现实是相对稳定的、令人幸福的，宇宙是有序的，人享有中心地位。因此，总体上来说，此等情景是令人羡慕和向往的，它大致反映了德国经典成长小说在现实主义基调上的乐观和浪漫主义的情调。其乐观的传统自歌德以降，可以用亨利·哈特菲尔德（Henry Hatfield）的话概括为："一个人从他人那里不仅可以学到实际知识，而且可以学到一些可能会重塑其人生的洞察力。"[①] 面对异化感日益强烈的社会，主人公往往能接受现实，在喧嚣的社会中把破碎的自我形象重新串联起来，创造一个新的自我形象，这一形象使他可以重建个人同社会的关系。这就是德国成长小说现实的一面。这种概述虽难免失当，但大体上能够反映德国成长小说的概貌，尤其就经典成长小说而言。

这种主人公改变自己以适应社会的倾向给人以庸俗的印象，是遭到论者诟病之处，但成长小说主人公在一定意义上说是为自己而生的，并非为了社会，追求自我才是他们的真正使命，因此，适应社会只是权宜之计。实际情况是，他们在与社会碰撞中积极创造的自我形象往往只对自己有效，所选择的道路只适合自己，追求的是自己的理想，并不是为了人类，或别人，尽管他在初入社会时被灌输的思想是：一个人发展到一定阶段，他就

① 参见 Susan Ashley Gohlman, *Starting Over: The Task of the Protagonist in the Contemporary Bildungsroman*, p. 8。

要把自己迷失在一个更大的整体中，学会为别人活着，在为别人尽责中忘却自己，就像威廉·麦斯特在刚进入塔楼会社时被教育的那样。但成长小说从根本意义上来说是关注个体的小说体裁，它从源头上便是如此，正如莫雷蒂所指出的："在经典成长小说中，历史的意义不在于'人类的未来'，而必须被显现在特定的、相对而言属于普通个人生活这个更狭窄的范围内。…… 由此可以得出结论，小说不是作为一种批评，而是作为一种**日常生活的文化**而存在。绝不是贬低它，小说编排并'美化'这种生存形式，使它更活泼有趣……更迷人。"①

18 世纪德国的经典成长小说，基本上在社会要求和个人内在的发展需求之间达成了想象中的妥协，并以自我教育的理想为其意识形态的核心。"显然，经典成长小说努力留下的印记是主张把主体视为一个统一且独特的身份。它认为主体是从一种固定的思想状态向另一种状态发展的：未成熟和成熟。它同时暗示这一过程是渐进的。"② 这种渐进发展的观念是自我教育观的独特内涵和必然要求。但歌德等创作的经典成长小说，内核中却蕴含着一种"反动"的惰性，因为它们总是设法调和各种矛盾，尤其是调解个人自由发展和成长与社会决定之间的矛盾。不仅在创作实践中，就是从早期的成长小说理论上来看，人们也普遍持乐观的态度，相信个人及社会的进步。歌德意欲表达的思想——人的个性能够得到自由、完整的发展——是德国理想主义的内核之一。小说着力展现的是主人公成长过程中的内在生活，以具体的、富有立体感和美感的语言清晰地描写主人公线性的成长历程。

但从另一个方面来看，歌德式理想化的自我教育观与现实中人的实际可能性之间一直存在着巨大的差距，就连成长小说的原型《学习时代》自身似乎也不是完全符合这种理想，因为早期的理论与实践均表明"自我教

---

① Franco Moretti, *The Way of the World: The Bildungsroman in European Culture*, p. 35.

② Gunilla Theander Kester, *Writing the Subject: Bildung and the African American Text*, pp. 7–8.

育是一种要求个人服从的社会约束（social discipline）形式，只限于文化精英，且只局限于男性”。[①] 这一“约束”也决定了小说必须在一个闭合的圈子里运作，威廉的生活也只能圈定在民族和国家的框架内。当威廉因为激情和对未来充满无限希望而有些自我膨胀时，歌德适时地把他拉回到民族的平台上，从而使他的抱负有了坚实的现实基础。这样，威廉从充满无限喜悦的世界中又折回到浪漫却又具有现实可操作性的具体计划中——他“在自负的谦逊中看出自己是出色的演员，是未来的民族剧院的创立人”。[②] 小说随后所展示的各种矛盾与冲突，如创立民族剧院的理想与现实要求、文化与商业等，大多围绕着对国家和民族的关切展开。直至小说临近结束，雅尔诺建议威廉跟他一道前往美洲时，我们才感到威廉即将跳出狭隘的圈子，要到一个更广阔的世界中去了：“从我们古老的塔楼发起一个社团，它分布在世界的各个部分，世界各个部分的人都可以参加。一旦发生一场政治革命，这人或那人完全从他的产业中被赶走了，我们彼此之间就互相保证我们的生活。我现在渡海到美洲去，以便利用我们朋友在那儿居留时建立起来的良好关系。”而且雅尔诺似乎要在对立中发现统一以达到一种平衡的观点也不无道理：“人的行动的平衡，可惜只有通过对立来建立。”[③] 然而，这时，国家和民族的要求再次占了上风，神父要求威廉留在国内陪同意大利的侯爵了解国内的情况：“这对于他本人也有莫大的好处，能跟随这样一个良好的同伴，又在这么有利的情况下看看德国。不认识自己祖国的人，就没有认识外国的标准。”[④] 虽然威廉一开始对这个建议感到不可抑制的气愤，但命运还是关闭了他生活的循环，可望开放的人生旅程再次受阻。

德国成长小说从诞生之日起虽历经变化，但始终在探讨思与行、激情

① Todd Curtis Kontje, *The German Bildungsroman: History of a National Genre*, p. 7.

② 歌德著，董问樵译：《威廉 · 麦斯特》，第 40 页。

③ 歌德著，董问樵译：《威廉 · 麦斯特》，第 538 页。

④ 歌德著，董问樵译：《威廉 · 麦斯特》，第 541 页。

的理想主义与成熟的实用主义之间的平衡，歌德的小说围绕着主人公“自我形塑”这个中心展开情节，突出表现的主题是丰富的想象力与现实生存条件之间的冲突，而化解这一冲突的途径就是在二者达成妥协。

但事实表明，创作主体的主观愿望与其塑造的人物之间同样存在着差距。威廉及其他经典成长小说中的主人公大体上是席勒所描述的“现实主义者”的性格：从理论上看，这种“素朴的性格”“就只剩下客观冷静的观察方式和永远依恋感官的单一证明；从实践上看，它就只剩下对自然的必然性——但不是对盲目的强制——的听天由命式的服从，因而是对存在之物和必定之物的顺从。”[①] 由此看来，歌德及其追随者的理想情怀与其描写的主人公的性格特征之间实际上存在着明显的张力。有意思的是，经典成长小说作家着力描写的是个体与社会之间的张力，而解决这种矛盾的途径并非是平衡和双方的妥协，而是个体的单方面屈从。

针对这种情况，歌德之后的早期浪漫主义作家，如诺瓦利斯等，开始按照他们自己的创作原则改写歌德小说的创作模式，从而开启了成长小说发展史和批评史。“某种程度上来说，这个体裁的历史与歌德《学习时代》的接受相一致，因为一代又一代批评家根据他们自己的文化和历史环境对不久后所谓的成长小说原型进行重新解读。然而，与此同时，在过去的200年，德国作家创作了既超越又修正这个文学传统的作品。反过来，这些作品又成了试图重构成长小说历史的批评的对象。”[②] 由此观之，我们可以说德国成长小说的发展史是以歌德的《学习时代》为标杆而对此不断进行解读和重构的历史。无论是赞成还是反对，一个不争的事实是，歌德的《学习时代》在作者和读者的心目中始终挥之不去。即便是20世纪中期黑塞塑造的克乃西特，也令人不禁想起歌德的麦斯特——尽管人们是从反面联想到的。

---

① 席勒著，张玉能译：《审美教育书简》，第225～226页。引用时略有改动。

② Todd Curtis Kontje, *The German Bildungsroman: History of a National Genre*, p. 13.

时至19世纪，随着社会越来越官僚化，社会和个人之间的天平逐渐失衡，越发向社会一极倾斜。在萨蒙斯看来，在19世纪德国成长小说的范例中，除了施蒂夫特的《晚年的爱情》这个“单个、古怪的例外”，由于“对在这个世界上自我可能性大大降低的预期”，它们似乎已经失去了属于“歌德和洪堡自我教育概念的基本特征”的“乐观主义”。[①] 但即便到了20世纪，主人公的自我教育与自我发展依然是成长小说的典型特征。正如赫尔曼·韦甘德（Hermann Weigand）在分析托马斯·曼的《魔山》时所指出的，主人公汉斯·卡斯托普“不是根据从外部强加的模式线索发展的，而是根据他自己逐渐明晰的个性的内在规律发展的”，这就是说，自我发展的概念是这部成长小说的关键要素，所以也可以说，这是一部关于“自我发展的小说”。[②] 哈丁也认为，卡斯托普离开“象牙塔”不是基于“思考和逻辑”，而是出于“本能和直觉”。[③] 由此可见，直至20世纪，德国经典成长小说的核心要素依然是这类小说的鲜明特色。在《魔山》的结尾，虽然“没有和谐只有混乱和暴力”，而且从一开始，主人公汉斯·卡斯托普在其中接受“教育”的社会就是一个“不真实的、神经过敏的”社会，但它确实“反映了第一次世界大战前的欧洲”的社会现实。[④] 从这点来看，《魔山》绝不仅仅是对经典成长小说的“戏仿”，更是对这一体裁的继承与发展：“《魔山》不是简单地对这个传统的探索以及对它的一种批判，而是对它的一种没有把握的重建。”[⑤] 在斯韦尔斯看来，后者才是值得特别注意

---

① Jeffrey L. Sammons, “The Bildungsroman for Nonspecialists: An Attempt at a Clarification,” in James Hardin (ed.), *Reflection and Action: Essays on the Bildungsroman*, Columbia: University of South Carolina Press, 1991, p. 32.

② Randolph P. Shaffner, *The Apprenticeship Novel: A Study of the «Bildungsroman» as a Regulative Type in Western Literature with a Focus on Three Classic Representatives by Goethe, Maugham, and Mann*, p. 11.

③ James Hardin, “Introduction,” p. xxii.

④ James Hardin, “Introduction,” p. xxi.

⑤ Martin Swales, *The German Bildungsroman from Wieland to Hesse*, p. 125.

的，因为一战前后的社会氛围已不再为主人公提供融入社会并与之建立和谐关系的条件，在经典成长小说中就备受质疑的主人公线性发展的路径在《魔山》中更加不可能。尽管《魔山》“无疑是一部自觉的（self-conscious）、复杂的、具有讽刺意味的、戏仿的，因而是完全现代的小说”，但它恰恰“证明了成长小说作为一个体裁的长寿”。[①] 这从反面证明了成长小说经久不衰的艺术魅力和它巨大的发展潜力。

有趣的是，一些专家试图唱衰成长小说，结果却证明了它的生命力。例如，莫雷蒂认为成长小说 20 世纪初就已经寿终正寝了，但他的分析更像是在为经典成长小说辩护。他在《世界之路——欧洲文化中的成长小说》一书中提出的“符号合法性”的观点有启发意义：“作为符号动物，人向往一种可以弥合‘内在’价值和‘外部’世界间沟壑的符号形式。”[②] 经典成长小说正是发挥了这种符号合法性的功能，其主人公极力寻找的就是这种符号形式，即如何处理个人价值与社会现实之间的矛盾的方式。这是问题的一个方面，按照卡斯尔的观点从另一个方面来看，成长小说同时也在以各种形式稳定现下的权力结构，维持流行的社会化模式。为了能自由地体验世界，主人公同家庭和社会权威决裂，但这种年轻气盛的背叛是可以原谅的，在与上述权威象征性地和解之前，这甚至是必要的插曲。这样，个人命运就同历史使命在自我教育的辩证和谐中结盟，主人公的命运就同他所在的社会历史世界相协调，“这是一个依然信仰人和社会制度完美的世界——一个自信赋有现代性的世界、一个由‘全面发展和能够自我实现的个人’构成的世界。”这样的主人公是资产阶级的，他在反叛父亲——社会权威的象征——和他所代表的社会价值的旅途中接受熏陶，努力寻找步入生活的路径。最终浪子回头，他回归了社会，完成了一个循环，虽然他

① James Hardin, “Introduction,” p. xxii.

② Franco Moretti, *The Way of the World: The Bildungsroman in European Culture*, pp. 67–68.

依然年轻但已比初入社会时更聪慧了。[①]

220多年前形成的德国成长小说传统虽遭诟病，但一直影响不衰，今天的小说主人公往往也面临着同样的困惑。这种困惑依然是德国式的，即“这个世界是单调乏味的”，或是“所有可能的世界中最好的”。主人公的任务就是“把自己和自己的欲望融入现下的秩序/无序中”。经典的成长轨迹是主人公“由典型的乡村环境步入广阔的世界”。被迫脱离牢固家庭纽带的主人公在旅途中必然要冒险，要犯错，例如，他会陷入新的爱情，但这本身就是他自我教育的一部分，最终他会选择一个伴侣或一份职业，作为他融入社会的明证。社会可能会给他提供“理想的辅助性指导和他可以借以安身立命的准则”，或者是“他必须适应的不太理想但必不可少的体系”。[②] 这再次证明经典成长小说的基本范式在当下的有效性。

萨蒙斯认为，“成长小说应该与自我教育相关，即，与早期资产阶级、人文主义的个体自我观念相关，个体与生俱来的潜能经由文化适应（acculturation）和社会历练发展至临近成熟。……自我教育的过程成功还是失败，主人公与生活和社会是否实现和解并不太重要。”[③] 值得注意的是，萨蒙斯在这里明确否定了“与社会达成妥协”这一狄尔泰的经典定义所假定的成长小说的“乐观结局”。萨蒙斯的贡献在于他“在与自我教育保持着传统联系的同时，容许把诸如黑塞的《荒原狼》（*Steppenwolf*, 1927）这样的现代主义的、‘异化的’作品包含在内”。他的新阐释尽管仍属于较严格的界定，但它没有以民族和国家为界，这已对经典的定义有所突破。这种阐释不仅符合现当代成长小说创作的实际，也把研究者从“彼时”对成长小说“真理性”的认识中解放出来，从而客观、切合实际地评价“此时”

---

① Gregory Castle, *Reading the Modernist Bildungsroman,* p. 9.

② Sandra Frieden, “Shadowing/Surfacing/Shedding: Contemporary German Writers in Search of a Female Bildungsroman,” p. 304.

③ Jeffrey L. Sammons, “The Bildungsroman for Nonspecialists: An Attempt at a Clarification,” p. 41.

的成长小说，也许正是出于这种判断，哈丁认为萨蒙斯所提供的论述是对“这个体裁有用且可用的阐释”。①

萨蒙斯简要概述了德国成长小说的历史发展过程：“德国成长小说于18世纪晚期出现，在歌德和浪漫主义时期短暂繁荣，19世纪整体转入地下，只有少数例外——这其中有些因处在威廉式的经典化过程中才没有被淹没，然后在我们自己这个世纪的现代主义的新浪漫主义复兴中再度出现。”② 萨蒙斯的总结大体上是中肯的，它不仅道出了德国成长小说的连续性，也指出了它随着社会的变迁而发展和变化的特点。与下文将要谈到的在叙事形式和结构上相对稳定的英国成长小说相比，德国成长小说对重大的历史变迁比较敏感，变化较为明显。

诞生在德国的成长小说不仅在国内得到了延续和发展，而且几乎同时也在英国和美国等西方国家结出了异域的花朵。下面几章我们将重点探讨它在英国和美国的传承与发展。

---

① James Hardin, “Introduction,” p. xxiii.

② Jeffrey L. Sammons, “The Bildungsroman for Nonspecialists: An Attempt at a Clarification,” p. 32.

第五章　英国成长小说的诞生与“第一次兴盛”

导语：本章从英国本土和欧陆内外两个方面分析英国成长小说诞生的思想和文化背景，尤其剖析了约翰·洛克的《人类理解论》和《教育漫话》对英国成长小说产生的影响。在解读理查森的《帕梅拉》和菲尔丁的《汤姆·琼斯》的基础上指出，这两位作家是英国成长小说的开拓者，他们的代表作已具备成长小说的雏形，以期说明在德国成长小说流入英国之前，英国已具有滋生此类小说的土壤。卡莱尔对歌德《威廉·麦斯特的学习时代》的译介是他对英国成长小说发展做出的特殊贡献，而他的《旧衣新裁》的出版标志着英国成长小说的诞生。接着，本章考察了英国成长小说“第一次兴盛”的情况。

英国成长小说的萌芽和长成得益于多元养料的滋补。一般认为它主要是受到外来的影响——德国成长小说的译介，但“成长小说的兴起不能仅仅归功于德国人和歌德。更确切地说，成长小说的兴起是一个漫长而复杂的过程，是更大范围的文学和欧洲大陆引发的共鸣，其先声发于古代和中世纪时期”。[①] 就英国成长小说而言，它既有本土思想和文化上的理论准备，也有适宜它生成的文学土壤，更有德国成长小说的影响。多重因素促成了它的诞生及其在英国文学史上的“第一次兴盛”。

一、英国成长小说诞生的思想和文化背景

早期“现代”小说着力构建社会化的个体，这必然涉及个体对社会的认识和教育问题，英国小说与哲学和教育之间的关系就是一个鲜活的案例。大而言之，英国小说的形成与发展与哲学和教育思想的发展不无关系，正如理查德·巴尼（Richard A. Barney）所言，“17 世纪晚期和 18 世纪早期的教育理论构成了英国小说叙述形式及其通常对个体社会身份作矛盾描述的一个不可或缺的来源”，早期的小说通常对个体身份做矛盾性描述，在理解这类小说的教育议题时，“我们能勾勒出后来发展成为所谓**教育小说**或**成长小说**这个亚类的一个重要小说先驱的轮廓。”[②] 实际上，17 世纪末和 18 世纪早期的哲学（尤其是认识论）与小说都倾向于突出教育观念，这一现象表明，当时哲学与文学之间的类属区分并没有我们今天这样界限分明，即便到了 18、19 世纪之交，小说的哲学意味依然十分浓郁。譬如，我们在读荷尔德林的小说《许佩里翁或希腊的隐士》时，常常会被其中“一即万有”之类的哲学思辨所吸引而恍若在读一部哲学著作；读卡莱尔的《旧衣新裁》时我们就更难分清这到底是一部哲学论著还是一部小说，实际上，它既属于二者，又不尽然，或许我们可以说，它二者兼而有之。[③]18 世纪

---

① Nicoleta Cinpoes, “Foreword,” in Petru Golban, *A History of the Bildungsroman: From Ancient Beginnings to Romanticism*, Newcastle upon Tyne: Cambridge Scholars Publishing, 2018, p. ix.

② Richard A. Barney, *Plots of Enlightenment: Education and the Novel in Eighteenth-century England*, p. 2. “教育小说”之谓有失严谨，此处应径称“成长小说”。

③ 关于这部作品的归类问题，详见威廉·亨利·赫德森著，马秋武等译：《导言》，托马斯·卡莱尔著，马秋武等译：《拼凑的裁缝》，广西师范大学出版社 2004 年版，第 1 页。

中期以前的英国小说或明或暗地探讨的都是哲学和教育思想。通过文献梳理，我们发现作为英国早期小说重要形式之一的成长小说，其形成和发展与英国独特的认识论和教育观关系十分密切。而这两个方面的影响分别可以追溯到17世纪英国资产阶级哲学家、政治思想家和教育思想家约翰·洛克（John Locke, 1632–1704）的两部影响深远的著作——《人类理解论》（*An Essay Concerning Human Understanding*, 1689）和《教育漫话》（*Some Thoughts Concerning Education*, 1693）。仅此一例便足见哲学和教育话语对成长小说形成的贡献。英国成长小说“不仅是探讨个体身份和成熟主题的一个体裁，而且是教育理论的一种文学衍生物”。[①]

洛克是英国典型的经验主义者，在其哲学代表作《人类理解论》中，他从唯物主义的立场出发，提出了此后几乎与他的姓名无法分离的著名论断——“白板”（tabula rasa）论：“我们可以假定人心如白纸似的，没有一切标记，没有一切观念，那么它如何会又有了那些观念呢？……我可以一句话答复说，它们都是从‘**经验**’来的，我们的一切知识都是建立在经验上的，而且最后是导源于经验的。”[②]出于对法国哲学家笛卡尔唯心主义“天赋观念”的反驳，洛克坚持认为人类的知识不是来自“天赋”，而是来源于感觉和经验。它以经验为基础，从经验中来，而经验又是客观世界作用于人的感官的结果。如此一来，“教育就成了一种社会书写，它朝着意欲达到的目标书写着儿童个性和素质的文本。”[③]洛克这种知识基于经验的认识论对西方哲学产生的巨大影响被后人广为认可，甚至还得到过马克思和恩格斯的赞许。但这一认识论对欧洲成长小说的影响却鲜有人提及。通过前几章我们对成长小说特征的分析和文本的阐释已知，成长小说主人公成长的关键因素之一就是与社会接触，从社会交往中获得对世界和自身的认

---

① Richard A. Barney, *Plots of Enlightenment: Education and the Novel in Eighteenth-century England*, p. 25.

② 洛克著，关文运译：《人类理解论》，商务印书馆1983年版，第68页。

③ Richard A. Barney, *Plots of Enlightenment: Education and the Novel in Eighteenth-century England*, p. 39.

识，积累人生经验，最后走向成熟。在成长小说中，经验与成熟几乎是一对孪生兄弟，如影相随。这种经验性的认知方式是自我教育的重要内涵，也是成长小说主人公成长的主要途径，这不能不说与洛克的认识论有关。这种影响是持久的，在后面的成长小说论述中我们会越来越深刻地认识到这点。

成长小说的形成与发展还受惠于洛克在《教育漫话》中所提出的教育观。《教育漫话》开宗明义地强调了教育的重要性，将教育对人格塑造的作用提升到无以复加的高度："我敢说我们日常所见的人中，他们之所以或好或坏，或有用或无用，十分之九都是他们的教育所决定的。人类之所以千差万别，便是由于教育之故。"[①] 换言之，天下各色人等皆与教育有关，他以此强调教育的重要性，同时也表达了他对人类心智可塑性的坚定信念。不过，他心目中教育的意义不仅仅在于给青少年传授基本事实，甚至不仅仅在于提高他们的智力水平，他认为教育的首要任务是培养身心健康的完整的人。而这种完整的人的教育就是他所谓的"绅士教育"，即高薪聘请"导师"（tutor），"使得自己的子弟具有善良的心地，有德行、有能耐而又具有礼貌与良好的教养"。[②] 他还按重要性依次给教育的四个目的排序，依次为："德行""智慧""教养""学问"。

由此我们可以推断出洛克教育观的四个方面。首先，洛克提倡"量身定制"的教育，一种极端形式的因材施教。他不赞成将孩子送到学校，而是主张聘请"导师"，即家庭教师，因为"学生的心理和礼貌的形成是需要不断地注意的，并且还得个别教导才行，这在大群大群的学生中间是行不通的"。[③] 其次，教育的目的不是培养学者，而是培养有德行的人。德行是教育的第一个目标，"唯有德行才是真实的善"，但"教育上难于做到而

---

① 约翰·洛克著，傅任敢译：《教育漫话》，教育科学出版社 1999 年版，第 1 页。

② 约翰·洛克著，傅任敢译：《教育漫话》，第 65 页。

③ 约翰·洛克著，傅任敢译：《教育漫话》，第 47 页。

又具有价值的一部分目标是德行”。[①] 它是由一系列普遍的行为道德标准所构成的，其中，主要的是克己，因为孩子步入成年最关键的就是克制享受。有德行的人能够抑制自己的欲望而受制于理性的支配：“一切德行与价值的重要原则及基础在于：一个人要能克制自己的欲望，要能不顾自己的倾向而纯粹顺从理性所认为最好的指导，虽则欲望是在指向另外一个方向。”[②] 他还用一句话概述了他所主张的整个德行教育理念：“大凡小时候自己的意志不惯于服从他人的理智的人，一旦长大成人，到了自己能够运用理智的时候，他也是很少会去服从自己的理智的。”[③] 这里突出了早期德行教育的重要性，强调人从小就要养成克制自己欲望的习惯。道德教育的目的就是要赋予人自制的能力，方法是培养孩子克己以接受父母的指导。唯有如此，孩子长大后才能使自己的欲望服从自己理性的指导。这一能力的培养是一切教育的目的和基础。而要确保德行能够真正得以形成，智慧必不可少，因为智慧能使人明辨是非，谨慎地选择人生道路。再次，要培养有能力、能够出人头地的幸福之人。这样的人要“能工作”“能忍耐劳苦，要在社会上做个人物”。[④] 由此可见，洛克的教育观具有明显的功利性，这为后来英国成长小说中的实用主义自我教育观提供了精神营养。最后，教育的终极目的就是培养“具有礼貌与良好教养”的绅士。教养对德行和智慧也很重要：它“**是在他的一切别种美德之上加上的一层藻饰，使它们对他具有效用，去为他获得一切和他接近的人的尊重和好感**”。但绅士的良好修养不是教出来的，也不是从书本上学来的，“除了良好的伴侣与观察[⑤] 相结合以外，什么都不能使它产生出来。”[⑥] 这显然表明绅士是在交往和实践中磨

① 约翰·洛克著，傅任敢译：《教育漫话》，第 48 页。

② 约翰·洛克著，傅任敢译：《教育漫话》，第 19 页。

③ 约翰·洛克著，傅任敢译：《教育漫话》，第 21 页。

④ 约翰·洛克著，傅任敢译：《教育漫话》，第 1 ~ 2 页。

⑤ 这里的英文原文为“observation”，而译文是“实行”，疑为误译，故根据语境改译为“观察”。

⑥ 约翰·洛克著，傅任敢译：《教育漫话》，第 67 页。

炼出来的。

综上所述，洛克实际上是主张培养既有封建贵族的精神气质又掌握了资产阶级所需要的实用知识技能的绅士，这种“绅士”是特定历史时期英国社会的产物，是新兴资产阶级和新贵族的“混血儿”。实用知识技能是资产阶级集聚财富，向社会上层攀爬的工具，而贵族气质和修养是英国社会，尤其是上流社会人士，历来的心理需求和用以装潢门面的噱头。这种绅士是英国社会发展的需要，更是新兴资产阶级的内在要求。

从上文析出的洛克的教育观中，我们可以甄别出它对后世成长小说产生的几乎一一对应的直接或间接的影响。第一，个性化的培养方式和导师的作用。洛克极力提倡聘请家庭教师，因为他认为“凡是家里请得起导师的人，则导师较之学校里的任何人必定更能使他的儿子举止优雅、思想高尚，同时又能知道什么是有价值的，什么是合适的，而且学习也更容易，成熟也更迅速”。[①]于是，在洛克那个时代，英国贵族和新兴资产阶级家庭聘请家庭教师一时蔚然成风。文学反映社会现实，所以后来的成长小说中常有导师这一角色。这种导师一开始就是指家庭教师，在小说中，他们逐渐成为主要角色，如《简·爱》的同名主人公。在后来的成长小说中作者有时将他们引申为主人公的精神之父或人生引路人，他们对主人公的成长起着十分关键的作用。第二，以克己“服理”为核心的德行教育的影响。洛克强调克制自己的欲望以服从理性的引导，这一教育思想在成长小说中直观表现为主人公的成长历程就是不断地调适自己以适应社会的过程。这实际上就是个体克制自己的欲望以满足社会的要求，以期最后融入社会，这成了成长小说尤其是经典成长小说的显著特征。第三，洛克“出人头地”的人才观在成长小说中艺术地表现为社会流动性，成了英国成长小说的常见主题之一。向社会上层流动是主人公成长的主要动因和归宿，这一功利

---

① 约翰·洛克著，傅任敢译:《教育漫话》，第46页。

目的成了英国成长小说有别于德国成长小说的一大特色。第四，洛克对实践作用排他性地突出，更是与成长小说中强调主人公与社会接触、在实践中锻造自己密切相关。

上述以洛克为例的分析表明，英国乃至欧洲的成长小说至少在 17 世纪已具备了思想和理论上的条件，或者说，欧洲已经在思想和文化等领域为成长小说的诞生营造了良好的氛围。

梳理文学史实，我们还发现英国具有生成成长小说的肥沃土壤，在这片土地上理查森和菲尔丁等是开拓者；卡莱尔译介歌德的《学习时代》为德国成长小说向英国传播搭建了桥梁；他的《旧衣新裁》的出版标志着英国成长小说的诞生，随后英国便迎来了成长小说的“第一次兴盛”。

如果我们认同这样一些文学的基本特质，例如，文学即人学，文学一般都不同程度地反映社会现实，那么，再现人特定时期的成长经历并生动地反映社会生活的成长小说就具有某种超越民族的共性。成长小说多半反映资产阶级的人文主义观念，表达对进步的信仰，并突出个体的价值实现。事实上，如果要寻找文学与社会及文学与其受众之间关系的佐证，那么，英国小说就是一个便利的证据，而成长小说便是其中一个鲜活的个案：

> 从一开始，英国小说就是新兴中产阶级的宠儿，他们知道如何使用这种形式更好地表达个体经验，并因此赋予其价值。日常事务，以及结婚、生子、死亡、遗产继承等人生大事，尤其是普通人得以规划自己人生轨迹的社会流动这种新体验，都成了小说的素材。关于普通男女价值的新思想以及社会流动的合法性于是就找到了一种文学表达方式——没有什么比成长小说更合适的了。[①]

从成长小说的一般特征和它独特的意识形态关怀来看，英国具备这一小说

---

① Patricia Alden, *Social Mobility in the English Bildungsroman: Gissing, Hardy, Bennett, and Lawrence*, p. 1.

类型生成的适宜土壤，而这一土壤至少在 18 世纪就已基本形成。

但在这个土壤所孕育的胚胎中我们已经可以看出英国成长小说与德国成长小说之间相似之外的一个明显的差异：德国成长小说以自我教育为核心价值追求，凸显人的和谐发展。无论是早期歌德的《学习时代》最后以威廉融入社会为结局，还是 20 世纪《魔山》中的汉斯最后消失在战火中，抑或《玻璃球游戏》中的克乃西特在成为他梦寐以求的玻璃球游戏大师后却莫名其妙地与自己的学生淹死在湖中，这些小说着力描写的都是主人公的精神追求，他们的目标是要成为一个完整的人。与此相比，英国成长小说“更关注社会的流动性，关注阶级冲突”，[①] 关注的焦点显然与德国此类小说不同，因为它从一开始就“乐于适应新的中产阶级读者大众的关切，甘愿被个人的历史吸纳，并乐见其社会流动的集体体验是如何会被渲染为个体追求自我发展理想的。然而，在其英国形式中，成长小说把个体道德、精神和心理成熟与经济和社会地位的提升相联系。一定物质条件被假定是情感与智力发展的先决条件”。[②] 这一“物质属性”自始至终决定着英国成长小说人物的命运，无论是早期小说中主人公被社会接纳、走向上流社会的“乐观”结局，还是中后期小说不那么“乐观”的结局，似乎都是由主人公所处的社会地位和所拥有的物质财富决定的。

概而言之，向上流动是英国成长小说主人公的个人设计和价值追求，而家庭出身或先期拥有的财富则是个人地位上升和理想实现的重要条件。这从两端——个体价值实现的目标以及目标实现的条件或起点——决定了英国成长小说鲜明的“物化”特色，即与精神追求相对、以物质为前提和指归的特点。这一“物质基因”从英国成长小说的萌发期就已显现出来，并或隐或显地贯穿于这类小说的整个发展历史。

---

① James Hardin, “An Introduction,” p. xxiv.

② Patricia Alden, *Social Mobility in the English Bildungsroman: Gissing, Hardy, Bennett, and Lawrence*, pp. 1–2.

二、英国成长小说的雏形——理查森与菲尔丁的开拓

理查森和菲尔丁是英国成长小说的开拓者，前者的《帕梅拉》和后者的《汤姆·琼斯》开风气之先，使英国成长小说初具雏形。

学界一般认为，英国成长小说源于卡莱尔对歌德小说的翻译以及他自己的小说创作，但实际情况未必尽然。众所周知，文学史上任何一个新的文学运动的兴起或流派的产生都不可能是一蹴而就的，后人也不可能在时间上对它们做准确的切割，即便是一种文学体裁或样式的生成也是如此。而客观上文学史家或评论家们之所以这样做往往是因为他们为了论述的方便而对复杂的文学问题做简单化处理，因此带有很大的主观性和人为因素。历史就像一条奔腾不息的河流，很难做明确的划分，文学史当然也不例外。

就成长小说而言，上述思想和文化背景为成长小说在英国诞生营造了良好的氛围，除此之外，它还与英国文学自身的传统和发展机遇不无关系。首先，英国有书写流浪汉和冒险传奇的传统，如丹尼尔·笛福（Daniel Defoe, 1660?–1731?）的《鲁滨逊漂流记》（*Robinson Crusoe*, 1719）和乔纳森·斯威夫特（Jonathan Swift, 1667–1745）的《格利弗游记》（*Gulliver's Travels*, 1726）等；其次，18世纪兴起的英国小说以其逼真的描写、"道德说教"和"社会关切"为特征；最后，浪漫主义的文学创作实践"强调个体体验，聚焦自然，关心儿童经历、存在的二重性"，等等。[①] 所有这一切都为英国成长小说生成创造了条件。

其实，在德国成长小说流入英国之前，英国自身已经拥有了滋生此类小说的肥沃土壤，并早已生长出肥美的幼苗乃至惹眼的奇葩。早在18世纪40年代——此时小说已通过在讲述故事的过程中将有关"真理"和"美德"的问题成功地归并而获得了相对的"类属稳定性"和"明确的承认"，[②]

① Nicoleta Cinpoes, "Foreword," p. ix.

② Richard A. Barney, *Plots of Enlightenment: Education and the Novel in Eighteenth-century England*, p. 6.

英国作家就已经创作出当时深受读者喜爱且至今仍被视为经典的关于个体成长的小说。开风气之先的是英国小说兴起和早期繁荣时期的两位文学巨匠——塞缪尔·理查森（Samuel Richardson, 1689–1761）和亨利·菲尔丁（Henry Fielding, 1707–1754）。1740 年理查森出版的《帕梅拉，又名贞洁得报》（*Pamela, or Virtue Rewarded*）和 1749 年菲尔丁发表的《弃儿汤姆·琼斯的历史》（*The History of Tom Jones, a Foundling*）是其中的杰出代表。这些小说的出版比歌德著名的《学习时代》还要早半个世纪左右。《汤姆·琼斯》的出版甚至比德国经典成长小说的先驱——《阿迦通的故事》（1766–1767）还早近 20 年，后者与前者之间的渊源关系得到了作者本人的坦然认可："维兰德在自己著名的《序言》中，直接把自己的《阿迦通的故事》纳入《汤姆·琼斯》创作的那一类小说中。"[①] 这说明《汤姆·琼斯》是《阿迦通的故事》的榜样，至少正如作者本人所承认的那样，后者的创作深受前者的影响。或许我们可以说，德国和英国在成长小说创作方面存在着相互影响的互动关系。这在一定程度上印证了豪的观点：成长小说并非是德国的一项发明，而是 18 世纪欧洲流行的观念在德国的一种改造，只不过这种观念在德国渗透得很深，并逐渐发展成为特别适合德国趣味的一种小说形式罢了。[②] 巴尼更是将英国对成长小说的影响追溯到 17 世纪约翰·洛克的《教育漫话》，认为欧洲成长小说的兴起深受这位英国哲学家《教育漫话》思想的影响，尽管这种影响主要体现在小说有关教育的理念以及教育小说上。[③] 由此可见，英国成长小说并非全然是德国的嫡系后裔，它从一开始就有自己的特色。例如，英国早期的此类小说倾向于关注主人公经济和社会地位的提高，往往将个人的精神成长同其社会地位的

---

① 巴赫金著，白春仁、晓河译：《教育小说及其在现实主义历史中的意义》，第 233 页。

② 参见 Susanne Howe, *Wilhelm Meister and His English Kinsmen: Apprentices to Life*, p. 24。

③ 参见 Richard A. Barney, *Plots of Enlightenment: Education and the Novel in Eighteenth-century England*, pp. 23–26。

提升相联系：要么将较好的经济状况和较高的社会地位视为主人公成长的必要条件；要么将经济和社会地位的提升作为衡量主人公是否成功实现自我的一个标志。这与德国成长小说重在精神成长和个性展示明显有别。如上所述，与德国成长小说相比，英国此类小说显示出典型的物化特征。

理查森轰动一时的长篇小说《帕梅拉》就是一个恰当的例子。这部以书信体和日记形式写成的小说如同其副标题所明示的，讲述的是主人公帕梅拉"贞洁得报"的故事。得到了什么样的回报呢？无非是因坚守贞操和美德而获得了财富和社会地位这样的物质报酬。

主人公帕梅拉是个年仅15岁的贫困女仆，但她美丽、聪慧，并因此赢得了年轻的主人B先生的爱慕。B先生在其母亲去世后，开始想方设法引诱并企图玷污帕梅拉的贞操，可是，受过良好家庭道德教育的帕梅拉把贞操看得比生命还重要，顽强抵制主人的诱惑和威逼。几经周折，B先生被帕梅拉坚守贞操的美德所感动，从而改邪归正，正式向她求婚，帕梅拉也在抗争中不知不觉地爱上了这个才貌双全的年轻人，最后二人结为伉俪。小说表明帕梅拉的美德最终得到了回报，作为B先生的合法妻子，她得以跻身上流社会。但帕梅拉经济和社会地位的提升并不代表她情感和理智的发展和成熟，从故事情节的展开和人物塑造来看，她的个性并没有改变，因为她的美德是从小在其父母的道德教育下就已养成的。更值得注意的是，直到小说结束帕梅拉只是社会地位得以提升，并未实现自我，她甚至仍保持着仆人心态："我希望，我将让我的心逐渐平静下来，过安静的家庭生活，这样我可以使我本人对B先生的家庭稍稍有用一些；要不然我确实就将成为一个毫无用处的仆人了！"①

《帕梅拉》以主人公最终融入上流社会为结局，而这一童话般的结局似乎是由主人公的美德所决定的。由此可以看出，小说带有明显的说教色

---

① 理查森著，吴辉译：《帕梅拉》，译林出版社1998年版，第459页。

彩，主人公跻身上流社会的路径为读者大众，尤其是中产阶级，指明了方向。它表明，个人的德行是出人头地的必要条件，而社会地位是个人成功与成熟的标志。这样，小说似乎就把个人的成长同经济和社会地位及道德的提升融为一体。但小说从乡绅或资产阶级的立场出发，与其说把帕梅拉“向社会上层流动”（upward mobility）描写为她的“发展”，还不如说呈现了“因她的贞洁而得到的一种恰当的物质回报”，因为小说似乎断言“一个女仆和一位贵族的结合将会相得益彰”。[①]《帕梅拉》的这种道德说教反映了英国早期小说的典型特征，即多以教育读者、培养他们的道德情操和修养以及改进社会为指归。

《帕梅拉》出版后曾引起一场争论，争论的焦点是主人公帕梅拉的坚守是真的为了维护贞操还是仅仅作为博取上位的一种手段，争论者就此各执一端，莫衷一是。其实，如果我们换个角度，从成长小说主人公理智与情感的冲突这个角度来考察帕梅拉的行为，我们或许就不难化解上述纷争，至少可以为帕梅拉的行为找到一种比较合理的解释。这种解读既有文本依据，也有对创作者的考量。

从理智的视角来看，帕梅拉从小所受的道德教育使她把自己的贞洁看得比生命还重要：“我宁肯死一千次，也不会以任何方式，成为一个不贞洁的人。”[②]这与她父亲的教育密切相关，因为他认为：“一个不贞洁自持、深感内疚的人，即使拥有全世界的财富又有什么意义呢？……我们宁肯喝清水……来生活，也不愿意以我们亲爱孩子的堕落为代价，去过富裕舒适的生活。”为此，他告诫女儿不要以自己的贞洁来报答主人的恩宠，因为“你的贞洁是任何财富，任何恩宠，这一生中的任何东西都无法向你补偿的”。[③]不仅如此，他甚至认为贞洁高于生命：“宁可失去你的生命，也不能失去你

---

① Patricia Alden, *Social Mobility in the English Bildungsroman: Gissing, Hardy, Bennett, and Lawrence*, p. 2.

② 理查森著，吴辉译：《帕梅拉》，第 5 页。

③ 理查森著，吴辉译：《帕梅拉》，第 3 ～ 4 页。

的贞洁。”[①] 对此，帕梅拉活学活用，她用来抵制和应对主人的种种说辞几乎是她父亲教诲的翻版。例如，面对威逼与利诱，她对 B 先生表示“要不惜牺牲生命来维护贞洁”：“先生，请下命令从我这里要走这条生命吧，我将高兴地献出它，来表示我对您的服从。但是当我的贞洁遭受危险时，我却不能忍气吞声，不能逆来顺受。”[②] 她将这些视作她优良品德的体现，但也坦诚地把这一操守都归功于父母及老夫人——B 先生的母亲——的教育和榜样的作用：“我那些优良的品德，除了上帝的恩泽外，应当主要归功于我的父母亲和老夫人对我有益的教导和他们几位所树立的良好榜样。”[③] 良好的家教和来到 B 先生家后老夫人的调教，加上聪明伶俐的帕梅拉对上述品德的消化吸收，使她形成了独特的幸福观：“金钱并不是我的主要幸福。无论什么时候，如果我把它当作我的主要幸福，那就请万能的上帝抛弃我吧。我希望将来当我回顾过去虚度的一生时，我会因为自己清白无邪而感到幸福；这种幸福的回顾是百万金子也买不到的。”[④] 但如果我们往深层次看，这些都与创作者密切相关，即主人公及其父母的这种观念和立场与作者的家庭背景有关，理查森清教徒的家庭出身使他崇尚诚实、忠贞和勤俭等品德，这些品德自然会在他小说的主人公身上得到不同程度的反映。总之，上述种种观念反映了帕梅拉理性的一面，似乎为她守身如玉的行为做了令人信服的注脚。

那么，帕梅拉为何最后又接受了主人的求婚呢？这要从她情感的一面来考察。作者煞费苦心，所要表达的是，帕梅拉立场的变化是出于她情感的自然流露。小说文本为她的这一变化做好了铺垫，因此并不显得突兀。其实，小说对帕梅拉情感的描写十分细腻，面对才貌双全的 B 先生的一再

---

① 理查森著，吴辉译：《帕梅拉》，第 10 页。

② 理查森著，吴辉译：《帕梅拉》，第 203 页。

③ 理查森著，吴辉译：《帕梅拉》，第 193 页。

④ 理查森著，吴辉译：《帕梅拉》，第 182 页。

追求，一个怀春少女不可能无动于衷。在小说中我们不难发现帕梅拉的感情在发生着微妙的变化。例如，虽然屡遭主人粗暴求爱，他甚至为达目的还对她采用虐待和禁闭的方式，但她仍然对他恨不起来；得知他打猎时差点被淹死而为他担忧；虽遭驱逐却仍对B先生恋恋不舍；等等。这些无不表明帕梅拉对他是有感情的，实际上她已经悄然爱上了他：

> 这世界上除了他，我将永远不能考虑其他任何人了！……爱情，……我希望它不要来，至少希望它不要发展到把我弄得十分焦急不安的地步！我不知道它是怎样来的，也不知道它是什么时候开始的；但它却像一个窃贼一样，偷偷地、偷偷地爬进我的心窝；在我还不明白是怎么回事之前，它看来就像是爱情了。[①]

这段微妙而真切的感情表白实际上说明帕梅拉已暗自对主人许下了终身——一方面是由于主人性的吸引；另一方面是因为主人浪子回头的行为和真情表白感动了她，渐渐让她改变了初衷。

如果说帕梅拉对B先生的感情经历了一个由理性到感性的转变，或者说是二者逐渐达到某种平衡的过程，那么，B先生则相反，他是由感性走向理性的——先为她的美貌吸引，后被她的美德折服："她漂亮的容貌使我成了她的爱慕者，她高尚的心灵才使我成了她的丈夫。"事实上，他并非是个十足的浪荡公子，他的利诱和威逼中也掺杂着真诚的感情。面对帕梅拉的顽强抵抗，他逐渐清醒，并表现出冲破世俗观念的倾向。例如，当帕梅拉担忧继续留下来会引起社会上的人猜疑时，他说："社会上的人们对你与我有什么关系？"[②]这表明他为了帕梅拉已开始无视社会等级观念及偏见。他决定放弃强迫的手段，改用真诚和爱来感化她。他对帕梅拉说：

---

① 理查森著，吴辉译：《帕梅拉》，第235～236页。

② 理查森著，吴辉译：《帕梅拉》，第199页。

你极为小心谨慎；你有很强的洞察力，像你这种年纪的人一般是不会有的，而且我认为，你也不曾得到过培养这种能力的机会。在我看来，你似乎有一颗坦诚、直率和宽厚的心；你的容貌十分可爱，在我眼中，你胜过你们女性中其他所有的人。所有这些优点使我深深地爱慕你，我多次说过，没有你我生活不下去；我真心诚意地愿意与你共享我的财产，并按照我自己的条件使你成为我的人。①

这段表白既是对帕梅拉中肯的评价也表达了他对她真诚的爱，从中可以看出B先生此时情感与理智的平衡，因为他对帕梅拉的爱不仅由于她的容貌，也由于她的品质，更重要的是因为她能够贞洁自持："她之所以当之无愧地赢得了我的感情，不仅是由于她美丽的容貌，而且还由于她高尚的心灵与无瑕的贞洁。"②他决定采取恰当的方式来赢得这份爱情也是他理性的反映。面对这种真情表白，帕梅拉激动不已，"严密防范的思想"开始松动，扑倒在主人的脚边，向他发誓："不经您认可，我决不会跟别人订婚。"但她不忘提醒他："我认为您确实应当重视社会的舆论，避免做出任何辱没您门第与身份的事情。"③这看起来好像是在善意地提示他要注意二者之间的阶级差别：主仆有别。

上述分析似乎化解了帕梅拉言行的矛盾，尤其是人们关于她贞洁自持的动机的争议。作者的创作意图恰恰就表现在这里，他就是要让读者觉得帕梅拉是个单纯、善良、洁身自好的女子。但问题并非如此简单，作者在刻意要讲述一个贞洁得报故事的过程中，不经意间也留下了不少破绽。帕梅拉确实处于理智与情感的撕扯中，就理性而言，家庭的道德教育促使她

---

① 理查森著，吴辉译：《帕梅拉》，第204页。

② 理查森著，吴辉译：《帕梅拉》，第249页。

③ 理查森著，吴辉译：《帕梅拉》，第205页。

要保持清白之身，但与其说她一直在坚守着贞操还不如说是阶级差别使她不敢有非分之想。在情感方面，异性间的相互吸引固然是个因素，风流倜傥、拥有良好教育和家庭背景的B先生的确对她有着极大的吸引力，但更重要的恐怕还是那个女主人的位置。只不过阶级的鸿沟令她不寒而栗，她担心轻易接受主人的求爱会令她落到仅仅是一个情妇的可悲下场。在这一点上，后来《简·爱》中的同名主人公与帕梅拉有类似的心理。只有婚姻才能使她获得上流社会的通行证，这是帕梅拉不可告人的人生愿景，也是刻意要充当道德导师的理查森所不便言明的。

实际上，帕梅拉并非那么单纯，她把她与B先生之间的关系拿捏得恰到好处，既不让他轻易得手，又始终给他留下念想。这说明她很有心计，因为轻易失贞会使她的价值大打折扣，结果很可能会落得主人始乱终弃的下场，而彻底让他断了念想就等于是她自己关闭了通向上流社会的大门。因此，她反复强调自己的贞操观并坚持谨慎的行为准则，这使她处于进可攻、退可守的有利地位，始终将主人掌控在自己的手中。譬如，上述帕梅拉关于“社会的舆论”和“门第与身份”等言论，表面上听起来她是在提醒B先生自己仆人的身份配不上主人，但这又分明是在暗示B先生，有身份有地位的他只可以对她明媒正娶，而不可以用强，因为用强不仅“辱没”了他的“门第与身份”，更糟糕的是使她失去了贞操——她最宝贵的“财富”和通往上流社会的唯一“阶梯”，尽管这种欲望和野心在她不断地自称为“可怜的仆人”的伪装下不易被人察觉。

相比之下，B先生就坦诚得多，他坦率地告诉帕梅拉：“尽管我的心和心中的高傲在阻挠，我却不能不爱你。……我必须说我爱你。”[1]其实，好心的杰维斯太太早就帮助帕梅拉分析过他的这种心态：“他爱你胜过爱世界上所有的名门闺秀；由于你的身份跟他的相比太低下了，所以他想方设法克制他对你的爱；我的看法是，他克制不了这种爱，于是他那高傲的心

① 理查森著，吴辉译：《帕梅拉》，第72页。

就感到恼怒，并决定不让你在这里待下去。”[①] 帕梅拉不仅有心计，还似乎能洞察肮脏的权力和财富及复杂的人性：“权力和财富从来不缺乏工具去达到它们卑鄙的目的；我还想到，确实没有什么东西能比人的心更难于了解了。”[②] 令人惊奇的是，这竟然是一个年仅 15 岁的女孩所说的话。在这个少年老成、巧舌如簧的女孩嘴里，死的都能说成活的。譬如，贫穷本来是一个人的劣势，但她却能巧妙地把它与贞洁相联系：“我虽然贫穷，但却是贞洁的，即使你是一位王子，我也不会不保持我的贞洁。”[③] 结果，贫穷成了她向论战对手频频使出的有力武器，赋予贞洁和正派无上的价值：“我虽然贫穷，……但我始终受到教导，把清白正派看得比生命还重要。”[④] 既然贞洁如此重要，连王子也休想得到，那说明贞洁面前就不分贫富和贵贱，唯有互相尊重，否则就没有上下尊卑：“既然你已忘掉了一个主人应有的尊严，我也就完全可以忘掉我是你的仆人。”[⑤] 就这样，帕梅拉逐渐将 B 先生引入她布下的逻辑陷阱，终于获得了与他平等的地位。可见，她的善辩和心计何等了得！

作为“初级版”的英国成长小说，《帕梅拉》既具备了德国经典成长小说的雏形，也初现了英国此类小说的个性化特征。这主要体现在小说一“显”一“潜”两条人生轨迹或情节线索上。小说显的一面与德国成长小说类似，主要描述主人公精神与道德境界的提升；潜的一面反映的是她社会地位的提升：“与帕梅拉大肆张扬的以‘考验与得救’为主旨的基督教人生设计并行，还有一个做而不述的追求自我提升、自我满足的计划。”[⑥] 后者更为重要，因为与其说帕梅拉的向上流动是她精神与道德上的提升，还

① 理查森著，吴辉译：《帕梅拉》，第 30 ～ 31 页。

② 理查森著，吴辉译：《帕梅拉》，第 112 页。

③ 理查森著，吴辉译：《帕梅拉》，第 14 页。

④ 理查森著，吴辉译：《帕梅拉》，第 20 页。

⑤ 理查森著，吴辉译：《帕梅拉》，第 13 页。

⑥ 黄梅：《推敲“自我”：小说在 18 世纪的英国》，生活 · 读书 · 新知三联书店 2003 年版，第 143 页。

不如说是她的贞洁或美德得到了她向往的回报。这种自我设计和物质上的追求在后来的英国成长小说中逐渐由幕后走上了台前，尽管还有些欲言还休的扭捏态。譬如，简·爱以平等为由来搪塞主人的求爱实际上是为了博得女主人的地位，但已不再像帕梅拉那样振振有词地以贞洁和道德之类的托词来加以掩饰了。后来的贫穷女性主人公鲜有帕梅拉那么幸运的，再以简·爱为例，倘使她没有其叔叔给她留下的那两万英镑财产（她实际只给自己留下五千英镑），她就不可能以独立女性的身份堂而皇之地面对罗切斯特，更不可能实现自己的梦想。由此可见，自始至终，在英国成长小说中财富和社会地位都是主人公成长的重要因素。

英国早期涉及出身和门第的小说还有菲尔丁的《汤姆·琼斯》和简·奥斯汀的《傲慢与偏见》（*Pride and Prejudice*, 1813）等。

18 世纪中叶，英国的中产阶级与成长小说一样都处于形成期，此时的贵族和绅士阶层余威不减。菲尔丁和后来的奥斯汀都与拥有土地的乡绅有某种联系，因此，他们的小说多涉及乡村土地贵族以及他们的生活方式和对社会的态度。社会存在决定社会意识。他们这种特殊的社会地位或许决定了他们的人生观和成长观，使他们更关注上流社会的现状以及处于这一社会转型期人与人之间的关系，尤其是社交礼仪和乡绅阶层与中产阶级之间的冲突，因此，他们在小说中能更深入地描写主人公的思想和情感的发展变化。一方面，他们在作品中试图通过美化乡绅和贵族的美德、凸显乡绅阶层的社交礼仪来维护受到严重冲击的社会等级秩序；另一方面，面对新形势，他们又不得不按照新兴的资产阶级所认同的修养标准来教育处于上升期的社会阶层的子弟。财富和优越的社会地位有利于人们充分展示自身的潜力，对这种当时的流行观念，他们都不持怀疑的态度。“对他们而言，人类文明的理想自然由那些长期享受物质优势的社会阶层所代表。个人的发展仰仗对一种特定社会秩序的维护，同时要求新来者能够进入其中。两位作家都确信如果社会流动‘以从容的速度’延续，他们的文明理想就能够得到推广和维护；自我和社会，资产阶级和贵族就可以融合，尽管速度缓慢。”①

《汤姆·琼斯》中的主人公汤姆就貌似这样的一位“新来者”，只不过他不是个真正意义上的新来者，而是个认祖归宗的人，因为在血统上他原本就属于上层社会。由于他的私生子身份，加之他对纯真爱情的追求，他的这一认祖归宗过程十分艰辛。不过，作者最终还是以有情人终成眷属，汤姆过上乡绅生活为小说画上了一个圆满的句号。因此，这又是一部“向上流动”的个人奋斗史，如同描写封建复辟向资本主义过渡这一特殊时期德国社会状况的成长小说《后裔》一样，主人公最终都成了贵族的“后裔”——乡绅的继承人。如果说帕梅拉的幸福是“贞洁得报”的话，那么，汤姆的好运则属于“血统得报”，因为他毫无贞洁可言，他最后的幸福完全是命运和出身使然。

《汤姆·琼斯》以结构完美著称，全书共有十八卷，可以均匀地分为三个部分，每个部分由六卷构成，清晰地呈现了主人公在乡村、流浪途中和都市的成长经历。

前六卷描写位于英国西部萨默塞特郡的乡村生活，围绕奥尔华绥和魏斯顿两个乡绅家庭的交往，重点展示了主人公汤姆——奥尔华绥收养的一个私生子——曲折的成长过程。在这一部分读者可以看出汤姆的仁厚心肠，如他将奥尔华绥先生送给他的礼物——一匹小马——卖掉以救济贫困的黑乔治，一个看猎场的佃农（小说第三卷第八章）；以及他的豪侠之气，例如，他勇敢地拦住受惊的马救下苏菲亚，魏斯顿的女儿，自己却因此折断了左臂（第四卷第十三章）。但作者也交代了他首次不检点的行为——与黑乔治的女儿，16岁的毛丽发生性关系（第四卷第六章）。可见，一开始菲尔丁就是把汤姆作为一个复杂的人物形象来塑造的。这一部分对后面的故事情节产生重要影响的内容是介绍了汤姆与苏菲亚彼此间的爱慕之情，但汤

① Patricia Alden, *Social Mobility in the English Bildungsroman: Gissing, Hardy, Bennett, and Lawrence*, p. 2.

姆不敢有非分之想，因为他对自己低下的身份是有自知之明的：“他十分清楚，财产即使不是唯一的条件，通常也是最主要的条件，连最贤明的父母也是要考虑到的。”① 这里点明了财产对于婚姻的重要性，其实，在英国成长小说中，财产对个体的整个成长过程都起着十分关键的作用。具有讽刺意味的是，就在他因毛丽已怀孕而不忍心也不敢接受苏菲亚的爱情时，毛丽与哲学家斯奎尔的奸情被他发现，更糟糕的是，他还从毛丽的姐姐口中得知，在他之前毛丽已与一个叫威尔·巴恩斯的男子发生了关系（第五卷第六章）。小说的第一部分既展示了汤姆善良、豪爽的一面，也暴露了他不堪的私生活，并初步交代了他与苏菲亚萌发的纯真爱情，为下文做好了铺垫。

中间六卷明显带有流浪汉小说的特征，主要讲述奥尔华绥因听信谗言将汤姆逐出庄园后，汤姆从家乡到伦敦途中的流浪经历。与此同时，苏菲亚为了抗拒与虚伪且工于心计的布利非——奥尔华绥的外甥——的婚姻而离家出走。这两个人的出走路线在厄普顿客栈相交，但他们并没有见面，而且因为得知汤姆经不住诱惑与被他搭救的沃特尔太太发生关系，苏菲亚大失所望，伤心地离开此地，前往伦敦，汤姆随后追赶。这个旅程不仅给主人公提供了了解社会的机会，更引入了成长小说中常见的一个主题，即寻找精神之父。在这一部分，小说再次暴露了汤姆经不住诱惑的人性弱点——他还因此险些犯下乱伦之罪，因为沃特尔太太就是当初被奥尔华绥错误认定为汤姆生身母亲而被赶走的珍妮·琼斯。

最后六卷是小说的结局，交代了汤姆和苏菲亚在伦敦——当时众多作家眼中的万恶之都——的遭遇。在这里，苏菲亚面对威逼与利诱经受住了考验，但汤姆却再次沉沦：“虽然他对苏菲亚的爱是坚贞不渝的，……同时，他也清楚地看出（贝拉斯顿）夫人给他那许多好处是出自一种狂热的情

① 亨利·菲尔丁著，萧乾等译：《弃儿汤姆·琼斯的历史》，人民文学出版社 1984 年版，第 227 页。

欲，自知如果不用同样狂热的情欲去酬答，夫人必然会认为自己是忘恩负义——更糟的是，他也会认为自己是忘恩负义。”于是，“他就把自己奉献给贝拉斯顿夫人了。”[①] 在第十六卷第十章，小说还描述了汤姆因冲动和轻率在决斗中刺杀了费兹帕特利（其实只是受伤）而入狱。更不堪的是，在第十八卷第二章，理发师巴特里奇告知汤姆一个令其十分震惊的消息：他在厄普顿镇睡过的那个女人沃特尔太太原来是他的生母（所幸后来证明并非如此），这使汤姆认识到包括这个“乱伦”在内的一切都是他“自己的愚蠢、堕落行为的下场”。[②] 令人惊奇的是，小说终于在第十八卷第七章解开了小说埋藏极深的一个扣子——汤姆的身世之谜。原来他是奥尔华绥的妹妹白丽洁与一个牧师的儿子萨默所生的儿子，即汤姆也是奥尔华绥的外甥，是布利非的同胞兄弟。最终，汤姆出狱，苏菲亚原谅了他的过失，于是他们的爱情修成了正果。

就小说的主题、情节和人物刻画来说，我们可以从《汤姆 · 琼斯》中看出英国成长小说的最初形态以及它对后来此类小说创作的影响。

首先，出身和血统是主人公实现自己理想或向社会上层流动的一个重要基础。尽管汤姆与苏菲亚深爱着彼此，但如果没有汤姆后来的“身份认证”，可以想见，在顽固的魏斯顿先生的粗暴干预下，孝顺的苏菲亚极有可能会嫁给布利非，而不是汤姆：“为了保全您老人家，如果有什么罪我不肯受，就叫我天打雷劈！……不，连那最可憎、最难堪的命运我也接受下来！我会为了保全您而答应嫁给布利非。”[③] 如果汤姆得不到贵族出身的确认，他就不可能过上乡绅的生活；没有汤姆社会地位的提高和他拥有的潜在巨额财产，魏斯顿也绝不会改变主意，同意他与苏菲亚的婚事。由此可见，财富和优越的社会地位是主人公实现自我的保证，这种把主人公的成

---

① 亨利 · 菲尔丁著，萧乾等译：《弃儿汤姆 · 琼斯的历史》，第 797 页。

② 亨利 · 菲尔丁著，萧乾等译：《弃儿汤姆 · 琼斯的历史》，第 1028 页。

③ 亨利 · 菲尔丁著，萧乾等译：《弃儿汤姆 · 琼斯的历史》，第 935 页。

长与其社会地位相联系，并由此表现社会流动性成了后来英国成长小说的一个显著特征。

其次，男女之间的情爱无论成败都是主人公人生的一笔宝贵的财富，不同的情爱经历是其最终走向成熟的重要路径。

《汤姆·琼斯》是对当时社会秩序的违逆，因为它把屡次误入歧途、行为不检点的汤姆作为一个正面人物来描写，这明显有悖于传统的道德规范，超越了当时道德卫道士们所能接受的程度。小说中汤姆与不同女子的复杂关系尤其遭人诟病，但从后来成长小说的理论和创作实践来看，主人公不同的情爱关系对其成长有着特别的意义。汤姆虽然心地善良，乐于助人，但他并非完人，例如，他鲁莽且常常在男女关系上行为失范。菲尔丁把他的这些弱点归因于人的情感与理智之间的冲突，指出人往往受制于自己的情感，为情感所摆布："'情感'有如一个戏院老板，往往强迫演员担任某一角色，不问本人是否同意，有时候甚至不问与他们的才能相称不相称。"[①] 正是在这一意识的支配下，菲尔丁才会在小说中为汤姆的行为辩护，甚至认为这是他走向成熟所必需的。汤姆曾与多位女性厮混，其中既有贫穷、活泼、行为不检点的乡村女孩毛丽，也有中年妇女沃特尔太太，还有贝拉斯顿那样的贵妇人，但汤姆通过与这些女子的不伦之恋乃至不堪的关系，认识到肉体之爱与精神之爱之间的区别，懂得了什么才是真正的爱情。

实际上，汤姆与上述女人之间的关系多半出于肉欲，甚至不过是他摆脱困境的手段而已，他与贝拉斯顿夫人的关系便是一例。他与她们充其量只是肉体之爱，而与苏菲亚则多半是精神之爱。这从苏菲亚的那个小"手笼"（muff）——一种防寒用的毛皮袖套——上可以看出。小说在第十卷第五、第六两章中交代，苏菲亚在离家出走，途径厄普顿客栈时竟然出乎意料地发现汤姆正在这里与沃特尔太太厮混，于是，愤怒之下她将自己的

① 亨利·菲尔丁著，萧乾等译：《弃儿汤姆·琼斯的历史》，第352页。

一个小手笼别上写了自己名字的字条托人放在汤姆的房间里。这个小手笼具有象征意义，因为它代替了苏菲亚的存在，或象征着汤姆与她的精神之恋——一种肉体不在场的有缺陷的爱："当苏菲亚不能亲自在场的时候，苏菲亚的手笼代替她。……因为琼斯和苏菲亚吻过手笼，因此，尽管他们的身体疏远但这使他们获得了一种亲近。"[①] 汤姆在情爱上的遭遇恰恰预示着成长小说主人公在爱情方面的成长模式，即巴克利 200 多年之后所总结的，成长小说主人公往往至少要经历"粗俗沉沦"和"激越飞扬"两场"恋爱或性的遭遇"才能进入成年。[②] 汤姆与毛丽、沃特尔太太和贝拉斯顿夫人之间的关系代表着前者，而他同苏菲亚之间却属于后一种爱情。正如他对苏菲亚所表白的："我的心从来也没有不忠实于你过。我所干的一切荒唐事儿都和我的心不相干；甚至说在那时候，我的心也仍然没变过。"[③] 可见，汤姆与苏菲亚之间的爱情是纯真的，是心灵的呼应，这种爱情没有掺杂社会地位和物质财富的因素，至少在他们的心目中如此，小说甚至都没有渲染他们之间的肌肤之亲。

为了反衬汤姆与苏菲亚之间的纯真之爱，小说描写了苏菲亚的另外两个追求者。其一是费拉玛勋爵，这个年轻的贵族在贝拉斯顿夫人不怀好意的唆使下，既垂涎于苏菲亚的美貌又惦记着她父亲每年"足有三千镑"的进益，对她展开了猛烈的求婚攻势，甚至企图通过强奸的罪恶手段占有她（第十五卷第二章至第五章）。苏菲亚的另一个追求者是布利非。这个伪君子其实对苏菲亚的追求也并非出于真情，他之所以要追求她除了一开始是因为她是魏斯顿的独生女有利可图以外，还有几个不可告人的原因：一是因为他的追求遭到苏菲亚的极力抵制从而引起他的憎恨，"他正是因为对

---

① SparkNotes Editors, "SparkNote on Tom Jones," SparkNotes LLC. n.d., http://www.sparknotes.com/lit/tomjones/ (accessed February 7, 2014).

② 详见 Jerome Hamilton Buckley, *Season of Youth: The Bildungsroman from Dickens to Golding*, pp. 17–18。

③ 亨利·菲尔丁著，萧乾等译：《弃儿汤姆·琼斯的历史》，第 804 页。

小姐怀有憎恨和轻蔑的情感才追求的。”与此相关且更加卑鄙和恶毒的原因还有，苏菲亚对他的厌恶激起了他的征服欲及报复和战胜汤姆所带来的快感：“这越发使他以夺取这位美人为快，因为在色欲的满足之外，又添上了胜利之感。他之所以要把苏菲亚据为己有，……报复也是他预期的欣慰中的一种。另外，和倒霉的琼斯角逐，夺去苏菲亚对他的爱情也是促使布利非追求下去的一个原因。”① 与这样两个追求者相比，汤姆虽然有行为不检点的缺点，但他对苏菲亚的爱格外纯洁而真诚。汤姆在与其他女性不堪的关系中得到了教训，更感到他与苏菲亚之间的爱情弥足珍贵。最终，汤姆与苏菲亚结成了受人尊敬的恩爱伉俪，在奥尔华绥和苏菲亚的影响下，汤姆发生了脱胎换骨的变化：“不论琼斯天性里有怎样不务正的倾向，由于这位善良人的熏陶，以及同既美貌又贤淑的苏菲亚的结合，他还是改正过来了。他并且从对过去糊涂行为的反省中，学会了在他这样生气蓬勃的人身上罕见的谨慎和稳重。”②

最后，汤姆复杂的人格特点体现了成长小说主人公经由感性与理性之间的碰撞最后走向平衡的一般规律。这也是菲尔丁有关现实中的人以及人物塑造美学思想的体现：“在生活中，仅仅一桩不好的行为并不能构成一个坏蛋，正如在舞台上仅仅扮演一次坏的角色，并不能使一个演员成为反派人物一样。”③ 基于这种理念，菲尔丁笔下的人物很少有完人，代表理智与情感之间冲突的汤姆如此，那个大善人奥尔华绥也如是。他虽然心地善良，宽容大度，甚至在那个年代就有尊重女性婚姻选择自由的思想：“违反一个女人的愿望，或者没得到她的同意就强迫她嫁人是不公道的，那是一种压迫行为，但愿我国的法律会明文禁止。”④ 但他却缺乏主见和判断力，连他

---

① 亨利·菲尔丁著，萧乾等译：《弃儿汤姆·琼斯的历史》，第 371 ~ 372 页。

② 亨利·菲尔丁著，萧乾等译：《弃儿汤姆·琼斯的历史》，第 1103 页。

③ 亨利·菲尔丁著，萧乾等译：《弃儿汤姆·琼斯的历史》，第 352 页。

④ 亨利·菲尔丁著，萧乾等译：《弃儿汤姆·琼斯的历史》，第 987 页。

自己也不得不承认："恐怕我这辈子对不值得施恩的人儿施了恩的，不止一回了。"[1] 在这部小说中可能只有苏菲亚是个例外。她是个寓言式的人物，是理想女性的代表，几乎集女性的各种美德和优点于一身——她美丽善良、贤淑孝敬、爱情专一、宽宏大量、乐善好施且能平等地对待各个阶层的人。她还具有反叛精神，极力反抗封建的包办婚姻和家庭压迫。此外，她能明辨是非，对其父亲魏斯顿心目中的绅士和君子，实为势利小人的布利非深恶痛绝，坚决抵制他的求婚，而对私生子汤姆却一往情深，对其爱情忠贞不渝，表现出了当时少有的叛逆精神和某种意义上的女权思想。

值得一提的是，与帕梅拉带有功利性质的"美德"不同，苏菲亚即便在汤姆被逐出家门时也没有放弃对他的追求。但是，这样一个寓言式的人物其性格也不是像某些论者所说的那样单一。例如，她对粗暴的父亲非常孝敬，几乎百依百顺，但在爱情的选择上寸步不让："亲爱的爹，……上天可以证明，我也是多么真心实意地爱着您。要不是为了怕您逼我嫁给那个人，任何旁的事情都不会使我从我爹身边逃掉；我是那么深深爱着您，为了您的幸福，我甘愿牺牲自己的性命。我甚至曾想到要说服自己更进一步，为了听从您的意旨几乎下决心去忍受人世间最悲惨的生活。可是只有这一点我没法勉强我自己，而且永远也办不到。"[2] 这种掷地有声的表白几乎是一种宣言，它表现了女主人公清晰的是非观和情感与理智间的平衡。小说中可能只有她和汤姆达到了这种平衡，但与苏菲亚一以贯之的立场不同，汤姆是在经过与不同女性的遭遇后才最终纠正了滥情的倾向从而回归理性的。

菲尔丁对后世成长小说创作的影响还体现在他关于社会认知的见解上。我们知道，成长小说历来强调主人公要了解社会和人自身，而认识社会和自我的主要途径就是同社会接触。在《汤姆·琼斯》中作者反复强调人要与社会接触，不光要学习书本知识，还要向"自然"学习，菲尔丁心

---

① 亨利·菲尔丁著，萧乾等译：《弃儿汤姆·琼斯的历史》，第 979 页。

② 亨利·菲尔丁著，萧乾等译：《弃儿汤姆·琼斯的历史》，第 934 ~ 935 页。

目中的自然指的就是社会和人生。这些观点主要集中在小说的《序章》中，例如，在第九卷第一章中，他说："另外还有一种知识却远非学问所能提供的，只有从社会接触中才能获得。对于了解人的性格这是万不可少的。再没有比死啃书本、把岁月完全消磨在学院里的那些饱学的书呆子更为无知的了。不论人性已经被作家们描绘得多么细腻，真正实际的规律却只能在大千世界中去领会。"[①] 菲尔丁在这里似乎仅是就作家的创作而发表言论，但作为一部主要描写主人公成长的小说的一个序章，这种观点又何尝不适应于人的成长，更何况主人公汤姆恰恰是在与周围人的接触中，在历经生活的磨难后才逐渐加深了对自己的缺陷和社会的认识。

与此相关的是，小说还涉及后来成长小说中常有的思想与行动之间的矛盾。在思与行之间，汤姆更强调行动，他拯救人于危难和困顿之中，以自己的实际行动演示了什么是美德，也最终赢得了周围人的爱戴。他做好了为国而战的准备也是他以行动践行自己思想的一种表现。

对后来英国成长小说产生影响的还有这部小说的情节线索。汤姆的成长过程是典型的由乡村走向城市的过程，它为巴克利于 1974 年所勾勒的成长小说情节模式提供了一个鲜活的佐证。在巴克利看来，城市对主人公的人生起到了"双重的作用"："它既是获取自由的手段也是堕落之源。"[②] 汤姆的伦敦之旅正是如此，由此可见这一情节结构对后世英国成长小说创作的深远影响。略有不同的是，汤姆当初并非主动出走，而是被驱逐；他最后携苏菲亚荣归故里也是后来成长小说中不多见的，但小说主人公的发展路径——乡下—都市——还是十分清晰的。

尽管《帕梅拉》和《汤姆 · 琼斯》已具备了上述诸多成长小说的特点，但毋庸讳言，无论是《帕梅拉》还是《汤姆 · 琼斯》，其主人公都或多或少有类型化和扁平性的特征或者说缺陷。他们要么缺乏明显的性格发展变

---

① 亨利 · 菲尔丁著，萧乾等译：《弃儿汤姆 · 琼斯的历史》，第 533 页。

② Jerome Hamilton Buckley, *Season of Youth: The Bildungsroman from Dickens to Golding*, p. 20.

化，要么没有适应社会的明确目标或主动性，而这些正是典型的成长小说主人公所必须具备的特征。例如，帕梅拉一出场在道德上就已定格，她已具备了纯之又纯的贞洁观，贞洁不仅是她自卫的武器也是她登上社会上层的阶梯。与帕梅拉坚守贞操相反，汤姆一开始在男女关系上就不检点，虽然后来历经磨难，但在流浪过程中以及到达伦敦后他的这一习性也未见改变。与典型的成长小说不同，“这里流浪的经历是使‘英雄’充分展示本色的机会，是等待天意揭示其真正身份的必要预备期，而不是改变、修养、成熟的过程，甚至并非严格意义上的考验。”[①] 也就是说，汤姆虽然人生坎坷，但其本性自始至终未见改变，也缺乏明显的自我提升的意识，因为他出去闯荡是迫于无奈——被奥尔华绥逐出了庄园。一路上他随波逐流，既没有调适自己以适应环境，更没有严肃地去设法把握人生，因此，他身上还保留着流浪汉小说主人公性格的深深印记。这些与威廉的成长过程相去甚远，因为他一开始就抱持着明确的人生目标，其性格也在历险过程中发生了明显的变化。这也是我们把《帕梅拉》和《汤姆 · 琼斯》称为英国成长小说雏形的原因之一。

如果我们拿《汤姆 · 琼斯》与 87 年之后德国作家伊默尔曼发表的成长小说《后裔》做个对比的话，我们就能更清楚地了解英国成长小说与德国成长小说的区别。这两部小说都以社会转型期为背景：汤姆所处的时代是英国的中产阶级处于上升期，但贵族和乡绅阶层势力尚存；而赫尔曼生活在 1830 年法国“七月革命”前后，正值封建复辟向资本主义过渡时期；汤姆和赫尔曼都是私生子，他们最终都认祖归宗，成了上流社会家庭的继承人，但二人对待这一结局的态度和道路选择却截然不同：汤姆不仅成了奥尔华绥的财产继承人，还心安理得地接受了老丈人魏斯顿的“老宅子和大部分田产”，[②] 从此过上了夫妻恩爱、丰衣足食的安逸生活；而赫尔曼最

① 黄梅：《推敲“自我”：小说在 18 世纪的英国》，第 228 页。

② 亨利 · 菲尔丁著，萧乾等译：《弃儿汤姆 · 琼斯的历史》，第 1102 页。

终放弃了“后裔”这一社会地位给他带来的一切物质财富——工厂和庄园，过上了世外桃源式的精神生活。这部分地说明了英国成长小说从萌发期就侧重于物质利益，而德国成长小说更强调精神追求。

在这一部分的最后，在即将结束对英国成长小说的“雏形”或形成期的讨论之际，我们有必要提及范妮·伯尼（Fanny Burney, 1752–1840）的《埃维莉娜，又名一个年轻女子闯世界的历史》（*Evelina, or the History of a Young Lady's Entrance into the World*, 1778）。这部在国内较少受人关注的英国早期小说在我们研究英国成长小说时却不容忽视，因为这部在《帕梅拉》问世 38 年之后出版的小说是一部承上启下之作。之所以这么说，是因为它在一定程度上代表了 18 世纪下半叶英国成长小说雏形进一步向德国成长小说“靠拢”的趋势。在形式上，《埃维莉娜》与《帕梅拉》类似，采用书信体叙述女主人公的成长经历；在内容上，它所探讨的问题与 19 世纪英国女性成长小说，如《简·爱》和《傲慢与偏见》等，大体相同。伯尼与奥斯汀几乎是同时代的作家，但前者对类似的女性问题的探讨要比后者早 30 多年，从这个意义上来说，伯尼是英国女性文学的先驱，当然也是女性成长小说的先驱。

《埃维莉娜》是个“向社会上层流动的灰姑娘故事”，主要通过同名女主人公写信的方式来叙述“一个既无亲属也无财富的无足轻重之人”从初涉社会到结婚这段时间是如何赢得名声和社会地位的。[①] 埃维莉娜是个名副其实的“无名之辈”（nobody）。她的父亲约翰爵士是个放荡不羁的贵族，当他发现妻子卡罗琳的财产完全取决于她母亲的慈悲时，就销毁了他们之间秘密婚姻的所有证据。这样，埃维莉娜虽然是合法所生但却未得到公开承认，甚至连自己的姓都没有，在小说中她写的第一封信的结尾只能以“埃维莉娜—”来署名。无根漂泊的埃维莉娜自然备受欺凌与屈辱，但

① Deidre Shauna Lynch, “Frances Burney,” in David Scott Kastan (ed.), *The Oxford Encyclopedia of British Literature* (vol. 1), pp. 327–328.

在乡村默默无闻地生活了17年之后，埃维莉娜开始了她的人生探索之旅。经过在伦敦和布里斯托尔附近的一个叫霍特威尔斯的度假小镇上发生的一系列可笑的事件之后，她逐渐成熟起来，学会了驾驭自己的人生，得以在18世纪复杂的英国社会各个阶层之间穿梭往来。其间，深感内疚的父亲也承认了她的合法身份，她最终赢得了声名显赫的贵族——奥维尔伯爵——的爱情，并与其结为夫妻。《埃维莉娜》叙述了主人公所经受的磨难与考验，以及她对自己的能力和洞察力的信心逐渐提升的过程。

在约斯特看来，《埃维莉娜》属于"前成长小说"（pre-Bildungsroman），因为它的创作时间比原型成长小说早了近20年，但它又是"一部酷似《威廉·麦斯特》的圆形小说（round novel）"，因为在众多的人物当中，女主人公埃维莉娜是"情节的唯一焦点"，是唯一在其学徒期，或如小说副标题所说的，在其"闯世界"的过程中成长的人物。很显然，她经历了"从无经验到有经验"的变化过程，但她一直是"环境的玩物"，背离自己的意愿，任由环境与社会摆布，无所作为。她为之奋斗的唯一目标似乎就是自己的"幸福"，而达到这一目标的途径就是"使一个富有的、尊贵的绅士幸福"。小说并没有显示她有"了解她自己"的愿望，她甚至从未想过，除了能从一个伯爵那里得到尊重、爱和财产以外，生活还是一个人获得成就感的重要来源。实际上，在她18岁嫁给奥维尔时，她的命运就已经确定了，"与帕梅拉一样，她在接受教育的过程中所获得的优良品质立即就得到了最高和最终的奖赏：一个完美的丈夫。"①

行笔至此，《埃维莉娜》的重要性似乎已十分明显：首先，它是至今我们发现的第一部由英国女性作家创作的关于女性成长的小说。在某种意义上，它是超越时代之作，或者说它是英国女性成长小说的先驱，因为真正意义上的女性成长小说，尤其是那些由女性作家创作的关于女性成长的小

① Francois Jost, "Variations of a Species: The 'Bildungsroman'," pp. 102–103.

说，兴起于 19 世纪，如《简 · 爱》、乔治 · 艾略特的《弗洛斯河上的磨坊》（*Mill on the Floss*, 1860）和《米德尔马契》（*Middlemarch*, 1871–1872）等。其次，《埃维莉娜》所揭示的“向上流动”的主题不仅是后来英国女性成长小说的主题之一，甚至构成了英国成长小说热衷于探讨主人公社会地位变化和物质财富消长的一个重要特色。但《埃维莉娜》与《学习时代》等男性成长小说不同，在小说的最后，似乎女主人公再无发展的可能，因为她的人生已达到了她所追求的“理想”境界。很显然，在《埃维莉娜》中，女主人公“学徒期”或学习的目的和“要达到的目标不是威廉 · 麦斯特要获得的”。由于成长小说是以目的为导向的，“《埃维莉娜》与《学习时代》明显瞄准的是两个不同的目标，并代表着两个不同的教育理想。一部小说以幸福的结局收尾，另一部以幸福的开端结束”，威廉经过漫长的成长过程已具备过“快乐而富裕生活”的条件。[①] 也就是说，经典成长小说的结尾对主人公来说是人生的又一个开端，而对《埃维莉娜》这样的英国小说而言，在小说的结尾主人公的人生已经定型，小说的结局似乎就是主人公人生追求的终点。这对后来英国女性成长小说的情节设置，尤其是结局产生了重要影响。

众所周知，18 世纪是现代意义上的小说诞生的世纪。就英国小说而言，此时的作家十分关注小说的教育功能，他们的小说与社会生活密切相关，发表对当时社会风貌、道德规范和宗教信仰的评价，意在规劝读者大众，因此，作为描述年轻人成长的英国成长小说多具有类似于“行为指导书”（conduct book）的作用，旨在培养“绅士”和“淑女”，这一传统至少延续到维多利亚时代中期。以理查森和菲尔丁等为代表的小说家关注个人的发展以及与此相关的人性、自我认识和个人的德行与操守等问题。这些作家及其作品为德国成长小说的引进营造了艺术氛围，也为英国成长小

① Francois Jost, “Variations of a Species: The ‘Bildungsroman’,” p. 107.

说的诞生和“第一次兴盛”创造了必要的条件。同时，这些早期小说也为19世纪中后期英国成长小说的实用主义自我教育观埋下了种子。

三、英国成长小说的诞生——卡莱尔对《学习时代》的译介与《旧衣新裁》的出版

在英国成长小说发展史上，卡莱尔做出了特殊的贡献。他翻译的《学习时代》加快了英国读者对德国成长小说的了解，并在一定程度上促成了英国成长小说雏形与此类小说原型的嫁接，而卡莱尔本人创作的《旧衣新裁》则起到了示范的作用，标志着成长小说在英国的诞生。

如前所述，德国成长小说在英国的传播得益于苏格兰讽刺作家、散文家和历史学家托马斯·卡莱尔，可以说，正是由于卡莱尔英国才有了带有自己特色的、真正意义上的成长小说。卡莱尔是维多利亚时代的大文豪，一生涉足极广，著述颇丰，早年醉心于德国的文学与哲学，主要贡献在于翻译和评介德国作家的作品。1824年，卡莱尔把歌德的《学习时代》译成英文，其中，原小说的德语书名“Wilhelm Meisters Lehrjahre”被他译成了英文“Wilhelm Meister’s Apprenticeship”。这一翻译的影响不可小视，因为正是由于这一译法的存在，1930年苏珊·豪在出版她那部在英美成长小说研究界具有标志意义的著作——《威廉·麦斯特与他的英国亲属们——生活的学徒》（*Wilhelm Meister and His English Kinsmen: Apprentices to Life*）时，才把“成长小说”的德文“Bildungsroman”译成英文的“apprentice novel”（学徒小说）——后来又演化为“apprenticeship novel”，而不是直译成“novel of formation”等。卡莱尔之后，“成长小说”的英文译名多采用“apprenticeship novel”。[①]

---

① 由于德语“Bildungsroman”这一术语复杂的内涵，在英语中难以找到能够完全对等的词或词组来表达它的含义，因此，现在英美文学界在指称“成长小说”这一概念时一般都采用德语原文，且稍大一点的英文词典都收录了这个德语词，也就是说，“Bildungsroman”已进入英语。

事实上，“Bildungsroman”这个术语直到20世纪50年代才开始在英语词典或文学手册中出现。豪的译法有几层含义：首先，“apprentice”一词参考了卡莱尔翻译的歌德的小说标题。虽然对英国人来说歌德是由卡莱尔转达的，但运用“apprentice”意在继承并巩固德国的传统——把《学习时代》视为成长小说最初文本这一传统；其次，“apprentice”指“职业的一种实践和时间次序（chronology）”，[①] 表达了歌德对成长小说主人公线性发展的观念。歌德关于成长小说中“精通”或“熟练”（Meisterschaft）的概念有如下内涵：“让每个人自问他最适合做什么，他可以热诚地为此努力并借此自我发展。他可以把自己视为一个学徒，然后是一个熟手（journeyman），最后，但必须十分谨慎地视为一个师傅。”[②] 这表明，人必须首先要了解自己，即所谓“认识你自己”，然后再一步一步地走向成熟。

豪和后来的丁尼生（G. B. Tennyson）基于资本主义和工业化早期的历史语境来看待成长小说，秉持的是经典成长小说所体现的主人公前进和进步的理想，都把成长小说看作是一种充满乐观精神的小说形式，把小说的情节描绘成按照一直向前的次序发展，是一条直线型、逐渐上升的发展轨迹。这样一来，“apprentice”就不仅意指“年轻和无经验”而且暗含着“最终的精通”。由“学徒”成长为“师傅”须要得到指导，因此，导师（mentor）对“生活的学生”来说是必要的。但这里的导师不是学校里的老师，而是类似于《学习时代》中那个秘密会社的成员，在英美成长小说中就是主人公在生活中接触到的对其成长起重要指导作用的社会成员。基于上述两点分析，弗雷曼认为“apprenticeship”就有可能暗含着“选择”。威廉和“他的亲属们”都会努力寻找他们自己独特的才能之所在，并自觉地培养这方面的才能。这类小说再现主人公所经历的一个个抉择——“选择朋友、妻子和他的终身职业”，记录下他们在通向正确选择的道路上所做出的有教

---

① Susan Fraiman, *Unbecoming Women: British Women Writers and the Novel of Development*, p. 4.

② Susanne Howe, *Wilhelm Meister and His English Kinsmen: Apprentices to Life*, p. 25.

育意义的错误的选择。[①] 从歌德时代到 19 世纪早期，这些原本为追求“生活艺术”而做出的选择随着资本主义的发展逐渐转向实用主义，进一步演变为职业的选择。无论是豪还是丁尼生，抑或是其他英美学者在研究成长小说时所使用的“学徒”及与此相关的概念，无不受到卡莱尔译介歌德作品的启发。

卡莱尔对英国成长小说发展的贡献不仅在于他翻译了歌德的《学习时代》，而且还在于他在创作实践中身体力行，出版了带有浓郁自传色彩的哲理小说《旧衣新裁》。这部小说是卡莱尔的主要文学作品，实际上是他唯一的虚构作品：《旧衣新裁》是“他的一部标准长度的极富想象力的虚构作品，同时也是他向虚构告别的作品”。[②] 小说大量吸收了歌德作品中的养分，后来被普遍认为是德国成长小说在英国的第一部此类小说的变体，或称为“德国成长小说的英国化延伸”。[③] 卡莱尔不仅使歌德在英国广为人知，而且使威廉 · 麦斯特有了一批“英国的亲属”。

那么，《旧衣新裁》到底是怎样实现成长小说英国化的呢？有学者认为它是卡莱尔的“政治宗教”（political religion），[④] 因为他在小说中以衣服为话题，探讨衣服的象征和宗教意义，但他所追问的是一些古老但至今仍无明确答案的问题，例如“我是谁？”“人类的起源和命运是什么？”等，并试图通过描述个体的成长探讨解决英国社会和政治问题的途径。这些都构成了《旧衣新裁》的主要创作动机。小说由三个部分构成，重点讲述主人公托尔夫斯德吕克身世的第二部一开始，作者就给读者布下了一个迷局：“的确不幸的是，他的家世背景好像非常模糊，或者说有什么背景都不确定，所以，他的初到人世不是别的，只是逃难到此而已（或者说由不可

---

① Susan Fraiman, *Unbecoming Women: British Women Writers and the Novel of Development*, p. 5.

② Kerry McSweeney and Peter Sabor, “Introduction,” p. xiii.

③ Richard A. Barney, *Plots of Enlightenment: Education and the Novel in Eighteenth-century England*, p. 25.

④ Richard J. Bishirjian, “Carlyle’s Political Religion,” *Journal of Politics*, 1976, 38, p. 95.

见到可见），其中开端部分已不可得。”[①] 托尔夫斯德吕克就是一个弃儿。在一个“静静的秋天的薄暮中”，一位神秘的陌生人将还是婴儿的他放在善良的无儿无女的福特拉尔夫妇客厅的小桌上就消失得无影无踪。这个婴儿“对他为什么、怎样来到这个世上全然不知”，但他“努力去为自己获得关于这个奇异世界的知识”。[②] 这个具有典型传记特征的第二部以追寻自我身份、探求世界新知为开端，一开始就为小说定下了“认识你自己”的基调，从而自然合上了成长小说的节拍。

随着年龄的增长，托尔夫斯德吕克在孤独和苦恼中渴望找到他“未相识的父亲”，而把养父母视为亚当和夏娃，自以为“你的真正的开始和父亲在天上，你用凡眼是永远看不到他们的，而只有用精神才能见到”。[③] 这个毫无来由的婴儿或许暗示托尔夫斯德吕克是个讽喻性的人物，他就是西方文学中常见的普通人（Everyman）。若如是，那么，我们不禁想起“我是谁？”“我从哪里来？”“我将到何处去？”之类的问题。其实，早在小说第一部第八章作者就已提出了这些神秘的问题。他说，至于有思辨倾向的人提出的那些问题，诸如“我是谁，即可以叫作‘我’的东西是什么？……我现在存在，后来就不存在，这是千真万确的；但我从哪里来，如何来，又到哪里去？”“可怜的思想家”实际上是无法回答的，即便提出了某种观点，对我们也“帮助甚微”。[④] 由此我们可以推断卡莱尔旨在探讨人的起源及生存的困境。通过托尔夫斯德吕克令人生疑的身世，卡莱尔使他成为一个“异化的人的象征”，因为他被抛入一个世界，在此，他并不感到自在，而且不断受到怪诞的、恶魔般的生存环境的困扰。但吊诡的是，小说中关于人的起源的问题似乎并非是个“开放性的问

① 托马斯·卡莱尔著，马秋武等译：《拼凑的裁缝》，第 81 页。在行文中提及卡莱尔的这部小说时，笔者均采用较常用的译名《旧衣新裁》。

② 托马斯·卡莱尔著，马秋武等译：《拼凑的裁缝》，第 87 页。

③ 托马斯·卡莱尔著，马秋武等译：《拼凑的裁缝》，第 84 ～ 85 页。

④ 托马斯·卡莱尔著，马秋武等译：《拼凑的裁缝》，第 50 ～ 51 页。

题”或“未决的问题”，因为主人公迪奥根尼·托尔夫斯德吕克（Diogenes Teufelsdröckh）这个姓名象征性地表明：“人的起源在上帝，而他的存在是魔鬼的粪便。”①

托尔夫斯德吕克，“一个完全异化的人”，集中体现了卡莱尔关于人的观念，因而异化及其解决之道自然就成了他小说的一个话题。从一定意义上来说，这部小说就是关于主人公如何皈依的，尤其是小说的第二部。在他整个“朝圣”的过程中，他经历了三次宗教体验。之所以称之为宗教体验是因为他无论是从爱情、大自然还是象征着“存在性不安”（ontological insecurity）的“孤儿”和“弃儿”的状态中所获得的思想转变都带有皈依的色彩。②

促成他第一次转变的是“爱情”。情人的芳名是布鲁敏（Blumine），意思是“众花之神”（Goddess of Flowers），③她“出身高贵，品格高尚”，④是“上帝的使者”。⑤这在托尔夫斯德吕克看来显然是虚构的，她的真实姓名，她的芳龄、出身、财产和容貌以及因何相遇，等等，一概如他自己的身世一样是个谜。对此，他以宇宙论术语做了解释：“这是注定的：布鲁敏的崇高天体轨道，竟然跟我们孤独者低微的尘世轨道交叉，看着她天堂般的眼睛，他会幻想着高层的光来到了影子的这个地狱，发现自己错了，就发出足够的响声。”⑥这般神奇而带有宗教色彩的爱情给主人公带来的不仅是快乐和安慰，更是皈依般的体验：“苍白的怀疑逃离到远方，生命盛开出幸福和希望之花。那时，往昔都是憔悴的梦。他曾经在伊甸园里，那时却辨认不出！但瞧！现在他监狱的黑墙消失了，囚室中的人活着，并且自

① Richard J. Bishirjian, “Carlyle’s Political Religion,” p. 98.

② Richard J. Bishirjian, “Carlyle’s Political Religion,” pp. 98, 102.

③ 托马斯·卡莱尔著，马秋武等译：《拼凑的裁缝》，第 132 页。

④ 托马斯·卡莱尔著，马秋武等译：《拼凑的裁缝》，第 133 页。

⑤ 托马斯·卡莱尔著，马秋武等译：《拼凑的裁缝》，第 138 页。

⑥ 托马斯·卡莱尔著，马秋武等译：《拼凑的裁缝》，第 132 页。

由了。如果他爱过他的清醒女神呢？啊，上帝，他的整个身心和生命都是她的，但他从来没有把它命名为爱：存在只不过是一种感觉，还形不成思想。”[①] 在这种刻骨铭心的爱的体验中，信仰/怀疑、自由/压制、思想/感觉等二元对立项清晰可见。在前两对二元对立项中，托尔夫斯德吕克显然分别选择了前项，因而获得了信仰（或希望）和自由，但他的感觉并未转化为思想，因而未能完成他的皈依。

这种仍处于感觉之中的未定状态表明他尚未成熟，这必然会给他带来不良后果，因为“清醒之神……是不能单独依靠感觉而存在的”。[②] 果不其然，他“神圣的布鲁敏”转身嫁给了某个富人，在她宣布他们不再相见时，“她不再是晨星，而是天空骚乱的预兆，宣布着世界末日的来临。”此时，他在逐渐消沉的内心向黑暗发出绝望的呐喊：“夜晚的厚幕啊，拉开来盖住他的灵魂，就像末日审判时，无法估量的崩溃的到来；他穿过破碎的世界的断垣残壁，一直沉下去，沉下去，沉向深渊。”[③] 这次爱情遭遇给托尔夫斯德吕克的教训可能就是感觉必须“形成思想，不只如此，还要形成行动”。[④] 否则，即便获得短暂的希望和自由，它们也会瞬间崩溃，令人坠入深渊。

像其他成长小说主人公一样，托尔夫斯德吕克初恋的失败并非毫无收益，因为“他自己的本性一点也不因此而丧失，反而更紧密地压缩在一起”。[⑤] 至少，他认识到了思想和行动的重要意义。于是，他悄然拿起“流浪者的拐杖”，开始了陆上和水上的旅行，这给他带来了体验自然的机会。在“内心的不安”驱动下，他几乎是漫无目的地流浪着，走进“未开发的

---

① 托马斯·卡莱尔著，马秋武等译：《拼凑的裁缝》，第 138 ~ 139 页。

② 托马斯·卡莱尔著，马秋武等译：《拼凑的裁缝》，第 139 页。

③ 托马斯·卡莱尔著，马秋武等译：《拼凑的裁缝》，第 140 页。

④ 托马斯·卡莱尔著，马秋武等译：《拼凑的裁缝》，第 139 页。

⑤ 托马斯·卡莱尔著，马秋武等译：《拼凑的裁缝》，第 142 页。

地方，就好像飞进母亲的胸怀，寻求安慰似的”。[1]在这样的旅途中，他获得了对大自然近乎顿悟般的体察：“自然界是一，是母亲，是神圣的。……他感到死和生是一，好像大地没有死，好像精灵在这种辉煌中登基，人的精灵和大地精灵感应，交融，感情交流。”[2]这种体悟意味深长，在自然界为“一”的观念统领下，他不仅赋予大自然以统一性、母性和神性，而且打破了生与死的界限，并将人与大地融为一体。这个“时间之子”[3]和自然之子就这样在强烈内心渴望的驱使下马不停蹄地前行。

在与各阶层人士的接触中，他经历了人生的第二次体验——对大自然近乎宗教般的体验。这次旅程使他收获了对世界的新认识：“真理已变得过时，贸易已变得过时；……这个世界不是别的什么，只是谎言的巢穴。”[4]尽管如此，他内心的渴望不但没有减退，反而趋向高潮，因为他在巨大的打击和挫败中竟然体验到了上帝的存在：“我虽在没有上帝的世界里生活，但我没有完全丧失上帝的光芒；如果我至今被无以言状的渴望封闭了的眼睛，不能看见上帝在哪里，但我的心中有上帝在。那里，上帝神写的法律仍是可辨认的和神圣的。”[5]值得玩味的是，这时的托尔夫斯德吕克并没有阐发他对上帝的体验和认识，而是认为“‘认识你自己’是不可能的，也是愚蠢的。要把它转成这条部分可能的规诫：**识汝所能**（*Know what thou canst work-at*）”。也就是说，只有“做”（work）才能唤起“某种说不出的自我意识”。[6]这样，托尔夫斯德吕克抑或卡莱尔巧妙地将“认识你自己”这个古老的箴言转换成了“识汝所能”，体现了卡莱尔对“思”与“行”的哲学思辨，也反映了《旧衣新裁》对德国经典成长小说的继承。

---

① 托马斯·卡莱尔著，马秋武等译：《拼凑的裁缝》，第 144 页。

② 托马斯·卡莱尔著，马秋武等译：《拼凑的裁缝》，第 145 页。

③ 托马斯·卡莱尔著，马秋武等译：《拼凑的裁缝》，第 148 页。

④ 托马斯·卡莱尔著，马秋武等译：《拼凑的裁缝》，第 150 页。

⑤ 托马斯·卡莱尔著，马秋武等译：《拼凑的裁缝》，第 155 页。

⑥ 托马斯·卡莱尔著，马秋武等译：《拼凑的裁缝》，第 155 页。

值得一提的是，在这里作者突出了行动的重要性："你行动、生活时，你有可能得到食物。"[1]同时，知识来源于实践，主人公正是通过艰苦的跋涉才获得了对大自然的认识，就如同他的"衣服哲学"是必须要写的，"而且是用他的鞋掌，在没有感觉的大地上写的，它会比文字存在更久更久"！[2]这种对行动和通过与世界的接触而了解世界的强调，尤其是以周游世界的方式获得关于世界和人生知识的主张，无疑与歌德的《学习时代》是一脉相承的。至于歌德对他所产生的影响，卡莱尔也毫不避讳，《旧衣新裁》第一部第六章的题目就是《托尔夫斯德吕克之烦恼》，这无疑会令人想起歌德的《少年维特之烦恼》，卡莱尔在这一章的第146、149页也两次提到歌德这部小说的名字。

托尔夫斯德吕克的第三次重大思想变化是摆脱了对存在的不安和恐惧。在恐惧和忧心忡忡的情绪笼罩下，突然有个"想法"跃入他的脑海，他自问道：

"你怕什么呢？……你作为自由之子，虽被抛弃，但在炼狱消耗你时，也要把它踏在脚下吗？那么，让它来吧，我将面对它，蔑视它！"在我这样想的时候，有种像火流一样的东西流过我的灵魂；我已将卑劣的恐惧从身上永远抖掉。我是强壮的，有未名的力量；有一种精神，几乎是神。从那时起，我的痛苦心情变了，不再恐惧，或悲哀烦恼，而是愤怒，并且眼睛里充满怒火和蔑视，非常可怕。

"这样，持久的否定，非常权威的轰响，传遍我的存在、我的被动的我（my Me）的深处，然后我的整个被动的我（my whole

① 托马斯·卡莱尔著，马秋武等译：《拼凑的裁缝》，第149页。

② 托马斯·卡莱尔著，马秋武等译：《拼凑的裁缝》，第150页。

Me)，怀着天生神创的庄严站起来，着重记录抗议。[1]……持久的否定说：‘看，你没有父亲，被抛弃了，世界是我的（即魔鬼的）。’我的整个被动的我现在回答道：‘我不是你的，而是自由身，我永远恨你！’

“正是从这一时刻起，我倾向于把这定作我精神新生或脱胎换骨的火之洗礼的日子；也许直接在这个基础上，开始成为一个人。”[2]

正是这第三次转化，使托尔夫斯德吕克终于“开始成为一个人”，真正长大成人了。或者说，经过前两次对爱情和大自然的顿悟，这最后一次成了他人生的关键性的飞跃，使他跨过了青春的门槛，进入成人世界。

更为重要的是，卡莱尔在这里迂回曲折地回答了“我是谁？”的问题。托尔夫斯德吕克在难言的痛苦和恐惧中对“持久的否定”表达了愤怒和蔑视，坚定地拒绝了它对“整个被动的我”的索求。这里“持久的否定”实际上就是魔鬼，若如是，它对“整个被动的我”的索求就是魔鬼对托尔夫斯德吕克的索要，因为如前所述，他的名字“Teufelsdröckh”暗示的就是“魔鬼之粪”，[3]这下，魔鬼真的来索要它的粪便了。但既然托尔夫斯德吕克“没有父亲”，又是“被抛弃”的，那么，他就不属于任何人，自然也不为魔鬼所有，他就是他自己，亦即属于所谓“整个被动的我”。“整个被动的我”与物质的我——他的身体，或属于魔鬼的粪便的部分不同，它属于精神层面的东西，“被抛弃”的疏离感正来源于“整个被动的我”，因为它在身体这个物质世界里感到不安。这样，从存在性不安中逃脱出来的他反而获得了真正的自我，即自我的精神或神圣的一面，这才是自我的本质。这

① 以英文标注的两处译文引用时略有改动。

② 托马斯·卡莱尔著，马秋武等译：《拼凑的裁缝》，第 158 页。

③ 德语中的“Teufel”意为“魔鬼”，而“dröckh”则为“粪便”之意。

一发现反过来使他摆脱了对不安的恐惧。认同“整个被动的我”的神性赋予他以“未名的力量”，认识到自己“几乎是神”。经过这番“脱胎换骨的火的洗礼”，他获得了新生，“成为一个人”。①

如果剥离《旧衣新裁》的第一部——介绍“衣服哲学”和第三部——进一步阐释“衣服哲学”并据此评价社会和人生的诸多方面，那么，第二部本身就是一部典型的成长小说——生动演绎主人公从儿时到成年期如何向生活学习的故事。尽管它并非是以第一人称书写的，但像其他多数成长小说一样，这部小说具有明显的自传特征，它被认为是卡莱尔根据他本人36岁之前的人生经历所撰写的。② 事实上，学界之所以把《旧衣新裁》视为成长小说，主要还是因为它的第二部，即托尔夫斯德吕克传记的部分。这部分从主人公的出生写起，涵盖他的整个受教育的过程：“坠入爱河，遭受痛苦，漫游，体验怀疑与否定，……进入冷漠的稳定阶段，最后确认信念和使命。”③ 虽然卡莱尔这种由否定到肯定的成长观与歌德的自我教育观不尽相同，但在反映主人公对人生和社会的深切理解方面同德国经典成长小说却十分契合，可谓是卡莱尔对德国自我教育理念的一种英国式归化。应该指出的是，这种演变更多体现在精神层面和小说的框架上，即经典成长小说中的重要要素都已包含在卡莱尔的小说中，这对后来的英国成长小说具有重要的示范意义，但《旧衣新裁》似乎缺少的是小说的细节，或者说它没有展示它们。这在此后的英国成长小说中得到了完善，如《远大前程》中就有大量逼真的细节描写。

作为公认的第一部英国成长小说，《旧衣新裁》与《学习时代》有诸多共同点。其一，二者都强调教育的重要意义，而这个教育突出的是个体

① 关于托尔夫斯德吕克的三次转化，详见 Richard J. Bishirjian, “Carlyle’s Political Religion,” pp. 98–103。

② 参见 Mildred D. Harding, “Thomas Carlyle’s *Sartor Resartus*: The Secret Doctrine in a Western Mode,” *Journal of Religion and Psychical Research*, 1999, 22, 1, p. 16。

③ G. B. Tennyson, “The ‘Bildungsroman’ in Nineteenth-Century English Literature,” in Janet Mullane, et al. (eds.), *Nineteenth-Century Literature Criticism* (Vol. 20), Detroit: Gale Research Inc., 1989, p. 145.

的“早期印象”和通过了解周围的环境而学习这一“无意识的过程”。[1]成长小说中的接受教育者往往是敏感而独特的青年——托尔夫斯德吕克与威廉一样，就是这样的青年。正如托尔夫斯德吕克所说的，“我和其他任何人都不一样。……在行动、思想、社会地位上，与我一样的人也许是不多的。”[2]这种具有独特气质的人通过向周围环境学习而发掘自己的潜力。其二，《学习时代》中的重要主题之一——“行动及根据天赋发展”——也得到了《旧衣新裁》的呼应，譬如，在小说的第二部第四章“开动”中，托尔夫斯德吕克如是说：

不是我所拥有的，……而是我所做的，是我的王国。每个人都有某种内在的才能，某种命运外在的环境。若将两者最明智地结合起来，他就会有最大的能力。但是，最难的问题首先是这个：通过研究你自己和自己所处的地位，发现你内在和外在能力的结合具体是什么。因为，哎呀，我们年轻人都萌发着各种能力，但我们还不知道哪种是主要的、真正的能力。新人也总是处于新时代、新条件下，他的道路不能是前一个的临摹，而就其本质来说，是原创性的。其次，外在能力很少与内在能力相适应。虽然我们奇妙地有天赋，但我们贫穷，没有朋友，忧郁悲观，羞怯，不止如此，最糟糕的是，我们都很愚蠢。因此，在杂乱一团的整个能力中，我们愚蠢地到处摸索着，摸索哪个是我们的，但经常抓住错误的一个。我们短短的一生，要有几年花费在这种疯狂的工作上，直到视力模糊的青年通过实践获得了距离的观念，成为能看到远处的人。不仅如此，许多人都这样度过终生，新的期望，新的失望，从一项计划跳到另一项计划，从一边到另一边：直到

① Susanne Howe, *Wilhelm Meister and His English Kinsmen: Apprentices to Life*, p. 118.

② 托马斯·卡莱尔著，马秋武等译：《拼凑的裁缝》，第105～106页。

最后成了七十岁怒气冲冲的小伙子，他们转到要做的最后一件事——进入坟墓了。[①]

这里不仅强调了行动的重要性，而且突出了通过行动准确地给自己定位，找到自己内在能力与外部世界的最佳结合方式，以使自身潜力发挥最大的效能。这种观点几乎是歌德成长观的翻版。更为重要的是，托尔夫斯德吕克和威廉都将精神追求视为自己的人生目标，而这一点恰恰是成长小说的中心话题。

卡莱尔与歌德虽有共同之处，但也有区别。例如，虽然二者都厌恶“业余的艺术爱好”（dilettantism）及其造成的人类物质的浪费，但卡莱尔的应对之策是“信仰、行动、放弃自我和一切对个人幸福的愚蠢要求”，而歌德却认为他的青年人能够通过了解“实际、无私的生活的价值”，懂得这是“和谐且幸福地生活的唯一途径”，从而长大成人。在他们的笔下，主人公在艺术方面的经历也不相同。托尔夫斯德吕克的错误在于他一开始没有认识到自己的文学爱好，因而无所用心；而威廉却想当然地认为戏剧是他的职业，因而误入歧途，但实际上他对此并无多大天赋。不过，在随剧团四处游历及与其他演员交往的过程中，威廉积累了人生的经验，培养了自己的领导才能和处理事务的能力。[②]相比之下，由于托尔夫斯德吕克是在“一种不可名状的不安”的催促下前行，强烈的内心渴望促使他“徒劳地流浪”，而他的世界旅行并无最终的目的，因为他秉持这样的信念：“人的结局是行动，并不是思想，纵使思想最崇高。”[③]于是，在漫无目的的旅途中，他遭遇怀疑、“责任的无限性”和“持久的否定”也就不足为奇了。不过，他没有就此沉沦，而是表达了一种强烈的抗议：面对持久的否定宣

---

① 托马斯·卡莱尔著，马秋武等译：《拼凑的裁缝》，第 116 ~ 117 页。

② 参见 Susanne Howe, *Wilhelm Meister and His English Kinsmen: Apprentices to Life*, pp. 120–121。

③ 托马斯·卡莱尔著，马秋武等译：《拼凑的裁缝》，第 148 ~ 149 页。

称世界属于它，即世界是魔鬼的，他坚定予以反驳，从而发现了真正的自我，在此基础上，他逐渐成熟起来。[①]

由于其自身的教养，卡莱尔蔑视金钱和地位，这几乎成了他宗教信仰的一部分，而歌德终身都不缺这两样，没有那种所谓“逆反的势利行为”。因此，在《学习时代》中，威廉十分坦然地追求成为贵族的一员，只不过后来的经历令他对他们的生活方式感到十分失望。威廉更愿意做出让步，接受他能够得到的东西，摈弃对他无用之物，而托尔夫斯德吕克却不愿做这种取舍，对他而言，事物非此即彼——他是不愿与“魔鬼”讨价还价的。[②]由此可见，在精神追求方面，卡莱尔似乎更进一步，这与后来的英国成长小说重物质的倾向形成了鲜明的对比。

以《旧衣新裁》为代表的英国19世纪的成长小说与传统的德国成长小说的区别之一还在于英国成长小说更接近发展小说，也就是说，英国作家感到他们可以较自由地为主人公选择发展路径，主人公似乎可以在任何一个年龄段开始“发展”。这与德国经典成长小说作家的观点不同，后者把描写早期儿童成长的小说排除在外，因为“尽管自我教育意味着发展，但并非每一种发展都意味着自我教育”。[③]换言之，尚不具备自我教育能力和意识的婴幼儿不能成为德国经典成长小说的主人公。而英国成长小说在这方面略有不同，它们往往从主人公的幼儿期开始说起，《旧衣新裁》即是如此。这种“从头说起”的情节特点在英国后来的成长小说中屡见不鲜，狄更斯关于成长的小说基本如此，例如，他的《大卫·科波菲尔》就是从主人公的出生说起的，出生时间甚至精确到“夜里12点”；他的《远大前程》从主人公年幼得说不清自己的名字开始讲述——他把“菲利普”（Philip）缩短发音说成“匹普”（Pip）。从这个角度来说，卢梭的《爱弥尔》尽管“几

---

① 详见托马斯·卡莱尔著，马秋武等译：《拼凑的裁缝》，第154～158页。

② 参见 Susanne Howe, *Wilhelm Meister and His English Kinsmen: Apprentices to Life*, pp. 122–123。

③ Francois Jost, “Variations of a Species: The ‘Bildungsroman’,” p. 105.

乎总是被认为是一篇教育学论文”，却是“英国成长小说真正的先驱”，因为该作就是从其主人公的幼儿时期开始叙述其人生经历的。[①]

尽管有上述种种差异，但我们却不难在《旧衣新裁》中发现成长小说的核心因子。例如，追寻自我、重视行动和信仰自由这些成长小说主人公的典型特征在《旧衣新裁》中得到了充分的展示，这些都可被认为是促使托尔夫斯德吕克摆脱困扰、获得精神解放的重要动因。主人公内心的不安和渴望是他寻找自我的内在动力，而他对行动的信仰为他的抗争提供了不尽的力量源泉。因此，他虽然经历过对上帝的怀疑乃至“持久的否定”，但他对自由之身的信念使他在火之洗礼后能够“在外表把非我抓在自己周围，当作有益健康的食物”。[②]这说明他已经开始关注外部世界，从而获得了新生，也为他走向持久的肯定打下了基础，使他逐渐走向成熟。

再如，爱情是主人公走向社会的有力推手，成为促使他前行的重要因素。托尔夫斯德吕克和威廉都经历过一场不幸的初恋，并由此开启了他们人生的漫游之旅。但威廉与玛丽安妮之间的失败初恋只是他一系列具有教育意义的情事的开始，它们标志着威廉成长和发展过程中的不同阶段。[③]而托尔夫斯德吕克仅经历过一次恋爱：“我们的哲学家尽管看起来淡泊又愤世嫉俗，却仍然爱得诚恳而疯狂。因此，我们对他是铁石心肠还是具备七情六欲的疑问顿时烟消云散。他爱过一次，虽不明智，却很投入，而且仅有一次。……这是‘永恒的初恋’，绝不会有第二次跟随着它。”[④]但这次惨淡而无奈的爱情并没有阻止他前行的脚步，相反，失恋令他“静悄悄地拿起流浪者的拐杖”，走向“自我放逐”：“他开始在地球陆地上巡行，水路绕行！”[⑤]这成了他认识世界和自我的真正起点。

---

① Francois Jost, “Variations of a Species: The ‘Bildungsroman’,” p. 106.

② 托马斯·卡莱尔著，马秋武等译：《拼凑的裁缝》，第 160 页。

③ 参见 Susanne Howe, *Wilhelm Meister and His English Kinsmen: Apprentices to Life*, p. 120。

④ 托马斯·卡莱尔著，马秋武等译：《拼凑的裁缝》，第 131 ～ 132 页。

⑤ 托马斯·卡莱尔著，马秋武等译：《拼凑的裁缝》，第 141 页。

作为第一部具有标志意义的英国成长小说，《旧衣新裁》仍带有德国成长小说精神追求的显著特点，尤其是呼应了《学习时代》的结局——主人公威廉最后接受塔楼会社的引导和安排，选择融入社会。《旧衣新裁》自始至终聚焦于主人公灵魂的拷问，描述他“从自我怀疑到精神的觉醒”和从“永远的否定”到“永远的肯定”[①]的心灵之旅。这无疑受到德国经典成长小说主人公向往精神和道德境界提升的影响，也没有完全摆脱原型成长小说《学习时代》以接受社会化要求而融入社会为成熟标志的窠臼。尽管托尔夫斯德吕克一直看重行动而不是思想，但他最后得出的结论却是：“人就是他在其中工作的精神，不在于他干了什么，而是他成了什么。”[②]这种似是而非的认识似乎暴露了他思想上的前后矛盾，当然也可以被看成是他成长和思考的结果。但细究起来，这反映的应该是卡莱尔本人思想深处的唯心主义本质，因为在此后他发表的著名演讲集《英雄和英雄崇拜》（*On Heroes and Hero-Worship*, 1841）中，他是如此看待感情、思想和行动的：“人们的思想是人们行动的根源；人们的感情又是人们思想的根源。正是人们中间的无形的和精神的东西，决定着外在的和实际的东西。”[③]也就是说，感情决定思想，而思想决定行动，总之，精神决定客观实在。

但在豪看来，卡莱尔在《旧衣新裁》中这种看似矛盾的观点实际上表达的是19世纪的信仰，像许多后来的英国成长小说一样，《旧衣新裁》关注的也是“发展”（becoming）的过程。但这一过程又与歌德笔下主人公的成长过程略有不同，歌德使其十分自然地成为掌握一门生活艺术的过程，并最终达到精通的程度，而且这一过程多半是快乐的，但卡莱尔视其为一个痛苦和挣扎的过程——“一种精神上的噩梦，最终导致‘孤独思考的一

① 钱青主编：《英国19世纪文学史》，外语教学与研究出版社2006年版，第215页。

② 托马斯·卡莱尔著，马秋武等译：《拼凑的裁缝》，第188页。

③ 卡莱尔著，张峰等译：《英雄和英雄崇拜——卡莱尔讲演集》，上海三联书店1988年版，第4页。

生'"。[1]面对激进的政治改革和对宗教的怀疑，卡莱尔笔下的托尔夫斯德吕克的人生之旅给人的印象并非圆满，而是怀疑和迷茫，至少是留下了缺憾，因为在小说临近结束，他竟然还发出这样的感慨：

> 所以，从开始一直是这样，到结束也是这样。世世代代都采取躯体的形式，肩负上天的使命，黑夜表象由隐而显。在……每一种事业上，他付出了多么大的力量和激情……。——然后被上天派来的，又被召回去，其凡间的外衣也掉落了，很快甚至对于理智，他也变成逝去的影子。……这样，正如上帝创造的吐火的灵主，我们从那无限的空间中涌出，疾风骤雨般地迅速穿过感到诧异的凡间，然后又掉进无限之中。……噢，天啊，在哪里呢？理智不知晓，忠诚也不知道，只知道是从神秘到神秘，从神那里来，到神那里去。[2]

须要指出的是，尽管卡莱尔与歌德之间有诸多的不同，但至少在创作方法上他们之间同大于异，尤其是在看透"事物的表象"方面他们是相通的：托尔夫斯德吕克"被引导、被迫看透事物的表象，看到事物本身。……就这样，事物的表象到处压着他，阻止他，用最可怕的毁灭威胁他。只有成功地洞悉事物的本质，他才能找到平静与堡垒"。[3]正因为如此，他才会继续踏上他探索"衣服哲学"的征程。这注定又是一段曲折的人生之旅。此外，成长小说不懈关注的是主人公的"生成"或"变易"（Werden），这样，在描写主人公的过程中一直存在着操作层面上的张力：全然关注个体潜能的复杂性与承认"切实存在的现实"对主人公自我实现的必要性之间

① Susanne Howe, *Wilhelm Meister and His English Kinsmen: Apprentices to Life*, pp. 123–124.

② 托马斯·卡莱尔著，马秋武等译：《拼凑的裁缝》，第 247 页。

③ 托马斯·卡莱尔著，马秋武等译：《拼凑的裁缝》，第 190 页。

的矛盾。[①] 从上文的分析可以看出，作为歌德小说在英国的推介者，卡莱尔创作《旧衣新裁》显然受到了歌德《学习时代》的影响，他在创作中选择性地再现了主人公个体的潜能。这是卡莱尔在创作方法上与歌德的又一相似之处。

但话又说回来，《旧衣新裁》对社会实用主义所表现出的不屑乃至严厉批判的态度与英国大多数成长小说，尤其是 19 世纪中后期的英国成长小说有着明显的区别。这一特点既反映了德国成长小说对它的影响，也为 19、20 世纪之交英国成长小说回归经典自我教育观埋下了伏笔。

四、英国成长小说的"第一次兴盛"

尽管学界普遍把卡莱尔的《旧衣新裁》视为英国第一部德国"嫡传"的成长小说，但实际情况未必如此。英国成长小说创作"气候"的形成始于卡莱尔翻译歌德的《学习时代》之后，因为歌德的小说登陆英国没几年，英国就出版了一批本土化的成长小说。这些小说的出版时间有的甚至早于《旧衣新裁》，如本杰明·迪斯雷利（Benjamin Disraeli, 1804–1881）于 1826—1827 年出版的《维维安·格雷》（*Vivian Grey*）以及爱德华·布尔沃-利顿于 1828 年发表的《佩勒姆：或一个绅士的历险记》（*Pelham: or the Adventures of a Gentleman*）等。只不过，这些小说在当时所产生的影响不及《旧衣新裁》，现在已鲜有人论及而已。

迪斯雷利的《维维安·格雷》属于 19 世纪 20 年代晚期至 30 年代在英国流行的所谓"银叉小说"（silver fork novel）。这类小说的背景通常是英国的摄政时期（the Regency, 1811–1820），它描述那些所谓天生有教养的贵族的生活习惯和典仪以及他们所拥有的优雅与荣耀。"银叉小说"这个由威廉·黑兹利特（William Hazlitt, 1778–1830）创制的术语本身带有

① Martin Swales, *The German Bildungsroman from Wieland to Hesse*, pp. 28–29.

贬义，因为这类小说往往是由那些希望成为上流社会一员的中产阶级所创作的。《维维安·格雷》及其创作者迪斯雷利——后来的首相——均符合这一特点。《维维安·格雷》讲述的是同名主人公从童年到长大后试图在政界获得一席之位的故事。格雷是个时髦、有才气但执拗而野心勃勃的青年。在被学校开除以后，他觉得通过熟练地驾驭自己的魅力和社交技巧或可在政界有一番作为。于是，他选择了从政，试图通过操控一个有影响但无能的议员来获得政治权力，并企图组织一个政党，但终因单纯、缺乏经验，无法掌控政治这架机器而失败。格雷的生活教训是，个体要在一个控制严格的社会结构中获得提升，经验十分重要。小说形象地反映了18世纪末、19世纪初英国的社会和政治气候，同时也表达了作者的政治野心，用他自己的话来说——这部小说代表了“我活跃而真实的抱负”。[①]

迪斯雷利还创作了一部他自己甚为钟爱的自传体成长小说《孔塔里尼·弗莱明——一部心理自传》(*Contarini Fleming: A Psychological Autobiography*, 1832)。主人公孔塔里尼是一个英俊但鲁莽的小伙子，他对美和自由的幻想令他在学校非常叛逆，并最终从学校逃离。他和蔼的父亲把他送进一所大学，在那里他获得了各种奖赏，后来，他父亲又将他引介到社会上，在那里他如鱼得水，才智得到极大的发挥，并取得了巨大成功。但他渐渐对社交失去了兴趣。经过在北方森林的一番探险后，他终于找到了通往威尼斯——他母亲娘家所在地——的道路。他为这座城市的美所折服，在那里，与他可爱的表妹相遇并结婚。但不到一年，他的新婚妻子就不幸去世了。为缓解痛苦，他再次踏上征程，足迹遍及意大利、希腊和埃及等地，最后他去了那不勒斯附近的一个庄园，打算在那里独居，“研究和创造美”。迪斯雷利认为他在这部小说中塑造了“我的诗意人格”，并试图完整地描绘一位诗人的成长过程。很显然，这部小说受到了歌德《学习

---

① Margaret Drabble, ed., “Vivian Grey,” *The Oxford Companion to English Literature* (5th ed.), Oxford: Oxford University Press, 1985, p. 1033.

时代》的影响。[1] 像威廉一样，孔塔里尼也对人生持积极的态度，具有自我奋斗的性格特征。一般认为，成长小说都是一定程度上的艺术家成长小说，尤其是德国成长小说。从主人公追求诗意人生，或通过艺术创作实践表达自我、发现真正自我的角度看，这种观点不无道理。假如这种观点成立，那么，英国成长小说发展史上的这一趋势恰恰始于迪斯雷利的《孔塔里尼·弗莱明》，而以乔伊斯的《一个青年艺术家的肖像》为高峰。[2]

与《维维安·格雷》类似的是英国小说家、剧作家和政治家爱德华·布尔沃-利顿创作的小说《佩勒姆：或一个绅士的历险记》。布尔沃-利顿曾促进开创了现在已被遗忘的小说体裁——银叉小说，或曰上流社会小说（fashionable novel），他当时所创作的畅销书也汇入了英国主流小说形式之一——成长小说。与当时主流现实主义小说家不同，他笔下的主人公往往都要经历“梦幻般的变化”。其小说情节也通常围绕着精心设计的冲突和大逆转展开，试图对人类表达“更大的、永恒的关切”，因为在他看来，寻求“形而上的洞见、更高的启蒙追求”才是重要的。这种小说创作方法被认为“明显而有意识地”借鉴了德国思想家尤其是席勒和歌德的做法，因为后者在创作中同样试图表明，人类在协调“其物质现实与一个更大的超越时间的理想德道网络之间”的关系。[3]

布尔沃-利顿的《佩勒姆：或一个绅士的历险记》是一部生动反映“镀金上流社会”的小说，叙述了花花公子式的主人公亨利·佩勒姆的冒险经历。佩勒姆的家庭属于那种“人穷志不穷”的类型，其母愤世嫉俗，爱用警句，经常写信给他提出忠告，这些信件充当了他“生活的社交指南”。在伊顿公学上学时他交了一个拜伦式阴郁的年轻朋友——雷金纳德·格兰

---

① Margaret Drabble, ed., “Contarini Fleming,” *The Oxford Companion to English Literature* (5th ed.), p. 227.

② 参见 Francois Jost, “Variations of a Species: The ‘Bildungsroman’, ” p. 103。

③ 详见 Jonathan H. Grossman, “Edward Bulwer Lytton,” in David Scott Kastan (ed.), *The Oxford Encyclopedia of British Literature* (vol. 1), pp. 308–310。

维尔。短暂而轻慢地在剑桥度过一段时间之后，他便前往巴黎学习法语和舞蹈，故意装出一副花花公子的模样，因为这样“令男人讨厌因而会讨女人喜欢”。佩勒姆还是个风趣而有抱负的政客。小说情节结构复杂，佩勒姆爱上了他老朋友格兰维尔的妹妹埃伦。这个被疑为杀人犯的朋友将经历告知了佩勒姆，后者找到了真正的杀人犯，从而为朋友洗清了罪责。除了格兰维尔，小说中还有很多次要人物，这些人物的出现帮助佩勒姆认识了各色人等及人性的各个方面。他一回到英国，进入议会，他的叔叔格伦莫里斯勋爵就发现他“已经进入新阶段，此时虚荣心蜕去了其第一层皮，而抱负替代了欢乐”。杰里米·边沁（Jeremy Bentham, 1748–1832）等人的哲学和政治书籍使他进一步对“道德原则”有了清晰的认识，于是，他摆脱了往日“冲动和激情”的控制，不再将他人的利益与自己的利益分离开来，从而获得了“道德学徒期”的初步成功。此后，他的信念更加坚定，自觉涉足社会各个阶层，尤其是下层社会，进一步认清了社会和人生，并通过自身的努力和行动打拼出一番自己的事业。① 这些都表明，通过与社会的广泛接触，主人公的性格发生了显著变化，由一个浅薄的花花公子变成了一个十分严肃且能为他人着想的行动者。小说以诙谐、亲密的语气逼真地描述了前维多利亚时代上流社会的纨绔之风。作者宣称《佩勒姆》意在表明“一个有理智的人如何能够让社会习俗服从自己而不是被它们所征服，正是通过自己年轻时犯的小错逐渐变得明智起来”。小说的主题虽然是“佩勒姆如何在道德上使自己适应社会，但他是这种道德朝圣者中最快乐的”。② 这样看来，与威廉相比，佩勒姆显得更为积极主动，因为他试图改变社会，而不是一味地被社会改造。

布尔沃-利顿的另两部小说《欧内斯特·马尔特拉夫斯》（*Ernest Maltravers*, 1837）及其续编《艾丽斯》（*Alice*, 1838）讲述的是一个关于爱

---

① 参见 Susanne Howe, *Wilhelm Meister and His English Kinsmen: Apprentices to Life*, pp. 136–138。

② Susanne Howe, *Wilhelm Meister and His English Kinsmen: Apprentices to Life*, p. 125.

情与成长的故事，主人公是个出身富裕的贵族青年，他与贫穷但纯洁而美丽的姑娘艾丽斯相遇并相爱。小说采用成长小说的风格勾勒了主人公的成长历程。按照作者自己在小说 1840 年版的前言中所说的，这部小说得益于歌德的《学习时代》，但他又指出了二者的区别：在《学习时代》中，主人公“学习”的是“理论艺术”，而在他自己的小说中，学习的是“实际生活”。[①] 其实，作者有点言过其实，正如我们反复强调的，威廉学习艺术只是手段，目的也是生活。说《欧内斯特 · 马尔特拉夫斯》更注重英国当时的生活实际可能更为贴切，因为在 19 世纪 40 年代末，布尔沃–利顿开始将注意力从历史小说转向描写英国当时的社会生活，创作了一系列所谓的“家庭小说”（domestic fiction）。[②]

与那些过着相对稳定安宁生活的德国同行相比，移植德国成长小说或将其重构成英国同类型小说的英国作家却生活在“苦苦挣扎和变化多端的英国”，过着相对动乱的生活。因此，他们笔下的主人公，无论是托尔夫斯德吕克、欧内斯特 · 马尔特拉夫斯还是孔塔里尼 · 弗莱明，都“不得不在一个更加狂暴的世界里调整他们的生活；他们的朝圣之行……充满着危险”，这是歌德笔下的威廉未曾经历过的。他们所遭遇的困境恰恰解释了这类“向生活学习”的小说为什么能深深扎根于英国的土壤中。[③]

上述分析已足以说明，“在歌德的小说被人了解之后，英国成长小说立即就出现了第一次兴盛”（the first blossoming）。[④] 但在成长小说的研究

① Edward Bulwer-Lytton, “Preface to the Edition of 1840,” in Edward Bulwer-Lytton, *Ernest Maltravers or the Eleusinia*, Philadelphia: J. B. Lippincott & Co., 1884, p. xiv.

② Jonathan H. Grossman, “Edward Bulwer Lytton,” in David Scott Kastan (ed.), *The Oxford Encyclopedia of British Literature* (vol. 1), p. 311.

③ Susanne Howe, *Wilhelm Meister and His English Kinsmen: Apprentices to Life*, pp. 126–127. “向生活学习”被豪视为英国成长小说（当然也包括歌德的原型成长小说）主人公的重要特征，因此，她称他们为“生活的学徒”。

④ Francois Jost, *Introduction to Comparative Literature*, pp. 141–142.

历史上，还要等待将近100年，学界才有人正式且明确地指出，诸如此类的英国小说皆嫡出于《学习时代》。换言之，成长小说在英国的兴起与发展这一文学史实长期被英国文学评论界忽视，直到《威廉·麦斯特和他的英国亲属们——生活的学徒》问世。20世纪50年代“成长小说”这一术语开始进入英语词典和文学手册。除了上述已论及的作家与作品以外，这一时期英国还有一大批作家，如约翰·斯特林（John Sterling, 1806–1844）、乔治·亨利·刘易斯（George Henry Lewes, 1817–1878）、詹姆斯·安东尼·弗劳德（James Anthony Froude, 1818–1894）、杰拉尔丁·恩德索·朱斯伯里（Geraldine Endsor Jewsbury, 1812–1880）和查尔斯·金斯利（Charles Kingsley, 1819–1875）等，在从事成长小说的创作实践，这为探讨英国成长小说的发展及其与德国成长小说的姻缘关系提供了进一步的依据。

在成长小说中，个体的成长过程就是获得自我身份的过程，但“作为一种教育的社会经历”，它有时“塑造”，有时“扭曲”“自我”，这些都是这一体裁的核心概念，而自我塑型过程的突出解决方式往往是“对社会某种形式的适应”，从这些情况来看，“成长小说是英国最早的小说形式之一。”[①] 经过跌宕起伏的历史变迁之后，18、19世纪之交，成长小说在文学这个大家庭里已获得了稳固的历史地位，具备了通过对主人公成熟过程的虚构化处理以达到教育读者的目的的条件。此时，一如既往，人们把理想寄托在年轻人身上，年轻人因而获得了在意识形态和文学中的优先地位，年轻人的形象作为这个时代的象征出现在人们的视野里。但是，随着社会矛盾的加剧，尤其是1848年席卷整个西方世界的那场政治风暴，大多数重要作家对类似于帕梅拉的那种“贞洁得报”的美好愿景不再抱有幻想，甚至持讥讽、嘲弄的态度，因为人们不仅开始对社会感到失望，而且对生

① Patricia Alden, *Social Mobility in the English Bildungsroman: Gissing, Hardy, Bennett, and Lawrence*, p. 1.

活在其中的个体获得内在和谐发展的梦想产生了幻灭感。成长小说主人公的成长历程变得更为艰辛，作家们的态度也更加趋于现实，带有浪漫色彩的小说结局开始受到质疑。

如果说在德国成长小说被引进之前，英国的同类型小说重物质利益和社会地位，甚至把这些看作是个人价值得以实现、个人潜力得以全面发挥的前提条件的话，那么，那之后英国小说发生了诸多的变化。例如，主人公步入上流社会的道路更加艰辛，甚至带有悲剧色彩；他们在争取社会地位的拼搏中同样会获得某种精神上的成长——类似于德国成长小说主人公所赢得的那种个体内在的和谐，但这种收获往往是以经济和社会地位为出发点和归宿的。这些看似矛盾的变化恰恰发生在德国成长小说被引进到英国之后，这或许可以被视为英国成长小说受德国成长小说影响的一个证据，同时，它们也彰显了英国成长小说自身的一些特色。1824 年《学习时代》英文版在英国面世之后，尤其是在 1834 年所谓的第一部英国成长小说《旧衣新裁》出版之后，英国成长小说就展现出了新的面貌。最明显的例子是勃朗特的《简 · 爱》。与百年前出版的《帕梅拉》不同，《简 · 爱》中的同名主人公在艰难的成长过程中，经过自身的不断努力与抗争，加之最后得到了一笔遗产，终于赢得了自尊和她向往的社会地位，尽管这种结局以及主人公是否真正融入了社会仍令人生疑。质疑归质疑，这部小说的价值是无法否认的，它的独特魅力在于它在很大程度上是一部主人公的精神成长史，勃朗特着重描写的是简 · 爱在不同时期和环境下日臻成熟的性格和个人潜能的发挥。英国成长小说的这种个体在精神和物质双重驱动下的成长诉求到 19 世纪中后期再次向物质的一极迁移，走向社会实用主义的自我教育观。

总之，19 世纪上半叶呈现的是成长小说英国变体的初始风貌，无论是从主人公的心理成长，还是从小说的情节安排来看，与德国 18 世纪末的成长小说相比，变化并不明显，模仿多于创新。这些成长小说尚属于经典成长小说的范畴，基本上反映的是封建制度向资本主义制度过渡时期的各种社会关系，保留了传统传记小说的基本叙事特征，再现了典型的个体成长经历和社会文化氛围。但从西方成长小说发展史的整体情况来看，所谓的经典成长小说，它所持续的时间只有 70 年光景，其全盛期大致在 1790 年至 1860 年之间。在这一时期，“成长小说是一种逢迎且造作的形式，擅长描述和营造中产阶级的融洽氛围，把冷漠的社会化指令描绘得好像是‘个体成长’的热情冲动。”[①] 就英国成长小说来说，它有其自身历史发展的个性特征，大致从 19 世纪 40 年代晚期开始一直到 19 世纪末，英国成长小说中的自我教育观表现出了社会实用主义的明显特征。如果说歌德的小说聚焦于主人公“自我的内在动力”来着力描写个体同外部世界达成妥协，从而表达他的“和谐理想”的话，那么，英国成长小说从其萌芽起就把外部世界视为“对个人身份的一种威胁”，从而强调主人公对外部世界的恐惧。[②] 正是这种恐惧心理造成了英国成长小说主人公的一种自保意识，无论是早期帕梅拉对童贞的坚守，还是后来简·爱极力避免沦为主人的情妇，她们都是出于自保。为了得到应有的经济或社会地位上的回报，她们并没有彰显自己鲜明的个性，成了莫雷蒂所说的“乏味的”，或“无特点的”人物。[③] 这一人物形象几乎成了一种传统，在英国成长小说发展史上留下了深刻的印记，后来社会实用主义自我教育观在成长小说中的盛行与此不无关系。

受传统的影响，英国成长小说，尤其是 19 世纪中后期的小说，多半反映的是主人公“向上流动”的经历，并以此作为中产阶级青年的人生教条。“这个体裁早期的作品都以个体融入贵族或上流社会的精英阶层结束，这代表着一种理想的修养标准。成长小说不仅使向上流动的经历合法化，

---

① Jed Esty, *Unseasonable Youth: Modernism, Colonialism and the Fiction of Development*, p. 40.

② Franco Moretti, *The Way of the World: The Bildungsroman in European Culture*, p. 230.

③ Franco Moretti, *The Way of the World: The Bildungsroman in European Culture*, p. 11.

而且它还告诉中产阶级如何实施”，[1] 尽管它所传授的“向上流动”的方法不尽相同。在以道德教育为宗旨的《帕梅拉》中，主人公帕梅拉选择了贞洁自持与信仰上帝，以美德赢得了上流社会的承认：“帕梅拉‘向上’的人生轨迹几乎与信仰的天路历程全线吻合，它不是被描述成实现野心或欲望的不择手段的奋斗，相反却是克服、调整欲望并追求神恩的过程；不是对秩序的破坏，而是对秩序的维护与重建。”[2] 而《汤姆·琼斯》与基督教道德主题联系并不紧密，小说中既有正直善良的奥尔华绥，也有贪婪阴险的伪君子布利非；主人公汤姆虽然天生善良、勇敢，但在诱惑面前却屡屡行为失范。最后，汤姆基于原本良好的出身，在苏菲亚忠贞不渝的爱情感召下，经过千难万险终于寻得真正的亲人，人生命运和价值取向也发生了根本改变，从而过上了乡绅生活，成为仁慈、端庄的绅士。可以这么说，《汤姆·琼斯》描述的就是汤姆“向上流动”合法化的过程。

18 世纪中叶，英国的贵族和绅士阶层余威不减，中产阶级尚处于形成期，加之科学的发展给人们带来的理性思维方式，这一历史、社会和文化背景既给小说在英国的形成提供了土壤，也决定了这一时期小说的基本特征。看似巧合的是，这一时期也恰是成长小说的形成期，理查森和菲尔丁的作品既标志着英国小说的形成，也构成了成长小说在这个国度的雏形。

19 世纪的英国处于机器时代，在那个复杂而多变的历史时期，工业快速扩张，大城市激增，交通运输业也得到迅猛发展。虽然英国所谓的“学徒小说”（apprentice novel）显然源出自以歌德的《学习时代》为代表的德国成长小说，但由于英德两国语言、文学传统以及民族文化都不相同，《学习时代》的直接影响何时结束，作为成长小说的主要变体之一——具有鲜明特色、相对独立的英国成长小说——何时开始，都是难以清晰界定的。而且，除《学习时代》的影响之外，英国成长主题的小说还受到其他因素

---

① Patricia Alden, *Social Mobility in the English Bildungsroman: Gissing, Hardy, Bennett, and Lawrence*, p. 2.

② 黄梅：《推敲“自我”：小说在 18 世纪的英国》，第 137 页。

的影响，如卢梭的“自传体风格”（autobiographical tone）和步其后尘的“‘忏悔’文学”，以及《少年维特之烦恼》。后者与许多英国成长小说主人公的“厌世”“过度敏感”“内省倾向”不无关联。英国成长小说所显示的这种忏悔的品质还与“拜伦式英雄人物”形象有关。这类人物一方面高傲、愤世嫉俗，具有反叛精神，另一方面又显得忧郁、孤独和悲观。英国与德国之间可能存在的这种“强烈反差”“更加敏感的社会良知”以及总体上“加速”的生活节奏等，都增强了“自我暴露”（self-revelation）的强度，扩大了它的范围，使其轮廓更加清晰，加深了其时代的感染力。由于英国社会、历史和文化背景有别于德国，英国成长小说通过卡莱尔传递的是《学习时代》的“道德教训”——“理智和纠正的力量”，而歌德的“18世纪的自我教育，或和谐的自我发展主题，退至次要地位”。因此，我们可以说，英国成长小说只是间接地得益于卡莱尔的翻译和他对歌德的理解，其主人公经历“维特式”或“拜伦式”的黑暗时期，最终获得了卡莱尔的信念：“他们必须在这个世界上找到可做之事，并且全心全意地做。”[①] 这些“可做之事”在19世纪中后期的英国成长小说中继续演绎着“向上流动”的故事，但多半表达的是实用主义的自我教育观。

① 详见 Susanne Howe, *Wilhelm Meister and His English Kinsmen: Apprentices to Life*, pp. 6–9。

第六章　再现社会实用主义的自我教育观

——19 世纪中后期的英国成长小说

导语：本章首先从政治、经济、历史和文化等角度分析 19 世纪中后期英国社会实用主义自我教育观形成的原因及其在文学上的反映。通过对《潘登尼斯》《大卫·科波菲尔》《弗洛斯河上的磨坊》的考察，指出这几部成长小说与此前的作品相比已有变化，属于 19 世纪上半叶向中后期发展的过渡性作品，因为它们在基调和主题上仍回响着经典自我教育观的余音。接着以三节篇幅重点讨论具有这一时期鲜明特色，再现社会实用主义自我教育观的代表性作品：反映主人公追寻绅士梦，内在修养异化的《远大前程》；描写主人公追求物质和金钱的《众生之路》；再现主人公审美感与道德感严重背离的《道连·格雷的画像》；以及 19 世纪末为青年成长唱挽歌，描写主人公游走在两个世界之间的《生于流放》与《无名的裘德》。

维多利亚时代，文学上出现了两个并行不悖的趋势，一是小说“正快速成为最流行且日益受到尊重的文学体裁”，一是成长小说是这一时期的

“一种相当流行的形式”。[①] 这一时期，英国文学中的成长小说继“第一次兴盛”之后在现实主义作家中呈现出一派繁荣景象。它“之所以成为维多利亚时代现实主义者最喜爱的文学样式之一，是因为它的小说模式……为文学关注个体体验和社会背景提供了必要的拓展和复杂性”。[②]19 世纪中后期，英国的主要小说家几乎都出版了成长小说，但这一时期的成长小说与《旧衣新裁》中的反社会实用主义倾向不同，多数明显表达的恰恰是社会实用主义的自我教育观及其后果。在这一总的倾向下，小说家们各显身手，从不同侧面，以迥异的艺术手法再现了这一时期青年主人公追求自我的人生历程，从中我们可以窥见他们在创作旨趣上的一些细微变化。例如，在《潘登尼斯》《大卫 · 科波菲尔》《弗洛斯河上的磨坊》中，虽然它们的创作者也在描写主人公积极伸张自我，谋求个人的社会地位，但他们最终都回归社会，或表现出向社会屈服的倾向，仍然保留着经典自我教育观的遗迹。不过，在这一时期的成长小说中，一个显著的特点是主人公的追求多表现为物质的，乃至肉体的欲求。有的突出主人公的“向上流动”，给读者留下异化的内在修养和精神追求的印象，如《简 · 爱》和《远大前程》；有的令人震惊地表现了审美感与道德感的背离，但细察之后，读者不难发现这只不过是实用主义的另类表现，如《道连 · 格雷的画像》；还有的作家以冷峻的目光审视主人公向上流动的外在表现及其内在的精神追求，以带有自然主义色彩的笔触呈现主人公因流动受阻而产生的痛楚、无奈和精神上的孤寂，从中我们已可窥见实用主义向现代主义精神追求过渡的端倪，如吉辛的《生于流放》和哈代的《无名的裘德》。

由此观之，英国 19 世纪中后期是成长小说的一个多产期，这一时期的成长小说主题特色明显，细察却也能发现内部存在一些细微变化。实际

① Amy S. Watkin, *Bloom's How to Write about Charles Dickens*, New York: Bloom's Literary Criticism, An imprint of Infobase Publishing, 2009, p. 213.

② Nicoleta Cinpoes, “Foreword,” p. viii.

上，在这一特定时期，英国成长小说完成了自己内部的一个小循环：最初倾向于再现经典自我教育观，可视为德国经典成长小说的余音；然后渐以社会实用主义的自我教育观为主流表达；再到19世纪末，又表现出向经典自我教育观回归的趋势。因此，我们既要看到这一时期作家们所表达的时代主流声音，又要分析其变化过程。

那么，19世纪中后期英国成长小说在主题表达和创作方法上发生重大转向的社会、政治、经济和文化等外部动因是什么？小说家又是如何回应时代的变化，并通过他们的小说表达这种社会实用主义自我教育观的呢？

一、社会实用主义自我教育观产生的历史背景及其文学表达

如前文所述，英国成长小说诞生于19世纪上半叶并出现了“第一次兴盛”。从一开始，这种小说就受到广大读者，尤其是处于上升时期的中产阶级的欢迎，因为这种小说样式再现了主人公的成长经历，适合表达个体的成长体验，而渴望向上流动的人们特别关注个体如何从一个阶层走向另一个更高的阶层。因此，能够有效表达这种社会流动性的成长小说随后成了英国主要作家的宠儿。它得宠的另一原因大概也与体裁有关，即它的自传体形式，因为成长小说通常聚焦于人物的成长，描述他或她发展到人生的某个阶段。但它只是“自传体”而已，毕竟不是自传。正如毛姆在《人性的枷锁》的前言中所说的，“《人性的枷锁》不是一部自传，而是一部自传体小说；事实与虚构不可分割地交织在一起；情感是我的，但并非所有的事件都是按照它们发生的样子叙述的，它们当中的一些不是从我的生活，而是从与我关系密切的人的生活中移植到我的主人公身上的。”[①] 自传与自传体小说之间的这一区别十分重要，巴克利认为这是我们在研究任何

① W. Somerset Maugham, “Foreword,” in W. Somerset Maugham, *Of Human Bondage*, Harmondsworth: Penguin Books Ltd., 1963, p. 7.

成长小说时都必须要牢记的，他进而指出，“因为成长小说是最隐晦而富有创意的，它可能是自传体当中最成功的，因而吸引了大多数维多利亚时代的主要小说家以及一大批他们20世纪的继承者。”[①] 例如，反映19世纪最后三四十年社会图景的《托诺－邦盖》（*Tono-Bungay*, 1909）就是一部自传色彩十分明显的成长小说，主人公乔治的成长过程与作者威尔斯的人生经历颇为相似。[②] 追求向上流动的社会氛围和适合表达这种流动的自传体小说样式，这二者的结合从内外两个方面为这一时期作家创作成长小说创造了条件，也部分地说明了这个阶段的主要小说家纷纷采用成长小说这一体裁以及他们笔下的人物都表现出实用主义价值取向的原因。

对人的完整性的追求与社会客观现实的限制之间的矛盾左右着成长小说的发展方向。概而言之，18世纪晚期在德国诞生之初的成长小说总体上倾向于描述人的完整统一，作家们对上述矛盾的解决持乐观态度。因为这一时期德国“人文主义理想”盛行，在这一特殊的历史氛围中，人们关注的是完整的人如何有机地展示其全部“复杂性与丰富性”。[③] 明显受德国经典成长小说影响的卡莱尔的《旧衣新裁》也属于这种情况。因为卡莱尔创作《旧衣新裁》正值维多利亚时代前夕，当时英国的工业革命迅猛发展，城市人口激增，虽然已造成了贫富两极分化和劳资冲突等国内矛盾，但人们当时更多地还是关注政治权利，如1832年通过了改革法案。加之卡莱尔本人深受德国人文思想的影响，《旧衣新裁》等小说中反映的更多的还是自由和人的全面和谐发展等问题。但英国成长小说诞生后不久，尤其是在其“第一次兴盛”之后，情况就发生了显著变化，社会存在及客观现实中的各种因素对主人公成长的影响越来越受到作家们的重视，于是，在他

---

① Jerome Hamilton Buckley, *Season of Youth: The Bildungsroman from Dickens to Golding*, pp. 24, 27.

② 关于成长小说与自传和自传体小说之间的关系，详见本书第二章第三节“成长小说与其‘前身’及‘近邻’”，这里不再赘述。

③ Martin Swales, *The German Bildungsroman from Wieland to Hesse*, p. 14.

们的笔下，主人公的成长总是以这种或那种方式与其经济和社会地位发生关联。如果说英国早期的成长小说还带有劝人向善等浓郁的说教意味，旨在培养符合传统社会道德规范的“绅士”和“淑女”的话，那么，19 世纪中后期的英国成长小说似乎摈弃了对修养追求的言说，公开颂扬向上流动，仿佛在引导中产阶级实现自己的抱负。从另一个角度来说，这一时期的小说家刻意描写的是主人公社会地位的提高，但这种外在社会地位的改变往往与其内在修养的提升相分离，因而导致前者价值的丧失，因为“向上流动在某种意义上来说就是对过去、一个人祖先所属的社会群体、天真自我的背叛”。而且，向上流动就意味着与“贪婪的新贵”结盟，与之妥协并为之腐蚀。[①] 这种背叛和疏离感以及与新贵们的勾连显然与追求人的内在和谐和修养提升的经典自我教育观背道而驰，这也是小说主人公在取得他们梦想的社会地位后感到失落的原因之一。

小说家们之所以放弃讲述追求绅士和淑女理想的故事，转而描写主人公如何获得经济社会地位的提升，是因为当时的社会环境和人们的价值观念发生了根本变化，金钱取代绅士身份或优雅风度，决定着人的价值实现：

> 在中产阶级讲步这个忙忙碌碌的世界里，绅士理想变得日益难以寻觅和界定；在多元的现代城市为生存而奋斗几乎不可能有助于良好的举止和温和地体贴别人；城市人很少是温文尔雅的。用那个时代的流行语来说，要“成功”（make good）就要去赚钱；而绅士，尤其是当他的财力有限时，博得的尊敬要比那些经济上的“成功人士”少。因此，金钱在成长小说中就具备了崭新而普遍的价值。[②]

---

① Patricia Alden, *Social Mobility in the English Bildungsroman: Gissing, Hardy, Bennett, and Lawrence*, p. 4.

② Jerome Hamilton Buckley, *Season of Youth: The Bildungsroman from Dickens to Golding*, pp. 20–21.

据巴克利考证，“make good”这个习语在《托诺－邦盖》中出现过，在20世纪之前的《牛津英语词典》中它还没有这个意义上的用法。[①]但笔者检索原著发现，这个习语在威尔斯的这部小说中只用过一次，而且它在上下文中的意思是“支付”，而不是“成功”：

> 只有通过信心，文明才有可能，所以我们可以把钱存在银行里，可以逛大街时不带武器。银行准备金或者警察在一堆拥挤的人群中维持秩序，比起叔叔的计划书来，只不过不是那么厚颜无耻地瞎诈唬罢了。如果他们担保的那一部分需要从他们手里拿出来，他们绝对不可能“支付”。[②]

这样看来，巴克利那句话的意思就应该是“支付是为了赚钱”，但不管“make good”是“成功”还是“支付”的意思，它都说明金钱是非常重要的。金钱给人带来了权力、荣耀和尊敬，《托诺－邦盖》中的主人公乔治说：“这个荒唐的社会当时给了他[③]难以驾驭的财富、权力和真正的尊敬。……钞票金元源源不断地流入我们的口袋；成千上万的男男女女尊敬我们，向我们致敬，并给我们带来苦恼和荣耀。”[④]由此可见，在19世纪中后期的英国，至少在这一时期的英国小说世界中，财富是成功的标志，给人带来社会地位、荣耀和尊敬的是金钱，而不再是美德和绅士或淑女般优雅的风度。这就是当时的社会逻辑，是社会现实在小说中的生动反映，也是成长小说向社会实用主义自我教育观转变的原因之一。成长小说原本通常是“文艺复兴时期品行指导书的同义语”，因为“其反复出现的主题之一是绅士的

---

① Jerome Hamilton Buckley, *Season of Youth: The Bildungsroman from Dickens to Golding*, p. 289.

② 威尔斯著，普隆译：《托诺－邦盖》，外国文学出版社2002年版，第240页。

③ 指乔治的叔叔爱德华。

④ 威尔斯著，普隆译：《托诺－邦盖》，第240～241页。

成功之道”（the making of a gentleman）。[①] 但在 19 世纪中后期的英国成长小说中，描述绅士塑成的过程已让位于讲述主人公通过经济地位的改变而走向社会上层或被打回原形——回到原来的阶层——的故事。在这些故事中，金钱不仅是主人公生活和成长过程中的重要关切，也是他们社会地位更迭的重要动因。没有物质基础，一切皆为空谈，正如乔治 · 艾略特在《米德尔马契》第 17 章的引语中所说的：

> 一位有识之士笑道
> 希望是漂亮的少女
> 但由于贫穷守了一辈子空闺[②]

从发展轨迹上来看，德国成长小说在 19 世纪 20 年代传入英国，30 年代本土化的英国成长小说《旧衣新裁》问世，此后经过 20 年左右的传播和实践，英国成长小说在 19 世纪中后期得到长足发展，其自身特色日益明显。如前文所述，在如何处理主人公的成长方面，成长小说一直在矛盾的两端——关注个体潜能的复杂性与承认客观现实对个体自我实现的必要性——之间徘徊不定。如果说传统的德国成长小说以及包括《旧衣新裁》在内的 19 世纪早期的英国成长小说侧重于前者，那么，19 世纪中后期的英国成长小说则更加重视后者在主人公成长过程中的作用。这类小说表明，“切实存在的现实”，如婚姻、家庭和职业等，是“主人公自我实现的一个必要的维度，尽管明显是一个暗示着对自我的限定，甚至压制（constriction）的维度”。[③] 传统的德国成长小说，甚至卡莱尔的《旧衣新裁》都过于突出渲染主人公的主体性以及他们的内在潜能，它们在为主人公的

---

① Jerome Hamilton Buckley, *Season of Youth: The Bildungsroman from Dickens to Golding*, p. 20.

② 乔治 · 艾略特著，项星耀译：《米德尔马契》（上），人民文学出版社 1987 年版，第 161 页。

③ Martin Swales, *The German Bildungsroman from Wieland to Hesse*, pp. 28–29.

想象力和主观能动性大唱赞歌的同时，有意无意地淡化了客观现实对他们发展的掣肘，乃至刻意强调个体和谐融入社会以及社会和物质文化对个体发展的支持。事实上，个体在成长过程中，其心灵和潜能无时不受到客观现实的冲击和遏制，因此，人的成长也就不可能像传统成长小说那样如诗如画，而是充满着艰辛。

与德国成长小说相比，在英国成长小说中，压抑的家庭氛围和肮脏的社会环境决定了它们在总体基调上是忧郁或悲哀的，因此这些小说多半可被称为"悲剧"。英国小说家看到的是社会与个体之间的割裂而不是融合，因此，他们笔下的主人公即便在社会上获得成功也是以背叛自我为代价，并因此导致了自我的蜕变。而且随着时间的推移似乎色调越发灰暗，这种现象即便在同一个作家的创作中也可以看出，例如，狄更斯的《远大前程》在基调上要比他10年前发表的《大卫·科波菲尔》灰暗得多。

经典德国成长小说与英国成长小说主人公人生遭际不同，往往与他们童年时所受的教育和家庭环境有关。歌德笔下的威廉享有18世纪后半叶上层资产阶级商人能够亦愿意为其子嗣提供的教育，他在小说中出场时已20岁，在其很早的童年时代，他已吸收了完整的"家庭教育-哲学"（Kinderstube-Philosophic）以及整个"蓬头彼得[①]-教诲"（Struwwelpeter-Moral）。而在后来的19世纪同类小说中，尤其是在英国的同类小说中，5岁至10岁的小主人公时常遭到家庭的抛弃，即便能够以家庭为靠山，也不再有威廉那种为将来成才和过无忧无虑的生活所必备的基本训练。有些主人公最终的痛苦或人生失意的原因之一就是父母在教育方面的失职。[②]

以上概述的主要是这一时期英国成长小说与此前的成长小说——尤其是德国经典成长小说相比所发生的明显变化。那么，为什么会发生这样的变化呢？大而言之，造成上述种种差异或变化的原因与当时的时代背景密

① "蓬头彼得"是德国儿童读物《蓬头彼得》的主人公。

② 详见 Francois Jost, "Variations of a Species: The 'Bildungsroman'," p. 101。

切相关。

19 世纪中后期的英国正值维多利亚时代的中期（1848 ～ 1870 年）和晚期（1870 ～ 1901 年），大致从 19 世纪 40 年代末一直延续到 19 世纪末乃至 20 世纪初，英国一直处于进一步扩张的阶段。19 世纪初，英国已由一个农业国家发展成为一个工业国家，工业革命至 19 世纪中叶已基本完成。时至 19 世纪中后期，一系列翻天覆地的变化将这个世界强国推至其发展的顶峰。首先，作为第一个工业化国家，英国的棉制品及其他产品行销全球市场，助其获得巨大利润，而所获利润作为资本又促使它进一步投资，这样就为英国社会集聚了大量的财富。其次，英国还在世界各地广泛开拓殖民地，甚至发动侵略战争，[①] 攫取大量不义之财。到 19 世纪末，英国已经成为世界头号帝国。再次，国力的增强也推动了英国文化地位的提升。如果说 18 世纪西方文明的中心城市是巴黎的话，那么，19 世纪下半叶这一中心已经转到了伦敦。这可能是硬实力与软实力相得益彰的一个典型案例。

经济发展及由此唤起的民主意识不仅推动着社会阶层之间的深刻变化，也必然影响人们的精神面貌，而这些都会在文学中得到曲折的反映。工业和民主革命首先冲击的是英国古老而等级森严的阶级结构，于是，顽固的等级制开始松动，阶层之间的流动性明显增大，个体的社会地位不再单纯由出身和门第决定，而是日益取决于“银行存款和职业”，因为经济增长催生了新的职业，带来更多的就业机会。其次，维多利亚时代中期，英国经过政治和经济改革以及海外殖民掠夺，国内生产和对外贸易发展迅速，社会积聚了大量的物质财富，个体从“前所未有的”社会流动性中看到了希望，因为它“使个人主义的意识形态合法化——一个人可以通过自身的努力上升，可以掌控自己的命运”。[②] 这一切给当时的英国社会注

① 英国对中国发动的两次臭名昭著的鸦片战争都发生在维多利亚时代：第一次鸦片战争（1840 年 6 月～ 1842 年 8 月）；第二次鸦片战争（1856 年 10 月～ 1860 年 10 月）。

② Patricia Alden, *Social Mobility in the English Bildungsroman: Gissing, Hardy, Bennett, and Lawrence*, p. 5.

入了一种渴望向上流动的普遍情绪，人们开始追求个人的价值实现。但这种自我追求与德国成长小说所反映的自我教育观不可等量齐观，因为前者更多追求的是社会地位等物质层面的目标，而且财产的多少是判定个人成功与否的标准之一，甚至是主人公能否获得社会地位的重要条件。例如，《简·爱》的同名主人公最后之所以能走进自己所追求的婚姻，恐怕与她继承她叔叔的一笔不菲的遗产不无关系，而这笔遗产得来未必干净，因为她的叔叔也是在殖民地马德拉群岛“工作”。当然，也有“逆潮流而动”者，即在当时以物质为衡量标准的世俗时代，也有执着于精神追求者，但这样的追求者在当时普遍趋利而上的社会环境下必然遭遇失败。《米德尔马契》中的女主人公多萝西娅便是这种追求的牺牲品。她自幼熟读诗书，尤其是古老的神学著作，因此，在她看来，“精神生活是涉及永生的大问题”，女人为时装和服饰操心简直是“疯子的行径”，她“天然渴望对这个世界获得某种崇高的观念，……醉心于偏激和伟大，任何事物，凡是她认为具备这些特点的，都是她奋力追求的目标。她可以为理想献身，但也可能突然改变态度，结果在她没有打算献身的地方献出了自己”。[①] 多萝西娅的这种浪漫而空洞的理想在当时的社会氛围中显然“不合时宜”，因此，她的最终失败也就有了某种“合理性”。

工业化及其带来的巨大变化也使这个国家产生了社会、经济和思想等方面的一系列问题，人们对这一快速变化造成的影响褒贬不一，有的欢呼雀跃，有的忧心忡忡。人们在为物质富裕和科技进步感到自豪的同时也对宗教和科学之间的矛盾感到困惑，达尔文的进化论尤其强烈地冲击着人们的传统价值观念，因为它动摇了源于《圣经》的关于创世的信仰以及长期以来人们自以为是地认为人类在这个世界上的特殊地位。这说明在物质繁荣的表象下隐藏的是严重的精神危机和深深的焦虑。

---

① 乔治·艾略特著，项星耀译:《米德尔马契》(上)，第4页。

英国这一时期既繁荣又矛盾丛生的社会现实都在文学上得到了及时而形象的反映。例如，狄更斯在其《远大前程》中对当时英国人因繁荣而产生的并非完全没有由头的自豪感乃至不可一世的情绪是这样描写的：“当时我们英国人都有一种一成不变的成见——谁要是怀疑我们的东西不是天下第一，我们的人不是盖世无双，谁就是大逆不道。”[①] 丁尼生（Alfred Tennyson, 1809–1892）的长篇挽诗集《悼念集》（*In Memoriam*, 1850）记录了他对宗教不确定性以及宗教和科学之间冲突的切身感受，表达了他对人与上帝及人与自然之间关系的反思。但维多利亚时代英国文学所取得的杰出成就之一是小说的发展，而且这一时期大多数小说家与当时执着于思考人与上帝之间关系的诗人和散文家所不同的是，他们主要关心的是社会、社会中的人及与社会和人密切相关的社会风尚、道德和金钱等现实问题。这一点倒是与他们的前辈小说家菲尔丁、理查森和奥斯汀颇为相似。例如，狄更斯等有良知的小说家就对维多利亚时代的工业和政治局势以及两极分化等社会现象提出了尖锐的批评。尤其引人注目的是，这一时期的小说多半围绕一个中心人物展开，描写他如何努力实现自我，在爱情或婚姻中，在与家庭及他人的关系中寻找自己的位置，发现自己的价值所在。[②] 这些特征不禁令人联想到成长小说。

维多利亚时代晚期，随着英国经济衰退和国际地位的下降，以及达尔文进化论思想的盛行和虚无主义的扩散，人们逐渐失去了积极向上的冲劲，信仰失落、悲观和颓废情绪开始抬头。这些在成长小说中也得到了及时而形象的反映：以中小资产阶级为代表的主人公在个人奋斗的过程中屡遭挫败，成为“零余者”，如《无名的裘德》中的裘德；主人公出身低微，但却怀疑和鄙视普通人，以极端利己主义者和反叛者形象示人，如《生于流放》

① 狄更斯著，王科一译：《远大前程》，上海译文出版社 1979 年版，第 194 ～ 195 页。

② 参见 M. H. Abrams, ed., *The Norton Anthology of English Literature* (vol. 2), New York and London: W. W. Norton & Company Ltd., 1993, p. 908。

中的皮克；受唯美主义思潮的影响，小说中出现了玩世不恭的颓废人物形象，如《道连 · 格雷的画像》中的格雷等。

在上述大的社会背景下，19 世纪中后期英国成长小说发生了明显的转向，即由歌德、洪堡等德国人文学者以及他们在英国的代言人卡莱尔等为代表的强调美学和精神的自我教育观，向以突出社会流动性为主要特征的社会实用主义自我教育观转变。与这一转向相关，两个问题值得特别关注——教育问题和妇女问题。这两个问题实际上都与社会流动性相关，而当时的社会条件似乎为人们提供了在这个原本等级森严的社会中流动的可能性。

其一，社会流动客观上须要得到教育制度的保障。英国由农业社会向工业社会转型必然带来许多新的职业和工作机会，但那些有工作需要的年轻人必须得到必要的培训，这样，一些以培养应用型人才为目标的学院便应运而生。例如，乔治 · 吉辛的《生于流放》（*Born in Exile*, 1892）中的主人公戈德温 · 皮克所上的怀特洛学院便是这样的学校。随着民主呼声日高，人们要求获得更多、更好的教育，于是，上大学的竞争压力加大，与此同时，一些古老的大学与为适应形势需要而新建的大学之间也展开了竞争。尽管当时英国政府对教育实行了一系列的改革，如 1870 年通过《教育法案》（*Education Act*），但实际上教育制度依然是妨碍底层人士向上流动的主要障碍。例如，皮克虽然获得了奖学金，但由于母亲和姨妈提供的生活费微薄，他依然只能在怀特洛学院艰难度日；哈代的《无名的裘德》中的裘德尽管刻苦自学各种知识，但由于家庭贫困，他始终没有获得上大学的机会。除此之外，要想真正进入上流社会还要有符合绅士身份要求的举止、品味乃至口音，这给来自下层的青年平添了一层障碍。总之，中上层阶级在教育制度上设置了门槛，以所谓文化或修养为借口使他们的特权合法化，同时阻止下层人士来分享。① 所有这一切在这一阶段的成长小说中都有生动的体现。

其二，维多利亚时代人们十分关注妇女问题，即“在政治、经济生活、教育和社交礼仪上性别不平等的问题”。这个问题之所以引起人们的关注，不仅是因为当时的政治革命为改变妇女地位打下了基础，而且还在于工业革命。当时由于纺织工业爆炸式发展的需要，成千上万下层社会的妇女涌进工作条件艰苦的工厂，她们的劳动与男性职工已没有明显的区别。这不仅对家庭生活形成冲击，还对性别传统提出了挑战。但女性的政治地位并没有得到实质性的改善，因为虽然有关妇女选举权的请愿早在 19 世纪 40 年代就向议会提出过，但直到 1918 年妇女才从法律意义上获得了此项权利。同时，妇女获得体面工作的机会十分有限，中产阶级未婚女性唯一的职业选择是当一名家庭女教师，以此谋生并保持所谓的“优雅”。但这项职位不仅收入微薄，没有职业保障，而且地位模糊——家庭女教师介于用人和家庭成员之间。可能正因为如此，有关女家庭教师的小说成了维多利亚时代流行的小说样式，作家们借此探讨妇女的社会地位问题。其中，最著名的可能就是《简 · 爱》。② 就是这么一份不起眼的工作却反映了维多利亚时代这个特定历史时期特定群体向上流动的倾向：“成为女家庭教师除了有机会令人愉快地发挥自己的聪明才智，还意味着进入一个更高的社交圈子；但这也意味着恰恰是作为仆人进入那个令其向往的群体，因为虽然在在文化层次上感觉比那些男男女女略胜一筹，但在社会层次上一味迎合的却正是他们。”③

与上述社会氛围相呼应，英国在 19 世纪中后期出版了一大批反映这一社会现实的成长小说杰作。其中，具有代表性的有夏洛特 · 勃朗特

① Patricia Alden, *Social Mobility in the English Bildungsroman: Gissing, Hardy, Bennett, and Lawrence*, p. 7.

② 参见 M. H. Abrams, ed., *The Norton Anthology of English Literature* (vol. 2), pp. 902–903。

③ Terry Eagleton, *Myths of Power: A Marxist Study of the Brontës*, Houndmills: Palgrave Macmillan, 2005, p. 10.

的《简·爱》（*Jane Eyre*, 1847）、狄更斯的《大卫·科波菲尔》和《远大前程》、威廉·梅克皮斯·萨克雷的《潘登尼斯的历史：他的运势和不幸，他的朋友和他的最大敌人》（*The History of Pendennis: His Fortunes and Misfortunes, His Friends and His Greatest Enemy*, 1848–1850）、乔治·梅雷迪思的《理查·弗维莱尔的苦难》（*The Ordeal of Richard Feverel*, 1859）、乔治·艾略特的《弗洛斯河上的磨坊》和《米德尔马契》、王尔德的《道连·格雷的画像》、乔治·吉辛的《生于流放》、哈代的《无名的裘德》等。如果从社会实用主义自我教育观来看的话，20世纪初的几部小说，如塞缪尔·巴特勒的《众生之路》、韦尔斯的《托诺－邦盖》等也属于这一范畴，或者说是反映了这一成长小说主题的延续。

在这些小说中，一个明显的倾向是它们以这种或那种形式逐渐偏离了歌德和洪堡等所主张的内在修养的和谐发展，然而这种主张在英国还是得到了卡莱尔和阿诺德的呼应。但二者呼应的形式不同，卡莱尔以其《旧衣新裁》这部英国成长小说开山之作表达了经典自我教育观，而阿诺德则主要是通过他的《文化与无政府状态》（*Culture and Anarchy*, 1869）这部学术论著来体现的。[①] 其实，阿诺德的“文化”（culture）在很大程度上具有修养（cultivation）的含义，而这一时期成长小说中的主人公，无论是其追求的目标还是成长的过程和结果缺乏的往往正是修养这种精神层面的因素。但在当时，阿诺德可以被称为文化上的“独侠客”，他的文化观和自我修养的观念遭到各方面的围攻，反对者基本一致的观点是他的理念与德国抽象的浪漫主义关系太过密切，而与英国当时一派“繁荣”的景象和激进主义盛行的氛围格格不入。而阿诺德坚持自己的文化立场，不断对反对

① 有关《文化与无政府状态》同英国成长小说之间关系的讨论将留在下一章，因为该著中提出的人类全面、和谐地走向完美的理想对成长小说创作产生影响主要是在19世纪与20世纪之交及20世纪初。这部著作实际上是阿诺德的一部论文集，收集了他不同时期发表的论战文章。但在他讥讽和嘲弄的口吻中，我们可以从反面看到当时英国追求机械文明、物质文明和个人主义等实用主义的世俗之风。

者进行回应和批驳，他的《文化与无政府状态》正是这种自卫和反击的产物。他的高论在当时不仅曲高和寡，遭到评论家们的冷嘲热讽，而且在成长小说创作者中也应者寥寥。但这部著作给我们提供了一面透镜，让我们从反面窥探到当时英国实用主义的社会氛围，以及这种氛围在小说中的反映。

这一时期的英国成长小说突显个体的向上流动，几近教科书式地教育青年人如何走向社会上层：

> 成长小说把个人的道德、精神和心理的成熟同他在经济和社会上的进步联系起来。某些物质条件被认为是情感和精神发展的必要条件。这个体裁早期的范例以个人融入代表教养理想标准的贵族或上流社会为结局。成长小说不仅使向上升迁的经历合理化，而且还教育中产阶级如何去实现它。①

这种理想和乐观的成长模式从 19 世纪 40 年代开始便受到人们的质疑，并在当时主要的成长小说中反映出来，但关于社会流动与向上升迁的经验范式却被继承了下来。它给人的启示似乎是适合的职业才是通向社会上层的必由之路，这样，英国成长小说强化了阶级的差别，其实用主义成长模式的“主要效果是突出了美学–精神式的自我教育与由此产生的社会实用主义变体之间的差距，主人公设计个人命运的欲望与个人自我教育充当现实社会状况合法性符号的社会要求之间的差距”。② 这种差距以 1848 年的欧洲革命为分水岭，变得越来越明显。在小说中的反映就是人们对社会的现状及个体潜能得到充分展示的前景感到越来越失望乃至幻灭。

及至 19 世纪 60 年代，英国成长小说中甚至出现了金钱至上以及由此衍生的异化现象。狄更斯的著名成长小说《远大前程》在这方面堪称典范，

---

① Patricia Alden, *Social Mobility in the English Bildungsroman: Gissing, Hardy, Bennett, and Lawrence*, p. 2.

② Gregory Castle, *Reading the Modernist Bildungsroman*, p. 23.

这里所谓的“远大前程”或多或少只不过是“渺茫的‘获得遗产的可能性’(prospects of inheritance)”。[①] 从主人公的成长过程和故事情节来看，这部小说描写的是一个年轻人如何从乡村走向城市，由天真走向经验，从最初的自我认识发展到能够接受社会现实，更为重要的是，他提升了自己的社会地位。这些都符合英国成长小说的典型特征。但一个值得注意的现象是，该小说“描绘了一个金钱已经篡夺了真正价值和修养地位的世界。从前带来自由和自我发展的向上流动现在只能导致异化和道德上的妥协，引向一个‘名利场’，在此金钱能说明一切但却买不到任何有价值的东西。唯一的出路就是走向边缘”。[②] 小说中充满着悖论，例如，善与恶的矛盾与转换在小说中得到了十分形象的再现，本性原本淳朴善良的匹普由于经济和社会地位的变化竟变得虚伪而忘恩负义。尽管如此，从总体上来说，小说描写的是匹普痛苦的自我教育和成长的过程，主人公最终回归自己的本真，精神得到了提升。在这一点上，匹普像德国经典成长小说中的主人公一样，也经历了由错误到真理，由混乱到明晰的过程。正是在这个意义上，人们常把这部小说视为一则道德寓言。

英国成长小说的一个重要特征就是强调金钱对主人公成长的意义，巴克利甚至不无夸张地说：“在几乎所有的英国成长小说中，金钱都起到了决定性的作用；主人公，无论是《远大前程》中的匹普、《托诺－邦盖》中的乔治·庞德雷沃、《众生之路》中的欧内斯特·庞蒂费克斯、《无名的裘德》中的裘德、《儿子与情人》中的保罗·莫雷尔，还是《一个青年艺术家的肖像》中的斯蒂芬·迪达勒斯，都必须面对都市实利主义这一残酷的现实，实利主义会破坏或扭曲他纯洁优雅的感情。”[③] 匹普、裘德和斯蒂芬一直在跟贫困做斗争；冒险投资几乎给乔治带来了灭顶之灾；而莫雷尔一家一直

① Jerome Hamilton Buckley, *Season of Youth: The Bildungsroman from Dickens to Golding*, p. 21.

② Patricia Alden, *Social Mobility in the English Bildungsroman: Gissing, Hardy, Bennett, and Lawrence*, p. 3.

③ Jerome H. Buckley, “Autobiography in the English *Bildungsroman*,” p. 96.

遭受着金钱的困扰。

金钱对社会的腐蚀和对人的异化直接影响人的精神追求，乔治·艾略特的成长小说就反映了对金钱和权势的追求是如何使主人公梦想破灭的。艾略特与其同时代的夏洛特·勃朗特的明显区别在于，前者十分关注社会问题，例如，她的《米德尔马契》试图再现的显然是1832年第一部改革法案之前英国中部外省生活的总图景，以此反映处于转型期（小说中具体为1829年至1832年之间）的英国社会公共生活对私人生活所产生的影响。[①]如果说她的前期小说侧重于描写乡村生活及生活在其中的人恬静的心灵与高尚的情操，那么，《米德尔马契》表现的就是典型的幻灭主题，两个主要人物——多萝西娅和利德盖特——均以理想破灭告终。而这种失败的人生追求与当时人们攀附权贵等世俗追求密切相关，可以说，是虚浮的世俗社会扼杀了他们的崇高抱负。青年医生利德盖特原本有着远大的理想追求，立志在病理学和解剖学上有所建树，但他却不幸娶了一个追求时尚和虚荣的美丽女子——米德尔马契市市长的女儿罗莎蒙德。她视丈夫的医生职业为婚姻的缺陷，因此，希望借助丈夫的堂兄弟利德盖特上尉——从男爵的三儿子——来提升自己的身价：

> 她想到有一个堂兄弟是从男爵的儿子，即将住在自己家中，便得意非凡，琢磨着他的到来所包含的意义，以及消息传开后人们的反应。她向她的客人介绍利德盖特上尉时，不免沾沾自喜，发觉人们听到他的身份，就像闻到了一股香味。这种满足感暂时补偿了她在婚姻问题上一个不如人意的缺陷，即她的丈夫虽然出身世家望族，终究只是一个医生。现在好了，她的婚姻终于抬高了她的身价，使她超出了米德尔马契的水平，这不仅有目共睹，

① 书中还特别提到“在那个改革前的年代”，这里的“改革”指的就是1832年英国通过的议会选举改革法案。详见乔治·艾略特著，项星耀译：《米德尔马契》（上），第25页。

也符合她的理想，她的前途从此光芒万丈……。[①]

这段心理描写逼真地反映了当时英国社会趋炎附势的恶俗。妻子的沽名钓誉和贪图虚荣使得利德盖特医生债台高筑，并最终断送了他的事业。

由此可见，19 世纪英国的社会化现实已与歌德概念中的自我教育有了很大的不同，开始接近于与西欧新兴的资本主义社会相适应的“意识形态质询”（ideological interpellation）。“主人公被迫屈服于官方的社会化机制，对此，如果我们遵循路易斯 · 阿尔都塞（Louis Althusser, 1918–1990）所论断的绝对和无情的逻辑，那就不可能有实质性的抵抗：‘意识形态一直总是（always-already）把个体作为对象（subject）在质询，这就等于清楚地表明个体一直总是作为对象受到意识形态的质询，这必然导向最后一个命题：**个体一直总是对象。**’”[②] 不难看出，阿尔都塞的这一论断强调的是在新形势下、在资本主义体制下人的主体性丧失——人已经被对象化，甚至有被物化的危险。以制度、社会组织、政权和政体等为具体体现的意识形态，在有形或无形中掌控个体的命运，人只有顺从或回归社会。此时的成长小说生动地再现了这样的社会现实。但卡斯尔却由此得出完全相反的结论：在 19 世纪的成长小说中，尤其是在英国和法国的成长小说中，主人公成长故事的特点是争执代替了联系，中断代替了完成，排斥代替了同化。[③] 在“意识形态质询”论的前提下竟然得出这样的结论，是值得商榷的。它不仅与其理论前提相左，而且也不符合 19 世纪成长小说的实际情况。如前所述，阿尔都塞的论断对于理解 19 世纪成长小说非常有益。由于意识形态强大的操控作用，个体的主体意识逐渐弱化，最后沦为“对象”，被迫放弃主体性，放弃抵抗，其结果就是被社会“收容”，与社会达成妥协，

---

① 乔治 · 艾略特著，项星耀译：《米德尔马契》（下），人民文学出版社，1987 年，第 549 ～ 550 页。

② Gregory Castle, *Reading the Modernist Bildungsroman*, p. 15.

③ Gregory Castle, *Reading the Modernist Bildungsroman*, p. 15.

在被动的状态下完成融入社会的成长过程，真正被同化。而这正是国家社会化机制所起的作用。当然这种同化与德国启蒙运动后期的美学的、精神的价值追求是不可同日而语的，因为这里的同化是为了立足于社会，取得较高的社会地位，而不是像经典成长小说主人公所追求的那样，要服务于更大的目标。具体来说，19 世纪实用主义的自我教育与经典的美学与精神的自我教育之间既有联系又有区别。从形式上来看，二者十分相似，前者忠实地继承了后者的结构形式，它们的主体试图通过同社会的交往与合作最后获得自我身份，其自我教育和成长包含着辩证的过程，小说有的确实以喜剧结局收场，如《简 · 爱》。但二者却存在着本质上的区别："经典形式（的自我教育）依靠美学教育和自足来形成自我与社会之间的和谐结合，而社会实用主义形式依赖的是教育的机构组织和社会流动以及商品化的个人主义形式来形成较少'精神化'但却相似的和谐。"[①] 由此可见，在 19 世纪中后期的英国成长小说中，那种缺乏精神气质的"和谐"与歌德式的美学与精神层面的和谐理想相去甚远，实际上，英国小说中，个人成长的历程包含着一系列与不利环境的冲突和幻灭。

在《青春岁月——从狄更斯到戈尔丁的成长小说》中，巴克利的那个著名的成长小说定义勾勒出了成长小说的情节模式，[②] 这个主要针对英国维多利亚时代成长小说的著名定义和情节概述虽然广为引用，但也受到多方面的质疑。批评的焦点在于它的男性中心主义或大男子主义，批评者认为这个情节模式是以社会选择只对男性开放为前提的，完全排除了女性成长的可能。这个定义的不足之处还在于，即便是巴克利自己认定的"成长小说的原型"——《学习时代》也不尽符合这个标准，因为该小说的主人公威廉在小说开始时并不是个孩子，他也没有从乡下逃到像伦敦或巴黎这样

---

① Gregory Castle, *Reading the Modernist Bildungsroman*, p. 250.

② 参见本书第二章第二节"史上'成长小说'的概念之争"，详见 Jerome Hamilton Buckley, *Season of Youth: The Bildungsroman from Dickens to Golding*, pp.17–18。

的都会城市。但公允地说，如果暂且搁置性别之争，巴克利的定义还是十分到位的，尤其是他对社会选择的强调，切中了英国成长小说主人公实用主义成长模式的本质特征。

英国19世纪成长小说的特点之一是强调工作与职业，奉行的是社会实用主义意义上的自我教育。这在狄更斯的《远大前程》、勃朗特的《简·爱》、梅雷迪思的《理查·弗维莱尔的苦难》和《利己主义者》（*The Egoist*, 1879）以及艾略特的《米德尔马契》等小说中表现得尤为明显。这些小说虽然在主旨上与德国成长小说接近，也试图表现主人公自我修养的提高，但它们的主人公的自我成长总与"道德提升和社会改进"等密切相关，而"这些把个人引向社会关系，这些关系在不同程度上决定着个体自我教育的本质和特性"。[①] 社会关系的一个重要方面就是职业，成长小说从一开始就存在着"资本主义（工作）与文化（审美的职业）之间的冲突"，这一冲突"被成长小说的象征机制理想化地编织在一起"，[②] 但在现代社会中这一矛盾日益凸显。因此，这一时期英国部分成长小说已失去了早期小说的那种乐观精神，例如，在梅雷迪思的小说中，"早期维多利亚人的那种乐观主义和干劲儿已被怀疑主义所取代"，他的《理查·弗维莱尔的苦难》甚至被认为是"反成长小说"，因为小说最终对教育、文化或经验等都没有给予"正面的肯定"，而是把主人公置于"忧伤和空虚"之中，这也是豪将梅雷迪思归为"现代派"的原因。[③]

在处理个人发展与社会要求之间的关系方面，英国成长小说似乎要表达的是，如果主人公的自我发展欲望同社会制度的要求一致，他就会得到回报。19世纪英国成长小说中典型的主人公是"来自乡下的年轻人"，他来到一个城市，并在那里"不论变好变坏地"完成了"启蒙"（initiation）。

---

① Gregory Castle, *Reading the Modernist Bildungsroman*, p. 19.

② Jed Esty, *Unseasonable Youth: Modernism, Colonialism and the Fiction of Development*, p. 74.

③ G. B. Tennyson, "The 'Bildungsroman' in Nineteenth-Century English Literature," p. 146.

"他儿时的价值观经常要受到挑战，但有时又证明是持久而有益的，并且起初留下的敏感印象特别清晰，如华兹华斯所言，孩童确实是成人之父。然而，遭受'异化'，经历失去家庭和父亲以及与天真和信仰相关的事情，在一个新的通常是没有人情味的环境中追求自我实现，是对年轻人的一种考验。"[①]19 世纪下半叶，小说表现得越来越多的是青年主人公与社会之间那种难以弥合的疏离感——主人公往往怀揣难以实现的愿望，其成长过程通常是孤独的；而且在不少小说中已经出现了一种内倾的现象，开始关注主人公内在的发展。但主人公敏感的内心世界往往与冷漠的外部世界形成鲜明的对照，他们的内在修养与其经济和社会地位的提高已发生分离，社会地位的提升不再被看作是成长的标志或前提条件。

可以说，英国 19 世纪的成长小说充分发挥了这一小说体裁的潜能，这种小说样式在有意无意间已经被视为一种实用主义的意识形态话语。这些小说质疑由歌德推介的美学的、精神的成长形式，转而推崇重视社会化，尤其是关注社会流动的社会实用主义的自我教育形式。社会流动成了人们的一种新体验，它作为社会实用主义的一种具体表现形式在成长小说中得到了形象的再现，进而与成长小说形成了比较自然的姻联关系。1962 年，施坦格（Robert Stange）在给萨克雷的历史小说《亨利·艾斯芒德的历史》（*The History of Henry Esmond, Esq.*, 1852）撰写出版前言时，指出了社会流动的体验是如何与成长小说嫁接的：

> 成长小说模式恰逢其时。……这样的小说，除了其他方面的价值，还是美好生活的向导。表面上看，成长小说几乎是中产阶级生活的典型。各种小说都依靠某种运动，而比较原始的流浪汉小说中的历程（journey）与成长小说中的提升（progression）之间的区别是：后者中的运动是垂直的——主人公不仅仅周游世界，

---

① Jerome H. Buckley, "Autobiography in the English *Bildungsroman*," p. 95.

> 他还发展、发迹，他朝着智性、道德和经济目标迈进。该形式在很大程度上是受进化论思想主导的时代的产物，对深感变化急剧而惊人的小说家来说，它提供了一种记录社会流动及其对主人公柔弱情感产生影响的方法。①

这样看来，成长小说几乎成了中产阶级子弟的人生指南，指引他们如何沿着社会的阶梯向上攀爬，所谓的“流动”实际上就是更上一层。

不可否认，辩证的和谐在英国成长小说中依然受到珍视，但总体上来说，它们的重心显然已转移到同社会及其制度的和谐结合，在社会上取得成功充斥着小说的各个层面。主人公对和谐的内在修养的追求已让位于对名利的追逐，仿佛物质利益的获取和社会地位的提升必然能增强自己的能力，从而使自身的潜能得到最大限度的释放。抱着这样的假想或信念，他们不惜以牺牲自我精神成长为代价，醉心于社会声望和时尚。在这种情况下，要达到目的，个体必须首先要充分理解他要进入的社会，否则，他的成功就成了短暂的、稍纵即逝的幻想；而要在社会上取得较高的地位，获得真正的成功，个体还必须要适应社会，然后还要巧妙地、圆滑地操纵制度以获得个人利益。这种受个人私欲驱使的人对他所生活的社会来说其实是有害的。他虽然顺从这个社会，包括它的制度及成员等，但他的出发点是满足个人对成功、荣耀、经济利益和爱情等的欲望，这些欲望聚集在一起就会形成一个更大的欲望——破坏社会本身，克服一切抑制他个人野心实现的障碍，最后征服社会。

原来在18世纪成长小说中建立的那种在社会和个人之间的妥协，在19世纪已经变成了单方面的屈从。“在整个19世纪，这种妥协的总体效果就是把自我教育的过程‘理性化’，把自我发展改变成生产有生活能力的

---

① 转引自 Patricia Alden, *Social Mobility in the English Bildungsroman: Gissing, Hardy, Bennett, and Lawrence*, p. 2。

人，使之充分社会化，以便他们在日益分化和技术化的社会体制中发挥作用。”[①] 这样看来，自我教育似乎越来越偏离内在修养的价值追求，被社会化所取代，人们放弃对美学教育的重视，转而追逐名利，谋求职业，学习如何才能做个体面的人，在社会机构中获得理想的职位。这种自我教育观已带有明显的功利主义色彩。

但须要指出的是，上述情况只能代表 19 世纪英国成长小说的一个总体趋势，包括卡斯尔在内的论述均有以偏概全之嫌，因为其中不乏例外。譬如，艾略特的《弗洛斯河上的磨坊》与她的其他小说，甚至包括她后来发表的被认为是她写得最好的小说《米德尔马契》，也旨趣迥异。首先，《弗洛斯河上的磨坊》一反常态，小说中没有婚姻的情节，玛吉及其兄汤姆均没有结婚，最后兄妹俩相拥死在洪水中还被一些论者解读为乱伦的象征。从传统的视角看，没有丈夫，玛吉就不可能被认为是一个发展全面的女人。[②] 而《米德尔马契》的主题——理想与现实的冲突——主要是通过婚姻来体现的，女主人公多萝西娅不论好坏却有两次婚姻。没有婚姻使女主人公丧失了自我教育的一个重要环节和成熟的重要标志，这种情节的缺失可能是《弗洛斯河上的磨坊》与成长小说传统决裂的一个重要标志。其次，在维多利亚时代，女性身份本身就意味着种种限制，女性的潜能、欲望和才能都受到不同程度的遏制。玛吉对自我教育的挑战实际上是在拒绝社会接受，因为自我教育的规范通常意味着一种“社会调适”，而社会调适的实质是限制女性自由。[③] 这样，玛吉的成长止于成熟女性世界的门槛之上，这一形象不仅预示着此后女性成长小说的发展方向，也让我们看到了现代主义成长小说中男性主人公的影子。由此我们可以看出，《弗洛斯河上的磨坊》在女性成长小说乃至整个成长小说发展史上的意义非同寻常。

---

① Gregory Castle, *Reading the Modernist Bildungsroman*, p. 46.

② 参见 Jed Esty, *Unseasonable Youth: Modernism, Colonialism and the Fiction of Development*, p. 61。

③ Jed Esty, *Unseasonable Youth: Modernism, Colonialism and the Fiction of Development*, p. 62.

但艾略特后期发表的小说《米德尔马契》却重拾社会化的老套，试图在主人公与社会环境之间达成一种妥协，与《弗洛斯河上的磨坊》在人物命运及小说情节上的革命性安排相比，这与其说是进步，还不如说是倒退。这部以地名命名，以“外省生活研究”为副标题的小说实际上探讨的仍然是人与人之间及人与社会之间的关系，在小说第四章的开头有这样作为引语的对话：

甲先生：我们做的事是我们给自己铸成的镣铐。

乙先生：说得有理；不过我想，那铁还是社会给我们的。[①]

艾略特的意思是，个人铸成的错误，其责任还在于社会。小说主线描述的是四对男女之间的关系——既相对独立又互相交织，形成了一个巨大的网络。但小说通过对两个突出人物——多萝西娅和利德盖特——的描写似乎强调的是，在复杂的社会环境制约下，具有崇高理想的男女是如何遭受挫折和失败的。多萝西娅满怀崇高的理想，具有同情心和自我牺牲精神，但她年轻单纯，十分幼稚，因此，两次婚姻均不理想；而利德盖特年轻有为，具有创新思想，立志献身医学，但由于选择了爱慕虚荣、只图享受的妻子，加上受到褊狭小镇上保守势力的打击与排挤，他最终理想破灭，甚至无法在这种环境下继续生存。总体上来说，多萝西娅和利德盖特都属于理想化的人物，他们的理想之所以没能实现是因为他们都未能认识到社会现实的严酷性及个人与环境之间冲突的不可调和性。多萝西娅就是个恰当的例子。她的理想主要是通过婚姻来体现的，她所向往的婚姻是这样的：“它能够帮助她，让她摆脱年幼无知的困境，自觉自愿地接受指导，走上庄严崇高的道路。”她将自己的婚姻寄托在可以被称为“空心大葫芦”[②]的卡苏朋

① 乔治·艾略特著，项星耀译：《米德尔马契》（上），第 32 页。

② 乔治·艾略特著，项星耀译：《米德尔马契》（上），第 55 页。

先生——一个45岁，比多萝西娅大27岁的教士——身上："这样，我就能学到一切，……我的责任是学习，使我能帮助他更好地完成他的伟大著作。我们的生活中没有渺小的东西，哪怕日常事务也会带有最伟大的意义。这简直就像嫁给了珀斯卡尔。"[①] 其实，卡苏朋的那本名曰《世界神话索隐大全》的书根本不存在，[②] 他们可谓志不同道不合。例如，多萝西娅对这个婚姻抱有美好的憧憬，在这种激情驱使下，她首先想到可干的有意义的事业就是为当地农民建造较好的住房以改善他们的居住条件，而卡苏朋对此毫无兴趣。

就利德盖特来说，《米德尔马契》表明，在那个褊狭的世界中，社会关系仍然与私人关系脱不了干系，"社会世界是一个巨大的活的有机体——艾略特的著名'网络'——在此，个体像许多器官一样无权自治。当这个有机体遇到一个异己分子——遭遇一个利德盖特——时，它就诱捕他，它慢慢地吸干他所有的生命力，最终它把他吞噬掉。"由此可见，乔治·艾略特审视的是"现代性与传统之间的冲突"，是"都市文化与乡下生活"之间的矛盾。基于这个国家统治阶级及其价值观的社会特色，莫雷蒂指出，"在英国都市文化从来没有变成主流，大都市这个新的磁力也从来没有取代农村的引力。"[③] 从这点来看，主人公未能实现自己的愿望不仅说明了社会力量的强大，就英国而言，还显示了乡村生活及其习惯势力的巨大威力。

概而言之，工业资本主义社会及其衍生的资产阶级个人主义阻碍了个体有意义的发展，使之不可能获得真正的修养，因此，19世纪中后期的英国成长小说所表达的是资产阶级的个人主义与真正修养的对峙。二者之间的矛盾在这一时期主流成长小说中具体表现为：自由与平等追求背后的权力算计，例如《简·爱》；"向上流动"与内在修养提升无关，例如《远大

① 乔治·艾略特著，项星耀译：《米德尔马契》（上），第27页。

② 乔治·艾略特著，项星耀译：《米德尔马契》（上），第60页。

③ Gregory Castle, *Reading the Modernist Bildungsroman*, p. 220.

前程》；找寻修养之路——从都市到乡村，例如《潘登尼斯》；审美感与道德感的分离，例如《道连·格雷的画像》；游离于两个社会之间，沦为社会“零余者”，例如《生于流放》和《无名的裘德》。

二、经典自我教育观的余音——《潘登尼斯》《大卫·科波菲尔》《弗洛斯河上的磨坊》

文学史和历史的演变犹如一条奔腾不息的河流，随着情势的变化时而一泻千里，时而涓涓细流，却绝少瞬间突变，更不会戛然而止。英国成长小说的流变与此类似，从经典自我教育观向社会实用主义自我教育观的过渡延续了十余年。这期间，由于作家之间的个性化差异，乃至特定作家自身发生的观念和创作手法的变化，成长小说的流变也并非是严格按照时间顺序发生的，其间存在着反复和颠倒。例如，《简·爱》就是一部典型的反映社会实用主义自我教育观的成长小说，而晚于它约三年出版完成的《潘登尼斯》和《大卫·科波菲尔》在基调上却依然回响着经典自我教育观的余音，而十多年后《弗洛斯河上的磨坊》又接续了这一转变过程。

萨克雷的自传体小说《潘登尼斯》是19世纪英国成长小说中最符合德国经典成长小说情节模式的小说之一，甚至有人称之为“英国小说中第一部真正的成长小说”。[①]

像维多利亚时代的多数小说一样，《潘登尼斯》也是分期发表的，每月一期，从1848年开始，一直持续到1850年才出完。故事发生在英格兰，主要集中在伦敦，主人公亚瑟·潘登尼斯（其朋友称之为“潘”）出身于一个没落的贵族家庭，是乡下地主的儿子。在小说中出场时，他已经17岁，他的父亲曾是个成功的医生，但在他16岁时就已离世，留下一笔不菲的家产。在乡村，潘登尼斯在母亲的溺爱中长大，养成了轻浮、任性的恶习，

① Jerome Hamilton Buckley, *Season of Youth: The Bildungsroman from Dickens to Golding*, p. 28.

并充满着不切实际的幻想。他的母亲潘登尼斯太太本希望他与养女露拉将来成婚，但他却在未满 18 岁的时候，爱上了一个比他年长 12 岁的女演员爱米莉·科斯蒂根小姐，并执意要娶其为妻。爱米莉的父亲科斯蒂根上尉以为潘登尼斯富有，希望他能娶自己的女儿，但潘登尼斯太太对此感到恐怖，于是，她从伦敦召回潘的叔父，攀附权贵的潘登尼斯少校。后者坦言他的侄子并不富有，于是，庸俗的爱米莉抛弃了潘登尼斯。此后，他进入“牛桥大学”学习，但由于他不思进取，对读书无所用心，过着公子哥儿的生活，结果考试失败，狼狈地逃出学校，并欠下一大笔债务。回到家乡后他又爱上了把爱情当儿戏的布兰茜小姐，结果自然无疾而终。像其他英国成长小说中的主人公一样，潘登尼斯也不满乡下褊狭的生活，于是，他前往伦敦寻找出人头地的机会。伦敦的经历让他看清了上流社会的龌龊和黑暗，经过两次所谓的爱情之后，最终他与正直、朴实、善良的露拉——“一生始终是为别人谋幸福”的女子结为伉俪。①

在成长过程中，主人公主要受两股力量的撕扯：一个是现实的，善的，以婚姻的责任和义务为标志；另一个是虚幻的、恶的，表现为世俗的诱惑。作者把这两股力量清晰地呈现在读者面前，萨克雷在小说第 61 章“处世之道”中说：“我们要做的，只是把一个人的思想演变，按照他的发展，原原本本写出来，这个人是世俗的、自私的，但心胸并不狭隘，待人也不苛刻，也不会弄虚作假。”②这不仅道出了他的创作意图、方法，还十分简洁清晰地勾勒出了潘登尼斯的人物性格特征。潘登尼斯虽然好逸恶劳，爱冲动，但他有较高的文化修养，具有正义感，这是他发生变化的基础。

与上述两股力量相呼应，有两个重要因素引起了潘登尼斯的变化，使他逐渐走向成熟：一是爱情经历；二是“导师”的作用。从一定意义上说，主人公是通过他的几次爱情逐渐走向成熟的，他对比他年长的演员爱

---

① 威·梅·萨克雷著，项星耀译：《潘登尼斯》（下），上海译文出版社 1985 年版，第 516 页。

② 威·梅·萨克雷著，项星耀译：《潘登尼斯》（下），第 326 ~ 327 页。

米莉的痴迷完全是一个少年梦幻般的爱情奇想；他放弃了与浅薄而自私的布兰茜小姐的爱情是他开始觉醒的重要标志；他与露拉的结合，使他认识了自己，并摆脱了浪漫的幻想。除了爱情给他带来教训外，潘登尼斯生活中的两位“导师”也在他人生道路上发挥了重要的作用。这两位导师恰好形成了对照：一位是他的叔父潘登尼斯少校，这位庸俗的少校极力怂恿潘登尼斯结交权贵，为向上攀爬做准备；另一位是他在伦敦结识的青年沃林顿——一个“出色的教父的角色”，[①] 这位正直的青年经常给他提出忠告，使潘登尼斯避免了许多错误。但最终表明他已成熟的是对工作和职业的选择，他没有沿着他叔叔所指引的世俗之路走下去，而是选择当作家。这表明他已经成熟，因为作家能够更清晰地辨明何为真实，何为虚构。

从这部小说中，我们既可以看到当时社会上的主流价值观念，也可以体会到作家所表达的成长观。审视这两种观念我们不难发现，小说虽反映了当时追求金钱地位的社会现实，但仍保留着经典的自我教育观念。

首先，《潘登尼斯》对金钱与社会地位、荣耀和尊敬等之间的关系做了形象的勾勒，反映了这一时期英国社会普遍存在的实用主义价值观：

> 啊，沉思的财主呀！尊敬和温情包围着你，在你的晚年，你得到了幸福、荣耀和颂扬，你的缺点被一笔勾销了，你的片言只语也被当作了至理名言，你那些喋喋不休的陈旧故事虽然已讲了一百来次，人们还是露出永不消失的虚伪的微笑洗耳恭听，你家里的女人总是对你甜言蜜语，你一开口，年轻人就鸦雀无声，对你唯唯诺诺，仆人们在你面前战战兢兢，你出外巡视，佃户们便摘下帽子，恭恭敬敬站在你的马车前面，随时愿意供你驱使。[②]

---

① 威·梅·萨克雷著，项星耀译：《潘登尼斯》（下），第 517 页。

② 威·梅·萨克雷著，项星耀译：《潘登尼斯》（下），第 313 ~ 314 页。

由此可见，在这样的社会，金钱和地位决定着一个人的荣耀、尊敬和幸福。

其次，在对实用主义持批判态度的同时，萨克雷在小说中却让主人公最终回归那个他所批判的社会，这表明他并没有跳出传统成长小说情节模式的窠臼，因此，《潘登尼斯》仍留有经典成长小说主人公成长轨迹的遗迹。经过一系列的变故之后，主人公潘登尼斯真切地认识到他与世界之间的关系，并决心适应而不是改变社会："为什么不承认我所立足的这个世界，不顺从我们所居住的和赖以生存的这个社会的条件？……我觉得，世界是什么样的，我就把它看成什么样，我既然属于它，也就不必为它感到羞耻。如果时代脱节了，难道我有任何责任或力量来重整乾坤？"[①] 这听起来不禁令人想起歌德的小说《学习时代》中的主人公威廉，因为潘登尼斯与威廉一样，也认识到自我与社会之间的关系，尽管他显然对社会现实不满，但他却设法与社会达成妥协。

这样的人物塑造和小说情节设置与作家萨克雷的创作原则有着密切的关系。萨克雷说他的这部小说"包含着一定的真实和诚意"，他笔下的主人公"比一切最有教养的先生既不好些，也不坏些"。[②] 这实际上是萨克雷本人的一个重要的创作原则。这种原则令他与其同时代的作家有所不同，从某种程度上说，他也戳穿了维多利亚时代文学中的虚伪的面具，即文学中的人物要么至善至美，要么就十恶不赦。也正是在这一点上，评论家时常将他与其前辈英国作家亨利·菲尔丁联系起来，尤其是与菲尔丁在《潘登尼斯》之前约100年发表的《弃儿汤姆·琼斯的历史》相关联，认为萨克雷为心理现实主义小说奠定了基础。在这样的创作原则支配下，《潘登尼斯》一方面揭开维多利亚时代的人虚伪的面纱，让读者看清人在温文尔雅的外表下，为获得利益而互相倾轧、尔虞我诈的本质；另一方面对人物

---

① 威·梅·萨克雷著，项星耀译：《潘登尼斯》（下），第319页。

② 威·梅·萨克雷著，项星耀译：《序言》，威·梅·萨克雷著，项星耀译：《潘登尼斯》（上），上海译文出版社1985年版，第1～2页。

的处理尽量避免全盘否定的态度，采取折中的立场，刻画其多维的性格。因此，萨克雷对人性批判的态度是温和的，对各行各业的人的心理都从正反两个方面做细致的描写和分析，且往往报以理解和同情的态度。例如，作者通过露拉对主人公潘登尼斯做了如下评价：“她了解他的缺点和任性的脾气，了解并承认，世上不乏比他优秀的男子，……但从没听他讲过一句粗暴的话；有时他也会变得阴郁而孤僻，但一旦事过境迁，他们（指露拉及他们的孩子——笔者注）仍欢迎他回到他们身边，他们始终关心和信任他。”[①] 这种豁达的心态与作者对人生和世界的透彻理解不无关系，他把人生的变化无常都看作是“命运主宰者的安排”：

> 我们承认，也每天看到，虚浮浅薄和碌碌无能之辈怎样享受荣华富贵，飞黄腾达；正直善良的人却不能尽其天年，年轻有为的英俊之士也往往过早地夭折。我们看到，每个人的生活不可能十全十美，坎坷的遭遇在所难免，努力也常常劳而无功，是非曲直总在争战不息，在这里强的往往屈服，灵敏的往往失败。我们看到，美丽的鲜花生在浑浊的泥沼中，崇高显赫的生命却带有邪恶和鄙陋的瑕疵和罪孽的污迹。[②]

从小说主人公最终选择适应社会来看，《潘登尼斯》明显保留了德国经典成长小说的主要特色，从其揭露当时实用主义社会风气来看，它又留下了时代的深深印记。

狄更斯的《大卫·科波菲尔》与《潘登尼斯》几乎同时出版，该小说是“按照成长小说来设计的”，因为“几乎每一个人物和事件都可能最终

---

① 威·梅·萨克雷著，项星耀译：《潘登尼斯》（下），第516～517页。

② 威·梅·萨克雷著，项星耀译：《潘登尼斯》（下），第517页。

与主人公的发展有某种关系”。[1] 像潘登尼斯及其他许多成长小说主人公一样，大卫在成长过程中也经历了数次恋情，儿时喜爱小姑娘艾米丽，青年时迷恋朵拉，最终认识到艾妮斯才是他的终身伴侣。在爱情方面，大卫最大的错误莫过于对朵拉冲动式的迷恋，因为他一见到斯彭洛先生的这个女儿就神魂颠倒，仿佛他的命运瞬间就被朵拉锁定：

> 真可谓瞬息之间定乾坤。我的命运已定。我被征服了，我成了奴隶。我爱朵拉·斯彭洛，爱得发狂了！
>
> 对我来说，她不仅是一个女人。她是一个仙子，是一位神仙，我说不清她究竟是什么——无人见过，但人人向往。我一下子沉入了爱的深渊。我在悬崖边上没有迟疑——没有往下看，没有回头看，我就一头扎了下去，也一句话都没顾上跟她说。[2]

这种一见钟情式的痴迷和狂喜给人以虚幻的感觉，不免显得鲁莽和草率，也是不祥的预兆。与朵拉对大卫瞬间产生的那种摄魂夺魄的吸引力相比，艾妮斯虽然也令他难以忘怀，但并未让他立刻拜倒在她的石榴裙下：“虽然她的脸色非常开朗，非常愉快，她脸上乃至全身却有一种恬静的气氛，一种善良文静的精神，这是我一直不能忘怀的，也是我永远不能忘怀的。”[3] 从这里我们不难看出，艾妮斯给大卫的第一印象是抽象的，是精神气质方面的吸引力。更有甚者，艾妮斯在古老的楼上“那阴沉的光线中转身”的形象还令他想起他小时候在一座教堂里看见过的彩色玻璃窗上的图案：“从那以后，我老把这窗户的幽静的光线与艾妮斯·威克菲尔联系在一起。”[4] 这给艾妮斯平添了一层神秘感，赋予她几乎天使般的形象。大卫对艾妮斯

---

① Jerome Hamilton Buckley, *Season of Youth: The Bildungsroman from Dickens to Golding*, p. 35.

② 狄更斯著，庄绎传译：《大卫·科波菲尔》，人民文学出版社 2000 年版，第 392 ~ 393 页。

③ 狄更斯著，庄绎传译：《大卫·科波菲尔》，第 227 页。

④ 狄更斯著，庄绎传译：《大卫·科波菲尔》，第 227 页。

的这种印象与反应不禁令人想起《旧衣新裁》中的托尔夫斯德吕克对布鲁敏的痴迷及由此产生的宗教般的皈依感。在小说中，大卫对艾妮斯的认识是一个伴随着他的成熟而由远及近的过程，而后者对大卫的成长起着重要的作用，她激励大卫创作，并使他认识到人生的责任，因此，可以说她是大卫的人生导师——这是成长小说中女性促进男性主人公走向成熟的又一例证。最终，大卫成为小说家，并与艾妮斯结成幸福的伴侣。

一如《旧衣新裁》中的主人公，大卫也经历了由“持久的否定”到“持久的肯定”这一变化过程。就在他感到人生一片死寂、灰暗之时，他接到了艾妮斯的来信，从而重拾了“他对人生和社会的观点”，其“持久的肯定”就是找到了终身当作家的事业归宿。[①] 实际上，这是成长小说中典型的“浪子回头”的故事。大卫由否定走向肯定，最后决定以创作为生，小说勾勒了他从游离于社会边缘，最后回归社会的基本人生走向。小说的这种情节设置与《学习时代》及其英国“后裔”《旧衣新裁》神似，基本上反映的都是经典的自我教育观。

尽管《大卫·科波菲尔》与上述经典成长小说有诸多相似之处，但它已具有了维多利亚时代英国成长小说的一些基本特点，反映了这一时代的主流价值观。

一般认为，狄更斯的创作大多体现了他的“道德意图”，即提倡“博爱、宽恕的人道主义精神”。[②] 这的确不无道理，小说中有不少情节和细节表现了人们尤其是下层劳动人民的善良、诚实乃至自我牺牲等人道主义精神。贝西姨奶奶对大卫的教诲就是“千万不要吝啬，……千万不要虚伪，千万不要残忍”，[③] 道德意图十分明显，而且避免这三种“罪过”成了大卫的座右铭，对他成长起到了极其重要的作用。但小说并未止于道德说教，狄更

① Jerome Hamilton Buckley, *Season of Youth: The Bildungsroman from Dickens to Golding*, pp. 40–41.

② 薛鸿时：《前言》，狄更斯著，庄绎传译：《大卫·科波菲尔》，第 3 页。

③ 狄更斯著，庄绎传译：《大卫·科波菲尔》，第 227 页。

斯借助小说既表达了人对幸福的追求，也反映了当时社会上普遍存在的实用主义价值取向。例如，贝西姨奶奶告诉威克菲尔先生，她收养大卫的目的就是“为了让这孩子生活幸福，成为有用的人”，对此，威克菲尔一针见血地指出，“这就是混合动机。”[①] 这种混合似乎表明个人对幸福的追求与实用主义的社会职责之间有某种内在的联系，其实，二者之间不可避免地存在着张力。

在与《远大前程》几乎同时出版的《弗洛斯河上的磨坊》中，艾略特似乎在努力扭转匹普式异化的绅士追求以及主人公最终向社会妥协的倾向，但其解决方案却令人生疑。小说最后以一场意外的大洪水结束了主人公的生命——以突发的自然灾害化解了小说中的冲突，从而导致主人公的成长戛然而止。这部小说略显突兀的结局反映了作者的矛盾心态，因为艾略特虽然在小说中显示了主人公回归社会的意向——玛吉回到磨坊以求获得哥哥汤姆的谅解，但她并没有以传统意义上的大团圆收笔，而是呈现了一座坟墓，那里埋葬着“最强烈的欢乐和最强烈的悲哀”——“紧紧拥抱着的两具尸体”。[②]

像多数成长小说一样，《弗洛斯河上的磨坊》展现的也是环境与主人公精神追求之间的冲突。小说的中心情节就是“玛吉·杜利弗与她生存的环境互不相容”：“玛吉的天性要求精神、智力和身体上的满足，而这是圣奥格镇物质至上、审美贫瘠的社会所无法提供的。”[③] 为了帮助读者更好地理解小说人物所处的环境以及他们所遇到的问题，作者大量采用了后来小说中不常见的直接评论和介绍的方式。例如，对故事发生地，作者在做了地理和历史背景介绍后做了如下评价：

---

① 狄更斯著，庄绎传译：《大卫·科波菲尔》，第 224 页。

② 乔治·艾略特著，伍厚恺译：《弗洛斯河上的磨坊》，重庆出版社 2008 年版，第 571 页。

③ Bernard J. Paris, “Toward a Revaluation of George Eliot's ‘The Mill on the Floss’,” *Nineteenth-Century Fiction*, Jun., 1956, 11, 1, p. 19.

圣奥格镇的人们不多想将来，也不多想过去。他们继承了一个久远的过去，却想也不去想它，他们也看不见正在街道上游荡的精灵。……从前人们总是受他们的信仰强烈影响，更不会改变信仰，但那样的日子已经一去不复返了。天主教徒之所以可怕，是因为他们会控制政府夺取财产，并且把人活活烧死，而不是因为圣奥格镇明智而诚实的教区居民会被劝服去信仰罗马教皇。……不信奉国教的立场是和教堂里的优越席位以及生意关系一起从上代继承下来的。[①]

这是一个没有过去和将来，没有真正信仰，也不关心当下的社会，一句话，这是一个没有灵魂的小世界，人们所持的宗教立场只与社会地位和经济利益有关。在这一大的社会背景下，作者还进一步对主人公生活的小环境——与玛吉生活密切相关的两个家族——做了评述，重点突出了弗洛斯河河畔那“老派的家庭生活”给人带来的“压抑感”：“杜利弗家和多德森家的生活可以说是卑贱低微的——没有崇高的原则，没有浪漫的幻想，也没有自我牺牲的积极信念来使这种生活振奋起来，……在这儿，人们既无教育又无修养，抱着一套传统的世俗观念和习惯——这的确是一种最平凡乏味的人类生活形式，……到处是千篇一律的市侩习气。”[②] 女主人公玛吉就生长在这样的生活环境中，但她有着与环境格格不入的天性和追求，始终在与包括她家庭成员在内的环境做斗争。玛吉的反叛精神在小说中得到了形象的反映。例如，当她的姨妈们抱怨她的头发太多，而她的母亲为此感到丢脸时，她跑到楼上在汤姆的帮助下用一把大剪刀把头发剪得参差不齐，“主要是想通过这个决断的行动来去掉她那可笑的头发，……这也就相当于她战胜了她的母亲和姨妈：她并不想要她的头发显得漂亮——那是

① 乔治·艾略特著，伍厚恺译：《弗洛斯河上的磨坊》，第 127 页。

② 乔治·艾略特著，伍厚恺译：《弗洛斯河上的磨坊》，第 296 页。

办不到的——她只是要人家把她看作一个聪明的小姑娘”。[1] 小说中的这一细节既显示了此时只有 9 岁的玛吉对压抑的家庭环境的反叛，追求“又爽快又自由”的感觉，[2] 也表明她对世俗的女性观念的挑战。她希望人们从智慧的角度看待女孩而不是凭外表来判断。

但玛吉的性格具有两面性，她一方面追求个性解放，具有反叛精神，另一方面又渴望得到爱，被社会接纳。这表现为玛吉内心“两种因素”之间的斗争状态：“渴望家庭和伙伴们的爱、接受和赞赏以及渴望一种富有感官和精神愉悦的生活。”[3] 可以说，玛吉的内心需求和她为此做出的艰难求索是小说的一条主线，也是推动小说情节向前发展的一个潜在的动力。不过，小说并没有将人物的命运完全归咎于其性格：“我们人生的悲剧并不完全是由内在原因造成的。诺瓦利斯在他说过的那些不太可靠的格言中有这么一句——‘性格即命运。’然而性格并不能决定我们的整个命运。”[4] 纵观玛吉的成长过程及其命运，是两股力量——性格和环境——共同决定了玛吉的命运。她的性格或者说天性始终与环境相冲突，二者处于不可调和的争斗中。“主人公不仅必须抑制她自己心灵的骚动；她还必须与一个社会的集体偏见做斗争，对这样的社会来说，最大的善只能根据物质上的成功来衡量。”[5] 小说给人留下的深刻印象是主人公成长受阻、爱情失败，而这些多半是由环境造成的。例如，丧失全家赖以生存的多尔科特磨坊这一经济上的变化对玛吉的成长产生了不可忽视的影响，使其难以适应家庭的变故；父兄视家族荣誉高于一切，百般阻拦玛吉与仇人家的儿子菲利普的爱情，终致其夭折。究其原因，经济变化和历史变迁以及褊狭的英格兰乡村社

---

① 乔治 · 艾略特著，伍厚恺译：《弗洛斯河上的磨坊》，第 69 页。

② 乔治 · 艾略特著，伍厚恺译：《弗洛斯河上的磨坊》，第 69 页。

③ Bernard J. Paris, “Toward a Revaluation of George Eliot's ‘The Mill on the Floss’,” in *Nineteenth-Century Fiction*, Jun., 1956, 11, 1, p. 21.

④ 乔治 · 艾略特著，伍厚恺译：《弗洛斯河上的磨坊》，第 443 页。

⑤ Claude T. Bissell, “Social Analysis in the Novels of George Eliot,” *ELH*, Sep., 1951, 18, 3, p. 234.

会，尤其是那里突出的家庭价值观念负有不可推卸的责任，这些“只能窒息人们的渴求，特别是遏制了女主人公个性解放的渴求”。[①] 玛吉的天赋和习性不断遭到家人和社会的阻遏，她所在的社会环境及其文化规范不容许她的心智有成长的机会，因为在他人的眼中，她就是一个另类，正如小说中的那只耳朵垂下来的死兔子一样。磨坊的师傅路克是这样评价那只兔子的：“反常的东西绝对长不好，万能的上帝不喜欢它们。”[②] 小说似乎在借此暗示，性格与众不同的玛吉就像那只反常的兔子一样，也活不长，从这点来看，她的早逝似乎也在情理之中。叙述者甚至称玛吉为“这个大自然的小小的错误产儿”，[③] 这一方面表明艾略特受到当时进化论思想的影响，因为她在开始创作这部小说时读了于1859年出版的达尔文的《物种起源》，[④] 另一方面，小说意在表明玛吉与环境的冲突。

天资聪颖、桀骜不驯的玛吉最终选择放弃她与菲利普以及新近闯入她生活的斯蒂芬的爱情，这在一定程度上显示了她的自由意志，至少说明她仍在茫然地坚守自己的独立人格。或者说，这是她的一种无奈的选择，因为她既不能进入以菲利普为代表的地方小社会，也被排除在斯蒂芬所象征的现代新世界之外。然而，这并不能说明玛吉已经成熟，更看不出她被社会接纳的希望，尽管她后来回到圣奥格镇，似乎有迹象表明她准备接受她早已厌倦的家庭和社会为她设定的身份：“决心要回到哥哥身边去，把这当作上天赋予她的天然避难所。”[⑤] 但实际上玛吉的双重性格及其与环境之间的冲突令其处于无以为家的境地，正如她最后在洪水中，“在黑暗和孤独

---

① 安德鲁·桑德斯著，谷启楠、韩加明、高万隆译：《牛津简明英国文学史》（下），人民文学出版社2000年版，第651页。

② 乔治·艾略特著，伍厚恺译：《弗洛斯河上的磨坊》，第32页。

③ 乔治·艾略特著，伍厚恺译：《弗洛斯河上的磨坊》，第11页。

④ 参见 Nancy Henry, *The Cambridge Introduction to George Eliot*, Cambridge: Cambridge University Press, 2008, p. 57。

⑤ 乔治·艾略特著，伍厚恺译：《弗洛斯河上的磨坊》，第530页。

中”绝望地呼叫的——“啊上帝，我在哪儿？哪儿是回家的路？”[①]

小说最后显示的是弗洛斯河水突然上涨，玛吉与哥哥汤姆相拥被洪水吞没。这一结尾常被人认为是一个败笔，亨利·詹姆斯就曾毫不掩饰地表达了他对这种小说结尾的不满：“在文学方面，我几乎找不到什么东西比她的每一部小说的结尾的章节更让人感到不痛快的了——甚至在《弗洛斯河上的磨坊》里，也有一个致命的‘结尾’。”[②]有意思的是，艾略特本人也曾论述过小说的结尾，她说：“结尾是大多数作者的弱点，不过有些问题正同结尾的性质本身有关，结尾写得再好也是一种否定。”[③]这听起来好像是艾略特在为自己的小说结尾辩护。其实，艾略特的小说体现了小说创作上的一个重大变化，即在描写环境对人物命运影响的同时，开始探索人物的内心世界，给人物刻画和读者对人物的理解增加了一个新的维度。

艾略特似乎已经预想到读者可能会质疑她这部小说，所以她在小说中除了细致的环境描写以外，还设法让读者与她一道感受环境对人物的影响及主人公所处的困境。例如，在描写了弗洛斯河河畔令人窒息的社会环境后，她说道：“我和你一样也有这种狭隘窒息的感觉，不过，假如我们想要了解这种感觉如何影响着汤姆和玛吉的生活——如何影响了世世代代的青年们的天性，我们就必须有这种感觉才行。在人类事物向前发展的趋势中，青年们的天性总是超越了他们前辈的智力水准，然而他们又被自己最强有力的心弦束缚在他们前辈的身上。”[④]这已明确表明了主人公所处的困境：一方面他们的智力超越了前辈，不满于所生活的环境，并试图摆脱这种褊狭的处境，但另一方面他们从情感和精神上又被家乡和家庭牢牢地束缚着，无法超脱。玛吉的情形恰恰说明了这点。除此之外，

---

① 乔治·艾略特著，伍厚恺译：《弗洛斯河上的磨坊》，第 566 页。

② 转引自申丹、韩加明、王丽亚：《英美小说叙事理论研究》，北京大学出版社 2005 年版，第 71 页。

③ A. S. 拜特著，伍厚恺译：《英文版导读》，乔治·艾略特著，伍厚恺译：《弗洛斯河上的磨坊》，第 27 页。

④ 乔治·艾略特著，伍厚恺译：《弗洛斯河上的磨坊》，第 297 页。

作者还对主人公的最终命运做好了铺垫，小说中的杜利弗太太就像个预言家一样，几次发出不祥的预言。她在小说开头就对玛吉说：“我告诉你离河远一点，……你总有一天会跌到河里淹死的。”[①]后来，她又说：“我的两个孩子这么喜欢玩水，……他们总有一天会给淹死了抬回来的。我真希望那条河离得远远的。”[②]

不管小说的结尾是否合理，艾略特这部小说中反映出来的变化还是明显而可喜的。正如埃斯蒂所指出的，艾略特对玛吉成长的描写与通常关于成熟的理念相反，也规避了结束一部成长小说的常规做法：

> 在一般的（以男性为中心的）社会化小说中，主人公获得成熟标志着必要的终结，避免了小说成为无止境的变化的故事。但现代化过程本身从来就没有一个终点——成长小说象征性地预先让青少年时期进入人为的静态成人期往往掩盖了这一事实。通过拒绝给这个体裁提供成年这一终极（telos），艾略特充分而诚实地吸收了资本主义的逻辑，赋予现代化这个持续、无情的过程以真正的力量。该小说并不把成年视为不可更改的静止形态，也没有提供一个富有寓意的基础，来让人们相信英国社会过去或现在已经达到了其不可更改的稳固形态。[③]

在这里有三点值得注意：其一，金钱因素对主人公的成长产生了重要影响，可以说，磨坊的破产成了小说情节的关键，也是主人公命运的转折点。这体现了这一时期英国成长小说以物质财富和经济地位决定人物社会地位和成长轨迹的特点。与此相关的是小说中反映的实用主义，一切以“有用”

---

① 乔治·艾略特著，伍厚恺译：《弗洛斯河上的磨坊》，第 11 页。

② 乔治·艾略特著，伍厚恺译：《弗洛斯河上的磨坊》，第 110 页。

③ Jed Esty, *Unseasonable Youth: Modernism, Colonialism and the Fiction of Development*, p. 64.

为出发点。例如，杜利弗先生在谈到对汤姆的教育时说："我是要让汤姆得到好的教育，一种将来使他能够谋生的教育。……我希望汤姆成为一个有点儿学问的人，这样他就可以和那些说话头头是道、写起来花里胡哨的人一样精明能干了。对我的诉讼、仲裁和许多事情都会有些帮助。"① 其二，艾略特书写的是一个成长失败的故事，主人公玛吉既没有完全获得精神上的独立，也没有融入社会；她既未能调适自己以适应旧的价值观念，也没有找到一个突破口可以闯出新路。但"玛吉值得我们的同情和赞扬，因为在一种道德原则的召唤下，她转而直面社会不可理解的愤怒——而且是一个无视精神微妙之处，且本来可以默许更轻松地解决她问题的社会。因此，玛吉的行为就成了否定功利主义伦理正当性的象征"。② 其三，小说最后以主人公死亡而告终，这在此前的经典成长小说中不多见。但这种死亡是自然灾害造成的，带有强烈的命定论色彩，或者说，这仅仅是作者所提供的一种解决方式而已，而不是主人公的自主选择。这种解决方式似乎表明，作者与主人公处于同样的两难境地，她们对于处理个人欲求与社会要求之间的矛盾都没有清晰而有效的路线图。例如，玛吉在读到德国教士托马斯·阿·肯比斯（Thomas à Kempis, 1380–1471）的著作《效仿基督》中关于克己自制的论述时，产生了顿悟："一种奇异的肃然敬畏的战栗感传遍了全身，仿佛在深夜里被一阕庄严的音乐声惊醒，这声音告诉她有些人的灵魂已经觉醒了，而她的灵魂尚在昏睡。"③ 于是，玛吉便开始"构想着克己自制和彻底献身的计划"。④ 对此，作者分析认为，"她还没有领悟到……这位老修士的滔滔言辞中隐匿着一个最深微的真理，那就是，克己也仍然是痛苦，只不过是一种自愿承受的痛苦罢了。玛吉还仍然渴望着快乐，而

---

① 乔治·艾略特著，伍厚恺译：《弗洛斯河上的磨坊》，第 6 页。

② Claude T. Bissell, "Social Analysis in the Novels of George Eliot," *ELH*, Sep., 1951, 18, 3, p. 234.

③ 乔治·艾略特著，伍厚恺译：《弗洛斯河上的磨坊》，第 317 页。

④ 乔治·艾略特著，伍厚恺译：《弗洛斯河上的磨坊》，第 318 页。

且因为自己发现了获得快乐的秘诀而欣喜若狂。”[1]这表明，作者看到了玛吉的献身计划与其本能之间的冲突，但她并没有找到化解这种冲突的有效途径，于是，以死亡为主人公的成长画上了句号。

这种死亡结局与其后有类似结局的成长小说不同，例如，在萧邦的《觉醒》中，主人公艾德娜由于不能实现自己独特的自我而又不为社会所容，最后自主选择投身大海来结束自己的生命。与《觉醒》的结局相比，艾略特的处理方式表明她的态度是暧昧的，也是矛盾的。从小说中不难看出，一方面，她对当时女性所处的尴尬地位有一种带有女权主义色彩的抱怨，另一方面，她对少女时代，甚至传统的社会环境还有一种留恋之情（这从玛吉最后回到磨坊以及死亡时与其兄拥抱在一起可以看出）。玛吉一直处于一种无法得到满足的状态中：“她满怀热切，强烈渴望着一切美丽和欢乐的事物；渴求得到一切知识；竭力想再去倾听那一去不复返的梦幻般的音乐；她在盲目地、下意识地渴求着某种能把她对这神秘人生的种种奇异印象都联结为一体的东西，某种能够使她的灵魂在这种生活中获得归属感的东西。”[2]与这种饥渴状态相对应的是，玛吉一生都在试图逃避那令她感到压抑的圣奥格镇，但她最终还是回到那里，并与汤姆“在永不分离的拥抱中”死在那里。[3]艾略特的这种矛盾心态表明，她一方面试图摆脱经典成长小说固有模式的窠臼，另一方面，她尚未找到更好的表达方式，无奈以一种似是而非的“团圆”方式结束了主人公的生命。但不可否认的是，这部小说已显示出变化的迹象——艾略特对传统的、以男性为中心的成长小说中那种前进式的成长模式基本持否定态度。因此，我们可以说，《弗洛斯河上的磨坊》是从经典成长小说向现代主义成长小说过渡的一部小说，或者说，它是现代主义成长小说的先驱。这不仅仅是因为小说以主人公的

---

① 乔治·艾略特著，伍厚恺译：《弗洛斯河上的磨坊》，第 318 ~ 319 页。

② 乔治·艾略特著，伍厚恺译：《弗洛斯河上的磨坊》，第 256 页。

③ 乔治·艾略特著，伍厚恺译：《弗洛斯河上的磨坊》，第 570 页。

死亡或成长失败，而不是以成熟或融入社会为结局，更重要的是因为小说表现了主人公幻想破灭之后的茫然，以及她在整个成长过程中和面对未来时的不确定感。这些都是后来现代主义成长小说中主人公常有的情态和处境。正是在这一意义上，艾略特被认为是将德国思想传入英国文学界的“关键传播者”之一，但她的《弗洛斯河上的磨坊》通常被认为标志着成长小说“经典”时期的终结。[①]

当然，在传播德国成长小说方面谁的作用更大这个问题上，历来有争议。例如，有人认为爱德华·布尔沃-利顿才是继卡莱尔之后，在英国使德国成长小说本土化并保留德国观念的过程中发挥最重要作用的人。[②]他所传递的成长小说的重要特征为：首先，主人公具有维特的敏感和威廉·麦斯特的“适用性”；其次，他在自我教育过程中，既受到男性“导师”的引导，也受到女性“导师”的引导；最重要的是，主人公的心理和道德发展要经历三个阶段——“反叛、追寻和悔过式地回头重估其出发点”。[③]由此观之，布尔沃确实应该被视为德国经典成长小说的忠实继承者，尤其是他对成长小说主人公的三个发展阶段的呈现。而作为衡量经典成长小说的一个重要标志就是主人公回归社会的表现，即他或她最终找到了自己的爱情、职业以及在社会上应扮演的角色。也正是从这个意义上来说，《潘登尼斯》《大卫·科波菲尔》等属于经典成长小说在英国的余音，而《弗洛斯河上的磨坊》则标志着它的终结，或向下一阶段的过渡。这些小说之所以还保留着德国成长小说的这一特色，布尔沃功不可没，因为有证据表明它们或许受到了布尔沃的影响，例如，萨克雷的《潘登尼斯》就采用了布尔沃的《欧内斯特·马尔特拉夫斯》（*Ernest Maltravers or the Eleusinia*,

---

① Jed Esty, *Unseasonable Youth: Modernism, Colonialism and the Fiction of Development*, p. 26.

② Gisela Argyle, *Germany as Model and Monster: Allusions in English Fiction, 1830s–1930s*, Montreal: McGill-Queen's University Press, 2002, p. 43.

③ Gisela Argyle, *Germany as Model and Monster: Allusions in English Fiction, 1830s–1930s*, p. 45.

1837）的模式；狄更斯的《远大前程》整体上不符合经典的自我教育观，布尔沃强烈建议狄更斯修改《远大前程》的结尾正是基于对德国成长小说模式的考虑，因为在他看来，修改过的“幸福”结局可能更加符合自我教育观念中的乐观精神。①

三、实用主义的自我教育观——对绅士、金钱与快乐的追求

19 世纪中后期，英国成长小说的典型特征表现为主人公梦想成为绅士或贵妇，以及对金钱和快乐的追求。《简 · 爱》中的同名主人公对独立人格与平等爱情的追求难掩她要成为罗切斯特夫人的梦想；②《远大前程》中的匹普所追求的“远大前程”无非就是要成为一名绅士，从而改变自己的命运；《众生之路》中的欧内斯特怀揣绅士梦想，但他更多表现的是对物质和金钱的追求；《道连 · 格雷的画像》中的格雷更是直言“我寻求快乐”，从而难免让人对学界的一些成见生疑，因为有人认为该作表现的是王尔德“灵肉合致”的思想，而以笔者所见，这部小说恰恰表现的是主人公的灵肉分离。总之，这一时期英国成长小说凸显的是主人公对社会地位、物质、金钱乃至肉体享乐的追求，精神追求已退居其次，更不用说要提升美学和精神境界，形塑完整的人格了。

如果说狄更斯的《大卫 · 科波菲尔》尚属于经典成长小说范式的话，那么，他 10 年后出版的《远大前程》就已具有 19 世纪中后期英国成长小说的典型特征，表达了社会实用主义的自我教育观。

《远大前程》虽然在主要情节模式和主题上依然带有流浪汉小说的特

---

① 参见 Gisela Argyle, *Germany as Model and Monster: Allusions in English Fiction, 1830s–1930s*, p. 46。

② 有关《简 · 爱》的论述，详见拙作《西方成长小说文本解读》中的《一部独特的女性成长小说——论〈简 · 爱〉对童话的模仿与颠覆和〈简 · 爱〉——精神追求抑或权力算计》两节，这里不再赘述。

点，情如《汤姆·琼斯》，甚至是《雾都孤儿》，但这部小说已经具有明显的成长小说的特征，也具备了鲜明的个性化特色。首先，小说以第一人称展开叙事，主人公匹普作为叙述者回顾了自己的成长历程，带有成长小说常有的自传体特征。其次，故事情节脉络非常清晰，小说按照主人公成长的三个阶段均匀地分为三个部分：梦想——少年匹普在家乡怀揣超越卑微出身、过上等人生活的梦想；“梦中生活”——匹普如入梦境，意外地获得了“一大笔遗产”，在伦敦过着挥霍无度的生活；幻灭——匹普得知好运的由来后梦想破灭，落魄地回到家乡。最后，主人公有比较清醒的自我认知，能够认识到自己的性格缺陷，尤其是小说结尾所表现出的悔悟和反思，并开启了新的人生。或者用“道德”或“世俗”的话来说，他的成长过程可以分为“童年”“青年”“成熟”三个阶段。① 从性格的演变来看，匹普经历了由天真到堕落再到醒悟这三个相应的阶段。这种性格变化是成长小说主人公的典型特征，表明他已逐渐走向成熟，尽管在小说结尾，他又回到了人生的起点，依然处于社会的边缘，孑然一身。

但我们这里须要探讨的是主人公的人生追求与经典成长小说主人公的自我教育之间的差异。在《远大前程》中，金钱的作用是显而易见的，主人公匹普之所以能够前往伦敦过上流社会的生活，有了“远大前程”，正是因为他得到了神秘恩人马格韦契的资助，而马格韦契的这笔钱像简·爱的叔叔留给简·爱的遗赠一样，也是在殖民地发的不义之财。

《远大前程》描写的是匹普的“未来导向心理”，生动地再现了“匹普对未来的不确定感”，“想象一个不可预测的、未知的未来的困难以及得知结果与所愿不同后的震惊”。② 在小说的结尾，艾丝黛拉依然是匹普的梦中情人。直到 11 年后回到家乡，他虽然口头上说他与艾丝黛拉那场“可怜

---

① John H. Hagan, Jr., “Structural Patterns in Dickens's *Great Expectations*,” *ELH*, Mar., 1954, 21, 1, p. 54.

② Daniel Tyler, “Feeling for the Future: The Crisis of Anticipation in *Great Expectations*,” *Interdisciplinary Studies in the Long Nineteenth Century*, 2012, 14, p. 1.

的春梦早已风流云散了”，但他心里想的却是要去“凭吊一下那座庄屋的旧址——以寄托对她的怀念”。[①] 当匹普和艾丝黛拉手拉着手一起走出废墟时，他似乎再次看到了“前程”，不过，这次不再是社会地位的前程，而是感情的前程：“当年我第一次离开铁匠铺子，正是晨雾消散的时候；如今我走出这个地方，夜雾也渐渐消散了。夜雾散处，月华皎洁，静穆寥廓，再也看不见憧憧幽影，似乎预示着，我们再也不会分离了。”[②] 这个几经修改但仍然模棱两可的结尾显示了狄更斯的困惑，也使读者处于“远大前程”的“晨雾”或“夜雾”中。像众多成长小说一样，这是一个开放的结尾，在此，读者似乎看到了匹普与艾丝黛拉结合的可能，但他们能否终成眷属尚难确定，也许这只是匹普的一厢情愿。但匹普能否得偿所愿并不重要，重要的是他已从生活中得到了经验教训，毕竟，当初的“晨雾”现在已是“夜雾”。这或许标志着匹普已逐渐成熟起来，他人生的新航程已开启。

由于故事叙述者是人到中年的匹普，是一个成人对自己青少年时期人生经历的回顾，因此，小说中不断出现他对自己过去行为的评判和反思，既有对自己当时年幼无知行为的嘲弄，也有对当年不切实际幻想的评论。这些似乎表明他现在已变得更加明智而成熟。从这一点来看，《远大前程》符合成长小说主人公是生活的“学徒”这一特点，他们向生活学习，在现实生活中学习生活的艺术，从自己的错误中吸取教训，变得更加理性而成熟。简言之，主人公通过与社会的接触，生活经历对其性格产生了影响。

虽然《远大前程》的背景设置在19世纪初摄政时期的英国（Regency England），但这部小说的创作始于19世纪60年代早期，是在1860年12月至1861年8月以每周连载的形式发表的，它反映的实际上是19世纪中后期英国的社会现实。因此，以当时的社会热点问题——社会流动性——为切入口，具体探讨与此密切相关的绅士观，可以更好地考察社会实用主

① 狄更斯著，王科一译：《远大前程》，第584页。

② 狄更斯著，王科一译：《远大前程》，第587页。

义自我教育观在小说中的反映。[1]

与《远大前程》中的匹普一样，《众生之路》中的欧内斯特心中也有绅士理想，但他实现这一理想的路径是对物质和金钱的追求，他心目中的绅士形象只是举手投足等外在的修养；《道连 · 格雷的画像》中的“迷人王子”格雷更是以所谓的“美”和肉欲为人生追求的目标，审美感与道德感严重背离。这些都以不同的形式反映了社会实用主义的价值观，或者说它们是实用主义价值观的另类表征。

19 世纪末，英国成长小说不仅延续了这一世纪中期以来一直存在的实用主义价值取向，还显示出向现代主义转向的趋势。这一阶段的代表性作家之一是塞缪尔 · 巴特勒，他被认为是“维多利亚时代和现代主义时期之间一个重要的过渡性人物”。[2] 他的代表作《众生之路》不仅表现出与 19 世纪初英国成长小说的显著差异，而且从小说的结局来看，已显现出现代主义文学的某些特征。

从《旧衣新裁》与《众生之路》之间的对比可看出 19 世纪初到 19 世纪末英国成长小说的变化，从托尔夫斯德吕克和欧内斯特的人生观和世界观中可以看出这一世纪早期与晚期英国明显不同的社会氛围及其造成的迥异的精神追求。

表面上看，巴特勒在《众生之路》中似乎要复制卡莱尔《旧衣新裁》的主人公托尔夫斯德吕克的成长模式——《众生之路》中那个思想自由的铁皮匠肖先生就对欧内斯特说：“我想有一天你也许会变成像卡莱尔那样的人物。”[3] 与托尔夫斯德吕克类似，欧内斯特也依次经历了“怀疑、绝望、无信仰、麻木和新生”这几个阶段，但与走向精神成长的托尔夫斯德吕克

---

① 有关《远大前程》的论述，详见拙作《西方成长小说文本解读》中的《异化的内在修养——论〈远大前程〉中的“绅士”》一节，这里不再赘述。

② David Guest, “Acquired Characters: Cultural vs. Biological Determinism in *The Way of All Flesh*,” *ELT*, 1991, 34, 3, p. 283.

③ 塞缪尔 · 巴特勒著，黄雨石译：《众生之路》，人民文学出版社 1985 年版，第 325 页。

正好相反，欧内斯特逐渐意识到的是“他自己的本能冲动”。在这个意义上，如果欧内斯特成了“卡莱尔那样的人物”，那么，他恰恰成了“卡莱尔式的反英雄，逐渐背离信仰走向本能”。[①] 托尔夫斯德吕克的成长完全是精神成长，他的每一步成长都与精神提升相对应，从持久的否定到冷漠的中心再到持久的肯定，即由信仰失落到迷茫再到重拾对上帝的信仰。相比较之下，欧内斯特的经历与精神成长无关，他走向了精神的反面——本能冲动。

《众生之路》与《旧衣新裁》虽然都是维多利亚时代的小说，但它们分别属于这个时代的晚期和早期，不仅时间相隔久远，而且风格也不同。尽管如此，二者仍有诸多共同之处，例如，它们都是传记体小说；《众生之路》中的爱德华·奥弗顿起到了《旧衣新裁》中那个没有姓名的英国编辑的作用，充当故事的叙述者，关注主人公的成长和人生观，并不时加以评价；其主人公在成年早期都经历了信仰的失落；等等。它们最明显的区别就在于自我教育观。卡莱尔所持的仍是德国式的经典自我教育观，托尔夫斯德吕克在成长过程中发现的是“上帝指引下的道德秩序”，其小说甚至暗示不幸是对人美德的某种考验：人“没有幸福也行，没有幸福他就能找到圣洁”，人应该抛弃自我，信守通过工作对同伴尽责。其主人公的信条是消灭自我，信仰上帝，把爱予人：“不要爱享乐，要爱上帝。”[②] 这与巴特勒的观点截然不同，他的世界观建立在“本能、直觉决断力，尤其是享乐”的基础之上。在《众生之路》中，他竟然写道：“对绝大多数人和绝大多数情况来说，欢乐——人世所能获得的实在的物质财富——是考验品德的最可靠的试金石。人类的进步一直基本上是通过欢乐，而不是通过极端突出的善行而取得的，世界上最善良的人也都偏于享受过度，而并非禁欲主

① Greg Sieminski, “Suited for Satire: Butler’s Re-tailoring of *Sartor Resartus* in *The Way of All Flesh*,” *English Literature in Transition, 1880–1920*, 1988, 31, 1, p. 33.

② 托马斯·卡莱尔著，马秋武等译：《拼凑的裁缝》，第 178 页。

义。”[①]对巴特勒来说，不存在任何一个值得严格遵守的道德准则。与托尔夫斯德吕克发现的道德秩序不同，欧内斯特在“那个时代宗教与哲学骗子的背后”发现的是“只剩下享乐、直觉决断力和本能作为指导原则的环境决定论”。如果说前者的人生是“向上走向精神真谛”，那么，后者的人生是“向下走向环境现实”，[②]因为在欧内斯特看来，“欢乐是一个比权利或者义务都更为可靠的向导。”[③]虽然他像其他多数成长小说主人公一样也经历了摆脱父母和褊狭生活环境的束缚，在城市中寻找自由，但他最终并没有被社会所接纳，他要建立精神病理学院的计划以失败收场；他的第一本书虽然取得了成功，但他后来的作品均毫无悬念地失败了，而且他“处于一个非常孤立的地位，……他没有任何同盟军，他不仅在宗教界树立了许多敌人，而且在文学甚至在科学联谊会中也完全不得人心。”[④]由此可见，在《众生之路》这部成长小说中，主人公的人生追求已完全走向了经典自我教育观的反面，不是在上帝的引领下接受应有的道德担当和提升个人的修养，而是沉溺于对物欲乃至肉欲的追逐；不是融入社会，而是走向与社会的决裂：“今天谁要想出人头地，他就必须属于某个帮口，庞蒂费克斯先生不属于任何帮口”，[⑤]“在政治方面，……他是一个保守主义者。可是在其他一切方面，他却是一个走在最前面的激进主义者。”[⑥]因此，欧内斯特放弃精神追求转而追求物欲以及他背离社会的思想和行为，不仅突出表现了小说的实用主义的价值观，而且显示了现代主义的特征。

小说主人公脱离社会、针砭时弊的性格特征，以及他为未来写作的

---

① 塞缪尔 · 巴特勒著，黄雨石译：《众生之路》，第 106 页。

② Greg Sieminski, “Suited for Satire: Butler’s Re-tailoring of *Sartor Resartus* in *The Way of All Flesh*,” pp. 29–32.

③ 塞缪尔 · 巴特勒著，黄雨石译：《众生之路》，第 107 页。

④ 塞缪尔 · 巴特勒著，黄雨石译：《众生之路》，第 510 页。

⑤ 塞缪尔 · 巴特勒著，黄雨石译：《众生之路》，第 510 页。

⑥ 塞缪尔 · 巴特勒著，黄雨石译：《众生之路》，第 511 页。

志向——“他是希望将来的年轻一代会比现在这一代人更愿意倾听他的意见”，[①] 这一切都是作者巴特勒的夫子自道，因为巴特勒在《笔记》中也说过类似的话：“我宁愿撇开……所有的当代人，而对我的后代讲话……后代人必然会以公正的态度来倾听一个人的倾吐。”[②]《众生之路》带有很大的自传成分，因此，有人称它是在《儿子与情人》和《一个青年艺术家的肖像》之前“英国最直接的自传体成长小说”，主人公的人生轨迹，甚至许多生活细节都与作者巴特勒的经历类似，最终他“像巴特勒一样非常看重金钱”。[③]“在巴特勒的世界里，金钱多半就是美德”，而“教育则是件危险的事情”，尤其是“正规教育”，因为它通常会毁掉人的“自我意志”并“淹没本能的声音”。[④] 例如，巴特勒笔下的欧内斯特就表达过对教育的不屑：

> 拉丁和希腊文全都不过是些瞎扯淡的玩意儿，一个人对它们知道得越多，往往越是令人讨厌；你所喜欢的那些可爱的人，或者从来就没有学过那些玩意儿，或者即使学过，也早已尽一切可能把它们忘得一干二净了；等到他们不再被迫去阅读那些东西的时候，他们就再也没有去碰过那些老古董。[⑤]

实际上，在《众生之路》中也有一种与欧内斯特背离社会相反的理性的声音，小说借助叙述者奥佛顿之口强调的是社会适应性，他说：“我们整个一生，每日每时，都在那里使自己的已改变和未改变的自我去适应已改变和未改变的环境；事实上，生活不是别的，就只是这种适应过程而

① 塞缪尔·巴特勒著，黄雨石译：《众生之路》，第 511 页。

② 转引自黄雨石：《译本序》，塞缪尔·巴特勒著，黄雨石译：《众生之路》，第 1 页。

③ Jerome Hamilton Buckley, *Season of Youth: The Bildungsroman from Dickens to Golding*, pp. 123–124.

④ David Guest, “Acquired Characters: Cultural vs. Biological Determinism in *The Way of All Flesh*,” *ELT*, 1991, 34, 3, p. 287.

⑤ 塞缪尔·巴特勒著，黄雨石译：《众生之路》，第 164 页。

已；……一个人的一生成功与否，主要取决于他的适应能力足以还是不足以对付在融合和调整内在和外在变化时所遇到的困难。”①这种理性的声音，即将内在和外在、主观和客观统一起来的观念，标志着成长小说主人公的成熟。虽然欧内斯特六个月的牢狱生活教会了他许多东西，但他还没有成熟到这一步，因为在他走出监狱大门之时，他并没有准备去适应这个社会，而是“要尽量设法粉碎那另一类门杠”——“人世的贫穷和无知”。②这个饱受家庭和社会折磨但仍不肯屈服的社会异己分子，在拥有财富并重获单身身份后并没有去过通常意义上的正常生活，而是决定利用他的财富享受一种与社会保持距离的逍遥人生，扮演一个与作者巴特勒一样的“牛虻”的角色，以便向虚伪的社会发起攻击。

主人公这种非正常的人生或许正是作者的创作意图所在，因为他的家庭背景、他的成长过程及其人生遭际决定了他不可能过所谓正常人的正常生活。作者为此做了大量的铺垫，主人公欧内斯特·庞蒂费克斯在小说中迟迟没有出场，小说前16章讲述的是庞蒂费克斯家族前三代人的故事，致使这部小说看起来像是家世小说。例如，萨维奇小姐在与巴特勒来往的信件中就常称《众生之路》为“庞蒂费克斯之家”。这位与巴特勒密切往来长达16年之久的法国女性对巴特勒的这部小说乃至他的人生产生过重大影响，她说“这部小说似乎就是按照家族传奇来设计的”。但巴特勒本人称他的终稿为《欧内斯特·庞蒂费克斯》，这一题目表明家族事务对主人公的描写，或者说，对成长小说的创作意图来说是“次要”的。③巴特勒之所以讲述主人公前三代人的故事，一方面可能是在为后面的故事做铺垫，另一方面旨在展示他与达尔文不同的进化论观点。达尔文把物种的进化归因于“际遇”，或者说“偶然”，而巴特勒却支持法国博物学家拉马克

① 塞缪尔·巴特勒著，黄雨石译：《众生之路》，第378页。

② 塞缪尔·巴特勒著，黄雨石译：《众生之路》，第379页。

③ Jerome Hamilton Buckley, *Season of Youth: The Bildungsroman from Dickens to Golding*, pp. 130–131.

（Jean Baptiste Lamarck, 1744–1829）的“变化观”：“当一种生物获得必要的习惯及表现这些习惯的器官时，这些习惯和器官就会通过一种无意识记忆的过程传递给它们的后代。”[①] 在这种进化论观点的支配下，《众生之路》再现了一种与其他成长小说主人公不同的身份追寻路径：欧内斯特必须要找到一种与他自己继承而来的“最佳天性”相匹配的“人生哲学”，这样他才能克服他那“既被误导又误导人的父母”施加给他的“严重障碍”。[②] 由此看来，巴特勒在创作《众生之路》时心中既有成长小说的传统在，也试图融入当时甚嚣尘上的达尔文的进化论思想，但他以他惯有的愤世嫉俗的姿态既挑战成长小说的传统，称歌德的《学习时代》“可能是非常糟糕的书”，[③] 又表达了与达尔文不一样的关于进化的立场。

从成长小说的传统来看，《众生之路》的主人公也受到家庭压抑氛围的掣肘，欧内斯特甚至一直认为他的父亲和母亲是“他在这个世界上最危险的两个敌人”。[④] 像其他成长小说一样，《众生之路》的主人公也有自己的精神导师，而且是两个：一个是他的朋友汤利——“欧内斯特崇拜的偶像”，[⑤] 另一个就是故事叙述者，欧内斯特的教父，爱德华 · 奥佛顿。欧内斯特对奥佛顿说，“汤利……不仅是个好人，而且无一例外是在整个世界上我所遇见过的最好的好人——就除了……你；汤利在各方面都是我自己所希望达到的楷模。”[⑥] 这两个人在小说中是理性的化身，对欧内斯特的成长发挥了重要影响。例如，欧内斯特“除了对学校和大学这些人世间比较安全和隐蔽的地方略有所知之外，对世上其他的一切实在太幼稚无知，太缺乏经验了”，他从副牧师普赖尔之流那里获得的一个骗人的信条竟然是

① Roger E. Parsell, *Cliffs Notes on The Way of All Flesh*, Lincoln: Cliffs Notes, Inc., 1974, p. 2.

② Roger E. Parsell, *Cliffs Notes on The Way of All Flesh*, p. 11.

③ Jerome Hamilton Buckley, *Season of Youth: The Bildungsroman from Dickens to Golding*, p. 131.

④ 塞缪尔 · 巴特勒著，黄雨石译：《众生之路》，第 375 ～ 376 页。

⑤ 塞缪尔 · 巴特勒著，黄雨石译：《众生之路》，第 449 页。

⑥ 塞缪尔 · 巴特勒著，黄雨石译：《众生之路》，第 449 页。

“穷人都比富人和受过高等教育的人更可爱得多”。[①] 但在汤利的点化下，他看穿了这些宗教说教的假象，“发现并没有一个人仅仅因为穷就变得更可爱了，他同时也看出，在上等阶级和下等阶级之间，存在着一个几乎可说是无法逾越的障碍。”[②]

精神导师对主人公的成长固然重要，但成长小说更强调的是主人公向生活学习，而不是正规的学校教育。在生活实践中主人公获得对社会的认知，形成自己独特的价值观。在《众生之路》中，对主人公人生观产生重大影响的事件有两个：一个是欧内斯特被捕入狱；另一个就是他与艾伦的失败婚姻。

欧内斯特人生的重要转折点之一是他被捕入狱，狱中生活给他带来了新的认识。在“金钱、朋友、名誉……已全部丢失净尽”之后，欧内斯特感到有一种“说不出的舒服”，[③] 使他对宗教、绅士理想和金钱产生了全新的认识。此时，在他看来，宗教信仰和自由思想并没有什么不同：“信仰基督教和对基督教的否定，说到底，也和其他一切事物一样，两极端仍归于同一。”在此思想支配下，他认为宗教信仰者和自由思想者都可以用同一把标尺——绅士理想——来衡量：“罗马教会、英格兰教会，和自由思想家具有同一个理想标准，而且三者集于真正的正人君子（gentleman）之一身；谁要是一位最完美的正人君子，他也就是一个最完美的信徒。”[④] 这种认识与《远大前程》中匹普对绅士的最终认识已非常切近，因为匹普最后称乔为“具有基督精神的狭义之士”（gentle Christian man）就是将宗教信仰与他的绅士理想结合在一起的。

在狱中三个月的学徒生活中他学会了裁缝手艺，水平“也许和许多学

① 塞缪尔·巴特勒著，黄雨石译：《众生之路》，第 315 页。

② 塞缪尔·巴特勒著，黄雨石译：《众生之路》，第 317 页。

③ 塞缪尔·巴特勒著，黄雨石译：《众生之路》，第 371 页。

④ 塞缪尔·巴特勒著，黄雨石译：《众生之路》，第 372 页。

过一年的人不相上下”，更重要的是，他在这种处境中“几乎每天都能发现一些新的有利条件，这些有利条件，他自己并无意去追求，而它们几乎是不管他乐意与否自行来到了”。[①] 凭着这门手艺，他在重获自由后决心开始独立的生活，“要从此和他的父母一刀两断”。[②] 他请监狱的看守转告他的父母，让“他们必须认为我已经死了”，[③] 并要脚踏实地生活，用他姑姑的话来说，就是“要吻一吻泥土”。于是，“他要立即放弃绅士的身份，进入社会的最底层去，然后再从社会阶梯的最下一级开始。”[④] 他之所以这样做，一方面是因为他看清了上流社会的卑劣，另一方面也是出于现实的考虑，因为此时上等人身份对他已毫无益处，他需要的是钱：“除了让我更缺乏掠夺能力，更容易遭人掠夺，做一个上等人对我究竟有过什么好处？……做一个上等人……最后能给我送来大把钞票吗？又有什么东西能够和钱一样最后给我带来生活上的安宁？”[⑤] 此时，欧内斯特认为唯有金钱能够给他带来个人的满足，而遭受重大打击后已失去一切的他只有靠开店铺等勤奋劳动才能获得报酬，因为此时他还不知道随着他 28 岁生日的到来，他将获得他姑姑留给他的七万多英镑的巨额财产。[⑥]

与牢狱生涯类似的是他在伦敦贫民窟的“灰坑”度过的“穷苦人生活的学徒阶段”，这也是“一个很重要的经历”，因为他在那里不仅学到了“至诚待人”方面的知识，而且还找到了“通向极穷苦的人的桥梁”。[⑦] 监狱和灰坑的经历有一个共同的特点，即这些都不是他有意为之，但它们却十分重要，灰坑的经历为他所要经历的磨难做好了准备，使他能对一切泰然处

① 塞缪尔 · 巴特勒著，黄雨石译：《众生之路》，第 369 ～ 370 页。

② 塞缪尔 · 巴特勒著，黄雨石译：《众生之路》，第 361 页。

③ 塞缪尔 · 巴特勒著，黄雨石译：《众生之路》，第 376 页。

④ 塞缪尔 · 巴特勒著，黄雨石译：《众生之路》，第 362 页。

⑤ 塞缪尔 · 巴特勒著，黄雨石译：《众生之路》，第 453 页。

⑥ 参见塞缪尔 · 巴特勒著，黄雨石译：《众生之路》，第 455 页。

⑦ 塞缪尔 · 巴特勒著，黄雨石译：《众生之路》，第 370 页。

之；而狱中的裁缝手艺为他增加了一个谋生的手段。有趣的是，这个裁缝手艺不禁令人联想到卡莱尔《旧衣新裁》中的核心意象——裁缝，从中我们不难发现《旧衣新裁》对《众生之路》的影响。

欧内斯特的第二次人生危机就是与艾伦的婚姻。虽然他已经认识到宗教和教育都不切实际，但他与迷人的艾伦——一个从前家中的侍女，现在的妓女——的结合说明他还没有学会如何掌控自己的性冲动，还没有真正成熟，尚需经过进一步的磨炼。这场婚姻毫无悬念地以失败告终，它是导致欧内斯特选择过一种游离于社会之外生活的重要原因之一。因此，尽管最后欧内斯特因继承了姑姑的遗产而变得十分富有，但他却没有再婚娶，成了不为社会所容的“以实玛利”，① 而且他对奥佛顿说，他愿意这样一直过下去：“我要按照我自己喜欢的方式去生活，决不去理会别人希望我怎么活着；感谢我姑姑和你的帮助，使我三生有幸可以过着不受任何干扰的自我放纵的安宁生活，……我也就打算这样过下去。”②

在有巴特勒“精神自传”之称的《众生之路》中，主人公欧内斯特与作者本人的早年生活多有类似。③ 作者结合自己的亲身经历在小说中同时攻击了教会和科学，再现了主人公在成长过程中对物质的追求，艺术地表达了当时的社会实用主义价值观。与狄更斯一样，巴特勒在小说中也谈及维多利亚时代的一个热门话题——绅士理想，认为这是衡量宗教信仰者和自由思想者的同一把标尺。他提出以有无“良好教养”作为判断一个人是否伟大的标准：“今如有人欲我等着手建设，……我们必以良好教养作为整个结构之基石。我们要求一切人均永远有意识或无意识存此念于心中，使之成为他们将生活、活动并享有自己的存在于其中的中心信仰，并以之为一切事物之试金石，以其有利于增进良好教养或不利于此种教养，而辨别

① 塞缪尔·巴特勒著，黄雨石译:《众生之路》，第 482 页。

② 塞缪尔·巴特勒著，黄雨石译:《众生之路》，第 482 ～ 483 页。

③ 黄雨石:《译本序》，塞缪尔·巴特勒著，黄雨石译:《众生之路》，第 13 页。

其善恶。”[①] 巴特勒试图以修养作为社会建设的基石未免太过理想化，因为个人的修养不足以改变社会。而且，他所提出的修养主要关注的是人的外表：“凡人均应自有良好教养，并施良好教养于他人；一人之身段、头脸、双手、双脚、声音、举止和穿着均应充分体现此一信念。”[②] 很显然，他的这种修养观与经典成长小说的自我教育理念不可同日而语，因为它多半停留在人的言谈举止等外在方面，与自我教育强调人的内外兼修并达到二者和谐合一的理想相去甚远。但不管怎么说，《众生之路》描写的是主人公欧内斯特对绅士理想的追求，突出了他在成长过程中的性格变化，这说明巴特勒在创作过程中心里装的是成长小说。虽然主人公的绅士理想就是物质追求，小说片面强调的是个体外在的修养，这些都与经典成长小说不同，但恰恰体现了19世纪后期英国成长小说的一个重要特点——主人公的社会实用主义价值观。

如果说在《众生之路》中主人公追求的是金钱给自己带来的满足，巴特勒的修养观重在人的举手投足，背弃了追求内外兼修的自我教育理想，那么，王尔德的《道连·格雷的画像》更是走向了极致，其主人公格雷对他那位邪恶的“精神导师”亨利勋爵的享乐主义和及时行乐的观点几乎照单全收，并坚信亨利“永远正确”，坦言自己追求的只是享乐：“我从不寻求幸福。谁要幸福？我寻找快乐。”[③] 小说的主题之一是灵与肉之间的冲突和平衡，但作者似乎不是在强调灵肉的和谐和统一，而是突出它们的神秘性，对它们之间的界限提出一系列的质疑，进而从根本上混淆二者的区别；抑或是，作者意识到了灵与肉之间的尖锐对峙，只是指出了二者和谐的可能性：

① 塞缪尔·巴特勒著，黄雨石译：《众生之路》，第492页。

② 塞缪尔·巴特勒著，黄雨石译：《众生之路》，第492页。

③ 王尔德著，黄源深译：《道连·格雷的画像》，第164页。

灵魂和肉体，肉体和灵魂，是多么神秘啊！灵魂中存在着动物性，肉体中有瞬时的灵性。感觉可以升华，理智可能堕落。谁能说得出何处是肉体冲动的终点，何处是灵魂冲动的起点？……难道灵魂是端坐在罪恶之屋中的幽灵？……肉体真的是在灵魂里？把精神从物质中分离出来是一大秘密，精神和物质的统一也是一大秘密。①

有人认为，这是王尔德“灵肉合致”——“肉的灵化，灵的肉化”——思想在小说中的发挥，② 但纵观整部小说，王尔德再现的是主人公灵肉分离的过程，而不是“灵肉合致”。亨利以格雷为研究对象来探讨灵肉的奥秘，结果在他的诱导下，格雷走向彻底堕落。在一定意义上说，作者试图以此为框架来框定小说中的一系列矛盾与冲突：灵与肉、艺术与生活、主观与客观等，而这些冲突往往是交织在一起的。例如，格雷对肉欲的追求通常与他探索所谓生活的秘密相关联，而亨利勋爵和画家霍尔华德在讨论艺术时又常常将其与灵魂结合在一起。

从成长小说的角度来说，《道连·格雷的画像》描写的是一个天真少年在欲望的牵引下逐渐腐化堕落最后走向毁灭的成长过程。小说的主题之一就是“堕落——天真的堕落及其后果以及‘自然’人生被一种突然的不可改变的意识（以格雷迷恋自己为象征）所腐蚀”。③ 格雷的堕落有两大诱因，一是画家霍尔华德为他画的画像激起了他内在的虚荣心，令他产生自恋；二是亨利勋爵乘虚而入，利用他的虚荣给他灌输所谓“新享乐主义”的人生哲学，使他一步步滑向罪恶的深渊。

---

① 王尔德著，黄源深译：《道连·格雷的画像》，第 49 页。

② 徐京安：《序》，赵澧、徐京安主编：《唯美主义》，中国人民大学出版社 1988 年版，第 8 页。

③ Joyce Carol Oates, “*The Picture of Dorian Gray*: Wilde’s Parable of the Fall,” *Critical Inquiry*, Winter, 1980, 7, 2, p. 425.

像其他成长小说中的主人公一样，格雷起初也是非常单纯的，他给亨利的第一印象是很英俊，脸上现出真诚和纯洁的表情——“年轻人的一切坦率和纯正都写在那里。”[①] 霍尔华德后来依然认为，格雷曾经“纯朴、自然、柔情满怀，是世上最纯洁的人”。[②] 这说明20多岁的格雷原本坦诚、纯洁而且充满激情。但霍尔华德的画像为他开启了欲望的大门，正如他对霍尔华德所说的：“你只不过教会了我爱慕虚荣。”[③] 王尔德本人如此看待画家对格雷的影响：由于霍尔华德“过分地崇仰肉体的美”，培植了格雷“灵魂中可怕而荒唐的虚荣”，令他“过着一种感官享乐的生活”，他“要灭绝天良”，杀死霍尔华德，“同时，也杀了他自己”。[④] 画家激起了格雷的欲望，同时也为此付出了代价，如欧茨所言，“巴兹尔充当了一个‘好’角色，亨利滑稽演员的配角之一，但他在格雷遭遇诅咒中所起的作用却是毫不含糊的，他的突然死亡符合一种内在逻辑。”[⑤] 欧茨所说的逻辑是：因为霍尔华德是格雷悲剧的始作俑者，是他的画激起了格雷潜在的欲望——以灵魂交换永恒的青春和美，因此，他必须为此付出代价。

欧茨对霍尔华德的定位是准确的，他在影响格雷方面所起的作用充其量也就是个“配角”，真正使格雷内心欲望持续发酵的是亨利。小说中的亨利勋爵是以撒旦式的魔鬼形象出现的，连他自己都说：“道连，你会永远喜欢我。在你眼里，我代表着你没有胆量涉足的罪孽。”[⑥] 这既揭示了格雷经不住罪恶诱惑的性格特征，也是西方原罪说的具体体现。初次见面，格雷就莫名其妙地喜欢上了亨利，仿佛二者有某种神秘的默契，因此，亨利

---

① 王尔德著，黄源深译：《道连·格雷的画像》，第14页。

② 王尔德著，黄源深译：《道连·格雷的画像》，第91页。

③ 王尔德著，黄源深译：《道连·格雷的画像》，第91页。

④ 王尔德著，尹飞舟译：《致〈圣·詹姆斯公报〉的编辑》，赵澧、徐京安主编：《唯美主义》，中国人民大学出版社1988年版，第185页。

⑤ Joyce Carol Oates, “*The Picture of Dorian Gray*: Wilde’s Parable of the Fall,” p. 421.

⑥ 王尔德著，黄源深译：《道连·格雷的画像》，第67页。

一番关于青春和美丽以及享乐主义的言论对他立刻产生了影响。于是，在亨利发表一番“赞美青春的奇谈怪论”和“青春短暂的骇人警告”后，面对霍尔华德为他画的美妙画像，格雷感慨万分，并发了可怕的毒誓：“多悲哀呀！我会老去，变得既讨厌又可怕。而这幅画却会永远年轻，……要是反过来就好了。要是永远年轻的是我，而变老的是画该多好！为了这个目的……我什么都愿给！是的，我愿献出世上的一切！我愿拿我的灵魂去交换！”[①]这一誓言在小说中极其重要，因为它推动着整个故事情节向前发展。格雷为了青春和美宁愿献出自己的灵魂，这很自然地使读者联想到浮士德为了知识和权力而向魔鬼出卖自己灵魂的传说。由此观之，在王尔德的小说中，亨利就充当了魔鬼的角色，正是在他的诱惑下格雷才走上了追求青春、美貌和享乐的不归路。不仅如此，在此后格雷人生的每个关节点都有他的影子。例如，当格雷将西比尔的死视为“一场绝妙的戏的绝妙的结局”，并称其“具有希腊悲剧动人的美”时，亨利“津津乐道于玩弄小伙子无意识的自私心”，极力支持他的这种利己主义的观点：“有时生活中出现的悲剧会拥有艺术美的成分。”[②]在亨利的引导下，格雷很快就将这场由他一手导演的人生悲剧置之脑后，继续他寻求欢乐的旅程。实际上，格雷就是亨利的一个“更有意思的研究对象”，[③]因为亨利从这个青年身上发现了某种与其志趣相投的东西，与他所谓新享乐主义的理论相通的地方，值得他进一步研究和开发。果不其然，亨利的那套理论，即生活悲剧具有艺术美，立刻在格雷身上发挥了作用。面对西比尔的死，格雷无动于衷，竟然认为“你不谈它，那就等于从来没有发生过”。[④]这个在常人眼里没有良心和同情心的青年自有他的一番高论，在他看来，西比尔的死是他那个

① 王尔德著，黄源深译:《道连 · 格雷的画像》，第 22 页。引用时略有改动。

② 王尔德著，黄源深译:《道连 · 格雷的画像》，第 84 页。

③ 王尔德著，黄源深译:《道连 · 格雷的画像》，第 48 页。

④ 王尔德著，黄源深译:《道连 · 格雷的画像》，第 90 页。

时代“最伟大的浪漫的悲剧之一”，“她上演了自己最出色的悲剧。她永远是位悲剧女主角。……她懂得了爱的存在。她知道爱不存在的时候，便死去了，……于是她再次化入艺术之境。在她身上有一种殉道者的精神，……一种荒废的美。”[①] 从中我们不难发现亨利对他的影响。他完全从艺术的角度来看待所发生的一切，并认为这是他成熟的标志，正如他对霍尔华德所说的：“你没有认识到我已经长大了。……现在我是大人了。我有新的情感、新的思想、新的见解。”[②]

与亨利的影响相关的还有他送给格雷的那本黄封面的书：“没有情节，只有单个人物的小说，实际上是对一个巴黎青年的心理刻画。”[③] 这部有害的书为格雷的堕落提供了指南，是他未来生活的蓝图。这本书对格雷产生了巨大的影响，他后来又从巴黎买了这本书第一版的大开本，可见他对之十分珍视。在他看来，书中的那个巴黎青年成了“自己的原型”。[④] 受此影响，格雷追求一种“新享乐主义”，抵制维多利亚时代的清教：“一种新享乐主义将会出现，以重新创造生活，把生活从严酷而不合时宜的清教徒主义解救出来。”新享乐主义“教人珍惜生命的瞬间，因为生命本身就是转瞬即逝的”。[⑤] 他希望过一种没有责任也没有遗憾的生活，正是从这时起，大约在他 25 岁到 30 岁期间，他的放纵行为招致了人们的非议，有人开始回避他，但人们当面一般不会谈及那些流言蜚语，因为格雷纯洁而英俊的面孔令人难以相信那些传言。此时，画像已经变得越来越臃肿、丑陋而衰老。尽管他的灵魂已受到书的毒害，但他的面目依然显得单纯，没有露出堕落的痕迹。成年后的格雷沉溺于奢侈堕落的生活，除了提到他改名更姓、乔装打扮混迹于码头附近名声不好的酒店和伦敦最肮脏的贼窝以外，小说

① 王尔德著，黄源深译：《道连 · 格雷的画像》，第 92 页。

② 王尔德著，黄源深译：《道连 · 格雷的画像》，第 93 页。

③ 王尔德著，黄源深译：《道连 · 格雷的画像》，第 105 页。

④ 王尔德著，黄源深译：《道连 · 格雷的画像》，第 106 页。

⑤ 王尔德著，黄源深译：《道连 · 格雷的画像》，第 108 页。

还列举了他的各种追求，尤其是在第11章。王尔德不厌其烦地一一细说了格雷在香水、音乐、宝石、刺绣和挂毯等方面的研究，这种对享乐的追求是格雷人生道路选择的必然结果。但这些没完没了的追求不仅令读者感到乏味，而且也并没有给格雷带来真正的快乐，他从来就没有感到过满足："有时候他简直把罪恶当作实现他审美观的一种方式。"①更有甚者，这种光鲜的生活表层掩饰不住的是格雷对画像的恐惧，担心他的秘密被人们发现。他作茧自缚，实际上，"他生活在一只镀金的笼子中，是其激情和恐惧的囚徒。"②这一意象在他杀害霍尔华德后焦急地等待艾伦·坎贝尔时更加凸显出来：他"在房间里来回踱起步来，好像一只漂亮的笼中鸟"。③亨利勋爵在第一天与格雷见面时就对他说要"用感官治疗灵魂，用灵魂治疗感官"。对于这一似是而非、似非而是的话，格雷直到灵魂"已病入膏肓"的时候，④才开始思考感官是否能拯救灵魂，但为时已晚。

格雷的堕落人生有迹可循，霍尔华德的画引起他对自己美貌的关注，亨利不失时机地诱导他"寻找美是生活的真正秘密"，⑤于是，格雷开始了冒险刺激的旅程，他前往剧院观看莎剧《罗密欧与朱丽叶》中朱丽叶的扮演者西比尔的演出，随即为之倾倒，每晚都去看她的表演。由此出发，他从对感官与灵魂的模糊认识走向了混淆现实与艺术。他对西比尔的痴迷更多的是对她作为一个演员的爱，而不是对一个有血有肉的人的爱；他爱的不是西比尔这个人，而是她的表演；他不是要成为她的丈夫，而是要成为他的经纪人。因此，他的爱是自私的，他很快就从亨利那里学会了如何控制人。⑥

---

① 王尔德著，黄源深译：《道连·格雷的画像》，第121～122页。

② Stanley P. Baldwin, *The Picture of Dorian Gray: Notes*, New York: Hungry Minds, Inc., 2000, p. 48.

③ 王尔德著，黄源深译：《道连·格雷的画像》，第138页。

④ 王尔德著，黄源深译：《道连·格雷的画像》，第152页。

⑤ 王尔德著，黄源深译：《道连·格雷的画像》，第41页。

⑥ 参见 Stanley P. Baldwin, *The Picture of Dorian Gray: Notes*, pp. 26–27。

西比尔只有17岁，是个出身卑微，单纯且对爱情怀揣理想的女孩。与格雷恰恰相反，对她而言，“钱有什么关系？爱情比钱重要。”[①] 在与格雷相爱后，她发生了巨大变化，此前，演出是她“唯一的现实生活”，她因剧中的人物之喜而喜，因她们的悲而悲，但认识格雷后，她才认识到“什么是真正的现实”，从而看穿了无聊演出的“空洞、虚假和愚蠢”，认为“一切艺术不过是它（更高尚的东西）的影子”，而格雷是他的“迷人王子！生命的王子！”格雷“胜过一切艺术”。[②] 而对格雷来说，她只是件艺术品，是她扮演的莎剧中的角色而已，格雷说：“我从诗中取来了爱情，在莎士比亚剧中找到了妻子，……我搂抱着罗瑟琳，亲吻着朱丽叶。”[③] 他不仅将西比尔视为她扮演的角色，实际上他爱的就是这些剧中的人物，而且他还要用西比尔这件“艺术品”来征服世界：“我要把西比尔放在金色的基架上，看着整个世界拜倒在属于我的女人的脚下。”[④] 但当西比尔因爱情失去了她原来在舞台上的精湛表演艺术时，格雷立刻改变了对她的态度，由爱变成厌恶，残忍地离她而去，并发誓不再见她——“因为你对我已经毫无意义”，“失去了艺术，你一无是处”。而他原来爱她是“因为你有天分，有才智；因为你实现了伟大诗人的梦想，赋予艺术的影子以形式和内容”。[⑤] 可回家后，他发现霍尔华德为他作的画像“嘴角露出了一丝凶相”，[⑥] 这时，他想起他在巴兹尔画室里许的愿：“希望自己永远年轻，而画像会变老；希望自己的美貌不会失去光泽，而画布上的脸会替他显示情欲和罪孽；希望画中的形象会因为痛苦和思索而干枯，而他自己则能保持刚刚意识到的青春

① 王尔德著，黄源深译：《道连 · 格雷的画像》，第50～51页。

② 王尔德著，黄源深译：《道连 · 格雷的画像》，第72～73页。

③ 王尔德著，黄源深译：《道连 · 格雷的画像》，第64～65页。

④ 王尔德著，黄源深译：《道连 · 格雷的画像》，第65页。

⑤ 王尔德著，黄源深译：《道连 · 格雷的画像》，第73页。

⑥ 王尔德著，黄源深译：《道连 · 格雷的画像》，第76页。

的滋润和可爱。”[①] 于是，他又改变主意，决定与西比尔“重归于好，同她结婚，努力再去爱她”，以履行自己的“责任”。[②] 可见，格雷的态度变化无常，但不变的是他自私的本质，无论是他弃她而去还是决定娶她，格雷都是为了自己，因为抛弃她是由于已失去表演才能的西比尔对他而言已没有价值，而决定娶她是害怕自己的残忍行为会损害自己在画像上的形象从而伤及自身。在小说中，王尔德以画像为格雷灵魂的象征，画像的变化过程对应着格雷精神的堕落过程。他在迷上西比尔时曾试图忘掉亨利“荒谬而迷人、有毒却悦耳的理论”，[③] 说明他清楚地意识到他的这位“导师”是邪恶的，因此意欲逃避他的影响，但他又不可抑制地渴望从他曾发下的毒誓——那个浮士德式的契约——中受益，即画像给他带来的永恒的青春。[④] 在得知西比尔因被他抛弃而自杀时，格雷在短暂的震惊之后认为：“对我来说，它就像一场绝妙的戏的绝妙结局。它具有希腊悲剧动人的美，我参与了这场悲剧，但并没有受到伤害。”[⑤] 这已不仅仅是自私的问题，而是暴露了格雷极其残忍的一面。值得注意的是，一如他以艺术和美之名先迷恋而后抛弃西比尔，他同样以悲剧之美来看待她的死亡。执此之念，他坚定了自己的人生选择：“常驻的青春、巨大的热情、微妙而神秘的享受、狂热的欢乐以及更狂热的堕落，是他将享受的一切。”[⑥] 至此，追求享受和欢乐乃至罪恶成了格雷不二的选择。

格雷的所作所为与亨利的教唆密切相关，因为后者认为艺术比生活更真实。西比尔的自杀在他看来只是众多戏剧中的一幕而已。因为她代表着艺术，不能触及生活，一旦触及生活就会被毁掉：“这位姑娘在现实生活中

① 王尔德著，黄源深译：《道连 · 格雷的画像》，第 76 页。

② 王尔德著，黄源深译：《道连 · 格雷的画像》，第 77 页。

③ 王尔德著，黄源深译：《道连 · 格雷的画像》，第 65 页。

④ 参见 Stanley P. Baldwin, *The Picture of Dorian Gray: Notes*, p. 35。

⑤ 王尔德著，黄源深译：《道连 · 格雷的画像》，第 84 页。

⑥ 王尔德著，黄源深译：《道连 · 格雷的画像》，第 89 页。

并不存在，所以她也并没有真的死去。对你来说，她至少是一个梦，一个游荡于莎士比亚戏剧、使之更为动人的幽灵，一支使莎剧音乐更加欢快醇厚的芦笛。她一触及现实生活，就把现实生活给毁了。同时现实生活也毁了她，她便因此而逍遁。”因此，他劝格雷凭吊诸如奥菲利娅等戏剧中的人物，而不要为西比尔空洒泪水，因为“她没有她们那么真实”。[①] 难道艺术与生活水火不容？西比尔在格雷向她展示了美好的现实——爱情后便立刻失去了表演才能。殊不知，对于格雷来说，正是她的表演吸引了他，失去了表演才能，她就不再有吸引力了。实际上，格雷生活在戏剧之类的艺术世界中，他是王尔德幻化出来的唯美主义者，对他而言，艺术是美的，而生活是丑陋的，他以对艺术的追求表达了他对美的追求。他爱表演中的西比尔就是对艺术和美的热爱，而厌恶台下的西比尔就是因为她太真实，真实的也就是丑陋的。但格雷毫无节制的放纵生活逐渐摧毁了他的美学观，他由崇尚美转而渴求丑，并把丑当作他的现实来追求：

> 丑恶曾一度令他讨厌，因为丑恶给人一种真实感。而现在却因其真实，反觉得可爱了。丑恶是唯一的真实。粗暴的争吵、可恶的鸦片窝、混乱的生活中赤裸裸的暴力、小偷和流浪汉的肮脏生活，就其给人的强烈真实的印象而言，要比一切优美的艺术形象和梦幻般的歌生动得多。这正是他为了忘却所需要的。[②]

由此，唯美走向了它的反面。

但必须指出的是，与亨利短暂的接触就使格雷由一个单纯甚至纯洁的青年变得世俗，异常顾恋自己的青春和美丽，这固然有亨利的影响，但更

① 王尔德著，黄源深译:《道连 · 格雷的画像》，第 86 页。

② 王尔德著，黄源深译:《道连 · 格雷的画像》，第 153 页。

主要的是其本性使然。正如亨利后来所说的，“世人是自愿走向祭坛的。”[1]亨利之所以能将格雷引向他所指引的道路，固然有他巧舌如簧的说服能力和一整套所谓新享乐主义理论等因素在，但关键还在于这一切切中了格雷内心深处隐秘的欲望：

> 在最深层意义上来说，亨利勋爵属于一种符号现实（symbolic reality）。他的特异品质，他有条不紊的入侵，唤醒了嵌在日常表象这层薄纱中的真正的道连·格雷。……道连和亨利勋爵共同构成了一个不可分割的整体。从讽喻的角度来说，道连代表着经验的自我而亨利勋爵却代表着理性的自我。道连行动，而亨利勋爵抽象提炼。[2]

进而言之，亨利的言论在很大程度上代表的是作者王尔德的观点，因为后者认为，生活本身是艺术，真正的艺术家把自己的生活作为他最佳的艺术品展示出来。因而，生活可能是虚构的，而艺术才是真实的。格雷在生活中戴着面具，使人无法辨明真相。而作为反映他本来面目的画像却是真实的。例如，他曾对他勾引的一个姑娘说他“自己作恶很多”，那个姑娘竟然不信，并笑他说“恶棍总是又老又丑”。[3]而作为艺术品的画像却随着他的堕落变得越来越狰狞可怖，真实地记录着他的变化过程。从一定意义上来说，小说中的“真正主角”是画像，而不是格雷，因为“毕竟不是生活，而是艺术激励着格雷和巴兹尔·霍尔华德，并间接地激励着亨利勋爵。正如巴兹尔把他的激情由那个有血有肉的青年转向他的画像，格雷也只对西比尔身上的女演员起反应而不是她在阳光下的人”。[4]

---

① 王尔德著，黄源深译：《道连·格雷的画像》，第169页。

② Epifanio San Juan, Jr., *The Art of Oscar Wilde*, Princeton: Princeton University Press, 1967, p. 64.

③ 王尔德著，黄源深译：《道连·格雷的画像》，第182页。

④ Epifanio San Juan, Jr., *The Art of Oscar Wilde*, p. 50.

格雷最终似乎已经成熟，因为他已认识到自己罪孽深重，不再是当年巴兹尔画室里的那个单纯的青年，并“极其渴望一尘不染的童年”。[①] 他还认识到他所梦寐以求的美貌和青春给他带来的伤害：“正是美貌毁了他，而美貌和青春是他所乞求的。要是没有这两者，他的生命也许仍会洁白无瑕。对他来说，美貌不过是假面，青春是一种讽刺。充其量青春……是一段幼稚不成熟的时期，一段情绪浅薄、思想病态的时期。为什么他老是穿着青春的号衣呢？青春已经损害了他。”[②] 在此种认识下，他试图改邪归正——“从善”：“我这辈子干了很多坏事，以后不干了，明天起开始做好事。”[③] 但他所做的“善事”并非是出于巴特勒在《众生之路》中所暗示的——替别人着想，而是完全出于自身的目的。他并没有真诚地忏悔以获得救赎，而是企图抹掉过去以掩盖自己的罪恶，或通过停止作恶以获得心灵的安慰。例如，他一再隐藏记录了他罪恶的画像，直至他试图毁灭它；他“放过了”一个漂亮而纯洁的农村姑娘赫蒂，没有与她出走，“让她像我初识她时那样，如鲜花一般纯洁”。[④] 但他所做的这一切都出于自我保护的自私目的，自负和虚荣的本性，以及真诚忏悔以求赦免的能力的丧失，使他不可能获得拯救，最终难逃自我毁灭的厄运。格雷至此依然认为“灵魂是一种可怕的客观存在，可以买卖，可以交换，可以毒化它，也可以完善它”。[⑤] 他放过赫蒂就是他企图完善自己灵魂的努力，但他太急功近利，期盼他的这一小小举动立刻就能得到回报，就能立刻化解他的种种罪恶：想起她，他便以为那幅画变了，变得不“那么可怕了”，“生活变得纯洁了，那脸上的邪气可能会烟消云散。”于是，他要去看看那幅画，结果画像不但没有改进，

① 王尔德著，黄源深译：《道连 · 格雷的画像》，第 182 页。

② 王尔德著，黄源深译：《道连 · 格雷的画像》，第 182 页。

③ 王尔德著，黄源深译：《道连 · 格雷的画像》，第 173 ~ 174 页。

④ 王尔德著，黄源深译：《道连 · 格雷的画像》，第 174 页。

⑤ 王尔德著，黄源深译：《道连 · 格雷的画像》，第 178 页。

反而“眼睛里多了狡猾的神色，嘴角的曲线添了虚伪的皱纹”。[①] 而这平添的“狡猾”和“虚伪”恰恰是他“放过赫蒂”这件事的行为和动机的本质在画像上的生动反映，因为他是“受虚荣心的驱使”[②] 才这样做的，“因为虚荣他放过了赫蒂；因为虚伪他戴上了善良的假面；由于好奇他尝试着克己”，并决心不去忏悔，而是要毁掉他杀人的最后“证据”和他的“良心”[③]——画像，因而他不可能得救。最后，格雷挥刀刺向画像，结果应声倒地的是现出原形，“一脸憔悴，皱纹满布，面目可憎”[④] 的格雷自己。

王尔德借助亨利勋爵之口道出了所谓“文明”的本质：“人要达到文明有两条途径：一条是使自己有教养；另一条是使自己堕落。”[⑤] 这个充满悖论、似是而非的文明观在一定意义上揭示了维多利亚时代“文明”的两面性——教养和堕落。这里的所谓“教养”不禁令人联想到当时人们热议并追捧的绅士观，而从《远大前程》和《众生之路》中主人公对绅士理想和物质追求的过程来看，这种教养与堕落紧密相连，可谓殊途同归。

王尔德还借亨利之口表达了自己的人生哲学，认为与自身和谐是人生的关键：“所谓‘好’就是与自身保持和谐”，[⑥] 这呼应了唯美主义的原则——“个体的人要使自己的人生成为一件艺术品。”[⑦] 他还认为，“生活的目的在于自我发展。充分实现自己的天性——是我们每个人来到世间的目的”。[⑧] 和谐与发展是成长小说的题中之意，但问题在于王尔德所说的和谐和自我发展已与经典成长小说中的自我教育理念背道而驰，因为歌德等人文学者

---

① 王尔德著，黄源深译：《道连·格雷的画像》，第 183 页。

② 王尔德著，黄源深译：《道连·格雷的画像》，第 183 页。

③ 王尔德著，黄源深译：《道连·格雷的画像》，第 184 页。

④ 王尔德著，黄源深译：《道连·格雷的画像》，第 185 页。

⑤ 王尔德著，黄源深译：《道连·格雷的画像》，第 174 页。

⑥ 王尔德著，黄源深译：《道连·格雷的画像》，第 66 页。

⑦ Stanley P. Baldwin, *The Picture of Dorian Gray: Notes*, p. 32.

⑧ 王尔德著，黄源深译：《道连·格雷的画像》，第 15 页。

所倡导的和谐是身心和谐，是感性与理性、理想与现实的完美结合。而小说中的格雷一开始就混淆了感性与灵魂，继而颠倒了生活与艺术。格雷似乎一直在追求“真实”，但他在亨利的教唆下混淆了艺术的真与生活中的真以及理想与现实。他原以为戏剧中的西比尔既是他的理想也是真实的，所以他爱上了她，但后来由于她在表演中心中只有格雷和观众因而不能扮演剧中的角色，这对格雷来说，她已不再真实，也使他的理想破灭，因此，他狠心地抛弃了现实生活中的西比尔。后来，他感觉现实生活中的丑恶是真实的，为此转而觉得丑恶可爱。最终，格雷似乎失去了爱的能力，并为自己“失去了热情，抛却了欲望”而悲哀，也认识到自己的自恋情结——“我太关注自己了”，正是这一人格缺陷使他不堪重负——“我自己的人格成了我的负担”，因此，他要“逃避”“离开”“忘却”。[1]

其实，亨利在还没有见到格雷之前，仅仅凭巴兹尔为他画的画像就将他与那喀索斯相提并论：“啊，我亲爱的巴兹尔，他是一位美少年（Narcissus），而你——是呀，当然，你有一种富有理智的表情，以及诸如此类的东西。不过，美，真正的美，终结于富有理智的表情开始的地方。”[2]在这里，亨利通过对比美与理智之间的关系，似乎表明美与理智是不相容的，理智是美的终结者。割裂美与理智之间的关系显然是格雷的性格弱点，因为他最终的悲剧显示，正是这种美与理智的分离导致了他的自我毁灭。在小说中，巴兹尔和亨利共同塑造了格雷，前者以自己的艺术创造了一个美少年，而后者通过一系列似是而非的警句重塑了格雷的人格。格雷先为自己画中的美丽形象所倾倒，但伴随着自己的日益堕落画像越来越丑陋，他终于认识到这个丑陋的画像就是现实中的自我。换言之，格雷最终打通了美与理智，亦即艺术与生活之间的通道，但为时已晚。他无法接受这一残酷的现实，于是，他意欲毁灭丑陋的画像，结果毁灭的是自己。他以生

---

① 王尔德著，黄源深译：《道连·格雷的画像》，第 170 页。

② 王尔德著，黄源深译：《道连·格雷的画像》，第 3 页。

命的代价验证了艺术与人生之间这种神秘的关系，只是他已无法了解这一结果。那“栩栩如生的画像”依然“年轻”“英俊”，倒地而死的他却“面目可憎”；挂在墙上的画仍在，而他已面目全非，借助于他手上的“戒指”方可辨认。这是否说明艺术真实、不朽，而生活如此虚幻而短暂？

成长小说主人公成长的一个重要特征是逐渐认清理想与现实、灵与肉之间的关系，并将二者的结合视为主人公成熟的一个标志，而格雷在成长过程中似乎逐渐对二者之间的关系有所体悟，但他最终从一个极端走向了另一个极端，从“唯美”走向“唯丑”，试图以肉体来拯救自己堕落的灵魂，其结果必然是自我毁灭。

综上所述，无论是匹普的绅士梦，还是欧内斯特对金钱的贪欲，抑或是格雷对美貌和肉欲的追寻，这些反映的都是19世纪中后期英国社会实用主义的自我教育观，与经典的自我教育观已相去甚远，但却体现了这一时期英国成长小说的典型特征。

四、游走在两个世界之间——从实用主义到精神追求

阿诺德在其名诗《作于查尔特勒修道院的诗行》（“Stanzas from the Grande Chartreuse,” 1855）中写道：“徘徊在两个世界之间，一个已经死去，/另一个尚无力诞生”（第85～86行）。[①] 诗歌呈现了人生旅者孤独的生存状态和精神上的不确定感，同时也暗示了其探寻信仰和追求人生意义的愿望。这不仅仅是诗人的内心告白，也不仅仅是对个体的人的生存状态的勾勒，它实际上是那个时代精神追求者的人生写照。与阿诺德类似，吉辛和哈代以小说的形式，分别在《生于流放》和《无名的裘德》中刻画了这种游走在两个世界之间的人生旅者形象，表达了他们彷徨、孤独和无

① Mathew Arnold, “Stanzas from the Grande Chartreuse,” in Stephen Greenblatt (ed.), *The Norton Anthology of English Literature* (vol. 2), New York: W · W · Norton & Company, 2006, p. 1371.

望的情绪。

19世纪中后期，尤其是19世纪末，以王尔德为代表的唯美主义者在艺术上透出一股颓废的气息，他们笔下的人物一方面追求美，另一方面生活腐化堕落，表现出审美感与道德感的背离，但这派作家群体在精神气质上大致属于理想主义者，因为他们怀揣以艺术拯救世界的梦想。与他们相比，另一些带有明显现实主义特征，乃至自然主义倾向的作家则表达了悲观失望的情绪，他们为自己所生活的时代感到悲哀。这批作家塑造的是来自社会下层的人物形象，这些人为改变自己的命运而奋斗，但往往不为社会所容。这时一个常见的主题就是主人公理想的破灭，他们感到游走在两个世界之间，是“多余的人”，即“零余者”。由于遭到社会排斥，他们转而躲进“幻想世界”，以幻想弥补他们周围“乏味的现实”。① 这种多余人的代表就是《生于流放》中的戈德温·皮克和《无名的裘德》中的裘德·福勒。他们的典型特征就是以改变社会地位为目的，但又不放弃对独立精神的追求，表现出19世纪末英国成长小说由社会实用主义向现代主义精神追求过渡的迹象。从某种意义上来说，他们之所以在当时的社会上是“多余的”，恰恰是因为他们的精神追求超越了时代。例如，在《无名的裘德》中，裘德最终认识到他与淑的思想在当时来说是前卫的，走在时代的前列：“时代对于我们而言又尚未成熟！我们的思想超前了50年。”② 吉辛和哈代分别通过皮克和裘德这种多余人的形象，表达了他们对19世纪末英国社会现实的不满和苦闷，以及对有志之士追求无望的同情。

《生于流放》中的主人公皮克来自社会下层，但他天资聪颖，思想激进，感觉自己属于一个不同的世界，因此，他对周围的环境极其厌恶，并鄙视身边的人，包括他的亲人。由此观之，他生来就处于流放中，游离于自己

① Peter Arnds, “The Boy with the Old Face: Thomas Hardy’s Antibildungsroman *Jude the Obscure* and Wilhelm Raabe’s Bildungsroman *Prinzessin Fisch*,” *German Studies Review*, 1998, 21, 2, p. 225.

② 哈代著，刘荣跃译：《无名的裘德》，上海译文出版社2012年版，第467页。

的生存环境。为了跳出自己生活的圈子，实现超越本阶层的梦想，他除了勤奋学习，以图出人头地之外，也要一些伎俩试图混入上流社会。基于此，有人认为小说表达的一个基本观点是："成功设计一种个人生存的策略，这种策略能让一个人谋生并能维护自己的激进观点，是一种虚伪。"[①] 这种虚伪在主人公皮克或作者吉辛看来，也许无伤大雅："一个伪君子未必是一个施害者"，[②] 不能算作彻头彻尾的虚伪，因为既要避免与正统的观念发生冲突，又要维护自己"先进的"思想，这种虚伪也许只是一种妥协。皮克的行为似乎印证了这一点，为了娶西德维尔·沃里库姆，一个正统的中产阶级家庭的女儿，他假装准备当英国国教的牧师，以便与他们处于同一个阶层，但他根本不信国教，也不愿放弃自己的激进思想。当他这一面具被揭开时，沃里库姆家族自然没有他的容身之地，西德维尔也站到了家庭的一边，也就是说，他被他梦想的上流社会拒之门外。最终，皮克客死他乡，死于流放之中。

受向上流动欲望的驱使，皮克在人生的几个重要关节点上都表现得非常虚伪和世故，虚荣心极强。例如，因为叔叔安德鲁要在他所在的怀特洛学院附近开餐饮店，皮克便决定放弃这里的学业，前往伦敦求学，并由文科改学理科。放弃怀特洛学院是皮克虚荣心和势利的表现，因为他不愿让他的同学看到他家的姓氏出现在餐厅的名字上，也不愿同学们听到他叔叔浓重的方言。但他的这一决定还有一个不为外人道的原因，即他在怀特洛学院的各门文科课程的成绩都无法胜过一个叫奇尔弗斯的学生，无缘第一名，这极大地挫伤了他的自尊心。因此，叔叔的餐饮店只是他逃避与奇尔弗斯竞争的一个借口罢了。[③] 他此时认为，"他生来不是一个文人学者（man

① Michael Collie, *The Alien Art: A Critical Study of George Gissing's Novels*, Hamden: Archon Books, 1979, p. 130.

② George Gissing, *Born in Exile* (vol. I), London and Edinburgh: Adamand Charles Black, 1892, p. 287.

③ 参见 George Gissing, *Born in Exile* (vol. I), p. 133。

of letters)。但在理科方面，由于被赋予了公平的机会，他会成名。他会，他愿意！”[1]或许受当时实用主义风气的影响，他决定放弃原来当人文学者的梦想，要“从事科学类的某种实际工作”，认为自己学文科课程是个“错误”。[2]于是，他决定到伦敦去上皇家矿业学校，因为“对他来说，伦敦寓所的生活创造了多样的希望；实际上那将是自由，各种各样极大的可能性”。[3]但他的朋友克里斯琴告诫他“不要被理想所误导。充分利用你的环境”。[4]皮克对这种忠告无动于衷，决意开启流放的历程。

从一定意义上来说，皮克的流放是一种自我流放，是对他所属阶层的背叛，从他离家的那刻起，他就已从心理上与自己所属的世界永别了。皮克怀着美好的理想从褊狭的家乡特布里奇前往伦敦，那个“未知的世界”，[5]他对母亲说的最后一句话暗示“他将永远离开特布里奇，从今往后将不再把它看成自己的家乡”。临别时分，他怨恨自己眼中的泪水，于是，“他让自己对血缘关系麻木不仁，不断地对自己重复着一句最近他用来总结自己悲惨境遇的话：‘我在流放中诞生——生于流放。’现在他终于启程踏上发现之旅，或许将在他精神上的朋友和亲属当中终老于某个未知的地方。”皮克人生的第一个阶段就这样在“流放”中告终，他既对这一人生探索之旅充满着期盼，也对未来茫然若失；在决绝地告别过去、家乡和亲人的同时，也不自觉地感到悲凉和凄楚。[6]

但伦敦并非是他梦想中的天堂，在此他备受精神上的折磨，因为背离家乡后他十分渴望一种归属感，而他在那里显然是个局外人。来到都市，“受到令人痛苦的吸引，戈德温常常受此牵引走在伦敦的富人区。为什么

---

① George Gissing, *Born in Exile* (vol. I), p. 134.

② George Gissing, *Born in Exile* (vol. I), p. 136.

③ George Gissing, *Born in Exile* (vol. I), p. 139.

④ George Gissing, *Born in Exile* (vol. I), p. 141.

⑤ George Gissing, *Born in Exile* (vol. I), p. 159.

⑥ George Gissing, *Born in Exile* (vol. I), p. 166.

这些门没有一扇向他敞开呢？有与他地位相同的人；不是在他寄居的那个穷街陋巷。”[①] 皮克显然认为他也应该属于富人之列，但现实是那些上流社会的人根本无视他的存在。一次来到海德公园，他的这种感觉特别强烈：

> 就在他的面前，一辆敞开的马车停了下来；里面坐着，更确切地说，斜靠着两位女士，年老的和年轻的。戈德温入迷地凝视着这幅画景；他的记忆决不会失去对这对女士的印象。……对戈德温来说，她们传达了社会优越性中所隐含的一切强烈的感觉。他站在这里，就是普罗大众的一员；比肩而邻的是粗人和扒手；而伸手可及的地方坐着那两位女士，超然地沉着，仿佛根本没有意识到这群人的存在。……她们是与他地位相同的人，那两位女士，只不过是与他平起平坐的人。凭着天然的联系，他应该像她们一样。[②]

卑微的出身与繁华的都市之间形成的强烈反差使他无所适从，一方面他显得异常敏感，实际上这是他自卑和信心不足的表现，另一方面，他又强烈地显示出一种优越感，这是自卑的另类表现，以优越和自负的外表掩饰内心的自卑。这很快就让他感受到伦敦的坏境和他的性格给他带来的双重限制，“他不得不接受，并学会忍受看起来不可能改变的矛盾”——理想与现实之间的矛盾。[③] 面对这一矛盾，皮克试图以那些“聪明的年轻人”面对异化的社会时所采用的双重意识来化解：“唯有培养一种双重意识才能最终使他们舒适自在。……人必须要学会装腔作势，控制面部机制。”[④] 但皮克在这方面的表演并未奏效，这让他明白了为什么自己常常显得笨拙，

---

① George Gissing, *Born in Exile* (vol. I), p. 204.

② George Gissing, *Born in Exile* (vol. I), pp. 204–205.

③ Michael Collie, *The Alien Art: A Critical Study of George Gissing's Novels*, p. 130.

④ George Gissing, *Born in Exile* (vol. I), pp. 113–114.

像小丑似的。

应该说，皮克的这种双重意识或分裂的人格是等级森严的社会造成的，但他自己也负有不可推卸的责任。这种双重意识在皮克身上表现为，一方面他自命不凡，另一方面又市侩气尽显。例如，他为了发表一篇自己准备写的题为《新诡辩》的论文，他暂不署名，而是请求厄威克帮他投递到《批评》（*The Critical*）杂志上——“因为我那索然无味的名字可能会使那个家伙不愿看到其中的许多好来。”[①] 最终，这篇文章借着厄威克之名还真的被杂志社所接受。[②] 当他与出身高贵的同学巴克兰分别 10 年后再次相遇时，他已十分世故了，“皮克坦率承认自己希望建立有用的那种社会关系；在他这个位置，这样的目的是必要的，是纯粹理所当然之事。”[③] 可见，经过多年闯荡无果的皮克已把与上流社会建立某种关系当作他向上流动的必要途径，并视为当然。但事实并非如他所愿，当他希望借助与巴克兰的同学关系进入他的家庭时，巴克兰虽然对他这位大学一别多年未见的同学比较热情，几次邀请皮克在家做客，但“他不愿考虑在这个出身低微、职业不确定、野心不着边际的人与马丁·沃里库姆家庭之间建立可能的亲密关系”。[④] 阶级差别这条隐性的障碍始终横亘在皮克向上流动的道路上，因此，他既要保持自己的个性又要攀爬社会阶梯的愿望很难实现。

从大的方面来说，小说“嵌入了精神独立的尊严与顺从社会的必要性之间的一场争论”。[⑤] 这对皮克来说是个两难的选择，也是成长小说主人公常遇到的难题。作为智力超群的青年，他要极力维护自己的精神独立和个人尊严，这构成了他进入上流社会的一道障碍，于是，他采取一种折中的方法，信奉文艺复兴时期人文主义者公开遵从的所谓“共同信念”：“公开

---

① George Gissing, *Born in Exile* (vol. I), p. 226.

② 参见 George Gissing, *Born in Exile* (vol. II), London and Edinburgh: Adamand Charles Black, 1892, p. 41.。

③ George Gissing, *Born in Exile* (vol. II), pp. 39–40.

④ George Gissing, *Born in Exile* (vol. II), p. 39.

⑤ David Grylls, *The Paradox of Gissing*, London: Allen & Unwin, 1986, p. 128.

随俗；内心随愿”（Foris ut moris, intus ut libet）。[①] 面对无法改变的现实和社会地位，皮克认为精神上的正直无异于现实生活中的自杀，为保持精神上的独立，实现自己的理想，他采取的权宜之计就是虚伪，这为他后来的欺骗行为埋下了伏笔。

《生于流放》生动地刻画了一个在理想与现实的夹缝中求生存的青年形象，通过描写主人公的成长过程凸显小说的主题，展现人物复杂的性格变化。小说的一个“统一主题”是“宗教与科学之间的冲突”，但“真正的主题是戈德温·皮克的流放，其原因、表现和影响”，对科学与宗教的处理总是为说明这些问题而设计的。[②] 围绕着这一主题，小说再现了皮克为达到自己的目的而暴露出的世故和虚伪的一面。他的所作所为往往不完全是出于本心，而是从实际出发，为实现愿望而不断改变自己的主张，这也是造成他一直处于流放状态中的原因之一。例如，小时候，他的母亲希望他长大了成为牧师，他对此嗤之以鼻，不愿当牧师，痛恨基督教，将基督教与他的那些女性亲属的浅薄联系在一起；而后来为了娶西德维尔，他又谎称他要当牧师。为了出名，五六年前他在一家无神论报纸《解放者》上发表过几篇文章，后来又为自己与那种“街头理性主义”的关联而感到羞耻。[③] 急于被上流社会接纳，他改变了自己对女性的看法，渴望娶一个大家闺秀，并认为要达到目的必须要虚伪。多重人格令人无法辨别他的本来面目，也造成了他漂泊不定的人生。他给人的印象是看上去超出了其实际年龄，表情“如果不是郁郁寡欢的话，也是呆板的沉思”，对周围的事情表现出漠不关心的样子，用他自己的话说是“不大适合社交”。这样一来，原本令其向往的伦敦现在变得极其粗俗，令他感到厌恶，因此他打算继续

---

① George Gissing, *Born in Exile* (vol. II), p. 25.

② David Grylls, *The Paradox of Gissing*, p. 129.

③ George Gissing, *Born in Exile* (vol. I), p. 195.

他的“流放”生涯：“我想去南美和太平洋岛屿。”[①]总之，离开家乡这10年，皮克徒有抱负，难言成就，始终处于离群索居的状态：“他一无所获，而且是孤独的。”[②]多年的人生经历让他明白“伦敦没有给他提供任何提升社会地位的前景”，[③]其实，皮克眼高手低，“纯科学”和“纯文学”都超出了其能力范围。[④]在这一阶段，他的最大收获就是对自己的认知：“知识上的不足、缺乏笔头实践、目标的混乱和矛盾、信念不稳定，——每当他在内心审察时都认识到自身存在着这些缺点。”[⑤]

成长小说中，决定男性主人公命运的往往是他所选择的恋爱对象或伴侣。在《生于流放》中，对皮克人生产生重要影响的人物就是马丁之女、巴克兰的妹妹——西德维尔·沃里库姆。小说开始时她只有16岁。在这个人物身上，小说集中体现了宗教与科学之间的冲突以及皮克的虚伪及其后果。西德维尔不仅社会地位与皮克有天壤之别，而且其宗教信仰和品行也与他格格不入：“在宗教上，她显得很正统。……人们最不可能怀疑她的就是虚伪。……她厌恶各种形式的虚伪。”[⑥]随着她逐渐长大成人，她那“无懈可击的”正统观念受到好奇心的驱使似乎有所松动，因为好奇心引导她审视“各种形式的宗教”。[⑦]但是要让她的信仰“让步”是不可能的，至少对他父亲来说，这是不可想象的。[⑧]恰恰在这一点上皮克犯了大错，当他得知西德维尔笃信基督教时，他虚伪地对她的哥哥巴克兰说“我早就希望当牧师了”，[⑨]其实，他曾对他母亲让他当牧师的建议嗤之以鼻。他的这

---

① George Gissing, *Born in Exile* (vol. I), p. 184.

② George Gissing, *Born in Exile* (vol. I), p. 203.

③ George Gissing, *Born in Exile* (vol. I), p. 268.

④ George Gissing, *Born in Exile* (vol. I), p. 206.

⑤ George Gissing, *Born in Exile* (vol. I), p. 209.

⑥ George Gissing, *Born in Exile* (vol. I), pp. 276–277.

⑦ George Gissing, *Born in Exile* (vol. II), p. 78.

⑧ George Gissing, *Born in Exile* (vol. II), p. 84.

⑨ George Gissing, *Born in Exile* (vol. I), p. 279.

一虚伪表现暂时赢得了西德维尔的感情，但也成了压倒他的“最后一根稻草”，因为正是这一假象的曝光才导致他后来被逐出了沃里库姆家。尽管他对自己的虚伪感到羞耻，认为自己是个“软弱而无所事事的人，其最好的年华已经被荒废了”，但他同时也认为“对于那些一开始除了聪明的脑袋便一无所有的人来说，生活是件极其艰难的事”。[①] 实际上，与其说皮克在惋惜他那“被荒废”的最好年华，还不如说他是在对自己失去往日诚实、正直的品性而感到痛悔。

皮克为自己在沃里库姆家虚伪地声称信奉国教而感到羞耻，但他把他的虚伪归因于遗传：“这是他血液里祖传的不良习惯，被过分诱人的环境激发出来了。一长串出身微贱的祖先……为此负责。”[②] 皮克将自己的过错归咎于他的家庭，这说明他还没有充分认识到自己性格和人品方面存在的缺陷。但家庭出身和阶级差异确实是造成他人生困境的主因，正如西德维尔对他说的：

> 你一直在设法使自己适应……一个你生性并不适合的世界。你处在新秩序中；回顾旧秩序，你谴责自己虚掷年华。自从我们来到伦敦，我越来越了解现代精神生活和我们在那些遥远的角落的生活之间的巨大差异。你必须出去，走到与你地位相同的人当中去，去加入那些为未来而努力的人。[③]

这番话点出了皮克的问题所在，但这种逆耳之言显然是他不能接受的。于是，他不耐烦地说：“对我而言，新世界或旧世界是什么？我的世界就是你所在的地方。我没有自己的生活；我心中只有你，只以你为生。”[④] 皮克仍

---

① George Gissing, *Born in Exile* (vol. I), pp. 287–288.

② George Gissing, *Born in Exile* (vol. I), p. 287.

③ George Gissing, *Born in Exile* (vol. III), London and Edinburgh: Adamand Charles Black, 1892, p. 102.

④ George Gissing, *Born in Exile* (vol. III), p. 102.

没有意识到的是，由于社会地位不同，西德维尔实际上已拒绝接受他的求爱。后来，她对朋友西尔维娅解释得更加清楚："我不可能只是作为一个女人，作为一个人来思考和行动。我受制于特定的生活圈。……我为所欲为会践踏我所属的社会的一切规则和成见。"① 这说明，在西德维尔看来，社会等级是不可逾越的鸿沟，这也是吉辛在小说中试图表达的观点。西德维尔以阶级身份来规范自己的行为，最终选择回归亲人的怀抱。这与皮克截然不同，可能是受到生物学或进化论思想的影响，他完全从生物学的角度，而不是从阶级的立场上来看问题，对皮克来说，"大自然颁布的律令是，他要像动物一样，一旦被抚养大，就要独立前行，完全独立于出生地和血缘关系。"②

完全脱离了根基的皮克就如同浮萍一样漂泊在这个无情的世界中。他最后客死他乡，因病死在维也纳的一家宾馆，正如接到他死讯的朋友厄威克所哀叹的，"死，也在流放中！"③ 皮克的死与哈代笔下的裘德之死一样，都可以归咎于英国社会中那个牢不可破的阶级壁垒，应该说是社会扼杀了这些拥有远大抱负的青年。正是等级森严的阶级结构与个体超越阶级的梦想之间的尖锐对峙造成了他们的人生悲剧。就皮克来说，贫寒出身的他却恰恰天赋不凡，这种矛盾的结合造成了他既以自我为中心、好斗，又极度敏感的性格特征，从而消耗了他的才能和斗志，使之始终处于流放的状态：

> 随着他越来越好斗且以自我为中心，戈德温·皮克变得极度神经过敏，其性格原本具备的积极主动性面临着丧失的危险。自信是自尊的实际补充。基本上拥有后一种品质，而又受懦弱的敏感所迫来抑制它，就会为取悦每一个强大的攻击者而受难，最终

① George Gissing, *Born in Exile* (vol. III), pp. 244–245.

② George Gissing, *Born in Exile* (vol. III), p. 157.

③ George Gissing, *Born in Exile* (vol. III), p. 270.

就会被逼进郁郁寡欢而孤独的避难所。[1]

在社会结构无法改变的情况下，贫穷和聪明集于一身实际上造就了皮克的双重人格。他有一种强烈的自我意识，这种意识实际上包含着他的两个自我：一个是现实中的自我，或者说他真实的自我；另一个是他可能成为的自我，抑或他梦想实现的自我。这种双重自我观“同时受到阶级结构的刺激和扭曲”，换言之，“阶级意识”造就了他的这种自我意识。他对地位高高在上的沃里库姆家族的感情便是一个鲜活的例证，因为它是“轻蔑、妒忌和羡慕的混合物”，[2] 这种纠结的情感既充分显示了他异常复杂的心理世界，也暴露了他矛盾的性格特征。冷酷的现实和分裂的人格使皮克壮志难酬，最终落得无所归依、客死他乡这一令人扼腕的可悲结局。

皮克是个被流放者，也是一个自我流放者。他不为上流社会所接纳，被他们拒之于门外，因此，他是个被流放者；他极力要与他生活的社会环境划清界限、疏离自己的同类，自绝于本阶级，试图创造一个新身份，从这个意义上来说，他又是一个自我流放者。

这二者是相辅相成、互为因果的。为了向上流动，背叛自己的出身是一种自我流放；而“皮克不可能在与物质环境作斗争以实现自己高贵灵魂的同时轻松地忠于自我；为了忠于他可能的自我，他丢弃了他的本来面目。”[3] 皮克所构想和极力争取的“自我”不是与生俱来的，那么，他势必要采取非常规的手段来创造它，以实现他抱得美人归的梦想：“与西德维尔生活在一起——在婚姻的亲密关系中呼吸女人那种花的芳香——去显示一种自然的奉献是如此深沉而纯洁。”但他采取的是欺骗的手段，结果他

① George Gissing, *Born in Exile* (vol. I), p. 85.

② Patricia Alden, *Social Mobility in the English Bildungsroman: Gissing, Hardy, Bennett, and Lawrence*, p. 23.

③ Patricia Alden, *Social Mobility in the English Bildungsroman: Gissing, Hardy, Bennett, and Lawrence*, pp. 24–25.

不仅丧失了自己正直诚实的人格和节操，也最终遭到情人的抛弃，被上流社会逐出门外。对此，他不是没有预感，在梦想的狂喜中，他曾绝望而愤怒地质疑过自己："他怎么能梦想这样的天赐之福会是对卑鄙的诡计、精心算计的丑事的奖赏？"① 这样看来，皮克的悲惨命运——生亦流放，死亦流放——就属于内外因素共同作用下的必然产物。

无独有偶，在 19 世纪末为青年成长悲剧哀鸣的还有哈代的《无名的裘德》。② 吉辛和哈代笔下的人物与这一时期其他成长主体的价值取向略有不同，即皮克和裘德的追求中虽然仍有向社会上层流动的动因，但已明显表现出精神性，以裘德为甚。这是 19 世纪末英国成长小说由社会实用主义向经典自我教育观转化的明显征兆。

《生于流放》和《无名的裘德》描写的都是"抱负"是如何"被依然占主导地位的文化残余力量所扭曲和挫败"的故事，主人公皮克和裘德尽管阶级和社会地位有所不同，但他们都"首先内化了把他们排除在外的主流文化——二者都将国教视为社会进步的手段"。③ 换言之，皮克和裘德都试图跨越阶级界限，由一个世界进入另一个世界，但由于 19 世纪末英国社会的等级观念依然强大，结果他们既无法进入新世界也不甘心回到旧世界，游离于两个世界之间。一个在流放中客死他乡；一个成为社会的弃儿，抱憾结束了自己悲惨的一生。

莫雷蒂等学者认为维多利亚时代的成长小说主人公"没有登上社会的上层，甚至都没有恢复他们在上升阶梯上应有的位置"。就《无名的裘德》而言，这似乎暗示主人公没有超越自己卑微的出身，成为他心目中的"伟

---

① George Gissing, *Born in Exile* (vol. II), p. 115.

② 有关《无名的裘德》的论述，详见拙作《西方成长小说文本解读》中《〈无名的裘德〉——一首"零余者"的成长悲歌》一节。

③ Jenny Bourne Taylor, "The Strange Case of Godwin Peak: Double Consciousness in *Born in Exile*," in Martin Ryle and Jenny Bourne Taylor (eds.), *George Gissing: Voices of the Unclassed*, Aldershot: Ashgate Publishing Limited, 2005, p. 63.

大的文人”，这归因于“19 世纪英国严格的阶级限制”。[①] 裘德有志向和献身精神，但他的社会地位终究没有改变，致使有论者怀疑《无名的裘德》不是成长小说，而是对成长小说传统的“戏仿或变形”，因为一般认为在 19 世纪的欧洲成长小说中，主人公的发展走向是朝着自己“渴望的社会地位”迈进，而裘德在小说结尾时的社会地位与开始时基本无异。[②] 更有人将这部小说称为“反成长小说”。与裘德类似，皮克也曾梦想成为文人学者，但最终也归于失败。

上述所谓的“戏仿”“变形”“反成长小说”等对《无名的裘德》这一成长小说的质疑，同样适用于《生于流放》。这些争论至少说明一个问题，即它们与传统的成长小说模式有异，实际上，这些小说的创作主体与他们笔下的人物一样，也处于两个世界之间。例如，哈代就被普遍认为是“维多利亚人与现代主义者之间的过渡性人物”，[③] 这或许恰恰可以用来解释《无名的裘德》的特点及其与时代背景的关系以及它自身在成长小说发展史上的过渡性质。从某种意义上来说，我们可以将裘德看作维多利亚时代实用主义自我教育观的反例，或者说代表 19 世纪末成长小说的一种新的动向，因为裘德一心要上大学，做人文学者，追求精神上的提升，只是由于受制于当时的社会环境，他的这种精神追求最终以失败告终，而皮克也遭遇了同样的命运。与 19 世纪中期英国成长小说主人公相比，裘德与皮克的人生追求已表现出向经典自我教育观回归的趋势。

纵观 19 世纪英国成长小说的发展历程，我们发现它总体上趋于保守。与欧陆更为动荡的社会和那里对社会变革相对敏感的成长小说相比，英国

① Alex Moffett, “Memory and the Crisis of Self-Begetting in Hardy’s ‘Jude the Obscure’,” *Pacific Coast Philology*, 2004, 39, p. 86.

② Alex Moffett, “Memory and the Crisis of Self-Begetting in Hardy’s ‘Jude the Obscure’,” p. 86.

③ Alex Moffett, “Memory and the Crisis of Self-Begetting in Hardy’s ‘Jude the Obscure’,” p. 90.

成长小说缺乏对现代青年冒险精神的描写。但包括成长小说在内的文学创作不可能超然物外，总会受到社会氛围的影响。因此，这一时期的英国成长小说也经历了一些变革，尤其是在自我教育的观念和它在教育中的作用方面。本章所涉及的范围大致与维多利亚时代相吻合，在这一时期，科学技术的突飞猛进、各种新的科学发现给意识形态领域带来了巨大的变化，达尔文（Charles Robert Darwin, 1809–1882）的《物种起源》（*On the Origin of Species*, 1859）和《人类的由来》（*The Descent of Man, and Selection in Relation to Sex*, 1871）等严重冲击着人们的宗教信仰。与此同时，实用主义大行其道，一切以实用为衡量标准，人们的精神追求让位于物质崇拜。在这样的背景下，作为时代产物的成长小说自然带有这个时代的印记。其具体表现就是，在小说中，自我教育的观念越来越向社会实用主义靠拢，讲究人的社会流动，把是否被社会所接纳视为个体是否成功的衡量标准。19 世纪下半叶，成长小说中社会与本来有望获得个体修养的年轻人之间的关系日益疏离，青年主人公的成长过程是艰难而孤独的，他们有的理想难以实现，有的甚至走向死亡。这些都与当时的社会氛围密切相关，例如，巴特勒后来在文学史上的影响主要得益于他的《众生之路》。这部小说完成于 19 世纪 80 年代，但迟迟没有发表，主要是由于他的超前意识。巴特勒既不是个笃信宗教的人，也不是达尔文主义者——在维多利亚时代后期的文化氛围中人们二者必居其一，加之他在小说创作中创造性地运用了心理分析式的思维模式，因此，为了保护家人，他生前没有出版这部小说，直到去世后的第二年该小说才得以面世。这也与英国的文化传统有关，在英国——

> 社会责任往往胜过个人的成长，这样，在社会化和个人主义之间，在社会流动性和自足性之间，在个人欲望与社会要求之间就产生了一种模棱两可，有时甚至是矛盾的关系。许多现代主义者抵制这种主体间性的实用主义模式，试图设法重估辜负主体来

> 满足社会要求（特别是在教育和工作领域）的假设，并把被辜负的主体变成新的身份形式。矛盾的是，这样做的一种方式是恢复经典的自我教育观念，并在反对社会化的“合理化”形式的开明战斗中，在寻找令人满意的自我教育模式中重新利用它。[①]

如此一来，现代主义作家以反对19世纪社会实用主义和恢复经典自我教育观念的方式，在19、20世纪之交翻开了成长小说发展新的一页。

成长小说几乎是与工业化和资本主义相伴而生的，其特点就是将社会进步与个人的发展相结合，与德国经典成长小说不同的是，英国成长小说似乎超越了伦理关怀，因为尽管它们的最终目的可能是要教育人们如何生活在这个世界上，但它们给读者带来的启示多半是实用的，而非超验的；其价值观常随时势而变，因此实用价值大于普遍意义。面对深陷“工业混乱、政治改革、宗教怀疑和帝国扩张”的英国社会，这些英国成长小说主人公“以奇怪而多样的方式解决他们共同的适应问题”。有的最终找到了他们要娶的“合适的女人”，于是安定下来对祖传的产业做明智而有效的管理；有的会选择以当议员这样的公共服务作为自己的职业，或者经过许多错误的开始和选择之后成为成功的医生、改革者或作家等。尽管结局变化多样，这些小说的迷人之处在于，究其本质，它们都把“生活和生活哲学”展示为“运动的、变化的、动态的”，而主人公都拓展并加深了对人生的体验，增强了人生的意识。但即便主人公安定下来从事某种职业，读者也没有“沾沾自喜的圆满感”，因为主人公当中没有一个完全解决了问题，面对人生和“作为千古之谜的人类及其命运”，他们大多数都有“自己的不足之感”。[②]由此可以看出，这一时期英国的成长小说尽管总体上表达了实用主义的价值取向，但其主人公对所取得的物质层面的成功并不满

---

① Gregory Castle, *Reading the Modernist Bildungsroman*, p. 30.

② Susanne Howe, *Wilhelm Meister and His English Kinsmen: Apprentices to Life*, p. 11.

足，在精神上他们仍感到迷茫，尤其是在19、20世纪之交。这或许表达了他们的精神追求，也预示着小说向经典自我教育观回归的某种征兆。例如，在《托诺－邦盖》的结尾处，叙述者这样写道："肯特的群山……在右侧落远了，埃塞克斯在左侧落远了。……我和我的驱逐舰越过灰蒙蒙的广阔的空间闯入未知的世界。……我们驶向茫茫的大海，驶向风一般的自由和渺无踪迹的道路。灯一盏盏熄灭了。……河逝去了——伦敦逝去了，英国逝去了……"。[1] 但他认为，"生命的心脏……是唯一永久的东西。……它是一种东西，一种品质，一种要素，……然而它的方式和根由是完全超出我的思想范畴的……"。[2] 在这里，作者既显得迷茫、困惑，表现了对现在和过去的虚无感和对未来的不确定感，但他同时又表达了对探索生命意义的渴望和他的精神追求。

因此，有论者指出，"在这些小说所再现的、朝着不确定性前进的盛大展示中，成长主题在接近世纪末时很自然地将自己迷失在社会、政治学说和宗教教义的迷宫中，小说为此构成了一个便捷的表达方式。宗教的不确定性伴随着科学探究能力的不断增强，催生了大量关于宗教争论的小说。"[3] 这里最显著的例子是诗人、作家兼批评家埃德蒙·戈斯（Edmund Gosse, 1849–1928）创作的人们常归为回忆录的《父与子》（*Father and Son*, 1907），该著的副标题明言是关于"两种气质的研究"。这部兼有回忆录和自传性质的著作（后被人称为"第一部心理自传"）可以作为成长小说来研究，因为如前文所论述，成长小说多半带有自传的特点，而且后来研究者发现书中描写的人物和情形与实际情况大相径庭，多有虚构的成分。小说描写了埃德蒙早年在异常虔诚的普利茅斯教友会（Plymouth Brethren）家庭中的成长岁月，其焦点是父亲与儿子之间激烈的宗教冲突：父亲是严

---

① 威尔斯著，普隆译：《托诺－邦盖》，第433～434页。

② 威尔斯著，普隆译：《托诺－邦盖》，第434～435页。

③ Susanne Howe, *Wilhelm Meister and His English Kinsmen: Apprentices to Life*, p. 13.

历的原教旨主义宗教信徒，拒绝接受达尔文的进化论，而儿子在逐渐长大的过程中抛弃了父亲的原教旨主义宗教。其中，令人印象最为深刻的是小说对青少年在接受宗教教育过程中的人生体验的描绘。

值得一提的是，由于这一时期的部分英国成长小说过分关注主人公社会地位和命运的转化而忽视或淡化了对人物性格的刻画，尤其是没有深刻揭示主人公性格的变化和内在修养的提高，因而遭到一些批评家们的诟病。例如，豪就干脆将这一时期的《大卫·科波菲尔》《远大前程》《潘登尼斯》等小说从她的英国成长小说研究中剔除出去，因为她认为这些小说都偏离了成长小说发展的主道，属于"旁门左道"。尽管这些小说也是自传体的，而且也确实描述了年轻人从经验中吸取教训的成长过程，但这些多出于巧合而不是有意为之；主人公最终比一出场时变得"更加忧伤而智慧"，但他们的"本性"没有变化；"他们没有通过任何对自己力量的内在认识和决心使他们的经验发挥作用而发展"，他们的想象力和反思能力还不足以"看清发生在他们身上那些事情的广泛影响"，因而他们的历史又回到了18世纪的"流浪汉小说的传统"，而不是德国式的成长小说。[①] 豪的观点显然过于偏激，但这一时期的部分成长小说确实过于关注主人公的地位变化，而对他们的性格变化和精神成长描写不够。或许正因为如此，英国成长小说发展历史的钟摆又出现了一次回摆——回归经典自我教育观，或者说，它经过第一次兴盛和19世纪中后期颇具英国个性化特征的探索之后，已蓄足了继续前进的动力——向现代主义成长小说挺进。"到19世纪末，资产阶级的个人主义意识形态陷入严重危机"，竞争形成的心理压力异常强烈，由于个体感到在上升方面无法选择，上升的内外障碍令他们十分怀疑个体可以自由决定自己命运的观念，而且人们发现通过努力"塑造"的自我"显

① 参见 Susanne Howe, *Wilhelm Meister and His English Kinsmen: Apprentices to Life*, pp. 14–15。

得陌生且通常是丑陋的（deformed）”。[①] 面对个体上升无望的现实和人们对个人主义意识形态的怀疑，敏感的小说家开始放弃社会实用主义的自我教育观，转而在小说中更多地描写人物的心理，揭露实用主义自我教育观内在的各种矛盾。因此，19 世纪与 20 世纪之交的英国成长小说开始回归经典的自我教育观，展示主人公的精神和美学追求。

① 参见 Patricia Alden, *Social Mobility in the English Bildungsroman: Gissing, Hardy, Bennett, and Lawrence*, p. 13。

第七章　回归经典自我教育观

——英国现代主义成长小说

导语：本章考察19世纪与20世纪之交英国的人文生态及阿诺德对英国成长小说的滞后影响；探讨现代主义大潮对英国成长小说的改造及其表现形式；重点论证这一时期成长小说回归经典成长小说对精神和美学追求的倾向；分析20世纪初英国现代主义成长小说为表达新古典主义自我教育观对小说叙事范式的革新情况；最后以乔伊斯的《一个青年艺术家的肖像》为个案，详析主人公的精神追求及其结果。

英国成长小说自诞生之日起就处于不断的发展和变化过程中。它不仅拓展了德国经典成长小说题材的发展空间，作家们还以自己的创作实践对经典成长小说辩证的自我教育观提出了批评，走出了德国经典成长小说美学的、精神的自我教育范式，代之以具有时代特色的社会实用主义的成长模式。原先在歌德小说中，主人公追求道德和精神上的提升占据着突出的地位，寻求适当的人生职业只是小说的次要情节，但自从卡莱尔于1824年把成长小说引入英国之后不久，英国的这类小说更倾向于描写主人公如何努力改变自己的命运，走向社会上层。表现社会流动性是英国小说的传统之一，这一传统至少可以追溯到18世纪理查森的《帕梅拉》，在19世纪有狄更斯的《远大前程》，20 世纪之初还有劳伦斯的《儿子与情人》。或许是因为受这一传统的影响，英国成长小说在其发展过程中总有部分作家在着力描写渴望走向社会上层的青少年主人公。虽然他们也期盼自己的个性和潜能得到充分发展，寻找道德和精神家园，但他们的努力主要是为了获得更大的发展空间，试图通过在职业和婚姻等方面的成功来体现自己的价值。因此，主人公对职业的选择和追求就上升为小说的中心情节，同德国成长小说相比，英国成长小说更注重情节，更讲究实际，总是设法在主人公和他周围的世界之间找到某种实用的和解点。

尽管如此，19 世纪中后期的成长小说，如《简・爱》《大卫・科波菲尔》《远大前程》，与 19、20 世纪之交及 20 世纪初的成长小说，如《生于流放》、《无名的裘德》《吉姆爷》《吉姆》《一个青年艺术家的肖像》，还是有明显区别的：前者最终突出的是社会融合性，而在后者的故事情节中幻灭或异化的特征清晰可辨。有论者将这种有悖于成长小说“严格的类属要求”的现象称为“独特的不符（failure）”，而“这种不符标志着对约定俗成的自我修养（自我教育）观的成功抵制”。[①] 具有讽刺意味的是，19、20 世纪之交成长小说由表达融合性转向再现幻灭和异化，映现出的是阿诺德文化观的印记，而阿诺德的文化理想是“完美”与“和谐”。理想与现实，阿诺德的影响与小说创作实际，何以如此南辕北辙，是个十分值得玩味的问题。

一、19、20 世纪之交英国的人文生态与阿诺德的滞后影响

19 世纪中后期的英国成长小说主要描写主人公如何向上流动，但在 19 世纪末与 20 世纪初的成长小说中，主人公明显表现出一种精神追求，这与此前的年轻人极力追求物质利益和社会地位形成了对照。那些原本处于社会底层或者来自工人阶级家庭的年轻人与周围人的区别在于他们聪

① Gregory Castle, *Reading the Modernist Bildungsroman*, p. 1.

明、敏感、有抱负，甚至具有艺术家的某种潜质，但他们往往又难以实现自己的抱负。这一方面是由于外在的冷酷现实阻碍了他们的发展和价值追求，另一方面常常表现为他们内心还不够强大，缺乏自信心和主动性。如前章所论，19 世纪末反映这种精神追求的成长小说有吉辛的《生于流放》和哈代的《无名的裘德》等，而 20 世纪初阿诺德 · 本涅特（Arnord Bennett, 1867–1931）的《克莱汉厄》（*Clayhanger*, 1910）和《一个青年艺术家的肖像》等则是这类小说的代表。这些小说中的主人公都来自社会下层，也都有向上流动的欲望，但他们的目标是充分发挥自己的潜能，并把这种潜能的发挥与他们的社会和经济地位区分开来，即他们的追求是精神的、文化的或艺术的，而非物质的。正如奥尔登所说的，“这些主人公当中的每一个都是敬佩阿诺德的年轻人，都在以真正成长小说的方式有意识地追求一种自我修养的理想。他们把文化视为一种‘内在的状况’，并认为他们的道德和智力发展与他的经济和社会处境是（或者说应该是）没有关系的。”[①] 这已清楚地表明，这些年轻人追求的主要目标是内在修养的提升，而不是社会和经济地位的提高，虽然社会地位客观上会影响他们的目标追求。如果说他们也有向上流动的欲望，那么，他们渴望的是在行为和道德以及精神层面上进入精英阶层。显然，这暴露了他们理想中天真和浪漫的一面以及他们矛盾的性格特征。他们这种无视阶级差别的精神追求表明，这一时期的成长小说明显表现出向经典自我教育观回归的倾向。

尽管自我教育是成长小说的核心理念之一，但事实上，自我教育与成长小说之间也存在着一种潜在的冲突。自我教育是西方的一种文化理想，它指的是“广泛适用的修养或教育的普适性的过程”，当这一理想被移植到小说中时就会出现矛盾，因为成长小说再现的是个体“自我形塑的有限的历史”，这样，二者相遇就形成了“叙事性”与“闭合性”之间的张力。

---

① Patricia Alden, *Social Mobility in the English Bildungsroman: Gissing, Hardy, Bennett, and Lawrence*, p. 11.

换言之，成长小说的传记特征要求它必须有个终点，它不可能设计一个像历史那样没有终结的故事。为了获得这个时间上的终点，成长小说“需要成年这个有界限的时间来阻止成长”。[①]但如果把这种现象放在成长小说的发展历史中来考察的话，我们就会发现它并不是一成不变的，到19世纪末期，成长小说中时间的有限性和闭合性逐渐被突破。变与不变不仅是作家们在布局谋篇和考虑成长小说自身发展需要时必须要以自己的创作实践来回答的问题，它还有更深层次的意识形态动因。究其原因，关键在于作家们如何看待世界的稳定性，尤其是他们是否对化解文化和社会危机抱有信心。西蒙·吉肯迪（Simon Gikandi）指出了小说史上具有标志性意义的时间节点，并分析了造成这一转折的历史原因：“在19世纪伟大的‘现实主义’叙事中我们似乎觉察到的那种相对稳定性来源于作家们的信心，他们相信自己所再现的世界是稳定的，其时间观念和地理分布也是稳定的；这种文体基于这样一种希望，由激烈的历史变化所引起的文化和意识危机可以在叙事形式中重新化解。这样，直到殖民主义进入危机时期……（约在1880年），没有人怀疑英国意味着什么以及它同世界其他国家是什么关系。”[②]这对我们考察成长小说很有启发，吉肯迪所谓的“重新化解”表明，在维多利亚时代晚期，迫于历史的压力，成长小说发生了变化，原先以成熟或成年为界的小说模式须要重新改造以适应新的历史语境。

就整体发展趋势来看，西方成长小说在19世纪60年代之后就跨越了所谓的经典时代，那种年轻人渐进式地成长、逐渐走向成熟的情节模式和思想意识越来越受到质疑，尤其是小说中众多的巧合，如男女主人公童话般的结合、为情节发展需要牵强附会地加入的人和事等，使小说日益暴露出自身不合情理的一面。英国成长小说略有不同，如前所述，它还经历了一个向社会实用主义转向的过程，因此，英国现代主义成长小说的到来略

① Jed Esty, *Unseasonable Youth: Modernism, Colonialism and the Fiction of Development*, p. 45.

② 转引自 Jed Esty, *Unseasonable Youth: Modernism, Colonialism and the Fiction of Development*, p. 45。

晚于西方这一体裁的整体发展步伐。这些都需要我们远距离地再考察和近距离地透视。

在19世纪和20世纪之交，英国成长小说悄然发生着微妙的变化，即主人公追求精神成长，小说显示出向经典自我教育观回归的趋势。须要特别强调的是，这种回归是精神层面的，不是像经典成长小说中的主人公那样走向成熟，而后回归社会；也不同于19世纪中后期英国大部分成长小说中主人公那种追求实用主义的成熟，从而走向上流社会。实际上，19、20世纪之交的英国成长小说往往不是叙述主人公走向成年的过程，相反，它们似乎在刻意回避走向成熟这一老套的成长之路。这些小说不仅很少有幸福的结局，如维多利亚时代中后期许多小说那样，而且“故意打破经典成长小说情节的时序（temporality）”。这类小说描写的年青主人公或早年夭折，或“在时间上停滞不前”，沉迷于往昔的理想和荣誉等，难以面对现实，或拒绝适应社会，或不愿长大。[①] 在小说中出现了所谓“无尽的青春”的主题。

小说中的这些变化与历史背景和文化语境有关。谈到对经典自我教育观的回归以及主人公们所遭遇的困境，我们就绕不开英国维多利亚时代的文化主将马修·阿诺德的传世之作《文化与无政府状态》，因为阿诺德在其中所阐发的文化观试图以文化理想来掩盖阶级差别，这就决定了其自身的矛盾性。而阿诺德文化理想中的内在张力对这一时期成长小说主人公的人生遭际及其成因具有很强的解释力。阿诺德紧随英国《第二次改革法案》（the Second Reform Bill, 1867）之后发表的文化巨著表达了他对该法案给英国带来“全面民主”的深深忧虑，尽管这种民主还只是象征性的，并非实际情况。面对自由至上主义带来的民心涣散、社会凝聚力下降乃至无政府主义的倾向，阿诺德重新界定“文化”的概念，试图以此来健全国民心智、凝聚人心。《文化与无政府状态》本身就是阿诺德与其论敌论战的产物，

① Jed Esty, *Unseasonable Youth: Modernism, Colonialism and the Fiction of Development*, p. 3.

它自身在当时也引起了不同的反响，其中更多的是反对声，这种消极的反响一直延续到19世纪80年代。但历史是公正的，此后人们逐渐认识到阿诺德文化观的价值所在，它对文学创作的影响也渐渐显现出来，而这已是《文化与无政府状态》成书二三十年之后的事了。它在小说中的反映始于19世纪末和20世纪初，这也符合文学反映社会现实“滞后性”的一般规律。

针对诋毁文化者，阿诺德试图厘清文化的概念，驳斥论敌对“文化”有意或无意的曲解。他首先指出，文化不是“社会和阶级等第的标志，就像徽章或头衔一样，能将拥有者与无徽章无头衔的人群区分开来”，而是“探究完美、追寻和谐的完美、普遍的完美”，“完美在于不断地转化成长，而非拥有什么，在于心智和精神的内在状况，而非外部的环境条件。”[①]这是他对文化的独特界定，将其归结为“心智和精神”（mind and spirit）的“内在状况”。不仅如此，文化所追求的“完美”也是“一种**内在的状态**”，这种完美“不是只拥有，只原地踏步，而是不断成长，不断进步”。这种完美“最终应是构成人性之美和价值的所有能力的和谐发展”。阿诺德除了强调文化的内在性和人的和谐发展之外，他还针对当时的极端个人主义倾向提出了文化的整体观：“人类是个整体，……正因为如此，必须**普泛地**发扬光大人性，才合乎文化所构想的完美理念。文化心目中的完美，不可能是独善其身。个人必须携带他人共同走向完美。”[②]这种和谐与整体的观念以及对人的内心的关注拉近了阿诺德与歌德和席勒之间的距离，因为他的这种文化观与歌德和席勒等德国人文学者的自我教育观如出一辙，目的在于批判由工业社会所带来的“人的分裂和理性化”以及工业文明、物质文明和个人主义。[③]所有这一切都与阿诺德所倡导的文化理想相抵牾，问

① 马修·阿诺德著，韩敏中译：《文化与无政府状态：政治与社会批评》，生活·读书·新知三联书店2012年版，第6、11页。

② 马修·阿诺德著，韩敏中译：《文化与无政府状态：政治与社会批评》，第10～11页。

③ Patricia Alden, *Social Mobility in the English Bildungsroman: Gissing, Hardy, Bennett, and Lawrence*, p. 8.

题在于人们过分地关注外部文明而忽视人的内心世界，错误地将工具或手段看成了目的，因为在他看来，机械、自由、人口、煤炭、铁路、财富甚至连宗教和身体都是工具或手段。他认为这种过分注重手段和工具的“工具崇拜”是英国社会的“通病”。[①]

从上述分析可以看出，阿诺德的文化观将人们的视线引向人的内心，强调人的内在修养和个体的和谐发展，这显然与经典自我教育观十分贴近。从他的论辩中我们不难看出，或许是出于化解社会矛盾、凝聚人心的需要，他试图掩盖社会等级，甚至虚构一个无阶级差别的社会。这不仅与社会现实不符，也暴露了他文化理想自身的矛盾性，因为他的文化并不打算教育“社会底层阶级”，[②] 因此他的文化观带有明显的阶级偏见，或者说，他所宣扬的那种无阶级差别的乌托邦其实是有阶级的，无法掩饰等级森严这一社会现实。这种具有阶级性的文化观与 19 世纪 50 年代至 70 年代的英国教育现状不谋而合。当时英国所采取的一系列教育改革措施虽然有助于推广教育，但在客观上也强化了阶级差别，因为不同类型的学校教育实际上已经给受教育者打上了不同阶层的烙印。

阿诺德充满内在张力和矛盾的文化观对 19 世纪末与 20 世纪初英国成长小说影响深远，可以说这一时期的主要成长小说主人公都是这一文化理想的追随者，因此，也带有明显的阿诺德的印记。这一时期，吉辛、哈代、本涅特和劳伦斯等来自小资产阶级家庭的小说家有意无意地追随阿诺德的文化理想，因为：

> 他们感到在野蛮人、非利士人和群氓这个新秩序中，迄今替向社会上层流动辩护的传统文化标准遭到了侵蚀。他们自己的提升是否会在文化或个人方面富有成效，他们在对此表示怀疑的同

---

① 详见马修·阿诺德著，韩敏中译：《文化与无政府状态：政治与社会批评》，第 12 ~ 19 页。

② 马修·阿诺德著，韩敏中译：《文化与无政府状态：政治与社会批评》，第 34 页。

> 时，也厌恶与整个向社会更高层流动、“富有进取心的”企业家阶层发生必然的联系。在生活中，他们似乎要通过成为阿诺德那个无阶级差别文坛的成员来化解矛盾，但在小说中，他们暴露了对那种理想的规避（evasiveness）。①

其实，这种“规避”行为才是这些小说家对社会的真切感受和反应，说明他们自身也是矛盾的，可以说，他们拥有两个自我——现实生活中的自我和小说世界中的自我。在现实中，他们受阿诺德文化理想的影响和自身欲望的驱使，渴望跻身上流社会，成为阿诺德心目中的文化人，但在他们的内心深处，他们深切地感受到实现这种愿望的艰难，意识到对大多数身处社会下层的年轻人来说，这是一种难以实现的梦想。有抱负的年轻人之所以热衷于挤入上流社会，成为阿诺德阐述的文化人，主要还是社会、历史和文化氛围以及资产阶级意识形态使然。以阿诺德的《文化与无政府状态》为代表的文化观和当时的主流意识形态给他们描绘了一个完美和谐的人的形象，使他们认为自己也会成为这种理想的人。正如伊格尔顿所说的：“我们往往把自己看成是自由、完整、独立、自生的个体；如果我们不这样做的话，我们就不能在社会生活中尽自己的职责。”②19世纪末英国成长小说中的主人公多半抱着这种“完整的人”的理想并为此奋斗，但这种理想往往无法实现，这就造就了吉辛和哈代笔下的皮克和裘德这类为追求理想最后抱憾而死的悲剧性人物。

吉辛的《生于流放》就是一部深受阿诺德文化理想影响的成长小说。这是一部半自传体的小说，之所以这么说，是因为不仅小说主人公的遭遇与作者的经历相似，而且小说也表达了作者对阶级意识和当时年轻知识分子人生际遇的基本看法。小说主人公戈德温·皮克来自社会底层，却打算

---

① Patricia Alden, *Social Mobility in the English Bildungsroman: Gissing, Hardy, Bennett, and Lawrence*, p. 129.

② Terry Eagleton, *Literary Theory: An Introduction*, Malden: Blackwell Publishing, 1983, p. 149.

娶一个“淑女”，以便进入社会的中上层，目的是使自己的内在修养得到全面的培养：“他在寻求一个与他内在的高贵相匹配的人，一种与外部秩序达成和谐关系的途径，这将会令其得到最充分的培养。”[①] 小说通过描写主人公渴望进入与自己修养标准相符的社会阶层的心理，揭露了当时英国上流社会拒绝接纳靠个人奋斗的人这一现实，对阶级意识做了尖锐而透彻的剖析。故事开始于19世纪70年代中期，皮克是个看似前景美妙的大学生，他一方面自视清高，另一方面又因家庭背景导致缺乏教养而感到惭愧，时时处于防御的状态。可以说，无论是在大学还是后来走上社会，他始终生活在矛盾中：他虽然出身低微，但却对周围的人，尤其是对他本阶层的人，表现出一种傲慢；正是阶级差别导致他无法进入上流社会，但他却认为只有严格的等级结构才能维护文化，而这种文化又基本将他排除在外；他妒忌，甚至憎恨富人，但他后来认为只有接近富人才是他进入上流社会的通道。皮克曾直言不讳地说：“我平生没有其他抱负——没有别的！你要认为这种坦白荒唐，那随你便；我一个最大的心愿就是娶一位最有教养的女子。用恰当的话说，我就是个俗人，而我的目标就是要娶一个淑女。”[②] 为了达到这个目的，他假装要成为一名神学院的学生，因为在当时，人们对于从事神职工作的人是不论出身的，一律视为上流社会的人。他果真赢得了一位美丽而虔诚的女子的爱情，但最终由于他无神论者的身份暴露而遭到驱逐。像吉辛的其他小说一样，《生于流放》揭示了19世纪晚期英国下层知识青年所面临的困境：要么沦为“粗俗的物质主义者”，要么成为“被异化的知识分子”；或者说，要么成为“被动但可敬的理想主义者”，要么做“成功但堕落的物质主义者”。为了实现自己的贵族理想，皮克不得不扮演一

① Patricia Alden, *Social Mobility in the English Bildungsroman: Gissing, Hardy, Bennett, and Lawrence*, p. 27.

② George Gissing, *Born in Exile* (vol. I), p. 223.

个他本不愿承担的角色。[①]

皮克深受阿诺德“群氓”观念的影响：“大众不仅是傻瓜，而且非常接近野兽。不错，他们可以生出好的个体——但他们还是卑劣的。我不否认社会有可能进步；我只是说目前下层阶级总是不讨人喜欢，通常是令人厌恶的，有时是可憎的。”[②]这种观点显然与他自己的出身不符，难怪他的朋友厄威克听到他的这番话也感到疑惑。

同样受阿诺德文化理想影响的还有《无名的裘德》中的裘德。他至死都在迷茫中追求着自己的理想：“我处在一片杂乱无章的信条之中，在黑暗里摸索着——依照本能而不是依照榜样行事。”面对无法实现的理想，他终于认识到，他只是“一个微不足道的牺牲品罢了”。[③]但淑不愧为裘德的知己，在他感到无比沮丧时，她安慰他说：“为了获得知识你很高尚地奋斗过，世上只有那些最卑鄙的人才会责怪你！”[④]如前章所述，这一时期，诸如《生于流放》和《无名的裘德》等小说已露出了反成长小说的端倪，作者倾向于描写主人公的精神追求，这类小说表现出由实用主义向经典自我教育观过渡的明显征兆。

在19世纪末，还出现了另一个新的转向，即一些英国作家开始“重构”甚至“扭曲”成长小说传记式的情节。在这些小说中，“主人公卷入没有明确终点，没有外在目的，没有职业或本能界限，没有资产阶级自律或社会妥协眼界的自我发展”，这类小说是“无尽生成的故事”（tale of endless becoming）。例如，王尔德的《道连·格雷的画像》就表达了“冻结的青春”这一主题。[⑤]小说的主人公格雷为确保自己的青春和美经久不衰，竟然异

---

① 参见 Patricia Alden, *Social Mobility in the English Bildungsroman: Gissing, Hardy, Bennett, and Lawrence*, p. 21。

② George Gissing, *Born in Exile* (vol. I), p. 213.

③ 哈代著，刘荣跃译：《无名的裘德》，第 377 ～ 378 页。

④ 哈代著，刘荣跃译：《无名的裘德》，第 377 页。

⑤ Jed Esty, *Unseasonable Youth: Modernism, Colonialism and the Fiction of Development*, p. 101.

想天开地出卖自己的灵魂以获得青春永驻。虽历经时间的流逝，但他的外表看上去依然光彩照人、青春焕发。结果，他罔顾社会的道德规范，信奉享乐主义，过着腐化堕落、放荡无忌的生活，完全忘却或无视他的一切不道德的生活均会在他那幅原本完美的画像中留下印记这一事实。随着他一步步滑向堕落的深渊，画像变得越来越丑陋可怖。为了获得救赎，也为了清除他的罪恶行为在画上留下的印记，他在绝望中愤然挥刀刺向画像，结果刺中的却是他自己。小说似乎表达的是，对永恒青春的追求是虚幻的，最终会导致幻灭，以灾难收场。小说中的亨利勋爵声称人生的目标就是自我发展，这不禁令人想起歌德小说中自我修养和自我实现的理想，貌似经典成长小说中自我教育的理念，但追求永恒的青春就意味着永远不会成熟，当然也就无法被社会所接纳。而经典成长小说中的成熟就是要融入社会，将个人理想同社会的要求相结合，在二者之间达成妥协，进而化解青春与成熟、个人自由与社会约束之间的矛盾，使主人公结束自己的青春期，也使小说走向结局。这些矛盾的展示与化解构成了经典成长小说的主体情节，随着主人公性格的变化，小说的情节也在向前推进，但《道连 · 格雷的画像》的主人公性格始终没有变化，他的青春似乎也是无尽的，因为他没有解决上述诸多矛盾。这是它与经典成长小说的最大区别，也是 19 世纪末英国成长小说背离现实主义主流的一个重要标志。与此前奥斯汀、勃朗特和狄更斯等的小说不同，王尔德的小说情节是“静态的、反成长的”，这倒是与后来康拉德（Joseph Conrad, 1857–1924）的《吉姆爷》（*Lord Jim*, 1900）以及吉卜林（Rudyard Kipling, 1865–1936）的《吉姆》（*Kim*, 1901）十分相似。[①] 就这方面而言，我们可以说王尔德的《道连 · 格雷的画像》开了风气之先，因为在 20 世纪之初，英国出现了一批常常被学界贴上“现代派”标签的作家都创作了以描写主人公在心理上拒绝长大为特征的小说。

---

① 参见 Jed Esty, *Unseasonable Youth: Modernism, Colonialism and the Fiction of Development*, pp. 106–107。

除了《吉姆爷》和《吉姆》，这样的小说还有劳伦斯的《儿子与情人》、毛姆的《人性的枷锁》、弗吉尼亚·吴尔夫的《远航》（*Voyage Out*, 1915）和乔伊斯的《一个青年艺术家的肖像》等。这些小说多半表达了幻灭感，描写的要么是主人公“不合时宜的青春”，或曰“反常的青春”（unseasonable youth），要么就是“劫数难逃的青春”（doomed youth），但主人公的精神求索却十分执着，以不同的形式留下了阿诺德文化理想的印记。[①]

总之，在19世纪末与20世纪初的英国成长小说中，主人公多半是阿诺德式文化理想的追随者。他们天真、浪漫，又常常以自我为中心，盲目追求个人的价值实现，无视阶级差别的存在，认为道德和智力上的提升与经济和社会状况无关，他们甚至与自己的家庭成员也处于疏离状态，因为他们自以为与众不同，家人对他们有的只是物质上的期许，与他们的精神追求格格不入。实际上，他们首先遭遇的就是物质上的障碍：有限的受教育的机会，例如裘德；因经济状况不稳定很早就从事不尽如人意的工作，例如《儿子与情人》中的保罗；遭到身处中上层阶级家庭的轻蔑和驱逐，例如皮克。为了克服这些物质上的不利因素，他们唯有掩饰自己的出身，培养高雅的行为举止以便进入他们理想中的文雅社会。[②]他们以“文化”为外衣试图消除客观存在的等级差别，以实现自己的精神追求，表明他们受阿诺德的文化理想影响至深。

如前所述，阿诺德文化观念本身就是矛盾的，存在着明显的局限性。一方面，他声称“文化寻求消除阶级，使世界上最优秀的思想和知识传遍四海，使普天下的人都生活在美好与光明的气氛之中，使他们像文化一样，能够自由地运用思想，得到思想的滋润”，所以，他的“文化人是平等的真正使徒”，他的“文化”强调全体人的共同进步：“在我们**全体**都成为完

① Jed Esty, *Unseasonable Youth: Modernism, Colonialism and the Fiction of Development*, p. 30.

② 参见 Patricia Alden, *Social Mobility in the English Bildungsroman: Gissing, Hardy, Bennett, and Lawrence*, p. 11。

美的人之前，文化是不会满足的。”但另一方面，他的“文化”又排除社会底层阶级：“文化并不企图去教育包括社会底层阶级在内的大众。”[①] 这显然表明阿诺德的文化是有阶级性的，只是他的追随者们有意无意地忽视了这点，或者说，阿诺德追求“完美人性”的文化观迎合了他们的精神追求，他们选择性地无视其中的阶级性。如此看来，这一时期成长小说对经典自我教育观的回归，在一定程度上来说是对阿诺德文化观的回应，而其主人公精神追求的失败也暴露了这种文化观内在的矛盾和局限性。实际上，一如阿诺德的文化理想无法掩盖其阶级性，我们在这一时期成长小说主人公的精神追求中也不难窥见其向上流动的内在冲动。这些年轻人对精神和美学的诉求并非像看起来的那么简单，在他们对高雅文化和行为方式追求的表层下隐藏的依然是他们向社会上层流动的欲望，这也是他们常常有背叛自我和本阶级的内疚感的原因。他们所幻想和追求的“文明”世界并非那么文雅，他们在追求过程中的自我背叛使他们丧失了自尊和人格，因此，他们不可能获得和谐而完整的自我发展，经典的自我教育对他们来说也只不过是个幻想。在完美和谐的个人与严酷的社会现实之间存在着一道不可逾越的鸿沟，而这个时期的成长小说作家以反讽的手法描述的似乎就是这样的沟壑。这些作家在19世纪末和20世纪初依然采用成长小说这种体裁，说明他们仍然相信人的和谐发展，但他们的小说似乎也暴露了这种理想的内在矛盾。文体本身也具有“思想性”（ideological content），“形式和主题的革新可能反映的是传播信息的意识形态的分裂。”这一时期成长小说中的主人公都是些“经济上的弱势青年”，他们对自己的“抱负和才能没有把握，对他们童年的那个褊狭的世界可提供努力逃避的出路不抱有幻想”。其结果就是所有“发展的企图都受到阻碍”，致使他们陷入“进退两难的处境”：“在社会上提升将受到粗俗、自私的野心的腐蚀，但不能提升又意

① 马修·阿诺德著，韩敏中译：《文化与无政府状态：政治与社会批评》，第33～34页。

味着自己的潜力一定得不到发展。在一个培养自我的社会中自我和谐发展的梦想成了疏离和丧失自我的噩梦。在早期小说中那些可能通向成熟的痛苦经历在这里却导致了分裂。”①

二、成长小说的现代主义改造及其表现形式

当我们回首20世纪之初，侧耳聆听那余音未绝的钟声时，再论及成长小说，就不得不提到现代主义和现代性。大约在1900年（或1910年，或1922年），亨利·亚当斯、弗吉尼亚·吴尔夫和威拉·卡瑟（Willa Cather, 1873–1947）等有识之士似乎猛然间发现世界发生了巨变，现代性改变了一切，于是，他们大声疾呼，纷纷表达了对这一变化的感慨。现代性似乎打破了世界，断开了与过去的一切连续性，把人的性格和生活本身置于不断变化的状态。②世界上的一切都发生了变化，当然也包括小说。这是小说的应有之意，因为它主要关注的还是“当代”人的生活，因此，在世界发生巨变的时刻，小说必然会发生变化，要同过去决裂，求新求变，也要“现代化”。现代主义小说家认为“现代化已经改变了现实自身的本质，小说为了生存也必须改变其自身的本质”，③因此，小说必须有所不同，要对抗规范和常规。

传统成长小说把“个人与社会之间的调和”视为这一体裁小说的“一个基本特征”，换言之，在成长小说中，“世界传统上一直是有意义的”，在早期的成长小说中，它“甚至是仁慈的”。④但由于受到现代文学普遍悲观情绪的影响，成长小说也呈现出一片灰暗的色调，经典成长小说中那种

① Patricia Alden, *Social Mobility in the English Bildungsroman: Gissing, Hardy, Bennett, and Lawrence*, pp. 129–130.

② 参见 Jesse Matz, *The Modern Novel: A Short Introduction*, Malden: Blackwell Publishing Ltd., 2004, p. 1。

③ Jesse Matz, *The Modern Novel: A Short Introduction*, p. 6.

④ James Hardin, “Introduction,” p. xxi.

乐观的底色几乎丧失殆尽。“20 世纪小说很少有和谐的结局，更不用说有一个‘快乐的结局’了。”[①] 究其原因，这并不令人惊奇，由尼采及其 20 世纪的追随者们加速推进的“重估一切价值”的风潮对所有现代和后现代文学都产生了影响，成长小说自然也不例外。现代成长小说当时似乎只剩下一条路可走，那就是“开放式的结局”：“大体而论，现代小说是开放式的，不明朗的，相对的。”[②]

从外部环境看，第一次世界大战给人们带来的绝不仅仅是肉体上的伤害，更是精神上的毁灭性打击。按照埃斯蒂的说法，它给“欧洲文化的代际传递——特别是给典范的青年小说至关重要的人性化、精神化的教育形象”造成了“深刻的破坏”。[③] 然而，社会的动荡恰恰给小说乃至整个文学创作带来了变革，青春的形象反而更加丰满。于是，20 世纪 20 年代的小说革新为表达新古典主义的自我教育观带来了新的叙事范式。从成长小说的角度看，战后现代主义作家群体中涌现出了一批从事现代主义成长小说创作的作家，如吴尔夫、后期的詹姆斯 · 乔伊斯、D. H. 劳伦斯、塞缪尔 · 贝克特（Samuel Beckett, 1906–1989）、福斯特等。这些英国作家与他们的美国同行，如弗 · 斯科特 · 菲茨杰拉德、福克纳和格特鲁德 · 斯泰因（Gertrude Stein, 1874–1946）等，也与时俱进地投身于现代主义大变革的潮流中，其结果就是出现了所谓的现代主义成长小说。“在现代主义成长小说中，那种在整个 19 世纪已经越来越成为惯例的社会化和社会流动的规范模式充当了对社会实用主义自我教育、向上爬、社会化、‘发迹’作内在批评的起点。现代主义作家们面临的主要问题是要在一个叙事传统极端保守、在某些情况下从歌德时代起就几乎没有改变的体裁中清楚地提出

① James Hardin, “Introduction,” p. xx.

② James Hardin, “Introduction,” p. xxi.

③ Jed Esty, *Unseasonable Youth: Modernism, Colonialism and the Fiction of Development*, p. 30.

可供选择的方案。”[1] 对此，莫雷蒂的观点颇为极端，在他看来，战争的“创伤在小说的暂时性（novelistic temporality）内部引入间断性，产生了走向短篇小说和抒情作品的离心倾向；它破坏了自我的统一性，废置了强调社会效果的语言；……结果，成长小说这种形式不复存在——西方社会化的一个时期结束了，一个成长小说再现且发挥过作用的时期结束了。”[2]

成长小说消亡论显然言过其实，但这一小说类型的确须要革新。现代主义作家选择的方案之一就是创新经典成长小说的叙事结构和情节模式。“现代主义倾向于回避”成长小说的“遗传规定，或把它们改得面目全非”。[3] 在这些作家的现代主义成长小说中，成长小说原来维系的叙事结构显得越来越不稳定，自我教育的结果往往是对社会秩序持有异议，反对资产阶级对自我教育的盗用，也不赞成实施约束性和惩罚性发展模式的教育和养育观念。“经典成长小说中要求稳定、可预见发展的那些因素——和谐的身份、美学教育、有意义且有益的社会关系、职业——恰恰到 20 世纪都成了问题。现代成长小说继续着欲望与‘远大前程’之间的斗争，但这一斗争不再类似于《威廉 · 麦斯特》中所赏心悦目地叙述的那种辩证的过程。”[4] 它们依然同经典成长小说一样力图再现自我发展和内在修养，甚至更加强调主人公的精神追求，但表达方式已大不相同，在小说的情节结构方面小说家们大胆突破成长小说的传统模式。其极端者是把成长情节嵌在一个大的叙事结构中，或者使主人公成长过程超越单个文本的限制，分不同的文本来叙述，使之分册出版。例如，乔伊斯关于斯蒂芬 · 迪达勒斯的成长故事就先后经历了叙述和再叙述的过程。乔伊斯先是尝试创作一个特写——《一个艺术家的肖像》（“A Portrait of the Artist”），然后是一个未

---

① Gregory Castle, *Reading the Modernist Bildungsroman,* p. 71.

② Franco Moretti, *The Way of the World: The Bildungsroman in European Culture* (New Edition), London: Verso, 2000, p. 244.

③ Jed Esty, *Unseasonable Youth: Modernism, Colonialism and the Fiction of Development*, p. 1.

④ Gregory Castle, *Reading the Modernist Bildungsroman,* p. 24.

完成的草稿《斯蒂芬英雄》(*Stephen Hero*),再是后来出版的《一个青年艺术家的肖像》,直至最后的《尤利西斯》(*Ulysses*, 1922),可斯蒂芬的理想仍然悬而未决。小说提供了多种可能的结局,唯一不可能的大概就是主人公获得和谐的内在修养和实现令人满意的社会化。这是现代性的一个"迫切问题",乔伊斯的解决方式是塑造这样一个人物——他既能"体现当下的动态性和不稳定性",又"挑战关于'青年'的观念"。"青年"是"现代性'具体而有形的标记'",其"本质"是"在**未来**而不是在过去寻找意义"。[①] 在这里,我们发现乔伊斯笔下的斯蒂芬与康拉德先其16年所塑造的吉姆之间的区别:前者离开祖国前往欧洲,将希望寄托在未来;后者一直没有走出过去的阴影。

在这个对传统和经典提出批判的时代背景下,一向以"离经叛道"为特征的艺术家形象自然进入人们的眼帘,这个时期身为艺术家的小说家们更是以他们的切身感受来书写其笔下主人公的人生经历。因此,到19世纪后期,艺术家"成了不墨守成规和反叛的强有力的象征,成了现代主义成长小说标准的主人公","身份也越来越按照美学教育和美学的感受性来界定。"[②] 在这方面,乔伊斯及其创作的人物斯蒂芬就是个典型的案例,不仅他们的经历相似,他们的价值取向和性格特征也非常接近。像其他被剥夺了权利或被边缘化的社会成员一样,艺术家也很少有自我教育的机会,至少他们很少有人愿意接受或进入这种社会预设的自我教育的模式。但边缘化给艺术家们留下了更大的自由发展空间,他们可以不受或较少受到社会上各种各样实用主义自我发展观念的感染,甚至可以不接受社会的召唤,成为其中的一员。"被种族、阶级、教育、民族和性别边缘化了的现代主人公拒绝社会化和被不能促进他或她的艺术规划的社会体制同化。"[③] 如果

① Gregory Castle, *Reading the Modernist Bildungsroman,* pp. 193–194.

② Gregory Castle, *Reading the Modernist Bildungsroman,* p. 23.

③ Gregory Castle, *Reading the Modernist Bildungsroman,* p. 24.

主人公选择逃避故土以实现自己的理想，如斯蒂芬·迪达勒斯，或至死也未能达到自我教育的目的，如裘德·福雷，甚至至死都不知道其追求的目标是什么，如吴尔夫《远航》中的雷切尔·温瑞丝，那么，失败的不是自我教育——因为它依然是所有年轻人追求的理想，错就错在主人公成长的具体社会环境。[①]

那么，20 世纪初出现了怎样的新的具体社会环境呢？简单说来，资本主义的进一步发展在增强经济和社会发展活力的同时，也引起了所谓现代性的问题；全球化的趋势似乎加强了国家间的交往但却带来了民族身份认同的问题，等等。这些新的历史语境不仅对社会和个人的发展造成了影响，也引起了成长小说的变化和分野。在埃斯蒂看来，这是全球化给原本看似稳定的民族带来的冲击，成长小说历史上所指称的“年轻与成熟之间的辩证关系”可被视为“资本主义现代性的动能与民族身份黏合力量之间的历史张力”。这一论点不仅指出了成长小说变化的原因，而且有利于说明由现代性与民族身份所引发的三类成长小说：都市成长小说（metropolitan bildungsroman），如《道连·格雷的画像》和韦尔斯的《托诺－邦盖》；现代主义成长小说，如《一个青年艺术家的肖像》和《远航》；以及殖民成长小说，如《吉姆爷》等。[②]从歌德、席勒以降的民族文化中的人文主义理想一直决定着成长小说的内在逻辑，而吴尔夫的雷切尔·温瑞丝、康拉德的吉姆爷以及乔伊斯的斯蒂芬·迪达勒斯等现代主义作家笔下那些“不合时宜的年轻人”（untimely youth）的成长历程严重冲击了人们珍视的人文主义理想，也打破了成长小说原有的内在逻辑。现代主义成长小说把青春期同“自我教育的原则”分离开来，为青春创造了一种“自足的价值”，并为其自身抵御线性情节开辟空间。如此一来，主人公悬殊无常的发展既

---

① 参见 Gregory Castle, *Reading the Modernist Bildungsroman*, p. 24。

② 参见 Mark Wollaeger and Kevin J. H. Dettmar, “Foreword,” in Jed Esty, *Unseasonable Youth: Modernism, Colonialism and the Fiction of Development*, pp. ix–x。

对成长小说这一体裁形成压力又从来没有完全脱离这个体裁，这一逻辑在现代主义小说中呈现出“一种新的、更加强烈的”表现形式。[①]

在此新的历史语境下，现代主义成长小说已不再呈现那种理想中的完整的人和自足的自我以及个人与社会之间的统一与和谐——经典成长小说的主题与为之服务的叙事逻辑，转而讲述誓不回头的浪子的故事——失败的故事，并诠释产生不和谐的根源和分裂的逻辑，似乎只有这样才能真正找到自我迷失的“道理”，解开身份之谜。它也不再关心这一小说体裁是否应该继续遵循那个已经高度体制化了的叙事结构，更不仅仅局限于经典的模式，而是在探索其他任何可能的结构和表达方式。对现代主义成长小说的创作者来说，似乎主人公命运越可疑，故事结局越闪烁不定，小说的阐释空间就会越大，也越符合更高层次上的生活真实，因为人生和社会本来就存在多种可能性。更何况，当他们将视点更多地转向人的内心时，他们发现那里的“现实”比我们可见的现实要复杂得多。

现代主义成长小说旨在进一步激活经典的成长模式，充分发挥自我教育的作用，更突出表现经典自我教育观中精神和美学的内涵，注重描写主人公内在修养的提升和精神追求。但当这种内倾的追求和对个体自足性的价值诉求与现实相遇时，主人公不可避免地会遭遇困境——统一的、和谐的自我不可能形成，或者说，个人同社会统一的、和谐的关系不可能建立。这样，与经典成长小说相比，现代主义成长小说中个体与社会之间的矛盾会更加尖锐，主人公的成长阻力更大，有的甚至拒绝长大，出现埃斯蒂所说的“冻结的青春”的现象，他把这一现象看成是“欧洲现代主义核心时期的一个明显特征”。[②]就英国而言，在这一时期出版的三部著名的现代主义成长小说——《吉姆爷》《远航》《一个青年艺术家的肖

① Jed Esty, *Unseasonable Youth: Modernism, Colonialism and the Fiction of Development*, p. 25.

② Mark Wollaeger and Kevin J. H. Dettmar, “Foreword,” in Jed Esty, *Unseasonable Youth: Modernism, Colonialism and the Fiction of Development*, p. x.

像》——中的主人公均"明显地没有长大"，这三部小说是"反成长小说"（antidevelopmental fiction）的代表。[①]

如上所述，在现代主义成长小说中，青年往往无法实现理想中的完整和自足，个体与社会之间也难以建立统一与和谐的关系。这也许会产生一种富有建设意义的效果，即阿多诺所说的"非同一性"（nonidentity），但它并非是对主客体统一性的简单否定。正如阿多诺在《否定的辩证法》中所说的："在主客体之间呈现的统一性越小，对认识主体提出的要求，对它无拘无束的力量和坦率的自我反省所做的要求就会越矛盾。"[②] 主体越是充满活力，越具有深刻的思考和自我反思的能力，它对外界的要求和约束就越不能接受，自我和社会的矛盾就越大。而这种"非统一性"正是主体性的体现，是美学的、精神的自我教育在发挥作用。"现代主义成长小说主人公意识到自我和社会的辩证关系，但同样意识到了它的对抗性的、无限的本质；他们意识到自我在社会范围之内根本找不到它的身份……。这种意识是位于经典自我教育和……社会实用主义变体二者的辩证统一体'影响之外'的一种途径。"[③] 于是，在摆脱经典模式和 19 世纪重社会实用性的叙事结构之后，现代成长小说构建了一个新的主体，这种新的主体具有强烈的批判意识和反叛精神，在重新审视自我教育观念中再次发现了它的美学的和精神的价值纬度，并表现出以新的策略去追求的姿态。这是在新的高度对经典自我教育观的回归，是对发达资本主义社会强加在自我发展之上的总体规范的抵制。

迎着新世纪黎明的曙光，康拉德和吉卜林分别于 1900 年和 1901 年出版了他们的代表作《吉姆爷》和《吉姆》这两部令读者耳目一新的成长小说。但这两部体现新世纪成长小说变化特色的代表性作品并非是令人备受

---

① Jed Esty, *Unseasonable Youth: Modernism, Colonialism and the Fiction of Development*, p. 2.

② Theodor W. Adorno, *Negative Dialects*, trans. by E. B. Ashton, New York: Seabury Press, 1973, p. 31.

③ Gregory Castle, *Reading the Modernist Bildungsroman*, p. 66.

鼓舞和振奋的，而是让人感到压抑、惋惜和沮丧，因为小说中的主人公追求荣誉和自我的结果是丧失了生命或实质性地迷失了自我。

康拉德的《吉姆爷》描写的是生活在过去的主人公，即埃斯蒂所谓的“在时间上停滞不前”的人，而且吉姆爷也属于那种早年夭折的人物。在叙事形式上它打破了经典成长小说的情节时序，回避了传统成长小说那种以成年为情节结尾及其所暗示的主人公与社会的和谐融合。①

如果说吉姆爷的一生是在为自己的荣誉而战，那么，吉卜林笔下的主人公吉姆苦苦寻觅的就是英帝国的荣耀。《吉姆》带有流浪汉小说的特征。主人公吉姆从14岁开始就陪同一个西藏喇嘛踏上了他在印度的朝圣之旅——精神追求的征程。在探寻的路途中，吉姆耳濡目染，受到喇嘛的影响，走进了一个忘我的精神世界，因为喇嘛反对以自我为中心的发展模式，他教给吉姆的就是自我否定的艺术。“喇嘛在吉姆身上培植了永恒的青少年，教他不仅除去白人和英国人的饰物，而且还要卸掉主体性和欲望的包袱。”但他作为一个爱尔兰军士留下的孤儿，他的身份决定了他必须要效忠英国，追求英帝国军人的荣誉，因此，小说自然涉及身份认同的问题——成长小说常见主题之一。小说中“谁是吉姆？”的主题自始至终反复出现，在第七章尤为突出，在第十一章再次出现了“谁是吉姆——吉姆——吉姆？”，但小说最终没有解决这个问题。②实际上，吉姆所寻求的那面爱尔兰徽旗就是英帝国军人荣誉的象征。如果说喇嘛寻求的朝圣地——传说中的“落箭之河”（River of the Arrow）——是他的精神追求的话，那么，吉姆寻求的徽旗就是他的精神之所。最终，喇嘛以找到“落箭之河”结束了自己的精神追求，似乎也获得了精神上的提升，但作为信徒，吉姆的命运却更加难以预料，因为“他那颗更加世俗的灵魂‘与周围的环境格格不

---

① 关于《吉姆爷》的论述，详见拙作《西方成长小说文本解读》。

② Jed Esty, *Unseasonable Youth: Modernism, Colonialism and the Fiction of Development*, p. 12.

入，一个与任何机器毫无联系的齿轮'”。[①] 显然，吉姆在小说结尾并没有融入社会，但这并不能说明他会停止自己探索的步伐，相反，与社会格格不入恰恰表明了他追求独特自我的姿态，也说明他并没有放弃自己的精神追求。只不过，读者无法确定自此往后他是继续追求帝国的荣耀，还是沿着喇嘛指引的道路，走藏传佛教的精神之途。由此可以看出，《吉姆》强调的是主人公的精神追求，同样表现出向经典自我教育观回归的倾向，但主人公并没有“成熟”，他似乎永远处于儿童期，永远处在通向成年的门槛上，因为他拒绝融入社会。这部小说也并非是幸福的结局。

主人公诸如此类执着的精神追求属于席勒所谓的“理想主义者”的精神气质，理想主义者“不满足于只在一定前提下才有效的知识，而坚持追求真理，一直寻求到不再以任何事物为前提并首先是其他事物的前提的那种真理”。“现实主义者使自己的思想服从于事物”，而理想主义者“必须使事物服从他的思维能力”。[②] 这是何等超凡脱俗的追求！可以想见，要追求这种几近虚无缥缈的理想必然是艰辛而困难的，而康拉德的《吉姆爷》和吉卜林的《吉姆》中的主人公恰恰表现的就是席勒所主张的这种精神追求，这再次说明20世纪初英国成长小说对经典自我教育观的回归。

总体上来说，在康拉德及此后发表的英国成长小说中，很少有突出描写主人公顺利成长这一传统情节模式的小说。在这些小说中，“有些主人公似乎未老先衰，有些永远幼稚；有些成长很快而另外一些被困在心理的凹槽里；有些突然死亡，有些从来不老。在某些情况下，青春被程式化和扩大化，在另外一些情况下，青春被缩短，成长受阻；有些小说把青春描绘为意识，有些视之为消费主义、浪漫主义或地方主义。然而，所有这些变体都突显了它们对和谐成长这一总体情节的背离。”[③] 这些小说都以不同

① 安德鲁·桑德斯著，谷启楠、韩加明、高万隆译：《牛津简明英国文学史》（下），第699页。

② 席勒著，张玉能译：《审美教育书简》，第228页。

③ Jed Esty, *Unseasonable Youth: Modernism, Colonialism and the Fiction of Development*, p. 69.

的方式表现出对经典成长小说情节发展模式的改造，但在精神追求方面，这些小说中的主人公却走得更远。

这一时期英国的成长小说代表作还有吴尔夫的《远航》、劳伦斯的《儿子与情人》、毛姆的《人性的枷锁》、乔伊斯的《一个青年艺术家的肖像》等。这几部小说都是在 1913 ～ 1916 年出版的，在短短四年的时间内，在同一个国度，如此高密度地出现极具文学价值的成长小说代表作，对此，我们很难用“巧合”两个字来概述。这一时期正是西方刚刚进入所谓“现代主义高潮”（high modernism，也称“正统现代主义”“高度现代主义”“极端现代主义”“高峰现代主义”）时期，上述重要小说家不约而同地书写生不逢时的年轻人或失败的年轻人的故事。

《儿子与情人》中的保罗 · 莫雷尔，《一个青年艺术家的肖像》中的斯蒂芬 · 迪达勒斯这些现代成长小说主人公都在极力挽救经典的自我教育观念，渴望美学教育和自足。然而，这些充满着热望的青年在成长过程中遭到了带有敌意的社会的阻遏，可以说，他们的成长过程就是同社会冲突的过程，因此他们尝够了失败的滋味。但同经典成长小说不同，这些冲突没有把主人公引向同社会的融合，而是常常以隐退和反叛收场。他们最终都没有屈服于社会权威，融入社会，也就是说，按照传统的模式和要求来理解，他们的成长都失败了，但在“失败”中主人公乃至读者依然有收获。小说似乎在提醒人们，“社会上的成熟包括知道自己的限度并接受自己在事物秩序中的位置。因此，失败应该被理解为没有承担或接受自己在个人欲望与社会责任、‘思与行’这种辩证关系中的角色。”① 这些小说显示出对 19 世纪中后期英国社会实用主义成长小说自我教育观的一种反拨，和对经典成长小说中精神和美学追求的一种回归。小说仿佛在暗示人们，一个和谐的、统一的内在修养毕竟要通过自由的社会环境和世俗的美学教育来形

① Gregory Castle, *Reading the Modernist Bildungsroman,* pp. 8–9.

成，因此必须坚守经典自我教育观念的核心理念。直到19世纪末，成长小说的叙事结构还保持着相对的稳定，因为此时成长小说中对自我教育的批判，为美学教育提供的一些革新思想还没有从根本上改变经典自我发展故事的框架，只是在故事结束时主人公还没有取得经典成长小说中的那种成功。但19、20世纪之交的那些现代主义成长小说的开拓者们功不可没，他们那些描写热血青年失败的故事实际上反映了成长小说的一种新的批判精神，为后来的现代主义成长小说确立了一个新的标杆或模式。

从19世纪90年代开始，现代主义成长小说开始批判那个它原打算为其正名、使其合法化的社会。说来有趣，经典成长小说诞生于倡导科学主义和理性主义的启蒙运动时期，而它本身却极力主张人在美学和精神上的和谐发展，这何尝不是一方面在应和时代潮流，另一方面又对之进行批判。更有趣的是，90年代成长小说兴起的社会批判之风已经刮了很久，不过早前批判社会的皆为女性作家，这一类型作品至少可以追溯到夏洛特·勃朗特的《简·爱》和她的妹妹艾米莉·勃朗特（Emily Brontë, 1818–1848）的《呼啸山庄》（*Wuthering Heights*, 1847）等。在这类成长小说中，她们试图重新表达自我教育观念以达到更忠实地再现青年女性自我成长的目的。从这个意义上来说，现代主义成长小说只是参与了女性作家已经开始施工的工程。“倘使这种批评趋势没有出现，成长小说很可能会沿着爱德华七世时代家庭罗曼司轨迹发展从而湮没无闻。”①

三、为艺术而自我流放——《一个青年艺术家的肖像》

19世纪末描写主人公处于两难境地的成长小说代表作是吉辛的《生于流放》，而20世纪初，乔伊斯的《一个青年艺术家的肖像》则刻画了一个为追求艺术而自我流放的青年形象。

① Gregory Castle, *Reading the Modernist Bildungsroman*, p. 23.

这部小说中的主人公斯蒂芬·迪达勒斯由于家庭经济状况一直不佳，加之他自己身体弱小，视力差，从小就养成了敏感、好奇和内省的性格，这种性格造成了他的孤独。在成长过程中，他受到狭隘的爱尔兰民族主义和空洞的天主教的困扰，经过一系列的心理斗争，他最终立誓逃避形形色色情感和精神的压抑，离开爱尔兰，前往欧洲大陆追求自己的艺术理想。

斯蒂芬经历了类似于卡莱尔的《旧衣新裁》中托尔夫斯德吕克从“持久的否定”到“冷漠的中心”再到“持久的肯定”这样一个精神蜕变的过程。乔伊斯突显的是主人公心理上的发展和变化，以及他美学素养的养成，乃至最终选择以艺术为生来表达自我这样一个人生旅程，因此，小说本身明显表现出向经典自我教育观回归的倾向。

在克隆戈斯学院，少年斯蒂芬由于身体和性格等方面的原因，加之他年幼想家，因此，他显得非常敏感而孤独。但学校的经历使他对周围的世界有了初步的感受，尤其是在校期间那个圣诞家庭晚宴更是他天真丧失的开始。这次圣诞聚餐是他第一次真正进入成人世界的场合，不料这个他满怀对家庭温暖期待的晚宴，却被丹蒂和凯西先生围绕着爱尔兰民族主义领导人帕内尔之死的争论给毁了。但这引起了斯蒂芬对宗教、政治和民族等成人问题的注意，因此，圣诞晚餐上的争论可以说是为斯蒂芬进入成人世界举办的一场成人典礼。此外，幼小的斯蒂芬已初步显示出他独立思考的能力和反叛性格。例如，当他因眼镜摔碎没有做作业而遭到教务长多兰神父打手心惩罚的时候，同学们都为他鸣不平，怂恿他到院长那里去告发多兰神父，但斯蒂芬觉得去不得，认为：“院长会站在教务长那边，认为这是学生的把戏，然后教务长照样天天来，而且会更糟，因为但凡有学生上去找院长告他的状，他就会大发雷霆。同学们都叫他去，可是他们自己却不会去。”[①] 这说明斯蒂芬虽然年幼，但已有自己的分析能力，能独立做出判

① 詹姆斯·乔伊斯著，徐晓雯译：《一个青年艺术家的肖像》，译林出版社 2014 年版，第 51 页。

断。尽管如此，他最后还是去了，这也显示了他的反叛精神。第一章结尾处，主人公因状告教务长成功而受到同学们英雄般的礼遇，因而得到了暂时的满足，觉得“天空灰色、柔和，而且温润”，但作者不忘告诉读者，“夜色渐渐降临”，“空气中有了夜晚的味道”。[①] 这意味着斯蒂芬随着阅历的增长，对世界的认识在逐渐加深，但同时也预示着他童真的丧失，因为伴随夜晚到来的是黑暗，而黑暗通常是与罪恶相连的。

由于父亲债台高筑，斯蒂芬不能继续在克隆戈斯学院上学，“他那种少年对世界的看法就这样不断地遭受如此众多的轻微冲击，他心灵深处偶尔能感受到躁动不安的雄心壮志，可是它们找不到一展身手的途径。”[②] 于是，他沉浸在想象的世界中，脑海中不断涌现像大仲马的小说《基督山伯爵》中梅赛德斯这样的人物形象。困窘的生活环境和敏感沉思的性格令他郁郁寡欢：“他还年轻，又成了躁动而愚蠢的冲动的牺牲品，于是他就生自己的气；命运逆转，他周围的世界改天换地，变成贫穷和虚情假意的景象，于是他就生这变化的气。”[③] 与那些“乐呵呵的孩子”相比，他往往“冷眼相看、一言不发”，觉得“自己是一个阴郁的人物”。[④] 斯蒂芬的父亲西蒙显得很无能，但他对斯蒂芬的教育还是很重视的，尽管已无法让他在克隆戈斯学院继续学业，但西蒙还是设法送他到贝尔韦代雷学院——一个有声望的耶稣会走读学校——继续上学。在这个新环境中，斯蒂芬感到乏味、沮丧，但内心又躁动不安：“他沉思长达两年之后，猛醒过来，却发觉自己身处全新环境之中，每件事，每个人，都对他发生切身的影响，都能令他心灰意懒或欲望横生，……都让他充满了不安和苦痛的念头。”于是，他把所有课余时间“都用来读那些风格叛逆的作家的作品”，并将那些作家

① 詹姆斯·乔伊斯著，徐晓雯译：《一个青年艺术家的肖像》，第 55 ~ 56 页。

② 詹姆斯·乔伊斯著，徐晓雯译：《一个青年艺术家的肖像》，第 61 页。

③ 詹姆斯·乔伊斯著，徐晓雯译：《一个青年艺术家的肖像》，第 63 页。

④ 詹姆斯·乔伊斯著，徐晓雯译：《一个青年艺术家的肖像》，第 65 页。

们的言辞和语气都用在自己的短文写作中，以致他的英语老师泰特先生发现他的文章中有“异端邪说”。[①]

像众多成长小说中的主人公一样，此时已逐渐步入青年时期的斯蒂芬感受到了社会要求与内心欲望之间的冲突：

> 他听到周围不断地响起父亲的声音，各位老师的声音，都在激励他，要他首先要做绅士，首先要做虔诚的天主教徒。这些声音如今在耳边听起来却很空洞。体育馆开馆之际，他听到另一个声音在激励他，要坚强，要有男子气概，要保持身体健康，而民族复兴运动开始在学院里展开之时，又有一个声音命令他，要他忠于祖国，要为弘扬祖国的语言和传统尽自己的力量。[②]

家庭、学校和社会，以及宗教和民族主义等，都从各自的角度对他提出了不同的要求，这令斯蒂芬感到无所适从，他只能在独处或想象的世界中找到快乐：“只有远离它们，听不到它们的召唤，或孤身独处，或与幻影中的同志相伴，他才是快乐的。”[③]随着对成人世界了解的加深，斯蒂芬越发感到忧郁，挫败感不断地冲击着他的心灵：“受挫的骄傲，落空的希望，还有惨遭打击的欲念。”[④]此时，他意识到，“他的童年逝去了，丢失了，随之而去的，是他那颗有能力享受单纯快乐的灵魂。”[⑤]在得到33英镑的杰出表现奖和作文奖后，他天真地试图凭着这些钱，“用秩序和优雅建起堤岸，抵挡他身外世界邋遢生活的大浪潮”，[⑥]但那笔钱很快就花光了，他的希望落

---

① 詹姆斯·乔伊斯著，徐晓雯译：《一个青年艺术家的肖像》，第75页。

② 詹姆斯·乔伊斯著，徐晓雯译：《一个青年艺术家的肖像》，第81页。

③ 詹姆斯·乔伊斯著，徐晓雯译：《一个青年艺术家的肖像》，第81页。

④ 詹姆斯·乔伊斯著，徐晓雯译：《一个青年艺术家的肖像》，第83页。

⑤ 詹姆斯·乔伊斯著，徐晓雯译：《一个青年艺术家的肖像》，第93页。

⑥ 詹姆斯·乔伊斯著，徐晓雯译：《一个青年艺术家的肖像》，第95页。

空了。在挫败和幻灭感的压力下，“为安抚内心强烈的渴望”，“实现那些他朝思暮想的罪恶”，[①]他走进肮脏的街区，投入到一个年轻妓女的怀抱，“束手臣服，把自己交给了她，从肉体到心灵，全给了她”。[②]这是斯蒂芬的第一次性体验，如果说此前他感到自己童真的丧失只是精神上的，那么，这次是他身心的全面堕落，是真正意义上的天真的丧失。斯蒂芬理想破灭、天真失落以及对天主教的怀疑态度表明，他此时正处于托尔夫斯德吕克所谓的“持久的否定”状态。但小说似乎暗示，对斯蒂芬这样敏感而自负的青年来说，也许只有通过彻底的堕落，他才有可能获得精神和道德上的救赎。从这个意义上来说，他的堕落为他下一阶段的发展，即走向成熟，做好了铺垫。这也是成长小说的特点之一，即犯错是主人公成长的一个必要阶段。

托尔夫斯德吕克经历了从“持久的否定”向“冷漠的中心”转化的过程，有趣的是，斯蒂芬在犯下“狂暴的罪孽”后也有这种冷漠的体验：“一种清冷剔透的漠然主宰了他的灵魂。……肉体和灵魂没有任何部分受到戕害，两者之间反而建立起黑暗的和平。他的热情在混乱中熄灭，而那混乱其实就是他对自己冷静而冷漠的认知。”[③]但这种冷漠与和平仅仅是短暂的，在接下来学校举行的为期三天的“静修”（retreat）中，斯蒂芬为自己犯下的罪孽经历了不可名状的精神折磨，因为布道中关于“万民四末”（the last four things）——“死亡，审判，地狱和天堂”[④]的讲述异常恐怖，令其感到“字字句句都冲着他！真真切切”。[⑤]他不得不认真考虑他所犯下的滔天罪孽以及他目前所处的可悲境地。三天的静修不仅让斯蒂芬经历了肉体的痛苦，而且仿佛领着他在精神或想象中的地狱中走过一遭。这使他对自

① 詹姆斯·乔伊斯著，徐晓雯译：《一个青年艺术家的肖像》，第 96 页。

② 詹姆斯·乔伊斯著，徐晓雯译：《一个青年艺术家的肖像》，第 98 页。

③ 詹姆斯·乔伊斯著，徐晓雯译：《一个青年艺术家的肖像》，第 100 页。

④ 詹姆斯·乔伊斯著，徐晓雯译：《一个青年艺术家的肖像》，第 107 页。

⑤ 詹姆斯·乔伊斯著，徐晓雯译：《一个青年艺术家的肖像》，第 121 页。

己所犯的罪孽既恐惧又痛悔不已，回到自己的房间后便泪流满面地做了祷告，但他觉得“只用泪水和祷告来安抚良知，这远远不够。他必得要跪倒在圣灵指派的牧师前，老老实实、万分悔恨地把隐匿的罪孽全部说出”。[①] 于是，他来到一个偏远的教会街礼拜堂，真诚地做了忏悔。这使他的心灵得到了抚慰：“不管怎样，他终于做到了。他忏悔之后，上帝原谅了他。他的灵魂又变得美好而圣洁，圣洁而幸福。”这使他重新感受到生活的美好，并对未来充满期待：“生活竟然是那么单纯而美好！而全部的生活都摆在他的面前。”[②] 至此，斯蒂芬同托尔夫斯德吕克一样，经历了“持久的否定”和“冷漠的中心”之后，及至“持久的肯定”。

通过忏悔和一系列的宗教仪式获得灵魂上的满足之后，斯蒂芬继续“虔诚做事，望弥撒、念祷告、行圣礼、禁欲苦修”，而他禁欲苦修的目的不是想要成就“圣人伟业”，而是“在努力抵消从前的罪过”。[③] 他的这种苦修几乎到了自虐的程度，也逐渐程式化，失去了当初的那种激情和虔敬。不仅如此，尽管他“小心虔诚严以自律”，但他并不能摆脱自身弱点的左右，动辄发火，使他与“芸芸众生”无异，这令他沮丧，“到最后，这一失败在他灵魂中终于引起精神枯竭之感。”[④] 他就这样在悔罪、避罪但又常常感到困惑的状态中前行。其实，此时斯蒂芬的苦修更多的是肉体上的禁欲，而不是精神上的提升，后者才是成长小说中自我教育的真正目的。但他的苦修和表面上的虔诚还是引起了贝尔韦代雷学院教务长的注意，他要斯蒂芬考虑从事圣职，成为耶稣会的成员。教务长对他说，在这个学院，会有个别学生“受到上帝的召唤，一生潜心修道。……或许上帝想从这个学院召唤到他身边去的那个孩子，就是你”。[⑤] 这一建议使斯蒂芬陷入对自己良

① 詹姆斯·乔伊斯著，徐晓雯译：《一个青年艺术家的肖像》，第 136 页。

② 詹姆斯·乔伊斯著，徐晓雯译：《一个青年艺术家的肖像》，第 136 页。

③ 詹姆斯·乔伊斯著，徐晓雯译：《一个青年艺术家的肖像》，第 148 页。

④ 詹姆斯·乔伊斯著，徐晓雯译：《一个青年艺术家的肖像》，第 149 ~ 150 页。

⑤ 詹姆斯·乔伊斯著，徐晓雯译：《一个青年艺术家的肖像》，第 153 页。

知的拷问以及对人生的审视，最终，神职那种“严肃、规矩，却毫无激情的生活”[①]让他望而却步，他认为“他永远都不会成为教士，……他注定要远离他人，去了解自己的智慧，或注定要独自一人在尘世陷阱中行走，来了解他人的智慧”。[②]了解自己和他人——即社会，是成长小说主人公的使命，由此可见，经过激烈而曲折的思想斗争，斯蒂芬逐渐认识了自我，体会到自己内在的创作冲动，而神职与其性格完全不符，因为它只会束缚人性，限制人生的体验，而体验人生是作家创作的重要源泉。因此，斯蒂芬决定与教会决裂，选择艺术而不是宗教作为自己的人生追求和职业，从而最终找到了人生的方向。

让斯蒂芬坚定自己人生抉择的是他所看到的一个在都柏林海湾蹚水的年轻女子：

> 在水中央，在他面前，站着一位姑娘，茕然静立，眺望着海面。她仿佛是一个被施了魔法的人，变幻成陌生而美丽的海鸟模样。她赤裸的小腿细长，仿佛鹳鸟的长足一样纤巧而纯净，只有一根宝石绿的水草缠在上面，仿佛形成了一个标志。她的大腿更丰满，颜色更柔和，仿佛象牙一般，赤裸到臀部，白色的内裤边像柔软的白色绒羽。她那石青色的裙子大胆地撩起来围在腰间，在身后收成鸠尾形状。她的胸也像是小鸟的胸脯，柔软，轻灵，轻灵柔软得就像羽色凝重的鸽子的胸脯。可是她的长长的金发却很女孩子气：同样女孩子气并且具有神奇的人间之美的，是她的面庞。[③]

① 詹姆斯·乔伊斯著，徐晓雯译：《一个青年艺术家的肖像》，第153页。
② 詹姆斯·乔伊斯著，徐晓雯译：《一个青年艺术家的肖像》，第160页。
③ 詹姆斯·乔伊斯著，徐晓雯译：《一个青年艺术家的肖像》，第169页。

面对这一摄魂噬魄的“人间之美”，斯蒂芬感受到了“勃然而起的尘世之喜”：“他的两颊红晕燃烧；他的身体发烫；他的四肢发抖”，但这激起的不是他的肉体的欲望，而是艺术的美感，于是他的“灵魂”呼喊道“天神啊！”（Heavenly God!）姑娘的美丽形象瞬间将他置于迷狂状态：“没有言辞能够打破他狂喜而神圣的沉默。”[①]此时，斯蒂芬的狂喜是艺术的迷狂，而这一幕对斯蒂芬产生的影响可能就是乔伊斯所谓的“顿悟”，令他瞬间坚定了自己的艺术之路：“要生活，要犯过失，要堕落，要胜利，要从生命中创造生命！……在狂喜的一瞬间，为他打开了通往各种过失和各种光荣的大门。”[②]“从生命中创造生命”，或者更确切地说，以生活为素材重新创造生活，这不是艺术又是什么？这标志着一种“顿悟”，其间，斯蒂芬认识到他是多么渴望获得一种艺术召唤能力，就像蹚水女孩唤起他的美感一样，他要以自己的艺术激起同样的审美愉悦：“以创作来唤起愉悦感，就如同他凝视那个女孩的美所感受到的一样。”[③]至此，他解决了宗教的问题，他决定与教会决裂，走艺术之路。

斯蒂芬从“持久的否定”到“冷漠的中心”，再到“持久的肯定”，直至他立志要成为艺术家，这既是他寻找自我的过程，也是他对体制性社会机构的反叛和疏离的过程。斯蒂芬首先反叛或疏离的是令他感到压抑的家庭生活环境：“他父亲家中这种混乱无序、管教失措、颠三倒四，又静止如植物的生活”，[④]以及由于经济困顿，经常搬家这种居无定所的处境。令其窒息的家庭气氛进而导致他对宗教乃至爱尔兰的背离，这种状况在小说第五章得到进一步的体现，父亲的指责和母亲不断要他回到教会，去“行复

---

① 詹姆斯·乔伊斯著，徐晓雯译：《一个青年艺术家的肖像》，第 169 ～ 170 页。

② 詹姆斯·乔伊斯著，徐晓雯译：《一个青年艺术家的肖像》，第 170 页。

③ A. Nicholas Fargnoli and Michael Patrick Gillespie, *Critical Companion to James Joyce: A Literary Reference to His Life and Work*, New York: Facts On File, Inc., An imprint of Infobase Publishing, 2006, p. 142.

④ 詹姆斯·乔伊斯著，徐晓雯译：《一个青年艺术家的肖像》，第 160 页。

活节的礼拜仪式”，[1]使他与家庭越来越疏离，由此引起他对整个爱尔兰的厌恶：“你知道爱尔兰是什么东西吗？……爱尔兰是一只吞吃自己猪崽的大母猪。”于是，他决定摆脱爱尔兰及与此相关的一切：“你跟我讲什么民族、语言、宗教，我一定要飞出这些罗网。”[2]可以说，斯蒂芬与家庭的疏离逐渐演化成对国家和民族的背离。不难发现，斯蒂芬与权威的冲突贯串了他的整个成长过程，最后，他反对一切制约他发展的羁绊——爱尔兰民族主义、天主教和家庭，而他这一路上的反叛行为和成长轨迹也曲折地解释了他为什么最终选择了创作，完全献身于艺术——因为只有在艺术这个想象的世界，他才能摆脱各种社会力量的桎梏，才能实现他通过艺术消解世俗的烦琐和庸俗，激起审美愉悦的愿望。在第五章，斯蒂芬在与同学林奇的对话中所表现出的对美和艺术的独到见解[3]足以表明，他已经具备了艺术家的素质和潜能，离成为一名艺术家的理想已经很近。斯蒂芬对一切权威的反叛和疏离的过程也是他了解自己和追寻自我的过程，其间，他的变化是明显的，正如他对同学克兰利所说的，上学的时候他是信仰宗教的——“我那时不像现在这样完全是我自己，不像我要变成的自己。”[4]

已经完全变成自己的斯蒂芬既不爱他的母亲，又厌恶他的父亲，但克兰利劝他去信仰宗教，以此安抚他的母亲：“照她的心愿去行事。对你来说算得了什么呢？你怀疑这东西。那就是个形式嘛：别无其他。而如此你却可以叫她安心了。”[5]克兰利这种玩世不恭的实用主义态度显然与斯蒂芬的理想主义相去甚远，面对这种假意信仰宗教的建议，斯蒂芬给予断然拒绝：“我不要侍奉那我不再信仰的，不管它们自命为我的家园，我的祖国，还是我的教会；我要做的是，尽可能自由地，尽可能完整地，在某种生活

---

① 詹姆斯·乔伊斯著，徐晓雯译：《一个青年艺术家的肖像》，第241页。

② 詹姆斯·乔伊斯著，徐晓雯译：《一个青年艺术家的肖像》，第203页。

③ 详见詹姆斯·乔伊斯著，徐晓雯译：《一个青年艺术家的肖像》，第204～215页。

④ 詹姆斯·乔伊斯著，徐晓雯译：《一个青年艺术家的肖像》，第243页。

⑤ 詹姆斯·乔伊斯著，徐晓雯译：《一个青年艺术家的肖像》，第244～245页。

模式或艺术模式中表达我自己，用我唯一允许自己使用的武器为我自己辩护——沉默，流亡，机敏。”[①] 这表明，斯蒂芬根本不可能在爱尔兰继续生活下去。最后，他决意离开幽闭的祖国，前往巴黎。临行前，他在日记中写道：“来吧，啊，生活！我要第一百万次地面对现实的经历，我要在我灵魂的冶炉中，锻造出我的民族那尚未被创造出来的良心意识。”[②] 这既显示了他不畏艰难、直面生活的决心，也流露出他对自己祖国那份难以割舍的情愫。这一矛盾的心境——决意自我流放又割舍不下“我的民族”——决定了斯蒂芬未来前进的方向——恰如乔伊斯本人，虽身在异国他乡，却仍以爱尔兰为艺术创作的源泉。

《一个青年艺术家的肖像》创作于爱尔兰文艺复兴（the Irish Literary Revival，亦称为 the Irish Literary Renaissance）时期，当时由于殖民统治和天主教专制等原因，爱尔兰人的生活压抑、反常，但却涌现了一批作家、诗人和梦想家，而乔伊斯以坦率、直白的笔触刻画的主人公斯蒂芬——都柏林的一个学生——似乎正是其中的一员。乔伊斯的这部成长小说常常被评论家贴上了“艺术家成长小说”的标签，其实，它就是一部成长小说，但无论“艺术家成长小说”这个标签是否妥当，它的确反映了乔伊斯创作手法的多变和 20 世纪初英国成长小说的某些典型特征——特征之一就是主人公转向对精神和美学的追求，小说表现出一定程度上对经典自我教育观的回归。

人们形成的共识是，成长小说在 19 世纪达到了它的“全盛期”（heyday），而现代主义往往回避其类属的规定性，“把它们改得面目全非”。[③] 这种改变是对经典成长小说自我教育观的批判，但这种批判又被视

---

① 詹姆斯 · 乔伊斯著，徐晓雯译：《一个青年艺术家的肖像》，第 251 页。

② 詹姆斯 · 乔伊斯著，徐晓雯译：《一个青年艺术家的肖像》，第 257 页。

③ Jed Esty, *Unseasonable Youth: Modernism, Colonialism and the Fiction of Development*, p. 1.

为是“恢复和修订”启蒙运动时期“美学–精神的自我教育观”这一现代主义“总工程”的一部分，因为经典自我教育观在19世纪已经被“理性化”“官僚化”了。而恢复经典自我教育观的目的在于修复“美学教育价值观”，恢复“自我发展过程中的个人自由”。[①]

成长小说这种融入现代主义大潮中的改造“工程”始于19世纪末，至少延续到了20世纪20年代。埃斯蒂认为，“王尔德和康拉德那残余的贵族价值观动摇了资产阶级道德和经济进步的神话”，而王尔德的《道连·格雷的画像》就是“要打开和揭露旧的自我教育的幻想”，这种旧的观念利用“民族性–成年期闭合情节（nationhood-adulthood closure plots）来阻止资本主义转型这个经久演变的叙述”。王尔德的小说异乎寻常地书写了“永恒的自我改造的寓言”，在埃斯蒂看来，王尔德的“无尽青春的比喻”就是“现代化无尽循环的一个象征”。[②] 英国成长小说在这个阶段频繁出现的无尽青春的主题不仅是英国现代主义成长小说的特征之一，而且也与美国成长小说主人公无尽追求的倾向有某种契合。

① Gregory Castle, *Reading the Modernist Bildungsroman*, p. 1.

② Jed Esty, *Unseasonable Youth: Modernism, Colonialism and the Fiction of Development*, p. 114.

第八章 “与生俱来”的现代主义

——19世纪至20世纪40年代的美国成长小说

导语：本章从分析美国独特的历史、文化和民族心理入手，阐述19世纪至20世纪40年代美国成长小说的现代主义特征及其成因。19世纪是美国文学摆脱欧洲尤其是英国文学影响，逐渐走向独立的关键时期。这一时期的美国成长小说多以荒野、森林、草原、江河和大海为背景，描写主人公在大自然中获得某种悟识，形成对社会、人生和人性的认识，其结果多半是选择与社会相背离。这一阶段的成长小说代表作有库珀的《皮袜子》系列小说、霍桑的《小伙子古德曼·布朗》、马克·吐温的《哈克贝里·费恩历险记》、朱厄特的《一只白苍鹭》和萧邦的《觉醒》等，这些小说对成长主体的有机生成和辩证统一的自我教育观提出质疑，一开始就显示出现代主义的基本特征。20世纪上半叶是美国工业化和城市化迅速发展继而进入垄断资本主义的转型期，这一时期的成长小说多以描述青少年的成长过程来诠释“美国梦”。这部分以菲茨杰拉德的《冬之梦》、沃尔夫的《天使，望故乡》和《无处还乡》、桑塔亚那的《最后的清教徒》、福克纳的《去吧，摩西》等为分析对象，剖析主人公悲怆的精神追求和梦想破灭后的失落感。

在前几章，我们辨析了成长小说的主要特征，追溯了成长小说的起源，并重点论述了它在英国的演变过程，直至它在19、20世纪之交的现代主义转向。那么，美国成长小说是否像英国成长小说一样也有清晰的传承过程？它有什么独特的个性特征？这种独特性是怎样塑成的？它在具体小说文本中是如何表现的？本章将围绕这几个问题展开讨论。

一、美国成长小说——“与生俱来”的现代主义

美国与欧洲相距甚远，但在思想、文化和意识形态诸方面却往往相通，让人们印象深刻的现象似乎是，欧洲出思想，而美国在思想和观念的推广和应用方面往往效率极高。这一点可以从20世纪西方文论的发展方面得到印证。众所周知，20世纪常被称为是西方“批评理论的世纪”，形式主义批评、精神分析批评、神话原型批评、读者反应批评、结构主义批评、解构主义批评、女性主义批评、新历史主义批评、后殖民主义批评等不断涌现。而上述理论和批评方法却无一源出美国。即便是“新批评”这个由英美“联合生产”的理论也很难与俄苏的形式主义作清晰的切割，批评界甚至常常把新批评划在形式主义的名下。如此一说，笔者无意贬低美国的理论创新，而只是想说明美国在“拿来主义”方面做得极好，部分原因可能是欧美在思想和文化方面具有很强的“兼容性”，容易相互渗透和影响。从成长小说方面也能看出二者遥相呼应的迹象。例如，自我教育观念兴起之时正值“德国思想开始在西方文化中卓尔不群之时”，而且这一观念最终引起了“巨大的历史反响”，也成了“美国教育中自由教育原则的基础”。[1]

从前几章的分析中我们可以看出成长小说由德国向英国和欧洲其他国家传播的清晰路径。实际上，随着成长小说概念的进一步扩展，成长小说

① Jeffrey L. Sammons, “The Bildungsroman for Nonspecialists: An Attempt at a Clarification,” p. 41.

不仅包括德国成长小说，还延伸到欧洲其他国家，并早已涵盖了美国的此类小说。同时，随着成长小说概念的广泛使用，它已不再仅仅局限于德国模式，有利于个人和谐发展的乌托邦式的环境似乎也逐渐消失。个人的成长已经被看作是“一系列幻灭或与不利环境的冲突”，“这些冲突通常不是以融合告终，而是以退缩、反叛，甚至自杀告终。”除了少数例外的情况，“个人与社会的关系，如小说中再现的那样，是以独特的人的可能性与社会传统的约束相冲突为标志的。”[①] 换言之，成长小说在不断“扩容”之时已悄然实现了“现代主义的转向”。

与英国成长小说不同，我们尚无可靠证据说明美国成长小说脱胎于德国或英国等其他国家的此类小说。但从美国超验主义思想家爱默生于1837年在哈佛大学发表的题为《美国学者》（“The American Scholar,” 1837）的著名讲演中我们了解到美国文学在此之前深受欧洲国家文学，尤其是受到原宗主国英国的文学的影响。在演讲中爱默生庄严地宣告期待已久的美国文学上的独立：“我们倾听欧洲优雅的艺术女神的声音，已经为时过久。人们已经怀疑美国人的自由精神是胆怯、模仿或温顺的代名词。……我们要用自己的脚走路，要用自己的双手工作，要说出我们自己的思想。”[②] 基于此，霍姆斯（Oliver Wendell Holmes, 1809–1894）称赞《美国学者》是美国“思想上的独立宣言”（intellectual Declaration of Independence）。[③] 既然美国文学此前整体上受欧洲文学的影响，甚至处于模仿状态，那么，我们似乎有理由相信成长小说也不例外。

美国独特的建国经历和民族心理以及相对较短的历史，使得美国人特

① Elizabeth Abel, Marianne Hirsch, and Elizabeth Langland, eds., *The Voyage in: Fictions of Female Development*, p. 6.

② 爱默生著，李敏，朱红杰译：《美国学者》，李敏，朱红杰译：《爱默生随笔》，上海三联书店2008年版，第81～82页。

③ McQuade, Donald et al, eds., *The Harper American Literature* (2nd ed., vol. 1), New York: Harper Collins College Publishers, 1994, p. 1041.

别关注个体的成长。在他们看来，他们的国家就如同一个青少年，正在成长过程中，因此，关注个体的成长也就是关注民族的发展。这些都在美国文学，尤其是在成长小说中得到了相应的反映："可能因为美国人认为他们自己是一个年轻的民族，他们的文学，尤其是小说，多数都涉及青年。"[①] 正因为年青，所以他们才需要经验，而成长小说重视"经验的教育效果"，这也许迎合了美国思想中的一种经验的倾向，即"做中学"（learn by doing）。美国人一般把"青年时期"（youth）视为"决定个体未来道路的一个形成期"，因此，"成长"（initiation）也与此相关。[②] 这部分说明了为什么美国作家如此热衷于再现青年人的成长。可以说，成长小说贯穿了美国文学发展的各个历史时期。

从美国人的认知和美国民族神话来说，美利坚民族是个特殊的民族。美利坚民族中一个特别流行的观念就是，作为一个民族，它起源于"与一个已经变得腐朽和垂死的旧世界的果断决裂"，它远离旧世界来到"新世界"，这在经济和精神上都被普遍理解为是"人类的一个新起点"。这次与旧世界的分离被视为"迈向一个不同的未来和一个充满活力的社会的新机会"，这个社会"具有创新精神、前瞻性，以个人自由、人人平等的原则为基础"。而这一"乌托邦美景"往往须要借助于青少年的形象化的语言来描述。在这种语境下，"美国就是一个叛逆的少年，对其欧洲父母的权威不耐烦并迫切盼望基于一套完全不同的价值观和优先顺序来塑造其自身的性格。"[③] 于是便产生了独特的美国成长小说来表达独特的美国体验，塑造独特的美国民族身份。

---

① William Coyle, "Preface," in William Coyle (ed.), *The Young Man in American Literature: The Initiation Theme*, p. vii.

② William Coyle, "Perspectives," in William Coyle (ed.), *The Young Man in American Literature: The Initiation Theme*, p. 2.

③ Kenneth Millard, *Coming of Age in Contemporary American Fiction*, Edinburgh: Edinburgh University Press, 2007, p. 5.

美国成长小说的独特性可能会使人联想到那个备受争议的“美国例外论”（American Exceptionalism）。但我们所说的美国成长小说的独特性，主要是指它用独特的表现手法再现美国人独特的民族心理和人生体验，而“美国例外论”更多指的是一种意识形态，尤其是指美国人的一种民族优越感。美国人的这种优越感可以说根深蒂固，詹明信指出，“美国文化的特殊性或与众不同之处在于美国人以为自己就是普遍性，以为美国便是历史终结。美国人认为美国的现实不是由文化决定的，而别的现实都是由特定文化决定的。特殊的文化传统造就了法国人或中国人，并决定他们不同的所作所为。但美利坚合众国则代表普遍的人性。因此，美国人看问题无须任何角度，也许连阶级观点也不需要。”他进而批评道，“美国人对自己的局限性从来一无所知，还认为美国的一切都马上具有普遍意义。”①

我们未必认同“美国例外论”这个杜撰之词所宣扬的美国独特的建国基础和表现出的优越感，但与欧洲其他国家相比，美国成长小说从一开始确已显示出它的独特性。美国有许多作家，热衷于创作反映“在这个声称平等和民主的土地上成熟和长大成人之艰难的小说”。究其原因，或许是因为美国是个移民国家，移民们带来了不同的“宗教、民族习俗，以及政治和社会信仰”，为了形成共识以被公认为是美国人，这些信仰和习俗已经被拧成了“一个可疑的同质性的结构”。但实际上，关于符合怎样的社会和经济要求才能进入美国社会的权力游戏阶层，从来就没有清晰的界定。这种明晰性的缺失或许给那些想进入成人世界的聪明伶俐的美国青年带来了“困惑和压力”，他们感到害怕，因为他们青少年时期的负面体验表明成人世界并非全然是虚构的那个样子。于是，他们不愿全心全意地进入社会，因为这可能意味着损害他们的伦理、道德，甚至天真。结果，这些主人公反叛，或对他们所处的困境和“真实世界”的不公感到恼怒，最

---

① 詹明信著，张旭东编，陈清侨、严锋等译：《晚期资本主义的文化逻辑》，生活 · 读书 · 新知三联书店 2013 年版，第 33 ～ 34 页。

典型的是《麦田里的守望者》中的霍尔顿和菲利普·罗斯（Philip Roth, 1933–2018）的《波特诺伊的怨诉》（*Portnoy's Complaint*, 1969）的主人公。[1]

早在19世纪初，美国成长小说主人公就已表现出了这种反叛精神。在前一章论述英国现代主义成长小说时我们就已经指出，经过19世纪末和20世纪初的现代主义改造，英国成长小说主人公表现出了明显的变化，变得拒绝长大，逃避或反叛社会，而小说家们书写的往往是成长失败的故事。我们知道，经典成长小说的显著特点就是主人公最后融入了社会，并以此作为成熟的标志，但“在现代主义中，成熟通常表现为有意识地拒绝社会；分离，而不是超越，充当了成熟的现代主义标志。”[2] 这里的“超越”指的是经典成长小说中主人公跨越青春走向成熟，获得成人的那种自主与独立，而这种所谓的自主和独立并非是与社会决裂，而是把社会要求内化为自身的需要，自觉地融入社会。换言之，主人公拒绝融入社会成了现代主义成长小说的一个显著特征。从我们对美国成长小说的考察情况来看，美国成长小说中的主人公多数具备上述现代主义成长小说主人公的性格特征，而小说的结局往往是主人公选择逃避和背离社会。正是从这个意义上来说，美国成长小说从一开始就是“现代主义”的，因此，我们说，美国成长小说是“与生俱来”的现代主义。

在再现主人公成长的过程中，美国成长小说呈现出如下几个显著的特征。一是小说带有寓言的色彩，主人公往往置身于荒野、森林等自然环境中，遭遇一番神奇的经历，产生顿悟，彻底改变了自己对世界、人性等重大问题的看法。这种典仪式的遭遇加速了主人公的成长或成熟，但这种经历并没有令其对社会产生认同，而恰恰相反，他们退缩到个人的小世

---

① 参见 Lawrence E. Ziewacz, “Holden Caulfield, Alex Portnoy, and Good Will Hunting: Coming of Age in American Films and Novels,” *Journal of Popular Culture*, 1 June, 2001, p. 211。

② Roberta Seelinger Trites, *Disturbing the Universe: Power and Repression in Adolescent Literature*, Iowa: University of Iowa Press, 2000, p. 18.

界中或产生幻灭感。这一特色在19世纪美国的短篇成长小说（initiation story）中表现得特别明显，例如，纳撒尼尔·霍桑（Nathaniel Hawthorne, 1804–1864）的《小伙子古德曼·布朗》（“Young Goodman Brown,” 1835）和萨拉·奥恩·朱厄特（Sarah Orne Jewett, 1849–1909）的《一只白苍鹭》（“A White Heron,” 1886）等。二是美国成长小说常常以个体的成长曲折地反映美利坚民族的建构，以青少年的理想追求来呈现美国的主流意识形态，特别是“美国梦”。但小说家往往通过描写主人公的追梦过程以及最终的幻灭来对主流价值观念提出质疑。这方面典型的有F. 斯科特·菲茨杰拉德的长篇成长小说代表作《了不起的盖茨比》（*The Great Gatsby*, 1925）及其前身短篇小说《冬之梦》（“Winter Dreams,” 1922）。三是美国的民族性格中带有某种神话色彩，小说家们往往热衷于描写一种“具有超验价值的个性”，[①] 因此，他们笔下的人物常常对宗教、民主和自由等抱有热望。这种极端的精神追求有时会把他们引向虚无，或使他们在现实生活中陷入无能为力的境地。这方面的代表作有乔治·桑塔亚那的《最后的清教徒》和福克纳的《去吧，摩西》（*Go Down, Moses*, 1942）等。

二、在大自然中成长——美国19世纪的成长小说

事实上，美国成长小说不仅留有欧洲成长小说的印记，更有自己鲜明而独特的个性。可能是美国人认为美国是个年轻的国家的缘故，探索青年人的道德提升和心理成长一直是美国文学的重要主题之一，更是美国小说传统的重要组成部分。在不同的时期都有一批优秀的成长小说在美国问世，其中有的已成为美国乃至世界文学的经典之作。19世纪是这一小说形式发展的一个高峰，佳作迭出。一个值得注意的现象是，美国19世纪的成长小说多半是以大自然为背景来描写青少年的成长经历，这可能与当时的历

① 齐小新：《美国文化研究导论》，北京大学出版社2001年版，第43页。

史背景和自然环境有关，因为19世纪的大半，尤其是前期，美国尚处于拓荒和开垦时期。美国广袤的大地上遍布着原始森林和没有遭到现代文明严重破坏的江河，加之彼时的美国文学仍深受欧洲传奇文学的影响，而荒野、森林和江河等自然环境更适宜讲述浪漫的传奇故事，因此，这个时期的美国成长小说还带有传奇的色彩，描写主人公在大自然中的生活，并以此来呈现他们对世界的认识便成为作家们惯用的一种表现手法。时至19世纪晚期，小说中自然环境与现代工业文明之间冲突的情节便开始显现，如萨拉·奥恩·朱厄特的《一只白苍鹭》中就出现了拥挤的制造业小镇和鸟类学者进入森林捕捉苍鹭的情节。而20世纪初美国的工业化和城市化迅速发展，小说再现的是农业文明与工业文明冲突下人的不幸遭遇，如舍伍德·安德森的《小城畸人》。但19世纪美国成长小说中比较多见的还是描写主人公在大自然中的成长。

美国第一位获得国际文学声誉的作家华盛顿·欧文（Washington Irving, 1783–1859）在他的《瑞普·凡·温克尔》（*Rip Van Winkle*, 1819）中就刻画了一个单纯、善良、惧内且似乎永远也长不大的主人公瑞普。为了逃避强势而唠叨的妻子，瑞普游荡到大山中饮酒后陷入沉睡，等他醒来时已是20年之后。此时早已物是人非，他周围的一切都发生了翻天覆地的变化，妻子已经逝去，他也无法适应变化了的世界。小说表明，变化是不可避免的，逃避现实是要付出代价的，但它同时昭示人们，偏爱变化，一味追求物质繁荣，人的生命价值势必有所遗失。小说中的逃避主题已十分明显，开创了美国文学中个人反抗社会专制思想的先河。故事的浪漫奇想继承了欧洲小说的传统，但值得注意的是，小说以乡村和山川为背景，乡土气息浓郁，为美国19世纪成长小说的背景设置敷上了底色。

以荒野、草原和森林为主色调的小说首先让我们想起詹姆斯·费尼莫尔·库珀（James Fenimore Cooper, 1789–1851）的创作。库珀在他的《皮袜子》系列小说（*Leatherstocking Tales*）中再现了一个青年在林中的成长经历，描写了主人公纳蒂·班波逃离文明的性格特征以及他对原始荒野难以割舍的情愫。在《拓荒者》(*The Pioneers*, 1823),《大草原》(*The Prairie*, 1827)和《杀鹿人》(*The Deerslayer*, 1841)中,主人公既渴望摆脱现实的羁绊,寻求独立和自治,又向往一种归属感以确立自己的身份。这反映了库珀的矛盾心理乃至美利坚民族的困境:一方面寻求自由,另一方面又对身份建构充满热望;既想摆脱,又留恋过去。《大草原》和《最后的莫西干人》(*The Last of the Mohicans*, 1826)集中体现了库珀的这种"矛盾观点"或称为"双重视角",因为他在这两部小说中提供了一幅虚幻的"合成"图景,试图化解"自由和约束"之间的矛盾。[①] 小说刻画的热爱大自然、向往自由的人物性格特征,和表达的怀旧、逃离文明等主题,不同程度上反映了美国的民族心理,这些几乎成了美国的文化符号,对后来的美国成长小说创作影响深远。

与库珀同时代的霍桑则以美国文化的源头之一——清教及其前身加尔文教——为切入点来描写青年人的成长过程,以此探讨人性及个体的人与社会之间的关系。他发表于1835年的著名短篇小说《小伙子古德曼·布朗》虽然将时间定位在17世纪末叶的清教时期,地点为霍桑小说中常见的新英格兰地区,而具体背景却设在马萨诸塞州萨勒姆村附近的森林深处。布朗傍晚时分告别新婚妻子菲丝前往黑暗的森林,据信是去赴魔鬼之约,却在那里意外地发现许多他从小就十分敬仰、视为典范的基督徒,包括他熟悉的教长、执事以及教他教义问答的古蒂·克劳茜等,最后竟然发现在此刻之前他还因这次旅程而对之心怀愧意的妻子菲丝也来参加这个邪恶的"同族的聚会"。这次经历让布朗的精神世界彻底坍塌,信仰尽失,再也走不出自己孤苦的精神世界,更谈不上与社会融合了。这个19世纪早期寓言式的故事典型地揭示了人性善恶冲突的主题。作者赋予布朗人的普遍性(即英文中的Everyman),因为像多数人一样,布朗也有体验罪恶的冲动。

---

① William P. Kelly, *Plotting America's Past: Fenimore Cooper and the Leatherstocking Tales*, Carbondale and Edwardsville: Southern Illinois University Press, 1983, p. viii.

总体上来说，他是个体面、受人尊敬的小伙子，但他在过安分守己的生活之前渴望“偷尝禁果”。而偷吃禁果的后果是布朗整个理想世界的崩溃：在他看来，罪恶具有普遍性，因此他怀疑任何善的存在，结果他“到死都一直郁郁不乐”。[①] 这种由“天真”走向“经验”，最终拒绝融入社会的主人公成长模式，是 19 世纪美国成长小说的主要特色之一，甚至在一定程度上预示着 20 世纪美国成长小说的走向。

《小伙子古德曼 · 布朗》是一个带有寓言色彩的成长小说。主人公布朗“在日落时”告别“结婚才三个月”的爱妻菲丝，开启自己的“行程”。这一行程显得很神秘，必须在日落和日出之间完成，由此形成张力，布朗和妻子之间发生了微妙的冲突：妻子主张，“请你把行程推迟到明天清早，今晚还是睡在自家床上”，而布朗却坚持“一年里恰恰就是今天晚上我必须离开你。……必须要从现在到日出之间打个来回。”这到底是怎样的一个行程？对此，霍桑给读者留下了悬念，但从菲丝“伤感”的表情和她“可怕的念头”以及她无奈地对布朗说的话——“那么，上帝保佑你！……愿你回来时一切都好”——中，[②] 我们已经明显地感到这是一次非同寻常的行程。事实上，这是布朗的人生探索之旅。他虽已结婚，但尚显天真、幼稚，对这个世界的本质和人的本性并不了解，因此，他需要一次带有典仪性的经历来完成他向成年的跨越。

按照加尔文教及基督教“人性恶”的说法，人都有偷食禁果的欲望。布朗也不例外，他怀着探索世界的期盼，并受内心欲望的驱使，毅然踏上“邪恶”之旅。但在此之前，他总要使自己的行为“合法化”，至少要给自己一个理由或心理安慰。他的理由或决心就是：“今晚以后，我要时刻不离她的裙边，直到陪她进入天堂。”他显然是在给自己一个心理慰藉——“这

---

① 霍桑著，雨珊译：《小伙子古德曼 · 布朗》，霍桑著，雨珊译：《重讲一遍的故事——霍桑短篇小说选》，兰州大学出版社 2009 年版，第 50 页。

② 霍桑著，雨珊译：《小伙子古德曼 · 布朗》，第 37 页。

下算是给未来找到了最好的答案，古德曼·布朗加快脚步去实现他邪恶的目的，可他也心安理得了。”[①]

在“阴森森的”的树林中，布朗遇到一个“穿着庄重而体面的衣服，坐在一棵老树下”的大约50岁的男子。很显然，布朗与这个男子有约在先，因为男子说“你迟到了，古德曼·布朗”，而他的突然出现对布朗而言“并非完全出乎意料”，[②]而且布朗说既然他们相遇，他就“已经信守盟约了”。[③]小说赋予这个年长男子以撒旦的形象，因为“老树”不禁令人联想到伊甸园里的那棵长着禁果的树，而他手持的那根“不同寻常”的手杖“像一条巨大的黑蛇，制作奇巧，看起来几乎是条扭绞盘绕的真蛇”。他说他是“整整15分钟以前”才从波士顿来的——竟如此神速！[④]这更证实了这个男子的超自然能力。凡此种种似乎表明，布朗这趟“行程”是一个与魔鬼的约会。

接下来，小说描写了布朗与男子之间的心理较量，实际上是布朗内心对于是否沿着罪恶的道路继续走下去的犹豫和挣扎。布朗一边与年长者继续着行程，一边不断地提出各种中断行程的理由，但年长者见招拆招，因为与单纯的布朗相比，他“见多识广”，或者说，布朗自己在内心深处不断地排除各种干扰他继续前进的障碍。布朗打出的第一张牌是他自以为清白的家族史，所以他不能做不洁的事：“我父亲从未为这事进过树林，他的父亲以前也没有。自从圣徒殉道以来，我们家族都是诚实的人，忠实的基督徒；难道我要成为布朗家族第一个踏上这条路”并且与年长者“这样的人为伍”？[⑤]对此，年长者直陈他与布朗的祖父和父亲都是“好朋友”，曾帮助布朗当警官的祖父抽打过贵格会女教徒，还帮他的父亲点火烧了印第安人

① 霍桑著，雨珊译：《小伙子古德曼·布朗》，第38页。

② 霍桑著，雨珊译：《小伙子古德曼·布朗》，第38页。

③ 霍桑著，雨珊译：《小伙子古德曼·布朗》，第39页。

④ 霍桑著，雨珊译：《小伙子古德曼·布朗》，第38～39页。

⑤ 霍桑著，雨珊译：《小伙子古德曼·布朗》，第39页。

的村落。对这种“邪恶残忍的事”布朗显然很震惊，然而又觉得“没什么好大惊小怪的”，因为这种事他的家人是不会让人们知道的，更不会让他这个晚辈了解。年长者还告诉布朗，他与许多教堂里的执事喝过圣餐酒，市政委员还曾推举他当主席，甚至与总督也有关系。对于这些“国家机密”布朗更吃惊，但他表示这些人与他这个“小庄稼汉”没有关系。[①] 于是，布朗拿出他的第二张牌——萨勒姆村的牧师——来抵制诱惑，说如果他在这邪恶的道路上继续走下去，他就无法面对牧师。不难看出，布朗这是出于对基督教教义和教规的畏惧。年长者听后大笑不止，这显然是在笑布朗的单纯和无知。恼怒之下，布朗祭出了他的第三张牌，他的妻子菲丝：“是因为我的妻子菲丝。要是她知道了，她可怜的小心脏会碎成片儿的；而我宁可自己心碎。”[②] 看来这第三张牌分量不轻，因为它几乎令年长者一时无语。其实，这是作者故意埋下的伏笔。

从上述布朗的抗争中，霍桑巧妙地揭露了布朗家族所犯下的罪恶和宗教虚伪的本质以及政府官员与魔鬼之间罪恶的勾当，与此同时，也让读者见证了布朗精神世界逐渐坍塌的过程。这也是布朗认识世界和人性，由天真走向经验的过程。但至此作者仍为布朗保留着最后一根精神支柱，即他的妻子菲丝，以便他继续揭示人性之恶及罪恶的普遍性。

就在布朗说到他妻子的时候，他看到了他认为是“一位极为虔诚、堪为典范的夫人”，他的“道德和精神的导师”之一——古蒂·克劳茜。这再次显示了布朗的幼稚，他原以为克劳茜不认识年长的男子，还生怕她见到他与年长者在一起，结果她与年长者竟然是“老朋友”，而且从对话中得知她还会施巫术，她深夜来到这“荒郊野外”也是来参加邪恶的聚会的。[③] 从年长者将他的蛇形手杖借给克劳茜当坐骑以及他手触树枝，树枝就立刻

---

① 霍桑著，雨珊译：《小伙子古德曼·布朗》，第 39 ~ 40 页。

② 霍桑著，雨珊译：《小伙子古德曼·布朗》，第 40 页。

③ 霍桑著，雨珊译：《小伙子古德曼·布朗》，第 41 页。

枯萎这些现象中，布朗已认清这个年长者的魔鬼身份，于是，他决心不再前行，并为他能终止自己的罪恶，“回到菲丝甜蜜、纯洁的怀抱中”而感到庆幸。[①]但这时，他发现他所尊敬的“两位圣人”——牧师和执事古钦——也来到了这“异教徒的荒野之地”，他几近崩溃，“他抬头望天，怀疑那里是否真的有个天堂。”尽管如此，他在做着最后的抗争，发出誓言：“上有天国，下有菲丝，它们与我同在，我誓与邪恶抗争到底！”[②]可见，此时菲丝仍是他抵制诱惑的精神力量。但这时从林中传来的一些熟悉的人的声音中，他辨别出了菲丝的声音，那从空中飘下来的粉红色的丝带，更确证那就是菲丝。于是，“痛苦而绝望”的布朗大声叫道：“我的菲丝去了！……这世上不再有正义良善；罪不过是个名罢了。来吧，魔鬼，这世界是属于你的！”[③]

表面上看，菲丝参加邪恶的聚会成了压倒布朗的“最后一根稻草”。但事实上，邪恶的本性才是布朗堕落的主因。至此，小说对宗教、社会等阴暗面的揭露及各个层次人的本性的揭示似乎表明，只有布朗才是正人君子。若如是，布朗一开始就不会开启这罪恶之旅。在绝望和疯狂的状态下，布朗彻底暴露了自己的本性，他“随着本能向前冲——本能总是将凡人引向邪恶”。[④]从本质上来说，布朗也就是“凡人”，而凡人就会受本能的驱使，就会走向罪恶。既如此，他也就无所畏惧：“来吧，巫婆，来吧，巫师，来吧，印第安魔法师，亲自来吧，魔鬼，我古德曼·布朗也来了，谁怕谁还不一定呢。”[⑤]在疯狂的状态下，他一路狂奔，终于到达邪恶的中心——“这个幽僻树林的中心地带”，这里聚集着上至总督夫人、政府官员和神职人员，下至恶棍乃至犯下大罪的犯人等三教九流、各色人等。这可以说是整

① 霍桑著，雨珊译：《小伙子古德曼·布朗》，第 42 页。

② 霍桑著，雨珊译：《小伙子古德曼·布朗》，第 43 ～ 44 页。

③ 霍桑著，雨珊译：《小伙子古德曼·布朗》，第 44 页。

④ 霍桑著，雨珊译：《小伙子古德曼·布朗》，第 45 页。

⑤ 霍桑著，雨珊译：《小伙子古德曼·布朗》，第 45 页。

个社会的缩影。在这里，“好人”与“坏人”彼此并不回避，构成了一幅诡异的“和谐图”。可见，霍桑对人性和社会阴暗面的揭露是何其深刻而不留情面。

随着一声“把皈依者带上来”，故事达到高潮。这时布朗内心最后一次出现冲突，霍桑以布朗父母亲的形象代表布朗内心深处两种不同的力量：父亲鼓励他前行，而母亲绝望地警示他后退。在内心邪恶欲望的驱使下，在牧师和老执事古钦的督促下，布朗既无抵抗能力，也失去了思考的能力，自觉不自觉地向前走去。[①] 这时，一个黑色的身影所说的话把人类的罪恶本质揭露得体无完肤：

> 那里……都是你们从小崇敬的人。你们以为他们比你们自己圣洁，和他们正义的生命及虔诚祷告的天国梦想相对照，你们就会在自己的罪前退缩躲避。然而现在他们都来到敬拜我的队伍里。今夜可以允许你们知晓他们的秘密：胡子一大把的教堂长老怎样对自己家中年轻的女仆低声说着下流话；许多迫不及待想要穿上寡妇丧服的女人，怎样在上床睡觉时给丈夫一杯毒酒，让他最后在她怀抱里睡上一觉；嘴上没毛的年轻人怎样急着要继承父亲的财产；还有优雅美丽的闺秀们——不要脸红，她们都是些甜蜜的人儿——怎样在花园里掘出小小的坟墓，请我，唯一的客人，去参加私生儿的葬礼。带着人心对罪的同情，你会嗅出所有的地方——无论是在教堂、卧室、街道、田间，或是树林里——都会有罪行发生，你们会欣喜地看到整个世界就是一个罪的污点，一块巨大的血迹。而且，还远不止这个。你们会洞察人心，看穿每一个人胸中隐秘的罪，那是所有邪恶伎俩的源泉。它永不枯竭，源源不断地生出邪恶的冲动，比任何人的力量——比我最强大时

① 参见霍桑著，雨珊译：《小伙子古德曼·布朗》，第 47 页。

拥有的力量——在行为上显明的还要多。现在，我的孩子们，互相看看吧。[①]

这番话不仅是对人性和罪的普遍性的深刻揭示，那最后的邀请不啻为对所有在场的人的无情鞭笞。

就在菲丝准备接受罪恶的洗礼时，布朗绝望地对她喊道："菲丝！菲丝！……仰望天堂，抵挡邪魔。"[②]至此，布朗的"行程"戛然而止，至于菲丝有没有按照他的要求去做，故事没有交代，留下一个谜。这时，霍桑本人或叙述者甚至直接走到前台，对布朗夜间经历的真实性提出了带有元小说性质的问题："古德曼·布朗是否在森林里入睡，做了个关于巫师们集会的疯狂的梦呢？如果你愿意，就这样想好了。"[③]但不论这次经历真实与否，它对布朗的影响都是巨大而深远的，因为从此以后，"他变成了一个冷酷、悲伤、终日冥思、满腹疑虑的人"，[④]"到死都一直郁郁不乐"。[⑤]

从成长小说的角度来说，布朗的林中之旅可以被视为他的成人典礼，他所经历的梦幻般的一切使他产生了顿悟，不论正确与否，在他看来，他是看清了人性和这个世界的本质，彻底改变了世界观。《小伙子古德曼·布朗》虽然是部短篇小说，但它却体现了美国成长小说的典型特征，即主人公由天真走向经验之后，不是主动适应社会，被社会所接纳而融入社会，而是走向与社会的决裂。顿悟后的布朗成了一个"神志迷乱的人"，[⑥]对基督教和周围的人充满着怀疑乃至厌恶和恐惧，对他的妻子菲丝，这个他原

① 霍桑著，雨珊译：《小伙子古德曼·布朗》，第 48 页。

② 霍桑著，雨珊译：《小伙子古德曼·布朗》，第 49 页。

③ 霍桑著，雨珊译：《小伙子古德曼·布朗》，第 49 页。

④ 霍桑著，雨珊译：《小伙子古德曼·布朗》，第 49 页。

⑤ 霍桑著，雨珊译：《小伙子古德曼·布朗》，第 50 页。

⑥ 霍桑著，雨珊译：《小伙子古德曼·布朗》，第 49 页。

以为是“落入凡间但蒙神护佑的天使”也不例外。[①] 如果说经典成长小说的一个重要特征就是主人公最后融入了社会，而主人公背离社会或游离于社会之外体现的是现代成长小说的特色的话，那么，《小伙子古德曼·布朗》这部创作于 1835 年的成长小说已经是“现代的”了。而且大多数美国成长小说都有这个特点。正是在这个意义上，我们说美国成长小说“与生俱来”就具备了现代主义的特征。

同样以大自然为主要背景，但已经从草原和森林转向大海的小说有赫尔曼·梅尔维尔（Herman Melville, 1819–1891）创作的《雷德伯恩》（*Redburn*, 1849）和《白鲸》（*Moby Dick*, 1851）等。《雷德伯恩》是一部半自传体成长小说，它是用来“描述梅尔维尔自己人生的，尤其是他最初的航海之旅”，[②] 即他 19 岁时乘一艘商船前往利物浦的经历。主人公雷德伯恩和梅尔维尔一样，父亲也是一位绅士，但不幸早逝，家庭因此陷入困顿。雷德伯恩决定当水手来改变自己的命运。这个天真的少年原以为当水手会很浪漫，没想到在船上干的是仆人的活，而且还常遭到其他船员的欺侮。到达利物浦后，他希望凭着他父亲的旅行指南在那里可以寻觅历史和文化圣地，结果发现那本书早已过时，他父亲曾生活过的绅士世界也一去不复返了。在情绪极度沮丧的情况下，他在一个朋友的怂恿下前往伦敦的赌场和妓院，度过了一个梦幻般的夜晚，可第二天他不得不回到乏味沉闷的现实中。最后，雷德伯恩回到美国的家中。《雷德伯恩》虽然只是描述了主人公往返于利物浦和家这一并不复杂的旅程，但在这个过程中他见识了复杂多样的世界，这里有水手、罪犯、骗子、妓女和遭受苦难的穷人。小说讲述了一个优雅的年轻主人公身处粗鄙、野蛮的水手当中如何从童年走向成年，从天真的儿童世界坠入悲惨、腐败的成人世界的故事，其中穿插了

① 霍桑著，雨珊译：《小伙子古德曼·布朗》，第 38 页。

② Benjamin S. West, “The Work of ‘Redburn’: Melville’s Critique of Capitalism,” *Midwest Quarterly*, Winter 2011, 52, 2, p.165.

以少年的眼光看世界的情节。不难看出，小说的主题之一是“天真”与“经验”之间的冲突，反映了单纯的年轻人在遭遇邪恶的社会现实时的无奈与窘迫。这也是梅尔维尔小说突出的主题之一，在他后来创作的小说中反复出现。

19 世纪美国成长小说的扛鼎之作当数马克 · 吐温的《哈克贝里 · 费恩历险记》，这部经典成长小说为世代读者所称道，只不过这次小说的背景是大河。主人公哈克是个富有正义感和叛逆精神的孩子，为了追求自由，他逃到密西西比河上，巧遇逃亡的黑奴吉姆，从此踏上了充满传奇色彩的冒险旅程。小说以现实主义的手法再现了密西西比河上和沿岸的城乡生活，又以浪漫主义和抒情笔调描绘了密西西比河及两岸的自然景观和哈克的冒险奇遇。更为重要的是，小说集中描写了哈克曲折的心理变化过程。活泼好动、热爱自由的哈克一开始也多少受到种族主义等不良社会风气的影响，对吉姆有种族歧视心理，甚至一度想告发他。但大河上的经历展示的吉姆不仅勤劳朴实、热情忠实而且富有同情心和牺牲精神。事实改变了哈克，使他终于摆脱了种族偏见，转而认同吉姆，并决心冒着“下地狱”的危险帮助吉姆摆脱被奴役的状态。从成长小说的角度来看，是生活教育了哈克。耐人寻味的是，历经千难万险获得自由的哈克在小说结尾再也不愿接受被文明社会收养的命运，因为他曾有过在“文明”社会受压抑的经历，于是，他再次踏上历险的征程。在这里，我们不难发现《哈克贝里 · 费恩历险记》作为成长小说的两大特点：一是主人公向生活学习；二是小说的开放结局：小说主人公哈克最终没有融入社会，而是决定“比其他人先走一步，先到‘领地’去”。[①] 小说的结尾虽不合常规却耐人寻味，哈克决定逃到领地去“似乎是要延缓成年的意识形态负担”，[②] 因为他知道如果被萨莉阿姨认领为

① 马克 · 吐温著，许汝祉译：《赫克尔贝里 · 芬历险记》，译林出版社 2001 年版，第 325 页。

② Jed Esty, *Unseasonable Youth: Modernism, Colonialism and the Fiction of Development*, p. 9.

儿子，就意味着要学文明的规矩，而这正是他不可忍受的。[①]

与马克·吐温一样，有“地方色彩作家”（local colorist）之称的还有出生于美国缅因州南贝里克镇的女小说家萨拉·奥恩·朱厄特。朱厄特所遵循的创作原则是福楼拜的名言——像写历史一样来书写“日常生活”。[②]对于这位美国地方色彩文学的重要实践者，有论者曾不无夸张地声称：“任何来自美国另一地区的人，任何来自世界上另一个国家的人，要想了解新英格兰，可能还是从萨拉·奥恩·朱厄特的故事开始为好。”[③]她的著名短篇小说《一只白苍鹭》讲述的是一个名字叫西尔维娅的九岁女孩的故事。西尔维娅离开生活了八年的“拥挤的制造业小镇”，[④]来到一个偏僻的牧场与外婆生活。在这里，孤独的西尔维娅没有玩伴，只能与各种鸟及小动物交朋友。但她对此不以为意，反而同情原先那些镇上的邻居——“仿佛她来到这个牧场生命才刚刚开始似的”，[⑤]可见她非常热爱目前的乡下生活。实际上，她已完全融入周围的自然环境，并十分享受这里悠闲的生活。但这种宁静因一个“陌生人”的闯入而被打破。六月的一个傍晚，一位年轻英俊的鸟类学者来到林中打猎，主要为了寻找一只大的白苍鹭。尽管他来的目的是捕猎她的鸟类朋友，但她还是乐于与之为伴，因为“她从未见过如此迷人而可爱的人”，甚至产生了某种浪漫情愫：“蛰伏在这个孩子身上的女人之心被爱的梦想朦胧地唤醒了。”[⑥]在得知西尔维娅与动物有非常亲

① 关于作为成长小说的《哈克贝里·费恩历险记》的论述，详见拙作《美国成长小说艺术与文化表达研究》，安徽人民出版社 2008 年版，第 58 ~ 100 页。

② Margaret Farrand Thorp, *University of Minnesota Pamphlets on American Writers: Sarah Orne Jewett*, Minneapolis: University of Minnesota Press, 1966, p. 7.

③ Margaret Farrand Thorp, *University of Minnesota Pamphlets on American Writers: Sarah Orne Jewett*, p. 5.

④ Sarah Orne Jewett, “A White Heron,” in Susan L. Rattiner (ed.), *A White Heron and Other Stories*, New York: Dover Publications, Inc., 1999, p. 2.

⑤ Sarah Orne Jewett, “A White Heron,” in Susan L. Rattiner (ed.), *A White Heron and Other Stories*, p. 2.

⑥ Sarah Orne Jewett, “A White Heron,” in Susan L. Rattiner (ed.), *A White Heron and Other Stories*, pp. 5–6.

密的关系后，年轻人送给她一把折叠刀，并承诺如果告知白鹭的地点，他愿给 10 美元。在礼物、金钱和这个男子的魅力的诱惑下，小女孩第二天一早便冒险爬上一棵高大的松树，找到了白鹭的鸟巢。但当她爬上树顶，看到周围的鸟时，她仿佛已与它们融为一体，“好像她也能在云间飞去。”① 在回家的途中，小姑娘经历了前所未有的思想和情感斗争，最终抵制住了金钱和男子魅力的诱惑，决定保守白鹭的秘密，因为她无法忘记她与白鹭是如何“一起观海，欣赏黎明的”，② 她不能违背在那神秘的时刻她与白鹭之间的精神交流，而置它于死地。

《一只白苍鹭》的高潮是西尔维娅登上树顶时产生的神秘体验，此时她仿佛完全融入了周围的环境，受到大自然的特殊庇护：“谁能知道那最小的细枝是如何稳稳地挺着身子，来支撑这轻巧而弱小的小家伙往上爬呢！老松树准是喜欢上了他这个家庭新成员。与所有那些鹰、蝙蝠、飞蛾，甚至声音甜美的画眉比起来，他更喜欢这个孤独的灰眼睛孩子那勇敢的、跳动着的心。于是，松树立在那里，纹丝不动，皱着眉头，驱散那六月的晨风。”③ 她的灰眼睛不仅使她与鹰那“飞蛾般柔软的灰色羽毛”浑然一体，④ 而且由白与黑混合而成的灰色本身也具有象征意义：白色象征着纯洁和天真，而与此相对的黑色则可能象征着邪恶与经验。自然之女西尔维娅是纯洁而天真的，但她的身上蛰伏着女人的欲望，这就是她在金钱和英俊男子的蛊惑下差点出卖了白鹭的原因。可以说，灰色象征着女孩是纯洁与邪恶、天真与经验的混合体，但通过在树上与大自然和鸟的情感交流，她产生了顿悟，悟出自己与鸟是那么的相似，自己就是大自然一分子。于是，她战胜了女人的欲望，保持了稚子之心，维护了自然之子的身份。有人认为《一

① Sarah Orne Jewett, “A White Heron,” in Susan L. Rattiner (ed.), *A White Heron and Other Stories*, p. 8.

② Sarah Orne Jewett, “A White Heron,” in Susan L. Rattiner (ed.), *A White Heron and Other Stories*, p. 9.

③ Sarah Orne Jewett, “A White Heron,” in Susan L. Rattiner (ed.), *A White Heron and Other Stories*, p. 7.

④ Sarah Orne Jewett, “A White Heron,” in Susan L. Rattiner (ed.), *A White Heron and Other Stories*, p. 8.

只白苍鹭》是最早的“环境保护小说”（conservation story）之一，但这里的“保护”不是20世纪以来讲究实际和实用主义意义上的环境保护，而是基于“人与自然之间一种神秘的亲密关系”的。[①] 小说通过一个事件反映了西尔维娅在林中成长的一个片段，这部短篇成长小说有两点值得注意，一是小女孩选择离开喧嚣而繁忙的小镇，在林中生活；二是她经受住了诱惑，没有跨入腐败的成人世界，依然保有自己纯洁的赤子之心。这两点恰恰反映了美国成长小说与众不同的特点：在自然与社会、天真与经验这两个二元对立项中，主人公往往选择的是前项。

像《小伙子古德曼·布朗》一样，《一只白苍鹭》中的故事也是始于傍晚，终于黎明。主人公从黑暗走向光明，标志着她精神上的蜕变，林中的经历是她身心走向成熟的过程。九岁的西尔维娅正处于青春期的边缘，进入成年世界就如同走进那黑暗的森林，其中充满着诱惑乃至罪恶。小说中西尔维娅宁静而纯洁的林中生活因猎人的到来而打破。英俊的猎人是异性和成人世界及父权社会的象征，在这样的社会中，既有金钱和性的诱惑，又有剥削和压迫的威胁，甚至有遭受暴力的可能。而西尔维娅及其外祖母所生活的牧场则是大自然和母系社会或女性世界的象征，在这里，没有杀戮与压迫，人与自然和谐相处。西尔维娅面临的是金钱的诱惑和性的吸引：“他会使她们有钱；他答应过的，而眼下她们正缺钱”，[②] 而“那随便一说的10美元会买到多少梦寐以求的稀罕东西啊”。[③] 面对“如此迷人而可爱的”年轻男子，她“心醉神迷”，“某种巨大激情的征兆搅动、摇曳着这两个年轻的林中人。”[④] 但步入男人的世界就意味着处于被动和被剥削的地位，这是她在与猎人短暂相处中已有的切身感受：在林中漫游过程中，“年轻人走

---

① Margaret Farrand Thorp, *University of Minnesota Pamphlets on American Writers: Sarah Orne Jewett*, p. 39.

② Sarah Orne Jewett, “A White Heron,” in Susan L. Rattiner (ed.), *A White Heron and Other Stories*, p. 9.

③ Sarah Orne Jewett, “A White Heron,” in Susan L. Rattiner (ed.), *A White Heron and Other Stories*, p. 5.

④ Sarah Orne Jewett, “A White Heron,” in Susan L. Rattiner (ed.), *A White Heron and Other Stories*, pp. 5–6.

在前面，西尔维娅……在几步后面跟着”，[1]而且，她甚至可以想见，如果她遂了他的愿，她会“跟着他，像狗一样忠实地爱着他”；[2]猎人送给她一把折刀，并许诺给她们钱，无非是因为“林中的野生动物都把她看成是自己的一员”，[3]想利用她而已。更恐怖的是，他把“一些毫无戒备、正在歌唱的鸟从树枝上打了下来”，这让她无法释怀：“他看起来那么喜欢鸟，那他为什么还要杀死它们？”[4]如果她接纳了猎人，那么，“画眉和麻雀悄然落地”以及“它们美丽的羽毛上沾染湿漉漉的血污”这些“惨景”是否就预示着她未来的下场？[5]从另一个角度来说，这一幕带有成人典礼的性质，具有女性进入成年的性暗示。总之，林中经历在一定程度上反映了西尔维娅精神、身体和心理上的变化和发展。

有论者将《一只白苍鹭》作为“童话”来解读，[6]但这个精致的短篇小说实际上是童话故事的反转。从某种意义上说，它是一个反成长小说，因为如上所论，小说反映的不是天真的失落，而是主人公如何维护自己的童真。西尔维娅拒绝长大，拒绝成熟；她不愿离开以牧场为象征的大自然和女性世界，拒绝回到家乡的工业小镇，也拒绝进入以猎人为代表的父权社会。概而言之，她拒绝融入社会。但一如《小伙子古德曼·布朗》，《一只白苍鹭》中的叙述者也对故事本身和西尔维娅的选择提出了质疑：“她就这样长到九岁了，现在，当大世界第一次向她伸出手来，难道为了一只鸟她就一定得把它推开吗？”再者，“鸟儿与它们的猎手相比，难道就会是更

---

① Sarah Orne Jewett, “A White Heron,” in Susan L. Rattiner (ed.), *A White Heron and Other Stories*, p. 6.

② Sarah Orne Jewett, “A White Heron,” in Susan L. Rattiner (ed.), *A White Heron and Other Stories*, p. 9.

③ Sarah Orne Jewett, “A White Heron,” in Susan L. Rattiner (ed.), *A White Heron and Other Stories*, p. 4.

④ Sarah Orne Jewett, “A White Heron,” in Susan L. Rattiner (ed.), *A White Heron and Other Stories*, p. 5.

⑤ Sarah Orne Jewett, “A White Heron,” in Susan L. Rattiner (ed.), *A White Heron and Other Stories*, p. 9.

⑥ 详见 Theodore R. Hovet, “‘Once upon a Time’: Sarah Orne Jewett’s ‘A White Heron’ as a Fairy Tale,” *Studies in Short Fiction,* Winter 1978, 15, 1, pp. 63–68。

好的朋友吗，——谁能说得清？”[①] 这说明故事的结局，或者说作者的态度是模棱两可的。事实上，西尔维娅本人也为她的抉择感到痛苦：那天“客人失望地离开时”，小姑娘内心忍受着“剧烈的痛苦”。[②] 这是含糊的结局。主人公拒绝长大，不愿融入社会等无不体现了美国成长小说的特色。

美国 19 世纪最后一部重要的成长小说——凯特 · 萧邦的代表作《觉醒》——的主人公艾德娜 · 庞特里耶的觉醒意识也主要是在大海和草原上萌发的。大海唤醒了她那沉睡已久的自我意识，给她带来的是身心的慰藉：“大海的回响呼唤着她的灵魂。大海的抚触好柔，它温柔地紧紧拥抱她的身躯。”[③] 在这抚慰人身体和灵魂的大海中游泳，“游着游着，她似乎是在探寻那足以迷失自己的广阔境地。”[④] 其实，在这广阔的大海迷失的是她婚后的自己，因为大海给了她从未体验过的自由。在与情人劳伯特一道“乘着帆船越过海湾到尚奈尔岛的途中，艾德娜觉得好像自己正被载离长久以来束缚着她的停泊港”。[⑤] 不仅如此，海风还使艾德娜“想起在肯塔基的一个夏日，一个小女孩正在穿越一片浩瀚如海、比自己腰际还高的大草原。她一面走一面游泳似的将双臂平伸出来，像在水里拍水一样拍着高高的草原。”[⑥] 这个小女孩就是少年时期的艾德娜，此时，大海勾起了她儿时的回忆，开启了她找寻失落的自我的旅程。但对于已婚的艾德娜来说，她无论如何也回不到从前，因为那个失落的自我不为社会所容。最终，由于不愿放弃自我，无法与社会达成妥协，她选择葬身于大海。[⑦]

---

① Sarah Orne Jewett, “A White Heron,” in Susan L. Rattiner (ed.), *A White Heron and Other Stories*, p. 9.

② Sarah Orne Jewett, “A White Heron,” in Susan L. Rattiner (ed.), *A White Heron and Other Stories*, p. 9.

③ 凯特 · 萧邦著，杨瑛美译：《觉醒》，辽宁教育出版社 1997 年版，第 16 页。

④ 凯特 · 萧邦著，杨瑛美译：《觉醒》，第 34 页。

⑤ 凯特 · 萧邦著，杨瑛美译：《觉醒》，第 42 页。

⑥ 凯特 · 萧邦著，杨瑛美译：《觉醒》，第 19 页。

⑦ 关于《觉醒》的论述，详见拙作《分裂的人格与虚妄的梦——论觉醒型女性成长小说〈觉醒〉》（《外国文学》2011 年第 2 期，第 89 ~ 96 页），或《西方成长小说文本解读》。

由此我们可以看出，美国19世纪的成长小说不仅与18世纪的德国经典成长小说不同，与英国同时代的成长小说也有明显的区别。英国成长小说由于部分地因袭了德国传统成长小说的精髓，并受自身较为成熟的资本主义经济和社会等运行机制的影响，主要关涉社会化和社会流动性。而美国远离欧洲，几无历史和传统的负担，但正因为历史相对较短，因此历史记忆比较清晰，小说中主人公往往留恋过去，有强烈的怀旧情绪，向过去寻找慰藉。另一方面，由于美国人特殊的殖民和拓荒经历，他们特别向往、亲近自然，这一时期的成长小说主人公多半是在大自然——大山、荒野、草原、森林、大海、大河——中成长和觉醒。从当下生态批判的角度来看，这些小说中的自然背景起着十分重要的作用，小说不同程度呈现了人与自然的关系。再者，美国先民早年来到美洲大陆多半是为了逃避政治和宗教迫害或为了追寻自由，这种历史记忆是深刻而持久的，因此，他们似乎有天然的反叛心理，对传统和一切社会体制的束缚有强烈的抵触情绪。凡此种种决定了美国成长小说不强调同社会的融合，更不遵循英国式的社会实用主义的自我教育观念。主人公在受到社会遏制时往往选择反叛，并同大自然亲近，向往昔寻找心灵安慰。从这个意义上说，美国成长小说得到了经典成长小说的真传，抓住了成长小说的精髓——自我教育，即主人公向生活学习，通过美学教育获得自足的理想。只不过，这些主人公受教育的场所经由喧嚣的世俗社会转移到大自然，主人公或漂泊在大河或海洋上，或徜徉在难忘的历史记忆中，在那里接受大自然和亦真亦幻的梦境的洗礼，获得真正美学的、精神的教育。美国成长小说之所以能在这方面取得成就，多半是因为特定社会和历史环境的影响。总体上说，对英国的帝国文化，或者说强势文化的抵制，对文学乃至文化上独立的诉求，客观上远离欧洲因而受其影响较小，追求独立、自由的意识和获取个人身份、地位的紧迫感，等等，是造就美国成长小说特色的重要因素。

综上所述，美国成长小说从美国第一部具有世界影响的小说——欧文的《瑞普·凡·温克尔》——到马克·吐温的《哈克贝里·费恩历险记》

和萧邦的《觉醒》等都具有类似的特点，即小说强调个人成长与环境制约因素的严重冲突，尤其是小说主人公最后多半是选择反叛或逃离，拒绝融入社会。卡斯尔在总结英国现代主义成长小说时指出：

> 如果我们考察现代主义兴起和获得明确身份的那个时代（大约 1890—1940 年），我们就会发现自我教育的发展是从不自然地依附于一种传统的对立统一，到几乎是对辩证逻辑及整体性乌托邦式幻想的完全否定。在这个演变和批判性的否定背景下，现代主义向经典自我教育的回归是一种有区别的回归，因为经典观念的辩证结构和内在批评的焦点，可以被用来抵御 19 世纪中后期出现的实用主义的理性化和非个性化倾向。现代主义小说的主人公能够把他或她的体验恢复成具有建设性的自我发展过程的一部分，然而具有反讽意味的是，这个自我发展的过程是基于经典自我教育的基本要素——美学教育、导师、婚姻和自足。①

基于卡斯尔的论述，并结合我们上文对美国成长小说的分析来看，19 世纪美国成长小说中主人公的成长和自我教育的过程，从一开始就是对和谐个体的形成和完美融入社会的梦想的批判和否定，这种批判和否定使他们更倾向于从自身内部即精神层面寻找出路，极难融入社会。这一时期的美国成长小说少有英国 19 世纪成长小说中的那种实用主义的价值诉求，其内倾和精神追求与 19 世纪末和 20 世纪初的英国现代主义成长小说更加接近。从这个意义上说，美国成长小说提前进入了“现代主义”，因为美国 19 世纪最具影响也是标志性的成长小说《哈克贝里 · 费恩历险记》发表在 1883 年，恰好在卡斯尔所界定的现代主义分期——1890 年之前。因此，我们或可说美国成长小说与生俱来就是现代主义的。

---

① Gregory Castle, *Reading the Modernist Bildungsroman*, p. 249.

从经典成长小说的概念来说，主人公融入社会就意味着他已经成熟。但“‘成熟’几乎与‘现代性’不兼容”。在成长小说中，“成熟”意味着融入社会，意味着求同和趋于稳定，而现代性则是以流动性和变化为特征的。相反，“青年”与现代性暗合，它们的契合点在于求新求变。因此，“青年的形象越丰富，成年的形象就越被无情地耗尽。……生活的‘小说’越是指望迷人——它就变得越难接受其结局。”[①] 因此，在自始至终具有现代主义特征的美国成长小说这个“另类”中，主人公多半没有融入社会，在这个意义上，他们多半没有“成熟”，而故事的结局也以开放式结局为主。

总体上来说，在美国成长小说中，社会似乎一直是阻碍个体完整自我发展的消极因素，这与欧洲成长小说形成了鲜明的对照：“欧洲与美国自我教育的故事之间最显著的差别在于对社会的描绘，这在美国的成长故事（maturation story）中通常截然不同。在歌德的《威廉·麦斯特的学习时代》……和大多数其他欧洲成长小说中社会通常被描述为一种小心包裹着优秀个体的仁慈的力量。与此相反，欧裔美国文学（European American literature）通常都负面地描绘社会。”在美国成长小说中，社会往往都是“专制的”“反个人的”“不公平的”“残酷的”。[②] 美国成长小说的这一特点在20世纪显得格外突出。如果说19世纪美国成长小说的主人公尚能从大自然中寻觅心灵的栖息地的话，那么，随着工业化的逐步推进以及由此而来的对大自然的蚕食，20世纪美国成长小说的主人公几乎无以为家。

三、从“望故乡”到“无处还乡”——美国20世纪上半叶的成长小说

从一定意义上来说，美国小说的发展史就是一部对所谓“美国梦”的

---

① Franco Moretti, *The Way of the World: The Bildungsroman in European Culture* (New Edition), p. 27.

② Gunilla Theander Kester, *Writing the Subject: Bildung and the African American Text*, p. 9.

演绎史。不同时期，小说对“美国”及“美国梦”等概念做了形象而与时俱进的诠释和再现。受美国独立战争的影响，当时“美国”这个概念基本上指的就是“政治自由的思想”；而南北战争结束后，一个迥异的“美国”想象逐渐成形，这样的“美国”给人带来希望或梦想，那就是它承诺“满足各种物质欲望”，此后，这种“物质主义的乌托邦”便成了美国的愿景。① 作为文类之一种的小说一直参与了“美国”尤其是“美国梦”这些概念的想象与建构。“1900年前后，小说在美国成了一种占主导地位的文化建构（cultural institution）”，这一时期被称为是“小说的时代”。② 美国作家一直试图以小说的形式再现“美国梦”的愿景，随着时代的变化和认识的加深，他们同时也在揭露其虚幻性及其腐败本质。到20世纪20年代，揭示“美国梦”，更确切地说，描写“美国梦”破灭更成了以“爵士乐时代”（the Jazz Age）为背景的小说的典型特征。

20世纪上半叶，在由自由资本主义走向垄断资本主义的发展过程中，美国的社会矛盾日益尖锐，人们的幻灭意识抬头，第一次世界大战的残酷现实更是起到了推波助澜的作用，敏感的作家们从充满浪漫的理想中惊醒过来，普遍感到茫然，对未来失去信心，开始重新认识社会和人生。在此期间，美国成长小说日臻成熟，并呈现出与世界性现代主义大潮合流的倾向。面对急剧变化的社会，作家们做出了不同的反应，有的通过小说对社会提出尖锐的批判，有的旧梦重温，希望向往昔寻找安慰，有的躲进自己孤寂的小天地里。这一时期美国成长小说的代表性作品有威拉·卡瑟的《云雀之歌》（*The Song of the Lark*, 1915）、舍伍德·安德森的《小城畸人》、菲茨杰拉德的《人间天堂》《冬之梦》《了不起的盖茨比》、辛克莱·刘易斯

① Nina Baym, ed. *The Norton Anthology of American Literature* (Shorter Fourth Edition), New York: W. W. Norton & Company, 1995, p. 2014.

② Jonathan Arac, “The Age of the Novel, the Age of Empire: Howells, Twain, James around 1900,” *The Yearbook of English Studies*, 2011, 41, 2, p. 94.

（Sinclair Lewis, 1885–1951）的《阿罗史密斯》（*Arrowsmith*, 1925）、托马斯·沃尔夫的《天使，望故乡》和《无处还乡》（*You Can't Go Home Again*, 1940）、乔治·桑塔亚那的《最后的清教徒》、福克纳的《去吧，摩西》等。

诸如上述美国成长小说都带有深刻的时代印记，艺术地把握住了时代跳动的脉搏。有的旗帜鲜明地反对实用主义，抵制在美国社会初现的消费文明，例如《阿罗史密斯》中的主人公就矢志不渝地追求科学真理，不愿与名利至上的实用主义者为伍；有的着力再现现代工业文明和物质主义给传统价值观念和美国中西部普通人生活带来的巨大冲击和破坏，例如《小城畸人》以主人公乔治·威拉德的所见所闻为线索将21个故事串联起来，集中反映了社会转型期原本淳朴正常的人是如何变成孤独、封闭乃至变态的“畸人”的；有的反映第一次世界大战之后人们理想幻灭、精神迷茫和信仰缺失的社会情状，例如《人间天堂》里的年轻一代极力抗拒传统的价值观和道德标准，以追求精神刺激和物质享受来表达对当时社会制度的强烈愤懑和憎恨。这些小说虽然背景不尽相同，表达方式各异，但它们共同反映的是主人公努力发挥自己的个性禀赋，历经一个个梦幻般虚妄的理想的破灭，逐渐走向成熟的过程。换言之，小说家们致力于表达年轻人追求经典自我教育理想这一主题，这一现象说明20世纪前半叶的美国成长小说显示出向经典成长小说回归的趋势。诚如卡斯尔所言，“如果自我教育的人文主义价值观在20世纪早期得到了复兴，那是因为现代主义艺术家们在他们所抵制的这种人文主义里认识到这是唯一可以用来抗拒更为严重的威胁——工业技术现代性的非人性化（dehumanization）——的武器，自我教育的社会实用主义变体是这种非人性化恰当的标志，这种变体已逐渐支配着教育制度和劳动的职业化。”[①] 这一锐利武器就是与社会实用主义自我教育相对立的经典自我教育，即美学的、精神的教育。而在经典自我教育中，

---

① Gregory Castle, *Reading the Modernist Bildungsroman*, p. 25.

艺术追求是美学教育的集中体现，《天使，望故乡》是这方面的代表作。

《天使，望故乡》是一部自传性、地域性和时间性都很强的小说，正如作者在该书的“告读者”中所说的，“一切态度认真的小说都是自传性的。”但沃尔夫声称他的这部处女作是“以天真无邪、赤裸坦白的心情写出来的”，通过“选择和认知”事实，并对此“重新安排”，从而使小说被“赋予主旨”。[①] 小说实际上全面展示了20世纪前20年美国南方的生活。故事讲述的是一个名叫尤金·甘德的小伙子急切渴望离开纷扰的家庭和小镇去寻觅美好人生的故事，集中描述了一个青年艺术家的成长过程以及他发现自我、期盼实现自我的心路历程，因此，这是一部典型的成长小说。如果说甘德还能在过去的碎片中依稀寻觅自我的话，那么，沃尔夫身后发表的小说《无处还乡》就让人强烈地感受到一种无所归依的尴尬与无奈了。这部小说的主人公乔治·韦伯是个初出茅庐的作家，因写了一本指涉家乡、被当地人认为严重歪曲了故乡的书而受到死亡威胁，从而再也不能回归故里。小说实际反映的是不断变化的美国，其变化之大令人既无所适从又无法回避。在小说结尾处主人公终于认识到：

> 你无法重回故乡、回到你自己的家园；无法返回童年、回到那种浪漫的爱情中、回到你年轻时对名利的梦想中，……你无法回到唯美主义、回到“艺术家”年轻的思想以及“艺术”“美”与“爱情”的满足中；你无法返回到象牙塔、返回乡下……你无法回到那曾经看似永恒但却一直在变化着的事物的旧形式和体系之中——你无法逃避时间和记忆。[②]

---

① 汤玛斯·伍尔夫著，乔志高译：《天使，望故乡》，生活·读书·新知三联书店1987年版，《告读者》。

② 托马斯·沃尔夫著，雨凡，严文珍译：《无处还乡》，江苏人民出版社2009年版，第480页。引用时据原文略加改动。

不难发现，这部小说的标题正是来自最后主人公的这一认识。它表明年轻人一旦离开家乡或褊狭的地方，前往喧嚣、充满诱惑的都市，就不能再回到从前——因为那将意味着失败，因此只能一往无前。大而言之，一个人一旦选定自己的人生之路就不可能有回头的机会，只能不断地探索下去，因为人生就是由一个个选择构成的，正如美国现代诗人罗伯特·弗罗斯特（Robert Frost, 1874–1963）在《未选择的路》（"The Road Not Taken," 1916）一诗中所说的："路通着路，我怀疑我是否还能再回头。"[①] 这种在人生探索的道路上无法回到过去的窘境，或者说永不回头的决心和抱负，是美国成长小说的重要特色之一，也是它区别于德国和英国成长小说的地方。

20 世纪前半叶美国最流行的成长小说可能就是沃尔夫的《天使，望故乡》了。戈尔曼曾经将它同《无处还乡》做过比较，在对比中凸显小说所反映的人的生存困境。她指出，在《天使，望故乡》中，沃尔夫表明：

> 我们正在找寻的自我形象只会在过去的镜子中找到——一面我们必须以我们自己的记忆碎片建构的镜子。然而，在他的最后一部小说——《无处还乡》中，他却警告我们，尽管这是对我们开放的唯一道路，但同时它又是一条我们不能顺着它走的道路。这种困境——必须返回但又不能这样做，某种程度上说，呈现在了这个世纪大多数最伟大的作家面前。当代或者说第二次世界大战之后的成长小说的独特之处，就是它直截了当地呈现出由这两个对立的命题——"你必须再回家"和"你不能再回家"——所引起的张力。当代成长小说，与早年的那些小说——包括沃尔夫的小说不同，在本质上是辩证的，它们试图关注的不是正题

① Robert Frost, "The Road Not Taken," in Nina Baym et al. (eds.), *The Norton Anthology of American Literature* (Shorter Fourth Edition), New York: W. W. Norton & Company, 1995, p. 1771.

（thesis），也不是反题（antithesis），而是最终的合题（synthesis）。[①]

沃尔夫小说主人公无论是满怀“望故乡”的期盼还是感到“无处还乡”的无奈，都给人一种深深的孤独感。他们所遭遇的人生尴尬与孤独是现代人人生遭际的一个缩影，这可以从德国诗人、哲学家弗里德利希·尼采（Friedrich Nietzsche, 1844–1900）的诗——《孤独》——中找到注脚。尼采在该诗的第一、二诗节谈到了有家可归者的“幸福”和“愚蠢”：

群鸦聒噪
嗖嗖地飞向城里栖宿，
快下雪了。——
有故乡者，拥有幸福！

你站着发愣，
回首往事，恍若隔世！
你何等愚蠢，
为避严冬，竟逃向人世？

“为避严冬，竟逃向人世？”在故乡求得片刻的温暖与安逸，向恍若隔世的过去寻找心灵的慰藉，似乎是有故乡者之幸福。殊不知，丢掉自我，试图在虚幻的过去，在早已物是人非的往事中重拾自我岂不愚蠢！这一切皆因世界的冷漠和人生求索之路的不可回头：

世界是门，
通往大漠——又冷又哑！

① Susan Ashley Gohlman, *Starting Over: The Task of the Protagonist in the Contemporary Bildungsroman*, pp. 200–201.

不论谁人
失你之所失，将无以为家。

你受到诅咒，
注定流浪在冬之旅程
你永远追求，
像青烟追求高寒的天空。①

在这冷漠、死寂，如荒漠般的世界里，失去的就永远失去了，不可能重拾。遭到命运诅咒的人是这荒漠中的旅者，是冬之流浪汉，注定无以为家，只能一往无前。孤独的旅者固然痛苦，但不尽的追求总远胜于“站着发愣”，迷失自我。这旅者透着一股豪气与孤傲！从一定意义上来说，尼采的《孤独》预示着沃尔夫《天使，望故乡》和《无处还乡》的诞生，是这两部成长小说的前声。

其实，早《天使，望故乡》10年出版的《小城畸人》就已传递出让人不寒而栗的孤独感。作者舍伍德·安德森在小说中以极大的同情心和极具穿透力的心理分析，刻画出现代人的孤独感和反常的性格特征。造成人这种孤独和性格畸变的深层次原因是社会转型给人带来的冲击，因为20世纪初美国正处于农业和手工业社会向现代工业社会转变的过渡时期。一方面，人们为工业促进社会的发展和变化以及给生活带来的便利而欣喜，另一方面，他们也为失去的田园生活而怅然若失。但安德森本人及其小说中的人物更多地表现为对工业文明的唾弃和对往昔的留恋。《小城畸人》中的《酒醉》就是一个典型的例子。这篇小说中汤姆·福斯特的外祖母是在小城温士堡附近的一个农场长大的，当时的小城还只是一个仅有十几户人

① 弗里德利希·尼采著，飞白译：《孤独》，吴忠诚：《现代派诗歌精神与方法》，东方出版社1999年版，第49～50页。

家的村庄。后来她随丈夫离开温士堡到各地闯荡，50年后她带着汤姆兴高采烈地登上返乡的火车。在车上，她“彻夜同汤姆讲起温士堡的故事，以及他将如何如何享受他的生活，在那边田里工作，在树林里猎取野物”。可等到早晨火车到达温士堡这个“繁荣的小城”时，她不想下车了，她对汤姆说，“这不是我想象的温士堡。你在这儿恐怕日子要不好过了。”[①] 小说在这里给人以“无处还乡”的深刻印象。

但安德森在小说中更多地描写的是那些无法适应这种社会转型的畸人。例如，第一个故事《手》中的主人公飞翼比德尔鲍姆就是个畸人，他总是把自己的手藏在口袋里或背后，“这双手成为他的显著的特色和他名声的源泉。这双手也使一个原来已经畸形和不可捉摸的个性更加畸形。”[②] 造成这种怪异行为的原因是人们之间的隔阂和相互不理解。原来，飞翼比德尔鲍姆年轻时是个教师，他非常热爱他所教的孩子，时常用手抚摸他们的肩膀和脑袋，结果被家长们误解为性骚扰，他为此差点丧了命，逃到了温士堡，从此过着孤独、自闭的生活。

必须指出的是，《小城畸人》并非是由一个个关于“畸人”的故事组成的短篇小说集，而是由同一个背景（俄亥俄州的温士堡）、反复出现的人物（乔治·威拉德）、贯穿全书的基调（隔阂与孤独、烦乱不宁、不满与幻灭）和突出的主题（破灭的梦、失落的爱、逃离）串联起来的一个整体。[③] 而在这个整体中起串联作用的就是《温士堡鹰报》的记者，18岁的乔治·威拉德，他是小说的中心人物。安德森在1931年的一封信中对乔治这个角色有过交代：“我在《小城畸人》中通过讲其他人的故事讲述了那

---

① 舍伍德·安德森著，吴岩译：《小城畸人》，上海译文出版社1983年版，第163页。

② 舍伍德·安德森著，吴岩译：《小城畸人》，第6页。

③ 参见 Jeffrey Meyers, “Introduction,” in Sherwood Anderson, *Winesburg, Ohio*, New York: Bantam Books, 1995, pp. xii–xiii。

个男孩的故事，他们的生活触及男孩的生活。”[①] 这说明《小城畸人》是一部与乔伊斯的《都柏林人》（*The Dubliners*, 1914）类似的成长小说。在小说中，乔治通过与镇上畸人的交往，对未来的期盼变得更加强烈：“这年轻人对于梦想的热望逐渐增进，他为之神往。”成熟后的他最后也像镇上的其他年轻人一样选择离开小镇到大城市发展，镇上的生活“只成了描绘他那成年期的梦想的一个背景罢了”。[②]

《小城畸人》在为失落的乡村而感喟，但具有讽刺意味的是，主人公最后还是选择前往大城市发展，因此，我们可以说，怀旧归怀旧，但时代发展的大趋势是无法阻挡的。时至20世纪20年代，美国文化逐渐由乡村文化演变为都市文化，纽约这样的大都市“为这个国家确立了社交和知识标准”。[③]

20世纪20年代在美国历史上是个特殊的时代，史称“喧嚣的20年代”（the Roaring Twenties），又称“爵士乐时代”。菲茨杰拉德认为这是美国历史上“最伟大、最浮华的狂欢”时期，而马尔科姆·考利则认为“这史上最花哨的狂欢也是一种道德上的反叛，在这反叛的表面之下是社会转型。伴随着新教教会失去其统治地位，20世纪20年代是清教遭到攻击的年代。……这是一个美国文化以都市取代乡村的时代，”也是一个由“**生产**伦理”转向“**消费**伦理”的时代。[④] 考利进一步指出，狂欢和消费等现象只说明了20年代的背景，并没有说明“处于前景中的人物”。菲茨杰拉德那代人对当时“潜在的社会运动”并不感兴趣，他们更多的是关注“地方或国际政治”，在内心深处，他们“已同老一代的价值观彻底决裂”，“后来划分美国社会的那种雅和俗（或自由和保守）之间没有明确的区分”，

---

① Judy Jo. Small, *A Reader's Guide to the Short Stories of Sherwood Anderson*, New York: G. K. Hall & Co., 1994, p. 202.

② 舍伍德·安德森著，吴岩译：《小城畸人》，第93～94页。

③ Malcolm Cowley, “Introduction,” in Malcolm Cowley (ed.), *The Stories of F. Scott Fitzgerald*, New York: Charles Scribner's Sons, 1954, p. x.

④ Malcolm Cowley, “Introduction,” in Malcolm Cowley (ed.), *The Stories of F. Scott Fitzgerald*, p. x.

当时“真正的分歧”在年轻人与老年人之间，青少年有检验他们自己“美好生活标准”的“自由场”。[①] 他们有自己放荡不羁的生活方式，用考利的话来说，所有这些都不是来自外在的压力，而是他们内在的需求。

菲茨杰拉德不仅是他那个时代的代表，而且从某种意义上来说，他对创造那个时代发挥了重要作用。在人生得意之时，他身体力行，践行他在小说中虚构的那种生活方式，以致他后来说，他自己都不知道他与他的妻子是现实生活中的人还是他小说中的人物：“我不知道塞尔达和我是不是真实的，或者我们是否就是我一部小说中的人物。”[②] 如果说菲茨杰拉德的人生就是他创作的一部戏剧，那么，他既是剧中的主角，也是观众。但无论是作为剧中的人物还是作为旁观者的观众，他自己的这部人生剧都是一部道德剧，因为它含有奖赏和惩罚等道德寓意。他所宣扬的道德包含四种主要的美德：“勤劳、克制、责任（在对人友善和承担自己义务意义上的）以及成熟（在将失败视为不可避免以及总是做出最大努力意义上的）”。[③]

菲茨杰拉德的《冬之梦》[④] 是典型的美国“爵士乐时代”的成长小说。主人公德克斯特·格林 14 岁时为了赚几个零花钱在家乡明尼苏达州黑熊湖的高尔夫球场当球童。在那里，他第一次遇到了出身富有而任性专横的 11 岁女孩朱迪·琼斯，并辞去了那里的球童工作。几年后，他上了东部的一所著名大学，并在 23 岁时因经营一家洗衣店而发了财。当他应邀前往他曾经当球童的那家高尔夫球俱乐部打球时，他再次遇到朱迪。朱迪邀请他第二天晚上共进晚餐，于是二人开始交往。随着关系的进一步发展，德克斯特向朱迪求婚，但朱迪对他若即若离，依然保持着对身边的其他男人的兴趣。失望之下，德克斯特决定与相貌平平的姑娘艾琳·舍雷尔订婚。当朱

① Malcolm Cowley, “Introduction,” in Malcolm Cowley (ed.), *The Stories of F. Scott Fitzgerald*, pp. x–xi.

② Malcolm Cowley, “Introduction,” in Malcolm Cowley (ed.), *The Stories of F. Scott Fitzgerald*, p. xii.

③ Malcolm Cowley, “Introduction,” in Malcolm Cowley (ed.), *The Stories of F. Scott Fitzgerald*, p. xv.

④ 有译作《冬之春梦》的，本书不采。

迪再次表现出对他的热情时，他抛弃了艾琳，选择与朱迪结合，但德克斯特与朱迪之间的关系只维系了一个月。七年后，已移居纽约的德克斯特从生意伙伴那里听说朱迪的婚姻不幸福，更要命的是，她已失去了往日的美貌。闻此，他顿感梦想破灭，忧伤地认为，他再也没有什么可关心的了。

小说中的朱迪是美国梦的象征，德克斯特对她的追求就是对美国梦的追求，这一追求决定着他的人生走向。与朱迪第一次在高尔夫球场相遇后德克斯特决定辞去球童工作，就是因为他认为仅靠当球童赚几个零花钱永远也不可能进入朱迪的富人世界。因此，他决定重塑自己，争取成为一个与朱迪相般配的人。与朱迪初次相会使他的"冬之梦"更为明确，并愿意为此付出一切代价。于是，他沿着这一方向自我发展，上大学，开洗衣店，似乎正在实现自己的梦想，但当朱迪再次出现时，他意识到自己追求的梦想可能就是朱迪，而这个浪漫的梦想因朱迪的摇摆不定而显得遥不可及。在经历了与艾琳解除婚约和又一次被朱迪抛弃之后，德克斯特远离家乡到纽约发展，在华尔街他赚了更多的钱，"当时他在这里的事业可谓顺风顺水——简直可谓所向披靡、无往不利。"[①] 而此时，他已有七年没有回过西部的家乡了，几乎忘却了自己的童年和生他养他的故乡。所以，当他因得知朱迪容颜已衰而哭泣时，与其说他是在为朱迪而哭，为自己梦想破灭而悲伤，不如说这一消息勾起了他的回忆，他是在为自己那个曾经浪漫的少年而哭。他再也回不到过去，回不了家乡，因为对金钱的追逐和物质上的成功已销蚀了他追逐"冬之梦"的动力："很久，很久以前，我还有这么股子心劲儿，可是如今一切皆空了。一切皆无，万事皆空了。我不能哭，不能牵挂，那股劲儿再也找不回来了。"[②]

《冬之梦》讲述的是主人公德克斯特从 14 岁到 32 岁的人生经历，这

---

① F. S. 菲茨杰拉德著，何绍斌等译：《冬之春梦》，F. S. 菲茨杰拉德著，何绍斌等译：《所有悲伤的年轻人》，浙江文艺出版社 2016 年版，第 93 页。引用时据原文略加改动。

② F. S. 菲茨杰拉德著，何绍斌等译：《冬之春梦》，第 97 页。

正是一个人从少年走向成年的阶段，而且故事主要呈现的是他的心理变化或成熟过程。因此，菲茨杰拉德显然创作的是一部典型的成长小说，只不过描写的是主人公由最初的梦想到最终的幻灭或失去浪漫激情的过程，而正是这一点反映了美国成长小说的一个重要特征。值得一提的是，在那个喧嚣的20年代，主人公物质追求的表层下潜藏的实际上是一种朦胧的精神诉求，这一点可能连德克斯特自己都不太清楚，但从他痛彻心扉的哭泣中读者不难体会他失去梦想时的精神苦闷。这种难以言说的苦楚就德克斯特而言是物质财富无法化解的，因为当时他在华尔街的事业如日中天，也不是朱迪能够化解的，因为即便朱迪真的成了他的妻子，他同样会感到痛苦："那种痛彻心扉的感觉，就如同他娶了朱迪·琼斯而眼睁睁看着她一天天衰老枯萎一样。"[①] 因此，菲茨杰拉德在这个小说中看似在描写那个纸醉金迷、喧哗骚动的时代人的追名逐利，实际上表达的是主人公精神欲求得不到满足的悲苦。这种精神诉求与德国经典成长小说表达美学-精神之追求暗合，但结局迥异。

这种精神诉求在美国20世纪30、40年代的成长小说中得到了更加深刻而艺术的表达。其中，乔治·桑塔亚那的《最后的清教徒》和福克纳的《去吧，摩西》最具有代表性。

《最后的清教徒》在20世纪30年代"特别受普通读者的欢迎"，被当今学者称为是一项"卓越的成就"，"自觉地"限定在"歌德的成长小说界限内"。[②] 但当时人们对这部奇书体裁的归类却感到困惑，甚至颇有微词，有书评这样说道：

> 这是一本什么样的书？无法知晓。它显然不是一部小说。它不是一部哲学著作，也不是日记或传记。它甚至不是一本回忆录。

---

① F. S. 菲茨杰拉德著，何绍斌等译：《冬之春梦》，第96页。

② Thomas L. Jeffers, *Apprenticeships: The Bildungsroman from Goethe to Santayana*, p. 6.

它是一位老人在以拘谨、杂乱，但却华丽的方式自言自语。他自我拷问他记忆或想象中的每一个有个性的人；甚至一个婴儿就是某种形式的桑塔亚那。这本书本来可以用某种异想天开的方式围绕一位老人展开，这位老人在描写一个可爱的小男孩，（声称）如果他娶了一个合适的女人他就会有这样一个孩子，只可惜作品是由现实这根粗大、乏味的金属线串起来的。要不是人们喜欢这位创作了这部令人费解之作的迷惘的博学之士，并异常钦佩他那引人注目的表达天赋，他们会把这本书称为怪物的。[①]

《最后的清教徒》这种文类难以归类的“令人费解之作”或“怪物”，“神奇地吸纳了哲学、社会评论和文化分析中常见的话题（burden）”，[②] 令读者感到它“既是也不是”上述任何一种体裁的作品，其实，它不同程度地兼备了上述各种文类的品质。这使我们不禁想起卡莱尔的《旧衣新裁》。作为英国第一部成长小说，《旧衣新裁》也是一部将精神自传、哲学和成长小说熔于一炉的奇作。桑塔亚那和卡莱尔同为哲学家，而且《最后的清教徒》和《旧衣新裁》分别是他们唯一的小说。更为重要的是，二者都描写了主人公艰难的精神成长历程，再现了他们所遭遇的精神危机。

“要评选哪位作家的作品人们引得最多却读得最少，那乔治·桑塔亚那必有希望入选。”[③] 这是人们对他及其小说造成误读的原因之一。原因之二是这部小说有个副标题——“小说式的回忆录”（“Memoir in the Form of a Novel”），对此，桑塔亚那这样解释道，他从未打算把这本书写成“具有人为的戏剧一致性（dramatic unity）的故事”，一开始他就有意使它成

① T. B. F., “The Last Puritan,” *America*, 1936, 54, 26, p. 623.

② H. T. Kirby-Smith, “Review: *George Santayana, Literary Philosopher* by Irving Singer,” *The New England Quarterly*, Jun., 2001, 74, 2, p. 349.

③ H. T. Kirby-Smith, “Review: *George Santayana, Literary Philosopher* by Irving Singer,” p. 348.

为“部分讽刺、部分诗意的情感教育的记事”。[①] 确切地说，这部小说表达了作者本人的哲学思想和人生态度。正因为如此，论者对此颇有微词，认为它“缺乏艺术性”：“是作者，而不是人物，在说话。桑塔亚那先生，那个哲学家，充当了戏剧中的所有演员。人们在性别或性格或身份的每一个伪装后面发现的是他的言语、他的举止、他的思想、他的情绪。”换言之，很难把《最后的清教徒》当小说来读，“它与哲学对话有着亲密关系”，小说戏剧性地再现的是“对人生意义的哲学探寻”，但“对真理和意义的自信探讨被深沉的幻灭精神取代了”。[②]

上述评论反映的是当时人们对《最后的清教徒》的即时反应，但现在看来，当初人们的反应显然失之偏颇。这是桑塔亚那前后耗时 45 年才成就的著作，它 1935 年出版，次年便成为畅销书，销量仅次于《飘》（*Gone with the Wind*）。实际上，这部书是作者基于对现实的考察，将他的哲学思想以文学的形式表达出来，是哲学与文学完美结合的典范之作：“桑塔亚那在《最后的清教徒》中嫁接哲学与文学意识的能力是卓越的。在整部小说中，这两种方法是有机关联的。它们的结合反映了他所体验的现实。”[③]

成长小说的一个潜在的永恒主题就是“认识你自己”，桑塔亚那在《最后的清教徒》中刻画了一个受困于自己的精神追求但至死也没有认识自己的悲剧人物形象。通过对主人公奥利弗 · 奥尔登成长过程的描述，作者将精神与物质、心灵与身体、个体与社会等之间的关系问题融为一体，艺术地阐明了自己的哲学观点。

---

① George Santayana, “Preface,” in George Santayana, *The Last Puritan: A Memoir in the Form of a Novel*, Cambridge: The MIT Press, 1994, p. 4.

② M. C. Otto, “Review: *The Last Puritan* by George Santayana,” *The Journal of Higher Education*, Jun., 1936, 7, 6, p. 339.

③ Irving Singer, *George Santayana, Literary Philosopher*, New Haven & London: Yale University Press, 2000, p. 39.

除了1937年在美国首版时加的“前言”，以及原有的“序言”和“尾声”之外，《最后的清教徒》的主体分为五个部分——“祖先”“童年”“第一次朝圣之旅”“在家庭的轨道上”和“最后的朝圣之旅”。这五个部分大致代表着主人公奥利弗短暂人生的不同发展阶段，围绕着他的责任感和本性之间的冲突展开叙述。即便是第一部分“祖先”也是为主人公奥利弗性格形成做铺垫的，因为在这一部分，他的叔叔纳撒尼尔、父亲彼得和母亲哈里特尽管性格各异，但他们有一个共同特点，那就是责任意识。这种责任意识对奥利弗影响至深，构成了他的主要性格特征。奥利弗生活在一个有钱人的家庭，是家中唯一的孩子，但家里的清教思想浓郁，他是在严格的清教氛围中长大的，并按照母亲为他设计的一切行事。父亲一年当中四分之三的时间是在游艇上度过的，以此寻找他自己的解脱方式，思考着徒劳无益的生活；而清教徒母亲则把精力用在她虔诚的事业上，因此，这样的家庭对奥利弗来说缺乏温情。

像其他成长小说一样，《最后的清教徒》中也有两个堪称奥利弗“导师”的人对他产生了重要影响。一是船长吉姆·达恩利，这个聪明的年轻人，“其冲动不受非自然的道德责难。”他能做到“真诚而忠实”，尽管认识到自己智力上的局限性，但凭着自己“令人钦佩的机智和良好的判断力”，他在知识分子中也能“无拘无束”。奥利弗与他建立了“最坚定的友谊”，也正是通过他，奥利弗开始认识到“肮脏的现实”。二是他的表兄弟马里奥，他重物质而轻精神，与奥利弗正好形成了对照。马里奥适应各色人等及各种环境，也比奥利弗更容易引起女人的兴趣。① 吉姆和马里奥的共同点在性格上，都相对无忧无虑，而不像奥利弗那样背负着许多道德责任，因而，他们过着更加轻松愉悦的生活。正是受这两个人的影响，奥利弗逐渐摆脱

① Justus Buchler, “George Santayana’s *The Last Puritan*,” *The New England Quarterly*, Jun., 1936, 9, 2, p. 283.

了家传的苦行生活的羁绊，认识到“当一个清教徒是错误的”，[①] 他应该过一种自然、正常的生活。但他仍然以义务来衡量一切，不仅觉得他有义务生活，而且有义务恋爱，他认为：“像堂·吉诃德一样，恋爱是他的责任。”[②] 于是，他向两个女孩求婚，一个是马里奥在纽约的表妹伊迪丝，另一个是吉姆的妹妹罗斯。但他这两次求婚并非是全心全意的感情投入，而是如前所述，他把这些当作是自己的义务，或者说只是出于他的一种需要：“对罗斯我可能犯了错，就像我对伊迪丝一样，但我对自己却没有犯错。她们也许不是合适的女人，但她们对我而言是合适的象征，象征着我需要的东西，我必须要找到的东西。”[③] 在她们身上，他看到的只是他“自己抱负的影像，只是幻影”，[④] 这样的求婚其结果可想而知。遭到罗斯拒绝后，奥利弗又从现实中退隐到自己理想的小世界，认为他要追求的必须是“尽善尽美”和“无边的幸福”，而如果结婚的话，无法指望他的妻子和子女能满足他的“整个身心”，使他获得“真正的幸福”，他们也无法使他的“灵魂”陶醉，而“只有神圣之爱能使之陶醉”。[⑤] 最后，他认识到他与他的叔叔纳撒尼尔本质上的一致性，并为此而感到骄傲，决心献身于他们所追求的理想：“我们已经献身于真理，献身于与我们能够想象得到的最高贵的事物同在的生活。如果我们不能这样生活，那么，我们干脆不要生活了。”[⑥] 桑塔亚那将吉姆和马里奥，尤其是后者，作为奥利弗的对照，展示了两种不同的生活方式——物质生活和精神生活。但桑塔亚那并非要厚此薄彼，从奥利弗后来的悲剧来看，作者可能认为二者都走了极端：马里奥无视精神生活，而奥利弗却

---

① George Santayana, *The Last Puritan: A Memoir in the Form of a Novel*, Cambridge: The MIT Press, 1994, p. 14.

② George Santayana, *The Last Puritan: A Memoir in the Form of a Novel*, p. 545.

③ George Santayana, *The Last Puritan: A Memoir in the Form of a Novel*, p. 552.

④ George Santayana, *The Last Puritan: A Memoir in the Form of a Novel*, p. 552.

⑤ George Santayana, *The Last Puritan: A Memoir in the Form of a Novel*, p. 552.

⑥ George Santayana, *The Last Puritan: A Memoir in the Form of a Novel*, pp. 553–554.

过分沉溺于精神和理性的世界。

由此可见，小说中包含着几组二元对立项，即约尔顿所说的“对立”：“精神－物质”及其蕴含的“心灵－身体”和“个体－社会”。小说的主要目的之一就是敦促我们由解决“心灵－身体”问题延伸到解决“个体－社会”问题。作者似乎在向读者暗示：“谋求幸福的个体会不论真伪地接受他所在的社会，克制自己不对其强加什么模式。其结果将是个体自由地追寻个人的目标和理想。最有益的目的和目标是不违反社会及其要求，但也不依赖于社会环境。桑塔亚那坚信，当个体独立于他的社会环境和自然环境，不超越其模式内的必要平衡，个人的幸福就能得到最佳的实现。”① 如此看来，《最后的清教徒》旨在通过描写主人公奥利弗的成长经历给人们指出解决精神与物质、心灵与身体之间矛盾的路径，使个体获得身心和谐，进而化解个体与社会之间的冲突，构建和谐社会。而实现上述目标的关键还在于协调个体与社会之间的关系，在社会规范内追求个人的理想。这与卡莱尔在《旧衣新裁》中的主张何其相似，因为卡莱尔也认为只有当个体将社会要求内化为个人的需要时个人才能得到和谐发展，才能实现自己的理想。但问题在于《旧衣新裁》中的主人公从“持久的否定”经由“冷漠的中心”走向“持久的肯定”，最终重拾了信仰，而《最后的清教徒》中的主人公“被称为最后的清教徒不仅仅是因为他处在末尾，还因为他表达了一种精神上的绝境”。② 二者之间形成了巨大的反差，差别在于成长主体的命运不同，《旧衣新裁》的主人公虽然也遭受过精神的煎熬，但最终获得了重生，而《最后的清教徒》中的奥利弗虽然一度回到现实中，但他最后却走上了精神追求的极端，以悲剧收场。但这种“精神危机的英雄和殉道者”在作者本人看来却“根本没有失败”，相反，“他在不打破妨碍他一切

① John W. Yolton, “Notes on Santayana’s *The Last Puritan*,” *The Philosophical Review*, Apr., 1951, 60, 2, p. 239.

② Thomas L. Jeffers, *Apprenticeships: The Bildungsroman from Goethe to Santayana*, p. 159.

本能的社会秩序的情况下，成功完好地维护了一种正直和甜美。”[①]

桑塔亚那的所谓“正直和甜美”实在难以掩饰主人公“殉道者”的悲剧色彩。其实，作者的观点是矛盾的，一个人如何能够做到既“不违反社会及其要求”又“不依赖于社会环境”？个体的人既然“接受他所在的社会，克制自己”又如何能“自由地追寻个人的目标和理想”？个体与社会之间存在的这些问题和矛盾早在《旧衣新裁》中就被卡莱尔提出，并得到了他令人生疑的理想化解决。在100多年后的《最后的清教徒》中桑塔亚那又旧话重提，但他似乎无法化解这些矛盾。尽管他对主人公充满同情，为他的命运感到惋惜，但他断定奥利弗会“英年早逝”：

> 耶稣至少死了还能得到赞美，证明他知道他是救世主（the Son of God）。但可怜的奥利弗……。他太克己自制，对此有太多的理性。但他会有精神上的最完美境地，有精神勇气成为他真正的自己吗？……他能像这个无情的社会中的许多好人一样在真正的自我中挺过来，在变成他自己讨厌要做的那种人后还能继续存活吗？……不！他会悲惨地英年早逝。这种模糊的现代殉教从某种立场看比殉教地各各他（Golgotha）的殉教更令人痛心。[②]

在这里，作者一方面指出了主人公的性格特征——克己自制和理性，另一方面断言他既不可能成为真正的自己，又不能顺应社会成为自己讨厌的那种人而苟活于人世。作者为何既对奥利弗表示理解，又无法为他设计一条出路？

究其原因，这与作者的哲学观点不无关系。桑塔亚那在其哲学著作中先后提出两种生活方式——“理性生活”和“精神生活”。大致说来，“理

① George Santayana, “Preface,” in George Santayana, *The Last Puritan: A Memoir in the Form of a Novel*, p. 7.

② George Santayana, *The Last Puritan: A Memoir in the Form of a Novel*, p. 220.

性生活就是知道你真正想要什么和如何得到它，而精神生活就是对利己主义的摈弃，因为它极端不公。”[①] 作者将奥利弗定性为一个殉道者，小说始终围绕着这一角色定位展开，从某种意义上来说，小说在演示上述两种生活方式的内在矛盾。在小说的序言中，作者借助奥利弗的表兄弟和知心朋友马里奥之口道出了奥利弗的性格特征和精神困境。他认为奥利弗是“最后的清教徒”：“他依据清教说服自己，当个清教徒是错误的。”但他依然是个清教徒，这正是“悲剧”产生的原因：“很清楚自己的义务就是要放弃清教，但却不能。”[②] 奥利弗既然知道自己必须放弃清教，那么他为什么又不能呢？这一疑问引导我们从他的性格中寻找原因。奥利弗品质中那种“根深蒂固的悲哀”来自他的一种悟识，即“精神必须与生活世界（everyday world）的非理性达成妥协”，而其悲剧则在于“他固有理想的持续影响，以及在他自以为已经与一种更自然的生活达成和解后的那种本质上孤独的性格”。[③]

总体而言，奥利弗有一种超然的、沉思的性格，这是桑塔亚那所说的“精神生活”的典型特征。他毕竟是“最后的清教徒”，因此，他质朴、自立、脱俗，并对自己有严苛的道德要求，因为他认为：“我生来是个精神贵族，只能听从上帝的声音，也就是我自己的心声。”[④] 在作者本人看来，奥利弗“未能成为一个正常的人”，原因在于“他是个神秘主义者，带有献身宗教的色彩，因而不能向尘世、肉体和邪恶做出让步”。[⑤] “他本来是可以成为一个圣徒的。但他命运中的深层悲剧也就在这里：他生活在精神的真空中。”这与美国的文化有关，“美国的教育在形式上可能是完美的，但

① Frederick W. Conner, “*Lucifer* and *The Last Puritan*,” *American Literature*, Mar., 1961, 33, 1, p. 1.

② George Santayana, *The Last Puritan: A Memoir in the Form of a Novel*, p. 14.

③ Justus Buchler, “George Santayana’s *The Last Puritan*,” pp. 282–283.

④ George Santayana, *The Last Puritan: A Memoir in the Form of a Novel*, p. 553.

⑤ G. Santayana, *The Letters of George Santayana* (Book Five, 1933–1936), ed. by William G. Holzberger, Cambridge: The MIT Press, 2003, p. 288.

不幸的是在实质上空洞浅薄；结果，如果一个人在美国生来是一个诗人或一个神秘主义者，那么，他简直就要忍饥挨饿，因为社会生活提供的和强加给他的都是令他讨厌的，除此之外别无他物。他幻灭了，他枯竭了。……问题不是他不愿平凡……**问题在于他不可能与众不同，但却固执己见。**”[①] 他不是圣者，也不是天才，但他在坚守，在等待时机。他追求一种难以捉摸的真理，极其认真地对待，并把它当作自己的职责，最后落了个可悲又可笑的下场。这便引向小说的另一个中心主题——“作为一种道德理想的清教之不足”。[②]

将清教作为道德理想来追求的奥利弗最终自导自演了一场“精神悲剧”。他非常清楚他所献身的理想不可能控制这个世界，因而他感到不满。对此，在小说的序言中，马里奥就做了诊断：“我想我知道奥利弗的奥秘是什么——相当普通，……甚至普遍，因为当不满足于理解而是渴望去控制的时候这根本就是精神悲剧……。奥利弗尚未达到在这个荒谬的世界里感到轻松自如的程度：我说服过他，让他相信理性与善只是次要的和附属的。他那绝对主义的道德心依然是种妄想，在放逐中维护其至高的神圣权力。”[③] 奥利弗这种虚妄的精神追求致使他无所归依，也似乎使创作主体桑塔亚那陷入困境，最后只好让主人公在车祸中丧生。但作者本人并不认为主人公英年早逝是“令人悲伤的”，因为那只是肉体变得“僵硬而冰冷”，而对精神而言，“完成了一切要做的事是光荣的”；奥利弗令人悲伤的不是他生命的意外终止，“而是他自我终止，没有相信自己的灵感——结果他懂得‘爱的怜悯，不是爱的欢愉’，智性的严肃性而不是它的荣耀”。[④] 小说中的奥利弗虽然是个好人，但不被人理解，更不讨女人喜欢，正如达恩

① G. Santayana, *The Letters of George Santayana*, pp. 288–289.

② Justus Buchler, “George Santayana’s *The Last Puritan*,” p. 282.

③ George Santayana, *The Last Puritan: A Memoir in the Form of a Novel*, pp. 16–17.

④ George Santayana, “Preface,” in George Santayana, *The Last Puritan: A Memoir in the Form of a Novel*, p. 9.

利太太最后在安慰为奥利弗死亡（更有可能是在为马里奥拒绝她的感情）而悲伤的女儿罗斯时说的：“毕竟，他对我们来说就是个陌生人，他不讨女人喜欢。尽管如此，……他还是个友善的绅士。”[①] 奥利弗不仅对他身边的人来说是“陌生人”，他对自己也是个陌生人，因为他无法面对真实的自我。更进一步来说，这个陌生人的意识也是移民出身的桑塔亚那本人的切身感受。

奥利弗不受女人待见其实是他无法化解精神与物质，更确切地说，灵魂与肉体之间矛盾的必然结果。马里奥一开始就指出：“我认为奥利弗从来没有真正恋爱过，……女人对他来说是个相当麻烦的事。他认为他喜欢她们而且她们认为她们也喜欢他；但总是欠缺点什么。他把所有的女人都看成淑女，多少都有点美丽、善良，享有特权，但令人烦恼。他从未发现所有淑女都是女人。”[②] 这说明，他将女人理想化或精神化了，因此，现实中的女人，有血有肉的女人，对他而言就是负担或麻烦。可见，悲剧的根源在于他顽固地坚守自己的精神家园，而无视物质世界的存在。他最终决定不改变自己，也不与社会妥协：“我不会在贝肯街把自己封闭起来或迈着碎步或戴着黑手套。但我能使我的思想不受侵犯，像纳撒尼尔叔叔一样，不允许这个世界来践踏我。我不会接受比我自己的良心鄙陋或粗俗的任何东西。”[③]

固守精神一隅而不及其余决定了奥利弗“成就完美的能力只是道德上的”，从而妨碍了他的理解和行动能力，使他无法收获幸福的人生：“某种冷酷和自我中心限制了他理解哪怕是对他最有吸引力的人和事的能力；尽管有最清晰的理论理解能力，但他有时候会行事愚蠢。如果某件事对他来说似乎是正确的，那么，他就不可能认为别人会反对它。……他自然是

① George Santayana, *The Last Puritan: A Memoir in the Form of a Novel*, p. 566.

② George Santayana, *The Last Puritan: A Memoir in the Form of a Novel*, p. 16.

③ George Santayana, *The Last Puritan: A Memoir in the Form of a Novel*, p. 553.

个修行的人，但他既没有力量也没有时间在精神上有所突破并活得顺心遂意。”[①] 他在第一次世界大战刚结束时就死了，因此，他的一切只是个姿态，一切都还没有来得及实施，更不用说实现了。但在桑塔亚那看来，奥利弗生活上的失败并不能否定他在精神上的清教徒身份：“在他身上，清教已耗尽，另一方面也远远超出了预期。作为一种革新的政治力量，它已被耗尽，尽管一种隐秘而活跃的世故唤起了其打破旧传统的主张。奥利弗……既没有强壮的体格使他能在那个没有把握的事业中发挥作用，也没有粗鲁的性情能在受控制的情况下幸福生活。但在精神上，他是个天生的清教徒。”[②]

他这个精神上的清教徒至多也只能算是“最后的清教徒”了，因为时移世易，奥利弗实际上已成了一个不合时代潮流的人。对此他逐渐有所认识：“在今天的世界上，我们是一种过时的奇人，就像四月的雪。或许是我们该死的时候了。如果我们抵抗，并试图坚持做偏激的人，就像目前所做的这样，那么，我们就会遭到粗暴的拒绝，或让我们赖在那里，被无视和抛弃。如果我们企图离群索居，像我父亲那样，那么，我们就会早早地凋谢枯萎，变成和善的幽灵。”[③]

《最后的清教徒》是哲学家、美学家桑塔亚那唯一的一部小说，这是一部哲理小说（philosophical novel）。它与同为哲学家的卡莱尔所创作的哲理小说《旧衣新裁》在关注主人公的精神成长，以及从个人问题出发探寻解决社会问题出路等方面，有某种精神上的默契。但主人公的命运迥然有别，托尔夫斯德吕克最终找到了自己的精神家园，而奥利弗不仅最终无以为家，陷入无能的境地，成为精神上的流浪汉，“找不到可以拿起的十

① George Santayana, “Preface,” in George Santayana, *The Last Puritan: A Memoir in the Form of a Novel*, p. 7.

② George Santayana, “Preface,” in George Santayana, *The Last Puritan: A Memoir in the Form of a Novel*, pp. 7–8.

③ George Santayana, *The Last Puritan: A Memoir in the Form of a Novel*, p. 553.

字架，可以跟随的耶稣，找不到可以传道的救赎方法”，[1]甚至还断送了自己的性命。而这一点恰恰是美国成长小说的一个显著特征，无论美国成长小说之间有多大差异，但潜伏在底层的总是主人公的一种精神追求。

吊诡的是，《最后的清教徒》似乎表明，纯粹的精神追求是不可取的，在现代社会，物质在人们的生活中发挥着越来越重要的作用，在这样的社会，为追求精神生活而鄙视物质的人是难以幸福的，因为抛弃物质阻碍了人的价值和理想的实现，在桑塔亚那看来，“为了精神而完全拒绝物质只能导致不幸”，他的整个哲学以及在这部小说中所表达的思想可以用一句话来概括：“为精神自由而顺从物质。”[2]

作为哲学家的桑塔亚那果然不同凡响，他的这部小说不仅反映了他的哲学思想，而且寓意深刻，以个人的精神危机和成长历程反映社会问题，尤其是极端的个人主义和“美国例外论”。在杰弗斯看来，“在德国，‘自我中心’导致了第一次世界大战，而在美国，“例外论”这一麻醉品引发了对墨西哥和西班牙的战争。”桑塔亚那认为，到了 1917 年，美国人已经从迷醉中清醒过来，并着手参加对德作战，而彼时的德国依然中毒未解。这场战争体现了英式民主的务实性和多元性。而《最后的清教徒》正是对世纪之交美国人思想中这种“政治冲突”的揭示，把它融入了奥利弗“个人心理成长”的过程中。[3]奥利弗一开始处于“自我为中心的孤立的”状态，即“与社会分离的”状态。但“像威廉 · 麦斯特一样，他必须改变自己与社会交往，变成一个有意识地生活在与其他自我建立关系的自我。总之，他是一个美国人，尽管信奉新英格兰清教，但似乎更像德国人而不是英国人”。因此，桑塔亚那在对待他的自我教育方面，更关注“认识论的、

---

① George Santayana, “Preface,” in George Santayana, *The Last Puritan: A Memoir in the Form of a Novel*, p. 9.

② John W. Yolton, “Notes on Santayana’s *The Last Puritan*,” p. 241.

③ Thomas L. Jeffers, *Apprenticeships: The Bildungsroman from Goethe to Santayana*, p. 162.

形而上的或伦理的危机，而不是英国成长小说和大多数美国这类小说中的性别或职业危机”。[①] 由此可见，美国成长小说在关注主人公的精神成长方面更接近德国经典成长小说。

在物质越来越受到人们重视的时代，《最后的清教徒》描写的是一个不合时宜的、孤独的精神追求者。而福克纳的《去吧，摩西》则再次把我们带回到荒野，重点讲述一个少年如何在林中成长的故事。在组成这部小说的七个中短篇故事中，《熊》最具代表性。主人公艾萨克·麦卡斯林，即艾克，从 10 岁到 21 岁的成长经历让他获得了对大自然及人性的认识，形成了自己独特的价值观，他还以此为据来评判他的家族及社会，决定他是否应该接受祖传的家产。经过激烈的思想斗争，艾克最终决定放弃家产，为家族所犯下的罪孽赎罪，从而将自己置于无力的境地。[②]

美国成长小说在描写个体的成长过程中始终对主流价值观持怀疑和批判态度，主人公在与社会的交往中逐渐形成自己的价值判断或产生顿悟，最终往往选择逃避主流社会或躲进自己想象的世界。这在 19 世纪的美国成长小说中表现得特别明显。霍桑的布朗因一夜的林中经历而认识到“恶”的普遍存在，从而厌恶人类，终生过着郁郁寡欢的生活；朱厄特的西尔维娅同样是在林中抵制住了金钱乃至性的诱惑，拒绝向年轻英俊的鸟类学者和她的外祖母透露白鹭的所在，标志着她不仅要守护偏僻的农场这个她心目中的处女地和女性世界，而且拒绝长大和融入社会；马克·吐温的哈克自不待言，他在密西西比河上的历险进一步加深了他对“文明”的排斥，最后决定先人一步到“领地”去，他把“先前经受过一回”（been there

① Thomas L. Jeffers, *Apprenticeships: The Bildungsroman from Goethe to Santayana*, p. 162.

② 关于《熊》的论述，详见拙作《从“顿悟”到“遁世”——评福克纳的小说〈熊〉》（《外国语言文学》2006 年第 2 期，第 126 ~ 130 页），或《西方成长小说文本解读》。

before）[1] 作为他逃避文明的理由似乎表明，他的经历教育了他，使他认识到，他并不属于他一心想要在其中确立自己位置的那个世界；萧邦的艾德娜被大海和草原唤起的自我意识与现实水火不容，她只能躲进自己想象的世界，最后在大海而不是在人类社会中找到了自己的归宿。时移世易，20世纪上半叶的美国成长小说主人公似乎再也找不到荒野、森林、大河、大海来作为他们的精神家园，于是，他们转向都市来探寻他们的“美国梦”，但他们要么幻灭，要么处于一片茫然之中，有一种无以为家的绝望感。安德森笔下的乔治离开他那盛产“畸人”的小镇，前往大城市寻找出路，但结局如何，无人知晓，只知道他会把家乡作为描绘他梦想的一个背景；菲茨杰拉德的德克斯特最后感到万事皆空，且无法回到从前；沃尔夫的乔治 · 韦伯那不得回家乡的无奈，是这一历史时期美国成长小说的主旋律。值得注意的是，20 世纪 30、40 年代以桑塔亚那和福克纳为代表的小说家在其成长小说中明显表现出一种德国式的内倾特征，着力描写主人公的内心冲突及其带来的心理创伤。桑塔亚那笔下的奥利弗受清教思想控制，一切自然的行为或情感都受到阻碍。他有一种强烈的“责任感”，这种责任感控制着他的所有自发行为，可以说，他一生都在为责任和义务而活：“他讨厌足球，但他还是要踢，因为这是他对威廉姆斯学院的责任。没有爱的感觉，但他却向年轻女子求婚，因为建立一个家庭是他的责任。他是一个和平主义者，但他的责任感迫使他进入战争。”[2] 受责任感驱使的奥利弗陷入无所适从的境地，同样，福克纳笔下的艾克经过大自然洗礼后，决意摈弃家族乃至民族的传统，摆出找回人类失落的天真、重建伊甸园的姿态，但实际上他已经走向虚无。尽管如此，主人公的这种精神追求及其创作主体对他们心灵冲突的描写应该得到人们的尊重，正如福克纳在 1949 年的诺贝尔文学奖授奖仪式上所说的，诗人和作家的职责就是要把人类“有同

---

① 马克 · 吐温著，许汝祉译：《郝克尔贝里 · 芬历险记》，第 326 页。

② M. C. Otto, “Review: *The Last Puritan* by George Santayana,” p. 339.

情心、有牺牲和忍耐精神”的灵魂写出来。[①]

19 世纪及 20 世纪上半叶的美国成长小说显示出了它自己独特的发展路径。如前所述，19、20 世纪之交的英国成长小说表现出对经典自我教育观修正和回归的趋势，这为取代 19 世纪中后期成长小说中的社会实用主义自我教育提供了一种可供选择的途径。“这种回归和批判的双重姿态恰恰是现代主义成长小说的特点。”[②] 果如是，美国成长小说这个后起之秀一开始就是现代主义的，因为其主人公多半选择游离于主流社会之外，更多地表现出一种悲怆的精神追求，或因受“美国梦”的蛊惑而极力满足物欲后的空虚和失落感。

在后现代时期，英美乃至整个西方世界都不得不面对极权主义、人种灭绝、核武器威胁和环境危机等恶劣情势及其对西方道德准则造成的灾难性影响。英美成长小说在这种语境下表现出趋同的发展态势，即在继续坚守成长小说母题和核心价值观的基础上，因时因势地创新表达手段，以或严肃或戏谑的形式再现主体的生成和新的人文景观。下一章集中探讨这种继承中有颠覆的英美成长小说发展新态势。

---

① William Faulkner, “Nobel Prize Speech,” Stockholm, Sweden, December 10, 1950, http://www.rjgeib.com/thoughts/faulkner/faulkner.html [2017–06–28]. 1949 年度的诺贝尔文学奖因故于 1950 年颁发。

② Gregory Castle, *Reading the Modernist Bildungsroman,* p. 4.

第九章　继承与革新并存

——当代英美成长小说

导语：本章首先基于新的历史语境，分析当代英美成长小说在继承与发展、变与不变之间做出价值判断和艺术表现手法选择的情况和原因；继而探讨20世纪50年代以来成长小说的母题——自我和身份追寻与小说中“反英雄”人物形象和小说体裁的预言及科幻特征，并据此剖析当代英美成长小说对德国经典成长小说的继承与革新。分析指出，在当代成长小说创作中，现实主义仍是主要的创作方法，但作家们也根据具体的表达须要借用现代主义和后现代主义的某些创作技巧。在美国当代成长小说中，少数族裔小说家取得了令人瞩目的成就，呈现出与主流作家合流的趋势，也得到了主流社会的承认，部分成长小说代表作已跻身当代文学经典之列。

在前几章，我们将成长小说追溯到18世纪末期在德国的诞生，以歌德的《学习时代》为标志，一直跟踪到20世纪早期英国的现代主义成长小说以及美国20世纪30、40年代桑塔亚那的《最后的清教徒》和福克纳的《去吧，摩西》。在这里，我们遇到了历史的分期问题，即何为“当代”。“当代”本来就是个不确定的概念，目前外国文学研究界主要有两种切分办法，一是用“当代文学”指称“战后文学”，即第二次世界大战以后的文学；二是用它来指更近的20世纪70年代以来的文学。但从成长小说的发展史来看，成长小说诞生的18世纪恰好是所谓“现实主义小说”的发端期，这一传统一直延续到19、20世纪之交，直至英国的乔伊斯[①]和吴尔夫以及美国的福克纳等现代主义小说家的出现。此后虽然仍有小说家标举现代主义乃至后现代主义的旗帜，但“现实主义一直是大多数小说家所选择的主要路径”，到20世纪70年代，激进的现代主义已经成为现实主义小说这一主流的“饰物”。[②]我们前几章的研究恰好进行到现代主义小说兴起的20世纪上半叶，而且从我们考察的情况来看，成长小说与小说这一文类的主流发展趋势基本一致，主要还是现实主义的。现代主义和后现代主义等小说流派的出现只是给成长小说创作增添了一些新的艺术元素，并没有改变这一小说体裁的本质特征。因此，基于我们的前期考察和此后成长小说的发展状况，我们的研究沿用上述第一种历史分期，用“当代”来指称20世纪40年代之后，这一时期的成长小说呈现出对这种小说传统模式继承与革新并存的局面。

当下，成长小说仍然保持着良好的发展势头，例如，有学者指出，“当代英国小说中一个重要的主题就是再现青年和在英国成长的体验。自从18世纪早期这种形式诞生以来，成长故事（the coming of age narrative），或成长小说就成了英国小说的一个‘主打产品’，而且这是一种有助于将故事情节线索与对主人公穿行于其间的社会和文化环境的描写结合起来的形

① 从严格意义上说，乔伊斯（James Joyce）是爱尔兰作家，但一般文学史和文集都将其纳入英国文学的范畴，如《诺顿英国文学选集》（*The Norton Anthology of English Literature*, 2006）第8版第2卷第2163～2243页就收录了乔伊斯的作品。本书从众。

② Richard Bradford, *The Novel Now: Contemporary British Fiction*, Malden: Blackwell Publishing, 2007, p. 3.

式。”[①] 同样，二战以来，成长主题也是美国文学的重要主题，成长小说也属于美国小说的“主打产品”。即便在20世纪50年代被称为“墨守成规的国家”，美国也“一如既往地反叛和多元化”，那些“局外人和反叛者很快就开始声张自我了”。第一个这样的“局外人和反叛者”就是塞林格笔下的霍尔顿，随后有许多这种“幻灭的”反叛者，而霍尔顿及其后来者都是哈克贝里·费恩的“后裔”。[②] 这说明在当代美国文学中马克·吐温的传统仍在延续，而且以哈克这样的反叛者形象为描摹对象的成长小说往往引人注目，乃至引领时代的潮流，如霍尔顿就曾是美国五六十年代青年效仿的对象。

但当代成长小说并非是一味地继承传统，它“通常将对自主化的青年文化和亚文化的现实主义再现与对纯青春更加委婉迂回的展示结合起来，纯青春被视为资本主义无尽转化的一个持久的象征，失去了宣扬和提升民族进步、教化使命乃至人权的感染力。”[③] 也就是说，当代成长小说不再对人的有机成长及个体与社会的有机结合持乐观态度，多半否定经典成长小说中主人公最终必然和谐融入社会的那种内在逻辑。

随着大众化时代的到来，当初促成成长小说诞生的那种社会和历史环境似乎已经不复存在，总体上来说，个体在全面协调发展的同时又能融入社会的美好图景，被牺牲个性的社会历史语境以及个体主动或被动地疏离社会的倾向所取代。因此，主人公的命运总体上是灰暗的，即便是对那种自愿接受牺牲个性的安排并得到童话般补偿的人来说，牺牲毕竟是牺牲，

---

① Nick Bentley, *Contemporary British Fiction*, Edinburgh: Edinburgh University Press Ltd., 2008, pp. 21–22. 关于成长小说的缘起历来存在争议，但如前所述，一般认为成长小说的诞生以歌德的《威廉·麦斯特的学习时代》为标志。不过，也有人认为成长小说的出现还要更早，这里所引的就是这一观点。

② Erik V. R. Rangno, *Contemporary American Literature: 1945–Present*, New York: Facts On File, Inc., 2006, p. 6.

③ Jed Esty, *Unseasonable Youth: Modernism, Colonialism and the Fiction of Development*, p. 210.

因为接受安排就意味着他们已经放弃了自己的理想追求。广泛涉足社会、获得丰富人生经历并构建独特而和谐自我的梦想，被精细化的社会分工和工具理性支配下的社会体制击得粉碎；以社会流动性为特征的社会实用主义被令人炫目而不切实际的幻想所取代；以美学教育为核心，追求和谐与完整自我的自我教育，堕落为狭义的学校教育乃至职业教育，传统上处于社会边缘的少数族裔和女性成长主体的疏离感就不言而喻了。在此背景下，成长小说何以安身？成长小说作家又意欲何为？如何透过成长小说来展示当代青年并借此再现新的时代风貌？面对此种情形，有的作家通过描写“反英雄”的人物形象来探讨自我和身份追寻等小说母题；有的借助预言或科幻等小说题材为个性寻找避难所；更多的还是坚守现实主义这一传统的创作路径，同时引入一些新的表现手法。

一、变与不变——当代英美成长小说及其生成语境

纵观成长小说发展史我们不难发现，自主性与社会化这对矛盾作为一条主线或总主题贯穿了各个阶段的成长小说。无论是经典成长小说还是当代成长小说，主人公都觉得他们难以心想事成，这主要是由于主人公的主观愿望与客观可能性之间存在着差距。但好梦难圆的原因在经典成长小说和当代成长小说中的表现形式却不尽相同。具体来说，经典成长小说主人公的问题似乎出在他们的出身上，例如，《学习时代》中的主人公威廉就曾对维尔纳抱怨说：“倘使我是个贵族，那么，我们的争论很快就解决了；然而我不过是个市民，所以我得走一条自己的道路，我希望你能了解我。”[①]而对当代的主人公来说，除了出身和身份之外，他们的困境仿佛更多地体现为“生不逢时”。因为在资本主义高度发达、社会分工日益精细化、西方社会普遍受工具理性支配的当下语境下，适合个体人格全面健康发展的

① 歌德著，董问樵译：《威廉·麦斯特》，第 282 页。

环境已不复存在。正如莫雷蒂在分析司汤达的创作困境时所指出的那样，司汤达利用政治历史的意图不在于——

> 在其内部展开和解决个体的形成，而是为了使那个进程更加扭曲和矛盾。他的主人公绑定在一个业已结束的历史时期的价值观上，面临着两种选择：他们可以继续忠于那些价值观，从而接受他们被排除在新的环境之外——要么他们可以或多或少公开地背叛它们，因而获得一种令人满意的社会地位。这样，个体自主性与社会融合就不再是一个单一进程中的两个方面，像在经典成长小说中那样，而是互不相容的选择。①

司汤达充满悖论的叙事策略选择在当代成长小说作家中仍具有代表性。一部分小说家描写表达强烈个人愿望的主人公，这些人物无视环境的变化，坚守自己的身份和价值追求，忍受由此必然带来的个体的物质贫困。例如，福克纳的《熊》中的艾萨克·麦卡斯林在经过两次顿悟——在林中对大自然的洞悉和在家庭旧记事簿中对罪恶的家族史的发现——之后，做出了放弃祖传家业的决定，抱持已然成为往昔的价值观念。这类顽固坚持自主性的人物形象尽管令人敬仰但却不免显得苍白，失去了鲜活的时代气息。而另一类作家却着力刻画那些放弃对过去崇高理想的追求而追随所谓"时代精神"的人物形象，由此产生了"具有现代特色和'历史'色彩的虚伪——**机会主义**"。② 例如，梅森的《寻欢作乐者的历史》中的主人公皮特就是个典型的机会主义者。尽管皮特也十分清楚他与其主人弗穆伦-西克茨一家之间的社会等级差距："我来自一个截然不同的阶层。"③ 但他对这

① Franco Moretti, *The Way of the World: The Bildungsroman in European Culture*, p. 80.

② Franco Moretti, *The Way of the World: The Bildungsroman in European Culture*, pp. 80–81.

③ Richard Mason, *History of a Pleasure Seeker*, London: Weidenfeld & Nicolson, 2011, p. 190.

种社会等级的划分不以为然，并决心不择手段，尤其是通过报复和征服的手段实现自己向社会上层攀爬的目的。在他的身上我们不难发现司汤达的《红与黑》（*Le Rouge et le Noir* / *The Red and the Black*, 1830）中那个“少年野心家”于连的影子。这种为了成功而背叛传统价值观的机会主义者形象虽然不及经典成长小说主人公那么高大，但却有趣，显得有血有肉。

由此可见，虽然遭遇资本主义现代性的冲击，成长小说这朵奇葩并没有就此凋谢，而是在枯枝上重新发出新芽，具体表现为既继承又革新经典成长小说的情节结构与人物刻画等诸要素。作家们认识到成长小说的原有形式——描写主人公稳定的成长过程——已难以表达当今的社会现实和人们的精神状态。在他们看来，原来成长小说的结局——主人公最后都会处理好青春与成年、个人诉求与社会要求之间的矛盾，进而融入社会——显得主观、造作，但他们并没有放弃这个体裁，而是又一次对此进行重构。因此，当代英美成长小说呈现出新旧并呈、继承与革新共生的景象。小说家们继续探讨成长小说的母题——自我和身份追寻，但这一类成长小说作家主要是少数族裔和女性作家，其主人公也多半以与作家同一族群和相同性别的人物为主，因此，所描写的景象特别逼真，再现的人物感情也非常真切。与此同时，成长小说中也出现了一些明显的变化和革新，主要体现在小说人物中的“反英雄”形象和小说体裁中的预言乃至科幻的特征。前者有《麦田里的守望者》和《恐怖分子》等，后者以《四门城》和《发条橙》为代表。而更多的成长小说仍然密切关注社会现实，反映人的生存困境和当代青少年成长的艰难。

无论是对青年成长作写实性的描述还是采取科幻方式来呈现，当代成长小说关注的还是人的主体性问题，具体而言就是个体在与社会的关系中的地位问题。在现代主义的后期，尽管有识之士已经认识到英国式的社会实用主义价值观缺乏对人的精神层面的关怀，于是提出了温和的社会实用主义的自我教育形式，但在“实际可用的人的生产中”，其总的趋势还是“朝着社会工程，朝着‘质量控制’”方向发展。现代主义小说家对恢复经典自我教育所做的努力表达了他们对“自我道德”的关注，在他们看来，统一性是“冲突异常激烈的场所”，在这里，“主体与他或她自己同社会和谐结合这一令其厌恶的梦境相冲突。”在这个冲突中体现出的“否定的辩证过程”凸显了信奉“非统一性”所带来的收获，“接受并肯定了不为自我统一性这个总体化设计所包容的东西——客观物、客体”等。这在现代主义文学中经常起到标志的作用，标志着一切不为经典辩证过程所包摄的东西。[①] 对客体的接受和肯定目的在于认识事物，放弃主观性对事物进行概念性的认知，强调以经验为依据的认知方式，反对社会以和谐和辩证统一性为标准来界定主体性和自我身份。可见，对自我和身份的追寻和探究依然是当代成长小说的核心主题之一，只是表达方式不同而已。

在身份认同这一总主题下，当代英美成长小说又将青春问题与阶级、种族、政治、性别和性等错综复杂的问题交织在一起。

就阶级而言，英国社会传统上分为工人阶级、中产阶级和上层阶级，而在马克思看来，只有无产阶级和资产阶级或统治阶级的划分。这种以经济和社会地位来界定人的做法，到 20 世纪 50 年代在西方被一种新的切分法——以文化为标准的方法——所取代。其代表人物有威廉斯（Raymond Williams）、霍加特（Richard Hoggart）、汤普森（E. P. Thompson）和霍尔（Stuart Hall）等文化批评家。这种以文化代替经济的切分法使得英国仿佛是个无阶级的社会。[②] 实际上，阶级差别一直都存在，只不过在小说中出现了以主人公的文化追求代替原来的社会地位追求的现象，但这里的文化其实只是身份和社会地位的不同表现形式而已，其实质仍然是阶级地位。从某种意义上来说，修养、绅士风度、淑女的优雅等一直都是身份地位的象征，只是到了 20 世纪 50 年代，随着文化研究的兴起，文化标签代替了经济和阶级术语而已。这种文化追求与性别、种族等问题交织在一起，使

---

① Gregory Castle, *Reading the Modernist Bildungsroman*, p. 251.

② 参见 Nick Bentley, *Contemporary British Fiction*, pp. 8–10。

问题变得更加复杂，因此，我们在具体的文本分析时需更加细致地辨析。例如，《寻欢作乐者的历史》中的主人公皮特·巴罗尔凭着自己的音乐天赋才进入了上流社会家庭当家庭教师，而小说又牵涉阶级冲突、性和同性恋等众多问题。

除了阶级冲突这一传统的问题，性、性别和女权运动等也是当代成长小说常涉及的主题。从一定意义上说，波伏娃（Simone de Beauvoir, 1908–1986）的《第二性》（*The Second Sex*, 1949）开启了西方世界的第二波女权主义运动。这部著作的核心思想就是女人不是生来就是女人，而是后天变成的，即社会因素决定了女人的性别角色。这为妇女争取社会地位和政治权利提供了依据，为20世纪60年代这次女权运动的许多核心思想奠定了基础，并与70年代的妇女解放运动形成合流。女权运动对女性成长小说创作产生了深远影响，并波及当下。许多英国女作家的成长小说就是在60、70年代出版的，例如，莱辛的《暴力的孩子们》（*Children of Violence*, 1952–1969），穆丽尔·斯帕克（Muriel Spark, 1918–2006）的《布罗迪小姐的青春》（*The Prime of Miss Jean Brodie*, 1961）和玛格丽特·德拉布尔的《金色的耶路撒冷》（*Jerusalem the Golden*, 1967）等。60年代末期，人们对同性恋的态度发生了突变，这一变化对20世纪后二十几年的英国小说创作也产生了影响，例如，珍妮特·温特森（Jeanette Winterson, 1959– ）的《橘子不是唯一的水果》（*Oranges Are Not the Only Fruit*, 1985）就是一部关于女同性恋的成长小说。

对当代美国成长小说而言，最直接的影响来自第二次世界大战及战后美国社会经济繁荣但人们精神沉闷且压抑。50年代美国社会的典型特征是“焦虑和自鸣得意令人不安的组合”。① 成长小说作家很快就对此做出了反应，通过他们笔下的人物表达自己的不满，并在社会上引起了强烈反响。

① Erin Mercer, *Repression and Realism in Post-war American Literature*, New York: Palgrave Macmillan, 2011, p. 8.

当时得到读者积极回应并产生广泛社会影响的是塞林格描写问题少年的小说《麦田里的守望者》。这一时期美国人虽然被标榜为循规蹈矩的人，但在这部小说的主人公霍尔顿的眼里，成人世界就是腐化堕落的代名词，因此，他的使命似乎就是要守住天真和纯洁。

但在20世纪50年代也出现了与此截然相反的成长小说，可称之为“反成长小说”，例如《洛丽塔》（*Lolita*, 1955）。在这部当时引起极大争议的小说中，俄裔美国作家弗拉基米尔·纳博科夫（Vladimir Nabokov, 1899–1977）讲述了一个“天真”诱惑乃至腐蚀“经验”的寓言故事。小说中，来自欧洲、有恋童癖倾向的教授亨伯特·亨伯特引诱了一个只有12岁的美国女孩洛丽塔。但在他的自述中，洛丽塔既是受害者又是诱惑者，亨伯特还为此背上了谋杀的罪名。小说中存在着一系列的二元对立：“作为魔鬼般女诱惑者的洛丽塔和作为青春期前顽童的洛丽塔，艺术与自然之间以及想象与现实之间的冲突”等，但在这些对立或冲突背后隐现的是美国“最大和最强烈的对立——新世界的可能性与旧世界的感性之间传说中的冲突”。[①] 这就将小说引向一个更高的阐释平台，在这个高度，洛丽塔和亨伯特分别象征着美国和欧洲，他们之间的关系也就成了美欧之间的关系。一般认为这种“新世界－旧世界的对立”进一步证明了“美国的粗俗（洛丽塔）”与“欧洲的优雅（亨伯特）”，抑或相反。不过，这被认为是过分简单化的解读。[②] 从某种意义上来说，纳博科夫从一个外来者的角度，以小说的形式记录下了当时美国的社会和文化发生的变化。但无论怎么说，主人公洛丽塔都不是传统意义上的纯真少女，她对亨伯特的诱惑力是毁灭性的，因此，这就从根本上颠覆了传统的“天真”与“经验”这对二元对立。漂泊在美国这个消费社会，亨伯特念念不忘的是洛丽塔的“青春”，实际上这里的“青春”只不过是“永恒欲望的象征”，结果，亨伯特发现他自

---

① John Haegert, “Artist in Exile: The Americanization of Humbert Humbert,” *ELH*, Autumn, 1985, 52, 3, p. 779.

② 参见 John Haegert, “Artist in Exile: The Americanization of Humbert Humbert,” p. 780。

己才是一个“迟滞的幼稚之人”(arrested naïf)。[①] 如此看来，这里的“青春”与洛丽塔就如同王尔德《道连·格雷的画像》中的那幅画像，看起来是永恒青春的表征，实际上它们只是主人公无止境欲望的投射物，结果反射的是格雷和亨伯特他们自己成长受阻的现实，暴露了他们的幼稚与欲望。

20 世纪 60 年代是当代美国历史上最动荡的一个十年，为这一时期美国成长小说探讨政治和种族等问题提供了素材。1960 年肯尼迪（John F. Kennedy, 1917–1963）险胜尼克松（Richard Nixon, 1913–1994）当选为美国总统之时，美国年轻人似乎从中看到了希望和机会，但他在 1963 年 11 月遇刺身亡事件陡然改变了人们的乐观态度。随后，美国接二连三地发生了诸如美国黑人领袖马尔科姆·艾克斯（Malcolm X, 1925–1965）和马丁·路德·金（Martin Luther King, Jr., 1929–1968）以及肯尼迪总统之弟、政治家、律师罗伯特·肯尼迪（Robert Kennedy, 1925–1968）等遇刺事件。几乎与此同时，美国卷入了造成五万多士兵丧生的越南战争，这一切使美国人陷入极度焦虑状态。与此相呼应的是，美国青年人广泛参与了“反主流文化运动”(the Counterculture Movement)，一场起源于英国和美国，并在 60 年代早期至 70 年代中期波及西方大部分地区的“反正统”文化运动。而且，此时人们的思想仍受制于 50 年代形成的“垮掉的一代”（the Beat Generation）的核心理念。在这场文学运动中，“垮掉的一代”作家反对物质主义，主张人的精神追求，强调意识在人的体验形成中的重要性。[②]

在此背景下，如果说 50 年代的美国成长小说还在极力以种族问题和自我追寻等为主题来反映社会现实的话，那么，到了 60 年代，这种具有现实主义风格的传统小说样式日渐式微，因为作家们感到用传统的方式来表达当下的社会现实和成长主体的感受已有些力不从心。他们转而关注主人公个人的内心感受，侧重从心理的层面刻画人物，往往描写一个缺乏理

---

① Jed Esty, *Unseasonable Youth: Modernism, Colonialism and the Fiction of Development*, p. 205.

② 参见 Erik V. R. Rangno, *Contemporary American Literature: 1945–Present*, pp. 27–29。

性且与历史及社会现实相去甚远的精神世界。在这一点上，我们所称谓的当代英美成长小说出现了趋同的现象。

20 世纪 60 年代一种现代意义上的“青年小说”（Young Adult novel）引起了人们的特别关注，此时正是所谓的“后现代时期”。“青年小说”带着“对社会制度的质疑”，提出“它们如何构建个体”的问题。这类小说也只有在后现代时期才有可能再次引起人们的关注，并被重新界定，因为受后现代的影响，作家们开始探讨这样的问题：“如果我们将人界定为社会构建的主体，而不是受他们身份限制的自足的个体，这意味着什么”？[①] 我们可以将这类小说视为成长小说在新形势下的一种变革，但青年小说是否属于成长小说关键要看主人公成熟的程度，而不是别的。[②] 诞生于浪漫主义时期的成长小说，其主人公一般要成熟到能够自主和自决的成年期，这可以作为区分成长小说与发展小说和青年小说的一个依据。例如，凯瑟琳·帕特森（Katherine Paterson, 1932– ）的《莉迪亚》（*Lyddie*, 1991）就既属于青年小说，又属于成长小说。传统的成长小说一般都带有浪漫的色彩，即主人公通常都长大成人，或者说都在一定程度上肯定了自我。但这一时期的成长小说多半没有满足这一浪漫的预期，主人公在小说结束时往往还没有长大成人，甚至受到死亡的威胁，例如罗伯特·科米尔（Robert Cormier, 1925–2000）的《巧克力战争》（*The Chocolate War*, 1974）。这部小说就涉及法国后现代主义大师福柯关于权力与压抑之间的关系的论述。“青年小说”到了 70 年代又衍生出一种被称为“问题小说”（problem novel）的亚类，小说涉及社会与道德问题。这种小说结局与传统的成长小说有异，似乎也缺乏积极的教育功能，而其主人公又是青少年，因此往往会受到非议。例如，科米尔的小说就有一种虚无感，结尾往往缺乏亮色，因此遭到人们的指责，但却可能代表着当代成长小说的一种新趋势。

---

① Roberta Seelinger Trites, *Disturbing the Universe: Power and Repression in Adolescent Literature*, p. 16.

② 参见 Roberta Seelinger Trites, *Disturbing the Universe: Power and Repression in Adolescent Literature*, p. 18。

20 世纪 80、90 年代，成长小说重拾“寻找自我”这一传统的主题，但像是为了增加小说的历史厚重感，作家往往赋予日常生活和琐屑的事情以象征意义，或使读者产生对重大历史事件的联想，或将主人公再次置于边远地区寻找新的田园生活。例如，在保罗·奥斯特（Paul Auster, 1947– ）的《月宫》（*Moon Palace*, 1989）中，作者在描写主人公马可·佛格寻找自我和父亲的过程中，不断提及或暗示人类首次登陆月球、哥伦布发现新大陆、马可·波罗等人物或事件。而在科马克·麦卡锡（Cormac McCarthy, 1933– ）1992 年出版的《天下骏马》（*All the Pretty Horses*）中，主人公约翰·格雷迪及其小伙伴罗林斯离开家乡得克萨斯州，前往墨西哥寻找他们心目中的田园生活。小说不仅成为畅销书还获得美国全国图书奖（the National Book Award）等奖项，这不仅说明当代美国人心目中仍然有边疆情结，而且也一定程度上表明美国成长小说有回归传统的趋势。

进入 21 世纪，英美成长小说一方面描写主人公在幻境中的成长经历，另一方面也书写现实感极强的成长故事。前者有英国作家戴维·米切尔的《绿野黑天鹅》，后者有厄普代克的《恐怖分子》。种种迹象表明，当代英美成长小说既有对经典成长小说继承的一面，也有创新表现手法的一面。

二、“站在十字路口的小说家”——当代英国成长小说

在《站在十字路口的小说家》（“The Novelist at the Crossroads,” 1971）一文中，戴维·洛奇（David Lodge, 1935– ）辩称，就形式而言，当代小说家就“站在十字路口”——一面是“现实主义”，另一面是“延续下来的现代主义和实验性的”小说创作方法。有论者在此基础上指出，当代小说是“这两种样式的混合”。[①] 从 20 世纪 70 年代起，第三种类型——后现代主义——变得越来越流行，在文体上，它有别于现实主义和现代主义。

---

① Nick Bentley, *Contemporary British Fiction*, pp. 30–31.

但实际上，现实主义仍然是当代英国成长小说作家的一种主流创作方法，他们只是间或把现代主义或后现代主义作为一种形式技巧或社会与文化批评方式运用于他们的创作中。

在当代成长小说中，社会是个开放的结构，主人公不再被局限在一个预先设定好的理想现实中，因此也不会再导向一个具体的目标，小说常常是开放式的结局，甚至在幻想中结束。主人公可以是男性也可以是女性，可以是白人也可以是黑人、黄种人以及其他任何肤色的人，可以是中产阶级子弟也可以是处于社会最低层的人。精神贫乏、空虚同富裕但混乱的物质世界之间的冲突更加明显。为了再现这种反差强烈的物质和精神世界，当代作家们大胆革新小说的叙事结构，打破了经典成长小说的叙事模式，给人以脱胎换骨的感觉，似乎已经不再属于成长小说这个“种群”了。但正如卡斯尔说的，“从一个重要意义上说，属类上的失灵（generic failure）是结构上所必需的，因为它是经典自我教育内在批评的基础和标记。因此，属类（和遗传上）的失灵是批评上胜利的标志。”[①] 新的结构为当代成长小说在新的情况下重构美学和精神教育提供了可能，为内在修养的形成营造了自由的氛围，从而突出了当代成长小说作家视野中的自我教育形式。当然，这里所说的开放的社会结构指的是作家们在社会和文化批判中暗示的一种理念，他们在小说中实际呈现的往往恰恰与之相反。正是在描写主人公受到当下社会机构更加严苛的限制及由此产生的严重后果的过程中，作者以批判的方式向我们展示什么才是适应内在修养塑成的自由氛围。

在二战后的20世纪50年代，英国出现了一个被称为“愤怒的青年”（the Angry Young Men）的作家群体，包括约翰·奥斯本（John Osborne, 1929–1994）、爱伦·西利托（Alan Sillitoe, 1928–2010）、柯林·威尔逊（Colin Wilson, 1931–2013）等。他们集中描写下层社会人士的受压迫状

① Gregory Castle, *Reading the Modernist Bildungsroman*, p. 71.

况，主要关注处在英国阶级体系中的男性主人公。当时，金斯利·艾米斯（Kingsley Amis, 1922–1995）因出版了他那部引起轰动的《幸运的吉姆》（*Lucky Jim*, 1954）便很快被贴上了“愤怒的青年”的标签——尽管他本人反对，自此以后这个标签一直与他如影相随。《幸运的吉姆》是最早的校园讽刺小说之一，与塞林格的《麦田的守望者》不同，这部小说将讽刺的矛头由学生转向了高校教师。主人公吉姆·狄克逊是一个来自社会下层，但受过高等教育的青年，在英国一所地方大学的历史系担任助理讲师。尽管他非常厌恶那里虚伪的学术氛围，尤其是他的顶头上司——不学无术的历史系主任威尔奇教授，但为了谋生，他不得不委曲求全。在那里，他麻烦不断，经常受到解职的威胁。尽管他一心想保住这个自己并不喜欢的教职，但因在醉酒的状态下做公开演讲，并嘲讽威尔奇和校长，他最终被解雇。但就在此时，他的命运发生了反转，富商戈尔·厄夸尔特给他提供一个在伦敦待遇优厚的职位，吉姆借此得以与厄夸尔特漂亮的侄女克里丝汀·卡拉汉牵手。

与传统的成长小说主人公不同，这部小说中的吉姆一无过人之处，只会嘲笑周围的人，几乎是一个小丑式的人物。但这一反英雄的人物形象却是作者借此嘲讽虚伪的精英阶层的有效工具。小说一出版便激起了人们对当时最敏感的问题的争论——文化和代际冲突，即传统的“具有牛津文化特色的绅士世界”与“新兴的阶层”——“拒绝被这个世界拥抱且受过大学教育的作家”——之间的冲突。[①] 具有讽刺意味的是，虽然《幸运的吉姆》出版第二年就获得了毛姆奖（Somerset Maugham Award），但却遭到了毛姆本人的批评。毛姆指责说，像吉姆那样的人，当然也包括他的创作者金斯利·艾米斯，他们“上大学不是去习得文化，而是为了谋取一份工作，可当他们得到这样的工作后，却又敷衍了事”。他甚至把这样的人物称为

---

① Gavin Keulks, *Father and Son: Kingsley Amis, Martin Amis, and the British Novel Since 1950*, Madison: The University of Wisconsin Press, 2003, p. 106.

“人渣”。[①] 毛姆如此贬低这部小说及其作者或许从反面说明，这部小说触到了以毛姆为代表的精英阶层的痛处，至少说明这两代作家之间存在冲突。其实，主人公吉姆经历了一个性格变化的过程，他由言行不一，内心世界与外在表现分裂，走向二者的调和。他一开始逃避、妥协和虚伪的表现，实际上是为了掩饰他内心对精英阶层的反叛和鄙视。正如戴维·洛奇所说的，“只有当他通过意志力使他的内心世界和外部世界形成合谋，他才能够得到发展，走出内心的迷宫。”在洛奇看来，直至吉姆打败了伯特兰·威尔奇，他才“超越了内在的局限性”，说出了他那“颠覆性的思想”。[②] 也就是说，他开始走向成熟，命运也开始逆转。但小说的结局似乎落入了俗套，主人公得到恩主的帮助，娶了心仪的姑娘，这使小说看起来像是另类的“灰姑娘的故事”。这样的小说结局虽然不无嘲讽精英阶层的意味，但却令原本可以大放异彩的反叛英雄失去了应有的颜色。这种反差恰好衬托了“站在十字路口的小说家”所面临的困境。

如果说吉姆的反英雄行为只局限在抽烟、喝酒、做鬼脸、打架等行为上，那么，到 20 世纪 60 年代，作家们笔下的这种形象几乎超越了人们的想象。在战后西方世界暴力泛滥、道德式微的转型时期，两位英国作家在 60 年代一前一后出版了两部带有暴力倾向和幻想色彩的著名成长小说，分别是安东尼·伯吉斯的《发条橙》和诺贝尔奖获得者多丽丝·莱辛的《四门城》。

《发条橙》将背景设定在想象的未来时间与空间，人物却呈现出 20 世纪 60 年代英国放荡不羁的反叛青年形象。小说以 15 岁的少年主人公亚历克斯为叙述者，讲述了他自己荒诞不经的成长经历。生性残暴、无恶不作的亚历克斯是个典型的“反英雄”形象，他坏事干绝，最后终于被捕入狱。狱方对他施行了所谓的“路德维克疗法”——一种想象的采用生物技术矫

① Gavin Keulks, *Father and Son: Kingsley Amis, Martin Amis, and the British Novel Since 1950*, p. 107.

② Gavin Keulks, *Father and Son: Kingsley Amis, Martin Amis, and the British Novel Since 1950*, p. 110.

治犯人的方法，这种疗法效果奇特，亚历克斯很快改邪归正，成了一个“发条橙子”——一个无法自觉选择道德行为的“非人”。伯吉斯在小说中把暴力、性、音乐和“路德维克疗法”等看似风马牛不相及的东西交织在一起，给人们描绘了一个可怖的“敌托邦”（Dystopia）世界，即与“乌托邦”（Utopia）相对的地狱般的世界。作者试图探讨自我意志与国家意志之间的关系，警示人们：“路德维克疗法”固然能使误入歧途的人弃暗投明，但这种使人失去道德选择能力的极端方式终究会使人成为像上了发条的橙子一样的“非人”，后果同样可怕。这种操控主体，使其丧失自由意志的怪异与变态的改造方式，与经典的美学与精神的自我教育背道而驰。小说似乎是在批判后工业时代西方技术集权主义对人的自由意志的控制，在经典成长小说中人们渴望融入的社会在这里变成了摧残人、控制人、规训人意志的工具。从另一方面来看，这部成长小说在控诉统治集团对主体意识极端控制的同时，也是对经典自我教育形式别样的呼唤。

与《发条橙》类似，莱辛的《四门城》也是一部描写混乱的现代社会，并带有明显科幻和预言特征的成长小说。这是作者著名的五部曲系列小说《暴力的孩子们》中的最后一部，部分评论家认为这是她最重要的一部小说。《暴力的孩子们》系列小说前后花了莱辛将近20年的时间，小说围绕着中心人物玛莎·奎斯特展开，从第一次世界大战后期玛莎在南非的出生，她的少年和青年时代，一直写到第二次世界大战时期玛莎的婚姻。正如她的姓“奎斯特”（Quest）——探索——所暗示的，小说展示的是成长于非洲的主人公在男女不平等的社会里探索人生、寻找自我的经历。尽管小说在环境、背景与结构上与歌德的《学习时代》大不相同，但在基本理念和追求自我的精神实质上却与之无异，因为奎斯特一直在积极地与社会接触，不断地受到周围世界对其性格的重塑。《四门城》的背景是第二次世界大战后20世纪50、60年代的伦敦，当时的社会现状是冷战、反原子武器的奥尔德玛斯顿抗议游行（the Aldermaston Marches）、摇摆不定的伦敦，以及日益加剧的贫困与无政府状态。小说是以科幻的形式结束的，作者预言在第三次世界大战阴影笼罩下的20世纪，主人公最后在1997年死于远离苏格兰西北海岸的一个受放射性物质污染的岛上。她还算是幸运的，因为大多数英国人早在1978年就已经死于瘟疫、神经毒气和核爆炸等各种灾难了。难怪莱辛本人也称《四门城》为预言式小说。

尽管在60年代英国出版了一系列带有幻想色彩的成长小说，但以现实为基础创作的成长小说依然抢眼。当代英国著名的学者型作家戴维·洛奇的《脱离苦海》（*Out of the Shelter*, 1970）就是一部时代气息十分浓郁，且结构——尤其是结局——上明显反映出回归传统成长小说模式倾向的小说作品。《脱离苦海》是英国战后以战争为背景的成长小说，也是洛奇最具自传性的小说。它讲述的是一个叫蒂莫西的男孩在二战中遭遇大规模空袭并在朋友吉尔家花园的防空洞中度过的一个个夜晚。在吉尔和他的母亲被炸死后，蒂莫西和母亲被疏散到乡下，但很快又回到伦敦。此时，他首次交代他深受负罪感所困，因为他隐瞒了一个事实真相：他曾经和吉尔彼此触摸过对方的生殖器。由于这种负罪感以及有关希特勒的电影给他带来的恐惧心理，蒂莫西噩梦连连。此时的伦敦物资匮乏，连粮食也是限额供应，战时的遭遇以及战后万物凋敝的现实令蒂莫西的童年时代毫无快乐可言。但16岁这一年是蒂莫西人生的一个转折点。这年夏天，他应在德国为美国占领军工作的姐姐凯斯的邀请在海德堡度夏，这次经历改变了一切，蒂莫西开始了真正的成长旅程。摆脱幽闭恐惧症和极端拘谨的家庭环境，蒂莫西逐渐步入成年时代，走出性困惑和对纳粹的极度恐惧。在德国的经历使主人公目睹并加深了对周围人和社会的认识，故事叙述的语气也随着主人公的成熟逐渐由天真变得稳健。

英国文坛老将莱辛于20、21世纪之交出版了两本带有“哥特小说”或称“恐怖小说”特色的成长小说——《第五个孩子》（*The Fifth Child*, 1988）及其续篇《浮世畸零人》（*Ben, in the World*, 2000）。《第五个孩子》讲述的是海蕊·骆维特、大卫·骆维特夫妇在生下第五个孩子班·骆维特后家庭生活发生的变故。班似乎注定是个不受欢迎的人。他本来就是意外怀孕的产物，在怀孕期间，他的母亲就遭受了巨大的不安和疼痛。出生后，父母发现他是个多毛、力气巨大的“怪物”，他惹得家庭不得安宁，自然也遭到他周围的人——包括他的父母和四个哥哥姐姐的拒斥。而潜藏在文本底层的始终是遭人嫌弃、孤独的班对同伴和归属感的渴望。虽然小说的结局是开放式的，但作者暗示，班将在另一个国家的茫茫人海中继续寻找自己同类的面孔。果然，时隔12年，续篇《浮世畸零人》进一步描写班离开家庭后在伦敦的遭遇，着重强调了他对认同感的渴望。班在伦敦被生病的毕格斯太太收留，后者为他提供食宿，使他有了暂时的栖息地。毕格斯太太因病住院后，他与一个叫丽妲的妓女生活在一起，丽妲的男友利用班往巴黎运送毒品。在巴黎，班又被一个叫亚力的人带到巴西拍电影。结果，一个科学家想在他身上做基因测试。班遭到了非人的待遇，但他却很兴奋，因为他听说他将会遇到很多像他一样的人。结局当然是极其悲惨的。在这部小说中，莱辛以一种极端的方式形象地再现了当代人的生存困境，班被社会抛弃和利用的遭遇以及他寻找自我、渴望认同而不得的窘境令人心酸。

进入新世纪，英国成长小说依然佳作迭出，但仍然处于十字路口，在传统承继与改革创新之间摇摆不定。英国新锐作家戴维·米切尔（David Mitchell, 1969– ）的作品《绿野黑天鹅》（*Black Swan Green*, 2006）就是一部穿梭在现实与想象之间的成长小说。小说的主人公是一个名叫贾森·泰勒的13岁男孩，故事发生在20世纪80年代初英格兰的一个村庄——具体是1982年前后一个名叫绿野黑天鹅的偏远乡村，时间跨度为13个月，小说正好也是由13个故事构成。贾森在别人眼中是一个有些口吃的寻常少年，但独自一人的时候，他却能写出流畅的诗句。他耽于幻想，仿佛时常能听到某种召唤，终于有一天他独自走进黑天鹅村边的绿野，在那里他遇到一系列奇妙的事情。而这些奇遇到底是他真实的经历还是他的想象，读者难以分辨，但透过这少年充满好奇的眼睛，读者却能穿越死寂的现实和阴郁的年代，领略到异域风情和梦幻般的世界，感悟猎奇和浪漫的少年时代。小说集传统与现代于一身，以浪漫传奇的形式再现了英国的社会现实以及青少年跨越童年走向青年时面临的种种困惑。

在当代英国成长小说中，除了传奇和现实相结合的方法外，有的作家还采用了“旧瓶装新酒”的方法。享有“文学神童”美誉的英国小说家理查德·梅森的《寻欢作乐者的历史》，就是一部以传统的小说形式再现当代社会问题的成长小说。小说讲述的是主人公皮特·巴罗尔浪漫而冒险的成长经历。皮特从闭塞的莱顿来到阿姆斯特丹这个大都市，为的是通过当家庭教师来改变自己的人生，而他采取的直接手段就是征服女主人以稳固自己的地位，为进一步攀爬奠定基础。从他由褊狭的小地方走向大都市，他同女主人——年近46岁的雅克比纳·弗穆伦-西克茨及歌手斯泰西·梅多斯的情爱关系，以及故事的结局来看，这部小说具备成长小说的基本特征。但从结构和主人公的性格特征来看，这部小说又与经典成长小说相去甚远，喧嚣浮华的外部世界强烈冲击着主人公的内心世界，主人公不再是理性而温顺的，而是充满激情而难以控制，他再也不可能走向经典成长小说所揭示的那种成熟，将自主性与社会化统一起来。经典成长小说中主人公启程探究世界、获得人生体验，最终融入社会的人生之旅，被征服女人、博取社会地位等取而代之。在这个过程中，主人公不是要去探索他与社会的各种联系，而是要征服这个社会。[①]

通过上述考察，我们发现当代英国成长小说无论在人物形象刻画上，还是小说结构形式上，都发现了一些变化。但主人公形象的变化和小说形式的革新，只是当代成长小说发展的一个方面，就这一时期成长小说的整体情况来看，不变的是这一小说类型的时代性。成长小说的鲜明时代特色

① 关于《寻欢作乐者的历史》的论述，详见拙作《西方成长小说文本解读》中《穿古装唱新戏——论〈寻欢作乐者的历史〉的书写策略》和《阶级·宗教·性——再论理查德·梅森的成长小说〈寻欢作乐者的历史〉》两节。

以及主人公成长过程随着时代变化而变化等特点，既是它容易引人质疑之处——有人怀疑这还是不是歌德眼中的成长小说，但这同时也是它的主要力量之所在——与时俱新始终是成长小说生命力的源泉。时代的迁移和变革为成长小说提供了新鲜的内容和演变的内在动力，这是它经久不衰的原因之一；同时，紧跟时代步伐的成长小说能准确地把握时代的脉搏，逼真地再现当时的物质和精神氛围，不仅增加了其自身的现实和社会价值，也为我们从文化的角度研究成长小说提供了依据。关于成长小说的变与不变，戈尔曼有言："尽管其他一切都可能会变，由《威廉·麦斯特》所确立的自我教育的模式却具有普遍的适应性。"① 这种通适性是成长小说之为成长小说的根本所在，也是它的本质属性，当代成长小说也不例外。

三、主流与少数族裔作家共舞——当代美国成长小说

美国作家热衷于创作成长故事（tale of coming of age），即"从男孩到男人"的故事，通常描写一个正在寻找自我的聪明少年，采取各种方式反叛，并试图使自己适应社会而又不失去"幸福"感，亦即不失去天真。② 美国文学的这一传统到 20 世纪中叶发生了一些变化，出现了一种新的局面——主流作家和少数族裔作家共舞。进入 20 世纪 50 年代之后，不仅原来那些欧裔的作家继续书写个体成长的故事，越来越多的少数族裔作家也从他们独特的视角来描述他们的特殊体验，而且得到了社会的积极回应，他们创作的成长小说开始进入当代文学经典序列。另一个可喜的现象是，不仅男作家在讲述"从男孩到男人"的故事，也有女作家在讲述"从女孩到女人"的故事。

---

① Susan Ashley Gohlman, *Starting Over: The Task of the Protagonist in the Contemporary Bildungsroman*, p. 20.

② 参见 Lawrence E. Ziewacz, "Holden Caulfield, Alex Portnoy, and Good Will Hunting: Coming of Age in American Films and Novels," p. 214。

20 世纪 50 年代出现了一种逆潮流而动，描写青少年具有反叛精神、拒绝融入社会的成长小说，其代表作是《麦田里的守望者》，其主人公霍尔顿是作为对“沉默的一代”的反动而被塑造出来的“反英雄”形象。

该小说像马克·吐温的《哈克贝里·费恩历险记》一样，采用成长小说作家常用的第一人称叙事手法，由主人公霍尔顿在一家精神病机构讲述他人生中三天的故事。故事开始前，他曾被三个学校开除过，小说从霍尔顿即将被潘西中学开除讲起。他内心苦闷，除了他的妹妹菲芘以外，他谁也无法倾诉。他与他的历史老师安多里尼先生、室友斯特拉德莱塔以及另一个学生罗伯特·阿克莱有过交往。在圣诞节假期到来之前第四天，霍尔顿离开潘西中学到纽约去寻找最后一次寻欢的机会。尽管他表面上拒绝假模假式，但他在纽约的行为却暴露出他就是一个假模假式的人。纽约的一系列插曲令霍尔顿进一步确认了成人世界的无聊和堕落，于是，他回到了他父母的公寓与他妹妹谈论他要当一名“麦田里的守望者”的梦想。后来，他又去同他的历史老师安多里尼先生会面，他觉得后者向他发出了“性邀请”，实际上，很可能这只是霍尔顿的怀疑。霍尔顿濒临精神崩溃，离开他的老师，在镇上嬉闹。

霍尔顿年龄虽小，但长期背负着沉重的精神负担，其中主要表现为对过去的留恋。例如，他始终沉浸在对他已经夭折的弟弟艾里的回忆中；他对中央公园附近浅水湖里的那些早已不存在的野鸭念念不忘；他的前女友琴·迦拉格已经在与斯特拉德莱塔约会，但他始终回避与她见面或通电话，生怕破坏了她在自己心目中的形象；他对博物馆情有独钟，原因就在于那里的一切都保持着原样，没有变化。由此可见，霍尔顿的反叛实际上是在与时间对抗。正如布鲁姆（Harold Bloom, 1930–2019）所言，“基督教中的时间是救赎的中介；化身占用时间，一段时间之后它就变成上帝怜悯的另一种形式。”但对霍尔顿来说，没有“救赎的信条或他可以转而依靠的精神权威”，于是就成了“一个被疏离的美国亚当，梦想成为耶稣式的人物，充当儿童的救世主”。由于他被家庭、朋友甚至整个社会疏离，因此，他幻想成为“麦田里的守望者”，希望能够通过拯救别人达到拯救自己的目的。[①]

霍尔顿的这一幻想实际上只是基于对彭斯（Robert Burns, 1759–1796）的诗《走过麦田来》（“Comin Thro’ the Rye,” 1782）的误读，从此，他脑海里总有一种挥之不去的“麦田里的守望者”的情景。这种幻景表明，他决心要维护孩子们的天真，以防他们坠入腐败的成人世界：

> 有那么一群小孩子在一大块麦田里做游戏。几千几万个小孩子，附近没有一个人——没有一个大人，我是说——除了我。我呢，就站在那混账的悬崖边。我的职务是在那儿守望，要是有哪个孩子往悬崖边奔来，我就把他捉住——我是说孩子们都在狂奔，也不知道自己是在往哪儿跑，我得从什么地方出来，把他们捉住。我整天就干这样的事。我只想当个麦田里的守望者。[②]

霍尔顿的梦想显然是天真的，不切实际的，尽管他已经认识到成人世界的腐败，意识到进入成人世界即意味着天真的丧失。但他处于无所归依的尴尬境地，一方面他对虚伪、丑陋的成人世界极其厌恶，另一方面他又十分渴望成为其中的一员，只是他总是以失败而告终。他无法容忍虚伪，但问题是他所要求的真诚而体面的社会，与社会实际能够承受和呈现的一切之间存在着巨大的反差。理想与现实之间的矛盾令他陷入困境：“他有蔑视的对象，但除了他的妹妹以外却没有爱的对象——没有木筏，没有河流，没有吉姆，也没有汤姆。”在这个意义上来说，生活在当代的霍尔顿远没有马克·吐温笔下的哈克那么幸运。他是“身处残酷而虚伪的成人世界的天真青少年。……他是尝试了解世情的侠客，试图寻找这个世界的意义，理

① 参见 Lawrence E. Ziewacz, “Holden Caulfield, Alex Portnoy, and Good Will Hunting: Coming of Age in American Films and Novels,” p. 214。

② J. D. 塞林格著，施咸荣译：《麦田里的守望者》，第 161 页。

解它，而这个世界不会听他的。这是一个漠不关心的世界，一个隔离16岁少年的世界，一个分离、永无平等的世界，一个经常令他伤心落泪、视若无睹、麻木不仁、笨笨拙拙、装模作样的世界。”[①] 这一残酷的现实一步步将其逼入死角，使他精神崩溃，小说就此回到开篇。

从某种意义上说，塞林格的《麦田里的守望者》开启了美国当代成长小说主人公反抗权威和既定体制的先河。说到反抗主题，我们无论如何也绕不开美国少数族裔小说家们所创作的成长小说，而在这个群体中，非裔美国作家是一支主要力量。这个特殊的群体创作的美国成长小说，不仅与欧洲经典成长小说不同，与美国欧裔作家创作的成长小说也不同。此类成长小说经过20世纪前半叶的酝酿和发展后，在40、50年代达到了一个高潮，其兴起直接受惠于1954年开始的民权运动（the Civil Rights Movement）以及1957年美国国会通过的《民权法案》（the Civil Rights Act）。特殊的社会和历史语境造就了这类小说中主人公迥异的成长体验，从而使这类成长小说呈现出一番别样的图景。

首先，非裔美国人成长小说与德国经典成长小说不同。尽管非裔美国人成长小说内部也有差异，但有一个共同点，即它们多半再现“作为分裂现象的主体感”及“历史和文学的双重性”，而这种“双重性”（doubleness）又有别于德国成长小说中的“二元性”（duality）。[②] 非裔美国人在成长过程中遭遇的困境主要来自他们的身份认同危机，也就是杜波依斯（W. E. B. DuBois, 1868–1963）一百多年前在他那部在美国黑人文学史乃至思想史上具有划时代意义的杰作——《黑人的灵魂》（*The Souls of Black Folk*, 1903）——中阐发的“双重意识”（double consciousness）。杜波依斯尖锐地指出，黑人“生来带有面纱”，但美国社会没有给予他“真正的自我意

---

① Lawrence E. Ziewacz, “Holden Caulfield, Alex Portnoy, and Good Will Hunting: Coming of Age in American Films and Novels,” p. 215.

② GunillaTheander Kester, *Writing the Subject: Bildung and the African American Text*, p. 9.

识”，而——

> 仅仅是让他通过那另一个世界的启示来看自己，这是一种奇特的感觉，这是双重意识。这种总是通过别人的眼光来打量自我，用另一世界的尺度来衡量自己灵魂的感觉，这个世界开心地以蔑视和怜悯的目光观望着。人们总是感知他的二重性（twoness）——美国人，黑人；两个灵魂，两种思想，两种未和解的争斗；一个黑色身体里两个互相冲突的理想，……美国黑人的历史就是这种斗争的历史，——渴望获得具有自我意识的男子气概，把他的双重自我融入一个更加美好且更加真实的自我。……他只是希望有可能使一个人既是黑人也是美国人。[①]

这种双重意识在非裔美国人成长小说中得到了生动的体现，小说呈现一个个体内两个相对独立、彼此背离的自我。这与德国经典成长小说中突出成长和自我教育为辩证统一的过程显然不同，后者强调成长过程中内部与外部、个体与社会等要素的相互作用与相互影响。最终，经典成长小说中的主人公通过妥协与社会达成了某种默契，化解了矛盾，从而融入了社会。与此截然不同的是，非裔成长小说中的成长主体“学会识别他或她的双重身份并认识到，在某种意义上来说，分裂的主体没有身份”。因此，“在小说的结尾，非裔美国人的双重主体与社会没有融合成一个和谐的整体。确切地说，非裔美国人自我教育的故事通常质疑完整闭合的概念”，[②]即它无法给人以事件了结的解脱感。也就是说，非裔美国人无法真正完成自我教育的过程，与社会完美结合。

---

① W. E. B. DuBois, “Of Our Spiritual Strivings,” in Abraham Chapman, (ed.), *Black Voices: An Anthology of African-American Literature*, New York: Signet Classics, 2001, pp. 495–496.

② Gunilla Theander Kester, *Writing the Subject: Bildung and the African American Text*, pp. 10–11.

其次，非裔美国成长小说与欧裔美国成长小说，或者说美国主流成长小说也不同。形成这种差异的主因就是上文所述的二重性或双重意识。欧裔美国成长小说主人公成长过程中的主要矛盾是个体与社会、年轻与成熟之间的矛盾，同非裔美国成长小说相比，成长主体在成长过程中承载的负担相对较轻。而双重意识不仅使非裔美国成长小说中的主人公处于希望自己"既是黑人也是美国人"的成长困境中，也造成了非裔作家面临双重读者的两难抉择。一方面，成长主体如何实现既保持自己独特的黑人种族个性又能融入以白人为主体的主流社会；另一方面，创作主体如何既书写黑人独特的成长体验及其价值追求又让白人社会的读者接受。

以非裔美国人这一特殊身份来着力探讨人的生存危机和个体身份问题的成长小说代表作有拉尔夫·沃尔多·埃利森（Ralph Waldo Ellison, 1913–1994）的《看不见的人》（又译《隐形人》，*Invisible Man*, 1952）、詹姆斯·鲍德温（James Baldwin, 1924–1987）的《向苍天呼吁》（*Go Tell It on the Mountain*, 1953）、托尼·莫里森（Toni Morrison, 1931–2019）的《最蓝的眼睛》（*The Bluest Eye*, 1970）等。

《看不见的人》于 1953 年获得全国图书奖，作者埃利森成了第一个获此殊荣的非裔美国作家。小说的三个部分分别讲述了那个不被人注意的叙述者，即"看不见的人"的成长过程中的三个阶段——在南方乡村的童年、在非裔美国人大学里的学习阶段以及成人后在纽约哈莱姆的阶段，每个阶段都涉及作为一个黑人在美国的遭遇。虽然小说描写的是一个无名的非裔美国人在种族歧视的背景下发现和界定自我的历程，但正如索尔·贝娄所说的，由于作者在写作中采用了一种"非常重要的独立的"立场，而不是"少数族裔的语气"，[①] 因此，小说引起了更多人的共鸣，产生了广泛影响。该小说虽然呈现的是 20 世纪早期非裔美国人所面临的众多社会和思想问

① 转引自 Erik V. R. Rangno, *Contemporary American Literature: 1945–Present*, p. 26。

题，但与所谓的“抗议小说”不同，《看不见的人》所探讨的是带有普遍意义的主题——个人存在与身份，即寻找自我。小说以流浪汉小说的形式再现了主人公的成长过程，即认识社会和认识自我的过程。

与《看不见的人》有所不同，鲍德温的《向苍天呼吁》涉及种族、宗教等众多主题，但它首先是一部带有自传特征的成长小说，它以作者少年时期的经历为线索，展示了黑人主人公约翰·格兰姆斯在种族歧视和压迫下幻想破灭，最后认同和肯定黑人自我的成长过程。故事讲述的是一个14岁的黑人男孩在纽约黑人区哈莱姆一个严格的宗教家庭环境中的成长经历。懵懂的约翰对贫穷、落后的黑人生活不满，对未来充满着幻想，但他被许多问题所困扰，譬如，他不明白为什么他的父亲加布里埃尔（实际上只是他的继父）似乎对他充满敌意，总想控制他；他也不明白他身上发生的生理变化，尤其是性躁动；他有时还被种族偏见困扰；等等。经过多年知识和社会经验的积累，约翰终于能够超越他父亲对种族歧视的体验，总体上对种族问题持比较乐观的态度。小说反映了20世纪30年代乃至50年代黑人的生存境遇。

约翰在成长过程中遭遇的困境，归根结底都与种族问题存在着程度不同的关联，而这一问题在莫里森的《最蓝的眼睛》中表现得更为突出。小说主人公——黑人少女佩克拉·布里德洛夫将自己遭遇的一切苦难都归咎于自己是个丑陋的黑人女孩，因此她渴望像白人女孩那样有一双蓝眼睛，借此改变自己命运。佩克拉对蓝眼睛的热望是处于社会边缘的黑人争取主体地位的表现，而这种努力本身恰恰是种族歧视背景下黑人“双重意识”的集中体现。由于长期遭受种族歧视，黑人在无意识间已经内化了白人社会为他们描绘的消极自我形象，从而产生了严重的自卑情结。他们一方面吸收了受到严重扭曲的自我形象，另一方面又试图抵制它，但抵制的方法却是归顺主流社会，就如同佩克拉希望自己也有白人的那双蓝眼睛那样，融入白人世界。而肤色和人种是不可改变的，这就使黑人陷入了绝境，由此看来，悲剧不可避免。佩克拉最终精神错乱，在疯狂的幻想中死去，小说以此表明，美国社会中存在的种族歧视造成了黑人的“双重意识”，种族歧视一日不根除，双重自我融为一体实际上只是一种幻想，甚至就是陷阱，因此，希望以此来实现真正的自我是没有出路的。

在当代美国成长小说创作中，除了非裔美国作家之外，其他少数族裔作家也发挥着越来越重要的作用，例如犹太裔、墨西哥裔、华裔等美国作家们的创作也逐渐引起了主流社会的关注。

索尔·贝娄的《奥吉·马奇历险记》（*The Adventures of Augie March*, 1953）就是一部描写主人公自我意识和追寻自我的典范之作。主人公奥吉出身于贫穷的犹太家庭，为了追寻自我，也为了谋生，他四处流浪，从事过各种职业，遇到过各色人等。他似乎才真正是贝娄在小说中塑造的“晃来晃去的人”，因为他一直处于变化的过程中，一切都是开始，没有终点。他就是彼得·潘那种天真的成年人，乐于接受世界提供的一切，“相信一切又什么都不信”。[①] 贝娄这位获得了1976年诺贝尔文学奖的犹太裔美国作家在这部小说的创作中吸收了流浪汉小说的精华，利用它来展示美国20世纪20年代至40年代复杂的社会现实，再现这一时期的美国文化。他的小说着重探讨主人公如何了解自己，并找寻自己在世界上心仪的位置。

菲利普·罗斯是当代美国犹太裔作家的杰出代表，他的《波特诺伊的怨诉》是一部描写20世纪60年代一位具有反叛精神的犹太青年的成长小说。小说采用第一人称独白的方式，由主人公亚历山大·波特诺伊向心理医生讲述自己难以启齿的生理和心理困境。作者以此展示在其他设定下无法展示的关于手淫等性细节，也因此遭到非议。公允地说，罗斯并不是一位为性而性的低俗作家。一方面，他在小说中对性大胆、直白的描写是时代的产物，因为60年代晚期正是西方所谓性革命的高潮期；另一方面，性描写也是出于刻画人物形象的需要。波特诺伊受到身体、心理、家庭乃至

① Stephanie S. Halldorson, *The Hero in Contemporary American Fiction: The Works of Saul Bellow and Don DeLillo*, New York: PalgraveMacmillan, 2007, p. 18.

社会的多重压迫。家庭对他的期盼和由此而转化成的压力，尤其是他那无处不在的母亲，成了波特诺伊不可承受之重。他的父母不断地要求他努力成为在社会上受人尊敬的人，娶一个合适的妻子，生儿育女，并给他们的生活带来快乐。而这一切恰恰是他无法做到的，因此，他备受折磨和压抑，转而寻求各种花样的性满足，这使他无法与任何一个女子确定长久的关系——他尤其对犹太女子不感兴趣，当然也就无法娶妻生子。他最终由手淫转而与非犹太女子发生关系，试图以此作为摆脱家庭压抑环境的出路。不过，家庭的约束以及与非犹太女子的关系一直困扰着主人公，在小说中占了很大篇幅，这也是遭到部分读者和批评家诟病的地方，但从象征意义上来说，这与“犹太社区和非犹太社区之间的差别”有着不可分割的关系。[①] 由此生发开来，波特诺伊面对犹太女子时的性无能可能象征着犹太人在社会上的无能，尽管他们在道德上有优越感。“外部世界代表着对犹太人禁止的那种恣意的寻欢作乐。而他们私下里的那种作乐又使他们产生一阵阵罪孽感。”[②] 这可能就是小说暗示的以波特诺伊为代表的犹太人所处的困境。

像成长小说中的其他主人公一样，波特诺伊也在极力寻求人生的意义：他既想保持天真，又有反叛精神。他虽然也希望融入社会但他不知道如何才能做到，“因为他在犹太文化的约束下运作。”与霍尔顿那样的反叛者不同，波特诺伊的“反叛是双重的——既对抗笼统的社会也对抗正统的犹太人。”[③] 霍尔顿和波特诺伊的悲剧在于他们没有认识到世界本来就不是完美的，人要有所作为，发挥自己的潜能，就得设法通融，人可以过一种有价值的生活而不感到自己被出卖。[④]

---

① Alan Segal, “Portnoy's Complaint and the Sociology of Literature,” *The British Journal of Sociology*, Sep., 1971, 22, 3, p. 263.

② Alan Segal, “Portnoy's Complaint and the Sociology of Literature,” p. 264.

③ Lawrence E. Ziewacz, “Holden Caulfield, Alex Portnoy, and Good Will Hunting: Coming of Age in American Films and Novels,” p. 215.

④ 参见 Lawrence E. Ziewacz, “Holden Caulfield, Alex Portnoy, and Good Will Hunting: Coming of Age in American Films and Novels,” p. 217。

随着多元文化日益成为“既成事实，少数族裔作家的作品里也便开始渗入丝丝的温馨暖意”，[①] 尽管他们的小说中仍带有淡淡的哀愁和感伤，但近年来已经少了 20 世纪五六十年代非裔作家作品中的那种愤懑和悲怆。在这方面，墨西哥裔美国女作家桑德拉 · 希斯内罗丝（Sandra Cisneros, 1954– ）的《芒果街上的小屋》（*The House on Mango Street*, 1984）比较有代表性。这是一部由 44 个短篇小说构成的成长小说。小说以类似日记的形式，以略带哀婉的语气讲述了一个叫埃斯佩朗莎的墨西哥裔小女孩在芝加哥的一条小街——芒果街——上由少女蜕变为女人的成长经历。“这本小说，从某种意义上说，是关于一个人在世界上寻求自我，寻找一片归属之地的故事。”[②] 主人公埃斯佩朗莎是一个敏感、内省、充满幻想且具有同情心和责任感的女孩。虽然故事发生在美国的大都市芝加哥，但少数族裔依然过着贫困的生活。小说的题名篇《芒果街上的小屋》就交代了主人公居无定所的家庭窘境和她渴望拥有属于自己的房间的梦想：“我得有一所房子。一所真正的大屋。”[③] 为了实现这一梦想，她希望自己能成为一名作家，从而走出这个褊狭的小街。但她坚信她有一天会回到这条街上，以帮助那些无法走出去的孩子：“我离开是为了回来。为了那些我留在身后的人。为了那些无法出去的人。”[④] 这种主人公出去了还要回来的小说结局，与安德森的《小城畸人》明显不同。《小城畸人》中 18 岁的主人公乔治离开小城也是为了当一名作家，但他决心只把镇上曾经的生活当作“描绘他那成年期的梦想的一个背景”。希斯内罗丝的作品除了表达“女权主义者的声音”以外，通常还有“一种无家可归和被迫迁徙的感觉，一种在文化上两边都

---

① 陆谷孙：《序：回忆是实体的更高形式》，桑德拉 · 希斯内罗丝著，潘帕译：《芒果街上的小屋》，译林出版社 2012 年版，第 2 页。

② 黄梅：《漫步芒果街》，桑德拉 · 希斯内罗丝著，潘帕译：《芒果街上的小屋》，第 291 ～ 292 页。

③ 桑德拉 · 希斯内罗丝著，潘帕译：《芒果街上的小屋》，第 5 页。

④ 桑德拉 · 希斯内罗丝著，潘帕译：《芒果街上的小屋》，第 150 页。

要依顺的意识，一种疏离感，以及一种与贫困有关的落魄感”。[①] 这部小说中的埃斯佩朗莎还要回头的决心是否表明她更为成熟？是否表明当代美国成长小说也要回头，走上经典成长小说主人公融入社会的老路？这值得我们细心考察。不管怎么说，《芒果街上的小屋》出版后能够获得巨大成功，说明它深得人心，引起了各阶层人士的广泛认同。

值得注意的是，与希斯内罗丝这样的少数族裔作家创作的带有些许暖意的成长小说略有不同，总体而言，当代成长小说往往以失败的形式来演示非统一性，否定在当下社会和文化环境下个人与社会的和谐结合以及自我辩证统一的可能性，因为“成功的自我教育要求有一种能促进内在能力展示，把年轻人从无知、天真引向智慧与成熟的社会环境”。[②] 而当代社会中个人与社会、自我与现实之间存在着难以调和的矛盾，人的价值与尊严在异化的生存条件和环境中遭到肆意践踏，情如贝娄在《晃来晃去的人》（*Dangling Man*, 1944）中描写的那个异化的世界和那种没有立足点的人。这种人往往以反英雄的形象出现，却又在艰难地寻找自我。当代成长小说中主人公成长的失败，以及它与经典成长小说相比在形式上的“失灵”，带来的却是这种小说体裁批评上的胜利，而内在批评始终是这种小说样式的重要特征。同时，对客体的承认并非是削弱对主体性的追求，恰恰相反，当代成长小说始终拥抱经典的自我教育观念，其主人公矢志不渝地坚持自己的理想，但现实的社会在他们看来已不是他们可以归依的精神家园，而是一种敌视自我的力量。因此，他们陷入深深的矛盾中，正如许多当代小说所呈现的那样，他们在与仇视自我的社会作斗争的过程中，在义无反顾的精神追求中，往往变成分裂的主体，梦魇似的孤独感始终压在他们的心头。

《月宫》的主人公马可·佛格就是这种孤独的梦游者，他上大学时，

---

① Erik V. R. Rangno, *Contemporary American Literature: 1945–Present*, p. 65.

② Elizabeth Abel, Marianne Hirsch, and Elizabeth Langland, eds., *The Voyage in: Fictions of Female Development*, p. 6.

虽然出身低微、家境贫寒，但却自命清高、与世隔绝：他自以为“根本是个和世界完全不搭调的年轻人。其实是自己毫无融入这世界的意愿。我的想法是，假如同学要将我贴上怪人的标签，不是我的问题。我是高雅出众的知识分子，是性好争辩、固执己见的天才，是行踪隐秘、不从流俗的梅尔沃（Mate vole，恶神、恶意）”。① 成年后的马可已经认识到自己当年的年幼无知，他说：“18 岁是个糟糕的年纪，当我深信自己比同学成熟时，其实只是找到一种不同的年轻方式而已。”到大学四年级时他开始感到“无法抗拒独居的诱惑”，② 这一渴望独处的欲望既是他面对异化世界的一种无奈选择，也是他成熟的表现。

马可·佛格命运多舛，他是个私生子，从小就没有父亲，不仅如此还多次遭受丧亲之痛。在他 11 岁时，年仅 29 岁的母亲艾米丽·佛格就因车祸死亡。此后，他就与 43 岁的单身汉舅舅——一个竖笛演奏家维克托·佛格相依为命，但这个他在世界上唯一的亲人在他上大学一年后也暴毙身亡，这对他来说是“有生以来最重大的打击”，他“从此任凭命运的摆布”，“生命开始转变，开始遁入另一个世界”。③

《月宫》的创作手法比较独特，一开始就吊足了读者的胃口。首先，小说的扉页上赫然引用了 19 世纪法国作家儒勒·凡尔纳（Jules Verne，1828–1905）的一句话——“没什么吓得了美国人”，这是表明美国人大胆妄为还是表明他们有探险精神？其次，小说起首第一句就是：“那是人类首次登陆月球的夏天。”④ 这令人又一次惊悚，好像有什么重大的事件要发生。再次，18 岁的主人公于 1965 年上的大学是哥伦比亚大学，“哥伦比亚”这个名字又一次使读者联想到一个重大的历史事件——哥伦布发现新大陆。不仅如

① 保罗·奥斯特著，彭桂玲译：《月宫》，上海人民出版社 2008 年版，第 16 页。

② 保罗·奥斯特著，彭桂玲译：《月宫》，第 17 页。

③ 保罗·奥斯特著，彭桂玲译：《月宫》，第 3 页。

④ 保罗·奥斯特著，彭桂玲译：《月宫》，第 1 页。

此，作者为了进一步提醒读者随后说明，主人公的舅舅维克托送给他的书正好是 1492 本，用维克托的话说就是："这数字很吉祥吧，我想，因为它会让人想起哥伦布发现新大陆，而你要去念的大学就是以哥伦布命名的。"[①]就连主人公自己的名字——马可·佛格也不同凡响："马可，当然是代表马可·波罗，首位到访中国的欧洲人。""这名字证明我天生流着旅行的血液，证明我将被生命带到无人曾及之地。"[②]其实，何止是"马可"有这层含义，"哥伦布"不也是个旅行家吗？所有这一切是作者的反讽还是寓琐屑于崇高的表现手法呢？或许二者兼而有之。这是当代成长小说的特色之一。

在当代，经过现代主义和后现代主义洗礼之后的成长小说，与社会乃至政治都有着千丝万缕的联系，尽管表达形式不尽相同。例如，《巧克力战争》和笔名为阿维（Avi，原名 Edward Irving Wortis, 1937– ）的美国作家的《绝对真理》（*Nothing But the Truth: A Documentary Novel*, 1992）这两部成长小说都可以作政治解读。《巧克力战争》讲述的是一个叫杰里·雷诺特的 14 岁少年在美国一个叫"三位一体"（Trinity）的天主教中学的成长经历。杰里被学校里一个秘密组织——"守夜会"（The Vigils）——的首领阿奇选中，从而卷入了残酷的权力斗争。小说涉及的一个中心问题是一个人敢不敢坚持自我。主人公杰里受艾略特诗歌《J. 阿尔佛雷德·普鲁弗洛克的情歌》中一句话——**"我敢不敢撼动这宇宙"**[③]——的启发，大胆拒绝参加学校一年一度的筹款活动——销售巧克力。这既得罪了三一中学

① 保罗·奥斯特著，彭桂玲译：《月宫》，第 14 页。

② 保罗·奥斯特著，彭桂玲译：《月宫》，第 7 页。

③ 罗伯特·科米尔著，刘雪成译：《巧克力战争》，译林出版社 2012 年版，第 111 页。接下来的一句话"这是艾略特《荒原》一诗中的原句，他们现在正在学他的诗"为误译。原文为"By Eliot, who wrote the Waste Land thing they were studying in English."，意思是"我敢不敢撼动这宇宙"这句话是艾略特讲的，他写过荒原之类的东西，现在他们英文课上正在学习。文中所引的那句话不是艾略特《荒原》一诗中的，而是 T. S. 艾略特《J. 阿尔佛雷德·普鲁弗洛克的情歌》中的两行诗："Do I dare / Disturb the universe?" 小说中也没有说这出自《荒原》。

副校长利昂修士这样的权威，也令他疏离了守夜会，其结果是他站在了全校师生的对立面。在遭受一系列打击，尤其是被阿奇设局打成重伤后，杰里终于屈服，告诉他唯一的朋友落花生："千万不要去触犯这个社会！不要去撼动这宇宙！"①

有论者认为《巧克力战争》中发生在三一中学的故事就是"美国政治的微观隐喻"，有的认为巧克力战争是"越南战争的隐喻"，还有的将小说中的"守夜会"解读为"黑手党"（the Mafia）。科米尔本人则表示"大企业"与"财团"才是小说的"中心隐喻"。所有这些解读都表明这是一部政治小说。不管怎么说，这部小说的政治批判意识是明显的，它影射的是社会与个人之间的权力关系：总体而言，社会机构比个人更强大，但个体可以通过介入组织，发挥自己的权力，从而影响机构的组织形式。小说同时暗示社会组织机构是不可信的。②这些情况部分说明了成长小说创作与政治之间的关系。虽然并非所有的成长小说都像《巧克力战争》那样与政治直接关联，但几乎所有的成长小说都带有意识形态的色彩，都或多或少反映了作者的社会意识和政治立场。这给我们带来两点启示：当代英美成长小说在反映主人公精神成长的同时，也表达了对社会和政治的关注；成长小说乃至文学本身从来就不是政治的真空地带，它与政治和意识形态都有着这样或那样的联系，因此，所谓的"纯艺术"小说是极少见的。

当代成长小说除了反映政治和意识形态等重大问题之外，也回归本位，探讨青少年成长过程中可能遭遇的具有普遍性的成长问题。例如，美国当代小说家斯蒂芬·切波斯基（Stephen Chbsoky, 1970– ）的《壁花男孩》（*The Perks of Being a Wallflower*, 1999），就以书信体逼真地再现了主人公初入社会时的异化感和进退两难的困境。故事是由一个化名"查利"的少年来讲述的，他通过给一个不知名的人写信描述了他所经历的各种事件。故事

① 罗伯特·科米尔著，刘雪成译：《巧克力战争》，第230页。

② 参见 Roberta Seelinger Trites, *Disturbing the Universe: Power and Repression in Adolescent Literature*, p. 24。

发生在匹兹堡城郊，1991/1992 学年度主人公查理是高中一年级新生，他就是小说中的“壁花”（英文“wallflower”的意思是舞会中乏人问津、没有舞伴的人），腼腆而不善交际，聪明过人但思维不合常规。小说显然受到塞林格的《麦田里的守望者》的启发，因为它是查利的英语老师比尔给他开的阅读书单中的一本。小说探讨了诸如性格内倾、青少年性困惑、暴力、吸毒等话题，描写了当代青少年初入社会时所面临的矛盾与困惑：被动与激情，既想尝试又想逃避眼前的生活。小说以独特的书信体展开，但作者既没交代主人公的确切所在，又没有告知收信人的具体信息，读者只知道信是写给他称之为“亲爱的朋友”的。借此，切波斯基似乎在暗示读者：这是我们大家共同拥有的世界和经历。同时他还让读者回到那骚动不安的青少年时期，再体验成长的甜美、烦恼与挫折：友情与情感、恋爱与性探索、彷徨与无助等。小说因涉及毒品和同性恋等敏感话题，而在美国图书馆学会（American Library Association）2009 年度 10 本最受质疑的图书中名列第三位，属于学生和少儿不宜的小说。但该小说很有代表性，是每一个进入青春期的人生活和情感的真实写照，因此十分畅销，切波斯基本人还将这部小说改编成了同名电影。

从上文的分析中，我们可以清楚地看到，成长小说作家在同一面旗帜下创作的小说却各有特色和侧重，难以一言蔽之。可以这么说，当代成长小说建立在这样一个前提之上——“唯一不变的是变”，它也是表达这一主题的理想工具。[①] 换言之，成长小说讲述的都是某一个特定社会环境中具有代表性的个体的成长和发展的故事，而这个成长的故事又以追求自我为主要目标。按照安东尼·吉登斯（Anthony Giddens, 1938– ）的观点，自我或自我同一性（self-identity）“不是由于个人行为系统的连续性而产生的某种特定的东西，而是必须要在个人的反思活动中不断地创造和维护的

① Susan Ashley Gohlman, *Starting Over: The Task of the Protagonist in the Contemporary Bildungsroman*, p. 202.

东西。”① 自我发展就是在一个快速变化的纷乱环境中不断修正和妥协的自我形塑的过程。因此，评价成长小说不应该仅看它是否符合经典成长小说的叙事模式，还要看它是否艺术地通过成长主体的发展再现了它所反映的社会和人的精神世界，尤其要看它是否逼真地展示了青少年主人公在特定的环境下的抗争与调适的过程。

美国女作家苏·蒙克·基德（Sue Monk Kidd, 1948– ）的第一部小说《蜜蜂的秘密生活》（*The Secret Life of Bees*, 2002），就是这样一部逼真而感人的成长小说。故事的背景虽然是黑人民权运动风起云涌的 20 世纪 60 年代的美国南方，但小说的焦点不是人们如何通过民权运动争取自由，而是 14 岁的主人公莉莉的成长经历。小说集中展示她走向自我接受、重获生活信心和乐趣的心路历程，这个历程也是“不断修正和妥协的”过程。

白人女孩莉莉四岁时在一次父母的争吵中捡起地上的枪，误将自己的母亲黛博拉（Deborah，源自希伯来语，含义是“蜜蜂”，即“the bee”）打死，从此背上了沉重的心理负担。失去母爱的莉莉与喜怒无常、简单粗暴的父亲生活在农场里，毫无家庭温暖和父爱可言。心灵阴影和冷漠的家庭环境导致她跟着能给她带来一些心灵安慰的黑人保姆罗萨林离家出走，踏上流浪之路。在残留着母亲记忆的南卡罗来纳州的蒂布龙小镇，她们被博特赖特姐妹——一个由三个黑人姐妹组成的家庭——收留。三姐妹——分别唤作五月、六月、八月——聪明、乐观、坚强而自立，在她们和罗萨林这四个黑人女子的关爱和帮助下，莉莉逐渐了解了真正的母亲，打开心结，找到了自我，并学会了关爱和宽恕，成长为乐观而坚强的女子。尽管莉莉不可能真正找回已经失去的母亲，但她了解了母亲的过去，似乎找到了人间之大爱。这部如凤凰涅槃般感人的成长小说于 2008 年 11 月被搬上了银幕。

从特定的视角看，莉莉是幸运的，因为她虽然经历了痛苦的童年，尤

① Gregory Castle, *Reading the Modernist Bildungsroman*, p. 202.

其是父亲对其母亲过去的肆意歪曲，让她几乎以为自己是个被母亲抛弃的弃儿，但她毕竟最终找回了母爱，重拾了生活的乐趣，似乎从被父亲扭曲的世界中回到了现实。“现实……的特点就是它只是一种存在，不受形象合法性的支配。事实上，你越感觉到它不合理、不公正，它就越显得‘真实’。”[①] 这是多么深刻的认识！它是现实和小说中的许多人都没有认识到，也难以接受的“真理”。当代成长小说中的主人公无法融入社会，原因之一就是他们无法容忍“真实的”现实与他们想象中的现实之间的巨大差距。他们在社会上的经历并没有让他们在个体与社会之间建立起任何有意义的关系，因为在与社会接触的过程中，他们无法以社会为参照确定自己的身份和地位，发现自我——而发现自我恰恰是成长小说和自我教育的第一要义，这就不难理解他们失败的原因及失败时的绝望心情了。

《蜜蜂的秘密生活》似乎描绘了一幅民族融合与互助的和谐图，因为主人公莉莉是在黑人保姆和三个黑人姐妹的帮助下走出心理阴影，找回自己的。而美国著名小说家约翰 · 厄普代克（John Updike, 1932–2009）的《恐怖分子》（*Terrorist*, 2006）却重拾种族问题，将少数族裔的信仰与主流文化的冲突再次摆在了读者的面前。这是一部剑指当代美国文明、时代感极强的成长小说，也是一部对“9 · 11”事件的反思之作。生活在新泽西州一个破败小城的极度敏感的青年，18 岁的阿拉伯裔美国中学生艾哈迈德 · 马洛伊，对物欲横流、享乐至上的美国社会深恶痛绝。出于对伊斯兰教的笃信和对当代美国社会的唾弃，经过痛苦的思考后，他决定抛弃诱人的“美国梦”，采取反主流社会和现代文明的极端形式，走上恐怖袭击的不归之路。小说试图通过一个与美国当代社会格格不入的纯洁青年的眼光来审视堕落的西方世界，展示后“9 · 11”时代美国乃至整个西方世界普遍存在的文明冲突和青年人内心的苦闷，在一定程度上探讨了恐怖主义产

---

① Franco Moretti, *The Way of the World: The Bildungsroman in European Culture*, pp. 94–95.

生的根源，似乎在警示人们恐怖袭击是不可避免的。

《恐怖分子》既描写了主人公的成长过程，又分析了他走上极端道路的原因，二者相辅相成。

首先，厄普代克在小说中一如既往地对美国物质主义和消费文化持批判态度，在这方面小说借助主人公的眼光来审视美国社会，间接道出他反社会倾向的原因。小说一开始就通过一个中学里师生的行为和精神状态勾勒出一幅美国当代社会的图景。在这样一个以中学为缩影的社会中，人们充满物欲、精神空虚："女生们都在游手好闲，打情骂俏"，裸露着"耀眼的脐钉"和"紫色文身"；"男生们则目光呆滞地甩着大步四处闲逛"；而"老师们要么是信仰淡漠的基督徒，要么是不守教规的犹太人"，他们"缺乏信仰"，"内心充满欲望和恐惧，陶醉于一切可以用钱买到的东西"，过着"混乱的、淫荡的、放纵的"生活。[①] 像其他成长小说中常见的主人公形象一样，在《恐怖分子》中，艾哈迈德也显得与众不同，他敏感，善于观察和思考。小说开篇就以醒目的字体告诉读者："**魔鬼**，艾哈迈德心想，**这些魔鬼想夺走我的主**。"[②] 这句话不仅以不同的形式在小说中反复出现，而且在小说的结尾也得到了呼应："**这些魔鬼**，艾哈迈德心想，**夺走了我的主**。"[③] 从小说开始时的"想夺走"到小说结束时的"夺走了"，作者通过语词和时态的变化，简洁而形象地概括了主人公的心路历程。那么，主人公心目中的"主"是什么呢？艾哈迈德 11 岁时就"找到信仰"了，[④] 尽管故事发生时他只有 18 岁，但他对"主"有着自己的思考，他认为，"对于隐藏在草丛中的昆虫而言……他就是主。"[⑤] 这说明他心目中的主或许并无神圣或宗教等特别的含义，因此，他对"来世""地狱"和"伊甸园"

---

① 约翰·厄普代克著，刘子彦译：《恐怖分子》，人民文学出版社 2009 年，第 1 ~ 2 页。

② 约翰·厄普代克著，刘子彦译：《恐怖分子》，第 1 页。

③ 约翰·厄普代克著，刘子彦译：《恐怖分子》，第 329 页。

④ 约翰·厄普代克著，刘子彦译：《恐怖分子》，第 42 页。

⑤ 约翰·厄普代克著，刘子彦译：《恐怖分子》，第 2 ~ 3 页。

等都表示怀疑，而这种怀疑是基于理性的思考，因为他发现宗教信仰与科学是相冲突的。例如，他在想，“是谁在一直为地狱的炉子添柴禾？是何种永不枯竭的能源在维持丰饶的伊甸园……？那热力学第二定律又算什么？”[①] 这种对宗教信仰的理性怀疑十分重要，因为作者在小说的扉页引用加夫列尔·加西亚·马尔克斯的话说，“怀疑比信仰更为顽强，因为支撑怀疑的是理性。”艾哈迈德最终踏上不归路或许正是这种以理性为支撑的怀疑所致。

其次，厄普代克一反后“9·11”主流话语，从主人公的出身及其社会遭际出发来分析造成他极端行为的原因。艾哈迈德在学校档案文件中的名字是“马洛伊（阿什玛威）·艾哈迈德”，其中，马洛伊是他母亲的姓，而阿什玛威是他父亲的姓。他希望自己独立后成为“艾哈迈德·阿什玛威”。[②] 这一看似再正常不过的想法对艾哈迈德来说却是一个难以实现的梦想，这与他的出身有关。艾哈迈德的母亲是一位红发美国人，而父亲是一名埃及交换学生。父亲与母亲结婚只是为了获得美国国籍，但他无法获得“在美国发家致富的关系网”，于是在艾哈迈德三岁时他就“拔营了”，即离家出走了。[③] 与成长小说中的许多主人公一样，艾哈迈德很早就失去了父爱，但从他准备改名“艾哈迈德·阿什玛威”来看，他对父亲还很留恋，至少心里还惦记着他。这表明从心理上他要认祖归宗，因为他对自己的民族及其所信奉的宗教有一种天然的认同感：“我想他的出走让母亲很生气。我希望有一天能找到他。不是要强迫他承认什么，或历数他的罪状，只是想和他聊聊，就像两个穆斯林那样聊聊。”[④] 可见，厄普代克在描写这位“恐怖分子”的成长过程时，并非把他描绘成一个十恶不赦的歹徒，而

---

① 约翰·厄普代克著，刘子彦译：《恐怖分子》，第 3 页。

② 详见约翰·厄普代克著，刘子彦译：《恐怖分子》，第 33 ～ 36 页。

③ 约翰·厄普代克著，刘子彦译：《恐怖分子》，第 34 ～ 35 页。

④ 约翰·厄普代克著，刘子彦译：《恐怖分子》，第 36 页。

是呈现了一个充满人性，甚至值得同情的青年形象。厄普代克用同情的笔触刻画一个“恐怖分子”，不可避免地遭到一些读者和论者的批评，这也是这部小说没有引起应有关注的原因。但实际上，作者着力描写的是主人公的成长过程，分析他走上恐怖袭击之路的原因，并借此批判美国的主流文化。“厄普代克构想中的《恐怖分子》既是对伊斯兰恐怖主义根源的探究，又是对后“9 · 11”话语的批判。”[①]在作者看来，这个缺少父爱，又与母亲没有共同语言的青年唯有与主为伴：“艾哈迈德的生活中没有父亲，只有一位快乐但没有信仰的母亲，在这样的日子里，他变得习惯于成为主的唯一守护者，主是他看不见却感觉得到的同伴。”[②]这种以“主的唯一守护者”身份自居的心理可能是导致他最终走向极端的原因之一。

与他边缘人身份密切相关的是他的疏离感，他虽然是个土生土长的美国人，但由于父母的血统问题，他既不被美国社会所接纳，在现实中也无法与少数族裔乃至与他同族的阿拉伯人产生亲近感，尽管在心理上他有这种需求。父亲是埃及的交流生，而母亲是个爱尔兰裔美国人，这一混血儿身份使艾哈迈德处于无所归依的尴尬境地。虽然他曾对杰克 · 利维强调：“我不是外国人，从未出过国。”[③]但这并不被周围的人所认同。约丽琳 · 格兰特的男朋友泰诺 · 琼斯嘲笑他什么都不是，是个“怪胎”。[④]而艾哈迈德觉得自己对他的同族人来说也是个局外人。当他来到新普罗斯佩克特市（New Prospect）伊斯兰中心附近的中东移民区时，他感到“他与这里是格格不入的”，“在艾哈迈德眼中，这些街区如同一个黑暗世界，他正战战兢

① Peter C. Herman, “Terrorism and the Critique of American Culture: John Updike's *Terrorist*,” in *Modern Philology*, May 2015, 112, 4, pp. 699–700.

② 约翰 · 厄普代克著，刘子彦译：《恐怖分子》，第 39 页。

③ 约翰 · 厄普代克著，刘子彦译：《恐怖分子》，第 35 页。

④ 约翰 · 厄普代克著，刘子彦译：《恐怖分子》，第 15 页。

兢地来此拜访，如同一个外来人中的外来人。”[1] 艾哈迈德的处境比杜波依斯所描述的黑人的处境还要恶劣。杜波依斯以“双重意识”来表达黑人希望将两个自我融为一体——既是美国人也是黑人；而艾哈迈德什么都不是，他的美国人身份不被社会所认可，而阿拉伯世界对他而言只剩下了宗教信仰，更确切地说，就是小说中反复强调的他心目中的那个“主”，除此之外，他就是个彻头彻尾的局外人，“外来人中的外来人”。这种极端的疏离和孤独的状态使他特别渴望一种归属感，因此，当谢赫拉希德问他是否愿意为圣战献身，成为“一名舍希德（shahīd）”，即殉教者时，他当下表示愿意，并感到：“在度过鲜有归属感的这许多年后，他站在一个发光中心的脆弱边缘。”[2] 显然，他把恐怖组织当作了自己的一个归属之地，这充分说明是孤独和异化感使艾哈迈德一步步陷入深渊。

具有讽刺意味的是，最后还是《古兰经》使美国避免了又一场灾难。在实施恐怖袭击的最后关头，利维关于“死亡”的话题使艾哈迈德想到了《古兰经》第56章“大事”上的话，这使他产生了顿悟：“主不想去破坏：世界正是他创造的。……他不希望我们通过自愿的死亡去亵渎他的创造。他希望的是生命。”[3] 于是，他放弃了自己的行动计划。

最后值得一提的是，作者厄普代克借助艾哈迈德及其导师谢赫拉希德等人物形象的塑造，对美国乃至整个西方社会做了全方位的揭露。

在艾哈迈德的成长过程中，他的导师谢赫拉希德对其影响巨大。谢赫拉希德是位清真寺的阿訇，比艾哈迈德只年长10岁左右，是成长小说中常见的那种主人公的“精神导师”形象，也是他的代理父亲——“代行其

① 约翰·厄普代克著，刘子彦译：《恐怖分子》，第257页。

② 约翰·厄普代克著，刘子彦译：《恐怖分子》，第247页。

③ 约翰·厄普代克著，刘子彦译：《恐怖分子》，第325页。

父职责”。[①] 拉希德给艾哈迈德灌输一种反西方主流文化的思想，建议他中学毕业后直接参加工作，不要上大学，因为大学会给他“错误的影响——坏思想和坏知识。西方文化缺乏主的存在。”[②] 受其影响，艾哈迈德对西方文化、美国乃至整个西方社会的方方面面都持批判的态度，他不仅没有听从辅导员利维的劝导，反而向他发表了自己的见解：

> 因为没有主，西方文化痴迷于性和奢侈品。看看电视吧，利维老师，看它是怎样一直用性来向你兜售你不需要的东西。看看学校的历史，纯粹的殖民主义。看看基督教过去是怎样屠杀美国土著人，破坏亚洲和非洲的，现在又盯上了伊斯兰教，犹太人控制的华盛顿想尽办法都要在巴勒斯坦插上一脚。[③]

艾哈迈德还认为美国这个所谓“如此多元化的宽容社会”只是“美国的方式”——“你信这个，我信那个，我们都处得来”——而已，“但美国方式是异教徒的方式，正被引向可怕的命运。”他没有说出口的是：“美国想要夺走我的主。”[④]

凡此种种，这已不仅仅是艾哈迈德对西方社会的批评，从某种意义上说，这也是作者借此对美国及西方文化虚伪本质的揭露：美国是“一个住了差不多三亿无政府主义者灵魂的国家”。[⑤] 厄普代克在小说中对美国社会存在的问题做了多方位的揭露，例如，他认为美国的种族主义与自由主义的宣传有关：“在被官方的自由主义颂歌催眠了几十年后，美国沉睡的种族主义巨人再次被唤醒了”；遭到恐怖袭击后所采取的管控措施令美国乃至

---

① 约翰·厄普代克著，刘子彦译：《恐怖分子》，第 11 页。

② 约翰·厄普代克著，刘子彦译：《恐怖分子》，第 37 页。

③ 约翰·厄普代克著，刘子彦译：《恐怖分子》，第 38 页。

④ 约翰·厄普代克著，刘子彦译：《恐怖分子》，第 38 ～ 39 页。

⑤ 约翰·厄普代克著，刘子彦译：《恐怖分子》，第 44 页。

整个西方社会陷入了瘫痪状态："流通顺畅、反应灵敏的资本主义——更不要说学术交流和亲友间的社会生活交往——该如何在这冷酷严密的防范措施中运行下去？敌人的目的达到了：西方的工作和娱乐都搞砸了，完全砸了"；[①] 对恐怖袭击的恐惧令人处于两难的境地，连国土安全部部长也未能幸免，面对是否将恐怖威胁等级从黄色调整到橙色，他陷入了"第 22 条军规"（Catch-22）那样的窘境："如果什么都没发生，我就是在散布谣言。如果确实发生了，我就是懒惰的吃公粮的蚂蟥，让几千人丧了命。"实际上，他是"在做一件不可能完成的工作，但为了我们国家的安危，又必须有人去做"。[②] 而权贵们都在利用他们所掌握的公共资源大发其财："现在，所有克林顿周围的人，包括克林顿夫妇自己，正在靠他们疯狂爆料的回忆录大赚一笔。"[③] 但作者又将西方文化的弊端归因于人性："民主和消费主义是普通人从骨子里痴迷的东西，是源于每个人本能的乐观态度和对自由的渴望。"[④] 作者将问题的症结归结到人性，是否意在引起更多的人——包括非西方人的思考呢？

《恐怖分子》通过描写一个阿拉伯裔青年如何走上恐怖主义之路，对美国文化做了毫不留情的批判和揭露，因此引起了主流社会对作者的不满，也遭到文学批评界对这部小说的有意忽视。这对厄普代克来说是极不公平的，因为他并不赞同恐怖分子们的极端做法，只是借了他们的视角来审视美国社会，分析恐怖主义产生的原因。但这种创作手法的运用难免会让人产生作者站在恐怖分子一边的印象，而实际上，小说中的人物对美国文化的部分批评观点也的确就是作者自己的："厄普代克让他的穆斯林人物从他们的角度来描述世界是个什么样子，而他们的观点部分与厄普代克长期

---

① 约翰 · 厄普代克著，刘子彦译：《恐怖分子》，第 45 ～ 46 页。

② 约翰 · 厄普代克著，刘子彦译：《恐怖分子》，第 48 页。

③ 约翰 · 厄普代克著，刘子彦译：《恐怖分子》，第 47 页。

④ 约翰 · 厄普代克著，刘子彦译：《恐怖分子》，第 47 页。

抱持的批评态度——美国文化是物质主义的和自毁式的——存在重叠（应该说，这本书并不支持他们的观点，不认为美国有意谋求伊斯兰教的毁灭）。”[①] 客观地说，厄普代克是个有社会良知的作家，他试图创作一部成长小说来唤起人们对当下社会问题的思考，只不过他的恐怖分子话题触碰到了美国人敏感的神经。

上文我们采用点和面相结合的方法对当代英美成长小说的发展现状做了分析。从总体上来说，当代成长小说的主人公是抑郁、孤独而痛苦的，尤其是在同其“前辈”相比的情况下。苦的根源在于他们难以在界定人的存在的“绝对真理”中找到生存的意义。正如格尔德·盖泽（Gerd Gaiser）所指出的，19 世纪的状况是令人羡慕的，但现在情况大不相同：有序的宇宙和人的中心地位均已消失；在个人和事件之间建立任何关系都不再可能；人们再也认识不到或接受不了个人和其命运之间的对应关系；内在的禀性和外在的命运不能和谐一致。[②] 在此情势下，主人公多半被描写成社会受害者的形象，如《麦田里的守望者》中的霍尔顿和《发条橙》中的亚历克斯，他们好像都深刻地体味到一种异化感，然后选择同强大的社会力量进行抗争，但难逃失败的命运，其结果是不可避免地招致毁灭，成为社会的牺牲品。究其原因，除了社会和经济的因素外，他们日益加剧的内倾性格和自我意识使他们不仅同周围环境疏离，还不断地同自我产生冲突。小说家们的艺术手法创新似乎也加深了读者对这种异化感的感受。譬如，从叙事技巧来看，当代成长小说的叙述者和主人公往往是同一个人，即小说通常采用第一人称来叙事，这样，小说看起来更真实，能更准确、逼真地刻画主人公的心理，尤其是在表现主人公的孤独感和异化感方面。如此看来，当代成长小说的主人公不仅难以获得经典成长小说主人公那样和谐统一的自

---

① Peter C. Herman, “Terrorism and the Critique of American Culture: John Updike's *Terrorist*,” p. 700.

② 参见 Susan Ashley Gohlman, *Starting Over: The Task of the Protagonist in the Contemporary Bildungsroman*, p. 5。

我，更难最终同社会建立和谐的关系。但我们应该看到这些都是当代小说家的批评策略，他们通过重构成长小说的形式，打破那种辩证的结构，旨在为恢复自我教育观念提供一种恰当的表达方式。

方式之一就是当代成长小说否定个体独立自主的可能性，它们所刻画的主人公多半是疏离社会的反英雄。因此，当代成长小说往往给读者以沉重的受挫感，尤其是在同19世纪及其以前的小说相比较的情况下。虽然在成长过程中，主人公都要遭遇挫折，但以前的主人公大多最终都能走出阴影，既能实现自己的愿望，又能满足社会的期待，很少有人像当代的主人公那样始终以否定的姿态直面社会。然而，正是这种否定的姿态突显了主人公们的自我意识，表达了他们对传统的人与社会之间和谐关系的质疑。他们看似失败的命运彰显了他们的自主精神和社会批判意识的胜利，他们对自主和自我实现的强烈渴望从更高层次上坚守着经典自我教育的理想，即美学的、精神的教育和成长，而不是实用主义的被社会接受。这种自我追求维护了他们的“伟大和尊严”，这是对他们“独立性和自由的奖赏”。[①]

之所以说他们的自主精神与社会批评意识是对经典自我教育观念的维护，是因为他们的性格特征和价值追求符合席勒对“理想主义者”的界定。在席勒看来，理想主义者在理论上“就只剩下不安宁的思辨精神，这种思辨精神坚决要求一切认识上绝对的东西；在实践上只剩下道德上的严肃主义，这种严肃主义坚决要求意志行为方面绝对的东西”。[②] 理想主义者这种“不安宁的思辨精神”和“道德上的严肃主义”为我们理解当代英美成长小说主人公对自己理想的决绝追求和义无反顾的精神找到了最好的注脚。理想主义者多半抱有远大的志向，但这种理想主义者却未必能实现自我，更不用说获得幸福了，正如莫雷蒂所说的，“赋予青春一种特殊意义的期

① 席勒著，张玉能译：《审美教育书简》，第228页。

② 席勒著，张玉能译：《审美教育书简》，第226页。

望越大，作为成人的主人公能够体验到的幸福和自我实现就会越小。”①

尽管如此，那些以“反英雄”和理想主义者形象出现的主人公往往被赋予了冷眼看世界的能力，在他们的人生旅程中，他们能以嘲弄的眼光敏锐地察觉到当代人生存环境的荒谬。这就是那些带有理想主义情怀的人的“伟大和尊严”之处，而这是现实主义者无法企及的。虽然这类主人公形象也遭到一些读者乃至文学批评家们的诟病，但在小说家们看来，这些人高于社会，是未来的希望，因为他们同社会的疏离使他们更容易看到社会的弊端，因此也就给医治社会痼疾带来了希望。作家们是在以一种革新的模式理解和再现自我教育观念，审视主体的本质，是对自我教育的过程和目的的极度忧虑和深切关怀。他们笔下的多数人物应该属于黑格尔所称谓的“伟大人物”或“历史人物”，是“世界精神的代理人”：

> 他们的命运并不是快乐的或者幸福的。他们并没有得到安逸的享受，他们的整个人生是辛劳和困苦，他们整个的本性只是他们的热情。当他们的目的达到以后，他们便凋谢零落，就像脱却果实的空壳一样。他们或则年纪轻轻的就死了，像亚历山大；或则被刺身死，像恺撒；或则流放而死，像拿破仑在圣赫伦娜岛上。这一种可怕的慰藉……就是说历史的人物没有享受到什么快乐。②

这些人令人怜悯而又充满敬意的是他们似乎都有着自己的热情以及他们的自由意志，但他们所追求的都是“普遍的东西”，“他们之所以为伟大的人物，正因为他们主持了和完成了某种伟大的东西。……是对症下药适应了时代需要的东西。”③他们做了有益于社会整体的事情，但却牺牲了自己，

---

① Franco Moretti, *The Way of the World: The Bildungsroman in European Culture*, p. 184.

② 黑格尔著，王造时译：《历史哲学》，上海书店出版社 2001 年版，第 31 页。

③ 黑格尔著，王造时译：《历史哲学》，第 31 页。

因为他们个人并不幸福，也没有收获经典成长小说主人公的那种完整的人格和人生。

当代成长小说依然讲述在具体社会环境中青少年的成长故事，依然关注社会流动性及与之相关的个体的文化适应、道德提升或堕落等问题。但总体而言，现代化进程的加快给青少年成长带来越来越多的问题，经典成长小说中自我教育的理想似乎越来越难以实现，加之受现代主义成长小说影响——对主人公线性成长轨迹和适应社会这一成长目标持怀疑乃至批判的态度，当代成长小说作家在继承的基础上拓宽了创作的视野和路径，呈现出有别于经典成长小说的人物形象以及故事情节和结局，如有的主人公至死也没有成熟，有的选择逃离或反叛社会，而不是融入社会，有的故事呈开放的结局，等等。

可以说，当代成长小说正处于一个新旧交替的转折点上。一方面有从18世纪晚期至19世纪末欧洲成长小说的传统在，在这个传统中，无论是德国经典成长小说对个体的有机生成及最终个体与社会的和谐统一的理想化再现，还是英国成长小说所呈现的社会实用主义自我教育观，它们都在设法为个人与社会之间找到一个契合点。另一方面是19、20世纪之交以来对这一传统叙事结构的质疑，其核心就是对个体能与社会达成妥协表示怀疑，小说中表现出一种反成长的倾向，这一倾向在现代主义成长小说中尤为明显。而从这一点来说，美国成长小说一开始就是现代主义的。这一传统与反传统之间斗争的结果就是成长小说呈现出多元化的特点，主要表现为当代成长小说对经典成长小说核心观念和表现手法继承与革新并存的局面。

第十章 “存在还是不存在”

——成长小说的本体论思考

导语：针对学术界一直以来关于成长小说概念的争论，尤其是关于这一小说体裁存在与否的争论，本章基于小说创作和研究的历史环境决定论，成长小说艺术形式的革新和对“自我教育”等核心价值观的坚守的事实，做出回应，以期做深度的本体论思考。分析认为，尽管成长小说自诞生以来其表达形式，尤其是情节模式和结局，都发生了很大的变化，但成长小说的本质性特征始终未变，不同国度和各个时期成长小说之间存在着共性，并呈现出一以贯之的连续性。因此，作为一种体裁的成长小说不仅不容置疑，而且在当代小说创作现场和文学理论界依然十分活跃。

在我们的研究暂告一段落之前，让我们就成长小说创作和研究界一个奇特或曰有趣的现象进行梳理和探讨。这个现象就是，一方面文学出版界不断地有我们通常所认知的成长小说新作问世，而且文学批评界经常从成长小说的角度解读小说文本，并借此进行理论探讨，乃至这一概念的运用范围越来越广，甚至出现了过度使用的情况；而另一方面，几乎自从有了“成长小说”这个概念，尤其是从歌德的《学习时代》问世以来，一直就有人对这个体裁的小说提出质疑。埃斯蒂对这一现象的概述和分析比较有代表性，他认为，成长小说这个体裁“可以宽松到包括几乎任何一部描写经验战胜天真的小说，也可以紧到没有任何小说符合要求的程度”。从极端严格的标准来看，我们循着文学史倒推回去几乎找不到“一部真正的成长小说”：“从拉什迪和莫里森，到吴尔夫和乔伊斯，到哈代和艾略特，到狄更斯、勃朗特和巴尔扎克，到奥斯汀、斯科特和菲尔丁，最后甚至到歌德本人。”因此，他借用萨蒙斯的话说，成长小说既“无所不在”又“无处可寻”，甚至引用雷德菲尔德的话说，它就是“虚幻的形式”。[①] 埃斯蒂的观点似乎表明，上述小说家创作的小说都违反了成长小说这个属类的“极端严格的标准”。成长小说跨越了不同的历史时期和不同的民族传统从而导致其难以界定，这一“似是而非”“似非而是”的体裁特征引起了极大的争议。

仁者见仁智者见智。生活于18世纪启蒙时期的歌德就比较自由开放，因此他对成长小说的评价和界定就比较灵活、有弹性，而20世纪50、60年代的评论家就比较严格。例如，西奥多·齐奥科斯基（Theodore Ziolkowski）和格尔德·盖泽就从根本上否定成长小说“存在的理由”。他们都“否认在一个无意义的世界中自我认知的可能性”；“如果世界是不可界定的”，“那么他们猜想那个必然是从一个清晰、客观界定的现实中获得其本质的个人也是不可界定的。”[②] 这就从根本上对成长小说提出了疑问，正印证了莎士比亚在《哈姆莱特》中的那句名言——“存在还是不存在，这是个值得思考的问题。”

那么，成长小说这个小说体裁到底存在不存在？走笔至此再来谈成长小说是否存在这个“哈姆雷特式”的问题似乎显得有点荒唐，甚至令读者有上当受骗的感觉。其实不然，因为关于成长小说的这个本体论的问题一

---

① Jed Esty, *Unseasonable Youth: Modernism, Colonialism and the Fiction of Development*, p. 17.

② Susan Ashley Gohlman, *Starting Over: The Task of the Protagonist in the Contemporary Bildungsroman*, p. 5.

直就萦绕在这一领域部分学者的脑海中。正如约斯特所说的，在关于叙事艺术的研究方面，“成长小说的死亡证，甚至小说的死亡证，如此频繁地被一再开出来，以至于文学界本应该早就批准这份文件了。”[①]这说明成长小说这个体裁一直困扰着学界，正因为如此，在这里我们才有必要对当代成长小说进行本体论再思考，探讨这一“虚幻的”体裁何以不断成为文学创作和理论研究的话题，以便我们能更深入地理解成长小说的本质特征。

如前所述，关于成长小说如何界定乃至是否存在等诸如此类的问题贯穿着成长小说发展的始终，但一个不争的事实是，作家们依然在创作这类小说，研究者也在不断地研究，并扩展其研究的范围。[②]针对这一明显矛盾的现象，我们有必要首先分析人们产生怀疑的原因，然后才能找到解答的路径。

“成长小说”这个概念本身的边界难以明晰界定，加之部分论者使用时不够严谨，导致它的范围似乎在不断扩大。正如莫雷蒂所言，这个周围似乎悬浮着“磁性”的术语，不仅范围在“无规则”地扩大，甚至在黑格尔的《美学》、狄尔泰的著述和卢卡奇的《小说理论》等对小说的哲学探讨中都发挥着“中心作用”，也见诸巴赫金和埃里希·奥尔巴赫的“广阔的历史框架”，还反复出现在几乎所有主要文学传统的各种名头之下，乃至那些明显不属于成长小说的小说也被冠以“失败的成长”或“悬而未决的形塑”（problematic formation）的称谓。[③]这个看似无所不包的术语被不同领域广泛使用的事实似乎给攻击这个小说体裁的人提供了口实，或许这就是成长小说遭到部分学者质疑的原因之一。

成长小说的传记或自传体特征使其主题受限，长期局限于个体命运向前发展，其理想化的目标要求，即主人公无论遭遇怎样的困难和挫折，最

---

① Francois Jost, “Variations of a Species: The ‘Bildungsroman’,” p. 101.

② 成长小说的创作及其研究动态详见本著《绪论》和第一章《成长小说研究述评》，这里不再赘述。

③ Franco Moretti, *The Way of the World: The Bildungsroman in European Culture*, p. 15.

终都会融入社会，严重束缚着小说的情节设置，尤其是结局的安排。在此情势下，如果出现主人公并非向前发展，而是拒绝成长，或主人公最终没有融入社会，而是选择反叛甚至以死抗争，就势必会冲击成长小说原有的发展模式和读者的阅读期待。如此一来，人们必然会对是否应该把此类小说视为成长小说产生疑问。众多此类小说的问世自然会令人从根本上怀疑当代成长小说的存在。这或许是人们存疑的另一个原因。莫雷蒂分析了新学科的创立和社会科学的转向等各种因素对成长小说固有理念造成的冲击：

> 一个年轻个体的传记对于理解和评价历史是最有意义的视角。这很可能是现代西方社会所创造的最高级的艺术惯例——它当然是最典型的。但没有哪一个惯例能经受得住其根基的坍塌。而且当新的心理学开始拆除个体统一的形象；当社会科学转向“共时性”和“分类”，从而打破综合性历史概念的时候；当青春在其永远持续下去的自恋欲望上自我背叛的时候；当个体在一个又一个意识形态方面仅仅扮演整体的一个部分的时候——那么，成长小说的时代就真的到了尽头。

据此，莫雷蒂的结论是：“这个新世界最重要的象征形式不可能再是成长小说。”[①] 这并非全无道理。随着形势的变化，传统成长小说的模式及其关于独特自我有机构成等观念会逐渐丧失其活力甚至可能性。与其他文学体裁一样，成长小说也势必会变化，以适应新的历史条件。这种变化和变异正是人们质疑成长小说的地方。

在成长小说研究中，我们发现一个有趣的现象：不仅成长小说的创作会受到社会氛围的影响，对成长小说的评论甚至界定也受到社会、政治和文化等气候的左右。可以说，成长小说的发展史就是一部争议史，正如卡

① Franco Moretti, *The Way of the World: The Bildungsroman in European Culture*, pp. 227–228.

斯尔所指出的："成长小说的历史就是一个一直处于危机中的小说体裁的历史。"[①] 人们对它一直争论不休，甚至有文学批评家质疑它的存在。具有讽刺意味的是，最早对成长小说产生怀疑的地方竟然是它的发源地——德国。战后德国文学评论家对成长小说不断发起攻击，先是质疑"成长小说"这一术语对特定小说的"适应性"，进而怀疑这一小说体裁整体的"正当性"。例如，詹兹（Rolf-Peter Janz）在 1980 年评论成长小说的文章中就分析了战后人们对这个体裁总体理解所发生的变化：早期的批评家认为成长小说肯定性地记录了能够使个人顺利成熟起来的社会，而詹兹却强调在社会语境中个体自我教育所遭遇的困难。他总结说："1795 ～ 1815 年构成成长小说传统的那些小说表明，它们根本就不是成长小说——至少从个体与经验达成预期妥协这个体裁的定义来看不是。"然而，现实却让这些质疑不攻自破。直至 20 世纪 90 年代前后，属于这个"似乎濒临死亡的体裁"的出版物数量一路飙升，投稿人中不乏竭力为德国成长小说敲丧钟的，也有为大量土生土长的作品贴上"成长小说"这个外国标签的。[②] 由此看来，质疑声不仅不会令其消亡，相反，还有可能使它进一步繁衍，孕育出更多的"混血儿"来。至少在文学批评语境中，成长小说还是论者常常涉及的一个话题，这一点无可否认。

对成长小说产生怀疑的原因可以归结为一点，那就是后来出版的我们称之为成长小说的作品大多并不符合经典成长小说的情节模式和结局——主要表现为小说主人公没有融入社会。也就是说，多数小说发生了变化，但体裁的变化并不当然地成为否定它的理由。问题的关键在于用何种标尺来衡量，或者按照埃斯蒂的观点来说，在于它是否发挥了莫雷蒂所指出的两个典型的功能："使现代性无尽的剧烈变革得以叙述，并且通过客观叙述

---

① Gregory Castle, *Reading the Modernist Bildungsroman*, p. 30.

② Todd Curtis Kontje, *The German Bildungsroman: History of a National Genre*, pp. ix, 77.

职业–精神的妥协来确保中产阶级认同。”[①] 从表面上看，成长小说到了 20 世纪似乎就已经江河日下了。正如亨利 · 哈特菲尔德（Henry Hatfield）在他的《现代德国文学中的危机与连续性》（*Crisis and Contiguity in Modern German Literature*）中所指出的：“到了 20 世纪，成长小说似乎已经形容枯槁：太多最有成就的德国小说家已经利用过它；它同浪漫主义或资产阶级，抑或二者均相联系。（但）托马斯 · 曼和黑塞仅仅通过引进一些新的方法和技巧——戏仿、神话，黑塞还用了荣格的象征主义——就能振兴它。”在一种“无可奈何花落去”的心态下，人们同样看到了希望——成长小说的振兴。戈尔曼据此认为，这种振兴还会继续，因为自我教育本身就是一个持续变化的过程。试图捕捉这一状态的成长小说也会继续变化。[②] 作家们运用的“新的方法和技巧”给成长小说注入了新的活力，使它在新时期又焕发出青春。实际上，正是创作手法的创新和对成长小说核心价值的坚守，才既维护了成长小说这一文类，也彰显了其现实意义。小说家们“或许会笼统地摈弃德国启蒙时期的价值观，但他们接受了成长小说自我教育的核心价值观”。[③] 从另一个方面来看，现代主义创作手法的大量运用似乎已经否定了成长小说的传统，仿佛这个体裁已经不能发挥它原有的功能了，迫使人们从成长小说的核心概念，如“自我教育”的谱系中寻找它的踪迹。更有学者在承认成长小说起源于德国理想主义的前提下，将其视为全球和后殖民的一种体裁，以此搭建自我教育的哲学谱系，从而“厘清成长小说在日益成为一个全球性小说体裁时的文学–历史轨迹。”受其启发，埃斯蒂认为，“现代主义强调了一种机体论逻辑的内在矛盾，此逻辑的作用就是要依据人的传记或生活故事来再现它，从而（暂时在认识论上）稳定其历

① Jed Esty, *Unseasonable Youth: Modernism, Colonialism and the Fiction of Development*, p. 21.

② 参见 Susan Ashley Gohlman, *Starting Over: The Task of the Protagonist in the Contemporary Bildungsroman*, p. 8。

③ Gregory Castle, *Reading the Modernist Bildungsroman*, p. 4.

史的轨迹。”至于现代西方文明为什么会抛弃经典成长小说“这样一种完美的叙事机制”，埃斯蒂的假设是，“在那种叙事机制中民族架构的作用是关键，但像自我修养这种德国理想主义的观念一样，也受到时间的限制。当民族的概念日益被深嵌在殖民现代性的母体中时，个人的命运以及他们所代表的民族必须包括的不仅是进步的故事，而且还有停滞、退步和超越式成长的故事。”[①] 这实际上已经指出了成长小说发生变化的原因，也表明现当代成长小说更具包容性和表达力，因为它是根据时代的要求将不同的成长故事皆纳入麾下，并吸收了一些新的表现手法。

苏珊·豪等学者更是满怀信心地预言：成长小说在将来会成为比过去要重要得多的文学样式。豪虽然也认识到现代生活中所有事物的“暂时性”，但她却得出了与众不同的结论：成长小说“在调整自己以适应比我们现在要复杂得多的世界时可能会采取无数种形式，超出我们的想象。但我们可以很有把握地预言它会以想象再现一个比从歌德到我们这个时代更为丰富、多样的生活。”豪还断言：“未来成长小说的主人公会越来越意识到整个人生的‘永恒秘密’，他们会‘成长，以日益拓宽和加深对人类体验的认识，增强对生存的意识’。”[②] 其实，当年豪的预言很多现在早已变成了现实，随着少数族裔文学、女权主义和新历史主义或文化研究的兴起，无论是小说创作还是文学研究都越来越关注身份、主体地位和意识等问题。

当代成长小说中出现的一些新情况、新特点，与其说是失败，还不如说是对自我教育观中某些固念的成功抗拒，“现代主义成长小说的失败是个复杂而矛盾的现象，因为凡是在主人公未能获得内在修养或和谐的社会化的地方，这个小说体裁本身就似乎以有力的新形式维护了它的正当性，利用失败这一形塑和变革的力量复兴成长小说体裁，并为自我教育这种形

---

① Jed Esty, *Unseasonable Youth: Modernism, Colonialism and the Fiction of Development*, p. 25.

② 参见 Susan Ashley Gohlman, *Starting Over: The Task of the Protagonist in the Contemporary Bildungsroman*, p. 9。

式的存在辩护。”[①] 卡斯尔反复强调的是自我教育对于理解成长小说这个体裁的重要性，特别是在 20 世纪复兴这个体裁方面它起到的关键性的作用。从自我教育的角度来看，对完整与和谐的追求依然是现代主义成长小说主人公的主要动机和行为方式，但愿望和行动并不能保证达到目的。生活在以现代性取代传统为主潮的现代社会中，主人公既要维护自我的完整性，又要与社会达成妥协，这几乎是不可能实现的梦想，往往以失败告终。那么，在这种情况下，现当代成长小说为了逼真地再现主人公的生存状态就必须要革新表达形式。于是，以求变来达到与社会同步并试图维护自我完整性，是现当代成长小说主人公的新特点。其实，这种“新”也只是相对而言，它是从“旧”的胚胎中孕育而来的，因为成长小说自始至终关注的是主人公的变化与发展，而这个变化与发展的过程包含着“诗意”与“平凡”的对立与统一。所谓“诗意”指的是成长小说对个体潜能复杂性的关切，而“平凡”则是指成长小说对客观现实的一种承认，如承认婚姻、家庭和事业等是衡量主人公自我实现的一个必要的维度，“尽管按照释义来说，它隐含着对自我的一种限制，实际上是一种束缚”。成长小说就是在“诗意”与“平凡”的矛盾中运作的，这是“主人公内在的多种可能自我的并存（Nebeneinander）与线性时间和实际活动的先后（Nacheinander）之间的张力”，亦即“可能性与现实性之间”的张力。[②] 这种张力是探讨成长小说的核心问题，它既是衡量经典成长小说和现当代成长小说的标尺，也是判断一部小说是否属于成长小说的准则，甚至是解决成长小说存在与否这一论争的钥匙。一般认为，经典成长小说尤其关注主人公的内在自我，突出表现主人公非凡的想象力，而这一能力使得主人公能够超越现实的羁绊，实现丰富的精神自我。但实际上，绝大多数经典成长小说也并非全然是主人公内在生活的寓言，读者能够明显地感受到残酷的客观现实无时不

---

① Gregory Castle, *Reading the Modernist Bildungsroman*, pp. 1–2.

② Martin Swales, *The German Bildungsroman from Wieland to Hesse*, pp. 28–29.

在冲撞着主人公所珍视的内心生活，只是经典成长小说的作家们时常刻意突出主人公的精神追求，而有意淡化在他们看来平凡而琐屑的现实。在斯韦尔斯看来，正是这一过程造成了经典成长小说的“反讽、转弯抹角、不确定性”。[①] 也就是说，在“诗意”和“平凡”这两极之间，以德国为代表的经典成长小说倾向于“诗意”的一端。以实用主义为特征的成长小说则倒向天平的另一端，即更关注社会现实，讲究主人公同社会的妥协，英国19世纪中后期的成长小说是这种倾向的代表。而美国成长小说及现当代西方多数成长小说又表现出向“诗意”一极回归的明显征兆。

斯韦尔斯以现象学的眼光来看待成长小说的存在与否和判断标准，在他看来，一部成长小说没必要满足属于这个体裁的期待：体裁在具体的小说中起作用，因为体裁是具体的小说所指向的期待的一个组成部分，而且这些小说使体裁更加丰富生动。期待满足与否不是判断是否参与这个体裁构建的依据。“只要这个体裁的范例在相关作品中被间接地表示为长期持续存在，那么，这个体裁作为在具体文学创作可感知的素材内部的构建原则就依然是有效的。”[②]

对现当代成长小说的创作者来说，在新的社会氛围中要想改变追求完整与和谐的传统模式，他们的创作也必须有实验和革新，采用崭新的艺术技巧，只有这样，他们才能既继承经典成长小说的自我教育传统——主人公对完整与和谐的追求，又顺应时代的要求——在美学实践和创作中重实验和革新，以新实践代替传统。因此，无论从主人公还是从创作主体来考察，现代成长小说与其说是失败，或对经典成长小说的背弃，不如说它实现了更高层次上的追求和对传统的继承。从某种意义上甚至可以说是对19世纪庸俗社会化传统的反动，对18世纪经典成长模式的回归，因为19世纪的自我教育宗旨是实用主义的融入社会，而18世纪启蒙时代的理想是

① Martin Swales, *The German Bildungsroman from Wieland to Hesse*, p. 29.

② Martin Swales, *The German Bildungsroman from Wieland to Hesse*, p. 12.

美学的、精神的自我教育。因此，当代成长小说同18世纪经典成长小说的精神实质相契合，也许正是从这个意义上来说，它被称为是“现代主义的激进保守主义”。[①]

从启蒙运动以降，西方思想界总体上强调普遍理性，着力于构建制度与体制，人们的视野总是试图囊括一切，但从20世纪60年代开始，以德里达为代表的解构主义等后现代主义思潮开始质疑人们心目中的理性社会，高举“无中心”“无终结真理”等旗帜，解构组织严密、结构严谨的社会体制，试图表现四分五裂的当代社会现状，强调事物的多样性、复杂性和相对性，似乎无序才是社会的本来面目。

在这样的社会和文化语境中，宇宙是混沌的、无序的，人们赖以确定其存在的绝对真理已不在场，上帝的形象业已破碎，但地球总是日复一日地按照自己的轨道运转，人类的生活也一样，无论发生怎样的变故，都要继续过下去。饱受苦难的人们一刻也没有放弃探索世界、了解人类本身、追求自我的努力。对于成长小说主人公来说，没有什么比了解自己，确定自我形象和价值更重要的了。既然在无序的宇宙中个体的人已无法确定自己存在的意义，周遭也无人能为自己提供界定自我的依据，连上帝也被宣告已死，那么人唯一能依靠的可能只有自己。当代成长小说中的主人公形象恰好满足了人们的这种心理需求，这种情况与18世纪末期威廉·麦斯特给人带来精神慰藉的情形十分相似。当时人们，尤其是狂飙突进运动中的小说家，把世界看作是一种敌对的力量，在这个日益变得无意义的世界中，人们逐渐丧失了自我，而就在此时，一个人物形象出现在人们的视野中，他就是歌德笔下的威廉·麦斯特。“在这里，我们第一次有了这样一个主人公——他知道在这个世界上他唯一可望找到的自我形象就是他自己创造的形象。这样，《威廉·麦斯特》就成了第一部把自我界定的重任完

① Gregory Castle, *Reading the Modernist Bildungsroman*, p. 3.

全放在个人身上的小说。”[①] 拨开迷雾，胸襟豁然开朗，原来人们苦苦寻求的归依就是人自己。也许人们应该明白，即便是上帝的恩典，也还得借助人力，所谓“自助者天助”。[②] 形象自我塑造的发现为解决个人成长问题提供了无限可能性。梅利塔·格哈特（Melitta Gerhard）指出：“现在许多途径可以解决个人成长问题。从现在起，由他去采取坚决的行动，在对他敞开的许多道路中去寻找一条道路，走进无边无际的边疆，在混乱中创造秩序，在混沌中创造形式。”[③] 这样看来，混乱无序的世界似乎反而给成长小说的主人公提供了无限发展的空间和展示才能的机会。成长主体在混沌的世界中自我形塑，给无序以有序，从而实现自救并改造社会。那么，成长小说自身如何延续、发展呢？出路或在折中妥协。实际上，成长小说从一开始就采取了一种另类的解决方案，以“妥协”作为“处理现代文化矛盾本质的手段”，妥协也顺理成章地成了经典成长小说的一个“最著名的主题”。“几乎可以肯定的是，正是这种**妥协的倾向**使得成长小说能够顺利地从发生在 18 世纪之交的那种在各种叙事形式……之间真正的‘生存斗争’中脱颖而出。”按照达尔文的进化理论，一种生命形式越是具有弹性和妥协性它就越能更好地生存与繁荣。成长小说之所以能够在竞争中胜出恰恰在于它的“适应”和“不确定”等特质，它比其他小说形式更好地“描述和提升了现代社会化”，但它“也是现代象征形式中最矛盾的”。“在我们的世界，社会化本身首先就在于对矛盾的内化。”下一步不是要去化解矛盾，而是“要学会接受它，甚至把它变成生存的一种工具”。[④] 由此看来，

① Susan Ashley Gohlman, *Starting Over: The Task of the Protagonist in the Contemporary Bildungsroman*, p. 20.

② 富兰克林著，普隆译：《富兰克林自传》，译林出版社 2009 年版，第 204 页。

③ Susan Ashley Gohlman, *Starting Over: The Task of the Protagonist in the Contemporary Bildungsroman*, p. 20.

④ Franco Moretti, *The Way of the World: The Bildungsroman in European Culture*, pp. 9–10.

妥协与包容不仅是成长小说得以胜出的缘由，也是它赖以生存、延续与繁荣的法宝。

生活在这样一个没有固定的价值体系的社会对小说家来说是不是一种不幸呢？答案是否定的。恰恰相反，在动荡的社会中，尤其是在思想体系发生巨大变化的时代，作家才能更好地发挥自己的潜能，充分展示自己的才华，去把握时代的脉搏，捕捉人物复杂的内心世界，才能创作出更具震撼力的作品。成长小说的创作者们当然也不例外。正如戈尔曼所言：不稳定的精神状态催生了第一部成长小说。今天的状况在多方面与此相似。“真正重要的成长小说是精神不稳定时期的产物，一个可以客观界定的宇宙的缺位，而不是在场，才为此类作品的创作提供了最大的动力。”[①] 我们可以说，不拘泥于某一个时代，某一地域或民族的固定价值体系为成长小说的演变和发展提供了可能性，也为它在世界各地生根开花提供了广阔的空间，这才有可能使成长小说在德国诞生后迅速传遍欧洲大陆，然后漂洋过海几乎同时登陆英国和美国，在美国落户后取得丰硕的成果，成了美国小说创作的重要传统之一。上帝偶像的破碎使人的思想更复杂，人的精神世界更加丰富多彩，这为作家在更深层次、从更多的角度再现和剖析人物的内心宇宙提供了用武之地。由此观之，成长小说的存在是毋庸置疑的，不仅如此，它在今天比在以往有着更大的发展空间。

戈尔曼的《从头再来：当代成长小说主人公的任务》是这样结束的：无论是小说中的人物还是现实生活中的人，“总会有人反叛，有人不反叛。那些反叛的人，总是选择分裂，还可能是死亡，或者正如我们在越来越多的当代成长小说中所观察到的，选择从头再来。”[②] 戈尔曼的这一论断的前

---

① Susan Ashley Gohlman, *Starting Over: The Task of the Protagonist in the Contemporary Bildungsroman*, p. 19.

② Susan Ashley Gohlman, *Starting Over: The Task of the Protagonist in the Contemporary Bildungsroman*, p. 254.

一种判断说明她已经意识到，或者说她不得不承认主人公有反叛者，他们宁愿选择分裂，甚至死亡，而不是选择被社会同化。从我们对当代成长小说文本的考察来看，这种认识是正确的，但她的后一种推断却让人难以信服。选择从头再来的至多是19世纪美国成长小说主人公的行为，如马克·吐温《哈克贝里·费恩历险记》中的哈克最后不愿被萨莉阿姨收养，不愿被教化，决定在别人之前逃到领地去，重新踏上了寻求自我的征程。与戈尔曼的论断恰恰相反，越来越多的当代成长小说主人公选择反叛：他们要么迷失在进入成人社会的门槛上，如塞林格的《麦田里的守望者》中的霍尔顿；要么退缩到过去，在历史中寻找慰藉，以消极的姿态抵制现存的社会，或在幻境中抚慰自己的心灵，如戴维·米切尔的《绿野黑天鹅》中的贾森·泰勒。实际上，正如戈尔曼在该书前言中所说的，她考察的主要是19世纪早期到第二次世界大战刚过这段时期的小说，[①] 由此可以推断，她所说的"当代"最迟指的也不过是20世纪中叶。应当指出的是，第二次世界大战之后，社会、文化和意识形态都发生了巨大变化，文学艺术作为它们的重要载体必然会发生相应的变化，因此，戈尔曼所说的当代成长小说多半还属于传统意义上的成长小说。即便是20世纪中叶的成长小说也未必都选择了"从头再来"，如前所述的霍尔顿就不是这样，至少他的人生道路在小说结束时是未定的。主人公和社会之间固有的矛盾关系决定了成长小说难以有连贯的或明确的结尾，更不用说是喜剧结局了。就当代成长小说而言，成长的意义关键在于过程本身，而不是结局。严格地说来，自从英美现代主义小说兴起之后，甚至可以追溯到19世纪90年代，成长小说就发生了显著的变化，其分野主要表现在19世纪的成长小说和以现代主义为主潮的20世纪前半叶成长小说之间的区别："在19世纪，成长小说是表现自我形塑和社会化以及展示封闭的故事结尾这一主要模式的最佳体裁：

---

① Susan Ashley Gohlman, *Starting Over: The Task of the Protagonist in the Contemporary Bildungsroman*, p. ix.

遗失的幻想和破灭的期望得以重现，结婚仪式的举行，与自己对社会鲜为人知的贡献达成冷静的和解。在现代主义阶段，成长小说批判这种封闭的模式并提供了开放和可变的选择方案。内在修养显露出对立和不统一的底色，而美学教育则较少追求辩证的和谐，更多的是追求辩证的对抗。”① 现代主义作家既超越了经典成长小说的模式，也摆脱了19世纪成长小说的羁绊，紧紧抓住自我教育的内在批评本质，并把它作为一种利器，鞭挞社会、启迪人生，通过大胆革新故事结构，运用独特的叙事技巧，展示了现代版的自我教育形式，促成了现代成长小说的诞生，推动了成长小说体裁的发展。由此可见，成长小说不是不存在了，而是取得了进一步的发展。

从上文的分析中我们不难看出，成长小说是否存在这一问题的症结在于此类小说的结局。其原因可以追溯到这类小说的开创者及其关注的焦点——歌德以及他所崇尚的“青春”：歌德的《学习时代》“把青春看作是人生最有意义的部分”而“这部小说同时标志着成长小说的诞生”。② 但在莫雷蒂看来，“青春”，更确切地说，许多欧洲小说中的“青春”，成了现代文化中赋予“人生意义”的年龄。成长小说从“真正的”青春中抽象出“象征性的”青春，将其概括为“流动性和内在性”。而“现代性的一个具体的形象”就是通过“流动性和内在的不安这个‘青春’的特征”得以准确表达的。作为现代性“本质”的青春就成了“一个在**未来**而不是在过去寻找其意义的世界的符号”。③

至此，我们已可以清晰地看出，成长小说从它诞生至今经历了诸多的变化，但无论它发生了怎样的变化，或者它将来如何演变，成长小说都不可能脱离滋养其创作者的社会土壤，因为文学范式的转化与社会和文化的氛围是密不可分的。正如伊丽莎白 · 布拉斯（Elizabeth Bruss）在讨论二

① Gregory Castle, *Reading the Modernist Bildungsroman,* pp. 71–72.

② Franco Moretti, *The Way of the World: The Bildungsroman in European Culture*, p. 3.

③ Franco Moretti, *The Way of the World: The Bildungsroman in European Culture*, pp. 4–5.

者之间的关系时所说的："文学机制必须反映并关注它所服务的社会中某种持续的需求和对可能性的感知，但同时，一种体裁有助于界定什么是可能的并指明满足这种表达需求的适当途径。"[①] 把成长小说置于其特定的社会语境中来考察不仅能让我们了解其创作动因，而且有助于我们解读文本，并理解其功能和艺术特色。唯有如此，我们才能理解今天我们所说的成长小说同经典成长小说有哪些必然的联系，同时又具有怎样新的内涵和变化的形式。当代成长小说是为此时的社会服务，再现此时社会图景的，同理，经典成长小说是为彼时服务，勾勒彼时社会风貌的。总之，它们所采取的不同意象和结构都是以各自不同的艺术形式和情节模式来叙述年轻人成长历程的，尽管成长小说发生了很大的变化，但它对个体在社会中的成长这一关注始终没有变，尤其是影响历代文学批评和创作的自我教育的观念没有变——这一事实并不因为在特定的小说文本中自我教育没有实现而改变。"但自我教育不仅仅是经验的积累，不仅仅是以虚构的传记形式表达成熟。必须在自我、个性目的论（teleology of individuality）内部有一种渐进性变化的感觉，尽管这类小说像许多小说一样最终会怀疑或者否定取得那种令人满意的结果的可能性。"[②] 换言之，小说的结局并不重要，也未必一定要奉德国的小说传统为圭臬，但主人公要经历自我教育的过程，其性格特征要发生变化。如此，成长小说的本质性特征就没有变，变化的只是它的表达形式。实际上，文学史在一定意义上说就是各种文学体裁的演变史。据此，我们可以得出这样的结论：成长小说这一体裁的变化是正常的文学现象，我们不能因为它对某些范式的背离和革新就否定它的存在。随着情节的推进，主人公由天真走向经验，最后融入社会是传统的成长小说模式；而打破这种情节模式，只要年轻的主人公仍是小说的中心，即使他

① Sandra Frieden, "Shadowing/Surfacing/Shedding: Contemporary German Writers in Search of a Female Bildungsroman," p. 315.

② Jeffrey L. Sammons, "The Bildungsroman for Nonspecialists: An Attempt at a Clarification," p. 41.

拒绝融入社会，或依然坚守天真，乃至反成长，这种小说仍属于成长小说。考察它的变化乃至变异或否定的轨迹恰恰是这项研究的目的之一，也是它的价值所在。

要探讨成长小说是否存在以及它存在的价值，我们不妨对照当今的社会情势从源头上做进一步追问。与现代资产阶级文明相关联的一个“困境”是“**自主**的理想与**社会化**这个同样迫切的要求之间的冲突”。两个世纪以来，西方社会似乎已经认识到个人的一系列权利，诸如“选择自己的行为准则和‘幸福’观，自由想象和构建个人的命运”等，这些权利都在各种公告中得到宣告并载入宪法中，但“由于它们显然诱发了极不相同的抱负，结果它们并非普遍可以实现”。[①] 例如，资本主义制度可能会容忍不同意见和迥异的个人志向，但制度本身须要统一方可运作。也就是说自主与社会化之间的矛盾依然没有得到解决，而这对矛盾可以说恰恰是成长小说得以产生的社会基础和着力揭示的关键主题。既然成长小说的社会土壤依然存在——个人没有也不会放弃对自主这一理想的追求，而社会化是社会得以维系的必然要求，也就是说，自主和社会化这对矛盾依然存在，那么，成长小说就不会消亡，它不仅有存在的理由而且越发显示出它存在的必要性和意义。

就如同人们在争论文学的本质到底是什么一样，什么是成长小说也一直是个争论不休的问题，甚至出现了从根本上否认它存在的观点。尽管现在乃至将来很长一段时间对这个问题仍然难以形成定论，但从正反双方的论点中我们又不难找到此类小说的一些共性的东西，如成长小说主题与形式的统一及其直接的社会功能：“它呈现主人公的自我教育”；“它鼓励（提高）读者的修养”；“它根据美的规律展示素材”以避免简单的“说教”，“根据基本的道德规律”来交流以达到“教育”和“提高”的“目的”。[②] 这

① Franco Moretti, *The Way of the World: The Bildungsroman in European Culture*, p. 15.

② Fritz Martini, “Bildungsroman – Term and Theory,” p. 18.

种共性还表现在自我教育这个概念所包含的一些基本假设上，如“自主和自我的相对完整性，其潜在的自主创新能量，其在物质、社会甚至心理决定因素内相对的选择范围”等。[①]这些共性的东西具有一定的连续性，即它们在不同时期和不同民族的成长小说中都存在。“但作为一种历史现象，这种连续性也可能受到历史变化和断裂的影响”，这种现象“最近已经出现”并“将通向谐和的普遍性这种纯粹人文修养的概念……控制在过去”。[②]然而，只要这种反映成长小说本质的共性依然存在，并呈现出它一以贯之的连续性，我们就不能否定成长小说的存在。

如前所述，成长小说并无公认的定义，但这未必不是一件好事，因为对一种体裁的定义和限定往往会束缚其发展，使其刻板教条，进而导致其“消亡”。成长小说正因为随着时代的发展而发展，才保持了旺盛的生命力，才避免了枯萎凋零的厄运。

当文学研究界在哀叹成长小说的消亡，不停地为它开“死亡证”的时候，小说家们并没有“哀悼这个体裁的死亡”，相反，他们正忙着探究“如何满足读者大众的需要”。关键在于我们怎样看待一种文学体裁——是动态地、辩证地看，还是以静止的、形而上学的眼光看？看法不同会得出截然不同的结论。“由于我们的社会模式不断地发生着变化，且由于文学总是会以某种形式反映社会形态，那种认为文学形式固定不变的观念总是不适宜的，即便某些形式显示出一种令人惊奇的长寿。”相反，只要人们相信演变不意味着消亡，那么，今天通常依然被称为成长小说的19世纪和20世纪的小说与“它们公认的原型——《威廉·麦斯特的学习时代》之间一种真正的血缘关系是可以确立的”。[③]尽管当代成长小说所设置的背景、反映的问题以及刻画的人物与德国经典成长小说不尽相同，但它们依然属

① Jeffrey L. Sammons, “The Bildungsroman for Nonspecialists: An Attempt at a Clarification,” p. 42.

② Fritz Martini, “Bildungsroman – Term and Theory,” p. 25.

③ Francois Jost, “Variations of a Species: The ‘Bildungsroman’,” p. 101.

于“正宗的”成长小说。

关于成长小说的演变及其存亡与否的论争，我们还可以从生物进化规律中得到某种启发：

> 自然史表明所有的物种都会进化，而且绝不会以它们原来的形式复现。适者生存。然而，这些物种中没有任何一个永远是适者；自然界竞争激烈，变化一个紧接着一个。正如乐观主义者会说的那样，文学持续发展、不断完善的路径与此相似；事实依然是，不论好坏，变化的历史是不可逆转的……因为文学的动力是特定社会的。那些为往昔优秀的旧体裁的解体而感到遗憾的批评家们的叹息不会减缓人类各个方面持续的、不可避免的变化。①

因此，我们没有必要为经典成长小说风光不再而扼腕叹息，甚至捶胸顿足，而是要相信在成长小说这个谱系中，新生代更能反映当今的社会现实，因为成长小说“永恒的全球性魅力”就在于它“能够探讨自我与社会之间的关系”，②而这二者之间的矛盾和冲突一直都存在，不会消解，只会呈现出不同的形态。从这个角度也可看出，成长小说不会消亡，只会紧跟时代的发展而发展。

对成长小说的争论和质疑依然会继续上演，但质疑归质疑，对在文学创作实践和文学理论界如此活跃的一种小说样式进行探讨还是非常有意义的。正如埃斯蒂所说的：

> 自我教育这个概念已经塑造了一代又一代人的文学批评和实践——这一事实不会因任何一个具体文本未完成（自我教育）而

---

① Francois Jost, “Variations of a Species: The ‘Bildungsroman’,” p. 108.

② Sarah Graham, “Introduction,” p. 1.

> 改变。实际上，体裁几乎总是内部没有元素的集合，它通过否定、背离、变更和转变来塑造文学史。这种背离本身就可以被跟踪、分类，并作为史实记录下来。尽管成长小说的折解总是与其构建同时发生（这在文学史和具体文本中是显而易见的），但它仍然值得我们去在其折解的过程中努力发现其模式，甚至——在元批评的层面上——去阐释为什么这么一个幽灵般的体裁会一再成为文学（写作）和理论（研究）的欲望对象。①

因此，我们无须为这一小说体裁受到质疑而犹豫不决，这仍是一块值得深耕细作的学术沃土。我们不仅要考察具体的小说文本，而且要在理论上加以总结和提炼，尽可能做到理论与批评实践有机结合，并基于具体的历史、社会和文化语境对之做持之有故的研究。

① Jed Esty, *Unseasonable Youth: Modernism, Colonialism and the Fiction of Development*, pp. 17–18.

结　语

导语：基于前文对成长小说的理论探讨、历史沿革梳理和具体文本分析，该部分对成长小说的基本特征做进一步提炼。“自主”理想与“社会化”要求之间的矛盾是西方文明的困境之一，它既是成长小说产生的动因，也是其长盛不衰的奥秘。《威廉·麦斯特的学习时代》是判定成长小说的重要参照，尽管这一小说体裁的表达形式会因时因地而变，但其内在特质和基本理念却具有连续性。作为“现代性象征形式”的成长小说，它所关注的“青春”是“新时代的一种符号”。因此，变动不居便成了它的一大特征，这不仅决定了成长小说自身的重要性，也决定了它的研究价值。

从歌德发表《学习时代》至今已有220余年。在这不算短的历史进程中，不仅这部公认的成长小说原型魅力不减当年，而且这一小说样式还在欧美国家得到了不断发展，乃至“成长小说”这一术语成了在对小说作哲学探讨时发挥“中心作用”的热词，从黑格尔的《美学》到狄尔泰的《体验与诗》再到卢卡奇的《小说理论》概莫能外。“成长小说”还是当代西方文学批评中的一个重要概念。这一术语之所以被广泛采用，是因为人们试图借此表明它是至今发现的最能够破解"现代资产阶级文明困境"的"最和谐的对策之一"。这个困境就是"'自主'理想与'社会化'迫切要求之间的冲突",它所提出的是"个性化"与"常态化"如何共存的问题。[①]成长小说能否化解资产阶级文明的困境有待商榷,但莫雷蒂话语中隐含的对西方文明的批判意识和他所提出的解决路径却值得深思。尽管西方文明标榜个人有追求幸福的权利以及充分展示个性的自由,但它同任何体制一样,只要有制度的存在,就必然有"同质性"的要求,因此,个人与社会的冲突就不可避免。问题在于如何化解这一根本矛盾。在莫雷蒂看来,这需要一种文化认同,不能一味地强求。例如,不能说既然有社会化的要求,个体就必须服从权威或社会,而是要让社会成员普遍认同这一价值观念,不能让个体屈从"常态化",而要让"自由的个体"成为"心悦诚服的公民",即令其将"社会规范"看作是"自己的",将其"内化",把"外在的强制力与内在的冲动融为一个新的整体",直至二者不分彼此。这就是莫雷蒂所说的"文明的安慰",也是成长小说"历史意义"之所在。[②]这种观念正是成长小说力图表达的,因此,只要个人与社会之间的矛盾依然存在,成长小说就不会消亡。但它可以根据形势的发展和社会语境的变迁改变表达形式,这是本著的一个基本观点,也是笔者通过梳理西方成长小说发展脉络,分析不同国家各个历史时期的代表性文本重点论证的。

研究表明,歌德的《学习时代》业已成为经典,成长小说这一小说体裁也一直循着自己的轨迹向前发展,并不断地吸收新的血液,形式在悄然发生着变化。

我们在研究成长小说时既要把握这个小说体裁的基本特征,尤其是要将《学习时代》作为重要参照,又不囿于僵化的条条框框,要容许它的变化和发展。在掌握这类小说特质的基础上,我们应该以发展的眼光,细致

① Franco Moretti, "The Comfort of Civilization," *Representations*, Autumn, 1985, 12, p. 115.

② Franco Moretti, "The Comfort of Civilization," p. 116.

辨析它的新特色及新意义。但无论以怎样开放的视野看待这种小说，我们都不能忽视它的内在特质及基本理念，如“成长”“成熟”“天真”“经验”“自主”“社会化”和“自我教育”等。特别是在研究德国以外的成长小说时，我们应该以这些基本概念作为判断标准来衡量和评析。有学者在研究英国成长小说时就提出过这样的问题：“每个个体的发展都与自我教育的观念相对应吗？在成长观念中是否隐含着一个像魏玛经典主义中存在的那种维多利亚时代的自我教育目的？这个亚体裁在英国文学中是否只是边缘的？”[①] 对这类问题的追问是十分有益的，因为它提醒我们在研究此类小说时首先要判断它到底是不是一部成长小说，其次要分析它与经典成长小说的异同。歌德式的成长小说在“向生活学习”之外，增加了“维特式的反应和反思”——伴随着寻求合适的职业和社会角色，“自觉地争取自我发展”。在追求自我发展、寻找合适的职业和社会角色这两个方面，主人公虽然遭遇种种困难和挫折，但最后都成功了。这种追求及结果与当时的时代背景有关。《学习时代》中的故事发生在法国大革命爆发前不久，当时封建秩序的“合法性”日益丧失，“艺术或文化已取代宗教成为理想的来源。”正是在这一背景下，威廉作为商人的儿子开启了自己的人生，将其追求视为“商业与艺术，特别是与戏剧之间的选择”。在探索真正的自我和如何服务社会的道路上，威廉经历了一系列“错误和遗憾”——“歌德自我教育观中必要的阶段”，但他最终被塔楼会社接纳，结束了“学徒期”。[②] 也就是说，威廉终于成熟，走向社会。基于这个成长小说“原型”，我们可以得出对经典成长小说的基本判断标准：成长小说描写的是主人公如何在没有完全放弃自己的个人主义或个性特征的前提下实现“社会化”的过程，在小说的结尾，个体与社会之间达到了某种平衡。

---

① Gisela Argyle, *Germany as Model and Monster: Allusions in English Fiction, 1830s–1930s*, Montreal: McGill-Queen’s University Press, 2000, p. 12.

② Gisela Argyle, *Germany as Model and Monster: Allusions in English Fiction, 1830s–1930s*, p. 13.

《学习时代》这个成长小说的“样板”似乎成了欧美成长小说的一块“试金石”。有意思的是，在歌德后来出版的续篇——《威廉·麦斯特的漫游年代》中，已经“毕业”的威廉还颇有象征意味地成了出使英美的“使者”。歌德在《漫游年代》中描写的无疑是主人公如何将所学知识运用于社会实践，但在我们今天看来，这里仿佛也暗含着歌德有将成长小说这一体裁推及欧美诸国的意图。但在成长小说向欧美其他国家的推广过程中，成长小说结尾留给读者的那种平衡感或融合感很快就引起了质疑，以至于在后来的成长小说中，成长主体和谐地融入社会的例子并不多见，他们的社会化过程往往受阻，有的甚至最终走向反面——背离社会，出现了所谓“反成长小说”。

我们知道，《学习时代》经卡莱尔翻译，作为一种新的小说样式很快为英国读者所认知，紧接着，卡莱尔本人创作了《旧衣新裁》，从此英国有了第一部公认的成长小说。因此，卡莱尔成了德国成长小说的传播者和这一小说变体在英国的实践者。英国“自我教育理想的借用者”，尤其是卡莱尔、阿诺德等维多利亚时代的哲人，“折中地援引了”自我教育的理想，将其作为矫正“物质主义、怀疑主义和民主的解药”，或者说是“对诸如‘正确行为’这种不充分理想的补偿”。[①] 正如卡莱尔在《旧衣新裁》中所主张的，英国人应该像德国人那样重视个体的内在修养。至于在美国，哪些人像卡莱尔那样充当了这一小说体裁的中间人，我们目前尚缺乏可靠的证据来加以确认。鉴于爱默生1837年在标题为“美国学者”的著名演讲中呼吁美国文学和文化的独立，我们有理由相信当时美国还没有自己的成长小说。第一部得到世界认可的美国小说是华盛顿·欧文的《瑞普·凡·温克尔》。这部小说描写的恰恰就是主人公的成长经历，我们至少可以说它具有成长小说的某种因子。而就在爱默生发表上述演讲两年前的1835年，

① Gisela Argyle, *Germany as Model and Monster: Allusions in English Fiction, 1830s–1930s*, p. 21.

霍桑出版了他的《小伙子古德曼·布朗》。虽然这只是一个短篇小说，但已具备了成长、自我教育和主人公经过与社会接触性格发生明显变化等成长小说的核心要素。值得注意的是，与《学习时代》中的威廉相比，布朗走的是相反的人生道路，他最终没有被社会接纳，而是选择自绝于社会，成了一个终生郁郁寡欢的人。从这点来说，美国成长小说一开始就有自己的显著特色，往往以主人公背离社会作为小说的结局。

为呼应前文提到的人们在研究成长小说这个体裁时遇到的困惑，在这里，我们有必要进一步厘清该小说体裁的一些本质特征。在属性上，成长小说介于流浪汉小说与忏悔小说之间。流浪汉小说“向外指向社会”，其主人公是一个流浪汉，即被社会排斥的人，小说着重描写主人公的物质方面，特别强调其冒险和行动。忏悔小说“向内指向意识”，只强调“思想和反思”，其主人公是个“精神上的局外人”。而成长小说在个体和社会之间寻求平衡，并探讨二者之间的互动关系。成长小说具有“双重聚焦”的显著特色；其主人公是一个社会的代表性人物，且通常是个典范；小说试图描写一个完整的人，从“身体、情感、智力和道德”诸方面塑造“完整人格”，主人公的行动、思想和反思得到同等对待。在结构上，流浪汉小说是由一些松散串联在一起的事件构成的，事件之间缺乏内在的联系，且事件对主人公的成长不产生明显的影响；忏悔小说是对过去发生的事件的回顾与反思，而这种回顾通常并不遵循时间顺序；而成长小说再现的是一系列相互关联的事件，这些事件共同导向一个“明确的结局”——一个青年由幼稚走向成熟。正如迈尔斯在对戈特弗里德上述观点的回应中所指出的，成长小说的“双重聚焦”必然会随着历史的进程而发生“变化”。而这种“变化和张力”正是成长小说这个小说体裁至今对我们来说“仍然有趣且至关重要”的原因。[①] 须要特别指出的是，成长小说既有相对稳定且

① Marianne Hirsch Gottfried and David H. Miles, “Defining Bildungsroman as a Genre,” in *PMLA*, Jan., 1976, 91, 1, pp. 122–123.

可辨的特色，又在不断变化和发展，处于“流变”之中，因此，我们务必要以变化的眼光打量这一小说体裁。

从上述简要的概述中我们可以看出成长小说的一些重要特征。首先，成长小说与时代背景和社会发展密切相关，从文学的功能上来说，它有明显的育人意图和作用。如果说《学习时代》是为预防法国大革命式的集体暴力而作，那么，后来的成长小说就含有对此类社会动荡反思的意味，如卡莱尔的《旧衣新裁》。莫雷蒂将成长小说这种明确的社会协调功能概括为“讲述法国大革命本来如何可以避免”，意思是说，成长小说主张人的个性得到自由、全面的发展意在使人们避免将“集体暴力”视为“自主的合法模式”。① 但在这一共同的价值追求下，成长小说在表现个体的成长形态上表现出明显的变化。这一变化以 19 世纪初为一个“大分水岭”。在此前以《学习时代》为代表的经典成长小说中，“青春已经是完美的、令人满意的”，主人公似乎表里如一，最终得到了他们应得的；而在此后被莫雷蒂称为“现实主义的成长小说”中，主人公往往背离传统的社会价值观，其外在表现与内心追求不同，小说倾向于描写主人公的双面人生，真正由天真走向经验——尤其是获得精神成长的主人公不多见，他们受现实的阻碍鲜有获得身心和谐发展的。②

其次，从成长小说与流浪汉小说和忏悔小说的对比中我们可以看出，成长小说的主人公有明显的性格特征，具有特定时代的显著标记，但他们又往往处于社会的边缘地带。从个体——所有的个体——都能得到发展这一理念出发，我们便不难理解为什么成长小说描写的通常是“社会局外人”的成长，为什么女性成长小说和少数族裔成长小说能够在当代社会得到蓬勃发展。因为处于社会边缘或底层的群体更需要伸张自我，渴望个体的发

① Joseph R. Slaughter, “Enabling Fictions and Novel Subjects: The Bildungsroman and International Human Rights Law,” *PMLA*, Oct., 2006, 121, 5, p. 1410.

② Edna L. Steeves, “Goethe’s Heirs,” *NOVEL: A Forum on Fiction*, Spring, 1989, 22, 3, pp. 344–345.

展。这也是平等主义思想的反映。过去几十年欧美成长小说的出版呈飙升之势，这些小说多半描写的是历史上曾被边缘化的族群的体验，如后殖民地人民、土著民族、流散和移民群体，以及都市种族、宗教、性别上的少数群体等。[①]

再次，从成长小说对社会和个人的“双重聚焦”来看，它通常描写“自主理想与社会化要求之间的冲突”，这一冲突对现代资产阶级文明来说是“根本性的”。“文明的机制”是“个性化与常态化的共存”，那么，二者如何共存呢？第一，“社会秩序”必须基于合法性，且“象征性地”表现出合法；第二，“个体必须把社会规范视为他自己的准则，内化它们，将外在的强制与内在的冲动融为一体。”成长小说成功地再现了这种“融合”——个体的“形塑”与“社会融合”相一致，“个体成了整体的一部分”，因此，成长小说的历史意义便成了莫雷蒂所说的“文明的安慰”。[②]其实，包括莫雷蒂在内的众多成长小说研究者都十分关注成长小说中所蕴含的带有哲学意味的问题，即个体与社会的关系问题，其核心是“自由的问题”：“一个成长主体如何在社会上获得自由，这个主体的自由如何取决（或屈从）于别人的自由，以及这样的自由是如何引发表达行为并被其赋予合法形式的。”[③]这涉及情感与理智的问题，即成长主体的主观愿望如何与社会要求和他人的自由达成一致，因为个体的意愿必然受到社会和他人的限制。

综上所述，研究成长小说的关键是要清晰地分析主人公的成长过程，具体而言，就是要考察自我教育是如何在成长主体的成长过程中发挥作用的，主人公在这个过程中是如何处理情感与理智、个体与社会及他人之间的关系，以及他如何发现自己的局限从而调适自我以与社会达成一致，或

① 参见 Joseph R. Slaughter, “Enabling Fictions and Novel Subjects: The *Bildungsroman* and International Human Rights Law,” p. 1411。

② Edna L. Steeves, “Goethe’s Heirs,” p. 344.

③ Brendan Boyle, “The Bildungsroman after McDowell: Mind, World, and Moral Education,” *The Journal of Aesthetics and Art Criticism*, Spring, 2011, 69, 2, p. 173.

顽固坚持自我导致最后与社会决裂。调整自我以融入社会是经典成长小说的基调，与社会决裂是现当代成长小说的常见结局。莫雷蒂在谈到成长小说的价值时说，成长小说着力描写的不是“非凡之人”，探讨的也不是人类共同的目标或有可能为“作为整体的世界”获得什么，“其目的是塑造‘完整而幸福的人’”——之所以“完整而幸福”是因为这样的人经过“磨炼”，不再“偏祖”或片面。[①]这里说的显然是以歌德《学习时代》为代表的经典成长小说。莫雷蒂认为资本主义社会出于维护自身的目的，强调整体和一致性，从而导致人的个性丧失或单方面的潜质被过度开发，从而走向片面和分裂；而经典成长小说塑造的人物恰恰相反，主人公经过社会磨炼，得到全面发展，因而成为和谐幸福的人。尽管莫雷蒂讨论的主要是经典成长小说，但从他的分析中，我们或可窥到后来成长小说主人公走向与社会决裂的原因。

成长小说充当了“现代性的象征形式”，“青春成为新时代的一种符号”，即青春被看作是“现代性的动态性和不稳定性的范式”，也是“其流动性和内在不安定性的范式”，因此，青春成了西方文化中能够“反映现代性”的“最重要的象征”。[②]这不仅表明了成长小说的重要性及其研究价值，还揭示了它变动不居的本质特征。成长小说研究何尝不是如此？因此，从某种意义上来说，此项研究只是阶段性的，它不可能有终点，永远在路上。

---

① Franco Moretti, “The Comfort of Civilization,” p. 118.

② Edna L. Steeves, “Goethe’s Heirs,” p. 344.

引用文献

Abel, Elizabeth, et al., editors. *The Voyage in: Fictions of Female Development*. UP of New England, 1983.

Abrams, M. H., editor. *The Norton Anthology of English Literature*. vol. 2, W. W. Norton, 1993.

Adorno, Theodor W. *Negative Dialects*. Translated by E. B. Ashton, Seabury P, 1973.

Alden, Patricia. *Social Mobility in the English Bildungsroman: Gissing, Hardy, Bennett, and Lawrence*. UMI Research P, 1986.

Amigoni, David. *The English Novel and Prose Narrative*. Edinburg UP Ltd., 2000.

Aquinas, St. Thomas. *The Summa Theologica*. Translated by Fathers of the English Dominican Province, Benziger Bros. ed., 1947.

Arac, Jonathan. "The Age of the Novel, the Age of Empire: Howells, Twain, James around 1900." *The Yearbook of English Studies*, vol. 41, no. 2, 2011, pp. 94–105.

Argyle, Gisela. *Germany as Model and Monster: Allusions in English Fiction, 1830s–1930s*. McGill-Queen's UP, 2000.

Arnds, Peter. "The Boy with the Old Face: Thomas Hardy's Antibildungsroman *Jude the Obscure* and Wilhelm Raabe's Bildungsroman *Prinzessin Fisch*." *German Studies Review*, vol. 21, no. 2, 1998, pp. 221–40.

Baldwin, Stanley P. *The Picture of Dorian Gray: Notes*. Hungry Minds, 2000.

Barney, Richard A. *Plots of Enlightenment: Education and the Novel in Eighteenth-century*

England. Stanford UP, 1999.

Baym, Nina, editor. *The Norton Anthology of American Literature*. Shorter 4th ed., W. W. Norton, 1995.

Bennett, Tony, et al., editors. *New Keywords: A Revised Vocabulary of Culture and Society*. Blackwell Publishing, 2005.

Bentley, Nick. *Contemporary British Fiction*. Edinburgh UP, 2008.

Bishirjian, Richard J. "Carlyle's Political Religion." *Journal of Politics*, no. 38, 1976, pp. 95–113.

Bissell, Claude T. "Social Analysis in the Novels of George Eliot." *ELH*, vol. 18, no. 3, Sep. 1951, pp. 221–39.

Boyle, Brendan. "The Bildungsroman after McDowell: Mind, World, and Moral Education." *The Journal of Aesthetics and Art Criticism*, vol. 69, no. 2, 2011, pp. 173–84.

Bradford, Richard. *The Novel Now: Contemporary British Fiction*. Blackwell Publishing, 2007.

Buchler, Justus. "George Santayana's *The Last Puritan*." *The New England Quarterly*, vol. 9, no. 2, Jun. 1936, pp. 281–85.

Buckley, Jerome H. "Autobiography in the English *Bildungsroman*." *The Interpretation of Narrative: Theory and Practice*, edited by Morton W. Bloomfield, Harvard UP, 1970, pp. 93–104.

---. *Season of Youth: The Bildungsroman from Dickens to Golding*. Harvard UP, 1974.

Bulson, Eric. *The Cambridge Introduction to James Joyce*. Cambridge UP, 2006.

Bulwer-Lytton, Edward. *Ernest Maltravers or the Eleusinia*. Philadelphia, J. B. Lippincott, 1884.

Callahan, John F. "F. Scott Fitzgerald's Evolving American Dream: The 'Pursuit of Happiness' in *Gatsby*, *Tender Is the Night*, and *The Last Tycoon*." *Twentieth Century Literature*, vol. 42, no. 3, Autumn 1996, pp. 374–95.

Castle, Gregory. *Reading the Modernist Bildungsroman*. UP of Florida, 2006.

Cinpoes, Nicoleta. Foreword. *A History of the Bildungsroman: From Ancient Beginnings to Romanticism*, by Petru Golban, Cambridge Scholars Publishing, 2018, pp. viii–ix.

Conner, Frederick W. "*Lucifer* and *The Last Puritan*." *American Literature*, vol. 33, no. 1,

Mar. 1961, pp. 1–19.

Cowley, Malcolm, editor. *The Stories of F. Scott Fitzgerald*. Charles Scribner's Sons, 1954.

Coyle, William. *The Young Man in American Literature: The Initiation Theme*. The Odyssey P, 1969.

Drabble, Margaret, editor. *The Oxford Companion to English Literature*. 5th ed., Oxford UP, 1985.

DuBois, W. E. B. "Of Our Spiritual Strivings." *Black Voices: An Anthology of African-American Literature*, edited by Abraham Chapman, Signet Classics, 2001, pp. 494–501.

Dunne, Robert. *A New Book of the Grotesques: Contemporary Approaches to Sherwood Anderson's Early Fiction*. The Kent State UP, 2005.

Eagleton, Terry. *Literary Theory: An Introduction*. Blackwell Publishing, 1983.

---. *Myths of Power: A Marxist Study of the Brontës*. Palgrave Macmillan, 2005.

Esty, Jed. *Unseasonable Youth: Modernism, Colonialism and the Fiction of Development*. Oxford UP, 2012.

F., T. B. "The Last Puritan." *America*, vol. 54, no. 26, 1936, pp. 623–24.

Fargnoli, A. Nicholas, and Michael Patrick Gillespie. *Critical Companion to James Joyce: A Literary Reference to His Life and Work*. Facts on File, 2006.

Feng, Pin-chia. *The Female Bildungsroman by Toni Morrison and Maxine Hong Kingston: A Postmodern Reading*. Peter Lang Publishing, 1998.

Fraiman, Susan. *Unbecoming Women: British Women Writers and the Novel of Development*. Columbia UP, 1993.

Frieden, Sandra. "Shadowing / Surfacing / Shedding: Contemporary German Writers in Search of a Female Bildungsroman." *The Voyage in: Fictions of Female Development*, edited by Elizabeth Abel et al., UP of New England, 1983, pp. 304–16.

Frost, Robert. "The Road Not Taken." *The Norton Anthology of American Literature*. Shorter 4th ed., edited by Nina Baym et al., W. W. Norton, 1995, p. 1771.

Fuderer, Laura Sue. *The Female Bildungsroman in English: An Annotated Bibliography of Criticism*. The Modern Language Association of America, 1990.

Gissing, George. *Born in Exile*. London and Edinburgh, Adamand Charles Black, 1892. 3 vols.

Gohlman, Susan Ashley. *Starting Over: The Task of the Protagonist in the Contemporary Bildungsroman*. Garland Publishing, 1990.

Golban, Petru. *A History of the Bildungsroman: From Ancient Beginnings to Romanticism*. Cambridge Scholars Publishing, 2018.

Gottfried, Marianne Hirsch, and David H. Miles. "Defining Bildungsroman as a Genre." *PMLA*, vol. 91, no. 1, 1976, pp. 122–23.

Graham, Sarah. Introduction. *A History of the Bildungsroman*, edited by Sarah Graham, Cambridge UP, 2019, pp. 1–9.

Guest, David. "Acquired Characters: Cultural vs. Biological Determinism in *The Way of All Flesh*." *ELT*, vol. 34, no. 3, 1991, pp. 283–92.

Haegert, John. "Artist in Exile: The Americanization of Humbert Humbert." *ELH*, vol. 52, no. 3, Autumn 1985, pp. 777–94.

Hagan, John H. Jr. "Structural Patterns in Dickens's *Great Expectations*." *ELH*, vol. 21, no. 1, Mar. 1954, pp. 54–66.

Halldorson, Stephanie S. *The Hero in Contemporary American Fiction: The Works of Saul Bellow and Don DeLillo*. Palgrave Macmillan, 2007.

Hanson, Sandra L., and John Zogby. "Trends – Attitudes about the American Dream." *The Public Opinion Quarterly*, vol. 74, no. 3, Fall 2010, pp. 570–84.

Hardin, James, editor. *Reflection and Action: Essays on the Bildungsroman*. U of South Carolina P, 1991.

---. Introduction. *Reflection and Action: Essays on the Bildungsroman*, edited by James Hardin, U of South Carolina P, 1991, pp. ix–xxvii.

Harding, Mildred D. "Thomas Carlyle's *Sartor Resartus*: The Secret Doctrine in a Western Mode." *Journal of Religion and Psychical Research*, vol. 22, no. 1, 1999, pp. 16–21.

Herman, Peter C. "Terrorism and the Critique of American Culture: John Updike's *Terrorist*." *Modern Philology*, vol. 112, no. 4, May 2015, pp. 691–712.

Hirsch, Marianne. "Spiritual Bildung: The Beautiful Soul as Paradigm." *The Voyage in: Fictions of Female Development*, edited by Elizabeth Abel et al., UP of New England, 1983, pp. 23–48.

Hirsch, Marianne. "The Novel of Formation as Genre: Between *Great Expectations* and *Lost Illusions*." *Genre*, no. 12, 1979, pp. 293–311.

Holman, C. Hugh, and William Harmon, editors. *A Handbook to Literature*. 6th ed., Macmillan Publishing, 1992.

Howe, Susanne. *Wilhelm Meister and His English Kinsmen: Apprentices to Life*. Columbia UP, 1930.

Jeffers, Thomas L. *Apprenticeships: The Bildungsroman from Goethe to Santayana*. Palgrave Macmillan, 2005.

Jewett, Sarah Orne. "A White Heron." *A White Heron and Other Stories*, edited by Susan L. Rattiner, Dover Publications, 1999, pp. 1–9.

Jost, Francois. *Introduction to Comparative Literature*. The Bobbs-Merrill, 1974.

---. "Variations of a Species: The 'Bildungsroman'." *Nineteenth-Century Literature Criticism*. vol. 20, edited by Janet Mullane et al., Gale Research, 1989, pp. 101–08.

Juan, Epifanio San, Jr. *The Art of Oscar Wilde*. Princeton UP, 1967.

Kastan, David Scott, editor. *The Oxford Encyclopedia of British Literature*. Shanghai Foreign Language Education P, 2009.

Kelly, William P. *Plotting America's Past: Fenimore Cooper and the Leatherstocking Tales*. Southern Illinois UP, 1983.

Kester, Gunilla Theander. *Writing the Subject: Bildung and the African American Text*. Peter Lang, 1995.

Keulks, Gavin. *Father and Son: Kingsley Amis, Martin Amis, and the British Novel since 1950*. The U of Wisconsin P, 2003.

Kirby-Smith, H. T. "Review: *George Santayana, Literary Philosopher* by Irving Singer." *The New England Quarterly*, vol. 74, no. 2, Jun. 2001, pp. 348–51.

Kontje, Todd Curtis. *The German Bildungsroman: History of a National Genre*. Camden House, 1993.

Lee, A. Robert, editor. *The Modern American Novella*. Vision P, 1989.

LeSeur, Geta J. *Ten is the Age of Darkness: The Black Bildungsroman*. U of Missouri P, 1995.

MacLeod, Anne Scott, editor. *American Childhood: Essays on Children's Literature of the Nineteenth and Twentieth Century*. The U of Georgia P, 1994.

Martini, Fritz. "Bildungsroman – Term and Theory." *Reflection and Action: Essays on the Bildungsroman*, edited by James Hardin, U of South Carolina P, 1991, pp. 1–25.

Mason, Richard. *History of a Pleasure Seeker*. Weidenfeld & Nicolson, 2011.

Matz, Jesse. *The Modern Novel: A Short Introduction*. Blackwell Publishing, 2004.

McQuade, Donald, et al., editors. *The Harper American Literature*, vol. 1, 2nd ed., HarperCollinsCollegePublishers, 1994.

McSweeney, Kerry, and Peter Sabor. Introduction. *Sartor Resartus*, by Thomas Carlyle, Oxford UP, 2008, pp. vii-xxxiii.

Mercer, Erin. *Repression and Realism in Post-war American Literature*. Palgrave Macmillan, 2011.

Millard, Kenneth. *Coming of Age in Contemporary American Fiction*. Edinburgh UP, 2007.

---. *Contemporary American Fiction: An Introduction to American Fiction since 1970*. Foreign Language Teaching and Research P, 2006.

Moffett, Alex. "Memory and the Crisis of Self-Begetting in Hardy's 'Jude the Obscure'." *Pacific Coast Philology*, no. 39, 2004, pp. 86–101.

Moretti, Franco. "The Comfort of Civilization." *Representations*, no. 12, Autumn 1985, pp. 115–39.

---. *The Way of the World: The Bildungsroman in European Culture*. Verso, 2000.

Oates, Joyce Carol. "*The Picture of Dorian Gray*: Wilde's Parable of the Fall." *Critical Inquiry*, vol. 7, no. 2, Winter 1980, pp. 419–28.

Otto, M. C. "Review: *The Last Puritan* by George Santayana." *The Journal of Higher Education*, vol. 7, no. 6, Jun. 1936, pp. 339–40.

Palmeri, Frank. *Satire, History, Novel: Narrative Forms, 1665–1815*. U of Delaware P, 2003.

Paris, Bernard J. "Toward a Revaluation of George Eliot's 'The Mill on the Floss'." *Nineteenth-Century Fiction*, vol. 11, no.1, Jun. 1956, pp. 18–31.

Parsell, Roger E. *Cliffs Notes on The Way of All Flesh*. Cliffs Notes, 1974.

Rangno, Erik V. R. *Contemporary American Literature: 1945–Present*. Facts on File, 2006.

Redfield, Marc. "The Bildungsroman." *The Oxford Encyclopedia of British Literature*. vol. 1, edited by David Scott Kastan, Shanghai Foreign Language Education P, 2009, pp. 191–94.

---. *Phantom Formations: Aesthetic Ideology and the Bildungsroman*. Cornell UP, 1996.

Rohmann, Chris. *A World of Ideas: A Dictionary of Important Theories, Concepts, Beliefs, and Thinkers*. The Ballantine Publishing Group, 1999.

Ryan, Michael. *Literary Theory: A Practical Introduction*. John Wiley & Sons, 2017.

Sammons, Jeffrey L. "The Bildungsroman for Nonspecialists: An Attempt at a Clarification." *Reflection and Action: Essays on the Bildungsroman*, edited by James Hardin, U of South Carolina P, 1991, pp. 26–45.

Santayana, George. *The Letters of George Santayana*. Book 5, 1933–1936, edited by William G. Holzberger, MIT P, 2003.

---. *The Last Puritan: A Memoir in the Form of a Novel*. MIT P, 1994.

Segal, Alan. "Portnoy's Complaint and the Sociology of Literature." *The British Journal of Sociology*, vol. 22, no. 3, Sep. 1971, pp. 257–68.

Shaffner, Randolph P. *The Apprenticeship Novel: A Study of the «Bildungsroman» as a Regulative Type in Western Literature with a Focus on Three Classic Representatives by Goethe, Maugham, and Mann*. Peter Lang Publishing, 1984.

Sheehan, James J. *German History, 1770–1866*. Oxford UP, 1989.

Sheehan, Paul. *Modernism, Narrative, and Humanism*. Cambridge UP, 2002.

Sieminski, Greg. "Suited for Satire: Butler's Re-tailoring of *Sartor Resartus* in *The Way of All Flesh*." *English Literature in Transition, 1880–1920*, vol. 31, no.1, 1988, pp. 29–37.

Singer, Irving. *George Santayana, Literary Philosopher*. Yale UP, 2000.

Slaughter, Joseph R. "Enabling Fictions and Novel Subjects: The *Bildungsroman* and International Human Rights Law." *PMLA*, vol. 121, no. 5, 2006, pp. 1405–23.

---. *Human Rights, Inc.: The World Novel, Narrative Form, and International Law*. Fordham UP, 2007.

Small, Judy Jo. *A Reader's Guide to the Short Stories of Sherwood Anderson*. G. K. Hall, 1994.

Steeves, Edna L. "Goethe's Heirs." *NOVEL: A Forum on Fiction*, vol. 22, no. 3, 1989, pp. 344–46.

Stein, Mark. *Black British Literature: Novel of Transformation*. The Ohio State UP, 2004.

Stifter, Adalbert. *Indian Summer*. Translated by Wendell Frye, Peter Lang, 1985.

Stoltzfus, Ben. "Sartre, Nada, and Hemingway's African Stories." *Comparative Literature Studies*, vol. 42, no. 3, 2005, pp. 205–28.

Swales, Martin. *The German Bildungsroman from Wieland to Hesse*. Princeton UP, 1978.

Taylor, Jenny Bourne. "The Strange Case of Godwin Peak: Double Consciousness in *Born in Exile*." *George Gissing: Voices of the Unclassed*, edited by Martin Ryle and Jenny Bourne Taylor, Ashgate Publishing, 2005, pp. 61–75.

Tennyson, G. B. "The 'Bildungsroman' in Nineteenth-Century English Literature." *Nineteenth-Century Literature Criticism*. vol. 20, edited by Janet Mullane et al., Gale Research, 1989, pp. 143–47.

Thorp, Margaret Farrand. *University of Minnesota Pamphlets on American Writers: Sarah Orne Jewett*. U of Minnesota P, 1966.

Todorov, Tzvetan. *Genres in Discourse*. Translated by Catherine Poter, Cambridge UP, 1990.

Trites, Roberta Seelinger. *Disturbing the Universe: Power and Repression in Adolescent Literature*. U of Iowa P, 2000.

Tyler, Daniel. "Feeling for the Future: The Crisis of Anticipation in *Great Expectations*." *Interdisciplinary Studies in the Long Nineteenth Century*, no. 14, 2012, pp. 1–18.

Watkin, Amy S. *Bloom's How to Write about Charles Dickens*, Bloom's Literary Criticism, 2009.

West, Benjamin S. "The Work of 'Redburn': Melville's Critique of Capitalism." *Midwest Quarterly*, vol. 52, no. 2, Winter 2011, pp. 165–81.

White, Barbara A. *Growing Up Female: Adolescent Girlhood in American Fiction*. Greenwood P, 1985.

Witham, W. Tasker. *The Adolescent in the American Novel: 1920–1960*. Frederick Ungar Publishing, 1964.

Wolfe, Thomas. *Look Homeward, Angel*. Charles Scribner's Sons, 1929.

Wollaeger, Mark, and Kevin J. H. Dettmar. Foreword. *Unseasonable Youth: Modernism, Colonialism and the Fiction of Development*, edited by Jed Esty, Oxford UP, 2012, pp. ix–xi.

Ziewacz, Lawrence E. "Holden Caulfield, Alex Portnoy, and Good Will Hunting: Coming of Age in American Films and Novels." *Journal of Popular Culture*, vol. 35, no. 1, 2001, pp. 211–18.

阿诺德，马修：《文化与无政府状态：政治与社会批评》，韩敏中译。北京：生活·读书·新知三联书店，2012 年。

艾布拉姆斯，M. H.：《镜与灯：浪漫主义文论及批评传统》，郦稚牛等译。北京：北京大学出版社，2015 年。

艾略特，乔治：《弗洛斯河上的磨坊》，伍厚恺译。重庆：重庆出版社，2008 年。

爱略特，乔治：《米德尔马契》（上、下），项星耀译。北京：人民文学出版社，1987 年。

爱默生：《爱默生随笔》，李敏、朱红杰译。上海：上海三联书店，2008 年。

安德森，舍伍德：《小城畸人》，吴岩译。上海：上海译文出版社，1983 年。

安书祉：《德国文学史》（第一卷），范大灿主编。南京：译林出版社，2006 年。

奥斯特，保罗：《月宫》，彭桂玲译。上海：上海人民出版社，2008 年。

巴赫金：《小说理论》，白春仁、晓河译。石家庄：河北教育出版社，1998 年。

巴特勒，塞缪尔：《众生之路》，黄雨石译。北京：人民文学出版社，1985 年。

博尔顿，玛乔莉：《英美小说剖析》，林必果译。重庆：重庆出版社，1988 年。

狄尔泰，威廉：《体验与诗：莱辛·歌德·诺瓦利斯·荷尔德林》，胡其鼎译。北京：生活·读书·新知三联书店，2003 年。

狄更斯：《大卫·科波菲尔》，庄绎传译。北京：人民文学出版社，2000 年。

---：《远大前程》，王科一译。上海：上海译文出版社，1979 年。

厄普代克，约翰：《恐怖分子》，刘子彦译。北京：人民文学出版社，2009 年。

范大灿：《德国文学史》（第二卷）。南京：译林出版社，2006 年。

菲茨杰拉德，F. S.：《冬之春梦》，何绍斌等译。菲茨杰拉德著，何绍斌等译《所有悲伤的年轻人》（杭州：浙江文艺出版社，2016 年），第 65 ～ 97 页。

菲尔丁，亨利：《弃儿汤姆·琼斯的历史》，萧乾、李从弼译。北京：人民文学出版社，1984 年。

富兰克林：《致富之路》，普隆译。富兰克林著，普隆译《富兰克林自传》（南京：译林出版社，2009 年），第 201 ～ 212 页。

歌德：《威廉·麦斯特》，董问樵译。上海：上海译文出版社，1999 年。

谷裕：《德语修养小说研究》。北京：北京大学出版社，2013 年。

哈代：《无名的裘德》，刘荣跃译。上海：上海译文出版社，2012 年。

海明威：《海明威短篇小说全集》（上册），陈良廷等译。上海：上海译文出版社，1995 年。

荷尔德林：《许佩里翁或希腊的隐士》，戴晖译。荷尔德林著，戴晖编选《荷尔德林文集》（北京：商务印书馆，1999 年），第 3 ～ 150 页。

赫德森，威廉·亨利：《导言》，马秋武等译。托马斯·卡莱尔著，马秋武等译《拼凑的裁缝》（桂林：广西师范大学出版社，2004 年），第 1 ～ 9 页。

黑格尔：《历史哲学》，王造时译。上海：上海书店出版社，2001 年。

黑塞，赫尔曼：《玻璃球游戏》，张佩芬译。上海：上海译文出版社，2001 年。

黄梅：《推敲“自我”：小说在 18 世纪的英国》。北京：生活·读书·新知三联书店，2003 年。

霍顿，罗德，赫伯特·爱德华兹：《美国文学思想背景》，房炜、孟昭庆译。北京：人民文学出版社，1991 年。

霍桑：《小伙子古德曼·布朗》，雨珊译。霍桑著，雨珊译《重讲一遍的故事——霍桑短篇小说选》（兰州：兰州大学出版社，2009 年），第 37 ～ 50 页。

卡莱尔：《拼凑的裁缝》，马秋武等译。桂林：广西师范大学出版社，2004 年。

---：《英雄和英雄崇拜——卡莱尔讲演集》，张峰等译。上海：上海三联书店，1988 年。

理查森：《帕梅拉》，吴辉译。南京：译林出版社，1998 年。

洛克：《教育漫话》，傅任敢译。北京：教育科学出版社，1999 年。

---：《人类理解论》，关文运译。北京：商务印书馆，1983 年。

曼，托马斯：《魔山》，杨武能译。成都：四川文艺出版社，2010 年。

尼采，弗里德利希：《孤独》，飞白译。吴忠诚《现代派诗歌精神与方法》（北京：东方出版社，1999 年），第 49 ～ 50 页。

钱青主编：《英国 19 世纪文学史》。北京：外语教学与研究出版社，2006 年。

乔伊斯，詹姆斯：《一个青年艺术家的肖像》，徐晓雯译。南京：译林出版社，2014 年。

任卫东、刘惠儒、范大灿：《德国文学史》（第三卷）。南京：译林出版社，2007 年。

萨克雷，威·梅：《潘登尼斯》（下），项星耀译。上海：上海译文出版社，1985 年。

塞林格，J. D.：《麦田里的守望者》，施咸荣译。南京：译林出版社，1998 年。

赛尔登，拉曼等：《当代文学理论导读》，刘象愚译。北京：北京大学出版社，2006 年。

桑德斯，安德鲁：《牛津简明英国文学史》（下），谷启楠等译。北京：人民文学出版社，2000 年。

申丹、韩加明、王丽亚：《英美小说叙事理论研究》。北京：北京大学出版社，2005 年。

孙胜忠：《成长小说：与时俱新的小说样式》，《中国社会科学报》2012 年 9 月 28 日，B–01 文学版。

---：《成长小说的缘起及其概念之争》，《山东外语教学》2014 年第 1 期，第

73 ～ 79 页。

---：《成长小说体裁考辨》，《英美文学研究论丛》第 20 辑（2014 年春），第 370 ～ 387 页。

---：《分裂的人格与虚妄的梦——论觉醒型女性成长小说〈觉醒〉》，《外国文学》2011 年第 2 期，第 89 ～ 96 页。

陶东风、王南：《文学理论基本问题》（修订版）。北京：北京大学出版社，2012 年。

吐温，马克：《郝克尔贝里 · 芬历险记》，许汝祉译。南京：译林出版社，2001 年。

王尔德：《道连 · 格雷的画像》，黄源深译。北京：人民文学出版社，2004 年。

---：《谎言的衰朽》，杨恒达译。赵澧、徐京安主编《唯美主义》（北京：中国人民大学出版社，1988 年），第 105 ～ 144 页。

---：《致〈圣 · 詹姆斯公报〉的编辑》，尹飞舟译。赵澧、徐京安主编《唯美主义》（北京：中国人民大学出版社，1988 年），第 183 ～ 185 页。

威尔斯：《托诺－邦盖》，普隆译。北京：外国文学出版社，2002 年。

沃尔夫，托马斯：《无处还乡》，雨凡，严文珍译。南京：江苏人民出版社，2009 年。

吴尔夫，弗吉尼亚：《一间自己的房间》，贾辉丰译。北京：商务印书馆，2012 年。

伍尔夫，汤玛斯：《天使，望故乡》，乔志高译。北京：生活 · 读书 · 新知三联书店，1987 年。

希斯内罗丝，桑德拉：《芒果街上的小屋》，潘帕译。南京：译林出版社，2012 年。

席勒：《审美教育书简》，张玉能译。南京：译林出版社，2009 年。

萧邦，凯特：《觉醒》，杨瑛美译。沈阳：辽宁教育出版社，1997 年。

余匡复：《德国文学史》。上海：上海外语教育出版社，1991 年。

詹明信：《晚期资本主义的文化逻辑》，张旭东编，陈清侨等译。北京：生活 · 读书 · 新知三联书店，2013 年。

赵澧、徐京安主编：《唯美主义》。北京：中国人民大学出版社，1988 年。

索　引

B

H

J

K

L

M

N

O

P

Q

R

S

T

Y

Z

中外文术语对照表

本对照表由四部分组成，依次是："核心术语""成长小说代表作""代表作家及重要人物"[①]"其他"。各部分内部条目按拼音排序。

核心术语

比德迈尔（Biedermeier）：1815～1848年德国的一种文化艺术流派，其文学本质特征表现为"伤感大地上的快乐"。

彼得·潘（Peter Pan）：源自苏格兰小说家和剧作家詹姆斯·巴里（Sir James Matthew Barrie, 1860–1937）的《彼得·潘》（1904年作为戏剧首次公演，1911年作为小说出版），其主人公是个有魔力却永远长不大的男孩。喻指不肯长大的小孩或天真无邪的成年人。

不合时宜的年轻人（untimely youth）：与经典成长小说讲述主人公进步的故事相对，现代主义成长小说有时描写主人公的停滞、倒退或超常规发展，抵制原先那种线性发展的内在逻辑。这类故事的主人公有的早衰，有的一直幼稚，有的快速发展，有的形成了无法改变的心理定式，有的突然死亡，还有的永远不老，被称为"不合时宜的年轻人"。

成规（convention）：传统的文学和艺术方法、风格等。

成长（Werden）：又译"教育""发展""形成"等。

成长故事（maturation story; coming of age narrative; tale of coming of age）

成长过程（Bildungsprozess）

成长着的人物形象（image of man in the process of becoming）：巴赫金语，是认定成长小说

① "代表作家"指成长小说代表作家；"重要人物"指对成长小说发展史和批评史产生过重要影响的人物。

和成长小说主人公的标准之一，指主人公通过直接经验（与正规教育等间接经验相对）获得关于自我和世界的知识，从而在身体、心理和道德观上发生变化。“成长着的人”就是性格乃至个性发生变化的人，其变化过程构成小说情节。

存在与发展（being and becoming）：涉及静止与运动的一对哲学概念，可用来区分历险小说与成长小说。“becoming”兼有“生成”“成长”“发展”“变化”等多重含义。柏拉图将“存在”置于“理式”的世界中，而认为“发展”与“生成”是在物质世界中。黑格尔则把“发展”看成是存在与虚无之间辩证的相互作用与影响。自黑格尔以降，许多哲学家认为世界的基本原理是发展而不是存在。

大器晚成者（late bloomer）：在成长小说中，指那些成熟较晚的主人公。

导师（mentor）：又译“良师”，成长小说主人公的引路人，对其成长起重要作用——有时是消极作用。

敌托邦（Dystopia）：又译“反面乌托邦”。

冻结的青年（frozen youth）：杰德·埃斯蒂在《不合时宜的青年——现代主义、殖民主义与成长小说》一书中用来指称“不能或不愿长大的成长受阻的个体”。

儿童期（childhood）：在成长小说中，这个概念不囿于生理年龄，那些心理年龄仍处于发蒙期的成人也被纳入这个范畴。

二元性（duality）：指小说内部的“辩证元素”（dialectic element）。

发散的发展过程（diffused Werden / becoming）

发展（Entwicklung）

发展小说（Entwicklungsroman; novel of development; development novel）：一种普适性的成长故事，不重视自我教育，只是片面地表现出对心理的兴趣，而忽视了“自觉的、和谐的自我形塑”。

反成长小说（anti-Bildungsroman; antidevelopmental fiction）：常用来指与经典成长小说相对，主人公没有长大、不能或不愿融入社会的成长小说，亦指颠覆“天真优于经验”之经典成长小说观念，转而描写少年诱惑成人、天真腐蚀经验的小说，如纳博科夫的《洛丽塔》。

反省小说（self-reflective novel）

反主流文化运动（the Counterculture Movement）：20 世纪 60 年代兴起于英国和美国，并在 60 年代中期到 70 年代中期蔓延到西方大部分地区的一种反现存社会体制与现有权力结构的文化运动。

愤怒的青年（the Angry Young Men）：20 世纪 50 年代英国出现的一个作家群体，成员包括约翰·奥斯本、爱伦·西利托、柯林·威尔逊等。他们集中描写下层社会人士的受压迫状况，作品的主人公主要是英国阶级体系中的男性。

感伤小说（sentimental novel）：以主人公的内心生活为中心，突出主观性和自我启示的小说。有论者视其为成长小说的源头之一。

继续教育（Selbstbildung）：在成长小说中，指主人公基于家庭教育和学校启蒙教育在社会上所接受的教育，即自我教育。

教育（Erziehung; cultivation）

教育小说（Erziehungsroman; novel of education; education novel）：一种“要求其情节设置要适应有意识的形塑过程”的小说。它侧重于学校的培训和训练以及正式教育，而不强调顺应个体的内在潜力而获得有机发展。

爵士乐时代（the Jazz Age）：指爵士乐及爵士舞蹈在全美国快速流行的20世纪20～30年代，对流行文化影响深远，常与“喧嚣的20年代”相提并论。因菲茨杰拉德于1922年出版了其短篇小说集——《爵士乐时代的故事》，人们普遍认为这是他杜撰的术语。

垮掉的一代（the Beat Generation）：指美国20世纪50年代后期和60年代早期由一批诗人和小说家结成的松散团体，他们主张无拘无束地自我表现，共同的社会观念是反现有秩序，反社会，反理性，反主流文化、文学和道德价值观。

狂飙突进运动（Sturm und Drang）：18世纪后半叶德国以反理性主义为特征的文学运动。

“认识你自己”（Know thyself）：这是镌刻在位于德尔菲的阿波罗神庙门廊里的一句古希腊格言，后来被苏格拉底详解为“未经检验的生活不值得活”。这句箴言有“了解你自己的位置才能有所节制”“了解你自己才能了解人性，从而了解别人”等多重释义。其中蕴含的“人要通过切身体验了解自己及他人”的思想，非常切合成长小说主人公的成长路径。

类型（genre）：文学作品的体裁、种类。其划分方法多样，历史上曾把文学作品分为抒情诗、史诗、戏剧三类，现在流行的做法是将其分为诗歌、小说、戏剧三类。

理式（ideal form）：柏拉图提出的一种哲学概念，指与物质世界相对的那种“真正的、绝对的、不变的”理念世界，物质世界里的一切只不过是对它的模仿。

历史性（historicity）：既指历史真实性，亦指人处于具体的时间和历史环境中，或人是具体而独特的存在。

历险小说（adventure novel）：又称漫游小说，这类小说侧重反映主人公在空间上的位移，而不注重对其本质特征进行描述。作家借助主人公的漫游和惊险传奇，展现世界上丰富多彩的空间和静态的社会（国家、城市、文化、民族、不同的社会集团及其独特的生活环境）。

流浪汉小说（picaresque novel）：历险小说的一个亚类。流浪汉小说的主人公在心理上是懒惰的，静态的，没有发展的，事件对其精神不产生真正的影响，小说展示的是一个丰富多彩的外部世界。

美国例外论（American Exceptionalism）：法国政治分析家亚历克西斯·德·托克维尔（Alexis de Tocqueville）提出的一个备受争议的概念，认为美国因其独特的起源、历史进程、政策和宗教体制——主要表现为美国是一个由共同民主原则粘合在一起的移民国家——而与众不同。

美学的–精神的（aesthetico-spiritual）：启蒙运动时期自我教育观的核心内涵之一，强调个体在精神上和美学上的提升，是衡量经典成长小说主人公的一个标准。

美学修养（aesthetic culture）

内在的发展（inner developing; Anbildung）：自我教育双向过程的一个向度，指与社会培养相对的个体自身的发展。

内在形式（inner form）：与外部世界相对的主人公的精神面貌和心理状况。

启蒙（initiation）：又译“成长”，原指为青春期男孩举行的成年仪式，在成长小说中多指主人公由天真走向经验的发蒙期。

前成长小说（pre-Bildungsroman）：主要指描写婴幼儿成长的小说，与成长小说不同，其主人公尚未为自我教育做好准备；有时亦指成长小说诞生前与其类似的小说。

青春期（puberty）：人由幼年转向成年的发展期，主要强调人成长时的身体变化。

青年时代（youth）：又译“青少年时期”，在成长小说中，它是一个社会学而非生物学概念，指决定个体未来道路的一个形成期。

青年小说（Young Adult novel）：20 世纪 60 年代兴起的一种小说类型，它带着“对社会制度的质疑”，提出社会“如何构建个体？”的问题，作家们探讨“如果我们将人界定为社会构建的主体，而不是受他们的身份限制的自足的个体，这意味着什么？”等问题。

青少年（teenager）：13 ～ 19 岁的人。

人生历史（life history）：人在一生中发生的所有事情和变化。

人文主义理想（Humanitätsideal）

上帝的形象（Vorbild; God's image）

社会化（socialization）：指个体内化社会规范和意识形态的过程，人在这个学习的生命历程中，其观点、行为和信仰等都会受到社会舆论的影响，而且通常都向社会认为可接受或规范的方向发展。在成长小说中，当主人公将社会目标内化为自己的生活目标时，他就已经成熟，可以融入社会了。

社会流动（social mobility）：又译“社会流动性”，指个体或家庭在社会阶层内部或阶层之间的迁移，是相对于个体在特定社会中现有社会地位的一种变化。

世界面貌（world-form）

双重性（doubleness）

双重意识（double consciousness）

外形（Gestalt; forma; form）：又译“人的外表”“形态”，具有静态的特征，与动态的“形塑”相对。

外在的培养（outer enveloping; Ausbildung）：自我教育双向过程的一个向度，指与个体自身发展相对的社会对个体的培养。

完整的人（whole man）：18 世纪后期德国人文主义理想氛围催生的一个概念，指在一切复杂性和丰富性中有机展示的、全面发展的人。经典成长小说关注的就是个体如何实现完整的自我。

文化适应（acculturation）：一种文化上的同化过程，尤指原始文化与发达社会接触后发生的变化。又译“文化互渗”，指不同文化在频繁交流中的互相影响。

文化小说（Kulturroman）：对成长小说产生过影响的一种小说类型，它试图呈现理想的世界和理想的人物，带有强烈的道德价值观和文化理想。

问题小说（problem novel）：青年小说在 20 世纪 70 年代衍生的亚类，关涉社会与道德问题，结局与经典成长小说有异。问题小说缺乏积极的教育功能，而主人公又是青少年，因此受到非议。

现实政治（Realpolitik）：19 世纪中叶德国作家和政治家路德维希 · 冯 · 罗豪（Ludwig von Rochau）创造的术语，指基于特定情况和因素而不是意识形态或道德前提的政治或外交，因此也被称为政治上的实用主义。

形式化（formalization）

形塑（Formung; formation）：指有机体不断运动或变化的状态，在成长小说中尤指人的内心和外部环境之间无限交互的、创造性的互动。它是自我教育的核心内涵之一，与静态的“外形”“形态”相对。

形塑的过程（Gestaltung; formatio）：又译“行为”。

形塑 – 社会化（formation-socialization）

喧嚣的 20 年代（the Roaring Twenties）：指在第一次世界大战余波中迅速扩散的西方 20 世

纪20年代的社会和文化现象。其间，经济持续繁荣，文化特色鲜明，人们普遍感到与现代性有关而与传统决裂的新奇感，借助现代技术似乎一切都有可能。与此同时，爵士乐和爵士舞蹈广受欢迎，因此，这一时期又被称为“爵士乐时代”。

学徒小说（apprenticeship novel; apprentice novel）：成长小说（Bildungsroman）在英语中的译名之一，称其是“一类描写敏感的主人公青年时期和青壮年时期的小说。他正试图了解世界的本质，发现其意义和模式，并获得人生哲学和‘生活艺术’”。

学习（apprenticeship）：指成长小说中的“成长”。其基本思想是，生活是一门艺术，年轻人经由生活的历练最终可成为“师傅”。

学校教育小说（pedagogical novel）：教育小说聚焦于学校的正式教育，即狭义上的教育，就成了“学校教育小说”。

艺术家成长小说（Künstlerroman; artist novel; novel of artistic development）：描写年轻人发展成为艺术家的小说，又称为“艺术发展小说”。小说侧重描写主人公的美学追求和精神成长；小说主人公极力排斥社会为其提供的平庸生活，追求艺术人生。

银叉小说（silver fork novel）：威廉·黑兹利特创造的术语，指19世纪20年代晚期至30年代以英国摄政时期（the Regency, 1811–1820）为背景的小说，多描述那些天生有教养的贵族的生活和典仪以及他们的优雅与荣耀，故又被称为“上流社会小说”（fashionable novel）。该术语含有贬义，因为这类小说的作者多为希望成为上流社会一员的中产阶级。

原型（le prototype; den Urtyp; the archetype）

哲理小说（philosophical novel）：将相当一部分内容拿来探讨通常在哲学中讨论的问题——人生、道德或伦理的目的、社会的功能、生活中艺术的作用等——的小说。哲理小说包括所谓的概念小说（novel of ideas），部分科幻小说，乌托邦和敌托邦小说，以及成长小说。

种类（species）：一个借自自然科学的概念，用来指文学的体裁。

自我教育（Bildung; self-cultivation）：成长小说主人公在社会交往中接受到的教育，侧重于主体内在修养、美学和精神方面。自我教育是成长小说主人公发现自我、完善自我、形成有机整体的过程。

自我认同（self-identity）：又译“自我同一性”，是个体在反思活动中不断创造和维护的自我追求目标。

自我形塑（self-formation）：自我与社会之间自觉而和谐的互动过程。

成长小说代表作

《阿迦通的故事》（*Geschichte des Agathon*, 1766–1767）：克里斯多夫 · 马丁 · 维兰德著。

《阿罗史密斯》（*Arrowsmith*, 1925）：辛克莱 · 刘易斯著。

《阿妮塔与我》（*Anita and Me*, 1996）：米拉 · 塞尔著。

《埃维莉娜，又名一个年轻女子闯世界的历史》（*Evelina, or the History of a Young Lady's Entrance into the World*, 1778）：范妮 · 伯尼著。

《艾丽丝 · 亚当斯》（*Alice Adams*, 1921）：布思 · 塔金顿著。

《傲慢与偏见》（*Pride and Prejudice*, 1813）：简 · 奥斯汀著。

《奥吉 · 马奇历险记》（*The Adventures of Augie March*, 1953）：索尔 · 贝娄著。

《白鲸》（*Moby Dick*, 1851）：赫尔曼 · 梅尔维尔著。

《暴力的孩子们》（*Children of Violence*, 1952–1969）：多丽丝 · 莱辛著。

《比彻姆的生涯》（*Beaucham's Career*, 1876）：乔治 · 梅雷迪思著。

《壁花男孩》（*The Perks of Being a Wallflower*, 1999）：斯蒂芬 · 切波斯基著。

《波特诺伊的怨诉》（*Portnoy's Complaint,* 1969）：菲利普 · 罗斯著。

《玻璃球游戏》（*Das Glasperlenspiel*, 1943）：赫尔曼 · 黑塞著。

《布罗迪小姐的青春》（*The Prime of Miss Jean Brodie*, 1961）：穆丽尔 · 斯帕克著。

《大草原》（*The Prairie*, 1827）：詹姆斯 · 费尼莫尔 · 库珀著。

《大卫 · 科波菲尔》（*David Copperfield*, 1850）：查尔斯 · 狄更斯著。

《丹尼尔的半生缘》（*Daniel Deronda*, 1876）：乔治 · 艾略特著。

《道连，仿作》（*Dorian, an Imitation*, 2002）：威尔 · 塞尔夫著。

《道连 · 格雷的画像》（*The Picture of Dorian Gray*, 1891）：奥斯卡 · 王尔德著。

《德萨 · 罗斯》（*Dessa Rose*, 1986）：雪莉 · 安妮 · 威廉斯著。

《第五个孩子》（*The Fifth Child*, 1988）：多丽丝 · 莱辛著。

《冬之梦》（“Winter Dreams,” 1922）：F. S. K. 菲茨杰拉德著。

《儿子与情人》（*Sons and Lovers*, 1913）：D. H. 劳伦斯著。

《发条橙》（*A Clockwork Orange*, 1962）：安东尼 · 伯吉斯著。

《放牛的故事》（*Oxherding Tale*, 1982）：又译《牧牛传说》，查尔斯 · 约翰逊著。

《飞越疯人院》（*One Flew over the Cuckoo's Nest*, 1962）：肯 · 凯西著。

《愤怒的葡萄》（*The Grapes of Wrath*, 1939）：约翰 · 斯坦贝克著。

《弗兰茨·斯特恩巴尔德的漫游》（*Franz Sternbalds Wanderungen*, 1798）：路德维希·蒂克著。

《弗洛斯河上的磨坊》（*Mill on the Floss*, 1860）：乔治·艾略特著。

《浮世畸零人》（*Ben, in the World*, 2000）：多丽丝·莱辛著。

《哈克贝里·费恩历险记》（*Adventures of Huckleberry Finn*, 1883）：马克·吐温著。

《黑孩子》（*Black Boy*, 1945）：理查德·赖特著。

《亨利希·冯·奥弗特丁根》（*Heinrich von Ofterdingen*, 1802）：诺瓦利斯著。

《红与黑》（*Le Rouge et le Noir*; *The Red and the Black*, 1830）：司汤达著。

《后裔》（*Die Epigonen*, 1836）：卡尔·雷柏莱希特·伊默尔曼著。

《呼啸山庄》（*Wuthering Heights*, 1847）：艾米莉·勃朗特著。

《幻灭》（*Illusions perdues*; *Lost Illusions*, 1837–1843）：奥诺雷·德·巴尔扎克著。

《幻像》（*Imaginary Portraits*, 1888）：沃尔特·佩特著。

《荒原狼》（*Steppenwolf*, 1927）：赫尔曼·黑塞著。

《婚礼的成员》（*The Member of the Wedding*, 1946）：卡森·麦卡勒斯著。

《吉姆》（*Kim*, 1901）：鲁德亚德·吉卜林著。

《吉姆爷》（*Lord Jim*, 1900）：约瑟夫·康拉德著。

《简·爱》（*Jane Eyre*, 1847）：夏洛特·勃朗特著。

《觉醒》（*The Awakening*, 1899）：凯特·萧邦著。

《金色的耶路撒冷》（*Jerusalem the Golden*, 1967）：玛格丽特·德拉布尔著。

《旧衣新裁》（*Sartor Resartus: The Life and Opinions of Herr Teufelsdröckh*, 1833–1834）：又译《拼凑的裁缝》，托马斯·卡莱尔著。

《橘子不是唯一的水果》（*Oranges Are Not the Only Fruit*, 1985）：珍妮特·温特森著。

《绝对真理》（*Nothing But the Truth: A Documentary Novel*, 1992）：阿维著。

《看不见的人》（*Invisible Man*, 1952）：又译《隐形人》，拉尔夫·沃尔多·埃利森著。

《看得见风景的房间》（*A Room with a View*, 1908）：E. M. 福斯特著。

《克莱汉厄》（*Clayhanger*, 1910）：阿诺德·本涅特著。

《孔塔里尼·弗莱明——一部心理自传》（*Contarini Fleming: A Psychological Autobiography*, 1832）：本杰明·迪斯雷利著。

《恐怖分子》（*Terrorist*, 2006）：约翰·厄普代克著。

《了不起的盖茨比》（*The Great Gatsby*, 1925）：F. S. K. 菲茨杰拉德著。

《雷德伯恩》（*Redburn*, 1849）：赫尔曼·梅尔维尔著。

《理查·弗维莱尔的苦难》（*The Ordeal of Richard Feverel*, 1859）：乔治·梅雷迪思著。

《莉迪亚》（*Lyddie*, 1991）：凯瑟琳 · 帕特森著。

《洛丽塔》（*Lolita*, 1955）：弗拉基米尔 · 纳博科夫著。

《绿野黑天鹅》（*Black Swan Green*, 2006）：戴维 · 米切尔著。

《绿衣亨利》（*Der grüne Heinrich*, 1854–1855; 1879–1880）：高特弗利特 · 凯勒著。

《麦田里的守望者》（*The Catcher in the Rye*, 1951）：杰洛姆 · 大卫 · 塞林格著。

《芒果街上的小屋》（*The House on Mango Street*, 1984）：桑德拉 · 希斯内罗丝著。

《梅齐知道什么》（*What Maisie Knew*, 1897）：亨利 · 詹姆斯著。

《米德尔马契》（*Middlemarch*, 1871–1872）：乔治 · 艾略特著。

《蜜蜂的秘密生活》（*The Secret Life of Bees*, 2002）：苏 · 蒙克 · 基德著。

《魔山》（*Der Zauberberg; The Magic Mountain*, 1924）：托马斯 · 曼著。

《纳尔齐斯和戈尔德蒙德》（*Narcissus and Goldmund*, 1930）：赫尔曼 · 黑塞著。

《欧内斯特 · 马尔特拉夫斯》（*Ernest Maltravers*, 1837）：爱德华 · 布尔沃 – 利顿著。

《帕尔齐法尔》（*Parzival*, 1210）：沃尔夫拉姆 · 冯 · 埃申巴赫著。

《帕梅拉，又名贞洁得报》（*Pamela, or Virtue Rewarded*, 1740）：塞缪尔 · 理查森著。

《潘登尼斯的历史》（*The History of Pendennis*, 1848–1850）：威廉 · 梅克皮斯 · 萨克雷著。

《佩勒姆：或一个绅士的历险记》（*Pelham: or the Adventures of a Gentleman* 1828）：爱德华 · 布尔沃 – 利顿著。

《弃儿汤姆 · 琼斯的历史》（*The History of Tom Jones, a Foundling*, 1749）：亨利 · 菲尔丁著。

《巧克力战争》（*The Chocolate War*, 1974）：罗伯特 · 科米尔著。

《情感教育》（*L'éducation sentimentale; The Sentimental Education*, 1869）：古斯塔夫 · 福楼拜著。

《去吧，摩西》（*Go Down, Moses*, 1942）：威廉 · 福克纳著。

《人间天堂》（*This Side of Paradise*, 1920）：F. S. K. 菲茨杰拉德著。

《人性的枷锁》（*Of Human Bondage*, 1915）：威廉 · 萨默赛特 · 毛姆著。

《瑞普 · 凡 · 温克尔》（*Rip Van Winkle*, 1819）：华盛顿 · 欧文著。

《杀鹿人》（*The Deerslayer*, 1841）：詹姆斯 · 费尼莫尔 · 库珀著。

《杀死一只知更鸟》（*To Kill a Mockingbird*, 1960）：哈珀 · 李著。

《生于流放》（*Born in Exile*, 1892）：乔治 · 吉辛著。

《四门城》（*The Four-Gated City*, 1969）：多丽丝 · 莱辛著。

《所罗门之歌》（*Song of Solomon*, 1977）：托尼 · 莫里森著。

《他们眼望上苍》（*Their Eyes Were Watching God*, 1937）：佐拉 · 尼尔 · 赫斯顿著。

《天使，望故乡》（*Look Homeward, Angel*, 1929）：托马斯·沃尔夫著。

《天下骏马》（*All the Pretty Horses*, 1992）：科马克·麦卡锡著。

《托诺－邦盖》（*Tono-Bungay*, 1909）：H. G. 韦尔斯著。

《脱离苦海》（*Out of the Shelter*, 1970）：戴维·洛奇著。

《拓荒者》（*The Pioneers*, 1823）：詹姆斯·费尼莫尔·库珀著。

《晚年的爱情》（*Der Nachsommer*, 1857）：阿达贝特·施蒂夫特著。

《威廉·麦斯特的学习时代》（*Wilhelm Meisters Lehrjahre*; *Wilhelm Meister's Apprenticeship*; *Wilhelm Meister's Years of Apprenticeship*, 1795–1796）：约翰·沃尔夫冈·冯·歌德著。

《维维安·格雷》（*Vivian Grey*, 1826–1827）：本杰明·迪斯雷利著。

《未亮的灯》（*The Unlit Lamp*, 1924）：雷德克利芙·霍尔著。

《我的安东尼亚》（*My Antonia*, 1918）：威拉·卡瑟著。

《我的学习》（*Mes Apprentissages; My Apprenticeships*, 1936）：西多妮－加布里埃尔·科莱特著。

《无处还乡》(*You Can't Go Home Again*, 1940）：托马斯·沃尔夫著。

《无名的裘德》（*Jude the Obscure*, 1895）：托马斯·哈代著。

《西木卜里切斯木斯历险记》（*Der abenteuerliche Simplicissimus Teutsch*, 1669）：又译《痴儿历险记》，汉斯·雅克布·克里斯托菲尔·冯·格里美豪森著。

《享乐主义者马里乌斯》（*Marius the Epicurean: His Sensations and Ideas*, 1885）：沃尔特·佩特著。

《小城畸人》（*Winesburg, Ohio*, 1919）：舍伍德·安德森著。

《小伙子古德曼·布朗》（“Young Goodman Brown,” 1835）：纳撒尼尔·霍桑著。

《心是孤独的猎手》（*The Heart Is a Lonely Hunter*, 1940）：卡森·麦卡勒斯著。

《新夏娃的激情》（*The Passion of New Eve*, 1977）：安吉拉·卡特著。

《幸运的吉姆》（*Lucky Jim*, 1954）：金斯利·艾米斯著。

《雄猫穆尔的生活观》（*Lebens-Ansichten des Katers Murr,* 1819–1821）：恩斯特·西奥多·阿玛迪斯·霍夫曼著。

《熊》（“The Bear,” 1942）：威廉·福克纳著。

《许佩里翁或希腊的隐士》（*Hyperion oder der Eremit in Griechenland*, 1797–1799）：弗里德里希·荷尔德林著。

《喧哗与骚动》（*The Sound and the Fury*, 1929）：威廉·福克纳著。

《寻欢作乐者的历史》（*History of a Pleasure Seeker*, 2011）：理查德·梅森著。

《雅各布之屋》（*Jacob's Room*, 1922）：弗吉尼亚 · 吴尔夫著。

《一个青年艺术家的肖像》（*A Portrait of the Artist as a Young Man*, 1916）：詹姆斯 · 乔伊斯著。

《一个人的和平》（*A Separate Peace*, 1959）：又译《独自和解》，约翰 · 诺尔斯著。

《一只白苍鹭》（"A White Heron," 1886）：萨拉 · 奥恩 · 朱厄特著。

《勇敢的船长们》（*Captains Courageous*, 1897）：鲁德亚德 · 吉卜林著。

《预感与现实》（*Ahnung und Gegenwart, Presentiment and Presence*, 1815）：约瑟夫 · 弗赖赫尔 · 冯 · 艾辛多夫著。

《远大前程》（*Great Expectations*, 1860–1861）：查尔斯 · 狄更斯著。

《远航》（*The Voyage Out*, 1915）：弗吉尼亚 · 吴尔夫著。

《约翰 · 克里斯朵夫》（*Jean-Christophe*, 1904–1912）：罗曼 · 罗兰著。

《月宫》（*Moon Palace*, 1989）：保罗 · 奥斯特著。

《云雀之歌》（*The Song of the Lark*, 1915）：威拉 · 卡瑟著。

《众生之路》（*The Way of All Flesh*, 1903）：塞缪尔 · 巴特勒著。

《自由坠落》（*Free Fall*, 1959）：威廉 · 戈尔丁著。

《最后的清教徒》（*The Last Puritan*, 1935）：乔治 · 桑塔亚那著。

《最蓝的眼睛》（*The Bluest Eye*, 1970）：托尼 · 莫里森著。

《最长的旅程》（*The Longest Journey*, 1907）：E. M. 福斯特著。

代表作家及重要人物

阿诺德，马修（Matthew Arnold, 1822–1888）：英国批评家，维多利亚时代的文化主将。

阿维（Avi, 1937– ）：美国当代作家爱德华 · 欧文 · 沃蒂斯（Edward Irving Wortis）的笔名。

埃布尔，伊丽莎白（Elizabeth Abel）

埃利森，拉尔夫 · 沃尔多（Ralph Waldo Ellison, 1913–1994）：美国小说家。

埃申巴赫，沃尔夫拉姆 · 冯（Wolfram von Eschenbach, 1170?–1220?）：德国骑士、诗人，被认为是德国中世纪文学史上最伟大的史诗诗人之一，现以其《帕尔齐法尔》闻名。

埃斯蒂，杰德（Jed Esty）

艾略特，乔治（George Eliot, 1819–1880）：玛丽 · 安 · 埃文斯（Mary Ann Evans）的笔名，英国维多利亚时代的主要作家之一。

艾米斯，金斯利（Kingsley Amis, 1922–1995）：英国小说家、诗人，"愤怒的青年"代表作家之一。

艾辛多夫，约瑟夫 · 弗赖赫尔 · 冯（Joseph Freiherr von Eichendorff, 1788–1857）：德国后期浪漫派诗人、小说家。

安德森，舍伍德（Sherwood Anderson, 1876–1941）：美国小说家，“美国式写作的奠基人”，被威廉 · 福克纳称为“我们这一代的美国作家之父”。

奥斯特，保罗（Paul Auster, 1947– ）：美国小说家、诗人、剧作家。

奥斯汀，简（Jane Austen, 1775–1817）：英国小说家，其作一反 18 世纪下半叶的感伤小说文风，是向 19 世纪现实主义小说过渡的一个部分。

巴尔扎克，奥诺雷 · 德（Honoré de Balzac, 1799–1850）：法国小说家，被称为“现代法国小说之父”。

巴赫金（M. M. Bakhtin, 1895–1975）：苏联文学理论家、批评家。

巴特勒，塞缪尔（Samuel Butler, 1835–1902）：英国小说家、批评家。

贝克特，塞缪尔（Samuel Beckett, 1906–1989）：爱尔兰小说家、剧作家、诗人、散文家。

贝娄，索尔（Saul Bellow, 1915–2005）：加拿大裔美国作家，1976 年诺贝尔文学奖获得者，唯一三次获得美国小说类国家图书奖的作家。

本涅特，阿诺德（Arnord Bennett, 1867–1931）：英国作家。

伯吉斯，安东尼（Anthony Burgess, 1917–1993）：英国当代著名作家约翰 · 安东尼 · 伯吉斯 · 威尔森的笔名。

伯尼，范妮（Fanny Burney, 1752–1840）：英国杰出的女作家。

勃朗特，艾米莉（Emily Brontë, 1818–1848）：英国小说家、诗人，勃朗特三姐妹之一。

勃朗特，夏洛特（Charlotte Brontë, 1816–1855）：英国小说家、诗人，勃朗特三姐妹中的大姐。

博赫特（H. H. Borcherdt）：此人认为，“成长小说”这一术语由著名哲学家、文学史家威廉 · 狄尔泰于 1870 年首创。

布尔沃－利顿，爱德华（Edward Bulwer-Lytton, 1803–1873）：英国作家、政治家。

布兰肯伯格，弗里德利希 · 冯（Friedrich von Blanckenburg, 1744–1796）：在《论小说》（*Versuch über den Roman*, 1774）中讨论“自我教育”时首提“成长小说”的概念。

德拉布尔，玛格丽特（Margaret Drabble, 1939– ）：英国当代最有影响力的女作家之一，女权主义者。

狄尔泰，威廉（Wilhelm Dilthey, 1833–1911）：德国哲学家、历史学家、心理学家、社会学家。他是第一个勾勒成长小说定义和历史的人。一说“成长小说”这一术语由狄尔泰于 1870 年首创。

狄更斯，查尔斯（Charles Dickens, 1812–1870）：英国作家、社会批评家，被认为是维多利亚时代最伟大的小说家。

迪斯雷利，本杰明（Benjamin Disraeli, 1804–1881）：英国保守党政治家、小说家。

蒂克，路德维希（Ludwig Tieck, 1773–1853）：德国诗人、小说家、批评家，浪漫主义运动发起者之一。

厄普代克，约翰（John Updike, 1932–2009）：美国小说家、诗人、文学和艺术批评家。

菲茨杰拉德，弗朗西斯 · 斯科特 · 基（Francis Scott Key Fitzgerald, 1896–1940）：美国 20 世纪最伟大的作家之一，20 年代“迷惘的一代”最杰出的代表，“爵士乐时代”的代言人。

菲尔丁，亨利（Henry Fielding, 1707–1754）：英国 18 世纪最杰出的小说家、剧作家。

冯品佳（Pin-chia Feng）

弗雷曼，苏珊（Susan Fraiman）

福克纳，威廉（William Faulkner, 1897–1962）：美国作家，1949 年诺贝尔文学奖获得者。

福楼拜，古斯塔夫（Gustave Flaubert, 1821–1880）：法国现实主义作家。

福斯特（E. M. Forster, 1879–1970）：英国小说家。

戈尔班，彼得鲁（Petru Golban）

戈尔丁，威廉（William Golding, 1911–1993）：英国小说家、剧作家、诗人，1983 年诺贝尔文学奖获得者。

戈尔曼，苏珊 · 阿什利（Susan Ashely Gohlman）

歌德，约翰 · 沃尔夫冈 · 冯（Johann Wolfgang von Goethe, 1749–1832）：德国著名思想家、小说家、诗人。他于 1795 ～ 1796 年发表的《威廉 · 麦斯特的学习时代》被公认为成长小说原型。

格雷厄姆，萨拉（Sarah Graham）

格里美豪森，汉斯 · 雅克布 · 克里斯托菲尔 · 冯（Hans Jakob Christoffel von Grimmelshausen, 1621?–1676）：德国作家。

哈代，托马斯（Thomas Hardy, 1840–1928）：英国小说家、诗人。

哈丁，詹姆斯（James Hardin）

豪，苏珊（Susanne Howe）

荷尔德林，弗里德利希（Friedrich Hölderlin, 1770–1843）：德国著名诗人，古典浪漫派诗歌的先驱。

赫德，约翰 · 哥特弗雷德 · 冯（Johann Gottfried von Herder, 1744–1803）：德国哲学家、路

德派神学家、诗人。

赫斯顿，佐拉·尼尔（Zora Neale Hurston, 1891–1960）：美国女小说家。

黑塞，赫尔曼（Hermann Hesse, 1877–1962）：德国作家、诗人。

洪堡，卡尔·威廉·冯（Karl Wilhelm von Humboldt, 1767–1835）：德国哲学家、语言学家、教育改革者。

华兹华斯，威廉（William Wordsworth, 1770–1850）：英国浪漫主义诗人。

怀特，巴巴拉（Barbara A. White）

霍尔，雷德克利芙（Radclyffe Hall, 1880–1943）：英国小说家、诗人。

霍夫曼，恩斯特·西奥多·阿玛迪斯（Ernst Theodor Amadeus Hoffmann, 1776–1822）：德国作家、作曲家，浪漫主义运动的重要人物。

霍桑，纳撒尼尔（Nathaniel Hawthorne, 1804–1864）：美国 19 世纪浪漫主义小说家。

基德，苏·蒙克（Sue Monk Kidd, 1948– ）：美国作家。

吉卜林，鲁德亚德（Rudyard Kipling, 1865–1936）：英国小说家、诗人。

吉辛，乔治（George Gissing, 1857–1903）：英国小说家、散文家。

贾珀托克，马丁（Martin Japtok）

杰弗斯，托马斯（Thomas L. Jeffers）

卡多尼，艾格尼斯·托洛齐科（Agnes Toloczko Cardoni）

卡莱尔，托马斯（Thomas Carlyle, 1795–1881）：苏格兰哲学家、评论家、讽刺作家、历史学家、翻译家，在译介歌德的成长小说和创作英国成长小说方面发挥过重要作用。

卡瑟，威拉（Willa Cather, 1873–1947）：美国作家。

卡斯尔，格雷戈里（Gregory Castle）

卡特，安吉拉（Angela Carter, 1940–1992）：英国女小说家。

凯勒，高特弗利特（Gottfried Keller, 1819–1890）：瑞士德语文学作家。

凯西，肯（Ken Kesey, 1935–1990）：美国小说家。

康拉德，约瑟夫（Joseph Conrad, 1857–1924）：英国小说家。

科莱特，西多妮 – 加布里埃尔（Sidonie-Gabrielle Collette, 1873–1954）：法国女作家。

科米尔，罗伯特（Robert Cormier, 1925–2000）：美国作家、记者。

科伊尔，威廉（William Coyle）

库珀，詹姆斯·费尼莫尔（James Fenimore Cooper, 1789–1851）：美国 19 世纪早期多产的流行作家。

莱塞，格塔·J.（Geta J. LeSeur）

莱辛，多丽丝（Doris Lessing, 1919–2013）：英国女作家， 2007 年诺贝尔文学奖获得者。

赖特，理查德（Richard Wright, 1908–1960）：美国黑人作家。

劳伦斯（D. H. Lawrence, 1885–1930）：英国小说家、批评家、诗人。

雷德菲尔德，马克（Marc Redfield, 1958– ）

李，哈珀（Harper Lee, 1926–2016）：美国女小说家。

理查森，塞缪尔（Samuel Richardson, 1689–1761）：英国小说家。

刘易斯，乔治 · 亨利（George Henry Lewes, 1817–1878）：英国哲学家、小说家、文学评论家。

刘易斯，辛克莱（Sinclair Lewis, 1885–1951）：美国作家。

罗兰，罗曼（Romain Rolland, 1866–1944）：法国文学家、思想家。

罗斯，菲利普（Philip Roth, 1933–2018）：美国小说家。

洛克，约翰（John Locke, 1632–1704）：英国哲学家、思想家、政治家。

洛奇，戴维（David Lodge, 1935– ）：英国著名小说家、文学评论家。

马蒂尼，弗里茨（Fritz Martini）：于 1961 年率先发现第一个使用“成长小说”这一术语的人是摩根斯坦。

马克威廉姆斯，埃伦（Ellen McWilliams）

麦卡勒斯，卡森（Carson McCullers, 1917–1967）：美国女作家。

麦卡锡，科马克（Cormac McCarthy, 1933– ）：美国小说家、剧作家。

曼，托马斯（Thomas Mann, 1875–1955）：德国小说家。

毛姆，威廉 · 萨默赛特（William Somerset Maugham, 1874–1965）：英国剧作家、小说家。

梅尔维尔，赫尔曼（Herman Melville, 1819–1891）：美国小说家、诗人。

梅雷迪思，乔治（George Meredith, 1828–1909）：英国维多利亚时代小说家、诗人。

梅森，理查德（Richard Mason, 1978– ）：英国小说家、慈善家。

米切尔，戴维（David Mitchell, 1969– ）：英国作家。

摩根，埃伦（Ellen Morgan）

摩根斯坦，卡尔 · 冯（Karl von Morgenstern）：一说摩根斯坦在《论成长小说的本质》和《论成长小说的历史》中首创“成长小说”这一术语。

莫雷蒂，佛朗哥（Franco Moretti）

莫里森，托尼（Toni Morrison, 1931–2019）：美国作家，1993 年诺贝尔文学奖获得者。

纳博科夫，弗拉基米尔（Vladimir Nabokov, 1899–1977）：俄裔美国小说家、批评家。

诺尔斯，约翰（John Knowles, 1926–2001）：美国小说家。

诺瓦利斯（Novalis, 1772–1801）：原名格奥尔克 · 菲力普 · 弗里德利希 · 弗赖赫尔 · 冯 · 哈登贝格，德国浪漫主义诗人、小说家。
欧文，华盛顿（Washington Irving, 1783–1859）：美国作家，人称美国文学之父。
帕特森，凯瑟琳（Katherine Paterson, 1932– ）：中国出生的美国作家。
佩特，沃尔特（Walter Pater, 1839–1894）：英国文艺批评家、作家。
乔伊斯，詹姆斯（James Joyce, 1882–1941）：爱尔兰小说家、诗人、文学批评家。
切波斯基，斯蒂芬（Stephen Chbsoky, 1970– ）：美国小说家。
萨克雷，威廉 · 梅克皮斯（William Makepeace Thackeray, 1811–1863）：英国维多利亚时代小说家。
塞尔，米拉（Meera Syal, 1961– ）：英国小说家、电影编剧、演员。
塞尔夫，威尔（Will Self, 1961– ）：英国小说家、专栏作家。
塞林格，杰洛姆 · 大卫（Jerome David Salinger, 1919–2010）：美国作家。
桑塔亚那，乔治（George Santayana, 1863–1952）：美国哲学家、文学家。
沙夫纳，伦道夫 · P.（Randolph P. Shaffner）
施蒂夫特，阿达贝特（Adalbert Stifter, 1805–1868）：奥地利小说家。
司汤达（Stendhal, 1783–1842）：原名马里 – 亨利 · 贝尔，法国作家。
斯帕克，穆丽尔（Muriel Spark, 1918–2006）：苏格兰女小说家、诗人、批评家。
斯坦，马克（Mark Stein）
斯坦贝克，约翰（John Steinbeck, 1902–1968）：美国作家。
斯韦尔斯，马丁（Martin Swales）
塔金顿，布思（Booth Tarkington, 1869–1946）：美国作家。
吐温，马克（Mark Twain, 1835–1910）：美国作家、演说家塞缪尔 · 兰霍恩 · 克莱门斯（Samuel Langhorne Clemens）的笔名。
王尔德，奥斯卡（Oscar Wilde, 1854–1900）：爱尔兰小说家、诗人、散文家。
威廉斯，雪莉 · 安妮（Sherley Anne Williams, 1944–1999）：非裔美国小说家、诗人、社会批评家。
韦尔斯（H. G. Wells, 1866–1946）：英国小说家。
维兰德，克里斯多夫 · 马丁（Christoph Martin Wieland, 1733–1813）：德国作家。
温特森，珍妮特（Jeanette Winterson, 1959– ）：英国女作家。
沃尔夫，托马斯（Thomas Wolfe, 1900–1938）：美国小说家。
吴尔夫，弗吉尼亚（Virginia Woolf, 1882–1941）：英国女作家、文学批评与文学理论家、女权主义者。

希斯内罗丝，桑德拉（Sandra Cisneros, 1954– ）：墨西哥裔美国女作家。

萧邦，凯特（Kate Chopin, 1850–1904）：美国女作家。

伊默尔曼，卡尔·雷柏莱希特（Karl Leberecht Immermann, 1796–1840）：德国小说家、剧作家、诗人。

约翰逊，查尔斯（Charles Johnson, 1948– ）：美国小说家。

约斯特，弗朗索瓦（Francois Jost）

詹姆斯，亨利（Henry James, 1843–1916）：美国小说家、文学批评家、剧作家、散文家。

朱厄特，萨拉·奥恩（Sarah Orne Jewett, 1849–1909）：美国女小说家、诗人，以地方色彩作品著称。

朱斯伯里，杰拉尔丁·恩德索（Geraldine Endsor Jewsbury, 1812–1880）：英国小说家、书评家。

其 他

阿多诺，西奥多（Theodor Adorno, 1903–1969）：德国哲学家、社会学家，法兰克福学派第一代代表人物。

阿尔都塞，路易斯（Louis Althusser, 1918–1990）：法国著名哲学家、马克思主义思想家。

阿奎那，托马斯（St. Thomas Aquinas, c. 1225–1274），意大利具有广泛影响的哲学家、神学家。

艾布拉姆斯（M. H. Abrams, 1912–2015）：美国文学批评家，以其对浪漫主义的批评著作著称。

《艾丽斯》（*Alice*, 1838）：爱德华·布尔沃–利顿所著《欧内斯特·马尔特拉夫斯》的续篇。

爱尔兰文艺复兴（the Irish Literary Revival; the Irish Literary Renaissance）

《爱弥儿》（*Emile,* 1762）：让·雅克·卢梭著。

爱默生，拉尔夫·瓦尔多（Ralph Waldo Emerson, 1803–1882）：美国超验主义思想家。

奥尔巴赫，埃里希（Erich Auerbach, 1892–1957）：德国语文学家、文学批评家。

奥尔登，帕特里夏（Patricia Alden）

奥斯本，约翰（John Osborne, 1929–1994）：英国剧作家。

奥塔诺，艾丽西亚（Alicia Otano）

巴克利，杰罗姆·汉密尔顿（Jerome Hamilton Buckley）

巴尼，理查德（Richard A. Barney）

鲍德温，詹姆斯（James Baldwin, 1924–1987）：美国黑人作家、社会评论家。

本涅特，托尼（Tony Bennett）：英国学者，同时在澳大利亚工作，是发展澳大利亚文化研究方法——“文化政策研究”的代表人物。

本雅明，瓦尔特（Walter Benjamin, 1892–1940）：德国哲学家、文化批评家，人称“诗意地思考”的文人。

边沁，杰里米（Jeremy Bentham，1748–1832）：英国哲学家、法学家，被认为是现代功利主义的创始人。

波伏娃，西蒙娜 · 德（Simone de Beauvoir, 1908–1986）：法国存在主义女作家，女权运动的发起人之一。

伯杰，伯塔（Berta Berger）

博厄斯，托拜厄斯（Tobias Boes）

博尔顿，马乔里（Marjorie Boulton）

《不合时宜的青年——现代主义、殖民主义与成长小说》（*Unseasonable Youth: Modernism, Colonialism and the Fiction of Development*, 2012）：杰德 · 埃斯蒂著。

《不相称的女人——英国女作家与成长小说》（*Unbecoming Women: British Women Writers and The Novel of Development*, 1993）：苏珊 · 弗雷曼著。

布鲁姆，哈罗德（Harold Bloom, 1930–2019）：美国当代文学理论家、批评家。

《成长中的女性：美国小说中的青春期少女》（*Growing Up Female: Adolescent Girlhood in American Fiction*, 1985）：巴巴拉 · 怀特著。

《成长小说史：从古代开端到浪漫主义》（*A History of the Bildungsroman: From Ancient Beginnings to Romanticism*, 2018）：彼得鲁 · 戈尔班著。

《成长小说史》（*A History of the Bildungsroman*, 2019）：萨拉 · 格雷厄姆编。

《成长小说——术语与理论》（“Bildungsroman – Term and Theory,” 1991）：弗里茨 · 马蒂尼著。

《成长中的少数族裔——美国非洲裔和犹太裔小说中的民族性和成长小说》（*Growing up Ethnic: Nationalism and the Bildungsroman in African American and Jewish American Fiction*, 2005）：马丁 · 贾珀托克著。

《诚与真》（*Sincerity and Authenticity*, 1972）：莱昂内尔 · 特里林著。

《从头再来：当代成长小说主人公的任务》（*Starting over: The Task of the Protagonist in the Contemporary Bildungsroman*, 1990）：苏珊 · 阿什利 · 戈尔曼著。

存在与虚无（being and nothing）

达尔文，查尔斯 · 罗伯特（Charles Robert Darwin, 1809–1882）：英国生物学家，进化论的

奠基人。

《达洛维夫人》（*Mrs. Dalloway*, 1925）：弗吉尼亚 · 吴尔夫著。

《悼念集》（*In Memoriam*, 1850）：阿尔弗雷德 · 丁尼生著。

《德国文学史纲》（*Outline-History of German Literature*, 1961）：维尔纳 · P. 弗里德利希著。

《德国小说》（*The German Novel*, 1956）：罗伊 · 帕斯卡尔著。

德莱塞，西奥多（Theodore Dreiser, 1871–1945）：具有自然主义倾向的美国小说家、记者。

狄德罗，德尼（Denis Diderot, 1713–1784）：法国启蒙思想家、哲学家、剧作家，百科全书派代表人物。

笛福，丹尼尔（Daniel Defoe, 1660–1731）：英国作家、新闻工作者、商人，被认为是英国小说的最早倡导者之一。

地方色彩作家（local colorist）

《第二次改革法案》（the Second Reform Bill, 1867）

《第二性》（*The Second Sex*, 1949）：西蒙娜 · 德 · 波伏娃所著的女权主义经典。

丁尼生（G. B. Tennyson）

丁尼生，阿尔弗雷德（Alfred Tennyson, 1809–1892）：英国维多利亚时代的桂冠诗人。

杜波依斯（W. E. B. DuBois, 1868–1863）：美国作家、社会学家、历史学家、民权积极分子。

凡尔纳，儒勒（Jules Verne, 1828–1905）：法国小说家、诗人、剧作家。

《非洲的青山》（*Green Hills of Africa*, 1935）：欧内斯特 · 海明威著。

费希特，约翰 · 戈特利布（Johann Gottlieb Fichte, 1762–1814）：德国作家、哲学家，唯心主义哲学运动的发起者之一。

费肖尔，弗里德利希 · 特奥里多尔（Friedrich Theodor Vischer, 1807–1887）：德国小说家、诗人、剧作家。

冯特，马克斯（Max Wundt）

《否定的辩证法》（*Negative Dialectics*, 1973）：西奥多 · 阿多诺的代表作。

弗莱塔克，古斯塔夫（Gustav Freytag, 1816–1895）：德国小说家、剧作家。

《弗朗西斯 · 麦康伯短促的幸福生活》（"The Short Happy Life of Francis Macomber," 1936）：欧内斯特 · 海明威著。

弗劳德，詹姆斯 · 安东尼（James Anthony Froude, 1818–1894）：英国历史学家、小说家、传记作家，《弗雷泽杂志》编辑。

弗里德利希，维尔纳 · P.（Werner P. Friederich）

弗罗斯特，罗伯特（Robert Frost, 1874–1963）：美国诗人。

《父与子》（*Father and Son*, 1907）：埃德蒙 · 戈斯著。

盖泽，格尔德（Gerd Gaiser）

戈斯，埃德蒙（Edmund Gosse, 1849–1928）：英国诗人、作家、批评家。

格哈特，梅莉塔（Melitta Gerhard）

格拉斯，君特（Günter Grass, 1927– ）：德国小说家、诗人、剧作家，1999 年诺贝尔文学奖获得者。

《格利弗游记》（*Gulliver's Travels*, 1726）：乔纳森 · 斯威夫特著。

古茨科，卡尔（Karl Gutzkow, 1811–1878）：德国作家，“青年德意志”文学的主要代表。

哈迪，巴巴拉（Barbara Hardy）

哈特菲尔德，亨利（Henry Hatfield）

海明威，欧内斯特（Ernest Hemingway, 1899–1961）：美国作家、记者，20 世纪最著名的小说家之一，“迷惘的一代”作家的代表人物，1954 年诺贝尔文学奖获得者。

赫姆斯特惠，弗朗索瓦（François Hemsterhuis, 1721–1790）：荷兰哲学家。

赫希，玛丽安（Marianne Hirsch, 1949– ）：哥伦比亚大学英语和比较文学教授。

黑格尔，格奥尔格 · 威廉 · 弗里德利希（Georg Wilhelm Friedrich Hegel, 1770–1831）：德国 19 世纪唯心主义哲学的代表人物。

《黑人的灵魂》（*The Souls of Black Folk*, 1903）：W. E. B. 杜波依斯著。

黑兹利特，威廉（William Hazlitt, 1778–1830）：英国散文家、文学评论家、画家。

《亨利 · 艾斯芒德的历史》（*The History Henry Esmond, Esq.*, 1852）：威廉 · 梅克皮斯 · 萨克雷著。

《后殖民研究及其他》（*Postcolonial Studies and Beyond*, 2005）：杰德 · 埃斯蒂等编著。

《话语中的类型》（*Genres in Discourse*, 1990）：茨维坦 · 托多洛夫著。

环境保护小说（conservation story）

幻灭小说（novel of disillusion）

《晃来晃去的人》（*Dangling Man*, 1944）：索尔 · 贝娄著。

《谎言的衰朽》（“The Decay of Lying,” 1889, 1891）：奥斯卡 · 王尔德著。

霍顿，罗德（Rod W. Horton）

霍尔，斯图亚特（Stuart Hall）

霍尔曼，C. 休（C. Hugh Holman）

霍加特，理查德（Richard Hoggart, 1918–2014）：英国学者，文化研究学派创始人之一，最早提出对工人文化的推崇和对大众娱乐的批判。

霍姆斯，奥利弗·温德尔（Oliver Wendell Holmes, Sr., 1809–1894）：美国诗人。

吉登斯，安东尼（Anthony Giddens, 1938– ）：英国著名社会学家。

《教育法案》（Education Act）：英国政府于1870年通过的一项教育改革法案。

《教育漫话》（*Some Thoughts on Education*, 1693）：约翰·洛克著。

金，马丁·路德（Martin Luther King, Jr., 1929–1968）：1954～1968年美国民权运动的代言人和领袖。

金斯利，查尔斯（Charles Kingsley, 1819–1875）：英国小说家、诗人。

《镜与灯：浪漫主义文论及批评传统》（*The Mirror and the Lamp: Romantic Theory and the Critical Tradition,* 1953）：M. H. 艾布拉姆斯的文学理论代表作。

“卡尔斯巴德敕令”（Carlsbad Decrees）：指1819年在波西米亚的卡尔斯巴德举行的会议上通过的一系列决议。这是一套反动的限制条例，规定禁止民族主义兄弟会、开除自由主义的大学教授、加大出版审查力度，旨在抑制日益上涨的统一德国的情绪。

康德，伊曼努尔（Immanuel Kant, 1724–1804）：德国哲学家。

科尔纳，克里斯蒂安·戈特弗里德（Christian Gottfried Körner, 1756–1831）：德国法学家。

克吕格尔，赫尔曼·安德斯（Herman Anders Krüger）

肯尼迪，罗伯特（Robert Kennedy, 1925–1968）：美国第64任司法部长。

肯尼迪，约翰（John F. Kennedy, 1917–1963）：美国第35任总统。

《拉摩的侄儿》（*Rameau's Nephew*, 1762）：德尼·狄德罗的哲理性小说，主要创作于1761～1762年，修改于1773～1774年。1805年该书德语版首次出版，由歌德翻译。

拉什迪，艾哈迈德·萨尔曼（Ahmed Salman Rushdie, 1947– ）：印度裔英国作家。

里霍恩，卡尔（Karl Rehorn）

《历史哲学》（*La philosophie de l'histoire*, 1765）：伏尔泰著。

《历史哲学讲演录》（*Vorlesungen über die Philosophie der Geschichte*, 1837）：格奥尔格·威廉·弗里德利希·黑格尔著。

《利己主义者》（*The Egoist*, 1879）：乔治·梅雷迪思著。

卢卡奇，格奥尔格（Georg Lukács, 1885–1971）：匈牙利马克思主义哲学家、美学家、文学史家、批评家。

卢梭，让·雅克（Jean Jacques Rousseau, 1712–1778）：法国哲学家、启蒙思想家。

《鲁滨逊漂流记》（*Robinson Crusoe*, 1719）：丹尼尔·笛福著。

路德维希，奥托（Otto Ludwig, 1813–1865）：德国小说家、剧作家。

《论成长小说的本质》（“Über das Wesen des Bildungsromans,” 1819）：卡尔·冯·摩根斯坦

所做的讲座。

《论成长小说的历史》（“Zur Geschichte des Bildungsromans,” 1820）：卡尔·冯·摩根斯坦所做的讲座。

马尔科姆·艾克斯（Malcolm X, 1925–1965）：原名马尔科姆·利特尔（Malcolm Little），伊斯兰教教士、美国黑人民权运动领导人物之一。

《玛格丽特·阿特伍德与女性成长小说》（*Margaret Atwood and the Female Bildungsroman*, 2009）：埃伦·马克威廉姆斯著。

迈尔斯，戴维（David Miles）

毛姆奖（Somerset Maugham Award）：一项由英国作家协会组织的年度文学奖，威廉·萨默赛特·毛姆于 1947 年设立。

《没有个性的人》（*Der Mann ohne Eigenschaften*, 1930–1943）：罗伯特·穆齐尔著。

美国全国图书奖（National Book Award）

美国图书馆学会（American Library Association）

《美国文学中的年轻人：成长主题》（*The Young Man in American Literature: The Initiation Theme*, 1969）：威廉·科伊尔著。

《美国学者》（“The American Scholar,” 1837）：拉尔夫·瓦尔多·爱默生所做的著名演讲，被称为美国“思想上的独立宣言”。

《美学》（*Vorlesungen über die Ästhetik*, 1835）：格奥尔格·威廉·弗里德利希·黑格尔著。

米尔，约翰·斯图尔特（John Stuart Mill, 1806–1873）：英国著名哲学家、心理学家、经济学家。

《民权法案》（the Civil Rights Act）：1957 年美国颁布的旨在保护非裔美国人和其他少数族裔权利的法案。

民权运动（the Civil Rights Movement）：美国的一场持续数十年的斗争，目的在于为非裔美国人赢得其他美国人已经享有的宪法和法律权利。其源头可以追溯到 19 世纪的重建时代，主要指 20 世纪 50 年代中期到 1968 年通过非暴力的抗议行动为非裔美国人争取民权的群众运动。

穆齐尔，罗伯特（Robert Musil, 1880–1942）：奥地利作家。

尼采，弗里德利希（Friedrich Wilhelm Nietzsche, 1844–1900）：德国哲学家、诗人、散文家。

尼克松，理查德（Richard Nixon, 1913–1994）：美国政治家、第 37 任总统（1969 ～ 1974）。

《女性的道德成长——蒂莉·奥尔森小说中的少女人物》（*Women's Ethical Coming-of-age: Adolescent Female Characters in the Prose Fiction of Tillie Olsen*, 1998）：艾格尼斯·托

洛齐科·卡多尼著。

欧裔美国文学（European American literature）

帕斯卡尔，罗伊（Roy Pascal）

彭斯，罗伯特（Robert Burns, 1759–1796）：苏格兰农民诗人。

《皮袜子》系列小说（*Leatherstocking Tales*, 1823–1841）：詹姆斯·费尼莫尔·库珀著。

《骗子菲利克斯·克鲁尔的自白》（*Die Bekenntnisse des Hochstaplers Felix Krull*, 1954）：托马斯·曼著。

齐奥科斯基，西奥多（Theodore Ziolkowski, 1932– ）：从事德国文学和比较文学研究的美国学者。

青年德意志（Das Junge Deutschland）：19 世纪 30 年代初由德国小资产阶级激进派作家组成的文学团体，该团体在政治上反对封建专制统治，在文艺上反对当时流行于德意志文坛的消极浪漫主义，要求文学作品进行社会批判并关注迫切的社会问题。

《青春岁月——从狄更斯到戈尔丁的成长小说》（*Season of Youth: The Bildungsroman from Dickens to Golding*, 1974）：杰罗姆·汉密尔顿·巴克利著。

《人类的由来》（*The Descent of Man, and Selection in Relation to Sex*, 1871）：查尔斯·罗伯特·达尔文著。

《人类理解论》（*An Essay Concerning Human Understanding*, 1689）：约翰·洛克著。

《人权联合公司——世界小说、叙述形式与国际法》（*Human Rights, Inc.: The World Novel, Narrative Form, and International Law*, 2007）：约瑟夫·斯劳特著。

萨蒙斯，杰弗里（Jeffrey Sammons）

桑，乔治（George Sand, 1804–1876）：法国小说家、传记作家。

《少年维特之烦恼》（*Die Leiden des jungen Werthers*, 1774）：约翰·沃尔夫冈·冯·歌德著。

《神学大全》（*Summa Theologiae*, 1265–1274）：托马斯·阿奎那最主要的代表作。

《审美教育书简》（*Über die ästhetische Erziehung des Menschen in einer Reihe von Briefen*, 1794）：弗里德利希·冯·席勒著。

《诗人的想象力》（*Die Einbildungskraft des Dichters*, 1887）：威廉·狄尔泰著。

施莱尔马赫，弗里德利希（Friedrich Schleiermacher, 1768–1834）：德国神学家、哲学家。

施莱格尔，弗里德利希（Friedrich Schlegel, 1772–1829）：德国诗人、文学评论家、哲学家。

《十岁是黑暗的年龄——黑人成长小说》（*Ten is the Age of Darkness: The Black Bildungsroman*, 1995）：格塔·J. 莱塞著。

《世界之路——欧洲文化中的成长小说》（*The Way of the World: The Bildungsroman in European*

Culture, 1987）：佛朗哥 · 莫雷蒂著。

叔本华，亚瑟（Arthur Schopenhauer, 1788–1860）：德国哲学家、作家。

《双城记》（*A Tale of Two Cities*, 1859）：查尔斯 · 狄更斯著。

《说过去——亚裔美国成长小说中的儿童视角》（*Speaking the Past: Child Perspective in the Asian American Bildungsroman*, 2004）：艾丽西亚 · 奥塔诺著。

《思与行——论成长小说》（*Reflection and Action: Essays on the Bildungsroman*, 1991）：詹姆斯 · 哈丁著。

斯科特，沃尔特（Walter Scott, 1771–1832）：英国小说家、诗人。

斯劳特，约瑟夫（Joseph R. Slaughter）

斯皮尔哈根，弗里德利希（Friedrich Spielhagen, 1829–1911）：德国小说家、文学理论家。

斯塔尔（E. L. Stahl）

斯泰因，格特鲁德（Gertrude Stein, 1874–1946）：美国小说家、诗人、剧作家、文艺批评家。

斯特林，约翰（John Sterling, 1806–1844）：英国作家。

斯威夫特，乔纳森（Jonathan Swift, 1667–1745）：爱尔兰作家、政论家、讽刺文学大师。

苏，欧仁（Eugène Sue, 1804–1857）：法国作家。

苏格拉底（Socrates, c. 469 BC–399 BC）：古希腊思想家、哲学家、教育家。

梭罗，亨利 · 戴维（Henry David Thoreau, 1817–1862）：美国作家、哲学家，超验主义代表人物。

汤普森（E. P. Thompson, 1924–1993）：英国历史学家、作家、社会主义者、和平活动家。

特里林，莱昂内尔（Lionel Trilling, 1905–1975）：美国文学评论家、短篇小说家。

《体验与诗》（*Das Erlebnis und die Dichtung*, 1906）：威廉 · 狄尔泰著。

《铁皮鼓》（*Die Blechtrommel*, 1959）：君特 · 格拉斯著。

图画（Bild; imago; portrait）：又译“肖像”。

托多洛夫，茨维坦（Tzvetan Todorov, 1939–2017）：法国批评家、符号学家。

《托妮 · 莫里森与汤婷婷的女性成长小说——一种后现代解读》（*Female Bildungsroman by Toni Morrison and Maxine Hong Kingston: A Postmodern Reading*, 1997）：冯品佳著。

威尔逊，柯林（Colin Wilson, 1931–2013）：英国小说家、哲学家。

《威廉 · 麦斯特的漫游年代》（*Wilhelm Meisters Wanderjahre*, 1821–1829）：约翰 · 沃尔夫冈 · 冯 · 歌德著。

《威廉 · 麦斯特与他的英国亲属们——生活的学徒》（*Wilhelm Meister and His English Kinsmen: Apprentices to Life*, 1930）：苏珊 · 豪著。

威廉斯，雷蒙（Raymond Williams, 1921–1988）：英国马克思主义文化批评家，文化研究的奠基人之一。

《威尼斯之死》（*Der Tod in Venedig*, 1912）：托马斯·曼著。

威特（W. Witte）

韦甘德，赫尔曼（Hermann Weigand）

《未选择的路》（"The Road Not Taken," 1916）：罗伯特·弗罗斯特著。

《畏缩的岛屿——现代主义与英国的民族文化》（*A Shrinking Island: Modernism and National Culture in England*, 2004）：杰德·埃斯蒂著。

《文化与无政府状态》（*Culture and Anarchy*, 1869）：马修·阿诺德的传世之作。

《文学指南》（*Handbook to Literature*, 1992）：C. 休·霍尔曼等编。

沃肖，罗伯特（Robert Warshow）

乌托邦（Utopia）：空想的完美境界。

《物种起源》（*On the Origin of Species*, 1859）：查尔斯·罗伯特·达尔文著。他在该著中首次提出"进化论"的观点。

西利托，爱伦（Alan Sillitoe, 1928–2010）：英国作家，"愤怒的青年"代表人物。

希恩，保罗（Paul Sheehan）

席勒，弗里德利希·冯（Friedrich von Schiller, 1759–1805）：德国诗人、哲学家、历史学家、剧作家。

《现代德国文学中的危机与连续性》（*Crisis and Contiguity in Modern German Literature*, 1970）：亨利·哈特菲尔德著。

《现代主义成长小说解读》（*Reading the Modernist Bildungsroman*, 2006）：格雷戈里·卡斯尔著。

《向苍天呼吁》（*Go Tell It on the Mountain*, 1953）：詹姆斯·鲍德温创作的半自传体小说。

《小说理论》（*The Theory of the Novel*, 1914–1915）：格奥尔格·卢卡奇著。

谢林，弗里德利希（Friedrich Wilhelm Joseph von Schelling, 1775–1854）：德国哲学家、教育家。

《心航：女性成长小说》（*The Voyage in: Fictions of Female Development*, 1983）：伊丽莎白·埃布尔等人所编的成长小说论文集。

《新关键词》（*New Keywords: A Revised Vocabulary of Culture and Society*, 2005）：托尼·本涅特等编。

《虚幻的形式——美学意识形态与成长小说》（*Phantom Formations: Aesthetic Ideology and the Bildungsroman*, 1996）：马克 · 雷德菲尔德著。

《序曲》（*The Prelude*, 1850）：威廉 · 华兹华斯著。

《学习时代——从歌德到桑塔亚那的成长小说》（*Apprenticeship: The Bildungsroman from Goethe to Santayana*, 2005）：托马斯 · 杰弗斯著。

亚当斯，亨利（Henry Adams, 1838–1918）：美国历史学家、小说家。

《一个不问政治者的看法》（"Betrachtungen eines Unpolitischen," 1918）：托马斯 · 曼著。

《一间自己的房间》（*A Room of One's Own*, 1929）：弗吉尼亚 · 吴尔夫著。

伊格尔顿，特里（Terry Eagleton, 1943– ）：英国马克思主义文学理论家、文化批评家。

艺术家（der Bilder; der Bildner）

艺术品（das Bildnis）

《英国黑人文学——变化的小说》（*Black British Literature: Novels of Transformation*, 2004）：马克 · 斯坦著。

《英雄和英雄崇拜》（*On Heroes and Hero-Worship*, 1841）：托马斯 · 卡莱尔著。

《尤利西斯》（*Ulysses*, 1922）：詹姆斯 · 乔伊斯著。

再度降临（Second Coming）：又译"基督重临"。

《站在十字路口的小说家》（"The Novelist at the Crossroads," 1971）：戴维 · 洛奇著。

知识庸人（Bildungsphilister）

终极意义（ultimate meaning）

《走过麦田来》（"Comin Thro' the Rye," 1782）：罗伯特 · 彭斯著。

《最后的莫西干人》（*The Last of the Mohicans*, 1826）：詹姆斯 · 费尼莫尔 · 库珀著。

《作为类型的成长小说：远大前程与幻灭之间》（"The Novel of Formation as Genre: Between Great Expectations and Lost Illusions," 1979）：玛丽安 · 赫希著。